이동규
선집

이동규
선집

강혜숙 엮음

현대문학

　한국현대문학은 지난 백여 년 동안 상당한 문학적 축적을 이루었다. 한국의 근대사는 새로운 문학의 씨가 싹 틔워 성장하고 좋은 결실을 맺기에는 너무나 가혹한 난세였지만, 한국현대문학은 많은 꽃을 피웠고 괄목할 만한 결실을 축적했다. 뿐만 아니라 스스로의 힘으로 시대정신과 문화의 중심에 서서 한편으로 시대의 어둠에 항거했고 또 한편으로는 시대의 아픔을 위무해왔다.

　이제 한국현대문학사는 한눈으로 대중할 수 없는 당당하고 커다란 흐름이 되었다. 백여 년의 세월은 그것을 뒤돌아보는 것조차 점점 어렵게 만들며, 엄청난 양적인 팽창은 보존과 기억의 영역 밖으로 넘쳐나고 있다. 그리하여 문학사의 주류를 형성하는 일부 시인·작가들의 작품을 제외한 나머지 많은 문학적 유산은 자칫 일실의 위험에 처해 있는 것처럼 보인다.

　물론 문학사적 선택의 폭은 세월이 흐르면서 점점 좁아질 수밖에 없고, 보편적 의의를 지니지 못한 작품들은 망각의 뒤편으로 사라지는 것이 순리다. 그러나 아주 없어져서는 안 된다. 그것들은 그것들 나름대로 소중한 문학적 유물이다. 그것들은 미래의 새로운 문학의 씨앗을 품고 있을 수도 있고, 새로운 창조의 촉매 기능을 숨기고 있을 수도 있다. 단지 유의미한 과거라는 차원에서 그것들은 잘 정리되고 보존되어야 한다. 월북 작가들의 작품도 마찬가지다. 기존 문학사에서 상대적으로 소외된 작가들을 주목하다 보니 자연히 월북 작가들이 다수 포함되었다. 그러나 월북 작가들의 월북 후 작품들은 그것을 산출한 특수한 시대적 상황의 고려 위에서 분별 있게 이해되어야 할 것이다.

이러한 당위적 인식이 2006년 한국문화예술위원회의 문학소위원회에서 정식으로 논의되었다. 그 결과 한국의 문화예술의 바탕을 공고히 하기 위한 공적 작업의 일환으로, 문학사의 변두리에 방치되어 있다시피 한 한국문학의 유산들을 체계적으로 정리, 보존하기로 결정되었다. 그리고 작업의 과정에서 새로운 의미나 새로운 자료가 재발견될 가능성도 예측되었다. 그러나 방대한 문학적 유산을 정리하고 보존하는 것은 시간과 경비와 품이 많이 드는 어려운 일이다. 최초로 이 선집을 구상하고 기획하고 실천에 옮겼던 한국문화예술위원회의 위원들과 담당자들, 그리고 문학적 안목과 학문적 성실성을 갖고 참여해준 연구자들, 또 문학출판의 권위와 경륜을 바탕으로 출판을 맡아준 현대문학사가 있었기에 이 어려운 일이 가능하게 되었다. 이런 사업을 해낼 수 있을 만큼 우리의 문화적 역량이 성장했다는 뿌듯함도 느낀다.

〈한국문학의 재발견-작고문인선집〉은 한국현대문학의 내일을 위해서 한국현대문학의 어제를 잘 보관해둘 수 있는 공간으로서 마련된 것이다. 문인이나 문학연구자들뿐만 아니라 더 많은 사람이 이 공간에서 시대를 달리하며 새로운 의미와 가치를 발견하기를 기대해본다.

2010년 12월

출판위원 김인환, 이숭원, 강진호, 김동식

이동규는 1930년대 초반 등단하여 1952년 봄 생을 마감할 때까지 20여 년이라는 비교적 짧은 기간 동안 다방면에 걸쳐 다수의 작품을 남긴 예사 롭지 않은 작가이다. 소설, 희곡, 평론, 아동문학 등 장르의 경계를 넘나들 면서 소설가이자 극작가, 평론가, 아동문학가로서 활약했다는 점에서 그 의 활동 범위의 반경을 알 수 있고, 현재 확인되는 것만 꼽아보아도 수십 편에 달하는 작품들을 선보였다는 점에서는 그의 왕성한 창작욕을 짐작 해볼 수 있다. 월북 후 북한에서의 활동이나 6·25 때 남한에서의 궤적 등 그의 생애에서 행적이 묘연한 부분이 존재하는 만큼 일부 작품들이 소실 되었을 가능성이 있다는 것을 고려한다면, 전체 작품 세계의 규모를 헤아 려보기 어려울 정도이다.

그리고 이동규의 작품 세계에는 일제 시대부터 해방 직후까지 우리 민 족의 삶이 고스란히 담겨 있다. 등단 직후에는 카프의 일원답게 노동자 와 농민의 모습을 형상화했으며, 전주 사건으로 수감되었다가 집행유예 로 풀려난 후에는 식민지 현실의 전체 사회상을 이루는 또 다른 계층인 여성과 지식인에 주목하여 그들의 삶을 그려냈다. 이처럼 해방 이전에는 고통스럽게 소외된 삶을 살아나가야 했던 당대 각계각층의 형상을 담아 내는 데 주력했다면, 해방 이후에는 일본 제국주의의 잔재들이 청산되지 못한 채 분열과 대립으로 인해 혼란과 혼돈만이 난무하던 상황을 비판하 는 데 온 힘을 쏟는다. 이상적인 사회와 국가 건설이라는 당면 과제를 해 결하는 길에서 벗어난 당대의 실정을 쉽게 용납할 수 없었던 것이리라.

이동규는 이처럼 양적인 면에서나 질적인 면에서 어느 누구에게 뒤지지 않을 만큼 상당 수준에 이르러 있는 작품 세계를 선보인 작가이다. 그러나 아쉽게도 그는 문학사적으로 크게 조명받지 못했다. 월북을 감행했고 빨치산 활동을 하다가 사살당했다는 생애의 한 부분이 그의 작품에 대한 접근을 쉽지 않게 만들었으리라는 점을 감안한다고 해도 그와 비슷한 행적의 작가들 중에서도 이동규는 이름이 알려지지 않은 편에 속한다. 살아생전에 이동규가 한 평론에서 당대 문단을 비판하며 토로한 바대로 그는 여전히 문단의 '영원한 신인'으로 남아 있는 것이다. 다방면에 걸쳐 활약했으며 다양한 작품 세계를 선보이는 다수의 작품을 남긴 작가가 이처럼 역사 속에 잊힌 채 남겨져 있다는 것은 몹시 안타까운 일이다. 때문에 이동규 선집을 엮는 과정에서 무엇보다도 중점을 둔 부분은 이동규 작품 세계의 다양한 면모를 최대한 소개하는 것이었고, 욕심이 크다 보니 상당한 분량의 결과물을 만들게 된 듯싶다. 이 선집을 통해 묻혀 있던 이동규의 문학 세계가 드러나기를 기대한다.

이동규의 생애를 추적하고, 흩어져 있는 작품들을 모아 그의 작품 세계의 윤곽을 더듬어나가며 막막함 내지는 절박함을 느끼곤 했다. 연구자는 연구 대상으로부터 물러나 객관적 거리를 확보하여야 하는 법이지만, 일제 시대에서 해방 직후를 거쳐 6·25 전쟁까지 역사의 질곡을 힘겹게 한 걸음씩 헤쳐나가던 이동규가 바라본 세상, 그의 생각과 감정 등이 마음속으로 흘러 들어왔다는 사실을 인정하지 않을 수 없다. 온전히 전달되기 힘들다고 하더라도 이 선집을 읽는 이들 역시 이동규와 그의 문학 세계에서 그런 몰입과 동화가 일어날 만큼의 매력을 느껴보기 바란다.

이 자리를 빌려 선집을 엮는 과정에서 물심양면으로 도움을 주신 여러 선생님들께 감사드린다. 또한 자료 발굴에서 교열에 이르기까지 격려와 조언을 아끼지 않았던 주변 사람들에게도 고마운 마음을 전한다. 마지막으로, 역사 속으로 사라져가던 이동규와 그의 작품을 선집으로 낼 기회를 만들어준 한국문화예술위원회와 현대문학에 감사드리고 싶다. 아무쪼록 이 선집을 통해 이동규가 '영원한 신인'에서 벗어나 문학사적 자리매김을 하길 바랄 따름이다.

2010년 12월

강혜숙

1. 이 책은 이동규의 저작물 가운데 주요 작품들을 묶은 선집으로 1부에 시, 2부에 소설, 3부에 희곡, 4부에 평론 및 기타 저작물들을 수록하였다. 각각의 작품들은 최초 발표된 것을 저본으로 하되 그 내용을 판독하기 힘든 경우나 최초 발표 지면을 확인할 수 없는 경우 등에는 다른 판본을 저본으로 삼았고 각주를 통해 이를 밝혔다. 작품의 배열은 각 부별로 발표 순서에 따랐으며 작품의 말미에 출전을 표기하였다. 단, 최초 발표지 미상의 경우에는 발표일 대신 집필일을 밝히고 그에 의거해 배열하였다.

2. 현행 맞춤법에 따른 표기를 원칙으로 하였으나 대화문은 가능한 한 원문의 표현을 그대로 살렸다. 시 작품의 경우에는 원문 그대로 표기하되 띄어쓰기만 현행 맞춤법을 따랐다.

3. 원문의 한자는 작가가 한글과 병기한 경우를 포함하여 최대한 줄이되 독자들의 이해를 위해 필요하다고 판단될 때에는 한글 옆에 병기하는 것을 원칙으로 하였다. 또한 원문에는 한자가 없지만 원활한 독해를 위해 필요한 경우 각주에 한자를 달았다.

4. 명백한 오자나 오식은 바로잡았고, 문맥상 맞지 않는 글자나 단어는 수정하였으며, 필요하다고 판단되는 경우 각주를 통해 원문의 표기를 밝혔다. 또한 작가가 일부러 드러내지 않은 글자는 ×로, 판독이 어려운 글자는 □로 표기하였다.

5. 쉼표, 마침표 등 문장부호는 독자들의 독해를 돕기 위해 경우에 따라 삽입, 수정, 삭제하였다.

6. 어려운 단어는 국립국어원의 표준국어대사전을 주로 참조하여 뜻풀이를 달았다.

7. 그 밖의 경우는 일반적인 관례에 따랐다.

차례

제1부_시

제2부_소설

제3부_희곡

제4부_평론 · 기타

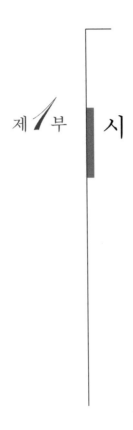

제 1 부 시

포도鋪道*를 거르면서

세멘트의 포도를 거르며 나는 생각합니다
가는 그 목숨이나 살녀 가랴고
쌈과 피를 비저 매즌 그들의 열매이어늘
긁히고 긁혀 도회都會의 이런 길에까지 퍼저 잇스면서
아! 그들은 오늘날 기한飢寒**에 울고 잇지 아니한가?
밥 굶고 옷 업서 울부짓는 그들의 소식을
날마다 우리는 듯고 잇습니다
입으로 드러가는 밥알까지도
힘 안 드리고 먹음이 죄송하려든
짜고 짠 그 기름으로 도시를 발너 포장鋪裝***하다니

—《중외일보》, 1930. 2. 14.

* 포장도로.
** 굶주리고 헐벗어 배고프고 추움.
*** 길바닥에 돌과 모래 따위를 깔고 그 위에 시멘트나 아스팔트 따위로 덮어 길을 단단하게 다져 꾸미는 일.

빈자貧者의 봄

솟과 솟이 어우러진 곳에는
나븨 춤과 새 노래가 석겨 잇건만
사람과 사람이 모힌 곳에는
슯흠과 괴롬이 물결치노나

골고루 나리는 봄이언만은
쌍 파고 기게 돌니는 우리에게는
솟구경 봄노래 이슬 수 업스니
찰하리 가거라 가증可憎한 봄이어던.

—《대조》, 1930. 5.

규환叫喚*

나는 품파리순이다
식검어코 투박한 나의 복장을 보라
이것은 솟솟하고 튼튼한 나의 마음의 표시다
이 무쇠와 갓치 굿센 나의 팔쑥을 보라
새발간 쓰거운 피가 이 가운데를 흐르고 잇다
적동색의 번쩍이는 얼골!
무쇠와 갓치 달구어진 나의 마음은
웨친다 부르짓는다—
이러서라 동무여!
××× 승리의 깃발를 바라고
나가자 다름질하자 돌진하자!

—《대조》, 1930. 6~7.

| * 큰 소리로 부르짖음.

동정

우리는 그대들의 동정을 받아들일
물신물신한 해면체*는 아니다
괭이를 잡고 함마**를 들고
논 가운데로 공장 속으로
우리는 일하러 간다 소같이 말같이
날마다 있는 힘을 다 바쳐 부려먹힌다

그러나 그대들의 동정을 받을
불쌍한 사람은 아니다
이 몸을 보아라 이 마음을 보아라
그런 것을 받아들일 약자는 아니다
우리의 앞에는 항상 광명이 빛나고 있다
우리의 앞길을 인도하는 힘 있고 밝은 광명이……

* '해면동물'의 비유적 의미라 추정됨.
** 해머hammer. 물건을 두드리기 위한, 쇠로 된 대형 망치.

우리는 다만 부르짖고 노래한다
《이겨라! 이기자!》하고

—《대조》, 1930. 8.[*]

제2부 소설

벙어리

부산하던 그 며칠 동안도 다 지나가고 말았다. 싸움터는 바람 없는 물결 위와 같이 잠잠하여졌다. 그것은 우리들의 힘이 약하여진 것도 아니요, 마음이 가라앉은 것도 아니다. 며칠 동안 그 선풍* 통에 앞줄에 나서서 일하던 동무들이 다 끌리어 들어가게 되고 만 까닭이다. 'XX위원회 사건!' 하면 누구든지 대개 다 알 만큼 그때 신문에는 날마다 사회면 상단에 커다란 글자로 보도되었던 것이다.

이 검거 선풍이 가라앉은 지 며칠인가 지나서 나는 볼일이 있어서 XX서에 들어가게 되었었다.

일을 마치고 나오다가는 층대 한편에 나는 서서 무엇을 생각하였다. 그것은 일전에 끌리어온 동무들이 그곳에 있을 것을 생각한 것이다.

"그들은 지금 어떻게들 되어 있는지 알고 싶은 것이다."

속으로 혼자 중얼거리며 '혹시 취조를 받으러 나오지 아니할까?' 하고 마음을 졸여가며 어떤 동무든지 하나 부닥뜨리기를 기다렸다. 그래서

| * 旋風. 돌발적으로 일어나 세상을 뒤흔드는 사건을 비유적으로 이르는 말.

아주 일이나 있는 듯이 누구를 기다리는 것처럼 뒷짐을 짚고 서서 왔다 갔다 하였다.

고등계 형사들은 퍽 일이 바쁜 듯이 부리나케 사무실로 들어갔다 나갔다 한다.

한 분 두 분* 시간은 간다. 규칙적으로 어느 시간에는 꼭 그들의 얼굴을 대할 수 있게 되는 것도 아니요, 어떻게 만나게 될는지 안 될는지 도무지 예상할 수도 없으면서 '혹시— 우연히 뒷모양이라도 바라보게 될까?' 하는 마음으로 서 있는 것이니 여간 지루한 것이 아니다.

아마 거의 한 시간이 지나간 뒤인가 보다. 고등계 취조실 문이 턱 열리며 거기에는** 정 동무의 모양이 나타났다. 그가 앞에 서서 문밖으로 나왔다. 그의 시선과 나의 시선은 마주치었다. 그러나 우리들에게는 말할 자유가 없었다. 주위의 사정은 서로 알은체라도 하게 되어 있지는 않았다.

무언***— 무언—. 서로 쳐다보면서 아무 말도 못하는 우리들의 가슴은 여간 갑갑하지 않으면서도 그 장면은 무어라고 말할 수 없는 퍽 긴장한 장면이었다. 암말도 않고 지나가는 그 동무의 입술에는 차디찬 미소가 떠 있을 뿐이었다. 나는 가만히 주먹을 힘껏 쥐며 보여주었다. '마음을 단단히……' 하는 의미로……. 그러나 그는 그것을 보았는지 아니 보았는지 모른다. 그가 층대 아래로 내려가는데 나의 발길은 무의식적으로 뒤를 따라 내려갔다. 고요히 그의 몸은 유치장 안으로 사라졌다.

멀거니 닫쳐진 유치장 문을 바라보는 나의 마음은 퍽 섭섭한 마음과 한편으로 미안함을 느꼈다.

* 1분 2분.
** 원문에는 '거긔는'임.
*** 無言.

며칠 전 그와 나는 같이 일을 하다시피 하였던 것이다. 그런데 그들만은 들어가게 되고 나는 무사하였다.

"남은 끌려가 이 고생인데 너희들은 뻔뻔하구나." 이런 말이 무언 그 속에서 흘러나오는 것 같았다. 그들과* 다 같이 나도 끌려 들어가는 것이 의무인 것같이까지 나의 생각은 들어갔다. 이것은 냉정히 생각하면 너무나 어리석은 감정이었다만······.

차입이라든지 뒷일을 보아주는 것이 또한 우리들의 의무이라고 생각하면서 그대로 집으로 돌아왔다.

얼마 후 그들이 예심으로 넘어간 뒤 그래도 나의 마음은 단단하지 못하여져서 덮어놓고 "나는 동무들에게 면목이 없다. 용서하라." 하는 말을 거푸 쓰고 쓰고 하여 편지를 하였다.

며칠 후에 답장이 왔는데 "동무에게 무슨 잘못이 있느냐, 왜 마음을 그렇게 먹느냐?" 하는 의미의 꾸지람 비슷한 말을 써 보냈다.

그래서 나의 마음은 확실히 풀리었고 다시 새로운 기운을 얻었다. 그들이 들어간 뒤 우리들의 할 일은 많은 것이다. 얼마든지 우리들을 또 필요로 하게 되는 것이다.

—《아등》, 1931. 12.

| * 원문에는 '그들의' 임.

게시판과 벽소설

팥죽집 설비해놓듯이 기다란 송판에다 다리를 박아 죽죽 늘어놓은 공장의 식당 한편 벽에는 오늘부터 새로이 번들번들하게 윤이 나는 옻칠한 게시판이 하나 걸리게 되었다. '저것은 무엇을 하려노?' 직공들은 모두 이상스럽게 생각하였다.

이튿날 점심 먹으러 들어갔던 그들은 그 게시판에 얌전한 글씨로 쓴 하얀 종이가 붙은 것을 발견하였다. 그들은 모두 호기심을 가지고 그 앞으로 모여 갔다. "무슨 광고야?" 키 조그만 선동이가 그들의 뒤에 서가지고 소리를 질렀다. "광고가 무슨 광고야." 하며 앞에 선 몇 사람이 목소리를 크게 하여 읽기 시작하였다.

"수양강화修養講話라, 제일일* 근면에 대하여. 예로부터 부지런한 사람으로 성공 아니 한 사람이 없나니 사람은 다 같이 부지런하여야 한다. 자기 한 몸을 세우고 한 집안일을 이루어가기 위하여는 모름지기 모든 일에 성실하고⋯⋯."

| * 第一日.

26

애기책 보드키* 느릿느릿 목소리를 크게 하여 읽어갔다. "이게 또 무슨 설교인고?" 언제든지 점심시간의 사이렌 소리가 나기가 무섭게 식당으로 뛰어 들어와 제일 먼저 벤또**를 열고 먹기 시작하는 인성이는 오늘도 평시와 같이 벤또를 들고 앉아 주먹 같은 밥을 꾸역꾸역 입으로 틀어넣고*** 있다가 게시판을 쳐다보며 이렇게 말하였다. "어데 나도 좀 보자." 선동이는 그들을 비집고 앞으로 들어갔다. "이까짓 게 다 무어냐?" 하고 장난 잘하는 윤식이가 그것을 박 찢어버린 까닭에 선동이는 못 보게 되고 말았다. "그런데 그것은 무슨 까닭으로 그런 것을 해 붙인 게야?" 송판때기 걸상에 죽들 앉아 벤또를 먹으며 대석이가 말했다. "무어빤한 일이지. 아무쪼록 꾀부리지 말고 일 잘하라는 것이겠지." 키다리 성복의 말이었다.

"그뿐인가. 해고 통지, 임금 내리는 통지 같은 것도 모아놓고 입으로 말하기 싫으니까 이후부터는 그런 데 써다 붙이려는 게지!"

그 후부터는 매일 수양강화라는 제목 아래 각가지로 부지런해라 성실해라 하는 의미의 글을 날마다 사무실에서 써다 붙였다. 그리고 일주일에 한 번가량씩 감독이나 사무원이 와서 써 붙인 것을 읽어주고 한바탕 설교를 하고 갔다. 그러나 그들은 힘써 읽으려고도 아니하고 들여다보려는 사람도 없었다. 한 서너 달 전만 같아도 그들 중에는 성실히 읽는 사람이 있었을지도 모른다. 그러나 서너 달 전에 세상을 놀래주었던**** 그들의 임금 감하 반대와 대우 개선 요구의 파업이 있은 후로 그들은 퍽 깨달은 것이 있었고 전같이 어리석지 않았던 까닭에 그따위 썩은***** 소

---

* '드키'는 '듯이'의 방언.
** べんとう(弁当·辨当). 도시락.
*** 원문에는 '트러□코'임.
**** 원문에는 '놀내든'임.
***** 원문에는 '썩어진'임.

리에 귀를 기울이지는 않았다. 이 식당이나마 설치하게 된 것도 그들 파업의 성과이었던 것이다.

그러나 얼마 후에 그들에게는 이런 의론이 돌았다. "일껏* 우리들을 위하여 해준 이 게시판이 우리들에게 아무 소용도 없는 것이 된다는 것은 유감이다. 그러면 우리들은 이 게시판을 우리들에게 유용한 것을 만들자!" 그리하여 그들은 날마다 돌려가며 무엇을 하나씩 써다 붙이고 다 같이 읽기로 하였다. 그래서 날마다 사무실에서 써다 붙인 그 조희** 위에는 별것이 다 붙게 되었다. 신문 기사(특히 쟁의 기사 같은 것)를 써다 붙이기도 하고, 잡지에서 좋은 글을 벗겨다가 붙이기도 했다. 그래서 나중에는 잡지에 나는 벽소설을 벗겨다 붙이게 되었다. 이것이 그중 효과를 나타냈다. 그들은 점심 먹고 그것을 읽는 것이 한 일과였고, 재미였다. 이렇게 하는 줄은 사무실에서 물론 몰랐다.

그런데 하루는 점심시간에 감독이 게시판의 글을 읽어주러 빙글빙글 웃으며 식당 안으로 천연덕스럽게 들어왔다. 게시판에는 모 씨의 지은 벽소설 「직공위원회」가*** 하얀 종이에 쓰여서**** 붙어 있었다. 그는 사무실에서 써다 붙인 것인 줄 알고 목소리를 가다듬어

"에헴! 그들은 바쁜 듯이 모여들었다. 그들의 앞에는 중대한 사건이 가로놓인 것이었다⋯⋯."

한참 읽어가다가 감독의 얼굴빛은 변하여졌다.

"응? 이게 무어야⋯⋯."

눈이 휘둥그레져가지고 소리 없이 혼자 읽는 모양을 보고 직공들은 참았던 웃음을 일시에 폭발시켰다. "하하!" "아하하!" 감독은 암말도 않

* '일껏'의 방언.
** '종이'의 방언.
*** 원문에는 「직공위원회」라는' 임.
**** 원문에는 '씨여서' 임.

고 골이 잔뜩 나서 그 무거운 게시판을 그대로 떼어 둘러메고 사무실로 들어갔다. 그 뒤에는 식당이 떠나갈 듯한 웃음소리가 그치지 않고 터져 나왔다.

그 이튿날부터 식당에는 게시판의 그림자가 영영 사라지고* 말았다. 그러나 벽소설의 필요를 깊이 느꼈고 그것을 읽는 것이 한 버릇이 된 그들은 그 일을 다시 시작 아니하고는 못 배겼다. 그래서 식당 출입문 벽에다 그전과 다름없이 잡지에 소설이 나는 대로 정성껏 벗겨다 붙이고 날마다 열심으로 읽어갔다.

—《집단》, 1932. 2.

| * 원문에는 '사라고'임.

자유노동자

1

'자유노동자!'

이름은 좋다. 왜? 거기에는 현대 사람들이 걸핏하면 내거는 '자유'라는 글자가 붙었기 때문이다.

"네가 가진 것이 무엇이냐?"

어느 놈이든지 물으면 나는 일 분도 지체치 않고 곧 대답을 한다.

"소나무로 만든 다 부서져가는 지게 하나와 작대기가 있다. 그리고 삽이 한 개 있다."

"그것뿐이냐?"

하고 다시 묻는다면 그때에는

"응, 또 있다. 이 몸뚱이가 있다. 이것이 나의 유일한 밑천*이다. 그리고 집구석에 있는 아귀가 다 된 우리 계집과 자식새끼가 두 마리나 있다. 그것뿐이다!"

나의 대답은 여기에 그칠 뿐이다. 그 이상은 어떠한 수한**을 가지고

---

* 원문에는 '미천'임.
** 手翰. 손수 글이나 편지를 씀. 또는 그 글이나 편지.

온대도 나에게서는 이 이상 더 있는 것을 가리켜낼 수는 없을 것이다……

"자유노동자! 자유노동자! 응, 그렇다. 무엇이든지 자유다. 내가 노동을 하고 싶으면 하는 것이고, 이것도 저것도 다 귀찮고 성가시면 아무것도 다 집어치워도 고만이다. 그렇다고 어느 놈이 어느 발겨 갈 놈이 나를 끌어다 일을 하라고 노동을 강제할 놈은 하나도 없다. 이 세상 아래는 하나도 없다. 그러니까 모든 것이 자유다. 어떤 학자 놈이 지었는지는 모르지만 이름은 잘 지었다. 그러나 내가 일하고 싶을 때, 일하려고 할 때에 언제든지 일이 있느냐? 마음대로 일이 있느냐? 그리고 내가 하루 임금이 이십 원이 필요할 때 그것이 내 자유대로 됐던가? 비 오는 날 일을 하고 싶을 때 그것이 자유대로 됐던가. 이런 데 한하여서만은 자유노동자가 아니고 부자유노동자란 말인가?"

이렇게 내가 떠들어본대야 그것이 다 쓸데없는 일이다.

내가 나이 적었을 때는 우리 집은 시골 부자이었다. 이렇게 말하면 독자들은 얼굴을 옆으로 돌리고 코웃음을 칠지도 모른다. 그러나 사실이다. 부자래도 그리 적은 부자는 아니었다. 늦은 봄에도 곳간에는 볏섬*이 하나 그득그득 쌓여 있었으니까. 그 덕택에 나도 귀히 길러지고** 학교도 다니고 중학교도 졸업한 것이다.

"무엇? 네가 중학교?"

하고 어떤 친구는 싸움이라도 할 듯이 팔뚝 걷고 덤빌지도 모른다. 그러나 사실이다. 내가 이래 봬도 중학교 졸업생이다. 내가 중학교를 마치고 나자 우리 집안이 다 망해버리고 말았다. 아버지가 어떻게 미두를 하게 되었다나, 무엇을 하게 되었다나. 그래서 금방 망해버리고 말았다.

* 원문에는 '볏섬'임.
** 원문에는 '길녀가고'임.

그 뒤로 내가 자유노동자, 우리들의 말로 막벌이꾼이 되기까지는 참으로 쉬운 일이었다. 학교를 졸업하고 나서 바로 시골로 내려가자 빚쟁이들에게 집은 집행을 당한다, 어쩐다, 아주 한참 재미있게 망하는 판이었다. 그리하여 그 모든 광경을 부잣집 자식의 심리로 가득 찬 나의 눈으로 보자니 어이가 없고 기가 막힐 뿐이었다.

그래 화가 나서 그대로 튀어나와 한참 돌아다녔다. 그야말로 부산까라* 의주까라로 함부로 돌아다닌 것이다. 문자로 유식하게 말하면 무전방랑 생활을 한 것이다.

그래 나중에는 꼴이 개꼴이 되고 고생을 멀미가 나도록 실컷 맛보고 마지막 판에는 도로 제 구녁**을 찾아 고향으로 돌아간 것이다.

가보니 고향 사람들은

"아무개 아들 녀석이 저 모양이 되었다."고

하고 흉들을 보느라고 야단인 모양이었다. 그것보다도 중대한 일은 아버지는 그때 얼마 후에 화가 나서 화병으로 고만 죽어버리고 어머니는 친정으로 간 것이다. 우리가 살던 집은 아랫말 땅마지기나 가진 녀석이 사가지고 뽐내고 살고 있는 모양을 보았다.

하루라도 더 있을 멋이 없어서 그대로 나는 어머니 친정으로 갔다. 오래간만에 어머니를 만나니 반갑기도 하였고, 또 어머니는 죽은 자식 만난 것만치나 반가워하셨다. 그러나 그까짓 소리는 자꾸 한대야 소용이 없고 외가에서 눈칫밥을 한 달 동안이나 먹다가 또 서울로 뛰어왔다. 그리해서 직업을 구하러 암만 다녀야 되는 것 없고 할 수 없이 생각다 못하여 자유노동판으로 나선 것이다. 이것이 지금 내가 자유노동자가 되기까지의 경로다. 인제는 대가리가 굳어서 희망이니 앞날이니 무어니 그런

---

* 까라〈から는 동작·작용의 기점을 나타냄. ~부터, ~에서(부터).
** '구멍'의 방언.

것 다 생각할 여가가 없고 또 필요도 없는 것 같다. 잘살아볼 날이라는
것도 꿈에나 있을까, 그 외에는 이 다리가 이 땅 위에 서 있는 날까지 없
을 것이다.

그렇다고* 나를 타락됐다고 '아다마'**가 썩었다고 할는지 모르나 그
럴 수밖에 없는 것이다. 하루에 칠십 전이나 오십 전의 돈을 벌면 그것
가지고 그날 살아가면 그만인 것이다. 어느 날, 어느 세월, 어느 천년에
돈을 모아가지고 집을 사고, 잘 먹고, 잘 입고 지내간단 말인가. 밤낮 이
러다가 죽으면 고만이지……. 그러니까 우리 같은 놈들은 조금도 앞일을
생각하지를 않는단 말이다. 그저 오늘이다. 오늘 하루만 배부르게 먹고
그럭저럭 지내면 그것이 제일일 뿐이다. 오늘이다. 오늘!

2

그럭저럭 이제 오늘은 집 고치는 데서 벌어먹었거니와 내일은 어데
가서 일할까 하였더니 마침 근처 사는 영삼이가 동소문 근처에 일자리가
생긴다고 그리로 가자고 한다. 그러나 너무나 멀어서 여간해서는 집에서
다니기가 어렵다. 그러면 할 수 없이 그 근처 밥집에서 묵지를 않으면 안
되게 된다. 밥값 빼고 무에 남을 것이 없다. 빌어먹을 것 고만두어 버릴
까? 그러나 또 논대야 소용이 없는 것이고 밥이나 얻어먹는 셈 치고 가
기로 했다.

이튿날 다섯 시에 밥을 먹고 나니 영삼이란 녀석이 벌써 와서 가자고***

* 원문에는 '그러하고'임.
** あたま(頭). 사고력, 생각.
*** 원문에는 '가지고'임.

부른다. 그래 밥을 얼른 뚝딱 마치고 나서는 수밖에 없었다.

거리에는 전깃불이 반짝거리고* 아직 사람들의 그림자도 그리 볼 수 없다.

서대문과 광화문통**을 지나 총독부 앞으로 와가지고 동관 대궐을 지나 동물원 근처까지 와서 동소문 쪽으로 가는 도중에서 영삼이가 지게를 내려놓는데, 보니까 다른 것이 아니라 새로이 큰길을 만드는 도로 공사장이다.

흙이 쌓여 있고 돌이 쌓여 있고 어수선한 일터이다. 한쪽에 널판으로 조그맣게 지은 공사장 감독 사무실에는 아직 사람의 그림자가 보이지 않는다.

"겨우 여기야?"

하며 나도 지게를 내려놓았다. 영삼이는 암말도 않고 곰방담뱃대를 꺼내어 담배를 담아 붙여가지고 뻑뻑 빨았다.

그럭저럭하는 동안에 여기저기 새 일꾼들이 하나씩 둘씩 모여들었다. 우리도 슬슬 습지판으로 대들었다. 습지판이라면 독자들은 모르는지도 모른다. 그것은 우리들의 쓰는 말이니까. 습지판이란 일터를 가리켜 말하는 것이다.

차차 때가 되니 감독도 오고 사람도 꽤 많이 모여들었다. 감독은 모든 사람들을 노려보며 돌아다니더니 '만보'를 돌려 주기*** 시작하였다. 독자들은 또 만보가 무어냐고 성가시게 굴 것이다. 그것은 다른 것이 아니라 일을 한다는 표다.

날마다 아침에 일하러 모여든 사람은 다 이 만보를 타야 한다. 그러

---

* 원문에는 '반짝어리고'임.
** '통通'은 '거리'의 뜻을 더하는 접미사.
*** 원문에는 '돌너주기'임.

고야 일 다 마치고서는 만보를 전표 모양으로 내주고 돈을 찾는 것이다.

"야, 이리 와. 당신은 이것 해—."

감독은 저쪽에 어릿어릿하고 서 있는 젊은 양복쟁이 청년의 양복 소매를 끌고 와서 '도륵고'*(흙차)를 미는 일을 하라고 했다. 나이는 한 이십사오 세쯤 되어 보이는 젊은 사람인데 얼굴은 좀 흰 편이고 머리는 하이칼라**를 하였다. 암만 보아도 노동자 같지는 않다.

"여보게, 저따위가 다 대들었네?"

나는 영삼이를 꾹 지르며*** 가리켰다.

"글쎄, 그래도 붓대나 놀리든 양복쟁이인데 어째 이런 일을 하러 왔을까?"

"제까진 것은 하는 수 있나. 사흘 굶어 도적질 아니 할 놈이 없다고 다 죽게 되니까?"

이렇게 말하면서도 나는 나 자신을 생각해보지 아니할 수 없었다.

나 역시 처음에 노동판에를 대들었을 때는 어릿어릿했고 감독의 도야지 같은 목소리에 정이 뚝뚝 떨어지고 그 힘든 일을 하루만 하고 나면 어깨가 붓고 발이 붓고 다리팔이 뻐근해서 며칠씩 앓았던 것이다. 쩔쩔매며 감독에게 달려 나가는 그의 꼴을 보니까 그때 생각이 무럭무럭 난다.

"이 자식이, 무슨 이야기 하고 있나?"

뒤에서 날카로운 감독의 목소리가 나므로 우리는 깜작 놀라 삽을 들고 부지런히 땅을 파기 시작했다.

일꾼들은 모두 부지런히 저희들 맡은 일을 하였다.

감독은 이리 왔다, 저리 갔다 하며 소리를 비—ㄱ비—ㄱ 지르고 야단

* トラック(truck). 트럭, 화물자동차.
** 머리털을 밑의 가장자리만 깎고 윗부분은 남겨서 기르는, 남자의 서양식 머리 모양.
*** 원문에는 '질느며' 임.

이다.

"칙쇼*!! 여리 파서 이것 됐나? 망한 자식이 같으니. 이것 안 됐소 쟈나이까**!"

아래편에서 일하던 사람이 또 야단을 만났다. 그는 암말도 못 하고 빙글빙글 웃으며 감독이 집어내 버린 삽을 도로 들고 왔다.

사실 말이지 우리들 품팔이꾼이야 이런 데 와서 일을 해도 이것이 어떻게 되는 것인지 어데까지 파야 정당한지 무엇을 어떻게 해야 좋은지 도무지 하나도 모른다. 그런 것은 감독이 알 뿐이다. 다만 손가락질하면, 그곳을 금을 그어놓으면, 그대로 파내고 메우고*** 할 뿐이다. 까닭에 잘못이란 밤낮 일어나는 것이다.

"어서어서! 빠리빠리 해라!"

감독에는 일본 사람도 있고 조선 사람도 있다. 그러나 그들의 말투는 거의 같다. 독자들은 농부가 소를 몰아가며 밭을 갈 때

"이러! 워! 이놈의 소!"

하고 막 후려갈기는 것을 보았을 줄 안다. 그러면 이 자유노동자라는 것은 밭 가는 그 소와 조금도 다름이 없이 일하는 것이라고만 알면 고만일 것이다.

우루루! 그동안에 도룻고는 흙을 한 짐 실어가지고 대들었다. 뒤에 올라서 오는 일꾼들! 하나는 아까 그 젊은 양복쟁이인데 아주 얼굴이 새빨개지고 땀이 쭈르를 흘렀다.

"얘, 퍽 힘에 부치는 모양이로구나!"

나는 속으로 이렇게 중얼거렸다. 아닌 게 아니라 아주 일이 고되어서

---

* ちくしょう(畜生). 화가 났을 때, 분할 때 내뱉는 말. 젠장, 빌어먹을.
** '안 됐소 쟈나이까'는 '안 되지 않았느냐'는 의미로 일본어 'じゃないか'를 덧붙인 것이라 추정됨.
*** 원문에는 '메이고'임.

죽을 지경인 모양이다. 속으로 퍽 애색한* 마음도 들어갔다. 그러나 그까짓 마음이 다 쓸데 있느냐? 노동자의 감정은 딱딱하고 굵다랗다. 여간 조그만 일에 마음이 그렇게 끌리지는 않는 법이다.

여기저기 일을 하러 다니면 별것을 다 본다. 다리가 부러지는 꼴, 도록고에 치여 넘어가는 꼴. 그렇지만 우리들의 감정이 무뚝해져 있는 까닭에 불쌍하고 가여워서 눈물을 쭉쭉 흘리는 것 같은 그런 마음은 내려야 낼** 수 없다. 다만 왈칵 분이 일어날 뿐이고 그런 것을

"자, 실어라 실어, 들것***에."

하고 호령하는 감독의 꼴을 보면

"저런 망할 개 같은 놈의 자식 보았나. 제—미할 것, 저 자식이 사람의 마음이여—."

하고 욕을 해 내붙일 뿐이다.

"이것, 이렇게 해서 됐나, 이 자식이……."

도롯고에서 흙을 내리는 데 좇아가서 쩔쩔매는 젊은 청년을 보고 감독은 눈에서 눈물이 날 만큼 야단을 쳤다. 그뿐이 아니라 '지까다비'**** 발길이 정강이에까지 올라갔다.

청년은 감독의 심한 행동에 분이 났던지 눈을 똑바로 뜨고 감독을 쳐다보았다. 그러나 그는 무엇을 생각하였던지 다시 어린 양과 같이 순하게 복종하며 일을 계속했다.

영치기! 영차! 영치기! 영차!

모군꾼*****들은 어깨에 돌을 걸어 메고 돌을 나르고 있다. 감독이 조

* 애색하다. 마음이 애처롭고 안타깝다.
** 원문에는 '내일내야 내일' 임.
*** 원문에는 '들꺼치' 임.
**** じかたび(地下足袋 · 直足袋). 일본 버선 모양의 노동자용 작업화.
***** 원문에는 '목은꾼' 임. '모군募軍꾼' 은 공사판 따위에서 삯을 받고 일하는 사람을 가리킨다.

금이라도 우리의 곁에서 떠나면* 우리는 일을 느릿느릿 한다. 아무도 부지런히 하려고 자진해서 손을** 빠르게 놀리려고 하는 사람은 없다. 도로 공사가 잘되건 얼른 되건 어떻게 되건 우리에게는 아무 상관이 없다. 다만 이 자리에서 엄벙뗑하고*** 오늘 하루의 일을 마치면 고만이다. 다만 급하게 될 수 있으면 얼른 모든 일을 마치려고 서두는 것은 청부업자뿐이다. 이 일을 도급****으로 맡았으니까 하루라도 빨리 마치는 것이 그들에게는 이익이 될 것이다. 그러니까 감독은 눈을 부릅뜨고 개고기***** 짓을 해가면서 우리를 막 때려 부리는 것이다.

일을 하고 있으면 도무지 하루해가 한 달씩 가는 것 같은 법이다. 그래서

"그저 해야, 어서 지거라. 어서 넘어가거라!"
하고 우리는 흙 한 삽을 뜨고는 해를 쳐다보고 흙 한 삽을 뜨고는 또 쳐다보고 한다.

3

하루 일을 마치면 '만보'를 가지고 가서 돈을 찾는데 하루 삯이 겨우 오십이다.

밥집에 묵는 노동자들은 그 만보를 밥집의 녀석이 모두 모아가지고는 제가 돈을 찾고 하루 밥값 삼십 전 제하고 나머지 이십 전은 주어야

---

* 원문에는 '떠나머는'임.
** 원문에는 '손은'임.
*** 얼렁뚱땅하고.
**** 都給. 일정 기간이나 시간 안에 끝내야 할 일을 도거리로 맡기거나 맡김. 또는 그렇게 맡거나 맡긴 일.
***** 성질이 고약하고 막된 사람을 속되게 이르는 말.

할 터인데 그것도 그대로 후무려* 넣는다. 나중에 심**이야 치기는 치는 것이지만 그 집에 묵는 그들은 아무도 거기 대하여 항의를 못 한다. 이것은 무슨 까닭인지 모르지만 그것이 한 습관같이 되어 있다. 여기서 잠깐 그 밥집 이야기를 써보자.

밥집 주인 녀석이란 대개 기운이 등등하고 성질이 불량한 불량패다. 그래서 막 주먹으로 노동자들을 휘어잡고 맘대로 한다. 그뿐 아니라 감독하고는 퍽 새***가 좋아서 서로 한편이기 때문에 더 세력이 센 것이다. 걸핏하면 노름이나 하러 다니고 술 먹고 싸움이나 하고 하는 못된 놈이다. 그놈의 밥을 안 먹었으면 하고 말할는지 모르나 할 수 없이 자유노동자들은 그것을 먹게 되는 것이다. 자, 그 말은 고만하기로 하자.

이날 일이 끝나고 '만보'는 모두 통례대로 밥집 주인에게 맡긴 후 모두들 밥집으로 모여들었다. 그런데 마침 그 젊은 양복쟁이 청년도 우리가 있는 밥집으로 오게 되었다. 나는 속으로 좋아했다. 그하고 이야기라도 좀 하여보려고.

그 청년은 방으로 들어와서 웃통을 벗어 한편에 놓고 나가더니 주인을 찾아 무엇인지 말을 하였다. 주인은

"내가 썼소!"

하고 말하는 것을 보아 청년이 곡가****에서 밥값 제하고 남은 이십 전을 달라고 청구하는 모양이었다.

'흥, 네가 모르는구나.'

하고 나는 속으로 웃었다. 과연 그는 이곳 규칙을 모르는 모양이었다.

"여보, 그 오십 전은 내가 오늘 하루 종일 한 품삯이요. 내가 노동

* 남의 물건을 슬그머니 훔쳐.
** '셈'의 방언.
*** '사이'의 준말.
**** 穀價. 곡식의 가격.

한……. 그러니까 당신이 밥값 삼십 전 제하고 이십 전은 나한테 돌려보내는 게 정당한 일이 아니오. 왜 안 준단 말이오?"

청년의 말은 말마다 이치에 꼭꼭 들어맞는 말이었다. 그래서 한참 싸우더니 기어이* 그 청년은 주인에게서 이십 전을 찾고 말았다. 그의 말과 태도가 도무지 보통 노동자 같지 않은 데 주인도 한풀 꺾인 모양이었다.

밥집 방은 좁고 기다란데 열두 명씩이나 들어앉게 되었다. 그중에 그 청년도 끼인 것을 나는 마음속으로 좋아했다.

문명의 혜택은 이런 곳까지 올 수가 없는 것은 당연한 일이었던지 그 흔한 전등도 없고 그을음 나는 석유 등잔불이 금방 숨넘어가는 사람처럼 깜박깜박하고 있었다. 천장에는 거미줄이 얽히고 벽은 빈대 피로 새빨갰다. 자리는 삿자리를 깔아놓았으므로 까딱하면 손에 가시가 든다. 이것이 자유노동자의 소굴, 우리들의 숙박소이다.

벌써부터 드러누운 이도 있고 짤따란 연필에 연방 침을 묻혀가며 시커먼 수첩에다 무엇을 적는 사람도 있다.

불 옆으로 대들어 눈을 찌푸려가며 이를 잡는 이, 이야기책을 꺼내어 보는 이, 담배를 피우는 이 가지각색이다.

나는 젊은 청년이 있는 곳으로 자리를 옮겨 앉았다. 그리고 먼저 말을 붙였다.

"이런 일이 처음이신가 본데 대단히 피곤하시지요?"

심심한 듯이 벽에 기대앉았던 청년은 나의 묻는 말에 몸을 반듯이 하며 공손한 태도로

"네. 좀 힘이 드는 것 같습니다마는 무엇 별로……."

말대답은 퍽 유순하고 정다웠다. 우리가 이야기를 시작하는 바람에

| * 원문에는 '그여히' 임.

다른 사람들의 시선도 모두 우리에게로 쏠렸다.*

"그전에는 무슨 회사에를 다니셨던가요?"

하고 나는 재차 물었다.

"아닙니다. 그전에는 집에서 여관을 하는 덕으로 학교를 마치고 집안 일을 보았습니다."

"그러면 그전에는 귀하신 몸이시구료. 그런데 왜 이런 일을 하십니까?"

"여러 가지 사정이 있지요."

하고 청년은 미소를 띠었다.

"아, 물론 그런 사정이 계시니까 그러겠지요마는."

내가 자꾸 물으므로 그 자리에서 청년은 자기가 이렇게 된 경로를 간단하게 여러 사람에게 말하여 들려주었다.

그의 말에 의하면 그는 개성에서 그의 아버지가 큰 여관을 경영하였는데 이 불경기 통에 영업은 번창하지 않고 차차 빚만 져가다가 고만 일년 전에 자기 아버지가 작고하자 집은 그냥 파산할 지경에 이르고 말았다고 한다. 그래서 자기 집안 식구를 데리고 서울 와서 셋방을 얻어 살림살이를 하다가 살 수 없어 집안 식구는 그대로 도로 개성으로 보내고 자기만 남아 있어 직업을 구하나 도무지 얻어 들어갈 길 없고 할 수 없어 이 노동판으로 대들었다고 한다.

그의 사정이 나와 거의 같으므로 나는 그에게 유달리 동정심이 떠올랐다. 그래서 나의 지나간 이야기도 한바탕 이야기를 쫙 해 들려주었다.** 그동안에 모든 사람들은 모두 우리들 쪽을 향하여 앉아 이야기를 재미있게 들었다. 그리고 그 청년은 내가 중학교를 마쳤다니까 퍽 반가워하는

* 원문에는 '쏠녓다'임.
** 원문에는 '들녓다'임.

빛이 나타났다.

"이후라도 이런 일을 하실 작정이십니까?"

하고 내가 물으니 그는 웃으면서 여러 사람들을 향하여

"앞일을 알 수 없습니다마는 나는 여러분과 같이 지내는 게 퍽 재미있습니다."

하고 말했다. 이 이야기 저 이야기 하는 동안에 여러 사람들은 단박에 그 사람과 모두 친하여졌다. 그리고 그가 글자나 좀 알고 하면서도 여러 노동자 앞에서 조금도 건방지게 뽐내는 기색이 없으므로 여러 사람은 그 점을 퍽 좋아했다.

그리고 그가 좀 유식하다니까 모두 이것저것 되는대로 묻는다. 만주가 어떻게 되었느냐는 둥* 미국이 어떻다는 둥. 그럴 때마다 그 청년은 퍽 친절하고 자서하게** 이야기를 하여주었다.

나중에 청년은 가방에서 책을 서너 권 꺼냈다. 그래 한 책은 먼저 나에게 보라고 주었다. 표지에는 'ＸＸ'이라고 커다랗게 쓰고 '근로하는 백만 대중의 잡지'라고 써 있었다. 내가 그것을 펴놓고 뒤적거리는 동안에 그는 다른 책 두 권을 여러 사람 앞에 놓고 읽어보라고 하였다.

"그게 무슨 책이야, 이야기책이요?"

"춘향전도 있소?"

하고 그들은 웃으며 떠들었다. 그 두 책은 하나는 《ＸＸＸ》이고, 하나는 《ＸＸＸ》였다. 나도 그 이름만은 잘 알고 있었다.

"잡지책이로군!"

하고 누가 그것을 집어 들고 읽었다.

"이런 것들이 다 우리들이 읽어야 할 잡지고 또 우리들을 위하여 내

* 원문에는 '등'임.
** 자서하다. '자세하다'의 방언.

는 잡지입니다."

하고 청년은 그 잡지들의 성질을 이야기하여 들려주었다.

그리고 한 책을 집어 들고 자기가 큰 소리로 읽어 들려주며

"자— 여기에는 프롤레타리아니 우리들 노동자는 단결을 하라느니 그런 말들이 쓰여 있지 않습니까. 프롤레타리아라는 말은 노동자라는 말입니다." 하며 모두 해석을 하여주었다. 그리고 무슨 까닭에 그런 말을 쓰며 그렇게 한다는 것도 대강 이야기하여 들려주었다.

"오라, 그렇게 알고 보니까 괜찮은 책이로구먼. 그래 나도 접때 누가 그 잡지책을 읽으라고 주기에 읽어보았드니 맨 부자의 욕만 했습되다그려. 그래니 그게 무슨 의미인지 도무지 몰랐드니 알고 보니까 그런 게로구먼. 그렇다는 것을 알고 보니 한번 다시 읽어보아야 하겠는데……."

하고 보따리에서 새까맣게 때가 묻은 잡지를 꺼내어 놓았다. 별것이 아니라 《××》이었다.

청년은 아주 여러 사람이 자기의 말을 퍽 재미있게 듣는 것을 보고 여간 기뻐하는 것이 아니었다.

"네, 그것이 이 《×××》과 마찬가지입니다. 그런데 이 《××》이란 것은 어른들이 읽는 것이고, 《×××》이나 《×××》는 소년들의 잡지입니다."

이렇게 말하여주고 나서 《××》을 들고 그 뒤에 있는 소설을 한번 읽어 들려주고 나서는 모든 것을 잘 해석하여 이야기하여 들려주었다.

여러 사람들은

"하!"

"참 딴은* 그래."

| * 원문에는 '따는' 임.

하며 모두 재미있게 이야기를 들었다. 그리하여 이날 밤은 이런 데서 흔히 모이면 떠들고 지껄이는 색주가 이야기, 사발막걸릿집 이야기 같은 것을 아니하고 지낼 수 있었다.

4

그 이튿날 역시 우리들은 도로 공사장에서 하루 종일 일을 마치고 돌아왔다.

이날 그 청년은 대단히 피로한 모양이었다. 그러나 그는 싫어 아니하고 꾸준히 일을 하였다. 그리고 단박에 여러 사람들 중에서 인기자가 된 그 청년은 여러 사람들의 위함을 받게 되어 어려운 일은 척척 대들어 도와주었다.

그럭저럭 밤이 되어 여러 사람들은 다시 조그만 자기들의 볼일을 마치고 나서는 청년의 이야기를 들으려고 모여 앉았다.

오늘은 그는 잡지는 안 내놓고 세상 형편 같은 것을 이야기하여주며 이 사회는 어떤 사회이라는 것과 우리들 모든 노동자가 어떤 지위에 놓여 있다는 것을 말하여주었다. 그리고 일본이나 미국이나 그런 데 노동자들은 다 자기들의 ××을 가지고 있다는 것을 말하고 나서는 우리들 자유노동자는 자유노동조합을 가질 것이라는 것을 말하여주었다.

그의 흐르는 듯한 거침없이 나오는 말소리에 여러 사람들은 취한 것 같았다. 그리고 그의 말을 듣고 나니 나부터 우리들이란 그저 이렇게 노동이나 생전 해먹다가 죽을 것이라고 생각던 그 마음이 어데로 가버리고 앞이 탁 트인 것 같으며 희망이 빛나는 것 같았다.

다른 사람들도 다 이런 느낌을 얻었을 것이라는 것을 나는 안다. 그들의 얼굴이 환해진 것 같고 모두 말소리가 웃음에 찬 것을 보아서 그들도 우리의 미래에도 빛나는 앞날이 있다는 것을 안 것이 틀림없다. 모두들 못난 것 같은 마음이 어데로 가고 어깨가 올라가고 마음이 쾌활해진 것 같다.

"이 암흑한 거리에도 광명이 온 것이다."(此間八行不得己略)*

그 이튿날도 그다음 날도 청년은 쉬지 않고 좋은 이야기를 계속하여 들려주었다. 여러 사람이 어떻게 그 청년을 좋아하고 신임하고 위하였는지 모른다는 것은 "이런 좋은 사람을 그런 일을 하게 하는 것은 아까운 일이다. 우리들이 선생을 만들고 그를 벌어먹이자."고까지 한 것을 보아도 알 것이다. 청년이 그 말을 반대하고 듣지 않은 것은 물론이다. 그는 언제든지 여러분과 같이 있을 것이고 여러분을 위하여 힘쓰겠다는 것을 약속하였다. 그리고 나에게 있는 여러 권의 책을 읽으라고 빌려주었다. 그리고 특히 자유노동조합의 필요에 대하여 여러 번이나 말하였다. 그리고 우리는 그것을 갖기 위하여 노력하자고 약속했다.

그에 의하여 나는 퍽 여러 가지 새로운 것을 깨달았고 좁은 세상이 새로이 넓어진 것 같았다. 사실 말이지 내가 자유노동자가 된 이후로는 이 세상에 대하여 모든 희망이라는 것은 다 흐리어져버리고 말았었다. 그저 오늘 살고 또 내일 살고 그렇게 일생을 살아가면 고만이라고 하였다. 그러던** 것이 그 청년의 덕으로 나는 새로운 광명을 얻은 것이다. 그 청년은 확실히 나의 은인이고 나를 가르친, 어둔 막을 벗기어준 사람이다. 나는 그전과 달라 퍽 유쾌한 마음으로, 그러나 모든 일을 비판하여가며 보아가면서 노동을 하여가게 되었다.

어느 날인가 나는 한 모퉁이에서 그를 만났을 때 힘 있게 그의 손을

---

* '이 사이의 여덟 줄은 이미 생략되어 얻을 수 없었다'의 의미라 추정됨.
** 원문에는 '그러던' 임.

꼭* 잡았다. 그리고 "나는 광명을 얻었소. 동지!" 하고 말했더니 그는 더 힘 있게 내 손을 흔들며

　　"힘 있게 굳세게 살자! 동지!"

하고 빙그레 웃었다. 우리들은 손을 놓고 명랑하게 웃었다. 퍽 쾌활한 웃음이었다.

　　"노동자의 전도**는 바다와 같이 양양하다***!"

―《제일선》, 1932. 12.

---

* 원문에는 □임.
** 前途. 앞으로 나아갈 길.
*** 사람의 앞날이 한없이 넓어 발전의 여지가 많다.

B촌삽화

임 서방과 자기 아내를 방 안에 남겨두고 대문을 지치고 나서는 천서에게는 여러 가지 생각이 새로이 그의 머리를 괴롭게 하였다.

"제─기, 살아가는 것이 대체 무엇이게 이렇게까지 하지 아니하면 안 되는가?"

묘식이네 사랑방을 향하여 가면서 그는 지나간 날의 모든 일을 다시 생각하여보며 지금 자기 집 방 안에 임 서방과 자기 아내 사이에 벌어질 장면을 상상하여보았다.

"빌어먹을, 내가 추한 자식이지 계집을 그 짓을 시키고……. 처음에 그 자식을 찔러 죽여버릴 것을 그랬어……."

새로이 양심의 가책이 그를 더한층 괴롭게 하였다.

"집으로 가서 그놈의 자식을 두들겨 내쫓을까 보다?"

발길을 멈추고 우뚝 서서 이런 생각을 하여보았다. 그러나 그 뒤의 그에게 닥쳐올 모든 일을 생각하여볼 때 그런 흥분도, 분노도, 모두 물거품같이 사라지고 마는 것이다. 화나는 대로 임 서방을 두들겨 내쫓으면 시원하고 상쾌하고, 비열한 남자 되는 것은 면할지 모른다. 그러나 그에게는 바로 굶주림과 쓰라린 생활이 다시 닥쳐올 것이다. 새로 더 얻은 농토는 물론이고 그전에 해먹던 땅까지도 하루아침에 다— 떨어져버릴 것은 빤한 일이다. 그렇게 된다면 그 지긋지긋한 거지 같은 생활을 다시 하여 나가지 아니하면 안 될 것이고 심하면 보따리를 싸 짊어지고 집안 식구를 다리고* 북간도**나 어데로나 살 곳을 찾아 떠나지 아니하면 안 되게 될는지도 모른다. 그런 일은 상상하여보는 것만도 퍽 두려운 일이었다.

"역시 그대로 참고 있는 것이 나을까?"

그는 발길을 다시 앞으로 디디어 놓았다.

천서가 그렇게 마음이 다고지고*** 성미가 팩팩하지 못한 편인 것은 말할 것도 없다. 얼마큼 그는 곰같이 미련하고 황소같이 느린 성격을 가지고 있었다. 이것이 매사에 그를 다부지고 꺽지게**** 못 하고 어리석고 무르게 하게 하는 원인이 되는 것이지만⋯⋯.

모든 생각을 천서는 다 휘저어 버리고***** 일부러 기분을 유쾌하게 지어가지고 묘식이네 사랑으로 가서 방문을 열고 들어갔다.

방 안은 담배 연기와 석유 그을음으로 안개 낀 아침같이 몽롱하고 희미해져서 사람들의 얼굴이 잘 보이지 않을 지경이다. 가운데 석유 등잔 불만이 사람들이 숨 쉬는 대로 깜박거리고 있었다.

"저녁들 잡셨시유!"

인사를 하면서 천서는 아랫목 편으로 나아가 한편에 끼어서 앉았다.

"천서, 벌써 저녁 먹었다!"

옆에서 춘식이가 인사를 하였다. "응!" 하면서 천서는 그 옆으로 가

---

* 다리다. '데리다'의 방언.
** 원문에는 '북간토'임. 북간도北間島는 두만강과 마주한 간도 지방의 동부를 가리킨다.
*** 다고지다. '다부지다'의 방언.
**** 성격이 억세고 꿋꿋하며 용감하게.
***** 원문에는 '희저버리고'임.

앉았다.

아랫목에는 웬 젊은 양복 입은 사람을 가운데 놓고 그의 이야기를 재미있게 듣고들 있었다.

천서는 춘식에게 물어서 그가 서울에서 온* 묘식이의 사촌이라는 것을 곧 알 수 있었다.

서울 손님은 그리 크지 않은 목소리로 여러 사람에게 서울 이야기 같은 것을 해 들려주고 있었다. 천서도 그의 우울을 풀기 위해서 이야기 듣는 사람 편의 한몫 끼였다.

여러 사람들은 별것을 다 물었다.

"전차는 어떤 것이유?"

"총독부는 어때요?"

"종로는 아주 큰 장이지요?"

"서울은 날마다 장이 서나요?"

그들 중에는 서울이 어떤 곳인지 전차가 무엇인지도 모르는 사람들이 전판**이었다. 그래서 이런 기발한 질문이 나오는 것이다. 그래도 서울 손님은 조금도 괴로워하지 아니하고 친절하게 모든 것을 잘 설명해서 이야기해주었다.

활동사진관 이야기, 백화점 이야기, 진고개 이야기 차례차례로 이야기가 나올 때마다 그들은 모두 입을 벌리고 놀랐다. 서울 손님은 시골 사람들에게 서울의 형편을 알리느라고 땀을 뻘뻘 흘렸다. 나중에는 지게꾼 마차꾼들의 이야기, 공장에 직공들의 살림살이 이야기를 하여주었다.

그런 이야기를 듣고 있던 천서는

'나 같은 사람은 소용없지.'

---

* 원문에는 '서울은' 임.
** 원문에는 '진판' 임. 하나도 남김이 없는 전체.

하여 그는 자기 아내와 임 서방의 그 일을 생각하여보며 단박 마음이 우울하여졌다. 그래서 '나 같은 찌끄러기가 무슨……' 하고 도리어* 자기를 비웃었다.

밤이 이슥한 뒤 여러 사람과 같이 헤져서** 천서는 집으로 돌아왔다. 방 안에 들어서니 아내는 이불을 푹 뒤어쓰고*** 정신없이 자고 있다. 윗목에 있는 석윳불이 그를 맞아주는 것 같았다. 천서는 덜퍼덕 앉았다. 그리고 아내의 자는 양을 잘 살펴보았다.

그의 모양을 바라볼 때 천서의 기분은 말할 수 없이 이상야릇한 것이었다. 그러나 모든 것을 생각지 않기로 작정하고 등잔불을 홱 꺼버리고 이불 속으로 들어갔다.

천서가 장가든 지는 벌써 십 년이 넘었다. 그는 열여섯 살 적에 그의 어머니가 민며느리로 어려서부터 얻어다 기른 계집애와 성례를 하였다. 그것이 지금 그의 아내이다. 몸집이 호리호리하고**** 얼굴빛이 흰 것이라든지 콧날이 오뚝 선 것이라든지, 그 어려 살림에 시달려나 왔어도 그의 아내는 이 시골서 미인 편에 갔다. 그런데 그의 자색에 일찍부터 마음을 두고 있던 사람은 이웃에 사는 임 서방이었다. 임 서방은 사백여 섬 추수나 하는 이 근동에서는 엄지손가락을 꼽는 부자다. 그래서 이 마을은 물론 근처 동리의 농민들은 모두 그의 소작인이었고 그의 세력은 당당한 것이었다.

천서네는 살기가 어려운 사람들 중에도 더 어려운 편이었다. 역시 임 서방네 땅을 몇 마지기 얻어서 하기는 하지마는 그것 가지고는 밤낮 밥

* 원문에는 '도로혀'임.
** 헤지다. '헤어지다'의 준말.
*** 들쓰고.
**** 원문에는 '헤리호리하고'임.

을 굶는 빚*이었다. 그래서 천서댁은 늘 이웃 임 서방네 집에 가서 일을 거들어주고 밥그릇이나 얻어먹고 하였다. 일찍부터 천서댁의 자색에 마음을 두고 있던 임 서방은 지난해 가을에 일하러 그의 집에 온 천서댁을 거의 강제적 수단으로 통간을 하였다. 그래서 그의 소망을 이루었다. 이 일을 안 천서의 분노는 여간 큰 것이 아니었다. 그는 칼을 가지고 임 서방을 찔러 죽이러 임 서방네 집으로 달려갔다. 그러나 결국은 임 서방과 화해를 하고 돌아왔다. 그리고 그런 일 있었던 것도 동리 사람은 알지도 못하게 그 일은 주저앉아 버리고 말았다.

그 뒤 천서는 임 서방네 땅을 더 얻게 되었다. 그리고 때때로 돈푼도 얻어다 쓸 수 있었고 쌀말도 가져왔다. 그것은 모두 꾼다는 명목으로 가져왔으나 한 번도 갚은 일은 없었다. 그래서 천서는 그 어려운 살림살이가 좀 나아지고 임 서방은 그 뒤에도 몇 번이나 천서의 집에 와서 천서댁과 자고 갔다. 그것을 알고도 천서는 아무 말도 하지 못하였다. 나중에는 천서가 있을 때에도 임 서방이 왔다. 그럴 때는 천서가 슬그머니 밖으로 나갔다. 그럴 때마다 천서의 마음이 괴롭고 화가 나는 것은 말할 것도 없다. 어떤 때는 그 능글능글하고 추근추근한** 임 서방을 흠씬 작대기로 두들겨 패주고 싶었다. 그러나 그것은 마음뿐이었고 실상 임 서방을 직접 대해서는 한마디 말도 못 하였다. 그러고 때때로 얻어다 쓰는 돈푼, 쌀말 때문에 그의 앞에 머리는 점점 숙어갈 뿐이었다.

천서는 밤낮 떠름한*** 생각을 가지고 있으면서도 어찌하지 못하고 그럭저럭 그해를 넘기었다.

해가 바뀌고 새로운 봄이 이 땅을 찾아왔다.

---

* 원문에는 '빗'임.
** 성질이나 태도가 검질기고 끈덕진.
*** 원문에는 '째름한'임. 마음이 썩 내키지 아니함.

연못가에 개나리 나무에는 잎도 피기 전에 노랑 꽃이 가득이 피었다. 버드나무에는 물이 오르고 새싹이 파릇파릇 돋아 나왔다.

시골 색시들의, 젊은 아이들의 피리 소리가 우물가에서, 들에서, 뒤 곁에서 들려왔다.

모든 것이 새로운 생명을 얻어 피어나는 것 같았다. 그러나 천서는 봄이 되어도 더욱 우울한 얼굴을 해가지고 돌아다녔다.

처음에는 동리에서 천서댁과 임 서방 사이의 일을 아무도 아는 사람이 없었다. 그러나 그것은 차차 한 사람 입에서 두 사람 입으로, 젊은이에게서 늙은이에게로* 퍼져갔다. 그래서** 소문이 짜짜해졌다.

동리 여자들이 세넷만 모여도 그 이야기를 하고 수군대며, 아이들까지도 그런 얘기를 했다.

물동이를 이고 우물에 가서도 입빠른*** 여자들은 그런 이야기를 끄집어내었다. 그리고 듣는 사람들은

"내 어쩐지 요새 천서댁이 머리를 곱게 빗고 얼굴에 분을 바르고 하는 것이 다르더라."

"사내 녀석이 드러운 자식이지 무어야. 계집을 그 짓을 시키고……."

"오죽해서 그런 짓을 할라고. 참으로 목구녕이 보두청****이지……."

이렇게 말하며 어떤 사람은 천서를 욕하고 점잖은 이들은 도리어 천서를 동정하였다.

점녀 어머니는 이야기를 듣고 가자마자 단박 그의 남편 춘식이에게 그 이야기를 옮겼다.

"임 서방이 천서댁 보았다는구려……."

* 원문에는 '늙은이에게를'임.
** 원문에는 '그래도'임.
*** 남에게서 들은 말이나 자신의 생각을 참을성 없이 지껄이는 버릇이 있는.
**** '포도청捕盜廳'의 변한말.

"보다니……? 좀 보기로 무슨 상관 있나……."

"에이그, 내 말귀도 그렇게 못 알어듣는 거……. 임 서방하고 천서댁하고 좋아지낸대요……."

"글쎄 그렇기로서니 무슨 상관 있느냐 말이야……."

"아이그, 당신도. 당신은 족히 나를 그런 일 시킬 양반이에요……. 사내자식이 오죽 못나서 계집을 그렇게 내놀려고……. 임 서방이 오면 천서는 슬그머니 나간다든데그려……. 아이, 망측스러……."

점녀 어머니는 침을 탁탁 뱉었다.

"밥을 굶고 있는 것보다 낫지……."

춘식이가 조금도 괴이하게 듣지 않는 데 점녀 어머니는 화가 났다.

"당신도 족히 그런 이에요……."

춘식이는 웃으며 아무 말도 하지 아니하였다.

천서의 이야기는 이렇게 퍼지고 퍼져서 요새 이 동리의 이야깃거리가 되어 있다. 그리고 그런 기미를 안 천서는 그 뒤로 얼굴이 뜨뜻하고* 마음이 부끄러워서 동리 사람에 말**도 못 갔고 잘 돌아다니지도 아니했다.

이 동리에는 작년에 진흥회가 조직되어 있었다. 그 회의 목적은 이름과 마찬가지로 나쁜 풍속을 없애고 아름다운 풍속을 양성시킨다는 것이었다.

이 회의 명예회장으로는 이 면의 면장이 추천되어 있고, 회장은 그전에 한문 서당의 선생 노릇을 하던 송 선생이 추천되어 현재까지 그가 회장으로 있다. 회장 아래에는 네 명의 간부가 있고 그 간부로는 춘식이, 묘식이, 만영이, 응교 네 사람이 뽑히었고, 회원은 동리 사람이 거의 다

---

* 원문에는 '놋놋하고'임.
** 이웃에 놀러 다니는 일을 뜻하는 '마을'의 준말.

들었었다. 그러나 그중에는 이 회의 사업이 무엇인지 잘 알지 못하면서 그저 들으라니까 들은 사람도 많이 있었다. 그래서 이 회의 사업으로는 색의*를 장려하고 머리 깎는 것을 권하는 외에 어른에게 예의를 잃지 않게 하는 것과 혼인을 일찍 하는 것을 금하는 것과 옷을 사치하게 입는 것, 술 담배를 끊기를 권하는 것 등 그 외에 셀 수 없을 만치 많이 있다.

그리고 이 회 때문에 최초에 희생을 당한 사람은 작년 봄에 태길이라는 머슴꾼이었다. 그는 남의 집 머슴을 살면서 담배 파는 집 처녀에게 뜻을 두고 왜밀** 비누 같은 것을 몰래 사 보냈다. 이것이 발표가 되어 단박 서리 같은 교풍회의 방망이 아래 이 동리에서 못 살고 쫓기어 나갔다.

교풍회 회장 송 선생이라는 이는 한학자인 만큼 걸핏하면 공자, 맹자의 도를 끌어내며 오륜五倫을 모르느니 삼강三綱을 모르느니 하고 사람을 꾸짖기는 잘했다. 그리고 자칭 군자이고 정의의 선비인 만큼 아주 결백하고 매우 높은 체하였다. 그 때문인지 역시 살림은 어려웠고 때때로 임 서방네 빚을 얻어 쓰지 아니하면 안 되었다.

천서의 일은 단박 교풍회 안에까지 문제가 되었다. 춘식이는 간부였다마는 자기 아내에게 그런 말을 듣고도 그것을 문제 삼으려고도 하지 않했으며 송 선생에게 이야기도 하지 아니하였다. 그러나 묘식이는 단박 그것을 문제 삼으려고 했다. 그는 읍내 보통학교 출신이다. 그래서 이런 사리 저런 사리를 다 알아차리는 터였다. 성질이 강하고 날카로운 편이다. 그는 임 서방과 천서댁의 일을 듣자 바로 송 선생에게로 달려가서 이야기를 좍 하고 어떻게 징계***를 내리자고 하였다. 그리고 그는 더욱이 천서 같은 추한 놈을 동리에 두는 것은 이 동리의 수치라고 떠들어댔다.

* 色衣. 물감을 들인 천으로 만든 옷.
** 왜밀기름. 향료를 섞어서 만든 밀기름.
*** 원문에는 '증게' 임.

"나도 대강은 들었지만 진상을 조사해가지고 해야지. 아직 가만있게……."

송 선생은 가슴까지 내려오는 긴 수염을 쓰다듬으면서 점잖게 말하였다. 묘식이는 그 말을 듣고는 그럴듯해서 그대로 돌아갔다.

그럭저럭 며칠이 지나도* 교풍회 의장 송 선생은 그 일에 대해서 아무런 방책도 생각하려고 하지 않았으며 그런 성의조차 보이지 아니했다. 묘식이는 다시 춘식이, 만영, 응교 등 간부를 데리고 가서 임 서방과 천서에 대한 일을 협의하자고 하였다. 그래도 송 선생은,

"가만있어. 그리 급허게 서두를 게 아니야……. 에헴!"

하고 큰기침을 하며 시기상조라고 더 기다려서 할 것이라고 하였다. 그리고 춘식이는

"없는 사람이 좀 그런 일을 해서 땅마지기나 더 얻어 했기로 그런 것을 그냥 내버려 두지 무얼 그래!"

하며 덮어두자고 하였다. 그러나 묘식이와 응교는 그 말에 강경히 반대하였다. 그리고 그런 일을 모두 덮어두면은 교풍회라는 것은 있어서 무엇에 쓰는 것이냐고 떠들었다. 송 선생은 눈만 끔적끔적하며 아무 말도 하지 않고 있었다.

"선생님, 무엇 별말 할 것 없이 내일이라도 총회를 열어야요. 그래가지고 어떻게 처치를 하지요—."

묘식이는 무슨 큰일이나 생긴 것같이 교풍회를 열어가지고 그 일을 거기서 토의하자는 의견을 제출했다.

"글쎄 차차 하지. 서둘지 말라니까 그래!"

송 선생은 그 일을 쳐들어** 내가지고 임 서방에게 악감을 살 때의 경

---

* 원문에는 '지내도'임.
** 원문에는 '처드러'임.

우를 생각하여보면서 묘식이의 의견을 눌렀다.

"글쎄 선생님 왜 그러십니까? 저는 그러면 이 간부를 사임할 터입니다*."

묘식이는 얼굴에 핏기를 올려가지고 이렇게 말하였다.

"아, 하게그려. 누가 겁나나. 젊은 사람들이란 아무 생각도 없이 덤벙댄단 말이야."

송 선생도 화를 내며 담뱃대를 재떨이에 탁탁 털었다.

"아, 그러지들 말아요. 차차 생각해보아 가면서 해볼 일이지. 천서만 해도 무엇 부끄러운 일, 욕된 일을 모르고 그러는 게 아니지? 사실 말이지 살아가자니 어떻게 하나. 그런 것을 자꾸 쳐들어 내가지고 떠들 것도 없고, 그보다도 천서를 불러다 조용히 이르는 게 낫겠지. 그렇지 않습니까, 선생님?"

춘식이는 묘식이를 나무라는 듯이 이렇게 말하였다.

"아, 여보, 춘식이. 사실이 그렇지 않소? 그런 것은 다 떠도는 풍설을 가지고 할 게 아니라 사실을 잡어가지고 해야 하지 않느냐 말이야. 그런 것을 공연히 젊은 기운들만 믿고 날뛴단 말이지."

송 선생은 어성을 높이어가며 춘식이를 보고 말하였다. 묘식이와 응교는 아무 말도 않고 듣고만 있었다.

"더군다나 다른 사람 일도 아니고 임 서방이 그 일에 끼는 것인데, 공연히 뒤떠들어 놓았다가 사실이 그렇지 않다면 임 서방의 체면은 어떻게 한단 말이요."

"아, 그건 그렇지요. 그리고 괜히 떠들 것 없어요."

춘식이는 송 선생의 말에 찬성하는 뜻을 표했다. 묘식이와 응교도 다

| * 원문에는 '사임터임니다'임.

임 서방의 노염을 사는 것이 좋지 않다는 것쯤은 잘 알고 있었다. 그러나 일상 사람은 공명하고 정대하여야 한다는 말은 송 선생에게 여러 번 들은 교훈이다. 그래서 그 공명정대의 가르침이 묘식이로* 하여금 그것이 비록 세도 있는 임 서방에게 재미롭지 못한 일이라도 그것을 정당하게 처단하는 것이 옳을 것이라는 생각을 내게 한 것이다. 그러나 송 선생의 '도덕군자'도 임 서방의 재산 앞에는 어찌할 수 없게 된 이상 그들이야 더 말할 것도 없었다. 송 선생의 뜻도 대강 짐작하게 된 묘식이는** 거기 대하여 더 말하지 아니하였다.

그리고*** 다른 이야기를 꺼내서 송 선생의 화도 풀어지게 하고 그들은 또 모이기를 약속하고 각각 헤져**** 갔다.

그 후에 묘식이는***** 다시 그 일을 송 선생 앞에 끄집어내지 아니하였다. 춘식이는 처음부터 천서의 딱한 사정을 잘 알고 있는 터이므로 그 후에도 거기에 대한 말을 다시 하려고도 아니했다.

송 선생은 다른 이의 일****** 같았으면 '교풍회'를 높이 쳐들고 단박 떠들어냈을 것이다. 그러나 거기 임 서방이 끼인 탓으로 그것을 덮어두려고 애썼다. 그의 감정을 사면은 돈푼도 또 꾸어다 쓰지 못하고 여러 가지 이롭지 못한 일이 있을 것을 송 선생은 잘 알고 있었다. 그래서 그 일은 결국 교풍회 내에서 아무 문제도 못 일으켰다.

봄도 깊어가고 모두들 못자리를 하느라고 야단일 때 천서는 임 서방

---

* 원문에는 '춘식이로'라고 되어 있으나 문맥상 '묘식이로'라 추정됨.
** 원문에는 '춘식이는'임.
*** 원문에는 '그럼'임.
**** 원문에는 '헤저'임.
***** 원문에는 '춘식이는'임.
****** 원문에는 '이의'임.

네 소를 얻어가지고 논을 갈러 나갔다. 새로이 자기가 얻은 논을 그는 모두 갈면서 여러 가지 생각을 하였다. 그러나 가장 그의 마음을 즐겁게 하여주는 것은 올가을의 수확이 작년보다 배나 더 될 것이었다. 그 기쁨을 가지고 그는 다른 모든 괴로운 생각도, 창피한 생각도 다 씻어내 버렸다. 그리고 유쾌한 마음을 가지고 그리 잘하지 못하는 노래를 중얼거리면서 소를 몰아 논을 갈아갔다.

하늘은 맑고 태양은 웃는 듯이 아래의 모든 물건에게 다스한 기운을 보내고 있었다.

—《문학창조》, 1934. 6.

어느 노인의 죽음

1

아침에는 선선해서 가을 속옷을 내 입고 앉았었더니 아직도 잔서*가 남아 있음인지 해가 비치니** 더운 기운이 돈다.

오늘은 김 군이 놀러 온다고 약속을 해놓아서 아침 열 시가 넘도록 밖에 나가지도 않고 기다리고 있는데 약속한 시간이 지나도 김 군은 오지 않는다. 서양 사람들은 어떠한 대수롭지 않은 일에도 한번 시간을 약속해논 다음에는 꼭꼭 지키는 미풍이 있다더구면, 우리들같이 시간에 대한 관념이 적어서야 어데 수*** 든 일을 해먹겠다구. 원체 불규칙한 생활을 하는 우리들이지만. 그러나 사실 예술이니 무엇이니 하는 사람들처럼 질서 없고 규칙 없는 생활을 하는 사람들은 적을 것이다. 그들에게는 마치 이 세상에는 시간이라는 것이 없는 것같이 보인다. 배가 고프면 밤중이라도 먹고, 자고 싶으면 대낮까지도 잔다. 이런 생활이 잘못된 일일까? 아니 나는 여기 도덕적인 해석을 붙이는 것을 기피한다. 구태여 그

---

* 殘暑. 늦여름의 한풀 꺾인 더위.
** 원문에는 '비최니'임.
*** 어떤 일을 할 만한 능력이나 어떤 일이 일어날 가능성.

런 도학자 같고 청교도 같은 흉내를 낼 필요가 어데 있느냐? 이 세상이 예술이 필요하다고 보고 예술가에게 밥을 주기만 하면 우리가 우리 하고 싶은 대로 생활한들 누가 간섭할 것이냐? 또 누가 간섭을 받을 것이냐! 우리에게 명령하는 사람은 아무도 그 있음을 용허치 않는다. 군이 있다고 하여 찾아낸다면 그것은 예술적 충동과 인스피레이션(영감)*뿐이겠지. 이들이 무엇을 창작하라고 명령할 뿐이지. 그러나 이 명령보다 더 고마운 명령이 어데 있을까? 이 지배에 대하여는 우리는 감사를 가지고 복종한다. 그러나 이외에는 하나도 없다. 있다면 그것은 우리의 생산을 장해**하는 그것밖에 되지 않는다.

대문 소리가 난다. '김 군이 이제야 오나 보다' 하고 나는 일어섰다.

"비단 삽시오." 하는 소리가 난다. 중국 사람 비단 장수가 온 모양이다. "안 사!" 하고 소리를 지르려다가 "어디 보아." 하고 불러들였다. 심심해서 물건 구경이나 하려는 생각이 들어간 것이다. 중국 사람은 보통 이를 짊어지고 자를 들고 마루 앞으로 와서 보퉁이를 내려놓고 끈을 풀고 비단을 내놓는다. 붉은 것도 있고 파란 것도 있다. 고운 문***이 있는 것도 있고 문이 없는 것도 있다. 무어니 무어니 비단 이름을 중국 사람은 왼다. 그러나 내가 아는 포목은 광목하고 옥양목하고 인조견뿐이다. 그외는 무슨 단 무슨 단 또는 '조젯'****이니 '뱀메르크'니 하고 떠들어대나 그것을 어데 쓰는 비단인지 어떤 것인지 모른다. 아내가 나오더니 이것저것 뒤적거리며 값을 물어본다. 나보다는 아내가 비단에 대하여 훨씬 인텔리*****이다. 그는 치맛감 하나를 바꾸었으면 좋겠다고 한다. 나는 어

---

* 원문에는 '인스피레슌'임. inspiration. (특히 예술적 창조를 가능하게 하는) 영감.
** 障害. 하고자 하는 일을 막아서 방해함. 또는 그런 것.
*** 紋. 무늬.
**** 원문에는 '조세트'임. georgette. 날실은 왼쪽으로, 씨실은 오른쪽으로 되게 번갈아 꼬아서 짠 견포나 면포.
***** 원문에는 '인테리'임. 인텔리겐치아intelligentsia(러). 지식층.

디 값이나 정해보라고 하였다. 나의 수중에는 일 원 팔십 전이라는 돈이 들어 있다. 내일 모레의 생활비로 충당될 돈이다. 아내는 중국 사람이 삼 원 달라는 옷감을 일 원 오십 전에 깎는다. 그렇게 깎을 용기가 있던가. 중국 사람은 몇 푼 더 달라고 하다가 팔고 간다. 엄청난 에누리다.

2

비단 장수가 간 뒤 내 생각은 다시 김 군 기다리는 마음으로 돌아갔다. 나는 갑갑하여 대문을 열고 내다보았다. 저쪽에서 이곳을 향하여 오는 사람이 하나 있다. 걸음걸이로 보든지 옷 입은 것으로 보든지 김 군은 아니다. 그러나 모르는 사람 같지는 않다. 거리가 가까워진 뒤 나는 그가 누구인 것을 알았다. 최성준 군이다. 그는 멀리서부터 미소하면서 나를 쳐다보고 온다.

"웬일인가?"

나는 그의 손을 잡았다.

"이 근처에 온 길에 자네 좀 보러 왔네."

나는 최 군을 데리고 방으로 들어왔다.

"이 근처에 무슨 일로?"

"누가 죽어서."

"누군데?"

"내 처삼촌 되는 이야."

"자네 처삼촌이 여기 사시든가?"

"응, 바로 이 골목 위야."

"뭐 하는 사람인데……"

"부자야."

"부자가 직업이로군."

하며 나는 웃었다. 최 군은 담배를 피워 물고 나서

"참 지독한 사람이거든······."

"죽은 사람이?"

"응, 참 지독한 이야. 이번에도 용한 의원이나 불러다 보고 약이나 썼드면 아마 그리 쉽게 죽지는 않았을 것인데······."

"나이는 몇 살이나 되는 인데?"

"올에 예순하나인가 그렇지."

"그럼 죽을 때도 되었구먼그래ㅡ."

"아니야. 그래도 이번에는 돈만 들여 약을 좀 썼드면 이렇게 죽지는 아니했으리라고 나는 믿고 있네."

"부자라면서 왜 약을 안 썼든고?"

"그러니까 지독한 이란 말이지······."

최 군은 담뱃재를 재떨이에 털고 나서

"죽은 이 돈 모은 이야기를 들으면 참 독한 사람이지······."

나는 별로 흥미 없는 일이었으나 심심파적으로 최 군의 이야기를 들어보려고 그의 다음 말이 나오기를 기다리는 듯이 그의 얼굴을 쳐다보았다.

"죽은 이가 처음에 술장사를 해서 돈을 모은 이인데 그 술장사해가며 돈 모은 이야기를 들으면 참 기가 맥히지······. 원 고향이 장단인데 장단서 서울 올라올 때 짚신 다섯 켤레 삼어가지고 온 것이 밑천이라거든······. 그것을 가지고 서울 와서 팔아가지고 보행객줏집*에 주인을 정

| * 보행객주步行客主. 걸어서 길을 가는 나그네만을 치르던 객줏집.

하고 하루인가 이틀을 자고 나니까 노비가 떨어졌는데 참 기맥히드래. 그래 주인집에 사정 이야기를 하고 어데 밥이라도 얻어먹고 일할 데를 구해달라고 원해보았드니 마침 그 집주인이 인정 있는 사람이어서 자기 친구로 시탄柴炭 장사 하는 집에 배달로 취직을 시켜주드라는구면. 그래 그때부터 이를 악물고 그 집에서 일을 해가며 한 달에 몇 푼 안 되는 돈을 받어 쓰지 않고 모았다는구면!"

"그래서⋯⋯."

나는 이 단조한* 이야기에 기계적으로 응하며 최 군의 얼굴을 처다보니 그의 얼굴에는 참된 빛이 나타나 있다. 나는 얼굴빛과 기분을 고치고 의무적으로라도 그의 이야기를 들으려고 했다.

"하여간 술집에 일곱 해 있는 동안에 사백 원 돈을 저금했었다니까⋯⋯. 어데** 먼 곳에 배달을 나가면 점심값을 주는데 그것도 사 먹지 않고 모고 옷도 안 해 입고 받는 돈은 고대로 저금을 하였대. 내가 가면 때때로 이런 이야기를 해주니까 알지, 그렇지 않으면 누가 알겠나. 칠 년이 지난 뒤에는 주인집에서 나와가지고 조그만 술 가게를 하나 벌이고 자기가 장사를 시작했는데 그때는 전보다도 더 부지런히 일을 한 것은 물론이지. 하여간 점심을 사 먹지 안 했다니까. 술 구루마***를 끌고 자기 몸소 배달을 나갔다가 배가 고프면 길갓집에 가서 물 한 그릇을 얻어가지고 게다가 간장을 좀 쳐달라고 해서 그것을 마시고 요기를 했다니까⋯⋯."

"수전노로군."

나의 입에서는 무의식중에 이런 말이 튀어나왔으나 한편으로는 잠깐

---

* 사물이 단순하고 변화가 없어 새로운 느낌이 없는.
** 원문에는 '야데' 임.
*** 수레.

다른 생각을 했었다. 즉 '그 사람은 대체 무엇을 위해 사는 사람인고?' 하는 생각이다. 최 군은 다시 이야기를 계속한다.

"처음에는 물론 장가들 생각도 아니 해서 서른다섯까지 장가도 안 들고 총각으로 홀아비살림을 해나갔는데 아침에는 중국 노동자 모양으로 밀가루로 호떡을 만들어 하나씩 먹었대. 그리고 저녁에만 자기 손으로 냄비에 밥을 지어 간장 한 가지만 해서 먹고 살아갔다니까!"

"그때의 그이의 얼굴을 본 사람이 지금 있는가?"

"왜?"

"글쎄, 필연 영양 불량으로 노―랬을 테니까 말이야."

최 군은 허허 웃는다. 그러나 나는 웃어지지 않았다.

"서른다섯 살에 겨우 장가를 들었는데 여자는 시골구석 없는 집 여자를 일부러 구하였고. 그래도 인물은 어여쁜 여자를 구했다는데, 하하."

"응……."

나는 고개를 끄덕거렸다.

"그래도 장사는 참 잘해서 그 뒤로 가게가 차차 늘어 나중에는 큰 시탄상이 되어 사람도 많이 쓰게 되었는데 물론 그런 구두쇠니까 음식도 뭐같이 먹이고 돈도 조금씩 주며 사람을 쓰니 붙어 있는 사람이 있어야지. 그래 금방 들어왔다는 나가고 또 새로 들어오고 해서 결국은 가게에 손해니까 나중에는 생각을 돌렸는지 돈을 좀 더 주고 사람을 쓰기는 했으나 그 대신 다섯 쓸 사람이면 셋밖에 안 쓰고 막 부려먹었다든구면. 그러고는 늘 그들을 보고 자기가 처음에 남의 집 일을 볼 때 어떻게 해서 돈을 모았다는 그 얘기를 해 들려주어 그들도 그것을 본받으라고 하드래."

최 군은 담배를 빼 들므로 나는 성냥불을 그어 대주었다.

"지금은 아마 오만 원 재산은 될 것일세마는 죽는 그날까지도 검정 버선을 신고 있었으니까. 머리는 박박 깎고 모자 하나를 사면 아마 십 년은 쓰는 모양이야. 여름에는 십오 전짜리 맥고모자*에 둘매기** 입고 다니는 것을 못 보았으니까. 집안 식구가 병이 들어 죽게 되어도 영 약 한 첩 무가내***하고, 의원이 아마 그 집 대문 안에 발 들여놓은 일이 없을 것일세. 이렇게 해서 재산을 모았는데 쓰지도 못하고 엊그저께 돌아갔단 말일세."

최 군의 얼굴에는 약간 슬픈 빛이 돈다.

"자손들은 있나?"

"아들이 둘이고 딸이 하나인데 학교도 모두 보통학교 겨우 보내고는 고만두었어. 하여간 글을 배워서 뭘 하느냐고 하는 사람이니까……. 이번에도 병이 들었을 때 그 아내 되는 이하고 아들들은 의원이래도 불러다 보이려고 했으나 당최 말을 듣지 않아 못 했고 약을 사 오면 먹지도 않고 야단을 한대. 한번은 몰래 의사를 불러왔다가 하도 머리를 흔들고 야단하는 바람에 의사가 골이 나서 도망갔다니까……."

나는 '과연 이런 사람이 있을까?' 하고 생각해보았다. 아무리 돈만 아는 사람이래도 자기 생명은 중한 줄을 아는 법인데……. 최 군의 이야기는 끝났다. 그는 시계를 꺼내 보더니

"인제 가보아야겠군."

하고 일어선다.

"그래 오늘이 장사인가."

"응. 지금 곧 발인을 할 것일세. 이 앞으로 지나갈 것이니까 볼 수 있을 것일세. 이다음 또 만나세."

---

* 맥고麥藁, 즉 밀짚이나 보릿짚으로 만든 모자. 개화기에 젊은 남자들이 주로 썼다. 밀짚모자.
** '두루마기'의 방언.
*** 막무가내莫無可奈.

일어서서 나가는 최 군을 총총히 보내고 들어오자 내 머리는 뒤숭숭해지고 여러 가지 생각이 떠오른다.

3

나는 암만해도 그 노인의 생각을 그대로 덮어둘 수 없었다. 대체 사람이 무엇 때문에 돈을 모으려고 애쓰는 것인가? 사람이 그 생명을 지속해나가자면 생활 자료라는 것은 절대로 필요한 것이다. 그러나 필요 이상의 재물이란 그것이 소용없는 것이 아닌가? 옳지, 오늘 먹을 것을 해놓았더라도 내일 먹을 것이 없으면 안심이 되지 않으니까. 그러나 그렇게 생각하면 내일뿐이랴. 모레, 글피, 내년, 후년, 십 년 후…… 백 년 먹을 것을 다 장만해놓고 앉아 있어도 결코 미래에 대한 근심이 없으리라고는 생각되지 않는다. 자기 자손의 살 것도 생각해야 할 것이고. 손자, 증손, 현손, 오 대, 육 대, 정말 한이 없다. 물질이라는 것이 우리가 생활해나가는 데 절대로 필요한 것임에 틀림없으나 그것은 수단이지 목적은 아니다. 그러면 그 노인은 수단과 목적을 전도한 것이 아닌가? 그는 돈을 잘 써서 걱정 없이 살아나가기 위하여 그렇게 돈을 모은 것이었으나 그 돈을 쓰지 못하고 죽어버렸다. 어느 정도까지 그는 돈에 넘어갔다고 말할 수 있다. 결국 그는 '수단'에 희생되었다. 그러나 '만일 우리가 그날그날의 생활에 협위*를 안 받는다면……' 하고 나는 생각을 해보았다. 월급쟁이가 그 월급자리가 생전 안 떨어지고 모든 사람이 다 생활이 보장되어 있다면…… 이런 경우에 있어서 그 노인은 자기가 먹을 것을 안 먹

| * 脅威. 위협.

고 생명을 쪼들려가며 돈 모으지는 아니하였을 것이다.

이렇게 생각하니 나는 그 노인을 동정하고 싶었다. 그는 불쌍한 사람이었다. 그를 구두쇠라고 꾸짖을 수 없는 것이었다. 이 세상이 일자리가 보장되어 있고 생활에 협위가 없는 세상이라면 아무도 그 귀중한 일생을 처음부터 끝까지 돈 모으는 일에 희생해버리지는 아니할 것이다.

이 세상에는 이 노인과 같은 사람이 얼마나 많을 것인가! 나는 드러누워서 머리가 아프도록 생각하여보았다. 나에게는 새로운 서광이 비쳐오는 것 같았다.

모두가 즐겁게 짧은 시간을 생활 자료 얻어내는 노동에 바치고 보다 많은 시간을 즐거운 인간 생활에 쓸 그런 세상을 생각하여보았다.

지금 이 사회에서는 얼마나 아까운 천재와 귀중한 두뇌가 돈 모으는 일에 소비되고 있는가?

×

밖에서 사람의 울음소리와 상엿소리가 들려온다. 나는 문을 박차고 밖으로 나가보았다.

앞에는 명정*이 서고 그다음에는 상여, 상여 뒤에는 상제가 상복을 입고 따르고 복인**들이 늘어섰다. 그중에는 아까 왔던 최 군도 있다.

나는 상여를 바라보았다. "어—허." "어—허." 소리와 함께 앞으로 나간다.

그 안에는 그 노인이 타고 있는 것이다. 그 두 번 다시 얻지 못할 귀중한 일생을 하루도 즐겁게 살아보지 못하고 오직 돈 모으기에 허비해버리고 만 불쌍한 노인이 타고 있는 것이다.

나는 그 상여가 내 앞을 통과하여 멀리 가 안 보이도록 바라보고 서

* 銘旌. 죽은 사람의 관직과 성씨 따위를 적은 기.
** 服人. 1년이 안 되게 상복喪服을 입는 사람.

있었다. 다른 사람들도 슬픈 빛을 띠고 상여의 가는 뒤를 바라보고 섰다.
  그들은 대체 무엇을 생각고 있는가?

—《조선문학》, 1936. 11.

전차 타는 여인

    동대문을 떠나 한강을 향하여 가는 전차 안에서 이상한 여자 하나를 발견하였다.

    나이는 삼십가량, 가난한 살림살이를 하여나가는 사람이라는 것을 그 의표*로 보아 알 수 있었다.

    배가 몹시 불러 아이 밴 지 아홉 달이 아니면 만삭이라는 것을 추측할 수 있었다.

    그는 괴로운 듯이 얼굴을 찡그리고 두 손으로 배를 누르고 있었다. 배가 아픈 모양이다.

    전차는 정류장마다 정거를 하여 사람을 태우고 내리고 한다. 그러나 이 여자는 도무지 그런 데 관심을 두고 있지 아니한 것 같다. 그러면 한강 종점에 가서 내리려는가 보다.

    전차가 남대문통을 지나 용산을 지나 한강에 닿아 탔던 사람은 다 내리었다.

    ＊儀表. 몸을 가지는 태도. 또는 차린 모습.

그 여자도 여러 승객 틈에 끼여 차를 내렸다.

여기까지는 별로 이상한 점이 없다.

그러나 그 여자는 전차에서 내려 아무 데도 가지 않고 정류장 옆에 서서 있다가 그가 타고 온 전차가 떠나가고 그다음에 다른 전차가 와 닿으니까 다시 그 차에 올랐다.

우리의 이상히 여김은 예서부터 시작이 된다. 그 여자는 먼저와 마찬가지로 전차 안 한곳에 웅숭그리고 앉아 있는데 역시 배가 아픈 모양인지 상을 찡그리고 있었다.

전차가 한강에서 동대문 차고까지 가는 동안에는 정류장이 퍽 많이 있다. 그러나 이 여자는 중간에서 도무지 내릴 기색이 보이지 않았다.

그러면 이 여자의 목적은 전차에 있는 듯하다.

차는 다시 동대문에 닿았다. 여러 사람과 함께 그 여자는 내릴 수밖에 없었다.

그의 얼굴에 초조한 빛이 떠오른 것을 볼 수 있었다.

그는 차에서 내려 한참이나 서서 무엇을 생각하더니 다시 전차를 타려고 전차 앞으로 다가섰다.

이번 차는 서대문 밖 영천을 향하여 떠나가는 것이었다. 그러나 그 여자는 어데를 가는 것인지 그런 것은 상관하지 않는 모양이다.* 물어보지도 않고 써 단 것을 쳐다보지도 않고 그대로 차 안으로 들어가 역시 한쪽에 가만히 앉았다.

배가 몹시 아픈 모양이다. 괴로워하는 빛이 그의 얼굴에 심각하게 나타났다.

전차가 광화문을 지나 얼마 안 갔을 때 차 안에서 한 오십 되어 보이

| * 원문에는 '모양이나'임.

70

는 할머니가 그 여자를 알은체하였다.

"에고, 춘녀 어머니 어디를 가오?"

"네, 어디 좀 가요."

"애기 그저 안 났구려. 이달이 날 달이지?"

그 여자는 웃으며 고개를 끄덕하였다.

그 할머니는 감영 앞에서 내렸다.

전차는 영천 종점에 도달하였다.

여러 사람과 함께 그 여자의 내리는 것을 볼 수 있었다.

한참 쉬어가지고 그 여자는 다시 동대문으로 들어오는 전차에 올랐다.

차표를 사며 남은 돈을 세어보는데 십 전짜리 다섯 푼이 손안에서 뒹굴고 있었다.

그는 역시 중간에서 내리지 않고 동대문까지 와서야 내렸다.

그는 입맛을 쩍쩍 다시며 이번에는 전차 정류장에서 좀 멀리 떨어진 데 와 가만히 서서 무슨 생각을 하며 오고 가는 전차를 바라보고 있었다.

배가 아파서 이따금 얼굴을 찌그리고 배를 누르며 웅크리고 앉는 것이 지나는 사람의 눈에 띄었다. 한참 후에 그 여자는 다시 전차를 탔다. 이번에 탄 것은 청량리로 나가는 전차였다. 한 시간이 넘은 뒤에 청량리에서 동대문에 와 닿는 전차에서 그 여자가 내리는 것을 발견하였다. 시간은 벌써 오후 열한 시가 넘었다.

그 여자는 내린 지 얼마 안 되어 또 다른 차를 타는 것을 볼 수 있었다.

이번에는 그 여자를 쫓아가지 않고 동대문 차고 앞에 서 있어보자.

열두 시가 지난 뒤 한강에서 들어오는 차에서 그 여자는 몹시 괴로운 얼굴을 하여가지고 내리고 있었다.

이번에 한강을 향하여 나가는 전차는 앞에 붉은 전등을 달았다. 종차 終車라고 하는 표식이다.

그 여자는 대단히 걱정하는 빛으로 그 차에 또 오르는 것이었다.

우리는 다시 예서 그 전차가 한강으로 갔다 돌아오는 것을 기다려보자.

전차는 돌아왔다.

승객은 두 사람이 있는데 그중의 한 사람은 아까 그 여자였다.

얼굴을 찡그리고 뚱뚱한 배를 안고 차에서 내리며 그 여자는 차장에게

"이 전차가 막차인가요?"

차장은* 그를 이상히 여기는 눈으로 살펴보며

"네, 네. 막차입니다."

하고 대답하였다.

그 여자의 얼굴에는 실망하는 빛이 떠올랐다. 그는 차고로 들어가는 전차의 뒷모양을 물끄러미 바라보며 두 눈에는 눈물이 어리어 있었다.

나는 이런 추측을 여기 붙이어둔다.

그 여자는 생활이 대단히 곤란하여 아이를 배서 만삭이 되었으나 해산 비용을 마련해낼 수가 없다.

그런데 이런 이야기를 그는 이웃집 여자들 모여서 하는 것을 들었다.

전차 안에서 애를 낳으면** 전기회사에서 상급***을 주고 그 아이가 고장성해**** 때까지 보아준다는—.

그래서 그 여자는 배가 아프며 해산 기미가 있으니까 돈 칠십 전 있는 것을 몽탁***** 가지고 차를 타고 왔다 갔다 하였다.

그러나 그 애기는 전기회사의 덕을 볼 팔자를 아니 타고 나오는 애기였기 때문에 그 여자의 기도는 완전히 실패에 돌아가고 말았다.

---

* 원문에는 '장차은'임.
** 원문에는 '나면'임.
*** 賞給. 상으로 줌. 또는 그런 돈이나 물건.
**** '장성할'의 의미라 추정됨.
***** '몽땅'의 방언.

이 이야기는 거짓이 아니올시다—.

—《풍림》, 1936. 12.

신경쇠약

1

"글쎄, 이 자식아. 너도 그만하면 정신을 좀 채려야 하지 않느냐!"

아버지의 설교가 또 시작된 것이다.

"늘 어쩌자고 이 모양이냐. 밤낮 밥만 먹고 빈들빈들 놀며 돌아다니는 곳은 대체 어데냐 말이다. 무슨 짓을 하고 돌아다니는 거야, 응……? 또 무슨 짓이야, 하는 것이……."

나는 잠자코 고개를 숙이고 있을 뿐이다. 그전 같으면 말대답도 좀 했을 것이요, 나의 일에 아버지 같은 노쇠물*은 방해할 자격도, 간섭할 권리도 없는 것이라고 뻗대보기도 하였을 것이다.

"너도 그만하면 집안이 어찌 되어간다는 것도 알아채릴 것이 아니냐. 약국인지 무엇인지도 인제는 병원에 눌리어 오는 사람도 적고, 이렇게 크게 벌이고 있어야 집세도 못 해갈 지경이란 말이다. 집안 형편은 점점 못돼가고 게다가 나는 이렇게 늙어가니 네가 정신을 바짝 채리고 일어서야 늙은 우리가 밥이래도 얻어먹을 것인데 밤낮 사상운동인지 빌어먹을

---

* 老衰物. 늙어서 쇠약하고 기운이 별로 없는 것.

74

것인지 한다고 감옥에나 때가고* 부랑패** 모양으로 떠돌아다니고 당최 집안 살림 생각은 조금도 아니하니 어떻게 하자는 작정이냐, 응? 어떻게 할 셈이란 말이야……"

아버지는 혀를 째째 차며 담뱃대를 탁탁 재떨이에 턴다.

나는 민망하기도 하고 딱하기도 하고 아버지의 걱정에 십분 동정하는 마음도 났지마는, 무어라고 대답할 말도 생각나지지 않고 대답할 기력도 없어 그대로 고개를 숙이고 이 설교가 어서 끝나기만 고대하고 있을 뿐이다.

"그래도 자식이라고 남과 같이 교육도 시켰고 애비로서 할 일도 다 해놓았는데, 웬 이 자식은 어찌 된 놈인지 길을 비뚜로 들어가지고 끝끝내 이 늙은 애비의 속을 썩이니 이런 놈의 팔자가 있나……"

아버지의 설교는 탄식으로 변해갔다.

"경수야, 너도 생각해보아라. 너하고 같이 학교 다니든 동무는 벌써 재판소 판사 된 사람도 있고 중학교 선생 된 사람도 있지 않으냐. 그런데 너만 그놈의 못된 병에 걸려서 감옥에 가 썩다가 이 모양이 되었으니 딱한 노릇이 아니냐! 물론 나도 네가 하는 그 일을 결코 그른 일이라고 생각지는 않는다. 그러나 몸만 망쳤지 일이 성공이 되느냐 말이지. 그리고 집안일을 돌아보아야 하지 않느냐. 옛글에도 수신제가한 후에 치국평천하하라고 한 바와 같이 첫째 내 몸을 돌아보고 집안을 다스리고 그다음에 세상일을 하는 게야……"

"글쎄 저도 인제 그런 일 하려고 생각도 하고 있지 않습니다."

겨우 이렇게 한마디를 하며 나는 고개를 쳐들었다.

이 말에 아버지의 노염은 좀 풀린 모양이었다. 말하는 목소리가 훨씬

---

* 때가다. (속되게) 죄지은 사람이 잡혀가다.
** 浮浪牌. 일정하게 사는 곳과 하는 일 없이 떠돌아다니는 무리.

부드러워진다.

"잘 생각했다. 너도 그만하면 못 생각할 리가 없을 게다. 우리가 자식이라고 늦게야 너 하나를 두어가지고 오직 노대*에 바라는 것이 너뿐이 아니냐. 어서 무슨 벌이든지 잡아서 단 한 푼이라도 벌어야 입에 풀칠을 하지……. 이 세상이 어떤 세상이라고 그러니……."

"……."

아버지의 말씀이 당연하다는 듯이 나는 고개를 숙이고 근청謹聽**하고 있었으며, 한 오 분 동안의 장광 설교가 끝난 다음 건넌방***으로 건너오니 아내는 내가 아버지에게 설교 듣는 것이 재미있어 미소하며 나를 쳐다본다.

"에이, 골치 아퍼."

입맛을 다시며 나는 책상 앞에 털썩 주저앉았다.

'장차 무얼 하며 어떻게 할꼬.'

이런 생각이 머리에 떠오르는데

"인제 이 책 다 팔어버리지……."

아내는 엉뚱한 소리를 하며 빙긋 웃는다.

"왜 책이 있어 무엇이 안 되어!"

나는 소리를 버럭 지르고 벌떡 일어나 옷을 갈아입고 밖으로 나섰다.

---

* 老大. 나이가 많음.
** 삼가 들음.
*** 원문에는 '거는방'임.

2

'어데로 갈까?'

이렇게 생각하니 내가 특별히 가야 할 곳은 한 곳도 없다. 그러나 날마다 가는 일정한 코―스가 있다.

"대중평론사로!"

자동차 타는 손님이 운전수에게 어데로 가라고 명하듯 나는 다리에게 이렇게 명령하고, 무슨 목적이나 있는 듯이 ××동에 있는 대중평론사라는 날마다 의례히 한 번씩 들르는 잡지사를 향하여 갔다.

좁고 컴컴한 층대를 터덜터덜 기어 올라가 '금무단출입禁無斷出入'이라고 써 붙인 유리 창문을 톡톡 뚜드리니

"컴 인(들어오시오)!"

누구인지 영어로 멋지게 소리를 지른다. 안으로 들어서니 주간*의 최 군과 같이 편집 일을 보는 김 군과 그 외의 이곳 잡지에 계속 집필을 하는 몇 사람이 앉아 있다가

"여―."

하고 모두 일어서서 손을 잡는다.

"잡지 나왔어?"

나는 한쪽 의자에 앉으며 김 군을 쳐다보고 물었다.

"인쇄는 다 되었는데 아직 찾어오지는 않었어."

김 군은 책상 위의 새로 인쇄소에서 가져온 《대중평론》을 집어 준다.

주는 책을 받아가지고 표지를 젖히고 목차를 보는데

"인제 붓을 꺾어버려야지, 쓴다는 게 잘못이야……."

| * 主幹. 어떤 일을 책임지고 맡아서 처리함. 또는 그런 사람.

사회과학에 대한 논문을 쓰는 박철 군이 구두 뒤축으로 마룻바닥을 탁탁 차며 한탄하듯이 말한다.

"형도 이번에 뭐 쓰셨소?"

나는 목차 위로 눈을 굴리며 물었다.

"뭐 하나 쓰셨는데 고만 못 나왔지……."

김 군이 박철을 대신하여 대답해준다.

"쓰면 뭘 하오. 숫제 고만두는 게 낫지. 쓰고 싶은 말을 쓸 수 있나, 바른말을 할 수 있나."

그중 나이 많은 한혁이라는 이가 이렇게 말하며 다시 계속하여

"이 시대가 어떤 시대라고……. 그러나 《대중평론》이라는 좌익적 색채를 띤 잡지가 나오기만이라도 한다는 게 희한한 일이오."

하고 쓸쓸한 웃음을 웃는다.

"어디 이게 지금은 좌익 잡지인가요? 예전에는 그랬지만……."

주간 되는 최 군의 말이다.

나는 잡지를 뒤적뒤적하며 속으로 '지금도 이런 잡지를 더러 사 보는 사람이 있는가?' 하는 이상한 생각이 떠올라 잠시 동안 이 생각에 사로잡혀 있다가

"지금은 몇 부나 나가오?"

김 군에게 물어보았다.

김 군은 "삼천!" 하며 비싯 웃는다.

"뭘, 삼천?"

나는 그의 말이 곧이들려지지 않는 것이었다. 서울은 몰라도 시골 같은 데 가면 이런 잡지를 번듯이 들고 다닐 수도 없는 것이 요새의 형편이다. 그래서 모두 이런 잡지 사 보기를 꺼리는 것인데 그렇게 나갈 리가 있나. 김 군이 보태어 말하는 것이 틀림없다고 생각 안 할 수 없었다.

조금 후에 문에 노크* 소리가 나고 김 군의 아까와 같은 "컴 인!" 소리가 난 후 들어오는 사람은 홍경숙 여사다. 여러 사람은 모두 일제히 일어서서 손을 잡으며 흔들었다.

"요새는 뭘 하시오?"

"돈 벌 곳을 찾소."

한혁의 물음에 경숙 여사는 이렇게 대답하며 웃는다.

"돈 벌 곳이 있습니까?"

"웬걸, 원체 늦게 나서기 때문에……. 진작 돈이나 벌러 나섰드라면……, 하하하."

경숙 여사는 여러 사람을 둘러보며 크게 웃는다.

젊어서는 그래도 근우회槿友會**의 집행위원으로 가장 다고지게 일을 해오던 그이건만 인제는 그의 얼굴에도 주름살이 잡히었고 마음도 늙어버렸다.

"박철악이는 국민회에 들었다데……."

"철악이가?"

경숙 여사의 말에 박철이가 놀라며 묻는다.

"응. 국민회에 입회해서 대활동을 한다든데……."

"저런 일 보아!"

박철은 다시 놀란다. 철악이라는 사람은 한때는 사회운동에서 손을 꼽던 사람이었고 국민회라는 단체는 요새 새로 된 사상전향자의 단체인 것이다.

이들의 말에 나는 별로 놀라지지도*** 않는다. 요새로서는 무엇 그리

---

* 원문에는 '녹크'임.
** 일제 강점기에 여성의 지위 향상과 항일 구국 운동을 위하여 결성한 단체.
*** 원문에는 '놀래지지도'임.

신기한 일도 아니기 때문에……

여러 사람은 다시 철악에 대하여, 국민회에 대하여 이야기를 하였다.

그럭저럭 두어 시간이나 한담을 하다가 나는 밖으로 나왔다. 마음은 한없이 우울하고 머리가 뗑하다.*

3

"이번에 갈 곳은?"

다시 네거리에 나와 '어데로 갈까?' 하고 생각하여보았다.

"새로 나온 책이나 좀 볼까?"

나는 가까운 데 있는 서점으로 발길을 들여놓았다. 여러 가지 신간 서적이 산같이 쌓여 있다.

『극동의 위기』.

『분화구 상의 구주歐洲**』.

『제이 세계대전은 가까웠다』.

이런 책들이 붉은 띠지***를 띠고 점두****에 쌓여 있다.

신간 잡지를 이것 집어 보고 저것 집어 펴 드나 눈에 글자가 왔다 갔다 할 뿐이고 아무것도 읽어지지 않고 머리에는 딴생각이 돌고 있다. 공연히 여러 사람을 헤치고 왔다 갔다 하며 이 책 저 책 뒤지는데 누군지 "경수!" 하고 부르는 사람이 있다. 눈을 들어 보니 박봉래 군이다.

"오래간만일세……"

* 단단히 부딪쳤거나 얻어맞은 것처럼 얼얼하거나 속이 울리게 아프다.
** 유럽.
*** 지폐나 서류 따위의 가운데를 둘러 감아 매는 가늘고 긴 종이.
**** 店頭. 가게의 앞쪽.

"요새는 무엇을 하는가?"

"하는 것 있나. 그저 이렇지."

나는 쓸쓸한 웃음을 웃어 보였다.

"나가세."

그는 나를 끌고 서점 밖으로 나왔다.

"그런데 사상관찰보호법은 어찌 되는 셈이야?"

봉래는 대뜸 이런 것을 묻는다.

"뭐, 우리들이야 괜찮겠지."

"글쎄 우리는 안 걸릴까?"

"다이죠—부요*(괜찮아)."

"아, 참 요새는 마음이 이상스러운걸……."

"자네도 그런가?"

"그런데 대체 어떻게 살아야 하나? 마음 괴로워 죽겠네."

봉래는 머리를 득득 긁는다.

"어떻게 살아. 이렁저렁 살다 죽지……."

"그것이 우리들 같은 사람에게는 여간 고통이 아니란 말이야. 도무지 요새 어째 그런지 답답해 못 견디겠네. 어떤 사람은 그저 가만히 꾹 들어 앉아 공부나 하는 것이 수라고 하든구먼. 책은 무슨 책을 읽는단 말인가. 머리로 들어가야 읽지. 막 거리로 돌아다니고만 싶은데……. 암만해도 탈 났어……."

"그래도 자네는 경제적으로 고통받는 일은 없으니 딱 들어앉아 문학 공부 같은 것이나 하는 것이 좋을 것일세."

"글쎄, 그랬으면 좋겠는데 도무지 그래지지가 않아. 제—기 하다못해

| * だいじょうぶよ.

병이라도 앓아보았으면 좋겠어."

"허허……."

나는 봉래의 말에 웃었지만 끝까지 웃어지지 않았다.

"어제 어떤 동무를 만났는데『레닌주의의 신단계』라는 책을 읽고 있겠지. 그런데 어쩐지 이상스럽게 보여지데……."

"……."

"어떻게 살아야 좋을지 나는 알 수가 없어. 아주 마음이 괴로워. 그래서 공연히 나는 이렇게 돌아다니지. 날마다 돌아다니고 차점에 들어가 차나 마시는 게 일인걸. 누구는 날더러 아주 백지白紙가 되어버리라고 하데. 그러면 마음이 편할 것이라고. 그러나 어떻게 백지가 되나."

"흥…… 참……."

나는 입맛만 다시었다.

"빌어먹을. 기차나 타고 한없이 한없이 어데로 가버리었으면……. 그렇지 않으면 누구에게 실컷* 매라도 맞아보았으면……."

"내 때려주지……."

나는 다시 허허 웃었다. 그러나 어떻게 웃을 수 있는 일일까?

"어데로 갈까?"

"시대문학사로나 가볼까?"

이곳도 내가 매일 한 번씩 들르는 곳이다.

"희철이가 문학으로 전향을 했드구먼."

시대문학사 문 앞에 이르러 봉래는 돌연 이 말을 한다.

"응, 그 사람 문학 재주도 있나 보든데……."

"뭘, 논문 써내듯 하든데. 그 소설을 좀 읽어보아. '남이 하니까 할 일

| * 원문에는 '싫건' 임.

없으니 나도 그것이나 해볼까?' 하고 달려들어서는 못써……."

"그야 그렇지……."

"회철이가 똑 그렇지 무어야. 소설이라고 무슨 이론의 해설 같은걸. 제발 그런 짓들 좀 말았으면 좋겠네."

"그 사람 사회운동 하다 어데 마음 붙일 곳 없고 하니까 문학이나 해볼까 하고 달려든 사람인데……."

"그게 탈이란 말이야. 처음에는 비평을 쓰드니 요새는 소설을 쓰드구면. 뭐 문학을 알지도 못하고 공연히 떠들어대니 마치 화원을 짓밟는 이리(狼) 모양이지……."

"하여간 마음 붙일 데 없어 심심풀이로 하는 일이니까 잘될 리가 있나."

4

시대문학사 사무실 문을 열고 들어가니 편집을 맡아보는 R군과 소설을 쓰는 B군이 무슨 이야기인지 상당히 흥분되어 떠들고* 있다가 반가이 맞아준다.

"무슨 이야기들이야? 어서 해."

나는 R군을 쳐다보며 하던 이야기를 계속하라고 했다.

"뭐, 아무것도 아니야."

R군은 미소하며 다시 얼굴빛을 고쳐가지고

"조선에는 좀 더 문학자, 진실한 문학자가 있었으면 좋겠단 말일세.

| * 원문에는 '떠들하고'임.

문학을 유희하지 않는 진실한 문학자 말일세. 단 한 사람이라도 좋으니 톨스토이가 있었으면 좋겠네."

"글쎄 자네의 말은 잘 알겠네. 그러나 조선의 현실이 그런 사람을 만들어내지 못하는 것을 어찌하나. 오늘 저널리즘*을 나무라던 사람도 내일 저널리즘에 오르고자** 하며, 지금 예술의 상품화를 탄식하는 그 사람도 속으로 자기 예술 상품 만들 것을 연구하고 있는 형편이란 말이야. 상품을 만들지 아니하면 먹을 수가 없으니까. 내일의 캔버스*** 값이 없고, 다음 쓸 창작의 원고지 값이 없으니 어찌하나."

B군은 기막히다는 듯이 이렇게 말하며 나를 쳐다보고 웃는다. 봉래와 나는 이것 재미있는 토론이 시작되었다고 그들의 말에 귀를 기울였다.

"그러니까 우리들이 누구보다도 힘써 저열한**** 작품을 안 지어내도록 해야지."

R군은 얼굴이 빨개가지고 떠든다.

"물론 그래야지. 그러나 내가 군이 말하는 소위 참된 문학 작품을 지어가지고 그것을 자네가 편집하는 이《시대문학》에 갖다 준다면 참 좋다고 받을는지 모르겠네. 그러나 원고료 푼이라도 주는 신문사나 다른 잡지사에 갖다 주어보게. '이것은 우리 신문이나 잡지에는 재미없는데요' 하고 주저할 터이니. 그렇게 된다면 내일의 밥이 없는걸……."

"결국에 있어 문학은 마취제야. 먹고 남은 여가에 취미로 할……."

돌연 봉래 군이 이런 말을 그들의 대화 새에 넣었다.

"그렇지 마취제야. 결국은 자기만족에 지나지 못하는 것……."

B군은 봉래 군의 말에 맞장구를 친다.

* 원문에는 '저-녈이슴'임.
** 원문에는 '올으고저'임.
*** 원문에는 '칸바스'임.
**** 질이 낮고 변변하지 못한.

"마취제라니? 자기만족이라니?"

R군은 단박 반대의 화살을 쏜다.

"일종의 아편이란 말일세."

"그러면 뭣하러 활자를 만들어 발표하려고 애쓰나? 자기 집 일기장에나 잡기장에 써두고 볼 일이지……."

"그것만으로는 만족하지 않거든. 문학자의 욕심이란 자기의 사유한 바를 모든 사람에게 읽히어 동감을 얻고서야 비로소 만족을 느끼는 것이야. 아니 그것만으로도 만족하지 못해서 몇천 년 후, 몇만 년 후 사람에게까지 읽히려고 하지 않나."

"그러나 나는 문학을 자기만족이니 아편이니 그렇게 규정하는 모든 생각에 반대하네."

R군은 조금 흥분이 가라앉아 가지고 말한다.

"문학뿐만 아니라 모든 것이 다 그렇다고 나는 생각하네. 종교는 아편이라고 하지만 사람은 다 종교를 가지고 있는 것일세. 어떤 사상이든지 무엇이든지 그것을 신봉하고 거기 열중하는 것은 일종의 종교심이 아니고 무엇인가? 자기가 옳다고 믿는 어느 신념 없이는 못 살아가는 것이 사람이야. 가령 돈을 모은다든지 또는 진리를 탐구한다든지 어떤 일에든지 사람은 거기 도취되고 열중하고 옳다고 믿고 그러는 데서 쾌감을 느끼고 살아나가는 것이야. 그러다가 그 신념이 동요된다든지 싫증이 난다든지 그 신념에서 떠나게 된다든지 할 때, 사람은 그 대신 될 다른 것을 붙잡지 못하면 또는 붙잡기 전에는 고민하고 마치 뼈 없는 사람같이 흔들리게 되는 것이지……."

"옳지!" 나는 B군의 말에 일 점의 진리가 있다고 생각하였다.

"그런데 이것은 주관적인 해석으로 객관적으로 볼 때는 역시 군의 생각하는 바와 같이 문학은 현실의 인식 수단도 되고 고리대금은 '사회의

해독'도 되는 것일세……."

R 군은 이렇게 끝말을 맺었다. 다른 사람은 다 그 말을 옳게 생각하는지 어떻게 생각하는지 별로 반문을 하지 아니하였다.

화제가 돌려져서 한참 동안 다른 이야기를 하다가 B 군은 돌아가고 나와 봉래 군만 남아 있어 할 이야기도 없고 일도 없는데 잡담을 지껄이다가 두어 시간 후에 '시대문학사'를 나와버렸다.

5

이번에는 나 혼자만 ××정 강 군의 집으로 갔다. 거기서 강 군과 드러누웠다 일어났다 하며 한 두어 시간 한담을 하였다. 강 군의 지껄인 이야기는 과거에 동경 있을 때 어느 사상단체에서 활동하던 이야기다. 강 군은 과거가 그리운 듯 또 한 번 그런 생활을 해보고 싶은 듯 청춘 시절의 로맨스를 이야기하듯 감회 깊게 이야기를 하는 것이었다.

강 군의 집에서 저녁까지 먹고 앉아 놀다가 나와서 내가 간 곳은 '고향'이라고 하는 차점이었다.

감상적인 레코―드 음악 소리 아래에 여러 젊은 사람들은 하얗게 야윈 얼굴을 하여가지고 커피잔을 입에 대었다 놓았다 하며 얼빠진 사람같이 앉아 있다. 그들의 두뇌가 모두 병들은 것같이 보여진다. 나도 그 사람들 틈에 끼여 눈을 감았다 떴다 하며 모든 사색과 고민을 잊고 정신이 편안히 쉴* 안식장을 찾아보았다. 그리고 몸뚱이가 푹 파묻히는 의자에 가만히 앉은 채 영원히 그대로 눈을 감아버리고 싶은 생각까지 났다.

| * 원문에는 '쉬알' 임.

'이것이 나의 하루의 일인가?' 하고 어제 일, 오늘 일을 회상하여본다.

'어떻게 살아야 할 것인가?'

'나도 문학이나 해볼까?'

'좀 더 긴장된 생활을 해보고 싶다!'

'차라리 땅이라도 파는 것이 행복스럽지 않을까?'

'B군은 아까 사람은 신념에 의지하고 산다고 하였다. 나는 무슨 신념을 또 붙들을까? 다시 예전으로 돌아갈까?'

여러 가지 생각을 하다가 파란 불 켜져 있는 차점을 나왔다. 다시 시끄러운 도시의 소음이 나를 휩싸버렸다.

힘없는 발길을 끌고 나는 집으로 돌아와서 가만히 건넌방으로 건너가니 아내는 "하루도 일쯕 들어오는 날이 없구려." 하며 원망스러운 듯이 나를 쳐다본다.

나는 암말도 않고 옷을 벗고 이불 속으로 들어갔다.

'자자. 잠들어 모든 것을 잊자!'

눈을 딱 감았다. 그러나 정신은 더 똑똑해지고 모든 공상이 떠오른다.

'매일 이것이 무엇인고? 아침 먹고 나서서 잡지사로 어데로 빙빙 돌다가 그대로 돌아와서 자고, 또 일어나면 그것을 되풀이하고……. 좀 더 생기 있게 살 수는 없을까?'

"아, 왜 안 자고 이러오."

아내는 옆에 드러누워 바시작거리고 잠 못 이루는 나를 이상히 여기며 쳐다본다.

"당신이나 어서 자오. 나는 잠이 안 와……."

한 시 두 시 세 시 네 시가 되도록 잠 한잠 못 이루고 밤을 지냈다.

아침에 일어나니 눈이 붓고 골치가 띵하다.

'암만해도 내가 무슨 병이 들었나 보아.'

아침 먹고 나는 진찰을 해본다고 ××병원을 찾아갔다.

의사는 진찰을 해보고 모든 증세를 자세히 듣고 나더니 '신경쇠약'이라고 진단을 내린다.

"신경쇠약?"

병원을 나오면서 나는 되풀이하여보았다. 의사가 진단을 잘 내렸는지도 모른다.

"신경쇠약, 신경쇠약, 내 병은 신경쇠약이다. 그러나 나뿐이 아니겠지. 이 세상이 모두 신경쇠약에 걸렸다. 중태의 신경쇠약에……."

나는 공연히 중얼거리며 다시 어제의 코—스를 되풀이하러 나섰다.

—《풍림》, 1937. 4.

불사춘不似春

무슨 까닭인지 시어머니는 아침부터 또 난숙에게 화를 내고 잔소리를 퍼부었다.

"또 무엇을 잘못한 일이 있나?"

언제나 마찬가지로 난숙은 먼저 자기의 한 일부터 반성하여보았다. 그러나 별로 걱정 들을 일을 한 것 같지는 않았다. 억지로라도 그것을 찾아낸다면 어제저녁에 몸이 불편하여 일찍 드러누운 것과 그 시누이 경희의 저고리 말라*달라는 것을 그만 잊고 안 말라준 것 그것밖에 없었다.

"아침에 뿌루퉁해가지고 가드니 시어머니께 뭐라고 하고 간 모양이군."

난숙은 경희가 학교 갈 때 성난** 얼굴로 나가던 일을 생각하여보았다. 역시 저고리 안 마른 일 때문이라고 그는 생각하였다.

그러고 보니 그의 시어머니가 "아무리 침모가 있고 부리는 것들이 있지만 젊은 애들이 몸이 무거워서는 못써……."

* 원문에는 '말러' 임. 마르다. 옷감이나 재목 따위의 재료를 치수에 맞게 자르다.
** 원문에는 '성낸' 임.

하던 말이 까닭이 있어 하던 말이었다.

그는 건넌방에 앉아 타는 속을 진정하느라고 애를 썼다. 무종지책*을 들으나 생트집을 받으나 "시집가거든 그저 시부모의 마음을 거슬리지 말어라." 하고 이르던 그 아버지의 교훈을 그는 살려서 실행하였다. 그리고 화가 날 때마다 속이 상할 때마다 그는 장 서랍**에서 그의 남편의 사진을 꺼내놓고 자기 마음을 스스로 위로하였다. 사각모 아래에 미소하는 그 남편 경수의 얼굴을 대할 때마다 그는 미래의 재미있는 생활, 단란한 생활이 환상되고 조급히 그때가 기다려지는 것이었다.

사실 그 남편이 학업만 마치고 돌아온다면 그는 누구보다도 재미있고 누구에게도 지지 않을 달콤한 생활을 할 수 있는 것이었다.

그것은 그들이 결혼을 한 지는 벌써 여러 해 되었으나 함께 굴어***본 동안은 극히 짧았기 때문에 그들은 언제나 신혼한 부부나 마찬가지였다. 그 때문에 난숙은 그 남편이 학교 마치고 돌아오기를 기다려 신혼의 달콤한 생활을 새로 시작하려는 그런 환상을 가지고 있었다. 앞날의 이것을 생각하면 그는 거북한 시아버지, 꾀까다로운**** 시어머니, 변덕쟁이 시누이의 어려운 시집살이쯤 아무것도 아니었다.

"쟤는 제 남편만 나오면 깨가 쏟아지게 재미있게 살걸."

친정어머니의 이런 말을 들을 때마다 그는 넘치는 행복감에 가슴이 뛰었다.

그가 이 집에 들어온 것은 열여덟 살 때다. 당시 열일곱 살의 중학생 경수를 그는 남편으로 맞이하였다. 신랑이 어린 까닭에 남들과 같이 신혼의 아기자기한 생활도 겪어보지 못하였고 또 혼인한 지 얼마 안 되어

---

* '끝이 없음'을 뜻하는 무종無終에 지책之責을 붙여 '끝이 없는 꾸짖음'이란 의미를 나타낸 것이라 추정됨.
** 원문에는 '설합舌盒'임. '설합'은 '서랍'을 한자를 빌려서 쓴 말.
*** 원문에는 '구러'임. '굴다'는 그러하게 행동하거나 대하다.
**** 괴상하고 별스럽게 까다로운 데가 있는.

경수는 중학을 마치고 동경으로 유학을 가게 되어 그들의 사이에는 달콤한 부부 생활은 피어보지도 못하였던 것이다. 때때로 방학 때 돌아오는 그 남편을 꿈에 떡 보듯이 몇 번 대했을 뿐 남편의 그에 대한 애정이 얼마만한 것이라는 것도 모르는 채 다만 그가 어서 학업을 마치고 돌아오기를 기다리고 있는 것이었다. 난숙의 학교 교육은 겨우 소학교를 마친 데 불과하였으나 그 아버지의 유교적인 교양을 많이 받아 시집와서는 절대 유순柔順을 그의 신조로 오직 착한 며느리, 어진 아내가 되려고 힘써왔다. 다행히 시집은 부유했기 때문에 경제적 곤란은 없었고 다만 까다로운 시집과 오랜 공규空閨*가 그의 슬픔이었으나 그는 항상 미래를 생각하고 스스로 마음을 위로해가며 살아갔다.

새로 시집간 동무들의 재미있는 생활, 남의 젊은 내외들의 단란한 살림을 볼 때마다 난숙은 부러운 생각이 불쑥불쑥 들어갔으나 경수가 나오기만 하면 누구에게도 지지 아니할 만큼 짭짤하고 재미있는 생활을 할 것이라는 생각을 하고 마음을 진정하였다. 때로 그 시누이 경희와 백화점 같은 데를 가면 예쁘게 생긴 그릇, 멋지게 생긴 가구 등을 하나씩 둘씩 사들이는 것도 앞날의 스위트홈을 꾸밀 준비의 하나였다. 그는 벌써 불란서 수를 두 개나 놓아서 장속에 넣어두었다.** 후제*** 사진틀에 끼어 방을 꾸며놓으려는**** 생각에서였다.

이렇게 아름다운 꿈을 엮으며 지내가는 동안 난숙은 어느덧 경수가 대학을 마치자면 일 년이 남은 해를 맞이하였다. 권태 느낄 줄 모르는 그의 환상은 역시 계속되어갔다.

앞으로 일 년! 이 일 년이 난숙에게는 지난 몇 해보다도 더 긴 것같이

* 오랫동안 남편이 없이 아내 혼자서 사는 방.
** 원문에는 '너두었다'임.
*** 뒷날의 어느 때.
**** 원문에는 '노려는'임.

느껴졌다.

이해 여름 방학에도 경수는 돌아왔다. 그러나 얼마 집에 있지를 않고 도로 동경으로 건너갔다. 공부가 밀려 일찍 간 것이라고 생각하였을 뿐이었다. 다만 이 얼마 안 있는 동안 경수의 태도가 전보다 좀 냉정한 데 난숙은 적지 않은 실망을 느꼈으나 그전이라고 그리 정답게 해본 일이 없었으므로 별로 크게 타격받지는 아니하였다. 이다음이라도 자기가 잘만 하면 남편은 얼마든지 자기에게 정다이 굴어줄 것이라고 그는 생각하였다.

그러나 경수가 동경으로 간 지 얼마 안 되어 이상한 편지 한 장이 경수네 집에 배달되었다. 겉봉에는 이곳 주소와 번지를 쓰고 '이경수李敬洙 본제本弟'라고 한 옆에 '이경수 부인 친전**'이라고 썼으며 발신인은 '동경 일 지인知人'이라고만 쓰여 있었다. 이경수 부인 친전이라고 쓴 것으로 보아 그는 난숙이라는 이름을 모르는 사람인 것이 분명하였다. 이 겉봉부터 수상한 편지는 참으로 난숙을 놀라게 하는 내용이 담겨 있었다. 그 편지에는 경수가 번연히*** 아내가 있는 사람임에도 불구하고 어떤 여학생과 연애에 빠져 공부도 잘 안 하고 방탕한 생활을 한다는 일종의 주의 비슷한 알림이었다.

이 편지를 읽자 난숙은 놀라고 기막혀 한참은 아무 말도 못하고, 옆에 있어 그를 살펴보았으면 그의 입술이 파래진 채 떨리는 것을 보았을 것이다. 그는 편지를 재삼 다시 읽고 겉봉 글씨를 자꾸 살펴보았다. '대체 누구에게서 온 것일까?' 알려고 애썼으나 알 수가 없었다. 그는 편지를 놓고 이 생각 저 생각 하다가 그것을 가지고 그 시어머니에게로 갔다.

* 본가本家를 이르는 말.
** 親展. 편지를 받을 사람이 직접 펴보라고 편지 겉봉에 적는 말.
*** '번히'의 본말.

시어머니도 놀랐다. 그러면서도 "그 애가 그럴 리가 있을라고 그 얌전한 애가……." 하며 곧이들을 수 없는 것같이 말하였다. 그 말에 난숙도 "글 쎄 누가 장난으로 했거나 저를 놀라게 하느라고 그런 것 같애요."

이렇게 대답은 하면서도 역시 마음속은 불안하였다. 나중에 그 시아 버지가 이 편지를 읽더니 펄펄 뛰었다.

"이놈이, 망할 놈이 공부는 않고 그예 이런 짓을 하고 마는구나. 집안 망할 자식 같으니. 저더러* 연애하라고 동경을 보냈단 말인가. 이놈을 곧 불러 내와야겠다."

시아버지는 곧 경수에게 돌아오라고 하는 편지를 쓰려고 하였다. 그 러나 시어머니는

"에그, 누가 정말인지 아우? 잘 알어보아 가지고 하시구려."
하며 성미 급한 그 남편을 제지하였다. 그 말도 그럴듯하여 시아버지는 역시 동경에 있는 그 조카 되는 학생에게 요새 경수의 생활을 잘 좀 알아 보아 통지해달라는 편지를 띄우는** 동시에 경수에게도 요새 아름답지 못한 소문이 들리니 몸을 삼가서 공부를 잘 하라는 편지를 하였다.

한편 난숙도 그 남편에게 이상한 편지가 왔다는 얘기를 대강 쓰고 자 기는 그것을 믿지 않는다는 의미의 편지를 하였다. 그리고 제발 그 이상 한 편지가 거짓말 편지가 되어주기를 마음속으로 깊이 빌었다.

동경에서 무슨 소식 있기를 몹시 기다린 지 이십 일 만에 편지 답장 이 왔다. 하나는 경수 사촌이 경수 아버지에게 한 편지였고, 한 장은 경 수가 그 아버지에게 한 편지였다. 난숙은 경수가 자기 편지에 답장 안 한 것이 섭섭하였으나 경수 사촌도 별로 경수에게 그런 일이 있는 것 같지 않다고 하였고 경수도 그런 풍문을 믿지 마시라고 그 아버지에게 답장을

---

* 원문에는 '저다려'임.
** 원문에는 '띄는'임.

한 데 위안이 되어 마음을 잘 삭일 수 있었다.

"그러면 그렇지. 그이가 그럴 리가 있나. 그런데 그것은 대체 어느 놈의 편지야……."

난숙은 시누이 경희를 붙들고 이렇게 말하며 기뻐하였다.

이런 일이 있은 뒤로 난숙은 더 경수가 돌아올 날을 기다리게 되었다. 어서 그가 돌아와서 그의 마음을 자기가 꼭 잡고* 있어야겠다고 생각하였다. 경수를 오래 그런 데 두는 것은 퍽 위험한 것같이 생각이 되었다. 그와 같이 있으면서 정성껏 그를 섬기면 그는 결코 다른 여자에게 마음을 보낼 리 없으리라고 믿기 때문이었다.

기다리면 기다릴수록 세월은 느리었다. 그러나 하루 이틀 세월은 쉬지 않고 갔다. 그럭저럭 이태가 저물게 되었다. 그런데 경수는 겨울 방학에 돌아오지 않았다. 이것이 적지 않게 난숙의 마음을 섭섭하게 하였다. 그는 하루하루를 짚어가며 다시 그가 졸업하고 올 날을 조급히 기다렸다. 그동안 난숙은 애가 타서 못 배겼다.** 남편에게 아무 일도 없었으면 하는 마음은 마치 어린애를 우물가에 놓고 온 어머니의 마음 같았다.

그럭저럭 삼월이 되었다. 얼마 안 있으면 경수가 돌아올 것이라는 것을 생각할 때 난숙의 마음은 한층 더 조바심을 쳤다. 그런 한편 마음 한 구석에는 또 무슨 뜻하지 않은 일이 있지나 않을까 하는 기우***가 일고 있었다. 오늘내일 경수가 돌아온다는 소식이 있을 때 즈음하여 한 장의 편지가 경수 아버지에게 도착하였다. 그것은 경수 사촌으로부터 경수 아버지에게 한 편지로 경수는 같이 동경에 유학하고 있는 어떤 여학생과 친하게 되어 지금에는 두 사람 사이에 장래 부부의 굳은 약속까지 맺고

* 원문에는 '집고'임.
** 원문에는 '박였다'임.
*** 杞憂. 앞일에 대해 쓸데없는 걱정을 함. 또는 그 걱정.

있다는 난숙에 대하여 청천벽력과 같은 알림이었고, 지금 경수의 자격으로 보아 일생을 지낼 수 없는 터이니 밝은 이해를 가지고 그 아들을 용서해주라는 권고까지 첨가되어 있었다. 그 아버지는 이 편지를 보고 기가 막히고 어이가 없어 한참 멀거니* 앉았다가 안방으로 가지고 들어와 그 아내에게 보라고 내주고는

"홍! 이런 놈들 봤지!" 하며 입맛을 쩍쩍 다시었다. 이것을 안 난숙의 경악해하는 모양은 형언할 수 없었다.

"그예! 이런 일이 생겼구나!"

그는 울려야 울어지지도 않았다. 운명의 신이 그를 가지고 함부로 흔들고 장난하는 것 같았다. 경수 사촌의 편지이니 사실은 틀림없는 사실이었다.

"이것이 사실이라면……."

그는 이런 생각을 해보는 것만도 무서웠다. 그러는 한편 어떻게 그 여자와 떨어지게 할 수는 없을까 하는 생각이 자꾸 머리를 들고 일어났다. 어떻게 그 믿고 바라던 자기 남편을 남에게 뺏기고 살랴! 어찌하든지 다시 남편의 마음을 돌리게 해서 그 여자를 꼭 단념하게 하리라는 결심이 그에게 떠올랐다. 그는 아무도 모르게 경수에게 애원하고 탄원하는 뜻의 편지를 긴 사연으로 써서 곧 부치었다. 그 남편은 자기의 이 가련한 애원을 물리치지 않을 것이라고 그는 생각하였다.

한편 경수 아버지는 경수에게 덮어놓고 곧 집으로 돌아오라는 전보를 쳤다. '우선 이놈을 데려다 놓고 얘기를 시켜보아야겠다.' 이렇게 생각하기 때문이었다.

그 이튿날은 경수가 그 아버지에게 한 편지가 왔다. 먼저 그 사촌이

| * 원문에는 '멀건이'임.

말한 것 모양으로 그는 대담하게 자기의 이상으로 하는 바를 토설하고 자기는 그전 부모가 정해준 그 아내를 버리고 자기 이상에 맞는 새로운 여자와 결혼을 하겠으니 허락해달라는 말과 자기가 대상으로 선택한 여자는 금년 여자대학 영문과를 나온 여자로 황해도 어느 지주의 딸이라는 소개까지 쓰여 있었다.

"이런 맹랑한 자식 보아!"

경수 아버지는 어이가 없다는 듯이 편지를 집어 팽개쳤다. 그리고 하여간 곧 집으로 돌아오라는 뜻으로 또다시 전보를 쳤다.

그 이튿날 경수에게서는 허락이 있어야 오겠다는 뜻의 답전이 왔다. "자식 하나 둔 것 버렸구나 버렸어." 경수 아버지는 화를 내며 전보 조각을 들고 안방으로 들어와 그 아내에게 내던져 주고는 혀를 쩨쩨 차며 뒷짐 지고 방 안을 왔다 갔다 하였다.

"흥, 점점 하는 소리가……."

전보를 보고 경수 어머니도 기가 막힌다는 듯이 이렇게 말하고 나서

"하기는 저도 공부를 그만큼 하였으니 그런 생각도 들기는 들 게야. 그 여자가 대학교까지 나왔다니 상당하지만두."

하며 그 남편을 쳐다보았다.

"누가 그따위 소리 하랬어! 대체 이 일을 어찌하면 좋단 말이요?"

경수 아버지는 눈살을 찌푸리며 그 아내를 내려다보았다.

"어떻든지 간에 나오라고 해야지요. 얼굴이나 봐야 온 꾸짖든지 달래든지 하지 않아요."

"글쎄 나오질 않으니까 말이지. 쫓아 들어가 덜미잡이를 해 내올 수도 없고……."

"그렇게 지금 애들은 걸핏하면 저런 일들이 생기는 까닭에 일찍 장가를 들이지 말아야 해. 내외 금실도 그리 좋아 뵈지 않드니 그예 이런 일

이 생기는구먼……."

"애초 그놈을 거기 들여보내지 말걸. 내가 잘못이야……."

"에구, 여기서 학교를 댕기면 안 그랬을 줄 누가 아오. 지금 애들 다 그렇다오. 학교라도 댕기면 다 신여성 장가들랴고 그러지 누가 구식 여자 데리고 살랴고 그래. 우리가 장가를 일쩍 들인 게 잘못이야!"

"인제 성복 후 약방문*이지. 그러나저러나 이 일을 어떻게 하겠단 말요. 죄 없는 며느리를 쫓아 보낼 수도 없고……."

"할 수 없지 뭐요. 일러서 안 들으면 제멋대로 내버려 두는 수밖에. 자식을 죽이겠소, 어떻게 하겠소."

"내버려 두다니. 그래 집에 있는 며느리는 어찌하고?"

"그것도 그대로 두고……."

"온, 그게 무슨 소리란 말이야."

기가 막힌다는 듯이 경수 아버지는 웃어버렸다. 그 아내도 따라 웃었다.

안방에서 얘기하는 소리는 건넌방에 앉은 난숙의 귀에 대강 들려왔다. 그것은 귀를 기울이고 들으려고 애썼기 때문에 더욱 들렸다. 시부모의 얘기 한 마디 한 마디가 그의 가슴을 더 아프게 하였다.

그는 눈앞이 캄캄하였다. 믿고 바라던 것이 모두 절망이라고 생각하니 분하고 절통한 생각에 눈에서는 눈물이 펑펑 쏟아져 나왔다. 그러나 울어도 시원치 못할 일이었다.

항로를 잃은 배같이 그의 마음은 허둥대졌다. 그는 어떻게 마음을 정해야 할지 몰랐다. 옷고름을 질겅질겅 씹으며 그는 방바닥에 엎드려 울다가 일어나 울다가 하였다. 절망, 절망만이 그의 마음을 싸고돌았다.

"어떻게 좋은 도리가 없을까?"

---

* 사람이 죽은 다음에야 약을 구한다는 뜻으로, 때가 지나 일이 다 틀어진 후에야 뒤늦게 대책을 세움을 비유적으로 이르는 말.

물에 빠진 사람이 지푸라기 하나라도 쥐려고 하듯이 그는 좋은 방도를 생각하고 찾았다. 그러나 별 좋은 도리가 생각나지 않았다. 그는 다시 편지를 썼다. 경수를 원망도 하고 애원도 하는 뜻의 길고 긴 편지를 썼다. 거기는 갖은* 사설 갖은 넋두리가 다 들어 있었다. 그러나 일심 그의 남편의 마음이 돌게 하기 위하여 한 갖은 정성이 그 편지 속에 구절구절 맺혀 있었다. 이 편지를 써서 부치고 나니 난숙은 다소 마음이 위안되는 것 같았다. 그는 행여나 경수가 마음이 돌까 하는 요행을 바라며 거기 엷은 희망을 부치고 있었다.

경수 아버지는 그 아들에게 심한 책망의 말과 그 여자와의 결혼은 절대로 허락 않는다는 강경한 뜻의 편지를 써서 경수에게 부치고 난숙을 불러다 놓고 어떻게 하든지 그 여자와의 사이를 끊게 해놓을 터이니 조금도 걱정을 말라고 위로하여주었다. 난숙은 시아버지의 이 말이 한없이 고마워서 감격한 눈물을 머금었다.

그럭저럭 며칠이 지난 후 경수에게서 그 아버지와 난숙에 한 회답 편지가 왔다.

그는 그 아버지에게 죽어도 그 여자와 결혼을 해서 살겠다는 것과 허락을 안 해주면 집에 돌아오지 않고 언제든지 동경에 있겠다는 막다른 말의 회답을 하였고, 난숙에게는 다만 자기를 단념해달라는 간단한 말로 회답을 하였을 뿐이었다.

'이놈이 점점 하는 소리가 이렇구나. 어디 그대로 동경에 있어보아라. 이달부터는 돈 한 푼 보내주지 아니할 테니. 굶어 죽든 말든 난 모르겠다.'

경수의 편지를 읽고 경수 아버지는 반은 그 아들에게 절연할 듯한 마

| * 원문에는 '가진' 임.

음으로 이렇게 속으로 그 아들을 꾸짖으며 다시 답장도 아니하였다. 그러나 난숙은 한 줄기 희망조차 끊어져버려 인제는 밑 없는 함정에 빠진 것 같았다.

그는 자기가 공부 못 한 것을 설워하는 한편 남편이 대학까지 가 공부하게 된 것을 원망하는 마음까지 생겼다.

그러나 모두가 다 소용없는 생각, 금후의 자기의 어둔 운명에 대해 그는 오열하지* 아니하면 안 되었다.

그 남편이 학교만 마치고 돌아오면 남부럽지 않게 재미있는 생활을 하리라는 설계가 모두 물거품에 돌아가고 만 데 대한 실망보다도 이후 자기의 운명이 어찌 되어갈 것인가를 생각하니 참으로 기막히는 일이었다. 남편이 없는 여자! 그것은 생각만 해도 서러운 일이었다. 유교적인 교훈이 머릿속에 꽉 박힌 그에게는 다른 남편을 얻어 간다는 것은 생각 밖에 일이었다.

'한방에서 자지 않드라도 명색 남편이란 것이 있기만 하면 아주 없는 것보다는 낫지 않을까? 그리고 이 시집에서 내쫓지나 아니한다면……'

그의 생각은 결국 이렇게 굴러가고 바뀌어져갔다.

경수와 동거는 못 한다더라도 한집에 있어 그 얼굴을 대해 보기만 한 대도 얼마 나을 것이 아닌가? 그러다가 요행 남편의 마음이 다시 돌아와 자기를 가까이하게 된다면 그보다 더 다행한 일은 없을 것이라고 그는 생각하였다.

이틀이 지난 뒤 난숙은 그 시아버지에게

"아버님, 제 남편을 그대로 허락하셔서 집에 돌아오게 해주십시요."

라고 청하였다.

| * 원문에는 '오인(嗚咽)하지'임.

"그놈을 데려다 어떻게 하게? 그리고 네가 있는데 그 계집을 용납하자니 안 될 말이다."

시아버지는 일번에 거절해버렸다.

그 이튿날 난숙은 다시 그 시어머니에게 이 뜻으로 청하였다. 그대로 둘이 나와 살게 하고 자기는 뒷방이라도 치우고 거기서 그대로 세월을 보내게 해달라고 간곡히 청하였다. 그 시어머니도 난숙의 이 말에 적이* 감동이 되어 좋은 말로 그를 위로하고 경수 데려올 일에 대해 그 남편과 여러 가지로 의논을 하였다. 첫째 궁금증, 둘째 아들 보고 싶은 생각 등으로 그는 허락해주어 가지고 경수를 부르자고 그 남편을 졸라댔다. 경수의 아버지도 처음은 화가 나서 그랬으나 역시 자기의 둘도 없는 사랑하는 아들이고 그대로 내버려 둘 수도 없어서, 며느리의 처지에 대해서는 깊이 동정을 하나 하여간 둘 다 나와 살라고 허락을 해서 데려내다가 다소 권고도 해볼 작정으로 모든 것을 네 뜻대로 해줄 테니 곧 그 새 며느리 될 사람과 함께 나오라고 편지를 써서 동경으로 부치었다. 얼마 만에 경수에게서는 그 아버지의 허락에 대한 감사한 말과 쉬 조선으로 돌아오겠다는 회답이 왔다.

삼월도 다 가고 사월도 반쯤 지나간 뒤 경수에게서는 돌아온다는 편지가 왔다. 밉든 곱든 내 자식인 까닭에 난숙의 시부모는 경수가 나온다니까 반가워하며 물건을 사들여 반찬을 만든다, 먹을 것을 만든다 야단이었다. 다만 난숙이 혼자만은 건넌방에 시름없이 앉아 먼 산만 바라보고 있었다. 이러다가 인제 경수가 돌아오면 자기의 거처하던 건넌방을 내주어야 할 생각을 하고 세간을 이리저리 정돈하고 장속에 있는 옷을 모두 꺼내어 차곡차곡 개어 넣었다. 장속에서는 그전에 해둔 불란서 수

| * 원문에는 '저옥이'임.

가 튀어나왔다. 경수가 학교를 마치고 돌아오면 방을 신식으로 잘 꾸미고 이 수를 사진틀에 넣어 건다고 간수해두었던 것이다. 그는 수를 펴 들고 다시 지난날의 몽상하던 일을 생각하여보았다. 알 수 없는 비애가 가슴에서 목으로 뭉클뭉클 치받쳐 올라왔다. 눈에서는 눈물이 쉴 새 없이 솟아 나와 눈자위를 적시었다. 그는 울지 않으려고 애썼다. 그리고 가위를 들어 그 수를 쌍동쌍동 잘라버리려고 하다가 다시 착착 개어 집어넣었다. 서랍에서는 전에 걸핏하면 내놓고 보던 경수의 사진이 나왔다. 그는 손에 들고 물끄러미 들여다보다가 그것도 종이에 싸서 아까 그 수와 함께 장속에 넣어버렸다. 모든 세간을 다 정돈하고 방도 깨끗이 쓸어놓았다. 이렇게 치우면서 '내일부터 뒷방마누라다' 생각하니 그의 청춘이 그대로 시들 것이 원통한 생각이 들어 한참이나 엎드려 다시 느껴 울었다. 한참 후에 그는 눈물을 씻고 뒷문을 열어젖히었다.

장독간에 단 한 나무 서 있는 배나무 밑동과 가지에는 물이 올라 윤이 나고 꽃봉오리가 맺혀 있었다. '봄이다' 하는 생각이 그의 머리에 떠올랐다. 다시 왈칵 설움이 복받쳐 그는 털썩 주저앉은 채 두 손을 얼굴에 대었다. 마루에서는 시어머니의 "고기는 다 다졌니?" 하고 동자꾼* 꾸짖는 날카로운 목소리가 들려왔다.

—《신세기》, 1939. 4.

| * 밥 짓는 일을 하는 여자 하인을 뜻하는 '동자아치'의 방언.

그 여자의 운명

건넌방에서도 아랫방에서들도 다 잠들이 깊이 든 모양이다. 때때로 코 고는 소리, 숨 쉬는 소리가 가만히 들려올 뿐, 사방은 죽은 듯이 고요하다. 시계 소리만이 뚝딱뚝딱 저 혼자 깨어 있는 것을 알려준다.

영순 엄마는 가만히 일어나 전등을 켰다. 그리고 옆에서 세상모르고 자는 영순을 다시 한 번 들여다보았다. 그는 지금 일어날 큰일에 대해 조그마한* 예감도 없는 듯 그 탐스러운 얼굴에는 평화한 빛을 신고 색색 자고 있다. 영순 엄마는 달려들어 그의 뺨에, 입에 자기 얼굴을 갖다 대고 함부로 문질렀다. 그러고는 뺨과 뺨을 꼭 대고 한참 동안 뗄 줄을 몰랐다. 두 눈에서는 굵은 눈물방울이 쉴 새 없이 굴러떨어진다.

"영순아, 엄마는! 엄마는!"

뭐라고 하려다 목이 메어 말을 못 이루고 그는 다시 한 번 힘 있게 경련하는 것같이 얼굴을 꼭 대었다가 떼고 일어났다. 그는 방 안을 다시 한 번 휘둘러보고는 또 잠깐 동안 실심하고** 맥이 없이 앉았다가 결심한 듯

---

* 원문에는 '조곰한'임.
** 근심 걱정으로 맥이 빠져 마음이 산란하여지고.

이 장 밑으로 손을 넣었다. 거기는 아까 준비해둔 양잿물 그릇이 있다. 그는 가만히 그것을 끌어내었다. 작은 사기 탕기 안에는 그의 생명을 노리는 두 덩이 하얀 양잿물이 담겨 있다. 그는 그것을 내놓고 들여다보며 또 눈물이 줄줄 흐르는 것을 금치 못하였다.

방 안에는 그의 지금 저지르려고 하는 일에 대해 격려도, 또는 말리기도 하려는 것이 하나도 없다. 다만 벽에 걸린 괘종만이 그의 죽음에 증인이 되려는 듯 말없이 내려다보고 있다. 영순 엄마는 양잿물 그릇을 들었다. 손이 부들부들 떨린다. 그리고 얼른 입으로 가져가지지가 않는다. 그는 그릇을 든 채 잠깐 눈을 감았다.

'한번 마시기만 하면 모든 것이 끝이다' 하는 생각이 와락 머리에 떠오른다. 그는 잠깐 주저하였다. 그의 머리에는 갖은 생각이 다 떠오른다.

'죽기까지 하려면야 무엇을 못 견디랴.'

'그러나 죽어서 모든 것을 안 보고 모르는 것이 낫지 않을까?'

'살아 있으면 또 모든 일이 잘 풀려 좋은 날이 돌아오는지도 모르는 것이 아닌가?'

'영순이 저것을 두고 차마 어떻게 눈을 감을까?'

'그렇지만 이왕 죽으려고 결심한 것을!'

잠깐 후에 그는 다른 생각을 다 덮고 결심한 듯이 양잿물 덩어리를 하나 들어 입으로 가져가려 했다. 그때 별안간 왈가닥하는 요란한 소리가 마루에서 났다. 그는 놀라 집었던 양잿물 덩어리를 얼른 도로 그릇에 넣었다. 공연히 가슴이 두근거려진다. 뒤주 위에서 쥐가 무엇을 넘어뜨린 모양이다.

'죽는 사람이 무엇을 이렇게 놀래나.'

그는 자기 마음의 약한 것을 스스로 비웃으면서 한숨을 크게 내쉬었다. 가슴의 고동을 진정하려고 하였으나 한번 건드려놓은 시계추 모양으로 울렁거림이* 얼른 그쳐지지 않는다. 그리고 긴장된 마음이 풀려버린다. 죽음은 그에게서 한 발짝 물러선 것 같다. 지금 결행하려고 하던 일은 잊어버린 듯 그의 머리에는 딴생각이 떠돌고 있다. 모든 정신이 산만해진다. 그의 눈은 다시 양잿물 그릇을 보지 않는다. 얼굴이 들려지자 장위에 얹힌 함에 시선이 머문다. 그에게는 결혼 당시의 일이 회상되었다. 족두리 낭자하고** 원삼*** 입고 눈을 감고 초례청에 나가 신랑하고 교배하던**** 일이 어제인 것같이 눈에 선하다. 그때는 다만 부끄러운 생각과 시집을 어떻게 살까 하는 불안한 생각만이 머리에 가득하였다. 남편의 정이 어떠한 것이라는 것도 몰랐다.

그러나 마음 구석 한편에 든든한 생각, 내 몸을 온통 내맡기고 그의 보호를 받는다 하는 든든한 생각이 일고 있었다. 혼인한 뒤의 일로 그의 회상은 달음질쳤다. 그들은 내외가 금실도 그리 나쁜 편은 아니었다. 남편이 서울 와서 중학, 전문을 다니는 동안 그는 시부모의 주선으로 서울에 조그만 살림을 차리고 남편의 뒤를 대고 있었다. 일곱 해 동안 동거하는 사이에 그들의 사이에 생긴 것이 영순이, 지금 네 살 된 계집애 하나이다. 학교를 마친 뒤 남편은 조그만 무역상회를 하나 자영으로 냈다. 그것을 시작한 지 일 년, 몇 달 전까지도 남편은 자기를 사랑하고 있었다. 사랑은 아니했다 할지라도 미워하고 있지는 않았다. 그러던 것이 우연히 상회의 여사무원과 좋아하는 사이가 되자 자기를 공연히 싫어하게 되고 나중에는 정식으로 그와 결혼하겠다고 발표까지 하고는 그에게 집을 내놓고 친정으로 가라고 하였다. 여사무원은 자기 집으로 와서 적어도 주

* 원문에는 '울렁거리는'임.
** 낭자(여자의 예장禮裝에 쓰는 딴머리의 하나로, 쪽 찐 머리에 얹고 긴 비녀를 꽂음)를 머리에 덧얹고.
*** 圓衫. 부녀 예복의 하나. 주로 신부나 궁중에서 내명부들이 입었다.
**** 서로 번갈아 절하던.

인의 아내인 자기에게 참월하게도*

"나는 주인어른과 결혼을 하겠으니 당신은 이 자리를 내놓고 나가시
요."

하고 명령하듯이 말하였다. 영순 엄마는 어이없고 기가 막혀 말이 안 나
왔다. 그는 남편을 붙들고 싸워보기도 했고 애원도 하여보았다. 그러나
남편의 결심은 굳은 모양이었다. 엊그제까지도 그렇지 않던 그 남편의
마음이 아주 깨끗이 싹싹 돌아서 버렸다. 그에 대한 태도는 남보다도 설
고 말에는 찬 기운이 돌고 있었다. 그는 세상일의 너무나 무상함에, 너무
허무함에 탄식하지 않을 수 없었다.

'사람의 마음이란 그렇게도 가볍게 돌아서 버리는 것일까?'

이렇게 생각해보며 자기 마음도 그럴 수 있겠는가 생각해보았다. 자
기도 남편을 잊어버려 보려고 애써보았다. 그러나 도무지 그래지지 아니
했다. 끊을 수도, 잊을 수도 없었다.

'그이를 떠나 어떻게 산단 말이야.'

이런 생각이 더 굳세어질 뿐이었다. 그는 남편의 마음을 그에 돌려보
려고 쫓아가 붙들고 울고 애원하였다. 영순이를 좀 생각하여달라고 자식
의 정을 무기로 삼아보았다. 그러나 남편은 들으려고도 아니했다. 그는
허둥지둥 남편의 친구를 찾아가 보고 사정말도 해보았고, 서울 와 사는
시집 일가를 찾아보고 그 남편을 좀 타일러달라고 청도 해보았다. 그러
나 하나도 조그만 효과조차 나타내지 못했다. 그 여자와 못 살면 죽겠다
고까지 그 남편은 굳은 결심을 표명했다. 일은 틀려진 것이었다. 다시 아
물어질 수는 없었다.

그러면 그대로 자기는 먹을 거나 대주고 영순이나 기르게 내버려 두

| * 분수에 넘쳐 너무 지나치게도.

고 아무의 아내라는 명목이나 붙여주었으면 좋겠다고 나중에는 할 수 없이 이렇게까지 청해보았다. 그러나 그 청도 각하*를 당했다. 그예 이혼을 하고 그와 갈라서야 여사무원은 영순 아버지와 결혼을 하겠다는 것이었다. 계집에게 반한 사나이는 미친 사람과 같았다. 남편은 영순 엄마에게 어서 시골로 가라고 재촉이 성화같았다. 영순 엄마는 아니꼽지만 그래도 자기 앞날의 신세를 생각해서 마지막으로 여사무원에게 한 번 더 탄원을 해보기로 하고 그를 찾아갔었다.

"당신들 두 분이 사는 데 나는 간섭도 아니하고 찾아가 보지도 아니할 것이요. 우리 남편이 나를 통 모른 체해도 좋으니 그냥 이 집 사람으로 영순이나 키우게 하고 나를 머물러 있게 해주실 수 없을까요?"

영순 엄마는 참된 눈물을 흘리면서 진정으로 애원해보았다. 그러나 여사무원은 그의 진정에 조금도 귀가 쏠리지 않는 모양으로 대번에 거절이었다. 그리고

"글쎄 딱하신 말씀이지. 나도 버젓한 처녀인데 왜 남의 첩 노릇을 하라고 해요. 나는 그렇다면 그이와 결혼을 거절하겠어요. 세상에 남자가 그이 하나뿐인가요."

하며 도리어 화를 냈다. 영순 엄마는 속으로 '에고, 그래주었으면 오죽이나 좋을까' 하면서 다시 사정사정 말을 해보았다. 그러나 어디 개가 짖느냐는 듯이 들은 척도 안 한다. 저도 사람이면 그만한 일은 들어줄 것이라 생각하고 온 것이었으나 마음을 돌릴 조그만 빈틈도 있어 보이지 않았다.

"남자가 싫다는데 자꾸 그럴 것 뭣 있어요. 남자나 여자나 서로 맘 안 맞으면 살 수 없는 것 아녜요. 다른 일과 달라서 남자와 여자의 관계는 이성이나 도덕 같은 것으로 판단할 수가 없는 것입니다. 다른 사람이 보

| * 却下. 물리침.

기에는 괜찮을 듯한 부부 사이도 본인끼리는 마음이 안 맞아 못 사는 예가 많지 않아요."

나중에 여사무원은 아주 업신여겨* 보는 태도로 설교나 하듯이 이렇게 말했다. 영순 엄마는 끝으로

"그래 그것도 못 들어주겠단 말씀이죠?"

하고 한 번 더 다져보았다.

"그런 말씀은 하실수록 더 어리석어만 봬요."

여사무원은 끝까지 거만스러운 태도였다.

'참 매정한 년이다. 괜히 갔어.'

영순 엄마는 속으로 이렇게 생각하며 아니꼬운 마음이 들어 인사도 안 하고 그대로 나와버렸다. 그리하여 그가 최후로 선택한 길이 죽음의 길이었다.

내일 그 남편 최인호와 사무원 김경순은 결혼식을 거행한다. 당당한 아내를 두고 그들은 결혼을 하는 것이다. 자기 남편을 뺏긴다 생각하니 분하고 절통한 마음이 치밀어 올라온다. 이판저판 못 살기는 마찬가지인데 내일 식장으로 달려가서 한바탕 야료**나 칠까 하는 생각이 벌컥 떠오른다. 고약한 연놈을 여러 사람 앞에서 실컷 망신이나 보였으면 좀 속이 시원할 것 같다.

죽으려던 생각은 그에게서 열 발짝이나 물러갔다. 그는 양잿물 그릇을 장 밑으로 도로 밀어놓았다. 그리고 다시 이불 위에 쓰러졌다. 눈은 말똥말똥한 채 잠도 안 오고 그들의 일이 자꾸 생각난다.*** 질투, 분노의 불길이 불끈불끈 타오른다.

---

* 원문에는 '없은역여'임.
** 惹鬧. 까닭 없이 트집을 잡고 함부로 떠들어댐.
*** 원문에는 '생각키운다'임.

'이 연놈들, 내 행복을 짓밟아버린 연놈을 내일 여러 사람 앞에서 실컷 분풀이나 해주겠다. 어디 보자!'

영순 엄마는 이를 갈았다. 혼자 흥분하여가지고 주먹을 불끈 쥐었다가 욕악담을 퍼부었다 하다가 그대로 어느새 잠이 들어버렸다.

×

결혼식장에는 구경 온 손님이 그득히 차 있었다. 영순 엄마는 부끄럼을 무릅쓰고 고개를 숙인 채 부인석으로 가 귀퉁이에 앉았다. 여러 사람이 다 그를 쳐다보는 것 같아서 도무지 고개가 안 들려졌다. 한참 후에 신랑이 들러리와 함께 입장을 하자 뒤이어 신부가 면사포를 쓰고 꽃을 안고 웨―딩 마―치에 맞추어 입장을 하였다. 여러 사람은 모두 시선을 그리로 집중시켰다.

영순 엄마도 여러 사람 틈에 끼어 고개를 들고 바라보는데 가슴이 떨리고 마음이 동요되기 시작한다. 얼굴빛이나마 보통으로 가지려고 애썼으나 그것도 맘대로 되지 않아 붉으락푸르락해졌다.

그동안에 신부는 신랑과 어깨를 나란히 하고 서게 되었다.

"지금부터 신랑 최인호 군과 신부 김경순 양의 결혼식을 거행하겠습니다."

하는 주례의 목소리가 가늘고 희미하게 영순 엄마의 귀에 도달되었다. 눈에서는 불이 나는 것 같고 전신은 부들부들 떨린다. 앞을 쳐다보나 아무것도 보이지 않는다. 다만 주례의 무어라고 웅얼대는 소리가 귀를 스치고 지나갈 뿐이다. 영순 엄마는 더 참고 있을 수가 없었다. 그는 벌떡 일어나며 앞으로 대고 악을 썼다.

"못 한다, 못 해! 혼인 못 해! 내가 여기 있는데 누가 혼인을 한단 말이냐!"

말소리는 또렷이 나왔다. 이 뜻 아니한 부르짖음에 여러 사람은 모두 눈이 휘둥그레가지고 이쪽을 바라보았다.

"내가 당당한 최인호의 아내인데 누가 우리 남편과 결혼을 한단 말이야! 못 해, 못 해!"

영순 엄마는 또 한 번 소리쳤다. 뜻한 바와는 반대로 말소리가 조리 있게 잘 나오는 것 같았다. 여러 사람은 모두 자리에서 일어나 이쪽을 바라보았다. 영순 엄마는 부끄러운 생각도, 창피한 생각도 다 어디로 가버렸다. 그리고 어디에서인지 용기가 솟아나는 것 같았다.

"웬일이야?"

"그게 누구야?"

"아―니, 여길 왔든가 뵈."

여기서 수군수군 저기서 두런두런 고요하던 식장 안은 단박 수라장이 되었다.

"그래 이런 일도 있소? 여러 손님! 버젓이 나라는 본처를 두고 또 장가를 드는!"

"에그, 원통해라! 에그, 분해!"

영순 엄마는 이렇게 떠들며 그 자리에 그대로 폭 엎드려 통곡을 하였다. 남이야 웃든 욕하든 그는 불계하고* 그냥 소리를 내어 꺼―껵 울었다. 그러자 손님 중에 어떤 여자 하나가 그의 어깨를 흔들며

"여보, 이게 무슨 짓이요. 원통하게 됐지만 참지. 체면도 없이 이게 뭐요?"

하고 책망을 하였다. 영순 엄마는 그 말은 들은 체 만 체 실컷 울어야 속이 시원할 것 같아 그냥 목을 놓고 울었다.

주례는 그냥 덩둘해** 서서 있고 신랑은 고개를 숙인 채 어떡할 줄 몰

---

* 옳고 그른 것이나 이롭고 해로운 것 따위의 사정을 가려 따지지 않고.
** 어리둥절하여 멍하게.

라 쩔쩔매었다. 그러자 손님 중에서 누구인지 하나가

"그이가 미친 이 아니야?"

하며 웃었다. 그 말을 듣자 영순 엄마는 악이 바짝 났다. 그는 벌떡 일어서면서

"내가 미쳐요? 내가 미쳐? 여보, 미쳤는가 와 보오. 당신들은 이게 신성한 결혼식이라고 구경하고 있는 것이요? 멀쩡한 아내를 죄 없이 배척한 놈과 남의 서방을 뺏은 년이 한자리에서 백년을 맹서*하는 것이 이게 신성한 결혼식이라고 구경하러 왔단 말이요? 이 더러운 결혼식에 참례하는** 당신들도 다 더러운 사람이요!"

하고 그 사람 있는 데를 쳐다보면서 욕을 퍼부었다. 말이 뒤를 이어 입에서 술술 잘 나왔다.

"여보, 그러지 말고 이리 좀 나오시오."

어떤 늙은 부인네 하나가 영순 엄마의 손목을 잡아끈다.

"나가긴 왜 나가요! 나도 구경 좀 하겠소."

영순 엄마는 소리소리 지르며 발악을 했다. 그러자 지금 그 노인네하고 또 한 사람이 대들어 그의 손목을 끌었다. 그는 힘이 모자라 질질 끌려 나가면서 안 나가려고 몸부림을 치고 악을 막 썼다. 그리고

"이 연놈아! 이 무도한 연놈아!"

하며 기를 쓰고 소리를 질렀다. 두 부인네는 그를 그예 끌어다 문밖으로 내밀었다. 그는 문밖에서 섧게 섧게 통곡을 하였다. 얼마를 통곡하다가 귓결에 들으니 옆에서 어린애의 자지러지게 우는 소리가 난다. 그는 깜짝 놀라 눈을 번쩍 떴다. 몸은 이불 위에 있고 앞뒷문이 환하게 밝았다. 장 앞에 가서 영순이가 몸부림을 치며 펄펄 뛰며 운다.

---

* '맹세'의 원말.
** 예식, 제사, 전쟁 따위에 참여하는.

"왜 그래?"

영순의 심상치 않은 울음에 영순 엄마는 놀라 벌떡 일어났다. 영순의 앞을 본 순간 그의 전 신경은 옴츠러들고 입에서는 "에구머니!" 소리가 절로 튀어나왔다.

"이게 웬일이야?"

그는 와락 달려들어 영순을 잡아 일으켰다. 그의 앞에는 양잿물 그릇이 놓여 있고 마늘 사탕 같은 하얀 양잿물이 한 덩어리는 그릇 안에 한 덩어리는 방바닥에 떨어져 있다.

"에그, 양잿물을 먹었구나! 이를 어쩌나, 이를 어쩌나!"

영순 엄마는 발을 동동 구르며 영순의 입에 손가락을 넣어 휘저어보고 옆에 있는 물을 먹여 억지로 양치를 시킨다* 법석을 했다.

"아, 왜 그래요, 네?"

건넌방에서들 뛰어 건너왔다.

"양잿물을 먹었에요, 양잿물."

영순 엄마는 울면서 떠들었다.

"양잿물예요? 그것 큰일 났군요. 어서 병원으로 데리고 가세요, 병원으로."

건넌방 여편네는 더한층 서둘렀다. 아랫방에서도 건너왔다.

"뜨물이 좋대요, 뜨물."

하고 아랫방 여편네는 들어와 보더니 도로 뛰어 내려가 뜨물을 떠가지고 왔다. 영순 엄마는 그것을 영순의 입에 퍼 넣었다.

"병원으로 가세요, 병원!"

건넌방 사내는 병원으로 가라고 소리쳤다. 영순 엄마는 영순을 안고

| * 원문에는 '석한다' 임.

111

밖으로 나왔다. 아래로 갈까 위로 갈까 허둥대다가 아래편으로 갔다. 얼마 안 간 곳에 작은 병원이 있었다. 문에 들어서면서부터

"이 애가 양잿물을 먹었에요!"

하고 떠들어댔다. 간호부는 뛰어나오더니 허둥허둥 그를 데리고 치료실로 들어갔다. 의사가 나와 보더니 일변 간호부에게 무어라고 이르며 입안을 살펴보았다. 영순은 입안이 모두 헤어지고* 입술이 부르텄다. 간호부는 약물을 만들어가지고 들어와 파이프를 대고 어린애 입에 퍼부었다.

"어떨까요?"

"죽지는 않겠어요?"

영순 엄마는 몸이 달게 의사의 뒤를 따라다니며 물었다.

"아직 모르겠어요. 덩어리가 조금 넘어간 것 같은데!"

의사의 대답은 이러하였다.

"넘어갔에요? 덩어리는 방바닥에 떨어져 있든데!"

영순 엄마는 애가 타서 어쩔 줄을 몰랐다. 의사는 그 말대답은 안 하고 간호부와 어린애를 붙들고 덤벙이었다. 이렇게 해서 응급 치료가 끝난 뒤 간호부는 영순을 입원시켜야 한다고 영순 엄마를 보고 말했다.

"네, 입원을 시켜주세요."

영순 엄마는 선뜻 대답을 하였다.

"보증금이 듭니다."

하며 간호부는 영순 엄마의 아래위를 훑어본다.

"보증금예요?"

"네. 삼십 원입니다."

영순 엄마는 잠깐 생각해보더니

* 원문에는 '헤지고' 임.

112

"네, 곧 해가지고 오지요. 어서 입원시켜주세요."

하고는 그 길로 병원을 나섰다. 집으로 가서 금반지를 꺼내고 옷가지를 꺼내 전당국에 넣어 돈을 장만해가지고 와서 보증금을 내고 입원 수속을 취했다.

입원실은 동쪽 귀퉁이의 조그만 방이었다. 광선이 잘 들어오고 비교적 명랑한 방이었다.

"엄마, 아퍼! 엄마!"

영순은 침대 위에서 괴로운 듯이 그 어머니를 보고 칭얼댔다.

영순 엄마는 지금까지의 긴장됐던 마음이 왝 풀려버리고 참고 있었던 듯이 슬픔이 복받쳐 올라온다.

"응, 괜찮다, 영순아, 응."

하며 영순을 들여다보는 그의 눈에는 눈물이 가리어 아무것도 보이지 않는다.

"엄마의 죄다. 영순아, 엄마의 죄야."

하고 영순의 손을 꼭 쥐며 그는 뺨을 갖다 대었다. 영순은 다시

"아빠! 아빠, 어디?"

하고 그 아버지를 찾았다. 영순 엄마의 가슴은 찢어지는 것 같다.

"응, 아빠는! 아빠는."

하며 그는 말끝을 맺지 못했다.

뭉클뭉클 설움이 북받쳐 올라온다. 그는 그대로 엎드린 채 자꾸 눈물을 씻었다. 영순은 눈물이 글썽글썽한 눈으로

"엄마, 우지 마!"

하고 그 어머니를 쳐다보았다.

그러자 뗑뗑뗑 열한 시 치는 소리가 들려왔다. 영순 엄마의 머리에는 언뜻 그 남편과 여사무원의 일이 떠올랐다.

열두 시, 지금으로부터 한 시간 후이면 그들은 결혼식을 거행한다. 그리고 동래로 신혼여행을 떠난다.

이걸 생각하니 영순 엄마의 가슴은 더욱 미어지는 것 같다. 그는 침대에 얼굴을 푹 파묻은 채 느끼어 울었다.

"엄마, 엄마."

영순의 애련한 소리가 그의 귀 위로 지나간다.

—《광업조선》, 1939. 8.

들에 서서

김 군이 시골 살림을 시작하던 그해부터 바람도 쏘일 겸 구경도 할 겸 한번 내려오라고 편지할 때마다 늘 말하는 것이었고, 나도 서울에서 그리 멀지 아니한 시골이니 한번 가보려고 늘 마음은 먹고 있으면서도 결행을 못 한 채 그럭저럭 두 해 가을이 그냥 지나가 버리고 말았다.

'올가을에는……' 하고 역시 생각은 하고 있으면서도 실행을 못 하고 있던 판에 우연히 두 휴일이 겹치는 날이 있어 관청이나 회사에 다니는 사람들이 하이킹이니 등산이니 하고 제가끔 배낭을 하나씩 짊어지고 나서는 바람에 나도 어데 교외나 나가볼까 하는 충동을 느끼게 되었다. 그리해 어데를 갈까 생각한 끝에 정하고 나선 것이 숙제의 김 군의 시골 심방*이었다.

진 것도 든 것도 없이 그냥 빈 몸으로 정거장에 나와보니 참으로 엄청나게 많은 사람이 대합실로, 마당으로 그득 차 있다. 이래가지고는 도무지 차표를 사가지고 기차를 탈 수 있을 성싶지 않았다. 그러나 이왕 나

| * 尋訪. 방문하여 찾아봄.

선 김이라 그 차표 파는 데서 정거장 넓은 마당 끝까지 늘어선 행렬에 한 목*을 보아 겨우 차표를 사가지고 기차에까지 오르기는 했으나 차 안은 물론 덱기**까지 사람들이 빈틈없이 들어서고 매달리어 그야말로 송곳 하나 세울 틈 없을 만큼 사람이 꽉 찼다. 겨우 한 귀퉁이에 발을 디밀고 콩나물시루 안의 콩나물 모양으로 빳빳이 선 채 어서 목적한 정거장에 닿기만 고대하고 있었다.

사십 분이라는 짧은 시간의 경과는 나를 이 기름 짜이는*** 것 같은 고통에서 해방시켜주었을 뿐 아니라 그 도시의 혼잡과 소란에서도 벗어나게 해주었다. 그 갖은 경적과 잡답과 소요****의 교향악은 물론 자전거 종소리 하나 들리지 않는 고요한 시골길을 서울서 떠난 지 사십 분 후의 나는 걷고 있는 것이다.

우물 안의 개구리가 큰 바다에 나온 것같이 나는 시원하고 상쾌해져 적년*****의 우울도 다 일시에 해소되어버리는 것 같았다. 나는 스스로 밝은 하늘을 쳐다보고 "아—" 소리를 질러보았고 푸른 산을 바라보며 감탄사를 연발했다. 그리고 가슴을 쩍 벌리고 대기를 다 들이마실****** 듯이 숨을 들이마셔 보았다.

"청유清遊*******……, 가을 하루의 청유……."

이렇게 혼자 중얼거리며 새삼스러이 이 시골의 가을의 청상清爽********을 깊이 느꼈다.

---

* '대목'의 방언.
** デッキ(deck). 객차 승강구의 발판.
*** 원문에는 '쩨이는'임.
**** 騷擾. 여럿이 떠들썩하게 들고일어남. 또는 그런 술렁거림과 소란.
***** 여러 해.
****** 원문에는 '드려마실'임.
******* 아담하고 깨끗하며 속되지 아니하게 놂. 또는 그런 놀이.
******** 맑고 시원함.

나는 길에서 주운 막대기로* 휙휙 길가의 풀을 후려갈겨 보기도 하며 길바닥에 한가히 놓인 작은 돌을 힘껏 발길로 차보기도 하면서 누른 벼 이삭이 파도치는 들복판을 걸어 들어가고 있었다.

김 군이 사는 '장말'이라는 마을은 앞으로 한 삼 마장 밖에 포플러 나무 일자로 늘어서 있는 동리라는 것을 정거장 앞에서 물어 알았다. 뒷걸음질을 쳐 가도 오정 때까지는 넉넉히 들어가리라는 자신이 섰기 때문에 나는 길에서 만판 지체를 했다.

자연의 품이라는 어머니의 품과 같이 사람을 어리광 부리게 만드는 모양으로 나는 그냥 풀섶에 털퍼덕 주저앉아 먼 산을 바라보며 공상에 젖기도 하고 맑게 흐르는 보돌물** 앞에 우두커니 서 송사리 떼 노는 것을 들여다보며 장난도 쳤다. 그러다가는 생각난 듯이 다시 길을 걷기 시작하였다. 공연히 들을 향해 소리를 질러보고 싶은 충동도 느끼었고 그냥 논두렁으로 헤매고도 싶어졌다.

이렇게 해가며 걸어 들어간 것이 거의 오정 때나 되어 그예 김 군이 사는 그 장말이라는 동리에 당도하고 말았다. 뒤에 나지막한 산을 등지고 앞에 넓은 들을 안은 한 삼사십 호가량 되는 작은 마을이다. 모두 그만큼 그만큼씩 한 초가집들이 무질서하게 여기저기 서 있는 가운데 두어 채 커다란 집이 한복판쯤 우뚝 서 있는 것은 필연코 이 마을의 부잣집일 게다.

동리 어귀에서 김 군의 집을 물으니 동쪽에 '노깡*** 우물' 앞집이라고 일러준다.

'별안간의 습격을 김 군은 놀래리라.'

---

* 원문에는 '막대기를'임.
** 봇도랑에 흐르는 물.
*** (일본 조어) どかん. 토관土管. 시멘트나 흙을 구워 만든 둥글고 큰 관. 우물이나 굴뚝 또는 배수로 따위에 쓴다.

'가만히 가서 그를 놀래주어야 할 터인데…….'

'지금 무엇을 하고 있을까?'

이런 생각을 하며 어쩐지 울렁거려지는 가슴을 안고 그 '노깡 우물'을 향해 바로 동리 한가운데로 들어섰다. 낯선 손을 보고 개들은 여기저기서 짖고 어린아이들은 유심히 쳐다본다.

그예 김 군의 집을 찾은 나는 그 새까맣게 전* 문패를 바라보며 '한 번 크게 그의 이름을 불러볼까? 그 외 무슨 재미있는 방법으로 내가 온 것을 알릴 수 없을까' 이런 것을 생각고 있는데 안으로써 어린아이 하나가 툭 튀어나와 이 생각을 그냥 깨트려버리고 말았다. 틀림없는 김 군의 아들인 그에게 나는

"아버지 계시냐?"

하고 물어보았다. 색다른 서울 손의 태도를 유심히 살펴보며 여섯 살가량 되어 보이는 그는 저의 아버지가 밭에 나가 있다는 것을 알리어주었다.

"어머니는?"

하니 그는 안을 가리키며 다시 뛰어 들어간다. 조금 있더니 안에서 "누가 오셨어?"

하며 나오는 부인은 김 군의 부인이었다. 얼굴빛이 검어지고 살결이 세어지고** 아주 촌부녀의 틀이 잡힌 그는 말소리까지도 좀 무디어진 것 같았다.

"오래간만이올시다."

내 인사가 떨어지기 전에

"에그, 최 선생께서……."

하며 그는 놀라는 일변 반색을 한다.

---

* 원문에는 '껀' 임.
** 원문에는 '세여지고' 임.

"그래 시골 재미 좋으십니까?"

"네, 어서 들어오세요."

"김 군은 밭에 나갔나요?"

"네, 어서 안으로 들어오세요. 곧 불러오지요. 참 어려운 출입을 하셨네."

하고 그는 방을 치우려고 안으로 들어가려고 하는 것을

"밭이 어딥니까? 밭으로 슬슬 가보지요."

하고 나는 물었다.

"아녜요. 가서 불러오지요. 안으로 들어오세요."

그러나 나는 고집을 쓰고 같이 가겠다는 것도 거절을 하고 김 군이 있는 밭으로 향했다.

밭은 마을 등성이를 넘어선 곳에 있었다.

머리에 헌* 맥고모자를 쓰고 팔다리를 걷어붙이고 소를 몰며 쟁기질을 하는 사나이, 그는 틀림없는 김 군이었으나 삼 년 전에 머리를 길게 기르고 창백한 얼굴을 해가지고 차점으로 서울 거리로 돌아다니던 그 인상밖에 없는 나로서 처음 그의 이 모양을 대했을 때 놀라지 아니할 수 없었다. 그는 어느 모로 뜯어보아도 인제는 진실한 농군이요, 흰 손의 인텔리는 아니었다. 생활이란 이렇게도 사람을 변하게 만드는 것일까.

나는 쫓아가 그의 쟁기 붙든 억센 손을 잡았다.

"유붕有朋이 자원방래自遠方來** 하였네."

나의 이 불시의 방문에 미상불 김 군도 놀란 모양으로

"아, 자네가……."

하며 나를 쳐다보고 얼른 말을 이루지 못한다.

* 원문에는 '혼'임.
** 벗이 먼 곳에서 찾아옴.

"그래 재미 좋았나?"

"온단 말도 없이 와?"

"언젠 내가 노문* 놓고 댕기나? 무에 장한 행차라고……."

"어쩐지 올가을에는 한번 올 것 같은 생각이 들드라니……. 그래 집에는 다 별고 없고?"

"응, 자네도 다 별고 없나……. 그런데 쟁기질을 제법 잘하는 걸 보니 인제는 아주 농군이 다 됐네그려."

"그럼 농군이 안 돼가지고 어떻게 농사를 짓나?"

"그래도 나는 자네가 시골 내려와 농사짓는다기에 자네 손으로는 못 하리라 했지."

"내 손으로 안 하면 누가 해주겠나. 인제는 아주 농사꾼이 돼버렸네……. 잠깐 기다려. 이 골만 갈고……."

하더니 그는 다시 소를 몰고 쟁기를 꼬누며** 앞으로 나간다. 그의 지나간 뒤에는 단단한 땅이 갈리어 흙이 솟아 일고 골이 난다.

나는 밭둑으로 나와 서서 그의 밭 가는 모양을 보고 희한히 여기고 서 있었다. 참으로 전에 창백하던 그를 생각해볼 때 이것은 참으로 의외의 일이었다. 그가 삼 년 전 서울의 문학청년 생활을 청산하고 시골로 내려가 농사를 짓겠다고 우리들 몇몇 같은 동지에게 선언을 했을 때 우리들은

"자네가 무슨 농사를 짓겠나?"

"한 달도 못 살고 다시 올라올 거야."

"애초에 끌고 내려가지도 말게."

하고 모두들 말리다시피 했다. 그것은 그의 이 생각은 역시 그의 생활의

---

* 路文. 조선 시대에 공무로 지방에 가는 벼슬아치의 도착 예정일을 미리 그곳 관아에 알리던 공문.
** 꼬누다. '겨누다'의 방언.

권태에서 오는 한 반동이나, 그렇지 아니하면 낭만적인 환상에 지나지 못하는 것이라고 생각하였기 때문이었다. 우리들은 항상 모이면 입버릇같이

"이래서는 안 되겠어."

"역시 어데다가 생활의 근거를 세우고 문학이고 무엇이고 해나가야지."

하고 되풀이하며 그 퇴폐한 분위기에서 벗어나야 할 것을 절실히 느끼고는 있었으나 아무도 그 분위기에서 탈출해 나간 사람은 없었다. 역시 날마다 낡은 문학책 권, 원고지 조각이나 끼고 모여서 보들레르*를 말하고 말라르메**를 이야기하고 값싼 문학 담론으로 그날그날을 보냈다. 그러는 판에 누구보다도 더 문학 미치광이로서 심각한 표정으로 찻집 한구석에 진 치고 앉아 미래의 대시인을 자연紫煙*** 속에 그리며 하루하루를 보내던 김 군이 돌연

"나는 시골로 가네. 가서 농사를 짓겠네."

하고 선언했을 때 다 웃고 곧이 여기지 아니한 것도 무리가 아니었다.

"인젠 귀농운동인가?"

하고 비웃는 벗도 있었다.

그러나 김 군은 진정이었다. 그는 그 선언을 한 지 한 달이 못 되어 드디어 그것을 실행하고 말았다. 우리는 그가 내려간 뒤

"뭘, 조금 있으면 또 서울에 나타날 걸세."

"그가 농사질 사람인가?"

---

* 원문에는 '뽀—드레일'임. 프랑스의 시인(1821~1867). 심각한 상상력, 추상적인 관능, 퇴폐적인 고뇌를 집중시켜 악마주의라고도 할 수 있는 시집 『악의 꽃』을 출판하여 프랑스 상징시의 선구자가 되었다. 작품에 평론 「나심裸心」, 산문시 「파리의 우울」 등이 있다.
** 원문에는 '바라르메'임. 프랑스의 시인(1842~1898). 그의 살롱인 화요회에서 지드, 클로델, 발레리 등 20세기 초의 대표적 문학가들이 태어났다. 작품에 「목신의 오후」, 「주사위 던지기」 등이 있다.
*** 紫煙. 담배 연기.

하고 그가 또 얼마 안 가 걷어치우고 서울로 올라올 것을 빤히 내다보는 듯 예상하고 있었다. 그러나 우리의 예상과는 반대로 그는 그대로 시골에 뿌리를 박고 말았다. 그의 이야기는 차차 우리들 사이에 멀어져가고 그의 생각은 점점 사라져갔다.

때때로 내게 편지가 올 때마다 나는 동무들에게 그의 이야기를 해 그가 화제에 오르고 시골에 그가 건재한 소식이 전해졌을 뿐이다. 그는 차차 우리들 사이에서 잊혀져가는 사람이었다. 그리고 또 그는 어찌 생각함인지 서울서 그리 멀지 아니한 곳에 있으면서도 잘 서울에 나오지 아니하였다. 다른 벗들에게 대해서는 편지도 아니 내는 모양이었다. 그러나 내게만은 적어도 두서너 달에 한 번가량은 소식을 전했다. 그의 편지에는 한 번도 서울에 대한 미련을 말한 일이 없었다.

지금에 와서 그를 만나보고 농사꾼이 되려는 그의 결심이 참으로 굳었던 것이라는 것을 나는 비로소 깊이 느끼게 되었다. 그는 정말로 우리들 중에서 새로운 생활을 발견한 사람이었다.

나는 김 군이 밭에서 나오기를 기다려 함께 그의 집으로 돌아왔다. 김 군의 부인은 그동안 밥을 새로 짓고 계란을 삶아 반찬을 만들고 했다.

우리는 밥상을 대해 마주 앉았다. 방 안은 북데기* 천지고 도배는 누렇게 그을어** 반자*** 아니한 천장의 흙빛과 한빛이었다. 떨어진 장판 사이로는 흙이 삐여져 나왔다. 흙냄새가 물큰물큰 나는 방 안에 들어앉은 김 군의 모양은 이 집과 이 방 안과 잘 조화되었다. 김 군의 부인도 그렇고 그의 자녀들도 그렇다. 다만 조화 안 되는 것은 이 양복을 말쑥이 입고 얼굴빛이 흰 나뿐이었다.

* 짚이나 풀 따위가 함부로 뒤섞여서 엉클어진 뭉텅이.
** 원문에는 '끄러'임.
*** 지붕 밑이나 위층 바닥 밑을 편평하게 하여 치장한 각 방의 윗면.

"방이 누추해서."

김 군의 부인은 몇 번이나 이렇게 말하며 아랫목 방바닥을 자꾸 걸레로 훔쳐 위로 올렸으나 김 군은 그저

"시골 방이 그렇지."

하고 나에게 대해 별로 개의치 않는 모양이었다.

"자네가 이렇게 농사꾼이 될 줄은 우리는 정말 상상도 못 했네."

밥을 먹으며 나는 이런 말을 또 되풀이했다.

"시골로 내려온 바에야 철저하게 농군이 안 되고 어떻게 살겠나?"

"그래도 그전의 자네를 생각하면……."

"허, 허, 허."

그는 밥을 먹다 말고 크게 웃었다. 그 웃음소리도 더 크고 굵어졌다고 나는 느꼈다. 김 군의 부인도 웃고 나도 따라 웃었다. 그러나 나의 웃음은 강잉한* 웃음이었다. 웃음 끝에 나는 한 줌 우수에 가까운 슬픔을 느꼈다. 그전과 똑같다고는 할 수 없어도 거기에서 얼마 변천되지 아니한 생활을 하고 있는 나로서는 그의 그전의 이야기를 한 웃음으로 치워버릴 수 있는 기백에 눌리지 않을 수 없었다. 우리에게 비해 그는 확실히 생활의 한 승리자였다. 우리는 패배敗北**도 아니요 승리도 아닌 구렁에서 헤매고 있는 것만 같이 생각되었다.

"서울 동무들 사이에 더러 내 얘기가 화제에 오르나?"

그는 웃으며 이렇게 물었다.

"어쩌다가 더러 얘기들을 하지."

"그래 어떻게들 생각고 있는 모양이야?"

"그저 농사를 짓는가 보다 이렇게들 생각고 있을 뿐이지. 뭐 별로 깊

---

* 억지로 참는. 또는 마지못하여 그대로 하는.
** 원문에는 '패북(敗北)' 임.

이 걱정해 생각는 일도 없을 게요, 크게 관심을 가지려고 하는 사람도 없을 게 아닌가."

"그렇겠지. 몇 해만 지나면 나를 아주들 잊어버리고 말 게야. 나는 그것을 바라고 있지마는……."

"그건 또 왜?"

하며 나는 밥숟갈을 놓고 물을 마시고는 그의 얼굴을 쳐다보았다.

"적어도 나는 그들의 생각이 미치는 권외圈外의 사람이기 때문일세. 나는 이제는 그저 다른 모든 농군과 조금도 다름없는 범범한* 한 농사꾼이니까……. 그렇기 때문에 나를 그전에 문학청년이었든 사람이 무슨 새로운 생활을 탐구해 시골로 내려가 가지고 농사꾼이 되어 농사를 짓는다 하는 그런 다른 눈으로 보아주는 것이 싫다느니보다 아주 그렇게 여겨지는 것이 시들하고 우습단 말이야. 더군다나 군들이 나를 무슨 새로운 생활 발견의 견본 모양으로 생각고 화제를 삼는다든지 또 문학의 제재로 삼는다든지 한다면 나는 자네들을 정말 경멸하고 대들 터일세……."

상을 물리고 그는 담배를 피워 물며 다시 계속해 말했다.

"사실 내가 시골에 내려오려고 결심했을 때 나의 생각은 자네들이 생각는 바와는 아주 딴판이었네. 나는 사실 그 당시 물질적으로나 정신적으로나 막다른 골목에다 닥쳐 있었네. 나는 정말 일개의 범부로 돌아가서, 말하자면 백지로 돌아가서 애초부터 지성이니 무엇이니 하는 그따위 생각을 일체 다 버리고 그냥 한 평범한 인간이 되어가지고 재출발할 결심을 했었네. 이것은 그 당시의 우리로서는 참으로 어려운 일이었고 자네들이 나를 그렇게까지 보지 아니하였든 것도 무리가 아니야. 나 자신부터도 내게 그런 결심이 섰었다는 것이 이상할 지경이니까 말해 무엇하

| * '매우 평범하다'는 뜻을 지닌 '평평범범平平凡凡'의 준말이라 추정됨.

겠나. 그리해 나는 이 시골로 내려와가지고는 그전의 가졌던 모든 생각 모든 허영이란 다 버리고, 오는 그날부터 나는 이 시골의 다른 사람들과 똑같이 밭으로 논으로 나서 농사를 배웠네. 나는 처음에는 서울 동무들과 소식도 일체 끊으려고까지 생각했으나 그것부터가 벌써 평범한 데서 떠나는 유수야한* 일이기 때문에 나는 보통 사람이 하는 대로 소식도 전하고 더욱이 자네에게는 편지도 자주는 못 했지만 늘 소식을 전했었네…… 그러니까 내가 무슨 농촌으로 돌아가라는 그런 부르짖음에 응해서 왔다든지 더군다나 전원을 찬미한다는 무슨 그런 로맨틱한 생각에서 시골을 온 것이라든지 그런 게 아니고 그저 나는 농사지어 먹고살라고 온 거야……"

하며 그는 웃었다. 나는 그의 말에 별로 대답할 말이 없어서 그저 고개를 끄덕거릴 뿐이었다.

"그러니까."

하며 그는 다시 말을 이었다.

"나는 자네들이 그저 문학이니 무어니 하고 그전과 같은 생활을 그대로 하고 있다고 조금도 그것을 비웃고 싶은 생각도 없으며 또 그것이 잘못된 태도라고 비판하고 싶은 생각도 없는 것일세. 내가 이렇게 꾹 박혀 농사짓는 것이나 그들이 문학에 대한 정열을 버리지 않고 거기 집착한다는 것이나 다 마찬가지지 무엇이겠나. 다만 인제 서로 길이 달라졌을 뿐이지."

"그야 그렇지."

나는 거의 무의식적으로 그의 말에 동의하였다. 속으로는 여러 생각이 떠올랐다. 확실히 그에게는 무엇인지 나를 누르는 것이 있다.

| * 유수야하다. '흐르는 물(流水)에서 벗어나다'라는 의미로 추정됨.

"농사짓는 것도 참 재미있는 일이야."

그는 내가 침묵하고 내 태도가 다소 침울해진 것같이 보이자* 이렇게 화제를 돌렸다.

"글쎄, 나로서는 알 수 없는 일이지. 지어본 사람이 아니고서야……"

이렇게 대답하려고 한 것이 아닌데** 이런 말이 나오고 말았다. 그는 돌연 큰소리로 또

"하, 하, 하."

웃음을 터치더니

"자네 또 무슨 생각을 하나?"

하고 내 얼굴을 들여다보았다.

"응?"

하며 나는 당황한 빛을 감추느라고 애썼다.

"밤을 삶았는데 좀 잡수어보세요."

하고 김 군의 부인은 쟁반에 밤을 담아다 놓고 나간다.

"자, 먹세."

하고 김 군은 먼저 한 개를 골라 딱 깨문다.

"그래 올에 한재***가 심했지?"

하며 나도 그중 굵은 놈을 한 개 골라 들었다.

"응, 여기는 뭐 별로 대단치 않았어. 수리조합 구역이기 때문에……"

"그건 참 다행일세. 그래 인제 먹고살 만큼은 수확이 있지?"

"응, 처음 해하고 그다음 해는 참으로 곤란 많이 겪었지. 작년부터는 좀 나진 셈이야. 인제 겨우 먹고살어 가게는 되겠어. 몇 해만 더 견디어

---

* 원문에는 '보여지자' 임.
** 원문에는 '한 것이' 임.
*** 旱災. 가뭄으로 인하여 생기는 재앙.

나면 그럭저럭 괜…… 찮겠는데. 뭐 우리 내외 다 벗어부치고 나가 논밭에 가 사니까……. 봄여름은 죽어나지. 그렇지만 가을에 곡식이 익고 거둬들일 때의 기쁨은 정말 상상키 어렵지. 이 기쁨은 정말 노력의 보상이니까……."

"그럴 게야. 참 시골은 가을에 와보면 곧 살고 싶은 생각이 나니까……."

"자, 우리 밤 먹고 논에 나가보세. 나의 신고辛苦의 결정을 보여주지."

"자네가 짓는 농사는 몇 마지기나 되나?"

"한 열 마지기 되지."

"소작이지?"

"그럼 소작이지. 내 어디 땅 있나?"

"그것 가지면 자네 식구 살아가기에는 군색치 않은가?"

"우리는 겨우 살아가지……. 농사짓는 데도 여러 가지로 개량할 점이 많아. 재래의 영농 방법을 개혁하면 좀 더 소출이 많아지겠는데 그것도 그리 쉽게 얼른 되는 게 아니야. 차차 좀 머리를 써가지고 좀 개량을 해볼 작정이지. 그리고 내년에는 과수를 좀 심어보려는데……."

"과수원? 그거 참 좋은 생각일세."

"그러나 과수원은 장기전이야……. 자, 우리 들에나 나가보세."

하고 김 군이 일어서는데 나도 따라 일어서며

"아까 밭을 갈다 말지 않았어? 바쁜데 내가 와서 끌고 돌아다녀 괜찮은가?"

하고 미안한 듯이 얘기했다.

"괜찮어. 오늘 하루는 놀지. 시골은 사실 가을은 눈코 뜰 새가 없으니까……."

나는 김 군을 따라 마을 앞 누우런 벼가 파도치는 들로 나갔다. 논두

렁길을 걸으며 다시 푸른 산을 바라보고 들을 바라보니 다시 가슴이 시
원해지고 마음이 명랑해졌다.

"이 근처는 그래도 다들 벼가 잘됐어."

"응, 작년과 별로 차이가 없지. 여긴 뭐 해마다 그리 큰 변동이 없어.
가물어도 한재가 대단치 않고 수해도 별로 보지를 않으니까……."

김 군의 논은 마을에서 꽤 떨어진 곳에 있었다. 그는 논 주위로 나를
데리고 돌며 벼의 종류에 대해서, 벼를 가꾸는 데 대해서 여러 가지로 설
명해주었다.

다시 되돌아*오는 길에 나는

"그래 자네 인제 아주 문학에 대해선 아무 미련도 없나?"
하고 물어보았다.

"미련? 글쎄, 있다면 있고 없다면 없지. 그러나 농사를 지니까 그런
것 저런 것 생각할 틈이 없어. 그러나 때때로 역시 나는 그전 시절을 생
각하는걸. 역시 그때는 그때대로 좋았었다고……. 역시 내 마음의 고향
은 문학이야. 그렇기 때문에 나는 문학에 대한 향수를 갖고 있지. 그러나
이것이 문학이고 예술이야……."
하고 그는 논과 밭을 가리킨다.

"결국 이게 산 예술이란 말이야. 밭 갈고 씨 뿌리고 김매 가꾸고 그리
하여 나중에 수확하는 것은 한 창조니까…… 문학의 창조와 같으니까.
그리고 이 창조의 기쁨은 또한 예술 창조의 기쁨과 마찬가지거든…….
농사는 산 문학이야."

이렇게 말하며 그는 껄껄 웃었다.

"과연!"

---

* 원문에는 '돌쳐서'임.

하며 나도 동의했다.

"정말 농사짓는 마음이나 문학하는 마음이나 마찬가지거든……."

"그러니까 자네는 역시 지금도 문학을 하고 있는 셈일세."

하고 나는 웃었다.

"그런 셈일까?"

하며 그는 또다시 크게 웃더니

"그러나저러나 나의 일, 나의 관심, 이제는 오직 봄 되면 씨 뿌리는 것이요, 여름에 가꾸는 것이요, 가을에 거두는 것, 그거니까……. 사는 것이란 다 마찬가지야. 결국 이거니까……. 결국은 이것을 넘지 못하거든……."

하며 그는 나를 돌아다보았다.

인제는 웬만한 바람에는 동요가 되지 않는 뿌리박힌 큰 나무와 같은 그에 대해 나는 사실로 경의를 아낄 수 없었다. 그동안의 그의 방황과 고민은 마치 오늘의 이 굳힘을 위한 준비였었다는 것같이 나는 생각되었다.

"그저 한 개의 초부,* 한 사람의 어옹,** 하나의 농부로 마치는 것, 이 것으로 좋아. 더 허영을 가질 필요도 없고……. 결국은 다 마찬가진걸 뭐. 그저 나는 인제 꾸준히 갈고 거둬들이는 것뿐일세……. 그리고 자네는 또 꾸준히 쓰고……. 자네, 이 논 보게. 저―기 우물이 있지 않은가? 아, 저놈의 우물이 정말 보물이거든. 암만 가무는 해에도 샘이 마르지 않는단 말이야……."

하며 그는 또 화제를 돌려 논 귀퉁이에 우물 있는 것을 가리켰다.

"그것 참 좋군. 논마다 그런 우물이 하나씩 붙어 있으면 암만 가무는 해에도 걱정 없겠는데."

* 樵夫. 나무꾼.
** 漁翁. 고기 잡는 노인.

"아, 그야 이르다 뿐인가."

우리는 들을 구경하고 다시 김 군의 집으로 돌아왔다. 김 군의 부인
은 바쁜 모양으로 한시를 방에 들어와 앉았는 때가 없다. 우리가 들어오
는 것을 보더니

"감을 좀 잡수어보실까?"

하고 선반에서 감을 집어 목판에 담아 내놓는다. 우리는 다시 잠깐 들어
와 앉아 감을 먹고는 다시 일어나 이번에는 뒷산으로 올라가 같이 산보
를 하며 밤나무 숲에 앉아 저녁때가 되도록 이야기를 했다. 그동안 김 군
은 그동안 농사를 배우고 짓고 한 데 대한 고심담*을 이야기했다. 그것은
한 편의 입지전立志傳과 같았다. 우리는 다시 내려와 나는 김 군의 부인을
작별하고 집을 나섰다. 부부가 다 자고 내일 가라고 굳이 붙드는 것이었
으나 내일 볼일을 생각고 나는 그 청을 물리쳤다.

김 군은 거의 정거장 앞까지 나를 전송해주었다. 정거장까지 나오겠
다는 것을 나는 간신히 쫓아 들여보냈다.

그가 잡았던 나의 손을 놓으며 끝으로 나에게 한 말은

"자네 이번 다녀가서 아예 밀레**가 되려고 하지 말게. 나는 그 〈만종
晩鐘〉이 싫으니까⋯⋯."

하는 것이었다. 나는 미소로 거기 대답하고 돌아섰으나 그 미소야말로
나로서는 괴로운 웃음이었다.

—《춘추》, 1943. 10.

* 苦心談. 몹시 마음을 태우며 애쓴 이야기.
** 원문에는 '밀레―'임. 프랑스의 화가(1814~1875). 경건한 신앙심과 농민에 대한 애정으로 농촌의 풍경과
  생활을 그렸다. 작품에 〈만종〉, 〈이삭줍기〉 등이 있다.

투석[*]

오늘은 순례가 돌아온다는 날이다.

박광호 영감은 새벽부터 일어나 무슨 귀한 손님이나 오는 듯이 집안 내외를 말끔히 치워놓고 마누라에게는 무슨 맛있는 음식이나 장만했는 가, 떡방아는 찧었는가 하고 수선을 피웠다. 마나님은 마나님대로 어제 몰래 잡은 데서 사 온 소고기를 졸인다, 두부를 한다, 반찬거리를 장만하 느라고[**] 야단이었다.

사 년 만에 집에 돌아오는 순례는 이 집의 둘도 없는 무남독녀의 귀 한 딸이었다. 그가 소학교를 졸업하자 여학교에 보내달라고 조르는 것을 집안 형편이 어려워 들어주지 못하자 그는 도회지에 나가 취직을 해가지 고 야학이라도 다니겠다고 졸랐다.

사내도 아니요 계집애인 데다가 늦게 되면서부터는 오직 그에게 마 음을 붙이고 살아가는 박 영감 내외는 처음 그것을 허락하지 아니했으나

---

[*] 원 발표지에서의 제목은 '돌에 풀은 울분'이다. 이 책의 지문은 『그 전날 밤』(조선작가동맹출판사, 1956. 12)에 실린 판본을 바탕으로 하였다.
[**] 원문에는 '장만하노라고'임.

여학교에 보내달라고 하는 것도 못 들어주어 마음이 안된 데다가 원체 응석으로 기른 순례의 고집을 이겨내는 수가 없었다.

그리해 순례는 서울로 올라가 전부터 서울에서 사는 그의 당고모 집에서 유숙*하면서 어느 백화점의 점원 견습으로 들어가게 되었다.

귀한 딸을 보내놓고는 박 영감 내외는 처음은 한 달이 멀다 하고 딸을 보러 쌀되를 싸 들고 서울에 왕래하였다.

그럭저럭 일 년이 가고 이 년이 지나가는 동안에 순례는 시골 있을 때와는 아주 딴판으로 달라갔다. 첫째 몸맵시라든지 얼굴이라든지 아주 색시꼴이 꽉 박힌 데다가 점점 모양을 내어 차리고 나서는 것을 보면 전과는 아주 딴판이었다. 머리를 지지고 분을 바르는 것쯤은 보통이라 하겠으나 격에 맞지 않는 고급 비단의 옷감이라든지 이상야릇한 모양의 구두 같은 것은 시골 영감 박광호의 마음을 도리어 두렵게 하였다.

'쟤가 저렇게 모양만 내고 어떻게 하려는고……'

볼 때마다 더 변해가는 딸의 모양을 보고 그는 이렇게 걱정하며 혀를 찼다.

그 외에 박 영감의 걱정을 더 크게 한 것은 용칠의 일이었다.

용칠이는 그가 열세 살 때부터 가꾸어 기른 이 집의 머슴이다. 그러나 말만 머슴이었지 그는 이 집의 아들이나 젊은 주인이라고 할 만큼 이 집에 대해서는 참으로 충실하고 고마운 사내였다.

그는 원래 사람됨이 근실하고 심지가 착했다.

열세 살에 부모를 다 잃고 이 집에 머슴살이로 들어온 그는 이 집이 자기 집이라 생각하고 부지런을 다해 일해왔고 박광호 영감 내외를 친부모나 다름없이 섬겨왔다.

| * 留宿. 남의 집에서 묵음.

부지런은 그의 천성이라고 할 만큼 그는 늘 일을 하였고 언제나 손에 일감을 붙들고 있었다.

농사꾼의 집에서 사위를 구하면 어데 가 용칠이보다 더 나은 사람을 구할 수 있겠느냐고, 생각한 박 영감은 입 밖으로 내지는 않으나 용칠로 데릴사위를 삼으려고 마음속으로 정하고 있었다.

그렇기 때문에 그는 서울 가서 순례가 모양내는 것을 볼 때마다 마음이 괴로웠다.

"너 그렇게 모양만 내면 어떻게 하니. 그래가지고 어떻게 너 시골 농사꾼에게로 시집을 가겠니."

어떤 때 딸의 마음을 떠보느라고 박 영감은 순례에게 이렇게 말해본 일이 있었다.

"전 시집 안 가요."

순례는 톡 쏘아 말했다. 그러나 그의 표정에는 어데인지 '누가 시골 농사꾼에게로 시집을 간담' 하는 뜻을 읽을 수 있었다. 그리고 용칠은 박 영감이 입 밖에 내어 말은 하지 않았으나 그의 태도라든지 동네 사람들이 눈치를 채고 말하는 것을 듣고 어느새인지 자기가 이 집의 데릴사위가 될 것이라는 생각이 아주 머리에 박혀지게 되었다.

그리해 날이 갈수록 그의 행동은 마치 이 집의 사위 된 사람으로서의 태도였다. 그리고 동무들도

"애, 순례는 모양만 내고 있다더라."

하고 그를 놀려주었고 그의 부지런히 일하는 것도

"다 장래는 제 것이니까 그러겠지."

하고 말들 하는 사람이 있었다. 그러므로 이날 순례가 돌아오는 데 대해 그는 그로서의 기쁨이 있었다.

×

"열두 시 반 차로 온다고 했으니까 자네가 정거장에 마중을 좀 나가 보게."

박 영감이 용칠에게 순례의 마중을 나가라고 한 것은 그로서는 커다란 용단인 동시에 별다른 의미도 섞여 있었던 것이다.

"예."

용칠은 그저* 무심코 대답하는 양으로 이렇게 대답을 했으나 속으로는 은근히 기쁘고 한편 가슴도 울렁거려졌다.

그는 아침을 먹고 나, 아직 아홉 시가 되기도 전부터 정거장에 나갈 차비를 차렸다.

"고만 나가볼까요?"

열 시가 거의 될 때쯤 해서 새 옷을 갈아입은 용칠은 안으로 들어와 박 영감에게 이렇게 물었다.

"아직 이르지 않은가?"

하며 박 영감은 마루의 파리똥으로 까매진 괘종을 쳐다보았다.

정거장은 예서 한 오 리쯤 떨어져 있어 한 삼십 분이면 넉넉했다.

밖으로 나갔던 용칠은 한 삼십 분쯤 지난 뒤에 다시 들어와

"몇 시나 됐우?"

하고 시계를 쳐다보았다.

"일찌감치 나가보지그래."

마나님이 이렇게 말하자

"그럼 댕겨올까유."

하고는 용칠은 농립을 집어 쓰고 밖으로 나갔다.

"저 사람이 왜 저리 서둘러."

| * 원문에는 '거저'임.

134

하며 영감은 마나님을 보고 웃었다.

앞산 고개를 넘으면 뻔히 바라보이는 정거장이나 삼십 분이 잔뜩 걸리는 거리를 그는 이 생각 저 생각에 자기도 알지 못하는 사이에 다 와버리고 말았다.

순례가 돌아오는 것은 백화점을 그만두고 아주 돌아오는 것이니 필연 얼마 안 가서 주인 영감은 자기와 결혼을 시킬 것이다. 그렇게 되면 자기는 건넌방에다 순례와 새 살림방을 꾸미고 이 집의 사위로서 앞으로는 젊은 주인이 되어 재미있는 생활을 해나갈 것이다. 가을에 공출만 그리 심하지 아니하면 그대로 겨우 먹고는 살아갈 것이요, 지금보다 좀 더 부지런을 내어 일하면 배는 주리지 않을 것 같다. 다만 걱정되는 것은 징용이다. 보국단*은 한 번 갔다 왔고 그놈의 징용만 나오지 아니하면 앞으로 순례와 혼인해 재미있게 살아나갈 수 있을 것이다. 하여튼 앞으로는 지금보다도 더욱 부지런을 내어 일을 할 것이다. 그리해 순례를 고생시키지 말아야 할 것이다.

용칠은 정거장으로 나가며 이런 공상을 했던 것이다.

그의 가슴은 희망에 불탔고 그의 머리는 새살림의 설계로 그득 차 있었다.

정거장 대합실 안으로 들어선 용칠은 이 사람 저 사람 붙들고 서울서 오는 차가 언제 도착되느냐고 물었다. 시간은 아직도 한 시간이 잔뜩 남아 있었다. 그는 정거장 안으로 밖으로 돌아다니며 시간이 되기를 기다렸다.

기차는 거의 한 시간이나 연착되어 한 시 반에 도착되었다.

용칠은 저절로 울렁거려지는 가슴을 안은 채 눈을 똑바로 뜨고 서서

| * 報國團. 보국대報國隊. 일제 강점기에 우리나라 사람을 강제 노동에 동원하기 위하여 만든 노무대.

순례를 발견하려고 다른 사람을 밀치고 나섰다.

아주 멋쟁이로 차린 순례의 모양은 용칠의 눈에만이 아니라 어느 사람의 눈에도 얼른 띄었다.

그는 한 손에 가방을 들고 손수건으로 얼굴의 땀을 씻으며 앞을 다투는 여러 사람들의 뒤에 유유히 서서 나왔다.

용칠은 반가운 마음이 솟아오르고 가슴이 공연히 두방망이질을 했다. 그는 순례가 들고 나오는 가방을 얼른 받으려고 다른 사람의 핀잔을 맞으며 앞으로 나섰다.

그때 그의 눈에 띈 또 한 사람이 있었다. 그는 구장*의 아들 수영이었다. 그는 한 손에 무거운 듯이 큰 가방을 들고 또 한 손에 작은 가방을 들고 바로 순례 뒤에 따라섰다.

"아이, 미안해 어쩌."

하며 순례는 그를 돌아보고 생긋 웃었다.

"괜찮아요. 이까짓 것쯤."

하며 수영은 순례의 옆으로 나섰다. 순례는 다시 생긋 웃어 거기 대답했다.

앞에 밀린 사람이 다 나오기에는 한동안이 걸렸다. 그동안 순례와 수영은 그중 뒤에 떨어져서 무어라고 서로 얘기를 주고받으며 연해 마주쳐다보고는 재미있게 웃었다.

이것을 바라보는 용칠은 입안에 쓴 침이 돌며 맥이 홱 풀리고 손이 저절로 떨리었다. 그리고 눈앞이 캄캄해지는 것 같아 말뚝같이 멍하니 서 있었다.

"나 왔수."

하고 어느새 순례는 그를 발견하고 소리쳤다. 그제야 용칠은 제정신이

* 區長. 예전에 시골 동네의 우두머리를 이르던 말.

도는 듯 손을 내밀어 그의 가방을 받아 들었다.

"아버지는 안 나오셨수?"

"나만 나왔이유."

전에 해라를 하고 지내던 터이었으나 용칠은 자기도 알지 못하게 이렇게 허우가 나왔다.

"이것도."

하며 순례는 수영이가 들고 나오는 큰 가방을 가리켰다. 그것도 순례의 가방이었던 것이다.

용칠은 그가 시키는 대로 그 가방을 받으려 하자

"용칠이가 나왔구먼."

하고 수영은 용칠에게 가방을 내밀었다.

"서울 다녀오우."

용칠은 하는 둥 마는 둥 한마디 하고 큰 가방을 양쪽 손에 갈라 쥐고 그들의 뒤를 따라섰다.

순례는 눈이 현황할* 만큼 얼룩덜룩한 양산을 펴 들고, 수영은 그 옆에 서서 나란히 걸었다. 그들은 다시 재미있게 얘기를 주고받았다. 남이 보기에 그들은 남매가 아니면 정다운 내외 같았다.

그 뒤를 따르는 용칠에게는 그들의 말소리도 귀에 들리지 않았고 걸음도 제정신에 걷는 것 같지 않았다.

그의 머리는 여러 가지 생각으로 가득 찼고 가슴에는 질투의 불길이 타올랐다.

그는 대체 수영이가 언제부터 저렇게 순례와 정다워졌는가가 의문이었다.

| * 정신이 어지럽고 황홀할.

농업학교를 졸업하고 나서 읍내 수리조합에를 다니다가 한 일 년 전에 그것도 그만두어 버리고 무엇을 하는지 한 달이면 반은 서울 가 지내는 수영이가 집에 돌아오는 길에 우연히 순례와 동행이 되어 오는 것이라고 생각하면 그만이겠으나 용칠에게는 그렇게 단순히 보이지 않았다. 동네 사람이 다 짐작하고 있는 사실, 용칠은 박광호 영감의 데릴사위가 되리라는 그것을 수영이도 짐작하지 못할 리 없을 터인데 수영은 자기는 안중에 있지도 않은 듯 순례를 가로차 가지고 저렇게 거리낌 없이 지껄이고 가는 것은 괘씸하기 짝 없는 일이었다.

한편 또 순례의 저 부잣집 딸에 못지않은 차림차림과 모양을 볼 때 자기와는 참으로 현격한 거리가 있다는 것을 용칠은 느꼈다. 처음 정거장에 턱 나선 순례의 모양을 볼 때 용칠은 벌써 큰 압력을 느꼈다. 도저히 자기 같은 농군의 아내로 지내가려고 할 색시가 아니었다.

그렇다면 지금까지 자기가 마음먹고 있던 일은 모두 허사에 돌려버려야 할 것인가? 박 영감 내외나 누구나 자기를 이 집의 데릴사위로 삼겠다고 입 밖에 내어 확실히 언약한 일은 없다. 그러나 어느새인지 용칠의 머리에는 이 집의 데릴사위거니, 순례는 자기 아내 될 사람이거니 하는 생각이 깊이 뿌리가 박혀 굳어져 있다. 이제 그 뿌리를 빼어버리고 그 생각을 제해버린다는 것은 그를 허수아비로 만드는 일이나 다름없는 일이다.

다시 수영이 처지를 생각해볼 때 재산이나 자격이나 도저히 자기의 상대가 아니다. 순례로서는 그 집에서 정말 혼인을 하자고 한다면 도리어 과분한 일이라 생각하고 얼른 허락을 할는지도 모르는 것이다.

그러나 박 영감 마음은 여러 가지로 보아 이미 굳게 정한 바가 있는 것이 아닐까? 오늘 자기를 일부러 마중 내보낸 것도 다 의미가 있어 그런 것이 아닐까?

'그렇다. 부모의 마음이 제일이지. 자식이야 부모가 정해준 대로 순종할 뿐이지 제 맘대로야 되는가.'

용칠은 이렇게 마음을 돌려 스스로 자기를 위로했다.

그는 다시 희망이 떠돌아 안도한 가슴으로 눈을 들어 앞을 바라보았다. 순례와 수영은 여전히 나란히 서 간다. 돌연 "호호호." 하는 순례의 웃음소리와 함께 유쾌한 수영의 웃음소리가 터져 나왔다.

이것은 다시 용칠의 기분을 불쾌하게 만들었다.

그는 길바닥의 작은 돌을 힘껏 발길로 걷어차며 혼자 심술을 냈다. 돌은 떼굴떼굴 굴러 순례의 굽 높은 구두 뒤를 탁 쳤다. 순례가 놀라 뒤를 돌아보았으나 용칠은 고개를 수그리고 모른 체했다.

×

순례가 돌아온 지 며칠 동안, 박 영감네 집은 마치 귀한 손을 맞이한 것같이 부산했다. 배급 쌀에 얼마나 배고프고 먹고 싶은 것도 많았겠느냐고 없는 거리를 구하고 장만해 별식을 해 먹이고 맛있는 반찬으로 상을 차리느라고 야단이었다.

순례는 서울서와 마찬가지로 모양을 내고 동넷집을 돌아다니고 마치 시골을 처음 오는 서울 사람 모양으로 들로 산보하며 산에 올라 꽃을 꺾었다. 어려서 같이 자라난 그의 동무들은 부러운 듯이

"어쩌면 저렇게 손이 분길 같애. 살결도 곱지."

하며 손을 어루만지는 사람도 있고

"아무것도 없어가지고 모양도 드럽게 내지."

하며 비웃는 사람도 있었다. 그런 한편

"어디 용칠의 색시 노릇 하겠더라고."

"용칠이가 아마 헛장을 보지."

하고 염려하는 사람도 있었다.

용칠은 용칠이대로 공연히 마음이 들뜨고 일이 손에 잡히지 않았다. 그렇게 눅던* 그의 성질도 별안간 조급해져 어서 박 영감이 태도를 확실히 결정하기를 날마다 고대하였다. 그러나 여러 날이 지나가도 박 영감에게는 별다른 동정이 보이지 않았다.

그러는 동안에 용칠의 귀에는 좋지 않은 소문이 들어왔다.

"수영이가 순례와 연애를 한다." 이런 말을 처음 들었을 때 용칠은

"그놈의 자식이! 그예 그 수영이 놈의 자식이."

하며 분이 치밀어 올라와 주먹을 들었다 놓았다 했다. 그 길로 그냥 달려가 주먹으로 수영이를 한번 쳐주고 싶었다. 그러나 네가 무슨 상관이냐고 하면 대답할 말이 없지 않은가. 그리고 이 근동에는 재산으로 보나 무엇으로 보나 세력이 당당한 구장의 아들이다. 섣불리 건드렸다가는 도리어 큰코를 다치기 쉽다.

"박 영감을 보고 대체 어떻게 할 작정이냐고 따져볼까?"

그러나 박 영감은 그를 데릴사위를 삼겠다고 자기 입으로 약속한 일은 없다.

그는 다만 혼자서 속을 태웠다.

그 뒤 다시 며칠이 지난 어느 날이다. 용칠은 실패논**에서 박 영감과 논을 매고 있었다. 순례가 돌아온 뒤로 박 영감은 기회도 적었지만 용칠과 일에 대한 것 외에 별로 같이 앉아 얘기해본 일이 없었다. 이날은 오래간만에 같이 나와 일을 하는 것이었으나 역시 별로 입들을 열지 않았다. 박 영감은 용칠을 대할 때는 무슨 말 못할 사정이 있는 것같이 태도가 달랐다. 걱정하는 빛이 눈썹 위에 떠돌았다. 용칠이도 그 눈치를 채고 역시 태도가 서먹서먹해졌다. 해가 곁두리*** 때가 되자

* 목소리나 성질 따위가 너그럽던.
** '실패처럼 생긴 논'이라는 의미로 추정됨.
*** 농사꾼이나 일꾼들이 끼니 외에 참참이 먹는 음식.

"한 대 피고 할까."

하며 박 영감은 논 밖으로 나왔다. 용칠이도 허리를 펴고 그 뒤를 따라 나왔다. 박 영감은 논둑에 앉더니 주머니에서 헝겊으로 만든 담배쌈지를 꺼내 뽕나무 잎 섞인 푸릇푸릇한 담배를 곰방담뱃대에 꾹꾹 눌러 담고 성냥을 그어 대어* 피워 문다. 용칠이도 돌아앉아 담배를 한 대 피워 물었다.

"올해도 역시 농사는 다 틀린걸. 가뭄도 가뭄이지만 첫째 손이 자라야지.** 여자들까지 다 나와 모를 심는다 논을 맨다 야단을 해도 모두 저 모양 아니야."

벌써 두 대째를 피우며 박 영감은 이렇게 말하고 매지 못한 논들을 바라보았다.

"잘되면 멀 해유. 공출에 다 뺏기고 마는걸. 누가 농사짓고 싶어 짓는 사람 있이유."

용칠은 이렇게 말하며 언뜻 눈을 들어 옆에 있는 뒷산을 바라보았다. 이 산은 동네와 뒷들 사이에 있는 얕은 산으로서 노송나무가 드문드문 서 있고 이른 봄에는 진달래꽃으로 온 산이 불그레해지는 풍치가 있는 산이다. 용칠의 눈에는 소나무 사이로 어떤 젊은 남녀가 어깨를 나란히 하고 걸어오는 것이 보였다. 그들은 재미있는 듯이 웃고 얘기하며 또 꽃을 꺾어 손에 모았다.

누구인가 알아보려고 애쓰기도 전에 용칠은 그들이 누구라는 것을 단박 알 수 있었다. 그것은 수영이와 순례였다.

용칠은 입맛이 홱 변해지며 온몸에 맥이 탁 풀렸다.

"그렇다고 농사를 안 질 수도 없는 노릇이고."

하며 박 영감은 담뱃대를 손바닥에 대고 탁탁 털더니 용칠을 획 돌아보았다. 그의 시선은 자연히 용칠이가 쳐다보는 뒷산으로 향해졌다. 그의 눈에도 젊은 사내와 여자가 소나무 사이로 정답게 얘기하며 가는 것이 보였다. 그들의 모양과 용칠의 태도와 자기의 추측이 한데 종합되어 박 영감도 그들이 누구이라는 것을 단박 판단할 수가 있었다. 그는 잠깐 바라보더니 얼굴빛이 달라지며

"자, 고만 또 시작해볼까."

하고 벌떡 일어나 먼저 논으로 들어갔다.

용칠이도 무엇에 끌려 들어가는 사람 모양으로 논 가운데로 발을 옮겼다.

이날 밤, 박 영감은 순례를 불러 앉히고 혼인 말을 꺼냈다.

커다란 계집애를 그대로 집에 두면 '정신대'로 뽑혀 일본 같은 데로 끌려가기가 쉬운 일이기 때문에 그는 어서 시집을 보내야겠다고 벌써부터 생각은 하고 있었고, 또 전부터 마음먹은 대로 순례를 용칠이와 혼인시키려고 생각하였다. 그가 주저한 것은 집에 돌아온 순례와 용칠을 대조해볼 때 너무나 동떨어지는 것을 느꼈고 또 순례의 눈이 높아져 용이히 용칠과의 혼인을 응낙할 것 같지 않기 때문이었다. 그러나 밖에는 수영이와 순례 사이에 이상한 풍문이 떠돌고, 오늘 둘이 다니는 것을 실지 자기 눈으로 본 박 영감은 마음을 결정하고, 곧 날짜를 택해 용칠이와 성례를 할 것이니 그리 알라고 순례에게 일렀다. 순례는 이 말을 듣고 금방 얼굴이 빨개져가지고

"싫어요. 난 싫어."

하고 펄펄 뛰었다.

"싫고 좋고가 어디 있단 말이냐. 계집애가 부모 정해주는 대로 할 뿐

이지."

하고 박 영감은 화를 냈다.

"나는 시집 안 갈 테야요."

하며 순례는 눈물이 글썽글썽해가지고 몸부림을 하다가

"아버지는 어디로 시집보낼 데가 없어서 머슴에게로……."

하고 그 아버지를 원망하며 그 자리에 픽 엎드러져 울었다.

"흥, 농군의 딸이 농군에게로 시집가는 게 무에 나쁘냐. 이건 서울 가서 머리나 지지고, 뾰죽구두나 신고 하면 제일인 줄 아니ー."

박 영감은 이렇게 꾸짖고 나서 다시 타일렀다.

"용칠은 사실 머슴이래도 머슴이 아니야. 처음부터 나는 그것을 자식으로 길러왔고 저도 그렇게 생각하고 우리 집에 붙어 있었던 것이다. 말은 안 했어도 나는 용칠이를 마음속으로는 데릴사위로 작정하고 있었다. 지금 젊은 애들 중에는 그만큼 착실한 사람도 드무니라. 나는 너희들에게 혼인을 시키고 이 살림을 다 내맡길 작정이야. 너희들이 잘만 하면 살림을 불릴 수도 있고, 재미있게 살아갈 수도 있고, 우리 내외도 늘그막에 너희들에게 몸을 의탁하고 살 수도 있지 않으냐. 너 요새 수영이와 같이 돌아다녀 창피한 소문이 내 귀에 들어오는데 벌써부터 내 말을 하려다 못 했다. 커다란 계집애가 젊은 사내들하고 돌아다니는 게 뭐냐. 여기는 서울과 다르다. 손톱만 한 일도 동네 사람들은 홍두깨만 하게 늘여가지고 떠드는데 그게 무슨 창피한 꼴이냐. 너도 알다시피 수영이는 멀쩡한 계집을 두 번이나 쫓은 놈야. 너도 그런 데로 갔다가는 그 꼴을 당하고 네 신세를 족치는 판야. 그리고 수영이네가 또 우리 같은 사람과 혼인할 것 같으냐."

순례는 더욱 고개를 푹 수그리고 울 뿐이었다. 수영의 말이 나올 때는 얼굴이 다는 것같이 화끈거리는 것을 그는 엎드린 덕택으로 모면

했다.

이런 지 한 사흘쯤 지난 어느 날 저녁, 동구 밖 밀주 파는 집 윗방에는 술자리가 벌어지고 수영이와 읍사무소 징용계 두 사람이 모여 앉아 술잔을 주고받으며 무슨 은밀한 일을 의논하고 있었다.

"이 사람이야."

하며 수영이는 종잇조각에 무엇을 적어 서기에게 주었다.

"응, 김용칠이! 알았어, 알았어."

서기 하나는 그것을 받아 수첩 속에다 집어넣었다.

"잊어버리지 말아."

수영은 다졌다.

"염려 말아, 염려 말아."

하며 그 서기는 술잔을 들어 쭉 들이마셨다.

그들은 수영이가 특별히 구해다 장만한 좋은 안주와 술에 밤이 늦은 줄 모르고 질탕 먹고 놀다가 헤어졌다.

용칠은 수영이와 순례가 산에서 희롱하며 노는 것을 본 뒤로, 또 박 영감이 혼인 말을 냈으나 순례는 죽어도 싫다고 한다는 말을 듣고는 기운이 푹 줄어 마치 서리 맞은 풀과 같았다.

그는 집에 들어와서 밥을 먹을 때도 별로 입을 열지 않았고 저녁만 먹으면 스르르 밖으로 나가 사람들이 모인 마당이나 사랑으로 갔다. 그리해 한 귀퉁이에 앉아 얘기 참례도 아니하고 우두커니 있다가 늦으면 돌아오기도 하고 어느 사랑 구석에서 쓰러져 자다가 오기도 했다.

"용칠이가 왜 저렇게 맥이 없을까."

"순례 때문이지 뭐야."

동네 젊은이들은 이렇게 숙덕거렸다.

박 영감은 여러 번이나 순례를 족치고 얼렸으나* 순례는 거절했다.

순례의 어머니는 딸의 편을 들어 영감과 싸움을 했다.

이런 가운데 용칠이에게는 읍사무소에서 한 장의 종이가 전달되었다. 그것은 징용의 출두명령서였다.

요새 읍 서기나 면 서기가 나오기만 하면 가슴이 턱 내려앉고 흰 종잇조각 같은 것을 들이밀기만 하면 벌써 징용장이라고 벌벌 떠는 시골 사람이라 마침 집에 있던 박 영감은 서기가 김용칠을 찾고 흰 종이를 내줄 때 벌써 그런 줄 알아채고 그를 붙들고 사정을 했다. 그러나 서기는

"군에서 내보내는 것이니까 우리가 알기나 해요."

하고 그냥 도망치듯 가버렸다.

"이 일을 어찌하면 좋아, 응. 인제 농사도 다 지어먹었지……. 엥이, 요놈들이 그래 언제나 망한담."

그는 혼자 중얼거리며 걱정을 했다. 용칠이가 돌아오자 박 영감은

"이거 왔네, 읍사무소에서. 큰일 났네."

하고 그 종이를 내주었다. 흰 종이를 보자 용칠은 얼굴빛부터 하얘졌다.

"징용이유?"

"그런가 보이."

용칠은 떨리는 손으로 출두명령서를 받아 든 채 그대로 절구 위에 털퍼덕 앉더니 뚫어질 듯이 종잇조각만 들여다보았다.

"그래 요렇게 알뜰살뜰히 못살게 구는 놈들이 어데 있담. 언제나 이놈들이 망하는 꼴을 본단 말야. 징용이다 징병이다 해가지고 젊은 놈이나 늙은 놈이나 다 잡아가 버리고 농사는 누구더러 지란 말이야. 엥이, 어서 망해야지. 어서 폭삭 망해버려야지!"

| * 얼리다. '어르다'의 북한어. 요구에 응하거나 말을 잘 듣도록 그럴듯한 방법으로 구슬리다.

박 영감은 화를 더럭더럭 내었다.

용칠은 정신이 아득해지는 것 같아 그냥 고개를 푹 수그린 채 말이 없다.

"어떻게 할까. 가서 검사를 맡아볼 텐가?"

"글쎄유."

"검사고 뭐고 그냥 어데로 피해버리게. 몸을 감추어버리면 고만이지. 접때 만길이도 그냥 몸을 피해버리지 않았어."

"도망 댕기다가 잽히면 경은 더 치는걸유."

"그럼 갈 텐가?"

"글쎄유."

"이놈들이 징용을 내보내도 똑 만만한 사람만 내보낸단 말야. 수영이는 저렇게 빈들빈들 놀면서도 어디 한 번이나 나왔어. 최 참봉네 집에는 그야말로 징용 자리가 수북해도 다 무사하지 않은가. 접때 이 동네 열두 명 나온 사람을 다 살펴보면 어디 가 말 한마디 해볼 데 없는 모두 보잘 것없는 불쌍한 사람들뿐이지 뭐야."

박 영감은 투덜투덜 불평을 말했다.

용칠은 맥이 없이 그대로 앉아 있다가 일어서서 밖으로 나가려고 했다.

"그래 어떻게 할 텐가."

"글쎄유, 어떻게 하면 좋아유."

"어디로 피해버리는 게 수야. 한번 나가면 어찌 될 줄 알고 나간단 말인가."

용칠은 암말도 않고 얼빠진 사람 모양으로 밖으로 나갔다. 그것을 바라보는 박 영감은 한없이 가엾고 딱한 생각이 들어 두 눈에 눈물이 핑 돌았다.

이튿날 새벽 용칠은 보따리를 싸 들고 도망길을 나섰다. 박 영감 내외는 섭섭해 어찌할 줄을 모르며 한 달 동안만 피해 다니다 도로 돌아오라고 했다. 순례는 잠이 들어 모르는지 알고도 모르는 체하는지 내다보지도 않았다.

용칠은 처음은 정신없이 그저 걷기만 했다. 서쪽으로…… 서쪽으로…….

서쪽으로 얼마를 갔는지 벌써 해가 높이 떠오르고 다리가 아팠다. 그는 길가 바위에 허리를 걸치고 쉬었다. 지금까지는 도망간다는 의식 때문에 그저 걷기에만 마음이 팔렸으나 발을 멈추고 쉬게 되자 여러 가지 생각이 머리를 들고 일어났다. 그는 모든 것이 원망스러웠다. 순례의 일이라든지 징용이라든지…….

그는 넘어진 위에 다시 매를 맞은 격이었다.

순례의 일을 생각하면 얄미우면서도 한 가닥 애련한 정을 금할 수 없다. 그는 그를 아내로 맞이해 재미있는 살림을 해가려고 꿈꾸고 있었다. 그의 꿈을 깨뜨리고 휘저은 자, 그것은 수영이었다.

수영이만 없었다면 순례는 자기와 혼인을 할 것이라고 그는 생각했다.

'얄미운 자식!'

그는 욕을 해 붙였다. 그는 다시 징용에 대해 생각해보았다. 박 영감의 말대로 그 징용이란 것도 결국은 보잘것없는 사람, 만만한 사람만 나간다. 덕성이도 그랬고 남길이, 삼룡이, 복성이…… 쳐보면 다 그랬다. 돈푼이나 있고 세력이나 좀 있는 사람은 징용이 나오지도 않고 나와도 모두 쏙쏙 빠지고 만다.

'이런 불공평한 놈의 일이 어디 있담!'

그는 분하였다. 그는 바위 위에 놓인 돌을 집어 건너 쪽에 우뚝 서 있는 큰 바위를 향해 힘껏 후려갈겼다. 그 돌은 바위 한가운데 가 맞아 부서져가지고 사방으로 흩어졌다. 그는 다시 땅의 돌을 집어 던지고 다시 옆의 돌을 집어 연방 바위를 후려갈겼다.

돌은 탁탁 소리를 내며 바위에 맞고는 부서져 흩어졌다.

바위 뒤에서 다람쥐가 두 마리 놀라 뛰어 달아났다.

그는 바위에게 분풀이를 하려는 듯 정신없이 돌을 집어서는 바위를 후려갈기고 있었다……

—《인민》, 1945. 12.

오빠와 애인*

그날―팔월 십오 일은 지금 생각만 해도 가슴이 뛰고 다시금 흥분으로 온몸이 취해지는 것 같다.

그 오정의 라디오를 듣고 이것이 번연히 꿈 아닌 현실인 것을 알면서도 우리는 "정말인가?" "정말 일본이 항복을 했을까?" 하고 서로 묻고 의아하고, 또 한편 너무나 큰 기쁨에 위압되어 맥이 풀리다시피 했었다. 그런 판에 오늘 결근을 하고 외출을 했던 오빠가 돌아오자 집안 식구는 오빠를 포위하고 정말 일본이 손을 들었느냐고 귀찮게 물어대었다. 오빠는

"라디오를 듣고도 몰라. 나는 벌써 중대 방송이 있다고 했을 때 일본이 항복을 하느니라, 이렇게 미리 짐작을 했는데……."

하며 우리를 핀잔주었다.

"아이 좋아, 아이 통쾌해."

하며 나는 춤이라도 출 것같이 좋아했고 온 집안 식구가 다 일본이 패망한 것을 시원히 여기고 기뻐하느라고 저녁밥 맛도 모르고 마치 무슨 축

---

* 이 책의 지문은 『한국현대대표소설선 7』(임형택 외 편, 창작과비평사, 1996)에 수록된 작품을 바탕으로 하였다.

149

제의 날같이 떠들썩했다.

저녁밥을 치우고* 나니 병찬 씨가 찾아왔다. 벌써 문밖에서부터 빙글빙글 웃으며 들어왔다. 나는 한번 '만세'를 크게 부르고 싶었으나 계집아이가 너무 번잡스럽게 구는 것이 안되었어서 그저 조용히 맞아들였다. 그러나 평시에 그 묵중하던 오빠도 오늘은 흥분과 기쁨의 빛을 감추지 못하고 병찬 씨의 손을 잡고 열정적인 악수를 교환했다.

두 분은 마루에 자리를 정하고 앉자

"그예 손을 들었어."

하고 먼저 병찬 씨가 입을 열었다.

"진작 들 일이지."

"이제는 우리도 살았지. 공장의 일본 애들은 모두 맥이 풀려 일도 집어치우고 그냥 돌아갔어."

"흥."

하며 오빠는 웃었다.

"조선은 인제 해방이지."

"그야 물론이지."

"놈들이 소련과도 한바탕해볼 줄 알았드니……."

"할 근력이 있나. 전쟁은 벌써 진 것을 이때까지 억지로 끌어나 왔지…… 하여간 조선 사람은 동조**의 덕 보았네."

하며 오빠는 다시 크게 웃었다. 그 말에 모두 웃음을 터치었다.

"하여튼 우리들은 재수가 좋았어. 이렇게 피 한 방울 안 흘리고 해방을 얻었으니까."

* 원문에는 '치고'임.
** 도조 히데키(東條英機). 일본의 군인·정치가(1884~1948). 1938년에 육군 차관, 1941년에 수상이 되어 태평양 전쟁을 주도하였으나 거듭되는 패전으로 1944년에 사직하였다. 전후 극동 군사 재판에서 전범으로 사형에 처해졌다.

"천만의 말씀이지. 우리가 오늘 얻은 해방이 드러누워서 대가 없이 얻은 것인 줄 안다면 큰 잘못이지. 일본의 압박하에 있은 지 삼십육 년 동안 해내나 해외에서 우리가 오늘의 이 해방을 얻기 위해 얼마나 많은 피를 흘려왔던가?"

"그야 그렇지. 하여간 나는 꿈 같애……."

하며 병찬 씨는 나를 쳐다보고 미소했다. 나도 때때로 이렇게 앉아 이런 이야기를 하는 게 꿈이나 아닌가 하고 의심했다.

러시아의 참전으로 누구나 이번 전쟁의 귀결이나 일본의 운명에 대해서는 다 짐작하고 있었으며 오늘내일 안에라도 무슨 결말이 날 것이라는 것도 생각 안 한 바 아니었으나 우선 그것보다도 먼저 러시아의 진격으로 말미암아 조선이 전장화하게 되고 우리가 모두 전화*에 휩쓸려 들어갈 것을 겁내고 걱정하고 있었다. 총독부에서 바로 얼마 전에 소위 국민의용대**라는 것을 결성하였으니까 그들은 우리를 모두 전쟁으로 몰아넣고 말 것이다. 저 비율빈***에서 하듯이 그들은 우리를 총알받이로 내세울 것을 생각하니 원통하고 분하면서도 또 한편 적지 않게 걱정이 되었다. 오빠 같은 이는 "우리는 죽드래도 조선은 해방될 것이니까……." 하고 전쟁이 쉬 끝날 것을 예상하고 좋아하셨으나 우리는 하여간 산목숨 같은 생각이 들지 않아 심한 불안 가운데서 날을 보냈던 것이다. 그러던 것이 돌연 이날—팔월 십오 일 오정에 중대 방송이 있다고 미리 알린 정말 그 중대 방송을 듣고 일본의 항복을 알게 되자 모두 꿈이 아닌가 스스로 한번 의심해보았던 것은 사실이다.

"애, 참 그 술이 남았지."

* 戰火. 전쟁.
** 태평양 전쟁에서 패전이 짙어지자, 일제가 최후의 1인까지 죽창으로 싸우자는 명목을 내세워 1945년 7월 8일 결성한 대단위 방위 조직.
*** 比律賓. '필리핀'의 음역어.

"네, 좀 남었지요."

하고 나는 얼른 일어섰다.

"좀 가져오너라. 오늘이야말로 축배를 들 때이다."

나는 부엌으로 내려가 술병을 찾아보았다. 일전에 오빠가 공장에서 배급을 타 온 술이 아직도 반병이나 남아 있었다. 아버지께서도 약주를 잘 안 잡숫고 오빠도 술을 잘 마시지 못하는 우리 집에는 술 한 병이 생기면 열흘도 가고 한 달도 간다.

나는 상을 보고 술을 주전자에 넣어 차려 내왔다. 두 분은 서로 술을 따라 권커니 마시거니 해서 거의 반 되 술을 반이나 잡쉈다. 병찬 씨도 오빠보다는 좀 나은 편이나 얼마 마시지 못하는 편이었다. 두 분이 다 술 몇 잔에 취해가지고 얼굴이 발개지고 기분이 유쾌해져 떠드시는 양은 참으로 재미있었다.

"자, 재순 씨도 한잔."

하고 나중에 병찬 씨는 나에게도 술을 한잔 따라주시었다.

"아이고, 못 먹어요."

하고 나는 안방으로 뛰어 들어갔다.

이러는 동안에 그럭저럭 밤이 깊어 열두 시가 지났으나 두 분의 흥분은 식을 줄을 모르고 연해

"참 기쁜 일이다. 이보다 더 기쁠 데가 어디 있나."

하며 얘기가 끊이지 아니했다.

"자, 우리 집에서 자고 가게. 이런 날 뜨고 샌들 어떻겠는가. 우리 같이 얘기하세."

하며 오빠는 병찬 씨를 끌고 건넌방으로 들어갔다.

드러누워 두 분은 인제 우리는 어떤 국가를 세울 것인가? 우리는 조선 민족이 참으로 행복한 살림을 할 수 있는 국가를 세워야 할 것이다.

다른 어느 나라보다도 우리는 좋은 국가를 만들어 잘 살아야 할 것이다. 지금까지 참으로 우리는 불행한 가운데 신음해왔던 만큼 이 귀중한 해방을 얻은 오늘날 우리는 방향을 그르치지 말고 복될 길을 찾아나가야 할 것이다. 이런 말을 서로 주고받았다. 그리고 거기 대해 오빠는 평시에 주장하던 그 주장을 내세웠다. 그것은 나는 여러 번 오빠에게 들어온 얘기다. 즉 오빠의 주장하는 것은 다수자의 행복이었다. 열에 여덟 사람이 행복할 수 있다면 둘을 버리고 여덟 사람을 위한 길을 취해야 한다는 것이다. 더군다나 그것이 역사의 필연적인 방향이라면 더 말할 것도 없다는 것이다. 나는 이것을 퍽 지당한 말씀이라고 믿는다. 나 아니라도 조그만치라도 사물에 대해 판단할 힘을 가진 사람이라면 그것을 그르다고 우길 사람이 어디 있을 것이냐. 그러면 이 다수자란 누구를 가리킴일까. 오랫동안 일본 제국주의의 노예가 돼가지고 조선 사람은 빨릴 대로 빨리고 뜯길 대로 뜯기어 거의 다 가난뱅이가 되었다. 수많은 이 사람들이 구함받고 복되게 살아나갈 그런 길이라면 말할 것도 없이 그것이 전 조선 사람을 행복되게 하는 길이나 마찬가지일 것이다. 병찬 씨도 오빠의 생각에 극력 찬성했다. 물론 병찬 씨도 전부터 오빠에게 많이 얘기를 들어왔을 것이기 때문에 오늘 밤에 별안간 오빠의 뜻에 공명한 것이 아니었으리라. 그러나저러나 나는 병찬 씨가 오빠의 생각에 동의하는 것이 무엇보다도 기뻤다. 나는 오빠를 존경하는 동시에 병찬 씨도 존경한다. 두 존경하는 분의 생각이 같다는 것은 말할 것도 없이 기쁜 일이다. 그리고 나는 병찬 씨를 사랑하고 있다. 내가 사랑하는 분이 같은 생각을 가지고 있다는 것은 더욱 기쁜 일이다. 그분이 남에게 뒤진 생각을 가진다든지 옳지 않은 길을 걷는다든지 한다는 것은 말할 수 없이 섭섭한 일일 것이다.

이튿날 오빠와 병찬 씨를 따라 거리로 나갔다. 그전의 침울하던 분위기는 홱 걷히어버리고 자유로운 공기가 흐르고 있다. 사람들의 얼굴에 다시 화색이 돌고 주름살이 펴진 것 같다. 모두 걸음걸이도 가벼워진 것 같고 누구의 얼굴에나 기쁨의 빛이 떠돌았다. 나는 마음 놓고 크게 숨을 쉬어보았다. 아무것도 거치적거리는 것이 없는 것 같다.

종로로 나오니 학생들의 해방 축하 행렬이 시작되었다. 만세 소리에 장안이 떠나갈 것 같다. 모두 마음껏 "조선 독립 만세."를 불렀다. 목청이 터지라고 마음 놓고 불렀다. 오빠도 나도 병찬 씨도 불렀다. 자꾸 감격의 뭉치가 가슴으로 치밀어 오르는 것을 금할 수가 없다. 새로 감옥에서 나온 분들이 그 희고 푸석푸석한 얼굴을 해가지고 붉은기*를 흔들며 트럭을 타고 왔다 갔다 하는 양은 참으로 더운 눈물 없이 볼 수 없는 광경이었다.

가슴은 흥분에 뛰고 감격으로 차 뻐근했다.

나는 울고도 싶고 웃고도 싶었다.

조선에도 이런 날이 올 수가 있었던가?

어떠한 형용사를 가지고라도 이날의 조선 사람의 심중을 그려내지는 못할 것 같다.

우리말 한마디를 마음 놓고 못 하고 머리 하나를 제대로 못 깎던 어제와 비교해 얼마나 현격한 차이냐?

오빠도 병찬 씨도 한마디 말이 없는 것을 보아 그 가슴이 흥분에 벅차 있는 것을 짐작할 수가 있다.

우리는 종로와 남대문을 한 바퀴 돌았다. 거리거리 만세 소리고 어느새에 만들었는지 태극기가 범람하고 있다.

"우리 이 길로 공장을 가보세."

돌연 오빠가 이런 제의를 했다.

"글쎄 가볼까?"

---

* '노동 계급의 혁명 사상을 상징하는 깃발'이라는 뜻의 북한어.

오빠와 병찬 씨는 대화주공회사라는 데서 같이 일을 하고 있었다. 병찬 씨는 사무원으로 사무실에서, 오빠는 직공으로 공장에서.

오빠가 이 공장에 들어간 것은 여섯 달 전이었다. 오빠는 표면으로는 징용을 피하기 위해서 병찬 씨를 졸라서 이 공장에를 들어간 것이었고, 이면으로는 직공들과 같이 굴러나면서* 그들을 계몽시켜주자는 그런 목표를 가지고 있었던 것이다.

처음 몇 달은 몸이 고되어 얼굴이 아주 못돼가지고 며칠에 한 번씩 결근을 하는 오빠를 나는 퍽 딱하게 여기었다.

"정 힘이 부치면 운동해 사무실로 돌려줄까?"

하고 어느 때 병찬 씨는 이렇게 말했으나 오빠는

"직공들하고 같이 지내는 게 재미있어."

하고 거절해버렸다. 그리해 굴하지 않고 끝까지 견디어 나왔던 것이다.

"그럼 너는 집으로 돌아가렴. 우리는 공장으로 다녀갈게."

오빠는 이렇게 말하고 병찬 씨와 함께 용산 쪽으로 향해 가고 나는 홀로 집으로 돌아왔다.

이튿날부터 오빠는 대단히 바빠졌고 얼굴이나 행동에 활기가 떠어졌다.

'무슨 일을 꾸미는가?'

하고 오빠의 일에 기대를 갖는 나는 은근히 궁금했다. 그래서 한 사흘이 지난 후 병찬 씨를 만난 김에 자세한 것을 물어보았다. 병찬 씨는 오빠가 직공들과 한데 모여 일본 사람인 사장에게 공장의 인도를 요구하고 있다는 것을 얘기해주었다.

"그래 사장은 내준다고 하나요."

"처음은 자꾸 우물쭈물하드니 아마 오늘은 내주기로 결심을 한 모양

---

* 온갖 어렵고 험한 일을 참고 견디면서.

같으구먼요."

"그래요."

하며 나는 고개를 끄덕거리고 미소했다.

"그 기세들이 아주 여간 아녜요. 어제까지 죽은 체하고 일하든 직공들이 대단하든데요. 게다가 사무실 측은 내가 선동을 했지요. 그래서 공장과 사무실이 일체가 돼가지고 사장과 지배인에게 공장을 접수시키라고 요구를 하는 중이지요. 내일까지 확답을 해준다고 했으니까 내일은 결말이 나겠지요. 일본 놈 사장이나 지배인이 풀이 다 죽어가지고 벌벌 떠는 꼴이란……."

하며 병찬 씨는 신이 나서 얘기했다. 나는 이 일에 무엇보다도 병찬 씨가 오빠와 같이 행동한다는 말이 반가웠다. 그래서 곧 돌아올 것을 이십 분이나 더 지체하면서 쓸데없는 말을 지껄이다가 돌아왔다.

이튿날 나는 오빠에게

"공장 일이 어찌 됐지요?"

하고 물어보았다.

"공장 일이라니, 너 병찬이한테 들었구나."

"네, 얘기 다 들었에요. 왜 제가 알면 못써요."

"큰일에 여자가 참견을 하면 재수가 없느니라."

"아이, 오빠도."

하며 나는 눈을 흘겼다.

"사장이 내놓기로 됐단다. 오늘 결정이 났다."

오빠는 기쁨의 빛을 감추지 못하며 이렇게 대답해주었다.

"성공이로구먼요. 그럼 한턱내세요."

"그래, 이담에 우리 공장의 여사무원으로 써주마. 인제는 우리 직공들이 주인이야. 우리 직공들이 사무원을 부려먹게 되는 거야."

"싫어요. 그까짓 직공들의 사무원 노릇을 누가 한담."

"흥, 병찬이도 인제 우리 명령을 복종하게 될 터인데……."

하며 오빠는 뽐내었다.

"인제 오빠가 뽐내는 꼴을 어떻게 보누."

"보기 싫거든 연합국에 가서 독립을 도루 물러달라고 하려무나."

이 말에 나도 웃고 오빠도 웃었다.

며칠 후에 나는 다시 병찬 씨를 만났다. 병찬 씨는 오빠가 공장 직공들과 사무원들을 망라해가지고 공장관리위원회를 만들었는데 앞으로 공장은 여기서 운영해나가며 생산에서 남는 이익은 일하는 사람들끼리 똑같이 분배해나간다는 것을 얘기해주었다.

"오빠나 내가 인제는 다 공장 경영자가 된 셈이오."

하고 병찬 씨는 좋아했다. 이날은 병찬 씨도 틈이 있어서 우리는 팔월 십오 일 이후 처음으로 거의 두 시간 동안이나 같이 얘기할 기회를 가졌다. 팔월 십오 일 이전과 이후의 우리들의 사랑의 속삭임은 거기도 현격한 차이가 있었다. 팔월 십오 일 이전의 우리는 앞길이 비극에 끝나지나 아니할까 하는 그 생각 때문에 늘 마음이 불안했다. 당시의 형세로는 조선 사람의 목숨은 누구나 보증할 수 없었던 것이다. 일본의 최후의 발악은 우리를 다 전쟁에 몰아넣고 말 것이다 라는 생각을 누구나 다 가졌다. 그러나 이제야 해방을 약속받은 우리에게는 오직 무한한 희망이 있을 뿐이다. 이것을 생각하면 나는 무척 기뻤다. 그래서 이런 얘기를 병찬 씨에게 말하자

"그동안 오래 고생한 값으로 우리 조선 사람도 이제는 행복된 생활을 해나갈 권리가 있지요. 고진감래란 이런 것을 두고 이름이지요."

하며 병찬 씨는 나의 두 손을 꼭 쥐었다.

나의 가슴은 겹친 기쁨으로 파도치고 있었다. 민족적인 기쁨과 개인

적인 기쁨에…….

그동안 조선에는 무슨 당, 무슨 회, 무슨 동맹 등 여러 가지 정당과 단체가 비 뒤의 죽순 모양으로 생겨나고 갖은 데마*가 떠돌고……. 이러는 가운데 처음 한 대 정수리를 얻어맞고 정신을 못 차리던 조선총독부와 조선군사령부가 다시 정신을 차려 최후에 발악을 개시하는 혼란한 정세 가운데서 사람들은 어서 연합군이 들어와 일본군의 무장 해제를 해주기를 고대하고 있었다. 드디어 삼십팔 도를 경계선으로 조선을 나누어가지고 북에는 소련군이 남에는 미군이 진군하게 되어 먼저 북쪽에 소련군이 들어오고 이어 남쪽에 미군이 상륙해 진주하기에 이르렀다.

사람들은 만세를 불러 연합군을 환영했고 그들은 어서 하루바삐 보기 싫은 일인들을 조선 안에서 말끔 쫓아내 주기를 바랐다. 그러나 남쪽에 있어서는 일본 사람들을 몰아내는 데 대한 태도가 완만하고 모호해 이 때문에 도리어 조선 사람들이 해를 입는 일이 많으므로 사람들의 입에서는 벌써부터 못마땅해하는 소리가 흘러나왔다. 게다가 일본 사람과 친일파, 또는 일부의 미군에게 접근함을 얻은 당파들, 잔존 관리들은 군정 당국에 아첨하고 부종해** 자기들의 이익을 도모하기에 급급하고, 사정 모르는 군정 당국에 그르게 협조해 조선 사람에 대해 모든 불리한 조건을 자꾸 만들어내었다. 첫째 조선 사람이 맨 처음 선물로 받은 언론·집회·결사 등의 자유 중 어떤 제한이 가해진 일이라든지, 그보다 일본 사람 소유의 토지에 대한 문제, 그 외의 재산에 대한 정책 같은 것들……. 민중은 적잖이*** 실망했다. 그들은 일본인 재산은 즉시 조선 사람의 손으로 넘어올 것을 기대했기 때문이었다.

---

* 데마고기demagogy. 대중을 선동하기 위한 정치적인 허위 선전이나 인신공격.
** 가까이에 붙어서 좇아.
*** 원문에는 '적지 않이'임.

이 영향은 단박 우리 오빠 일에도 미쳐왔던 것이다.

오빠는 그 뒤 공장을 일본 사람에게서 접수받아 직공들의 손으로 관리위원회를 조직해가지고 날마다 앞으로 이 운영 방침에 대해서 회의를 하고 계획을 세우고 했다. 그런데 별안간 난데없는 신사장 문제가 대두해와 그분들을 놀라게 하였다.

자세한 것은 모르겠으나 전에 미국 가서 공부를 하고 돌아왔다는 닥터 김이라는 이가 군정 장관의 양해를 얻어가지고 오빠가 다니는 공장의 새 사장으로 취임을 해 오게 된 것이다. 그러나 그 사실보다도 나를 더 놀라게 한 일은 이 신사장을 맞아들이는 데 대해 먼저 사무실 사람들과 신사장 사이에는 양해가 서고 사무실 사람들은 직공들에게 대해서도 여기 추종하기를 요구하고 교섭을 개시하였는데 그중에 병찬 씨도 단단히 한몫을 본다는 것이다.

처음 이 말을 들었을 때 나는 '설마 병찬 씨야 거기 끼였으랴고' 하며 믿으려고 하지 아니했다. 더군다나 한 사람 앞에 돈을 이천 원씩 받고 매수가 되었다는 데야 더욱 나는 안 믿으려고 했다. 그러나 내가 오빠를 보고

"오빠, 나는 병찬 씨가 그럴 사람이라고는 생각되지 아니해요."
하며 변명을 하려고 할 때 오빠는 나를 힐끗 쳐다보더니 더 아무 말도 하지 아니했다. 그것은 내가 거짓말이라 하는 뜻이었다. 나는 다소 실망하지 아니할 수 없었다.

그이가 그렇게 비겁하고 비열한 사나이란 말인가? 무엇보다도 본인을 한번 만나보고 물어보리라. 물어보아 가지고 사실이라면 지금이라도 바로 마음을 돌리게 싸워보리라.

나는 이렇게 마음을 정하고 이튿날 밖으로 나가 공장으로 전화를 걸고 병찬 씨에게 급히 의논할 일이 있으니 좀 만나달라고 했다.

우리는 저녁때 명치정*에 요새 새로 개점한 어느 찻집에서 만나게 되었다.

사오일 만에 만나는 병찬 씨는 나의 안색을 살피며 다소 당황한 태도였다.

"요새 공장 얘기를 다 들었에요."

하고 병찬 씨의 얼굴을 쳐다보았다.

"네, 다 아셨에요. 진작 만나 뵙고 그런 얘기도 좀 하려면서도 바뻐서 통 나오지를 못했에요. 다 들으셨다니까 말이지만 이 일에 대해서 재순 씨는 어떻게 생각하시는지요?"

하고 병찬 씨는 내 눈치를 살피었다.

"그것은 되려 제가 병찬 씨에게 여쭈어보고 싶은 말이에요."

나는 좀 쏘아 말했다.

"얘기 들으셨다니까 아시겠지만…… 나는 물론 재덕(오빠의 이름)이의 편이고 재덕의 생각에 공명하는 자입니다. 그러나 우리 공장 형편을 생각해볼 때 앞으로 이것을 운영해나가려면 막대한 자본이 듭니다. 재덕이는 공장관리위원회의 손으로 충분히 운영해나갈 자신이 있다고 하지만 그 사람은 공장에서 일한 관계로 경영에 대한 사정은 잘 모릅니다. 그것은 누구보다도 우리가 잘 아는 바입니다. 그리고 새로 받어들이겠다고 한 사장을 만나보니까 사람도 좋고 직공들에 대한 이해성도 있는 데다 전에 삼일운동 때는 감옥에도 갔다 온 일이 있는 분이드구먼요. 그분의 말이 자기도 우리 동포를 사랑하는 마음은 누구에게도 지지 않는다고 하며 이후에 자기가 공장을 경영하면 물론 전의 일본 자본가들이 하듯이 직공을 착취하려는 것이 아니라 이익에 대해서는 직공들과 같이 나누겠

* 明治町. 명동明洞.

160

다고 합니다. 자본이 없이 직공들만으로는 그 공장을 운영해나가기 어렵고 천생 남의 자본을 구해 들여야 한다면 이보다 더 나은 분을 어디 가 구해 들이겠습니까? 그래서 우리 사무실 사람들은 그분을 맞아들이자고 의논한 것입니다. 그러나 재덕이와 여러 공장 직공들은 이러한 실정은 모르고 우리 손에 넘어온 공장에 새로 주인을 맞아들인다는 게 뭐냐고 반대하고 일어선 것입니다."

하며 병찬 씨는 일장의 설명을 좍 해 들려주었다. 어느 일에든지 변명하는 사람의 말을 들으면 그쪽이 옳은 것 같고 역시 일리가 있다 생각되는 것이 보통이다. 그렇기 때문에 나도 병찬 씨의 말을 듣고 나니 역시 이쪽 생각도 옳은 점이 있다는 생각이 들었다.

"나는 내용도 잘 모르고 어떤 편의 생각이 옳은지 그른지 이것도 모르겠에요. 그러나 다만 저는 오빠나 병찬 씨나 이러한 시기에 내 한 사람의 사리사욕의 입장을 떠나 정의의 편에 서서 일해주시는 게 소망이고 남들의 비난받는 일은 해주시지 말았으면 해요. 주제넘은 말 같습니다마는 저는 저의 존경하는 두 분이 의견이 대립된다는 것은 대단히 슬픈 일이라고 생각해요. 더구나 좋지 아니한 불명예스러운 소문이 떠도는 데는 저는 그냥 울고 싶어요."

하며 나는 눈에서 눈물부터 핑 돌았다.

"좋지 않은 풍문이라니요?"

"저한테만 묻지 마시고 스스로 생각해봐 주세요. 저는 그런 소리를 듣는 것은 참으로 마음 아퍼요."

"무슨 말씀이신지 저는 못 알아듣겠습니다."

"그러면 제가 알려드려야 하겠에요. 사무실 사람들이 새로 온다는 사장에게 매수가 되었다는 소문 말씀예요. 저는 이 소문이 거짓말이 되어주기를 바라고 있에요."

이렇게 말하고는 나는 고개를 숙여버렸다.

"온, 천만의 말씀입니다. 누가 그런 소리를 해요."

하며 병찬 씨는 단박에 부정해버렸다. 그러나 내가 고개를 들어 그 얼굴을 살펴볼 때 그 표정은 담담하고 단호한 데가 없었다. 한 가닥 흐린 기운이 떠돌아 있었다. 그는 거짓말을 하는 것이 아닐까? 나는 또 약간의 실망을 느꼈다.

"그렇지 않으시다면 저는 안심했어요."

하고 나는 더 따져보지 아니했다. 나로서는 스스로 그분의 대답에 만족하지 못했으나 이 이상 더 추궁하고 싶지도 않았고 그것은 또 너무 실례일 것도 같아서 불만한 것을 그대로 참고 이 얘기는 그냥 덮어두었다. 병찬 씨는 배도 고프고 할 테니 무엇을 먹으러 가자고 해 나를 중국 요릿집으로 끌고 갔다. 나는 그대로 그분을 따라갔다. 병찬 씨는 많은 맛있는 요리를 시키고 여러 가지로 나를 달래려고 애를 썼으나 나는 어쩐지 마음이 침울해서 겨우 묻는 말을 대답할 뿐이었다. 그래서 도리어 그분에게 대해 미안한 생각이 들어갔다.

병찬 씨와 헤어지면서 나는

"저로서는 참견할 일이 못 됩니다마는 서로 대립들 하시지 말고 타협해주셨으면 해요."

이렇게 희망을 말하고 돌아왔다.

오빠는 여느 때에는 정다워도 무슨 일을 할 때에는 냉정하고 엄격한 편이었다. 그래서 나는 돌아오는 길로 오빠에게 병찬 씨가 하던 말을 해보려고 했으나 입을 뗄 기회를 얻지 못했다. 겨우 그다음 날 밤에야 나는 오빠의 기색을 살피면서

"오빠, 저 어제 병찬 씨를 만났어요. 사무실 측 사람들이 매수됐다는 건 잘못 난 소문인 것 같든데요."

하고 응석 비스름히 말을 꺼냈다.

"거짓말? 확실한 증거가 있으면 어쩔 테냐?"

오빠의 이 말에 나는 말문이 콱 막히고 말았다. 한참 만에 나는 다시 용기를 내어

"저, 병찬 씨의 얘기를 들어보니까 그쪽 생각에도 일리가 있는 것 같든데요……."

나는 속으로 그렇지 아니하면서도 어느새 병찬 씨의 변명을 하기 시작하였던 것이다.

"네가 뭘 알아?"

오빠는 나를 쳐다보고 한마디 쏘아붙이더니 다시 빙그레 웃었다. 분명 그 웃음 속에는 '네가 사랑하는 사람이니까 변명하는 게지' 하는 의미가 포함되어 있는 것이었다.

"그 사람들의 생각에 옳은 점이 있다고 하더라도 우리는 그대로 타협할 수가 없는 것이다. 팔월 십오 일 이후 우리와 같이 그전의 일본인의 공장을 직공들이 접수받은 데가 한두 군데가 아니고 앞으로 다른 데에도 자꾸 이런 문제가 닥쳐오기가 쉬운 형세에 있다. 그런데 우리가 새 사장을 그대로 받아들이는 한 전례를 지어놓으면 그 미치는 영향이 어떠할 것이라는 것을 너는 알겠니? 그러기 때문에 우리는 새 사장을 맞아들여 일하는 게 우리에게 이익이 있다고 하드래도 우리는 다른 공장 동무들을 생각해서 단호히 싸우는 것이다."

오빠는 얼굴빛을 고치어가지고 이렇게 말했다.

"네."

하며 나는 고개를 끄덕거렸다. 그리고 이어서

"그래 사무실 사람들은 지금도 그대로 주장하나요?"

하고 여쭈어보았다.

"굉장히 고집들을 하고 있다. 그들은 언제나 직공들이란 자기들에게 순종할 것이라고만 생각하고 있기 때문에 자기들이 하는 대로 직공들은 따라오라는 이런 태도로 대하고 있다. 그리고 우리가 결속되어 있는 것을 부수려고 한 사람 두 사람씩 집을 찾아다니며 설복*을 시키고 있다.

"병찬 씨도 그중의 한 분일까요?"

"모른다. 요새 나는 병찬이와 사사로이 만나 얘기해본 일도 없다."

오빠의 태도로 보아 병찬 씨도 적극적으로 활동하는 것이 틀림없다. 이 일 때문에 오빠와 병찬 씨 사이의 우정도 깨트러질는지도 모르는 것이다. 오빠는 확실히 병찬 씨에 대해 노한 것이 틀림없다. 다른 사람들은 다른 사람이고 병찬 씨까지가 그렇게 비겁한 짓을 한다는 것은 섭섭한 노릇이다. 그는 모르고 이런 짓을 하는 것일까? 그렇게 하는 것이 참으로 옳다는 신념 아래 끝까지 버티는 것일까? 훌륭한 신념 아래 하는 일이라면 오빠와는 대립이 되었다고 하더라도 나는 양편을 다 존경하고 싶다. 그러나 사무실 측 사람들의 태도는 모호한 점이 많다. 첫째 돈에 매수가 된 사실이라든지 정정당당히 주장을 못 하고 직공들의 결속을 부수려고 개인 방문을 하며 달래러 다니는 일이라든지……. 더군다나 병찬 씨로 말하면 오빠의 생각에는 처음부터 찬성했고 관리위원회를 만들 때도 같이 힘을 쓰지 아니했던가. 그분이 별안간 저편에 서가지고 끝까지 비굴한 그들과 적극적으로 행동을 같이한다는 것은 일종의 배신행위가 아닐까? 일전에 만나보았을 때도 그분의 태도는 모호한 점이 많았다. 지금까지 나는 그분이 그러한 사나이라고는 생각도 못 해보았다. 나는 오빠를 존경하는 동시에 그분도 존경해왔다. 나의 그분에 대한 사랑은 그분을 존경하는 데서부터 시작되었다고 해도 과언이 아닐 것이다. 그렇기

| * 設伏. 알아듣도록 말하여 수긍하게 함.

164

때문에 그에 대한 존경이 깨지게 될 때 사랑도 틈이 갈는지 모른다. 그러나 이런 일은 생각하는 것만도 어려운 일이다. 나는 한번 그분을 찾아보고 더 확실한 것을 따져보고 싶었다. 그래가지고 한바탕 공박을 해주고 싶었다. 사실 만나면 처음 의도한 바의 십분의 일도 다 말 못 하는 나이지마는……

그 뒤 며칠을 나는 고민으로 지냈다. 나는 얼른 병찬 씨가 그런 구덩이에서 돌아서서 오빠의 편으로 돌아와 주기를 고대했다. 이제는 확실히 그분은 옳지 않은 길을 고집하고 있는 것이다. 어서 그것을 깨닫고 돌아서 주었으면 했다. 나는 한 번 더 만나보고, 단단히 얘기를 좀 하려고 회사로 전화를 걸었고 그분의 집에도 찾아가 보았으나 만나지를 못했다.

나는 혼자 안타까워 가슴을 태우고 있었다.

이러는 가운데 다시 나흘이 지나갔다.

하루아침* 오빠는 나를 불렀다.

"너 덕제병원 알지?"

"네, 저 안국동 말이지요."

"그래, 이따 거기 좀 가보아라."

"왜요?"

나는 의아한 눈으로 오빠를 쳐다보았다.

"병찬이가 거기 입원을 하고 있다."

"병찬 씨가요?"

나는 놀랐다.

"그래, 그저께 매를 맞고 거기 입원하고 있단다."

"매를요?"

---

* '어느 날의 아침'이라는 뜻의 북한어.

"응, 직공들에게 맞았단다."

나는 묻지 아니해도 벌써 그분이 왜 매를 맞았는지 이유를 짐작할 수 있었다. 요새 걸핏하면 주먹이 나는 판에 그예 그 일을 당하고 말았구나 하고 나는 얼빠진 사람 모양으로 우두커니 서 있자 오빠는

"뭐 대단치는 않은 모양이더라. 밥 먹고 좀 가보아라. 나는 이따 가보 겠다."

하고 나를 안심시켜주었다.

"어디서 맞았에요. 매 맞을 짓을 하니까 그예 맞았겠지요마는……."

나는 오빠 보기가 도리어 부끄러운 것 같았다.

"하필 직공 감독 집을 찾아가서 달래다가 봉변을 당한 모양이드라. 그 사람이 다른 사람보다도 아주 관리위원회에 열렬한 사람인데 그를 달 래러 갔으니까 거기 같이 모였든 직공들과 함께 두드려 팬 모양이지."

"아이 참, 사내들이 왜 그리 못났어."

나는 화가 나 이렇게 해 붙였다.

"밥 먹고 좀 가보아라, 응?"

오빠는 다시 당부하고 먼저 진지를 잡숫고 나갔다. 나도 곧 아침을 먹고 그 덕제병원을 찾아 안국동으로 갔다. 가면서 나는 병찬 씨를 보기 만 하면 한바탕 푸념을 하고 싸움이라도 하리라 생각했다.

병원 안을 들어서 병찬 씨의 입원실을 문자 간호부 하나가 앞을 서서 문 앞까지 이르러 방을 가르쳐주고는 가버린다.

나는 가만히 문을 열고 안으로 들어섰다.

머리에 하얗게 붕대를 감고 침대에 드러누운 분, 그분은 틀림없는 병 찬 씨고 그 옆에 앉아 간호를 하고 있는 분은 누이동생 되는 분이다.

나는 그 다쳐서 누운 모양을 보자 처음 밉던 생각보다는 우선 가엾은 생각이 앞섰다. 그래

"얼마나 다치셨에요?"

하고 앞으로 다가섰다.

"어떻게 아셨에요? 뭐 대단치 아니해요."

병찬 씨는 한편 반가워하면서도 한편 부끄러워하는 표정이었다.

"오빠한테 들었에요."

"오빠?"

하며 병찬 씨는 슬그머니 눈을 감는다.

"오빠가 아침에 병찬 씨께서 직공들에게 봉변을 당하고 입원하고 계시니 좀 가보라고 그래서요.* 그래서 알았에요."

"오빠가 가보라고 그래요?"

병찬 씨는 눈을 뜨고 이렇게 되풀이하더니 다시 스르르 눈을 감았다. 그와 동시에 두 줄 눈물이 양쪽 볼로 힘없이 주르르 흘러내렸다. 그것을 보자 나도 눈물이 핑 돌았다.

"나는 재덕이나 재순 씨를 볼 낯이 없습니다."

병찬 씨는 눈을 뜨고 이렇게 한마디 하더니 다시 그대로 감아버린다. 그분은 진정으로 사죄하는 것이었다. 나는 거기 무어라고 대답해야 좋을지 몰라 주저하다가

"대단히 다치신 데는 없에요?"

하고 옆에 병찬 씨 누이 되는 분을 보고 물었다.

"여기저기 대단히 맞으셨에요. 허리 팔 다리를 통 못 쓰세요."

누이 되는 분은 걱정스러운 얼굴로 이렇게 대답했다.

"맞은 것이 내게는 약이야."

이렇게 말하며 병찬 씨는 쓴웃음을 웃었다.

| * 원문에는 '그러서요'임.

나는 몹시 딱한 생각이 들어 홑이불을 들고 팔도 만져보고 어깨도 만져보았다.

처음 병원에 올 때 한바탕 공격을 해주고 비웃어주려고 하던 생각은 그분을 보고 그 참회의 태도를 대하자 그대로 사라져버렸다. 그와 동시에 지금까지 가슴에 서리고 뭉쳐 있던 것도 일시에 다 풀어져버리고 말았다.

병찬 씨는 확실히 그분의 생각이 틀렸다는 것을 깨달은 것이었다.

내가 병찬 씨에게 기대하던 것은 이것이었다. 이것이 이제 이루어졌다. 내 마음은 다시 명랑해졌다. 역시 병찬 씨는 좋은 사나이였다 하는 생각이 떠돌았다. 나는 처음 화가 나서 문병을 오는데 꽃 하나 과일 하나 사가지고 오지 아니했다. 그러나 지금은 그것이 도리어 후회되었다. 그래서 나는 무엇이나 좀 사가지고 들어오려고

"잠깐 다녀올게요."

하고 나가려고 하자

"가실 테요?"

하며 병찬 씨는 물었다.

"아녜요. 곧 돌아와요."

하고 나는 밖으로 나왔다. 거리에 나서자 이쪽을 향해 오는 오빠를 만났다.

"다녀왔니?"

"네, 어서 가보세요. 저 잠깐 다녀 들어가겠어요."

하고 나는 오빠를 재촉했다.

오빠가 병원 문을 들어가는 것을 보고 나는 과일 가게를 찾았다. 마음이나 몸이나 아주 가벼워져가지고……

—《신건설》, 1945. 12.

그의 승리

벌써 사흘째 그치지 않고 퍼붓는 비가 오늘도 쉴 줄을 모른다. 그예 큰물이 나고 말 것이라고 여러 사람들은 걱정을 했다. 어제도 그저께도 이층에 꼭 들어앉은 채 외출도 못 하고 있는 운호는 갑갑하기가 짝이 없었다. 아래층 가게로 내려가 그 아저씨나 아주머니하고 얘기나 하면서 물건 파는 데 조력이라도 좀 해주었으면 좋을 것이었으나 어쩐지 그러기도 싫었다. 그럭저럭 벌써 한 달 동안이나 이렇게 하는 일 없이 당숙 집에 빈들빈들 놀고 있으니까 그는 누가 뭐라고 하지 않아도 저절로 자격지심이 들어가 눈치가 보였다.* 하루라도 빨리 남쪽으로 가 부모도 찾고 해야 할 몸이었으나 어디로 이사를 가 사는지도 알 수 없었고 한번 거쳐 온 그곳을 얼른 또 도로 가기란 그리 쉬운 노릇이 아니었다. 그렇다고 해서 어디 취직이나 해가지고 있는 동안 밥값이라도 벌어가면서 서서히 자기 집 소식도 탐문해보고 형편 되는 대로 남행을 해볼까도 생각했으나 취직 역시 만만하지 않은 노릇이었다.

| * 원문에는 '보여졌다' 임.

그는 말뚝같이 창 앞에 붙어 서서 줄기차게 퍼붓는 비를 언제까지나 바라보다가 도로 앉았던 자리로 와 책을 펴 들었다. 그러나 머리에는 딴 생각만 떠돌고 글 한 줄이 바로 읽혀지지 아니했다. 그는 그예 책을 내동댕이치고 드러누웠다.

문철의 생각, 희경의 생각이 다시 떠오르고 요새 그의 고민의 재료인 시국에 대한 문제, 사상에 관한 문제 같은 것이 한데 뒤얽혀져 골치를 아프게 한다. 이런 문제로 그는 요새 그의 가장 정다운 동무, 그리고 애인과도 사이가 나빠져 서로 찾지를 않고 있는 것이다.

그는 학병으로 나갔다가 고국에 돌아오면서 그들이 이렇게 자기의 생각과는 거리가 멀어져 있을 줄을 꿈에도 생각지 못하였던 것이다.

그는 그의 유일한 친구인 문철이가, 그리고 온 마음을 바치고 있는 희경이가 어느새 공산주의자가 되어 있는 데 대해 크게 한탄하고 불만이었다.

"빌어먹을 것들이다!"
하며 그는 통탄하고 또 한편 노하고 있었다.

북조선에 급격히 진전되어나가는 새 상태에 대해 이해가 되지 않고 회의만이 떠돌고 있는 데다 정다운 친구와 애인이 그것을 열렬히 지지하고 옹호하는 데는 속이 상했다. 그리고 한편 둘이 다 입을 모아가지고 자기를 몰아주고* 자기 의견을 여지없이 공박하는 데는 자꾸 반발심이 솟아오르는 것이다.

그는 그로서의 일종의 자부심이 있었다. 그것은 학교에 다닐 때에 학급 중에서 그래도 몇째 안 가는 수재였고 무엇을 깨닫고 이해하는 힘에 있어서나 사물을 판단하는 데 있어서 빠르고 총명한 편이었다. 그러기

| * 몰아주다. '여러 사람이 한 사람을 다그치며 몰아세우다'는 뜻의 방언.

때문에 자기 딴은 웬만한 일은 바르게 편견 없이 판단할 수 있다는 자신을 가지고 있었다. 시사 문제에 대해서도 자기로서는 좌익에도 기울지 않고 우익에도 기울지 않고 가장 공평한 입장에서 모든 것을 보고 비판할 수 있다고 생각하고 있는 것이었다.

그러나 이런 태도로 말할 때마다 그는 문철에게, 그리고 희경에게 공격을 받았다. 이것이 그의 기분을 많이 상하게 했다.

조선이 나갈 모든 문제에 대해 그들은 만나면 토의하고 논란했으나 그럴 때마다 운호는 여지없이 공박을 당하고 패했다.

그는 그들이 자기를 이해해주지 못한다고 원망하였다.

그에게는 싱가포르에서 떠나 고국으로 돌아오면서 생각하고 설계한 그로서의 건국의 이상이 있었다. 그것은 조선 사람이 다 이 귀하게 얻은 해방을 참으로 높게 평가하고 전 민족이 한 덩어리가 되어 굳세고 행복스러운 유토피아를 세워야 할 것이라는 것이었다. 이것은 아주 막연한 생각이었으나 굳세게 그의 머리를 지배하고 있었다. 그러나 고국에 돌아와 보자 현실은 아주 그의 생각과 거리가 멀었다.

부산에 내리면서부터 그는 남조선의 형편을 물어 알고 다소 실망했고 서울에 와가지고 모든 정세를 살펴보고 더 실망했다. 그의 눈에 띈 것은 심각한 좌우익의 대립이었고 동포들이 서로 욕하고 미워하고 싸우는 꼴이었다.

"왜들 정신을 못 차리고 이 모양일까?"

그는 혼자 걱정하고 탄식하며 슬퍼했다.

그는 스스로 자기는 우익도 아니고 좌익도 아니라고 생각했다. 그는 다만 조선을 사랑하고 조선 민족을 사랑할 뿐이었다. 절대로 중립의 입장에 서 있는 것이라고 말하였다.

그러나 그의 감정은 역시 우익에 통해 있었고 공산당이니 공산주의니 하는 데 대해서는 아무런 이해도 호감도 가져지지 아니했다. 도리어 그는 일종의 반감을 가지고 욕했고 친하려야 친할 수 없는 무슨 무서운 거북한 존재같이 여겼다. 그는 서울의 그전에 자기가 존경하고 호의를 가지고 있던 학자와 예술가 그 외의 양심적인 애국자들이 많이 좌익으로 기울어져 있는 데 대해 크게 불만했고 민족을 불행한 구덩이에 몰아넣으려고 하는 위험한 무리들이라고 욕하였다.

그는 서울서 며칠을 지내고는 하루바삐 그리운 고향을 찾고 아직까지도 자기의 생사를 모르고 걱정하고 있을 부모를 뵈려고 서울을 떠나 북쪽으로 향하였다. 그의 집은 평안남도 중화에 있었다.

귀환병의 증명을 가진 그는 그렇게 넘기 어렵다고 떠들던 삼팔선도 무사히 넘어 여러 날 만에 고향에를 찾아들었다.

그러나 그가 이미 토지 개혁의 얘기를 듣고 혹시나 하고 의아했던 바와 마찬가지로 그의 집은 토지를 몰수당하고 살던 곳을 떠나버렸던 것이다. 어디로 갔는가를 물어보니 동네 사람들은 모두 서울로 갔을 것이라고만 대답할 뿐 자세한 것은 모른다고 하였다.

그는 반가워하는 동네 사람, 그리고 자기 집의 토지를 분배받은 그전 소작인들이 한사코 붙드는 것을 뿌리치고 그 길로 평양으로 들어왔다. 평양에는 더러 친구들이 있었고, 그의 애인인 희경이가 있었고, 또 당숙이 살고 있었다. 그가 먼저 찾아간 곳은 그의 당숙의 집이었다.

그리고 거기 가면 자기 집 소식을 곧 알 수 있으리라고 생각했다. 초췌하게 변한 모양으로 달려든 운호를 보고 그의 당숙과 아주머니는 놀라고 반가워하였다. 그의 집안 간에는 통 소식이 끊어지고 또 늦도록 돌아오지 않는 운호를 십의 칠팔은 죽었으리라고 생각들 하고 있었던 것이다. 그의 부모도 떠나던 날까지 운호는 아마 죽었나 보다고 걱정들을 하다가 갔다는 것을 그의 당숙은 말하여주었다.

이런 말을 듣자 운호는 한시라도 바삐 집을 찾아가 그 부모를 뵙고 싶었다. 그러나 그 당숙도 운호네가 이사 가 사는 곳을 모르는 것이었다. 토지 개혁이 실시되자 바로 이사를 해 서울로 간 것만은 사실이었으나 간 뒤 통 소식이 없어 어디 가 있는지를 모른다는 것이었다.

　운호는 할 수 없이 당분간 그의 당숙 집에서 묵으면서 서울서 무슨 소식이 있기를 기대하거나 다른 어떠한 방법으로 그의 집을 탐문해보는 수밖에 없었다.

　그리고 그의 평양에서의 최대의 기쁨과 희망은 그의 애인 희경을 만나보는 것이었다. 희경은 그가 일본에서 유학할 때 사귀어가지고 서로 친숙해진 여자였다. 그가 동경에서 학병으로 나가게 될 임시* 그들은 서로 사랑을 토로한 사이였다. 운호가 학병으로 나가게 되자 희경이도 공부를 걷어치우고 고국으로 돌아와 있었고 멀리 남방의 전선으로 편지를 보내 자주 그를 위문해주어 그로 하여금 죽음의 절망 가운데서 한 줌 삶의 기쁨을 느끼게 했다. 생사를 기약할 수 없는 살벌한 전선에서 품에 품은 희경의 사진과 편지는 운호의 둘도 없는 큰 힘이요, 기쁨이었다. 그는 전선에서 조금만 한가한 틈을 얻으면 의례히 희경의 사진을 꺼내 보았고 그의 산 얼굴을 눈앞에 그리어보고 가만히 살아 돌아갈 날을 손꼽아 보기도 했다.

　평양에 들어온 그는 이튿날로 희경을 찾아다녔다. 모든 것이 변하고 달라진 가운데 그가 그대로 옛 주소의 집에서 살고 있을는지 몰랐으나 제발 있어주기를 속으로 빌면서 기억에 깊이 새겨진 그의 주소를 생각해 내 가지고 그의 집을 찾았다. 떠나지 않고 옛 살던 곳에 그가 있음을 발견했을 때 그의 기쁨은 하늘에 오를 만치나 컸다.

| * 臨時. 정해진 시간에 이름. 또는 그 무렵.

희경의 반가워하고 좋아함도 무엇에 비할 수 없었다. 그는 그 아버지와 어머니에게 부끄러움도 돌보지 않고 "동경서 학교 다닐 때 아는 분예요. 학병 나갔다가 인제 돌아오셨어요." 하고 그를 소개하였고 자기 집에서 저녁밥까지 대접한 후 그와 같이 나와 역시 동경서 친한 그의 가장 정다운 벗 중의 하나인 문철의 집에까지 동행해주었다. 운호는 하루 동안에 그의 둘도 없는 애인과 친구를 만나 비로소 고국에 돌아온 보람을 느꼈다.

문철은 일본이 대학 전문의 조선 학생들을 모두 전쟁으로 몰아넣으려고 하자 먼저 도망 오다시피 조선으로 건너왔다가 조선에서 잡히어 학병으로 끌려 나가게 되었다. 그리해 중국의 북쪽 지방으로 가 있던 중 연안으로 도망을 갔다가 조선이 해방된 후에 다시 돌아온 것이었다.

둘이 다 사선을 돌파해 서로 못 만나볼 줄 알았다가 다시 한자리에 모이게 된 그들의 기쁨은 컸고 감개는 무량했다.

그들은 술잔을 나누며 지난날을 회상하고 고초 겪은 얘기를 주고받기에 시간 가는 줄을 몰랐다. 그들은 이튿날도 만나고 그다음 날도 만났다. 그러는 동안에 처음 흥분은 차차 식어가고 그들의 관심사와 화제는 역시 조선 민족의 한 사람으로서 조선의 독립과 건국 설계에 관한 문제로 옮아져갔다.

그때 운호를 놀라게 하고 불만하게 한 것은 문철이나 희경이가 다 같이 공산주의자가 되어 있는 사실이었다.

'이 사람들이 환장을 했나 보다' 하고 운호는 처음 그들의 사상을 확인하고는 벙벙히* 말이 안 나왔다.

더구나 운호가 생각하기에는 문철은 기독교의 진실한 신자인 듯하였

| * 어리둥절하여 얼빠진 사람처럼 멍하게.

었다는 것이며 이 사실은 운호를 더 놀라게 했다.

"아—니, 자네는 기독교 신자가 아니었던가. 기독교 신자가 어떻게 공산주의자가 된단 말인가?"

하고 운호가 의문에 찬 눈으로 묻자 문철은

"그러네. 옳은 말이네. 나는 그전에는 기독교 신자였네. 하지만 나는 기독교에서 모순을 발견하고 나로서 천만다행으로 공산주의의 길에 들어섰네."

"그러면 자네가 그전에 기독교를 믿은 것은 거짓이었단 말인가?"

"아니지. 거짓이 아니라 진정으로 믿었기 때문에 남보다 더 깊이 들어갈 수 있었고 그 결과 거기서 벗어나 다시 딴 길을 찾게 되었네."

"나는 모를 일일세……."

운호는 문철의 말에 찬성하지 아니했다. 그러나 그의 생각을 이겨 넘길 과학적 이론의 근거가 박약한 그는 더 말을 진전시키지 못했다.

"자네나 내나 물론 그전에는 다만 막연한 민족주의자에 지나지 못했고 우리가 또 어떤 확고한 주장을 가지지도 못했었으니까 무슨 주의자였다고까지 할 것도 없지. 그러나 자네도 잘 알다시피 이 시기가 우리 조선 사람으로서는 가장 중요한 시기가 아니겠는가. 우리가 한번 잘못하면 또 어떤 불행이 우리에게 떨어질지도 모르는 것일세. 그러니까 좀 더 깊이 그리고 널리 세계의 정세도 살펴보고 역사의 굴러가는 방향도 알아보고, 그래서 우리의 나갈 방향을 대세라는 궤도에 올려놓아 그르치지 않도록 해야 할 것이 아니겠는가. 그러기 위해서는 자기의 그 좁은 주관이나 편견이나 고집에서 용감히 뛰어나와야 할 것일세. 우리들 젊은이들은 새 세대의 사람이 아닌가. 청년은 완고하고 보수적이어서는 안 되네. 물론 자네는 돌아온 지도 얼마 안 되고 그러니까 모든 것을 좀 더 살펴보고 연구한 뒤에 자네가 취할 태도를 결정하는 것이 좋지 않을까?"

문철이가 이렇게 점잖게 말하는 태도는 전에 같이 학교에 다닐 때보다 그가 훨씬 자라 있다는 것을 말해주는 것이었고 운호는 그것을 느끼지 아니할 수 없었다.

"물론 자네 말이 옳아. 나도 조선에 관한 문제에 대해서는 더 연구하겠네. 그러나 아무리 생각해도 그 공산주의에 대해서는 찬성 못 하겠어."

그 말에 문철은 웃으며 더 대답하지 않았다. 그 뒤부터 운호는 오기만 하면 이날과 같은 문제를 꺼내가지고 문철과 논전하였다. 문철은 어떤 여유를 가지고 운호의 말에 응수했으나 운호는 초조하고 급한 태도로 달려들기 때문에 늘 지고 몰리었다. 그들이 모이는 자리에는 열에 일곱 번은 희경이도 참석했다. 희경은 언제나 문철의 편이 되어 운호의 말을 반박하였다. 두 사람에게 몰리고 운호는 어떤 때는 얼굴이 새빨개지도록 흥분이 되어가지고 화까지 내고 그냥 돌아가는 일도 있었다.

그런 때는 희경이는 마음에 퍽 안되어서 그 뒤를 쫓아가 화를 풀어주기도 했으나 때로는 운호가 너무 고집하는 것이 답답해 더 공격을 해주기도 했다.

문철이나 희경은 하루라도 빨리 운호가 자기들이 생각하는 데로 돌아오기를 바라는 그런 마음에서 때로는 무자비하게 어떤 때는 정도가 넘치도록 운호의 말을 반박해주었다. 그들은 자기들이 생각하는 그것이 절대 진리라고 생각하고 있기 때문에 운호 같은 유위한* 젊은이가 바른길을 찾지 못하고 헤매는 것이 딱하고 답답하였던 것이다. 이것은 문철의 운호에 대한 우정이 두터우면 두터울수록, 희경의 사랑이 깊으면 깊을수록 더했다.

그러나 운호의 생각은 새로운 전개가 없었고 그전 고집만이 점점 더

| * 능력이 있어 쓸모가 있는.

굳어져갈 뿐이었다.

어느 날은 북조선에서 실천되고 있는 일 중의 조그만 실패, 잘못 등의 실례들을 들어가지고 운호는 지적하고 공격했다. 거기 대해 문철은

"문제는 보안대가 불친절하다든가 어느 고을의 한 인민위원회가 어떤 잘못을 범했다든가 하는 데 있는 것이 아니고, 근본적으로 보아 그 취하는 바 기본적인 방향이 틀렸는가 어떤가 하는 그것이 중요한 문제가 아니겠는가. 그만한 것쯤은 이해할 자네가 이렇게 빽빽하고 못난 소리를 하도록 바보가 되었다는 것은 참 한심한 노릇일세. 좀 눈을 크게 뜨고 세상이 어떻게 돌아가는가를 살펴보게. 대체 자네는 책을 읽는가? 일전에 내게서 가져간 책을 읽어보았는가?"

하고 좀 가혹히 책망을 했다.

"왜 안 읽어, 다 읽어봤지. 그러나 나는 재래의 모든 사회를 계급 사회라고 규정하는 데 크게 반대일세. 그래 우리 조선 민족을 두고 보더라도 밤낮 계급으로 갈라져 싸움만 해왔단 말인가?"

"다른 사상을 이해하려면 좀 더 겸손해야 하네. 나중은 잘못을 지적하고 반박하더라도 처음은 좀 더 그것을 이해하기에 힘써야 할 것이요, 더 깊이 파고 들어가 궁리해보아야 할 것이 아닌가. 그것이 학문의 태도가 아닐까? 처음부터 이것은 틀린 것이라는 전제 밑에서 책을 보니까 하나도 자네는 그것을 이해하지 못하는 거야."

하고 문철은 소리를 높여 핀잔을 주었다. 그러나 결국 운호는 거기 응수해 한바탕 서로 주거니 받거니 하다가 말이 곱게 나오지를 아니하고 두 사람은 그예 대단히 감정을 상하고 헤어졌다.

그 자리에는 희경이도 있었으나 마음이 좋지 않아 나가는 운호를 그냥 보내고 그대로 남아 있었다. 이것이 또 대단히 운호의 노염을 샀다.

이튿날 희경이가 매일 나가 일 보는 여성동맹에서 늦게 일을 마치고

돌아와 저녁을 먹는데 운호가 찾아왔다.

희경은 밥을 먹다 말고 나와 그를 맞이하였다. 운호는 같이 산보를 하고 싶다고 말했다. 희경은 밥 먹던 것을 그만두고 옷을 갈아입고 나섰다.

그들은 대동문 앞으로 빠져나와 가지고 대동강을 끼고 위로 올라가 청류벽 있는 데로 향해 걸었다. 처음 운호는 퍽 침울한 표정을 해가지고 별로 아무 말도 아니했고, 희경이도 입을 열지 아니했다. 얼마 후에 운호는

"나는 당분간 문철 군과 교제를 끊을 작정이요."

돌연 이런 말을 내놓았다. 그 말에 희경은 놀랐으나 찬찬히

"왜요?"

하고 반문했다.

"모두 의견이 틀리고 맘에 맞지 않아서……."

하며 운호는 입맛을 다시었다.

'아, 어제 일로 그러는구나.'

하고 희경은 어젯밤 일을 회상했다. 그리고 결국 그런 문제가 우정까지 상했단 말인가 하고 아무 말도 대답을 아니했다.

두 사람은 다시 아무 말 없이 얼마를 걸었다.

"나는 사상적으로 고독해요……."

한참 만에 운호는 또 한마디 이렇게 말하고는 쓸쓸한 표정을 지었다.

희경은 운호의 심리가 이상스러워져가는 것을 느끼었다. 그리고 그의 생각이 자꾸 옹졸해지고 편협해지는 것이 딱하고 한편 좀 미흡하게도 생각되었다.

'사나이가 왜 저럴까?'

그는 속으로 이렇게 생각하며 그 말에 대답을 안 했다.

"희경 씨도 모든 일을 그렇게만 생각하고 나가실 터이지요?"

한참 만에 다시 운호는 이렇게 물었다.

"저는 제가 생각는 일에 굳게 신념이 섰으니까요."

희경은 나직이 대답했다.

"네."

하며 운호는 고개를 끄덕거렸다. 희경은 더 붙여 말하고 싶은 말이 있었으나 입을 다물고 그만두었다. 그에게는 운호의 모양이 대단히 초라하게 느껴지며 어떤 동정의 마음조차 솟아 나왔으나 그는 냉정한 태도를 취했다.

얼마 만에 그들은 길을 돌아섰다.

"나는 당분간 혼자 있어가지고 무엇을 좀 생각해보아야겠에요. 그래서 내일부터는 희경 씨도 찾지 않을는지 몰라요."

운호는 이렇게 말하며 쓸쓸한 웃음을 지었다.

이 말은 무슨 선고와도 같이 들렸고 또 설마 그렇게까지야 하랴 하는 믿어지지 않는 생각도 들었으나 희경은 적잖이 놀랐다. 그러나 그의 안찬* 생각은 운호의 이 말을 가볍게 받아넘기는 데 성공했다. 그는

"네."

한마디 하고는 웃으며 대수롭지 않은 표정을 지었다.

약간 기대에 어그러진 듯이 운호는 힐끗 그를 쳐다보았다.

그다음 한참을 다시 걷다가 어느새엔지 운호는 약간 기분이 명랑해져가지고 이 이야기 저 이야기를 재미있게 하다가 시간도 늦어지고 해서 두 사람은 그냥 헤어지고 말았다.

이튿날도 그다음 날도 운호는 과연 문철이도 만나러 오지 아니했고 희경이도 찾지 아니했다. 이렇게 사오일이 지나자 문철이나 희경이나 다

* 겁이 없고 야무진.

궁금도 하고 염려도 됐으나 당분간 그대로 내버려 두리라고 생각이 일치해졌다. 그러나 여러 날이 지나자 희경은 궁금한 생각이 들어 한번 운호를 찾을까 하고 생각하고 있었다.

한편 운호는 희경이와 헤어진 그 이튿날부터 그냥 그의 당숙 집 이층에 들어앉아 책을 뒤적거리고 무엇을 생각하며 밖에를 나가지 아니했다. 그러나 그것도 며칠 동안이었고 나중에는 답답하고 갑갑해서 다시 나돌아 다니기를 시작했다. 그러나 문철이와 희경은 찾지 아니했다.

거리로 돌아다니면서 그는 모든 것이 이제는 우리 거리요 내 땅이다 하는 그런 생각에서 애정을 가져보려고 하면서도 그가 품고 있는 그 마음 때문에 어느 것이나 단순하게 보이지 아니했고 여기저기 붙은 구호나 벽신문도 그에게는 모두 눈에 거슬렸다. 보통강 개수 공사*는 역사적인 큰 사업인 것이 틀림없었으나 여기저기 붙은 이 공사의 중요성을 강조하고 그 완수를 격려하는 포스터 같은 것도 모두 비위에 안 맞았다.

그러나 사흘 동안의 비는 그를 지루함과 무료함으로 뒤통수를 얻어맞은 것같이 떵하게 만들어논 반면에 많은 사색을 하게 하고 지금까지의 그의 질서 없이 생각하던 문제를 종합적으로 정리하고 반성해볼 기회를 갖게 하였다. 그는 드러누워 그동안 문철과 논쟁하던 것을 다시 냉정히 생각해보고 요새 읽은 몇 권의 좌익 서적에서 얻은 지식을 지금 북조선에서 실천되어나가는 모든 문제와 결부시켜 생각도 해보았다. 그는 그 자신으로도 한 달쯤 전의 그의 생각과는 훨씬 진전이 되어 있다는 것을 느낄 수가 있었다. 그러나 그의 마음은 확 돌아서지지가 아니했다.

"아직도, 아직도 나는 모르겠다."

---

* 보통강普通江은 평안남도 평원군에서 시작하여 대동강으로 흘러 들어가는 강이다. 큰비가 오면 범람해 많은 인명 피해를 내 '재난의 강'으로 불리던 이 보통강을 1946년 대대적으로 정비한 대형 공사가 '보통강 개수 공사'다.

그는 이렇게 혼자 중얼거리며 생각에 지친 머리를 쉬이려고 눈을 감았다.

얼마 만에야 그는 모든 것을 잊게 하는 잠의 세계로 들어갈 수가 있었다.

저녁밥 때가 되어 그는 그의 아주머니의 깨움으로 일어났다. 그동안 비가 그치고 공중에는 흰 구름 사이로 푸른빛의 하늘조차 내다보였다. 그는 기지개를 켜며 무거워진 머리를 들고 거의 무의식적으로 아래층으로 내려왔다. "인제 비가 그쳤나." 그는 밖으로 나와 하늘을 쳐다보며 잠깐 바람을 쐬고는 밥을 먹으러 다시 안방으로 들어왔다.

점심 먹은 것이 그냥 소화가 안 되어 배 속이 뿌듯한* 것 같고 별로 밥 생각도 없는 것을 억지로 몇 숟갈 떠먹고는 다시 밖으로 나왔다.

어디든지 좀 실컷 돌아다녀 바람을 쐬고 싶었다. 될 수 있으면 멀리 좀 나가보고 싶었다.

그는 거리로 나와 전차를 집어탔다. 서평양으로 가는 전차였다. 그는 창 앞으로 다가가서 밖을 내다보며 바람을 쐬다가 전차가 종점에 닿자 차에서 내려 다시 발길이 내디디어지는 대로 걸어갔다. 그는 거의 무의식적으로 바람을 쐬기는 했으나 좀처럼 나아지지 않는 머리로 역시 무엇을 생각하며 걸었다. 얼마를 가다가는 길가에 큰 돌이 놓인 것을 보고 걸터앉아 한참을 쉬었다. 얼마 만에 그는 다시 일어나 걷기를 시작했다. 그러는 동안에 벌써 날은 어두워지기 시작하고 원경**이 검은빛 속에 몽롱해졌다.

어둠은 더 그의 맘에 들었다.

그는 자꾸 앞으로 나갔다. 띵하던 머리도 좀 나아 정신이 상쾌해져가

---

* 집어넣거나 채우는 것이 한도보다 조금 더하여 불룩한.
** 遠景. 멀리 보이는 경치. 또는 먼 데서 보는 경치.

는 것 같았다. 그러나 그의 생각은 멈출 줄을 몰랐다. 그는 끊임없이 온 종일 생각던 일을 다시 끌어내어 생각하며 걸었다. 아무것도 생각지 말자고 하면서도 자꾸 여러 가지 생각이 머릿속에 떠올라 실같이 헝클어져 가지고는 갈피가 잡혀지지 않았다.

이러는 동안에 그의 발길은 그를 이번에 전 평양 사람들의 힘을 기울여 개수 공사를 마친 보통강 제방 앞에 데려다 놓았다.

"여기로구나, 보통강이."

그는 발을 멈추고 서서 바라보았다. 높고 긴 한 줄기 큰 제방이 흙빛도 생생한 채 그의 앞에 어떤 위압을 주며 가로놓였고 이번 비에 불어 홍수가 난 많은 물이 제방 안으로 가득 차 흐르는 것이 보였다.

그는 논둑 사이로 난 작은 길로 들어서 가지고 질퍽질퍽하는 길을 걸어 제방을 향해 다가갔다. 그리해 미끄럽고 발이 빠지는 것을 무릅쓰고 둑 위로 기어올랐다.

건너편에도 또 한 줄기 큰 제방이 옛 물길을 막고 높이 쌓여졌다. 그 때문에 강물은 돌려지고 큰물은 두 제방 사이로 가득 차 흘러가고 있었다.

그는 사람의 힘으로 개변된* 자연의 모양을 보았다. 어떤 큰 장한 힘과 새 정신이 한데 엉키어 이루어진 큰 건설을 바라보았다.

전에 일본 사람이 아홉 해를 벼르면서 이루지 못했다는 공사, 이것을 사오일 간에 데격 완수해놓은 그 의기와 힘은 어디서 나온 것인가? 그것은 물론 인민에게서 나왔다. 그러나 어떻게 인민은 이 힘을 낼 수 있었던가?

거기는 인민의 참된 이익과 결부되는 어떤 위대한 지도 정신이 굳센 핏대가 되어 있는 것이다. 이 정신은 인민의 이익을 어느 다른 목적에 종

| * 상태, 제도, 시설 따위가 근본적으로 바뀌거나 발전적인 방향으로 고쳐진.

속시키는 것이 아니라 그들 자신에게서 나온 것을 그들에게로 돌려보내 주는 것이었기 때문에 굳센 자신을 가지고 이 일을 거리낌 없이 수행시킬 수 있었던 것이다.

그리고 이 정신을 받은 선구자들은 이 공사에서도 선봉적 노력을 해 실천으로 그들의 생각을 보여준 것이다. 이 증거품, 이 실천의 큰 증거품의 하나. 이제 아무리 그들을 욕하고 비난하고 좋지 않게 생각하려 해도 눈앞에 놓인 이런 증거품들은 그런 모든 모함과 데마를 분쇄하고 남음이 있는 것이다.

여기서는 아무런 비난의 재료도 뽑아낼 수가 없을 것이다.

이 둑을, 이 공사를 운호는 아무 감동 없이 바라볼 수 없었다. 무심코 바라보아지지가 않았다. 교훈, 어떤 교훈을 가지고 이 둑은 보는 사람에게 외쳐오는 것이었고 또 어떤 깨달음을 강요하는 것도 같았다.

아무 말 없이 한참을 서서 바라보던 운호는 혼자 고개를 끄덕거리며 발길을 돌려놓았다. 이 사태에 대해 어떤 긍정적인 태도를 그의 몸 전체에서 읽을 수 있었다.

그의 눈에는 어떤 생기가 돌며 얼굴에는 명랑한 표정이 떠돌기 시작했다.

지금까지 뻐근하고 무겁던 머리도 가벼워지는 것 같았고 오랫동안 쌓였던 숙제가 하나씩 하나씩 풀어지는 것 같았다. 그의 발길은 아까보다는 퍽 가벼이 옮겨졌다. 그는 노래조차 읊조리며 자기도 알지 못하는 사이에 어느새 다시 평양 시가 한가운데 길을 걷고 있었다. 그곳이 종로 근처라는 것을 깨닫자 운호는 희경의 집을 찾아갈 생각이 났다. 그래서 방향을 그쪽으로 옮기었다. 벌써 여러 날 만에 운호는 그 길을 다시 걷는 것이었다. 그의 가슴에는 어떤 기쁨이 파도치고 있었다. 그러나 그는 그 마음을 꽉 억제하고 희경의 집 문을 두드렸다.

"아이고. 어서 오세요. 참 여러 날 만예요."

희경은 운호가 찾아온 것을 보고 퍽 반가워하고 좋아하였다.

"오래간만입니다. 어디 좀 갔다 오는 길에 들렀습니다."

하며 운호는 희경의 내미는 손을 꼭 쥐었다.

"이렇게 늦게 어디를 갔다 오세요?"

"보통강에 좀 갔다 옵니다."

"보통강에를요?"

희경의 얼굴에는 놀라는 빛이 떠돌았다.

"네. 요새 새로 쌓은 제방을 한 귀퉁이 파괴하고 오는 길입니다."

운호는 얼굴에 웃음빛을 띠고 이렇게 태연히 말했다. 그러나 희경은

"네? 뭐라고요?"

하고 단박 얼굴빛이 새파래졌다.

"왜 무엇 놀라실 것 없지 않습니까. 내가 그런 일을 한다기로 별로 이상스러울 것도 없을 게고."

운호는 역시 자약한* 태도로 이렇게 말했다. 그러나 희경은 어안이 벙벙해 말이 안 나오는 모양이었다.

조금 후에 운호는 웃으며

"시간도 늦고 하니 내일 다시 오겠습니다. 들어가시오."

하고 작별을 고했다.

희경은 운호의 태도로 보아 지금 한 말이 믿어지지가 않았으나 또 전연 거짓말 같지도 않아 어리둥절하며

"아까 그 말씀 정말이세요?"

하고 재차 물었다.

| * 큰일을 당해서도 놀라지 아니하고 보통 때처럼 침착한.

"내일 만나 자세한 말씀 드리지요."

운호는 이렇게 말하고 발길을 돌리려 하였다. 희경은

"아니, 어떻게 된 일예요?"

하고 답답해하며 그를 붙들었다.

운호는 "내일, 내일." 하고 웃으면서 그와 손을 쥐었다.

몇 발자국 걷다가 돌아다보니 희경은 멍한 태도로 그대로 서 있었다. 운호는 들어가라고 손짓을 하고는 혼자 웃으며 돌아와 버렸다.

이튿날 운호의 당숙 집에는 운호에게 반가운 소식을 전해줄 손님이 하나 찾아왔다.

그는 서울서 온 운호 당숙의 친구로, 서울로 이사 간 운호네 집 일을 잘 알고 있었다. 그는 운호네 식구가 다 잘 있다는 것을 알려주었고 평양에 볼일이 있어 왔다가 지금 서울로 다시 가는 길이라고 하였다.

운호 당숙은 운호에게 이 길로 곧 그이를 따라 서울로 가보는 게 어떠냐고 말했다. 운호는 거기 응낙하고 곧 행장을 꾸려가지고 나섰다.

그는 떠나기 전 문철이나 희경이를 찾아보고 갈 수 없을까 생각했으나 시간이 없었다.

할 수 없이 두어 자 편지를 적어가지고 나와 정거장으로 나가는 길에 희경의 집에 두고 떠났다. 저녁때 희경이가 집에 돌아와 본 편지는 이러하였다.

별안간 서울 집 소식을 알게 되고 부득이 금방 떠나게 되어 창졸간 두어 자 적어두고 갑니다. 어젯밤에는 실례 많았고 그동안 희경 씨나 문철 군에게 대해 잘못이 많았습니다. 깊이 사죄합니다. 그동안 나의 괴로운 사색의 결과는 두 분이 생각하는 그 경지에 많이 가까워졌다고 말하고 싶습니다. 그것은 희경 씨나 문철 군에게 대해서는 머리 숙여 항복하는 투항의 말입니다마는 나 자신에게 대해서는 승리의 선언입니다. 그것은 나는 나 자신 속의 어둔 고집과 모든 편견을 이겨내기에 성공하였기 때문입니다. 그러나 좀 더 확고한 신념이 설 때까지 이 승리의 싸움은 계속될 것입니다. 서울 가 빨리 서둘러 가족들을 데리고 다시 돌아오겠습니다.

문철 군에게 따로 쓰지 못합니다. 부디 건강히 계셔주시기 바랍니다.

편지를 읽고 난 희경은 기쁨이 가슴속으로부터 솟아오르는 것을 억제할 수 없었다.

"아이, 어쩌면⋯⋯."

하고 그는 저절로 입이 벌어졌다. 이것으로 어젯밤의 운호의 이상한 장난의 말도 그 수수께끼가 풀려진 셈이었다.

그는 편지를 되풀이해 읽으며 하루라도 속히 운호를 만나보고 싶었다.

이다음 만난 때는 또 얼마나 우리들과 가까워질 것인가. 그리고 이대로만 간다면 머지않은 시일 내에 우리들과 함께 일할 수도 있겠지 하는 반가운 생각으로 가슴이 벅차올랐다.

—『그 전날 밤』, 조선작가동맹출판사, 1956. 12.*

* 출전에 따르면 집필일이 1946년 7월로 제시되어 있다.

눈

나는 나에게 대해 호의를 보이고 애정을 발산하고* 기쁨을 자아내게 하는 모든 부드럽고 아름답고 신비한 눈들을 알고 있다.

이들의 눈은 내 마음에 위안을 주고 평화를 주고 희망을 주었다.

내 감정은 이것을 먹고 자라나고 살아왔다.

내가 아직 강보에 싸여 세상일을 모르던 그때부터 자애에 찬 어머니의 눈은 항상 내 감정의 단 양식이었고 오늘까지도 그것은 감정의 중요한 살이 되어 있다.

내가 자라나 사람과 사귀고 벗이 생기었을 때 우정을 표시하는 부드러운 정다운 눈들은 내 감정의 새로운 비료가 되었다.

내가 이성을 알게 되고 내가 사랑에 눈뜨면서부터 내 사랑하는 이의 눈, 내 아내의 눈은 내 감정의 풍부한 향연이었다.

이외에 나에게 호의를 보여주고 애정을 표시해준 모든 고마운 눈들은 나의 감정을 살찌게 하고 길러주었다.

| * 원문에는 '발사하고'임.

그러나 근 십 년 동안 내 살을 깎아 내리고 나를 마르게 한 무섭고 얄미운 한 개의 눈이 있다.

이 눈은 항상 나를 괴롭히고 위축시키었다.

나의 활동은 이 눈에 항상 지키어지고 감시당했고, 내 건설과 발전을 그 눈은 한쪽으로부터 부숴버리려 했고 앞질러 막아버리려 했다.

모든 고맙고 정다운 눈에 비해 얼마나 이 눈은 야속하고 쌀쌀하고 원망스러운 눈이었는지 모르는 것이다.

이 눈이 내 주위에 나타난 뒤로부터 나는 낮이나 밤이나 때로는 꿈에서까지도 그와 싸웠고, 그 때문에 내 마음은 가끔 조여지고 내 정력은 많이 쓸데없는 데 소비되던 것이다.

이 눈이 내 주위에 나타난 것은 내가 이 사회의 진리를 깨닫고 그 길을 걷기 위해 첫걸음을 내디디기 시작한 때부터였다.

그것은 서울 ××경찰서 고문실에서였다.

기다란 평상 위에 내 몸을 길게 뉘고, 양쪽 팔을 뒤로 젖혀 평상 밑에 한데 잡아매고, 두 발을 쭉 뻗게 해 발목을 평상과 함께 어울러 묶고, 내 입과 코에 물을 부어 내 육체를 괴롭힘으로써 내 마음이 토설하고자 아니하는 말을 토하게 하려고 하는 저 인간의 도살자 같은 자들이 마귀처럼 날뛸 때 나는 한쪽 문을 열고 들어온 유난히 광채 쏘는 한 눈을 발견했다.

희고 검은 인상을 주지 않고 언뜻 보아 고양이 눈같이 노랗게 보이는 그 눈은 부리부리하고, 해 박은 인형의 눈 모양으로 전후좌우로 구르기를 잘했다. 그리고 한번 쏘아볼 때는 독기를 뿜어 온몸의 신경 그대로 옴츠러트릴 만큼 매서운 힘을 가지고 있었다.

내 눈이 드러누워 그를 쳐다보다가 당치 못해 그냥 시선을 피해버린 것도 무리가 아니었다.

그는 이 사건의 담당자도 아니요, 더구나 이 고문에 참여할 자도 아님에 불구하고 내 앞으로 와 나를 들여다보며 함부로 욕설을 퍼붓고 나를 공갈하고 위혁*하였다.

"내가 누군지 알아. 내가 고문으로는 조선서 엄지손가락을 꼽는 유부장이다. 제아무리 세상없다고 뽐내는 놈이라도 내게 걸리면 녹아나지** 않는 놈이 없다."

그는 선수들이 제 장기를 자랑하듯 스스로 고문 선수인 것을 자랑해 말하면서 그 동료가 잡고 선 물 든 주전자를 빼앗아가지고 내게 물을 부으려 달려들었다.

나는 제가 맡은 일도 아닌데 나서서 날뛰는 그 꼴이 한없이 가증스러웠으나 도마의 오른 고기라 그대로 그들의 잔인성을 만족시키게 내버려 두는 밖에 별도리가 없었다.

그 뒤 나는 유치장에 들어와 앉아서도 때때로 그가 나타나기만 하면 저절로 몸서리가 쳐졌고, 다른 자보다도 더한층 밉고 보기 싫었다. 그리고 그 숙붙은*** 이마보다도 암상스러운 입보다도 번쩍이는 눈은 온몸의 독을 그리로 모아 쏘는 것 같아 그가 나타나면 으레 눈부터 먼저 쳐다보여졌고, 그러면서도 마주치기가 무섭게 내 눈은 그의 시선을 피하려고 딴 데로 돌려졌다. 신경이 없는 해 박은 눈이 아니면 그 눈을 잠시 동안이라도 마주 쳐다보아 당해내기가 어려웠다.

그는 유치장에를 들어오면 의례히 두 손을 양복바지 주머니에 꾹 찌르고 우스울 만큼 거만을 피우고, 뽐내는 태도로 어깨를 으쓱거리며, 윗몸을 좌우로 돌리며 예의 그 특이한 눈으로 유치장 안에 앉은 사람들을

* 威嚇. 위협.
** 녹아나다. 어떤 기세에 눌려서 보잘것없이 되고 고생을 하다.
*** 머리털이 아래로 나서 이마가 좁게 된.

한번 휘익 쏘아보고 지나가는 것이었다. 누구의 입에서나

"자식, 제—기."

하는 소리가 저절로 튀어나왔고

"에이, 정떨어진다, 저놈의 눈깔."

하고 으레 그의 눈에 대한 평판이 입에 올랐다.

그는 공연히 관계없는 사람들에게 대해서도 밉상스럽게 굴어 여러 사람의 반감을 샀다. 그리고 입이 고약해서 튀어나오는 말은 거의 다 욕설이었다.

그는 유치장 같은 데 들어와도 자기와 관계없는 다른 구치*인에게 대해서라도 지근대고** 욕을 퍼붓고 또 가슴을 턱 내려앉게 해보지 아니하면 마음이 편하지 못한 모양이었다.

"뭘 했냐, 강도냐, 절도냐, 사기냐. 참외 껍진 벗겼니."

이렇게 물어보고 나서는

"나으리, 어떻게 되겠습니까?"

하고 죄수들이 심심풀이로 물어보면

"삼 년은 염려 없다. 십 년은 떼 논 당상이로구나."

하고 제멋대로 징역 살 연한을 불러주고 나갔다. 그 안에 들어앉은 사람이란 비록 장난의 말일지라도 "쉬— 나갈 것이다." "대단치 않을 것이다." 이렇게 말해주면 큰 위안을 받는 것이었고, 뻔히 그럴 리 없다고 생각하면서도 오래 걸릴 것을 말해주면 염려하고 비관하는 것이다. 그래서 대중없이 그의 지껄이고 나가는 말이 또 듣는 사람의 가슴을 내려앉게 하고 그의 입에서 욕과 저주의 말이 나오는 것이다.

그러나 이렇게 죄수들에게 미움받는 것이 그의 낙이고 취미인 모양

* 拘置. 형을 집행하려고 피의자나 범죄자 따위를 일정한 곳에 가둠.
** 성가실 정도로 은근히 자꾸 귀찮게 굴고.

그는 유치장에 들어오기만 하면 그 살기 찬 눈으로 안을 들여다보고 휘익 둘러보고 공연히 말을 걸고 욕설을 하고 그리해 여러 사람의 반감을 사고 나가는 것이었다.

"참으로 이상스러운 성미를 가진 자도 다 보았다."

하고 나는 그런 직업에 있는 자들은 거개*가 다 그렇지만 그중에도 특히 더한 그를 밉게 여기고 있었다.

그 뒤 얼마 있다 나는 감옥으로 넘어가 거기서 거의 삼 년의 세월을 보내고 나왔다.

그동안 나는 때때로 그자의 생각이 떠올라 불쾌한 기억을 잡아 일으키기는 했지만 그 무서운 눈에 대해 거의 잊다시피 하고 있었다.

그런데 내가 사파**에 나온 지 얼마 안 되어 그 눈은 다시 나에게 나타났다.

내 사건을 검거한 경찰서는 그때 내가 살고 있는 곳의 관내가 아니었으므로 처음 그가 나에게 나타났을 때 나는 당황했으나 나중 그가 전근이 되어 온 것을 알고 속으로 '재수 없이 잘못 걸렸구나' 하고 탄식했다.

내가 처음 만난 이후로 아주 싫어하는 그 눈이 하필 나 사는 관내의 경찰서로 왔을 뿐 아니라 나를 담당해 감시하는 눈이 된 데는 암만해도 전생에 무슨 인연이 있었는가 싶었다.

그 뒤 그 눈은 한 달에 몇 번씩 우리 집에 나타났다. 어떤 때 내가 없으면 아내를 만나고 갔고, 내가 있을 때는 밖에서 쓸데없는 말을 묻다가 가기도 했고, 내 방으로 들어와 얘기도 하다 갔다. 밖에 서서 얘기할 때는 그 눈은 나의 조그만 표정이라도 놓치지 않고 다 잡으려고 그 구르기 잘하는 눈은 바쁜 활동을 재기하다가 딱 정지를 하고 나를 쏘아보기 때

---

* 擧皆. 거의 대부분.

** 裟婆. 사바. 군대·감옥·유곽 따위에서 바깥의 자유로운 세계를 속되게 이르는 말.

문에 나는 거북한 자태로 딴 데를 바라보며 얘기하지 아니하면 안 되었다. 방에 들어올 때는 그 눈은 천장으로부터 사방 벽을 한번 휘휘 둘러보고, 다음은 나의 책 위로 책상으로 그리해 종잇조각 하나라도 유심히 보고 가지 않는 일이 없었다.

어떤 때 길에서 만나면 그 시선은 나의 온몸에 들씌워지고 나의 표정으로부터 위 양복 아래 양복 양복 주머니 그리고 손에 든 종잇조각까지 그는 샅샅이 훑어보았다.

언제인가 나는 안국동 네거리를 무심코 지나다가 그 눈이 한쪽 가게 모퉁이에 숨어 서서 나를 쏘아보고 있는 것을 발견하고 움찔한 일이 있었다.

이렇게 그 눈은 내 주위를 떠나지 않고 늘 나의 일동일정*을 감시했고 그 눈을 만날 때마다 내 신경은 자극을 받고 내 살은 조금씩 깎여 내려지는 것 같았다.

그러나 몇 해가 가도 그 눈은 내 주위에서 떠나지를 아니했다. 그리고 해가 갈수록 그 눈의 살기는 더해가고 눈알은 빛나며 구르기를 더 잘했다.

"대체 저자는 전근도 안 돼 가나?"

"언제나 저 눈이 내게서 사라질 것인가?"

나는 나중 그 눈과 마주칠 때마다 지긋지긋해 이렇게 소원하고 한편 저주했다.

그러나 그 뒤도 몇 해를 계속해서 그 눈은 내 주위에 돌며 나를 괴롭히었다.

그러다가 오랫동안의 그의 많은 공로가 나와 그에게 좋은 일을 했다.

| * 一動一靜. 하나하나의 동정. 또는 모든 동작.

즉 그는 부장에서 경부보*로 승격이 되어 시골 경찰서로 전근이 돼 가고, 나는 그 눈의 감시를 면할 수가 있게 되었다. 물론 그 뒤에 내게는 다른 감시의 눈이 대신 나타나기는 했으나 그래도 그 전 눈과 같이 내 신경을 옴츠러트릴 만큼 독살스럽지는 아니했다.

이만만 해도 나는 좀 살이 찔 것 같았다.

그 뒤 나는 살던 곳에서 집을 옮겨버렸고 태평양 전쟁에서 연합국이 승리한 결과는 조선에 해방이라는 큰 선물을 가져왔다.

오랫동안 눌리었던 백성들은 자유를 부르짖으며 일어났고 독립 만세 소리는 조선 천지를 뒤흔들었다.

이 가운데 있어서 경향을 통해 전에 일본 사람의 앞잡이로 백성을 못 살게 굴던 관공리들은 그 스스로 지은 죄 때문에 그 기쁨을 같이 맛보지 못하는 슬픔을 겪지 아니하면 안 되었다.

지방에서 많은 전의 충실하던 군수와 면장이 봉변을 당하고 쫓겨나고 경찰관들도 각처에서 이 봉변을 당했다. 그들은 서울이 마치 그들의 유일한 피난처인 양 서울로 서울로 모여들었다.

서울은 큰 아량을 보여 그들을 들어오는 그대로 다 포용해주었다. 그리해 서울은 시골서 쫓겨 오는 그런 사람들의 소굴이 되다시피 하였고 조선의 심장부라고 하는 이 서울의 피는 그 때문에 흐려질 대로 흐려져 버렸다.

내가 사는 근처에도 근본 모를 사람이 몇 집 새로 이사 와 살게 되었다.

이 바람에 나는 우연한 그러나 우연치 아니한 운명의 장난과 해후하게 되었다.

그것은 그 눈이 다시 내 근처에 나타난 것이다.

---

* 警部補. 일제 때에 경부의 아래, 순사 부장의 위에 있던 판임 경찰관.

내가 그동안 이사 간 곳은 옥인동의 송석원 바로 밑 집이었는데 우리 집에서 내가 종로 근처로 나가려면 작은 개천 옆에 난 길을 걸어 체부동으로 빠지는 길을 걷게 된다. 개천 옆길을 조금 걸어 남쪽으로 나가면 체부동으로 난 큰길이 있는 것은 누구나 다 알 것이다.

팔월 십오 일이 지난 불과 열흘이 못 되어 어느 날 나는 이 큰길로 난 모퉁이 집에서 나오는 한 사십 넘은 흰 양복 입은 사나이와 마주치게 되었다.

이것이 그 무서운 눈의 소유자였다.

나와는 인연이 깊은, 내 마음속에 못이 되어 박히다시피 한 그 눈이 먼저 내 눈과 맞닥뜨리었다.

그 순간의 그의 못 박은 듯이 딱 발길을 멈춘 태도라든지, 그보다도 기묘하게 변해지는 얼굴의 표정이라든지, 단장을 들었다 땅에 탁 짚는 손과 팔이 내 눈에도 확실히 보일 만큼 일어나는 경련이라든지 모든 것이 마치 연극의 한 장면과 같았다.

나도 처음은 지난날의 잠재의식이 제대로 발동을 해 당황하지 아니하지 못하였으나 그것은 잠깐 동안이고, 나는 금시 전도된 위치에서 그를 압도할 위엄과 기분의 여유가 생기고 한편 그의 기묘한 태도를 관망하고 우습게 여길 수 있는 마음의 힘도 생기어졌다. 그래서 저쪽에서보다도 내가 먼저 그에게 말을 걸기가 쉬울 형편이 되었다.

"오래간만이요. 그동안 재미 좋으시오."

나는 얼굴에 가득히 웃음을 띠고 이렇게 말했다.

"안녕하십니까. 저희들 재미야 그저 그렇지요."

그는 덩둘한 표정으로 이렇게 대답하며 억지로 웃어 보였다. 그때의 그의 표정이란 역시 무엇에 비해 말할 수가 없다. 억지로 짓는 웃음에 입은 부자연하게 아래위로 벌어지고, 누런 이와 잇몸이 소가 웃을 때와 같이 드러나고, 상이 찡그려지고, 눈 양쪽 가에는 주름이 세 줄 네 줄 골을 내고 잡혀졌다.

그보다도 나의 주목을 끈 것은 그의 눈이었다. 죽어 넘어진 말의 눈 모양으로 그 세던 독기와 살기는 어디로인지 다 사라져버리고, 그는 그 눈을 가지고 만 일 초 동안을 나를 쳐다보지 못하고 아래로 시선을 피해 버렸다.

그 무섭던 눈이 이렇게 별안간 정기가 없어져버린 데는 나도 놀라지 아니할 수 없었다.

나는 그에게 대해 복수심보다도 도리어 일종의 연민의 정이 끓어오를 지경이었다.

마치 고양이 앞에 나선 쥐 모양으로 그의 자기 자신 전체를 가누지 못하는 가엾은 태도를 보고 나는

'불쌍한 인간이다.'

하는 생각이 들었다.

"댁이 이 근처입니까?"

그는 참으로 공손한 태도로 다시 내게 이렇게 물으며 아까와 같은 부자연한 억지로 웃는, 웃는다느니보다 운다고 하는 편이 나을 웃음을 웃어 보였다.

"바로 이 위지요. 그동안 이사를 했지요." 하며 나는 대답을 했다.

"저…… 저도 이사를 했습니다."

그는 말을 더듬으며 이렇게 말하고는 또 한 번 그 찡그리는 웃음을 웃었다.

"아, 그렇습니까. 그럼 근처에서 자주 만나 뵙겠군요."

나의 이 무심코 하는 말을 그는 의미를 붙여 해석하고는

"네, 네."

대답하며 그 얼굴에는 다소 당황한 빛이 나타나 보였다.

그 자리에서 나는 그와 그냥 헤어졌으나 그 뒤 가끔 근처에서 그를 만나게 되었고, 그는 나를 만날 때마다 쭈볏쭈볏 아주 거북해하며 그러나 퍽 공손히 인사를 했다. 그리고 그를 만날 때마다 나는 그 눈이 점점 약해져가고 살기가 가셔가는 것을 발견할 수 있었다.

얼마 후에 나는 그 근처에서 다시 그를 만나볼 수 없었다. 어느 날은 일부러 그가 살고 있는 집 대문 앞으로 지나가며 살펴보았으나 문패는 붙어 있지 아니했다.

나중 알고 보니 그는 시골서 피해 와 임시로 그 집에서 살다가 다시 이사를 간 것이었다.

그 뒤 물론 나는 내가 관계하는 단체 일로 바빠서 그에 대한 생각은 잊어버렸고, 또 그가 어찌 되었는가를 생각해볼 필요도 없었다.

다만 남조선에 있어서 그전 일본 제국주의 정치 기구 잔재가 그대로 잔존해 있고, 그전 일본의 주구* 노릇을 하던 무리들이 그냥 그 두뇌를 가지고 일을 해나가기 때문에 우리의 일은 많은 지장을 받게 되었으며, 내나 그 외 일반 민중이나 해방이라는 느낌이 점점 엷어져가고 있으므로 그럴 때마다 가끔 옛 고등 경찰의 하던 일이 생각도 되고, 따라 퍼뜩 그 자의 생각도 머리에 떠오르기도 했을 뿐이었다.

그러나 운명은 다시 나에게 또 한 번 장난질을 쳤다.

어느 날 나는 내가 관계하는 단체에서 어떤 집회를 가졌었는데 그 집회의 허가 문제가 다소 말썽이 되어 나는 그 지긋지긋한 기억을 가진 경찰부에 부름**을 받게 되었다.

예전의 고등계가 간판만 바꿔 붙여논 정보계라는 데로 나는 불리어

* 走狗. 앞잡이.
** 원문에는 '불림' 임.

들어가게 되었다.

전에 참으로 들어가기 싫던 그 문이나 그 복도나 층층대로 걸으며 나의 머리는 여러 가지 불쾌한 회상과 그리고 해방이 되었다는 지금에도 다시 전과 같이 이 길을 걷게 되는 데 대한 분노와 한심한 생각으로 그득히 차 있었다.

나는 정보계라고 영어와 함께 써 붙인 패가 달린 문을 두드리고 안으로 들어섰다.

그 안의 나를 쳐다보는 여러 얼굴 중에는 내가 아는 얼굴도 많이 있다.

그 안의 분위기나 풍경은 전과 다름이 없었다.

나는 촌계관청*의 어름어름하는** 태도로 나를 부른 주임의 책상을 찾아갔다. 북쪽 머리에 있는 주임의 책상 앞에 가까이 갔을 때 나는 그 자리에 앉은 얼굴을 쳐다보고 금방 입맛이 칵 젖혀지고*** 온몸의 피가 돌연 그냥 딱 정지되어버리는 것 같았다.

그 눈, 무서운 눈이 그 주임 자리에 앉아서 반짝이는 것이었다.

그 눈은 전과 같이 다시 독기가 뻗치고, 살기가 돌고, 광채가 났다.

그는 시선을 꽉 내게로 향하고는 입가에는 빙글빙글 미소까지 띠고 있다.

"어서 오시요. 오래간만이올시다."

그는 내가 당황해하는 태도를 웃는 듯 먼저 입을 열었다. 그제야 나는 내 정신으로 돌아와 그에게 약점을 보인 것을 뉘우치며 나는 그가 권하는 대로 그 옆의 의자에 앉았다.

"그동안 재미 좋으십니까."

---

* 村鷄官廳. 촌닭을 관청에 잡아다 놓은 것 같다는 뜻으로, 경험이 없는 일을 당하여 어리둥절하고 있음을 이르는 말.
** 말이나 행동을 똑똑하게 분명히 하지 못하고 자꾸 우물쭈물하는.
*** 원문에는 '제켜지고'임. 입맛 따위가 싹 없어지고. 또는 입맛을 잃고.

그는 내가 얼마 전에 옥인동서 그를 만났을 때 그에게 하던 그 인사 말을 그대로 내게 하는 것같이 나에게는 들렸다.

그러나 나는 차차 내 가질 바 태도를 회복하여가지고 그에게 대하였다.

그는 예전과는 달리 좀 친절하게 대해주는 체하며 우리가 법규에 위반된 것을 자기의 관대함으로 용서해주는 듯 크게 생색을 내어 얘기했다.

그가 말하는 동안 내 가슴은 종시 불유쾌하고 얼굴은 무엇에 취한 듯 화끈 달았다.

내가 그에게 고맙다는 말을 하고 나올 때 그는 다시 살기가 회복된 그 눈으로 나를 쏘아보며 그러나 입가의 웃음을 띠고 전의 그 고약스럽고 심술궂게 보이던 태도를 그 거만 속에 감추고 일어나 나를 전송했다.

그곳을 나와 회관으로 돌아오는 나는 불쾌한 생각과 울분한 마음과 그 외 여러 가지 감정에 교착되어 머릿속이 뿌듯했다.

대체 조선에서는 일본이 물러가고 우리는 해방을 당한 셈이란 말인가? 어찌 된 셈이란 말인가?

그렇지 않으면 내가 꿈을 꾸고 있는 것이란 말인가?

나는 내 자신에 대해 묻고 내 자신이 대답하며 그 무서운 눈이 재현된 맹랑한 현실에 대해 여러 가지로 생각해보지 아니하면 안 되었다.

—《신문학》, 1946. 8.

김 첨지

기차가 정거장에 닿기가 무섭게 김 첨지는 다른 사람들을 밀치고 앞으로 나섰다.

그는 단 한 정거장을 지나오는 동안이 하루나 걸리는 것같이 지루하였고, 그 빠른 기차도 소걸음같이 느리게 생각되었다. 앞을 다투어 차에서 내린 그는 때 묻은 헌 보자기에 싼 작은 보퉁이를 옆에 잔뜩 끼고, 방금 애를 써 조끼 주머니에서 찾아 든 차표를 잃어버릴까 바른손에 꼭 쥔채 나가는 데를 향해 달음박질을 치다시피 했다. 그러나 벌써 자기보다도 발 빠른 사람, 앞 칸에서 내린 사람들이 십여 명이나 앞서 와 한 줄로 늘어서 있었다.

차표를 주고 문을 나선 그는 무엇 잊은 거나 없는가 끼고 나온 보따리를 손에 옮겨 쥐고 뒤를 한번 돌아보고 나서 역 앞 넓은 마당으로 나왔다.

역 앞에서 북쪽으로 난 넓고 큰 길은 그가 전에 늘 다녀 낯익은 길이었고, 얼마 안 가 중간에 시곗집 옆으로 비스듬히 왼쪽으로 꼬부라져 역시 북쪽으로 뚫린 길은 경찰서 앞으로 해서 가마니 장으로 나가는 길이다. 그는 지금 경찰서에 볼일이 있어 가는 길이기 때문에 이 큰길로 나가

다가 그 길로 들어서면 되는 것이다.

그는 우선 정거장 마당 한쪽에 물건 장사들이 쭉 늘어앉은 것을 보고 생각난 듯이 그리로 갔다.

종잇장같이 얇은 인절미를 함지박에 담아놓고 파는 떡 장사와, 사과와 감을 파는 과일 장사, 그리고 오징어와 미국 담배, 껌 같은 것을 손에 들고 파는 아이들이 무엇을 살 듯이 그 앞으로 오는 김 첨지를 쳐다보고

"떡 사시오."

"감이요."

"껌 사시오."

하고 여기저기서 외쳤다.

그는 떡 장사 앞으로 가서 떡값을 물어보다가 다시 감 장사에게로 가서 감값을 물었다. 그러고는 또 오징어 장사 아이를 붙들고 오징엇값을 물어보고 나서 주머니에 손을 넣어 헝겊 지갑을 꺼내 들었다. 그는 무엇을 살까 잠깐 망설이다가 먼저 오징어 두 개와 그 옆의 감 삼십 원어치를 흥정해놓고는 세 겹으로 접은 헝겊 지갑을 펴 그 안에서 꼭꼭 접은 지전 뭉치를 꺼내 한 장씩 한 장씩 돈을 세어 값을 치렀다. 그리고 보따리를 땅바닥에 펴고 그 감과 오징어를 쌌다.

그는 다시 보따리를 한 손에 들고 무엇 더 살 게 없는가 둘러보며 머뭇머뭇하다가 정거장 마당을 지나 큰길로 나섰다.

그는 부리나케 시곗집 앞까지 나와가지고는 옆길로 들어섰다.

벌써부터 그는 가슴이 내려앉고 걱정이 떠올랐다.

"면회를 잘 안 받아준다는데 시켜줄는지?"

그는 쳐다보기만 해도 무서운 생각이 들고, 그 앞을 지나려면 죄가 없어도 공연히 겁이 나는 경찰서를 멀리 바라보면서 혼자 중얼거렸다.

한 발자국 한 발자국 경찰서가 가까워질수록 용기가 줄고 어쩐지 가

슴이 두근거려졌다. 그러면서도 한편 그 안에 갇혀 있을 아들 생각을 하고는 어서 가 소식이라도 알아보아야겠다는 생각에서 마음이 바빴다.

'몹쓸 놈들 같으니…… 무슨 역적질을 했다구 그렇게 사람을 두드려 패고도 부족해서 또 잡아다 가두기까지 한담.'

'뭐라구 하든지 그예 좀 보여달라구 해야지. 그래두 일본 놈들이 아니고 우리 조선 사람들 순사니까 좀 다르겠지.'

김 첨지는 스스로 마음을 채찍질해가며 걸음을 빨리했다.

문 앞에 붉은 전등이 달리고 거무스름한 나무판자로 벽을 한 보기에 우중충한 경찰서 집은 예전이나 지금이나 다름없었고, 그 앞에 총을 메고 서서 오고 가는 사람 드나드는 사람들을 모두 눈에 독기를 품고 쏘아보는 순사도 일본 경찰 시대의 그 사나운 순사 그대로였다.

김 첨지는 경찰서 앞에 탁 닥치자 또 한 번 가슴이 덜컥 내려앉고 맥이 풀려 두 다리가 떨리는 것을 억지로 참고 문에 섰는 순사를 향해 굽실 인사를 하였다.

"저…… 자식 놈 면회를 좀 하러 왔는데유……."

우물우물하는 어조로 그는 온 뜻을 말했다.

"면회? 아들이 잡혀왔나?"

새파랗게 젊은 애송이 순사는 처음부터 반말지거리였다.

"예, 사흘 전에 ××주재소에서 이리루 넘어왔이유."

"무슨 일로?"

"저…… 일전에 ××에서 야단들 나지 않았습니까유, 그 사건에 왔이유."

김 첨지는 목소리가 입 밖에 잘 안 나오는 말로 겁을 먹은 채 말하였다.

"응, 엊그저께 ××에서 잡혀온 빨갱이들 말이로구먼. 영감 아들도 거기 끼였단 말이지."

"예……."

"그까짓 패에 낀 자식을 보아 뭘 하게? 영감도 공산주의가?"

"온 천만에……. 그거 젊은 애들이 멋모르고 날뛰는 게지요. 저희 같은 것들이야 무얼 압니까."

김 첨지는 얼굴이 벌게져가지고 변명하였다.

"뭘, 자식이 그런 데 관계하니까 영감도 농민조합에 들었지. 공산당 패는 인제 모두 잡아닐 판인데 공연히 정신들을 못 채리고……."

"저희들이야 뭘 압니까. 그저 땅이나 파먹고 나라에서 하라는 대로 할 뿐입지요."

"나라가 어디 있어. 빨갱이들 지랄 때문에 독립도 늦어지는 거 몰라?"

김 첨지는 뭐라고 대답해야 할지 몰라 그저 머리를 숙이고 허리를 굽실거릴 뿐이었다.

"농민이니 노동자니 하는 놈들이 대체로 모두 나쁜 놈들이야……."

젊은 순사는 까닭 모를 욕을 퍼부었다. 김 첨지는 속으로 어이가 없었으나 아무 말도 않고 서 있었다. 나이로 보아 전에 다니던 순사 같지는 않은데 그렇다면 해방 후 새로 들어간 순사인 모양이었고, 그 아들이 늘 '건국청년회'인지 무슨 회원인지가 많이 순사로 들어가 있어 고약한 놈들이 많다고 하더니 아마 그런 놈인가 보다 생각하며, 그대로 아들 보고 싶은 생각에 감정을 상하게 해서는 안 되겠다고 억지로 웃는 얼굴을 지어 보이며

"면회 안 될가유?"

하고 물어보았다.

"면회시켜줄 게 어디 있어, 그까짓 놈들을……. 난 몰라. 저 사법계로 들어가 물어보아."

마치 자기에게 대해서 무슨 큰 감정이나 있는 사람의 말투다.

어디를 가나 살기가 차고 무시무시하고 사람들은 모두 사자와 같이 말 한마디 붙여보기가 어려웠다. 무슨 말을 물으면 으레 예사로이* 할 말도 딱딱거려 대답하고, 눈을 부릅뜨고, 상을 찡그리고, 반말지거리고, 사람을 아래위로 쓱쓱 훑어보았다.

김 첨지는 경찰이 일제 시대보다 몇 배 더 무서워지고 까다로워졌다는 것을 느꼈다.

그는 두어 군데서 묻고 퉁명을 맞은 뒤에야 간신히 사법계를 찾았다.

사법계 앞에는 십여 명의 여인과 남자들이 역시 자기 모양으로 보따리들을 하나씩 들고 근심스러운 표정으로 무엇을 기다리는 듯 서 있었다.

"면회를 청하려면 여기다 말해야 하나유?"

김 첨지는 그들을 향해 물어보았다.

"그리로 들어가 말해보시우. 그러나 지금 주임도 없고 또 면회는 안 시켜준대요."

어떤 중년의 여인 하나가 이 노인의 모양을 살펴보며 일러주었다.

"면회를 안 시켜줘유?"

"안 된대요, 들어가 물어보기나 하슈."

김 첨지는 머뭇머뭇하며 약간 떨리는 손으로 문을 열고 안으로 들어섰다. 처음 여기저기 책상을 놓고 앉아 있는 여러 순사들의 시선이 일시에 그에게로 쏠렸으나 그들은 그를 힐끗 쳐다보고는 다시 자기들의 하던 일을 계속했다.

김 첨지는 어름어름하다가 문 앞에 앉은 순사에게로 가 먼저 공손히 절을 하고 나서

| * 원문에는 '예사스리'임.

"저— 자식 놈의 면회를 좀 하러 왔는데유."

하였다.

"면회? 면회 안 돼. ……무슨 사건이야?"

한 사십 되어 보이는 하이칼라 머리에 기름을 발라 양쪽으로 갈라붙이고, 코 아래 적은 수염을 기른 그 순사는 쳐다보지도 않고 이렇게 대답했다.

"일전에 ××에서 일어난 사건에 자식 놈이 관계가 되어서 왔습니다. 어떻게 되겠습니까, 나오게 되겠습니까?"

"×× 사건? 응, ××에서 농민조합 사람들 잡혀온 사건. 글쎄, 나오게 될지 안 될지 그것은 모르지."

"뭐 대단하지는 않겠습지유?"

"그건 취조를 해봐야지. 죄가 없으면 나가는 게구."

"저의 자식 놈은 별로 아무 일도 안 했는데유. 어떻게 될가유?"

"아무 일도 안 했는데 끌려올 리가 있나. 공연히 가만히들 있지 못하고 나쁜 일을 꾸미고 지랄들을 치니까 그렇지."

지금까지 좀 순해 보이던 순사는 차차 태도가 거칠어갔다.

"어떻게 되나 알 수가 없을가유?"

"그건 저 수사계에 가 물어봐. 여기서는 모르니까."

"자식 놈의 얼굴이나 좀 보고 갈까 하는데유……."

"면회는 안 된다니까."

순사는 귀찮은 듯이 화를 냈다.

그 바람에 김 첨지는 찔끔해가지고 뒤로 물러섰다. 조금 후에 그는 다시 책상 앞으로 다가서며

"저, 옷 같은 것은 좀 들일 수 없을가유?"

하고 물어보았다.

"몰라. 지금 주임이 안 계시니까 이따 들어오시거든 물어봐."

순사는 이렇게 대답하고 다시는 말도 붙여볼 수 없을 만큼 쌀쌀한 태도를 취했다.

김 첨지는 머뭇머뭇하고 서 있다가 다시 한 번 허리를 굽히고 말소리를 낮추어

"주임 어른께선 언제 들어오십니까?"

하고 또 말을 붙이자 그 순사는

"우루사이 야쓰다네"(귀찮은 자식이로군)."

하고 일본말로 한마디 쏘아붙이고는 묻는 말에는 대답도 안 했다.

김 첨지가 그래도 머뭇거리고 우두커니 서 있자

"저리 나가 기다려."

하고 그는 소리를 버럭 질렀다.

김 첨지는 머쓱해가지고 받지도 않는 인사를 하고는 도로 밖으로 나왔다.

"안 된다지요?"

아까 그 중년 여인이 물었다.

"안 된대유."

"면회는 안 해주는 모양예요. 여기 기다리고 있다가 이따 주임 오거든 옷이나 들여달라고 하시오."

"옷은 받아줄가유."

"잘하면 옷은 들여준다니까 이따 주임 들어오거든 청해봅시다. 우리도 그래서 기다리고 있으니까요."

김 첨지는 자세한 것은 수사계에 가서 물어보랬다는 말을 하고, 그들

| * うるさい やつだね.

205

에게 수사계를 물어가지고 이층으로 올라갔다. 수사계에서 그는 그전 그 아들을 찾아온 일이 있는 삼팔 이북에서 왔다는 형사를 만났다. 김 첨지는 그를 붙들고 아들이 어찌 되었는가, 곧 나올 수 있는가 궁금한 것들을 물어보았다.

그 형사는 거만스럽게 걸터앉아 그 불량스러운 눈알을 굴리며

"당신 아들 같은 고약한 패들은 인제 모두 우리 손으로 때려죽일 작정인데 살아 나갈 것 같소?"

하고 다짜고짜 호령을 했다.

"무슨 죽을죄를 지었나유."

하고 김 첨지는 억지로 웃음을 지었다.

"무슨 죽을죄를 지었느냐구? 영감이 몰라서 하는 말인가? 당신 아들 같은 빨갱이 놈들을 모두 처치해버려야 우리가 하루라도 편히 살 수 있는 것을 몰라?"

하고 눈을 흘기더니

"우리 조선 독립이 늦어지는 것두 미국 사람이 싫어하는 빨갱이들이 지랄을 치는 까닭이고, 농민들이 공출을 잘 안 하고 미군정을 반대하고 여기저기서 경찰서를 습격하고 폭동을 일으키는 것도 다 공산당 패들이 선동을 하는 때문이라는 것을 모르는가? 지금 미군정 아래서 군정을 반대하고 살 수 있는가. 미국 사람하고 싸워낼 수 있는가 말야. 곡식들을 안 내놓으면 도회지 사람들은 뭘 먹고 살란 말이야. 하여간 모두 나쁜 놈들이고 요새는 그놈들과 부동*이 되어가지고 지랄치는 농민들도 모두 나쁜 놈들이야. 이번에도 우리가 미리 모두 잡아들이지 아니했으면 무슨 일이 일어났을지 몰랐거든. 인제 빨갱이들은 씨도 안 남기고 모두 잡아

| * 符同. 그른 일에 어울려 한통속이 됨.

처치를 할 작정인데 영감 아들이 나갈 줄 아는가?"

하고 형사는 살기가 등등해가지고 김 첨지를 노리고 쳐다보았다.

"온 나리도 그런 말씀을……. 저의 자식 놈이야 아직 나이도 어리고 미거해서* 뭘 압니까. 나리께서 좀 힘쓰셔서 용서받도록 해주십시오."

하고 빌었다.

"용서해달라고? 그래도 못 알아듣는구먼."

"그렇지만 뭐 죽을죄를 지었습니까. 저희들도 다 조선 사람이 잘 살아보자고 한 노릇이겠습지요."

김 첨지는 무심코 이렇게 말했으나 그 나중 말이 안 할 말이었던 듯 싶었다.

"뭐 어쨌다구!"

그는 금방 얼굴이 시뻘게지더니 벌떡 일어나 노인의 뺨을 철컥 한 대 붙였다.

"이 자식아, 되지 못한 늙은 놈이."

욕을 퍼붓고 그는 다시 연거푸 이쪽저쪽 뺨을 대여섯 번이나 후려갈 겼다. 그래도 부족했던지 이번에는 노인의 바른 정강이를 구둣발길로 걸 어찼다.

이 의외의 봉변에 김 첨지는 "애구구." 소리를 지르며 그 자리에 푹 엎드러졌다.

"자식, 뭐라고 주둥아리를 놀렸지? 잘 살아보자고 하는 노릇이라고? 너도 네 새끼의 물이 들었구나, 늙은 놈이. 이놈아, 국으로** 땅이나 곱게 파먹을 생각 안 하곤……. 너도 농민조합에 들었지? 주제넘은 자식들, 조합이 다 무엇 말라비틀어진 거야."

---

* 철이 없고 사리에 어두워.
** 제 생긴 그대로. 또는 자기 주제에 맞게.

이렇게 욕을 하다가 다시 분을 폭발해가지고 그는 엎드려 정강이를 주무르는 김 첨지의 엉덩이를 구둣발길로 또 대여섯 번을 힘껏 걷어차고 등줄기를 뒤축으로 짓밟았다.

김 첨지는 다시 "애구구." 소리를 지르며 도로 그 자리에 쓰러졌다. 그 바람에 옆에 끼고 있던 보따리가 무릎 밑에 깔리고, 그 안의 감이 그냥 뭉크러져서 붉은 물이 겉으로 배 나오고, 사과가 두어 개나 밖으로 퉁겨져 나와 흙바닥에 굴렀다.

"이놈아, 네 자식 놈 같은 주의자 놈들이라면 이가 갈린다. 일본 경찰 때도 내 손에 걸려 녹아난 놈들이 얼만데그래."

그는 무조건하고 화를 내는 것 같았고 어떤 화풀이를 하려 대드는 것 같았다.

김 첨지는 한참 만에야 겨우 엉덩이를 만지며 비틀비틀 일어났다.

"가, 이 자식아. 네 새끼하고 한데 잡아 가둘 것인데 내놓는다."

형사는 눈을 부릅뜨고 다시 욕을 퍼부었다.

김 첨지는 까닭도 모를 억울한 매를 맞고 비틀거리며 문을 밀치고 나왔다.

분하고 원통한 마음에 두 눈에서는 그냥 눈물이 솟아 나오고 엉덩이와 정강이가 아파서 걸음이 잘 안 걸렸다.

그는 비틀비틀 간신히 층대를 걸어 내려왔다.

사법계 앞에 이르자 여러 사람들은 노인의 모양을 살펴보며 '무슨 일이 있었구나' 생각하였다.

"물어봤어요?"

아까 그 여인이 물었다.

김 첨지는 겨우 고개만 끄덕거려 대답을 하고는 한쪽 옆으로 가서 벽에 기대섰다가 그냥 그 자리에 웅크리고 앉았다.

"왜 야단 만났어요?"

그 여인은 딱하게 여기는 표정으로 노인의 모양을 살펴보며 물었다.

김 첨지는 아무 말도 않고 고개를 푹 수그리고 앉아 땅바닥을 들여다보며 아까 형사에게 한 말이 과연 매 맞을 만한 일이었던가 반성해보았다. 아무리 생각해보아도 별로 남의 감정을 돋우어줄 만한 말도 아닌 것 같았고, 별로 성낼 만한 거리도 못 되는 것이었다. 그러면 왜 그렇게 별안간 골을 내고 자기를 팬 것인가? 아들과 같은 패들이라고 해서 그런 것인가? 그는 농민들은 모두 나쁜 놈들이라고 하였다. 그러면 농민이라고 해서 팼는가? 농민과 무슨 큰 원수진 놈이던가? 도시*가 억울한 노릇이었고, 관리가 아니고 무슨 일종의 미치광이, 폭한**같이 여겨졌다. 이런 자들을 모아다 놓고 백성들을 다스리고 정치를 한다고 하니 기막힌 노릇이요, 참으로 세상은 우습게 되어버렸다는 한탄이 그의 입에서 저절로 흘러나왔다.

그 아들이 잡혀온 일 역시 무리하고 억울하기 짝이 없는 노릇이었다. 십여 일 전에 읍내 인민위원회 회관에서 농민조합의 회의가 있어 근동의 농민조합 대표들이 모여 회의를 하는 중에 별안간 '대한독립촉성청년회'***의 청년들이 장터거리의 부랑자 패들을 몰아가지고 달려와서 회의장을 습격했다. 그들은 다짜고짜로 책상과 기구들을 때려 부수고 닥치는 대로 사람을 잡아 팼다. 격분한 젊은 사람들은 거기 대항해 앞에 들어선 몇 놈을 때려뉘고 한참 난투극이 벌어졌었는데 별안간 주재소에서 순사들이 무기를 가지고 달려왔다. 그들은 하늘로 대고 총을 탕탕 놓아 위협

---

* 도무지. 이러니저러니 할 것 없이 아주.
** 暴漢. 함부로 난폭한 행동을 하는 사람.
*** 대한독립촉성국민회大韓獨立促成國民會. 1946년 2월 이승만의 독립촉성협의회와 김구의 신탁 통치 반대 국민총동원중앙위원회가 통합하여 조직된 국민운동단체. 미소공동위원회 반대, 반탁운동, 좌익 봉쇄 따위의 광범한 운동을 펴다가 같은 해 6월에 민족통일본부로 개편되어 재발족되었다.

을 하고는 테러단들과 힘을 합해서 모인 사람들을 닥치는 대로 두드려주고 한편 잡아 묶어가지고 주재소로 끌고 갔다. 그리해 거기서 다시 두드리고 차고 해서 거의 다 죽게 만들어가지고는 묶어서 경찰서로 넘긴 것이었다. 김 첨지의 아들도 그날 회의에 참석했다가 잡혀오게 되었다. 그들은 이 사건을 공산당 패들이 주재소를 습격하려고 음모하는 것을 미리 잡았다고 떠들어 선전을 하며, 테러단들은 계속해서 트럭을 타고 근동으로 돌아다녀 농민조합, 민주청년동맹 관계자들을 모두 잡아 두드려주고는 또 경찰서로 넘긴 것이었다.

김 첨지는 한참을 웅크리고 앉아 이 생각 저 생각 하며 분을 참지 못하고 있다가 보따리를 끌러 터진 감을 골라내고 다시 싼 후 채인 정강이를 주무르고 뺨을 쓸며 일어섰다.

"영감님은 누가 잡혀왔에요?"

지금까지 옆에 서서 잠자코 김 첨지의 하는 양만 보고 섰던 아까 그 여인은 김 첨지가 일어서는 것을 보자 이렇게 물었다.

"××에서 일전에 일어난 사건에 자식 놈이 붙들려 왔이유."

"그래요. 그러면 모두 우리하고 같은 사건이로구먼……."

"그럼 ××에서 오셨수?"

"네. 그래 영감님 아들은 누구시오?"

"××에서 사는 김정복이라오."

"그럼 바로 우리 아들하고 동무로구먼. 영감님 아들이 늘 우리 집에 놀러 왔에요. 우리 집은 바루 읍내예요."

"그래요."

하며 김 첨지는 반가워했다.

"그래 대체 이 일이 어떻게 된대유?"

"글쎄 모르지요. 어떻게 될는지 취조가 끝나야 알겠지요. 그런데 영감님 왜 이층에 가더니 맞았에요?"

"예."

김 첨지는 눈물이 글썽글썽하는 얼굴로 대답했다.

"왜요?"

여러 사람은 모두 시선을 그리로 모았다.

"말은 해 뭘 하겠소."

김 첨지는 한숨을 내쉬었다.

그때 저벅저벅 구두 소리를 내며 금테 두른 모자를 쓴 경관이 이쪽으로 향해 왔다. 그는 거만스러운 태도로 여러 사람에게 힐끗 시선을 던지고는 사법계실로 들어갔다.

"주임이다, 주임."

주임이 돌아오는 것을 보자 여러 사람의 지치고 피곤한 얼굴에는 생기가 돌았다.

"저이가 주임인가유?"

하며 김 첨지는 앞으로 나섰다.

"자들, 들어가 봅시다."

하고 가운데 섰던 남자가 앞을 서가지고 여러 사람은 제가끔 보따리를 든 채 그이 뒤를 따라 사법계 안으로 들어섰다. 먼저 앞에 섰던 남자가 대표인 양 주임 앞으로 가서 면회를 교섭하자 주임은 그냥 한 말로 거절해버렸다. 다음 그는 옷이나 들여보내 달라고 청했다. 주임은 또 일체 옷과 밥 같은 것도 당분간 안 받기로 했다고 거절을 했다. 그 남자는 다시한 번 졸라보았으나 주임의 대답은 마찬가지였다. 여러 사람은 다시 모두 앞으로 나서가지고 제가끔 사정사정하며 좀 받아달라고 졸랐다. 그러나 주임은 목석인 듯 냉정한 태도로 거절하였다. 어떤 여인은 떡을 해가지고 왔는데 그거나 좀 들여달라고 애원했다.

"안 된다는데 왜 그래."

주임은 귀찮은 듯이 소리를 질렀다. 여러 사람들은 다 실망하는 얼굴을 해가지고 우두커니 서 있었다.

"가두어도 먹일 것은 다 먹이고, 병나면 고쳐주고 하니까 걱정 말고 돌아들 가."

주임은 악을 쓰며 나가라고 손짓을 했다.

"나리, 이거나 좀 받아줍셔요. 여기까지 왔다가 면회도 못 하고 그냥 돌아가자니 섭섭도 하고……."

김 첨지는 보에서 오징어와 터진 감을 꺼내 들고 주임 앞으로 다가갔다.

"안 돼, 안 돼."

주임은 또 손을 홰홰 내저었다.

김 첨지는 머쓱해가지고 물러섰다.

그래도 여러 사람들은 주임이 맘을 돌려 혹 받아줄까 하는 희망을 붙여가지고 나가지 않고 서 있었다.

"절대로 안 되니까 다들 돌아가."

주임은 이렇게 선언하고는 일어나 다시 밖으로 나가버렸다. 여러 사람은 실망하는 얼굴을 해가지고 할 수 없이 사법계를 나왔다. 모두들 차마 그대로 발길이 돌아서지 않는 모양으로 한참 동안 그래도 밖에 서서 머뭇거리고 있었다.

"갑시다. 안 된다는 것 졸라서 되겠소."

하고 어느 남자 하나가 먼저 앞을 서 나가자 여러 사람도 힘이 하나 없어져가지고 뒤를 따라섰다. 김 첨지는 혹 어디서 아들의 모양이나 볼 수 없을까 고개를 뒤로 돌려 여기저기를 기웃거리면서 그들을 따라 경찰서를 나왔다.

밖으로 나오자 그들의 입에서는 금방 욕들이 쏟아져 나왔다. 그들은 주임을 욕하고, 경찰서를 욕하고, 그전 일본 경찰보다도 더 심하다고 떠들어댔다.

김 첨지는 그제서야 이층에 올라갔다가 형사에게 까닭 없이 얻어맞은 얘기를 했다.

여러 사람은 그 말을 듣고 분해서 또 욕을 퍼부었다.

"그놈의 자식이 그전에 이북에서 고등 형사질 하던 아주 고약한 놈이래. 해방된 뒤 북쪽에서 도망해 온 놈인데 여기서 또 형사질을 한대요."

김 첨지와 말을 하던 여인은 이렇게 그 형사의 내력을 얘기했다.

"옳아, 그래서 그놈이 그렇게 못되게 구는구먼."

다른 여인 하나가* 이렇게 말하자

"북쪽에서 온 놈이나 여기 놈이나 다 마찬가지지 뭐. 모두 그런 놈들만 골라 넣었는데 악질 아닌 놈이 어디 있겠소."

하고 젊은 남자 하나가 말했다.

"죄수들은 밥이나 먹을 만치 주는가유?"

무엇보다도 김 첨지는 그게 걱정이었다.

"영감님두 정신없는 말씀 마슈. 밖엣 사람도 모두 먹을 게 없어 야단인데 죄수들을 잘 먹일 것 같애요? 썩은 강냉이밥 조막만 한 것 한 덩어리씩 준대요."

아까 그 여인은 이렇게 말하고 나서

"그런 데다 어떻게 사람을 자꾸 잡아들이는지 유치장 안에서 앉을 수도 없어서 콩나물같이 모두 일어서서 산대요."

하고 첨부했다.

그 말을 듣고 모두 자기 아들, 동생, 남편 들의 고생을 생각하고 제각

| * 원문에는 '하나이' 임.

기 얼굴을 찡그리고 염려하였다.

"백성들을 다 감옥에다 집어 처넣고 말 작정인가."

"노동자, 농민은 다 강도, 도적놈이라고 하는 놈들도 있는데 뭐. 다 잡아 가두면 시원하겠지……."

"망할 놈들 같으니. 노동자나 농민이 없으면 뭘 먹고 살겠기 그런 소리를 한담."

"그놈들의 대중없이 지껄이는 소리야 말해 뭘 해요. 미국 밀가루가 좀 맛있느냐 왜 쌀을 달라느냐고 하는 순사가 있는가 하면, 마치 그전 일본 순사 놈들이 사람을 때리며 욕하던 그대로 일본말로 욕지거리를 하는 순사가 있고……. 모두 악에 바쳐 미친놈들 같은데요, 뭘."

여러 사람들은 이렇게 제가끔 한마디씩 하며 정거장으로 나왔다.

차 시간은 아직도 두어 시간이나 기다려야 했다. 누구인지 트럭을 타고 가자고 제의를 하자 그들은 다시 행길로 나왔다. 거기서 한참을 기다리다가 마침 지나가는 트럭이 있어 그것을 붙잡아 타고 ××읍으로들 돌아왔다.

김 첨지는 다른 사람들과 다 작별을 하고 혼자 자기 동네를 향하였다.

여러 사람과 한데 어울려 얘기하고 떠들고 할 동안은 그래도 든든하고 위안도 되었으나 혼자 떨어지자 쓸쓸한 생각이 들고 아들 얼굴도 못 보고, 옷도 들여보내지 못하고, 형사 놈에게 봉변만 당하고 오는 생각을 하니 새삼스레 서럽고 분한 생각이 북받쳐 올라왔다.

"몹쓸 놈, 천하의 몹쓸 놈들 같으니……."

그는 혼자 주먹을 쥐고 떨었다. 그는 할 수 있으면 이 길로라도 읍내 주재소로 달려가 우리 아들을 내놓으라고 우리 아들이 무슨 죄를 지었느냐고 순사들을 붙들고 한바탕 폭백*을 하고 싶었다. 그의 아들 정복이야

| * 暴白. 성을 내어 말함.

말로 이 노인에게는 천하에 없이 귀한 아들이었다. 그는 늦게야 단지 그 아들 하나를 낳아가지고 그 어려운 살림에도 보통학교 공부를 시켰고, 그의 평생소원은 그 아들이 면 서기 하나라도 해서 벼슬을 하는 것이었다.

그러나 팔일오 이전은 그 아들이 면 서기 되는 길을 닦는 것은 고사하고 징용을 나갈까 겁나는 마음에서 무엇보다도 징용을 면하는 직업을 구해 들기를 바랐고, 그의 이 염원이 이루어져 어떻게 징용 면제가 되는 읍내 어느 군수품 공장에 다니게 된 뒤로는 겨우 안심을 하고 마음을 놓았었다. 그러나 그 뒤 미국 비행기가 거의 날마다 조선 상공에도 날게 되고 요란한 방공 사이렌 소리가 읍내에서 그 동리에까지도 들려오게 되자 그는 또 아들 다니는 군수품 공장이 폭격이나 당하지 아니할까 날마다 걱정으로 세월을 보내었었다. 그러나 조선 사람의 살길이 틔느라고 일본이 패망하고 소련이 전승을 해 해방과 독립의 소리가 높아지자 김 첨지는 누구보다도 반가워하고* 춤이라도 출 듯이 좋아했다. 그는 좁은 구석에 갇혔다 나온 사람 모양으로 숨도 크게 쉬어보고 이것이 인제 우리 조선 나라 땅이지 하고 발로 땅바닥을 굴러보기도 했다. 그는 또

"이제는 우리도 좀 잘 살 도리를 생각해보자."

고 아들을 붙들고 의논도 하며 그가 소작하고 있는 땅이 일본 사람의 땅이었던 만큼

"이건 인제 우리 땅이 되겠지."

하고 미리 예산하고 좋아했다.

김 첨지가 이렇게 흥분하고 좋아하는 가운데 있어 그 아들 정복이는 서울로 읍내로 왔다 갔다 하여 동무들과 회를 만든다 무얼 한다 바쁘게 돌아다니더니, 또 동네 사람들을 모아가지고 농민들은 농민들끼리 회를

* 원문에는 '반가와'라고 임.

만들어야 한다고 조합을 만들고, 동네 젊은 사람들을 모아가지고 청년동맹을 만들고 했다.

일부의 사람들은 정복이가 하는 일은 공산주의라고 해서 그 하는 일을 욕도 하고 훼방도 놓았고 어떤 사람은 좋다고 찬성도 했다. 정복은 열심으로 동네 사람들을 모아놓고 얘기를 하고 젊은이들을 일러주고 처음은 많은 이해자를 얻었다.

김 첨지도 그 아들의 얘기를 들어보면 그럴듯해 옳게 여기다가도 그런 일을 하면 미국 사람들에게 혼이 날 것이라는 말을 듣고는 염려도 했다.

그러나 김 첨지는 이제는 그가 소작하던 일본 사람의 땅은 의당히 자기에게 돌아올 것이요, 이제는 조선 사람끼리 오붓하게 살아가게 되는가 보다 하고 마음껏 독립 만세를 부르고 어서 조선 나라 정부가 서기를 바라고 있었다.

그러나 처음 생각과는 달리 형세는 날이 갈수록 달라져가고, 해방은 말뿐이었으며, 처음 도망갔던 순사들은 도로 돌아와서 총을 메고 전보다 더 밉상을 부리었고, 공출은 안 해도 좋다고 하던 것이 나중에는 일정 시대보다 더 심하게 내놓으라고 야단일 뿐 아니라 이 여름에는 보리 공출을 어떻게 심하게 시켰던지 농민들은 새로운 난리를 만나 야단이었다. 전에 일본 경찰은 심하게 구는데도 오히려 정도가 있었다고 할 만큼 지금의 경찰은 더 무지하고* 무법하기 짝이 없었다. 의례히 반말, 의례히 욕이었고 불한당 떼 모양으로 아무 집이나 막 달려들어 뒤지다가 곡식이 없으면 곳과 노소남녀를 불구하고 그 자리에서 함부로 두드려 패고 총대로 짓찧고, 그래도 부족해서 총을 탕탕 놓고 위협하며, 트럭으로 오십 명 육십 명씩 잡아 싣고 주재소로 경찰서로 끌고 가서 죽어라고 패주고 가

| * 보통보다 훨씬 정도에 지나치고.

두고 하였다.

소작하는 사람들의 것이 되려니 하던 일본인 소유의 땅은 '신한공사'*
인지 무엇인지가 생겨가지고 이십오 년인가 얼마를 기한하고 땅을 사라
고 하였고 농장에 나와가지고는 새로 소작료를 정해주고 돌아갔으며, 면
서기 군 서기 그전 관리는 그대로 있어가지고 농민들에게 등쌀을 대고
못살게 굴었다. 대체 조선은 해방을 당한 셈인가, 어찌 된 셈인가 동네
사람들은 셈판을 몰라 어리둥절했다.

이런 일들을 생각하며 김 첨지는 철롯둑을 지나 숫돌 공장 마루턱을
넘어섰다. 그리해 자기 마을 앞까지 닿은 넓은 들 가운데로 난 신작로를
걸었다. 그는 얼마 가다가 중간에 있는 콘크리트 다리 난간에 엉덩이를
걸치고 앉아 다리를 쉬었다. 아까 형사에게 채인 엉덩이가 다시 아파오
고** 정강이뼈 채인 데가 통통 부어 만질 수가 없었다.

"에이, 천하에 무도한 놈 같으니……."

그는 다시 얻어맞은 뺨을 어루만져 보았다. 아직도 두 볼이 얼얼한
것 같다.

"나쁜 놈들!"

그는 거듭 욕을 해 붙이며 원망에 찬 눈을 들어 앞에 전개되는 넓은
들을 바라보았다. 이것은 전에 모두 '판전'이란 일본 사람 농장의 땅이었
고 그 가운데는 자기가 소작하는 스무 마지기의 땅도 끼여 있었다.

그의 머리에는 그 아들이 늘 하는 말들이 떠오르고 땅을 모두 농민에
게 나누어 주었다는 북조선의 얘기도 생각이 났다.

"옳아, 네 말이 옳았다!"

노인은 이렇게 중얼거리며 일어나 걷기를 시작했다.

---

* 新韓公社. 1946년 미군정이 토지 및 재산을 관리하기 위해 설립한 기관.
** 원문에는 '오르고'임.

앞으로 뻗친 환한 길, 넓은 길, 그 길은 마치 이제부터 그와 또 그와 같은 전체 농민들이 걸어가야 할 아들이 말해준 그 길같이 느껴져 뚜벅뚜벅 그는 힘차게 발길을 내디디었다.

—『그 전날 밤』, 조선작가동맹출판사, 1956. 12.*

| * 출전에 따르면 집필일이 1946년 10월로 제시되어 있다.

좀

일 년 남짓의* 지옥살이 가본 징용의 고초도 이제는 한 마당의 꿈이 되어버렸고 일본을 떠나 조선으로 돌아오는 도중에 겪은 갖은 고생도 이후는 도리어 한 말큰한** 추억이 될는지도 모른다.

살아 올 것 같지 않던 목숨은 다시 살아 돌아왔고 조선은 옛 조선, 남의 지배에 신음하고 남의 발길에 짓밟히던 그런 조선이 아니다.

이제는 네 활개를 벌리고*** 큰기침을 하여 걸어 다닐 수도 있고 마음대로 숨을 쉬며 내 말로 지껄일 수도 있는 것이다.

고난의 날은 끝났다. 이제부터 새날, 자유의 새날이 시작되는 것이다.

앞으로는 오직 이 한 몸을 새 나라 건설에 바치리라. 어느 자리, 어느 모퉁이에서든지 조선을 위하여, 우리나라를 위하여 적은 힘이나마 보태리라.

이 나라를 위해 이 민족을 위해 힘을 다하는 것, 이것이 오늘날 이 시

---

* 원문에는 '나머지의' 임.
** 연하고 부드러운 느낌이 날 정도로 말랑한.
*** 원문에는 '버리고' 임.

기의 조선의 젊은이들에게 지워진 큰 책무이다. 오직 이 임무에 충실하자. 아니다, 이 의무에 죽자.

오늘날의 조선 청년에게는 사사로운 살림이란 있을 수 없다. 우리의 모든 생활은 공적 생활이어야 할 것이다. 우리의 한 마디의 말, 한 발짝의 걸음, 한 번 드는 손, 모든 일동일정은 조선 청년으로서 책임 있는 움직임이어야 할 것이고, 공변된* 행동이어야 할 것이다.

이것은 석호가 징용에서 돌아오던 첫날 밤 기쁨과 흥분에 취한 가슴을 안고 잠을 이루지 못하여 생각하고 결심한 바였다.

이튿날부터 그는 피로하고 시달린 몸을 쉬고 조리하려고 하지도 않고 나가 돌아다니며 동무들도 찾아 얘기해보고 읍내의 형편도 살펴보았다. 그리고 그동안 새로 생겨난 조선의 신문도 들춰보아 팔월 십오 일 이후의 조선의 정세도 대강 짐작을 하게 되었다.

그러나 그 결과 그의 머리는 도리어 산란해지고, 여러 가지 걱정과 탄식과 안타까움이 새로이 그를 사로잡았다.

길은 한길, 오직 자주독립을 얻기 위해 한데로 모이는 한길이 있을 뿐인데 이렇게 혼란할 수가 있을까. 당은 무슨 당이 그리 많으며, 단체는 무슨 단체가 그리 많은가. 웬 주장이 그리 많고, 웬 지도자가 그리 많은가. 모두 다 그럴듯한 강령을 내걸고, 그럴듯한 주장을 주장한다. 그러나 누가 참된 지도자인지 어느 당의 주장이 정말 옳은 주장인지 갈피를 잡을 수 없고 정신을 차릴 수가 없다. 민중은 한 서너 달 사이의 이 시달림에 거의 권태를 느끼고 있는 것 같았다.

석호는 며칠을 두고 우선 읍내의 사정을 살피기에 힘썼다.

읍내에는 구월 초순에 인민위원회가 생기고 뒤이어 농민조합과 각

| * 행동이나 일 처리가 사사롭거나 한쪽으로 치우치지 않고 공평한.

공장에 노동조합이 생겼고, 또 청년 단체로는 청년동맹과 대한청년회라는 것이 생겨 있었다.

어떤 사람은 인민위원회를 욕하고 청년동맹을 욕하고, 어떤 사람은 대한청년회를 욕했다. 인민공화국을 지지하는 사람도 있고, 이승만 씨와 대한임시정부를 지지하는 사람도 있다.

어떤 사람은 절대 중립을 표방하면서 말로는' 대한임시정부를 두둔해** 말했고, 어떤 사람은 아무 편견 없이 말한다고 하면서 인민공화국을 선전했다.

모인 인물들을 살펴보면 소위 요시찰인要視察人이라고 해서 전부터 사상운동을 하다가 감옥에도 끌려가고 때때로 경찰서에도 잡혀가 그 사상이 좋은 사상인지 그른 사상인지는 몰라도 뜻 있는 젊은이들이 혹은 존경으로 혹은 호기심으로 가까이하려 하고 따르던 이들, 그들과 책깨나 읽고 말마디나 하고 고분고분하지 않다고 해서 주재소 순사들이 사상이 나쁘다고 공연히 미워하고 주목하던 젊은이들은 거의 다 인민위원회나 청년동맹으로 모였고, 전의 유회 의원이니 경방단장***이니 하는 지위에 있던 사람, 아니면 은행 지점 지배인, 우편국장, 그 외의 예수교 계통 사람들은 거의 다 대한청년회에 나이 많은 이들은 고문이니 찬조원이라는 자격으로, 젊은이들은 회원으로 모여 있었다.

그리해 그들은 사상적으로 서로 대립해 있을 뿐 아니라 감정적으로도 대립해 있었다. 한쪽 대한청년회는 대한임시정부를 지지하고 청년동맹은 인민공화국을 지지하며 서로 반동분자라고 욕하고 있었다. 그리고 읍민들은 대개 인민위원회 쪽 세력이 크다고 보고 있었으나 그들을 공산

주의 패라고 말하고 있었다.

석호는 공산주의에 대해서는 아무런 이해도 없었다. 그러나 인민위원회의 최호라는 이에게 대해서는 전부터 어떤 호의와 관심을 가지고 있었다. 그것은 그가 공산주의자인 때문이 아니고 전부터 늘 감옥에 잡혀다니며 일본의 통치와 싸우는 사상가라는 점에서였다. 그러기 때문에 그는 최호 씨가 가진 사상에 대해서는 아무런 이해와 비판력도 없으면서 그저 그가 주장하는 사상은 좋은 것이려니 막연히 이렇게 생각하고 호기심과 일종의 존경을 가지고 있었다.

그러나 그가 이렇게 일본에서 돌아와 보자 신문 같은 데는 갑자기 공산당이니 좌익이니 하는 소리가 굉장히 떠들어치고* 이 지방에도 공산당이니 공산주의니 하는 소리가 사람 사람의 입에 오르내리는 것을 보자 어쩐지 마음이 그리 쏠리지 않는 것이다.

팔월 십오 일 이전 같으면 무조건하고 그는 공산주의자로 될 수 있었을 것 같았으나 지금의 그의 기분은 어쩐지 공산주의라면 온건치 않고 파괴적인 것 같은 생각이 드는 것이었다. '무엇 때문에 조선에 공산주의 같은 그런 사상이 필요한 것이냐' 그는 이렇게 생각했다. 그러면서도 그는 '장차 나서서 어느 단체에든지 들어가 일을 해야 할 터인데 그러자면 어느 쪽으로 가야 할 것인가' 이것을 생각해볼 때 마음은 육칠분 청년동맹 측으로 기울어지는 것이었고, 대한청년회는 그 배경이 과거의 소위 읍내의 유지, 유력자들이라는 점이 기분에 안 맞았다. 그리고 모인 사람들조차는 확고한 주견이 없고 그저 주먹구구요, 사랑방 회합 같은 데다가 일부의 사람들은 덮어놓고 인민위원회 측을 싫어하고 반대하려는 그런 이유에서 모여든 것 같았다. 거기는 아무런 새로운 맛도 없었고 혁명

| * 마구 떠들어대고.

적 기분도 없었다. 거기 비해 인민위원회 측이나 청년동맹은 팔팔하고 패기가 넘쳐흐르는 데다 이론들이 똑똑하고, 주장하고 반대하는 선과 한계가 분명하고 확연했다.

그리고 그의 동무들은 양쪽에 다 가담해 있었으나 수는 청년동맹 측에 많았다.

이런 이유로 해서 그는 당연히 청년동맹에 참가해 일해야 할 것이었으나 다만 그의 마음을 주저케 하는 것, 그것은 청년동맹이 인민위원회와 함께 좌익이라는 것이었다.

그러나 한편 구성 분자를 자세히 따져보면 그리 모인 사람이 전부가 다 좌익이라고도 할 수 없었다. 그의 동무인 북소학교 교원 네 사람이든지 신문지국 기자 몇 사람과 그 외 그가 잘 아는 몇 사람은 확실히 공산주의자도 좌익도 아닌 것이 분명했다.

그렇다면 덮어놓고 청년동맹은 좌익이라고 단정을 내리기도 어려운 일이었다. 그런데 청년동맹 쪽 동무들을 만나 얘기해보면 그들은 우리는 좌익도 아니요 우익도 아니다. 우리는 다만 조선에 민주주의적 정부가 서는 것을 바라며 그런 정부를 지지한다고 하는 것이었다. 그러나 대한청년회 측의 동무를 만나 얘기해보면 청년동맹 측은 다 공산주의자들이라고 하고 공산주의는 과격해 조선을 망칠 것이라고 대단히 깎고 욕해 말했다.

"그러면 당신들은 조선에 어떤 정부가 서야 하겠소?"

하고 석호가 묻자

"우리는 조선은 민주주의 국가가 서야 할 것이오."

하고 대답했다.

"그러면 저쪽 주장과 같지 않소. 주장이 같다면 나는 이 좁은 읍내에 청년 단체가 둘씩 서로 대립해 있어가지고 싸울 필요가 없다고 생각하오."

"그렇지만 저쪽은 공산주의인 데다가 또 이승만 씨나 임시정부를 지지하지 않는단 말이요. 그러니 우리와는 주장이 다르지 않소. 그래서 우리는 그들과는 절대로 손을 잡을 수가 없는 것이요."

그들은 이렇게 대답했다. 그리고 그들은 대한임시정부를 중심으로 조선은 통일이 되는 것이 옳다고 주장했다.

이승만 씨나 김구 씨에게 대해서는 커다란 존경을 가지고 있는 석호는 그들의 말도 또한 옳다고 생각했다. 그는 대한청년회로 들어가 일해볼까 생각했다. 그러나 모인 인물들 때문에 그는 역시 주저하지 아니할 수 없었다.

처음 결심도 있고 어떻게 하든지 자기도 이 시기에 있어 남의 나라 청년들 마찬가지로 나라를 위해 헌신해보겠다고 생각하는 그는 그의 첫걸음을 내디디려고 하는 순간에 이런 기로에 봉착하고 말았다.

그는 태도를 결정치 못하고 며칠을 고민으로 지내면서 날마다 여러 가지 신문만을 뒤적거렸다. 그러나 신문은 그에게 아무런 회답을 주지 못했다. 이쪽 의견을 읽으면 그게 옳은 것 같고 저쪽 주장을 들으면 그게 또 옳은 것 같았다.

'왜 여러 정당들이 한데 통일을 못 하는 것일까? 그만 일쯤 모여 의논하면 될 듯한데 하지 못하고 고집들만 하고 있는 것은 무슨 까닭일까? 위에서 그들이 고집하고 대립하기 때문에 지방에서들도 이렇게 서로 나뉘어 싸우는 것이다.

인민공화국이나 대한임시정부나 우선 서로 해체를 하고 하나를 만들면 좋지 않을까? 왜 그것을 못 하는가? 언제까지나 이러고들만 있을 모양인가?'

석호는 생각하면 할수록 답답하고 안타까웠다. 나중에는 그들 소위

지도자들이 참으로 민족에 대한 애정이 없기 때문이라고 원망도 했다. 자기들이 늘 말하는 대로 참으로 나라를 생각하고 민족을 생각하는 마음이 있다면 조그만 고집이나 욕심 같은 것을 뚝 떠나서 일해야 할 것이 아닌가? 좌익이고 우익이고 다 조선 사람이니 조선 사람이라는 점에서, 조선의 독립을 위한다는 점에서 서로 양보하고 □□해 통일을 할 수 있는 것이 아닐까?

며칠 후 석호는 최호 씨를 조용히 그의 집으로 찾았다. 전날 인민위원회 회관에서 만나고 두 번째였다.

"대체 어떻게 되는 셈입니까?"

그는 누구나 요새 의례히 만나면 묻는 그 격으로 말을 꺼냈다.

"다들 보는 바와 같지 않소."

하고 최호 씨는 그 사람 좋아 보이는 두 눈 가장자리에 웃음을 띠고 대답했다.

"그래 통일은 영 안 됩니까."

"왜 안 되겠소? 되기야 되겠지."

"왜들 이렇게 서로 대립해 고집들만 부리고 한데로 모이지 않습니까? 조선 사람이 이렇게 통일이 안 되기 때문에 독립에 지장이 있다고 하지 않습니까. 그것을 안다면 우선 주장들은 다 집어치우고 한데 뭉칠 수 있지 않을까요?"

"밖에서 볼 때는 그렇게 단순하지만 직접 그 국면에 있는 사람들로 보면 또 그렇지 못한 사정도 있으니까 그러는 게지요. 그리고 가만히 어떤 사람들 때문에 이렇게 혼란해지고 얼른 통일이 안 되는가 살펴보면 사실에 있어서 가짜 애국자들이 많은 때문입니다. 그들이 중간에서 책동을 하고 모략을 해서 마치 정치를 무슨 장사가 이권 다툼하듯이 브로커*

| * 원문에는 '뿌로커ー'임. broker. 중개 상인.

를 하려고 하기 때문에 이렇게 혼란한 것입니다. 무슨 당이니 무슨 당수니 하는 사람들이 다 애국자이고 조선의 지도자라고 생각해서는 안 됩니다. 그들 중에는 장사치들이 많이 섞이어 있고 또 과거에 조선 사람들에게 죄를 많이 지은 사람도 많이 있습니다. 그런 데다 해외에서 들어온 분들 중에 조선 사정에 눈이 어둡고 정치에 대한 식견이 높지 못한 것을 기화*로 불순한 분자들이 그분들을 싸고돌아 점점 그분들의 바로 보아야 할 눈을 흐리게 하는 점도 많은 것입니다. 그러나 어느 시대 어느 나라를 물론하고 이런 시기에는 이만한 혼란은 피할 수 없는 사정입니다. 이 정화 과정을 겪어야 무거리**와 찌끄레기는 제해지고 순전한 알맹이만 가려져 남게 되겠지요. 말하자면 지금 체에 담아가지고 흔드는 격입니다."
하며 최 씨는 웃었다. 그리고 나서 다시 말을 이었다.

"무엇보다도 이렇게 혼란 상태를 이루고 있는 것은 우리가 이 해방을 우리의 힘으로 얻은 것이 아니라 남의 힘에 의해 얻었다는 데 그 중요한 원인이 있는 것입니다. 우리의 마음과 우리의 힘으로 얻었다면 그 힘을 가지고 그냥 정부를 세울 수 있을 게 아닙니까."

"그렇습지요."
하고 석호는 고개를 끄덕거렸다. 그리고 나서 잠깐 머뭇머뭇하다가

"저, 저는 그 공산주의에 대해서는 잘 알지도 못하고 이해도 없습니다만 이 시기에 있어선 그런 주의 같은 것은 잠깐 접어두고 우선 조선 사람이라는 자리에 서서 먼저 독립부터 하도록 다 같이 힘을 합해야 할 것이 아닌가 생각해요."
하고는 힐끗 최 씨의 얼굴을 쳐다보았다.

"공산주의는 조선 사람이 하는 게 아니고 어느 외국 사람이 하는 것

---

* 奇貨. 뜻밖의 이익을 얻을 수 있는 물건. 또는 그런 기회.
** 변변하지 못하여 한 축 끼이지 못하는 사람을 비유적으로 이르는 말.

입니까."

하고 최 씨는 웃었다. 그 말에 석호는 다소 얼굴을 붉히었다.

"어떤 사상이나 주의에 대해 그게 옳은지 그른지 잘 알기도 전에 덮어놓고 비판을 한다든지 공격을 하는 것은 극히 위험한 일입니다. 알지 못하고서야 어떻게 옳다 그르다 말할 수 있겠습니까. 나는 한마디로 공산주의란* 이 시대에 있어서 한 발짝 앞선 사상이란 것을 말하고 싶습니다. 공산주의자가 되려면 누구나 현재 그가 선 그 자리에서 한 발짝 더 나서지 아니하면 안 되는 것입니다. 지금 석호 씨가 선 그 자리, 그 자리는 누구나 다 설 수 있는 자리입니다. 그러나 거기서 한 걸음 더 나선다는 것, 그것은 그리 쉬운 노릇은 아닙니다. 그러나 또 그렇게 어려운 것도 아닙니다. 진리란 쉽고 바로 가까운 데 있는 것입니다."

최호는 이렇게 말하고 나서 담배를 한 개 피워 물었다. 석호는 무엇을 생각는 듯 고개를 수그리고 손가락으로 방바닥에 자꾸 동그라미만 그리고 있었다.

최 씨는 다시 입을 열었다.

"내가 이렇게 말하면 독선적인 말이라고 할는지 모르겠소마는 지금 조선이 어떠한 길을 걸어야 한다든지 지금 이 계단이 어떠한 혁명의 계단이라든지 이것을 가장 옳게 판단하고 파악하고 과학적으로 규정지은 것은 공산주의자들입니다. 그렇기 때문에 공산주의자는 누구보다도 제일 열렬히 민족통일전선을 부르짖어 왔으며 우선 우리의 목표가 완전 자주독립에 있다는 것을 제시하고 이것을 위해 삼천만이 한데 뭉칠 것을 주장하지 않습니까. 그리고 조선에 참된 민주주의 정부를 세울 것을 주장하며 조선에 산업을 발전시키고 조선을 부강케 만들기 위해 노동자,

| * 원문에는 '공산주의라는' 임.

227

농민은 자본가와 지주하고 협력해 생산에 힘쓰라고 부르짖지 않습니까. 이런 것들이 어느 점이 잘못된 점입니까? 나는 조선의 현실에 비추어보아 우리의 주장은 하나도 그른 데가 없다고 생각고 있습니다."

이 말을 듣고 석호는 놀라는 표정으로 최호의 얼굴을 쳐다보았다. 그것은 공산당의 주장이 그렇게 건설적일 수 있느냐는 지금까지의 자기 생각이 번복되는 데 대한 의아와 경악에서 오는 표정이었다.

"어떤 공산주의자든지 간에 지금 조선의 공산주의 사회를 건설할 수 있다고 주장하는 미치광이는 없을 겝니다."

최 씨는 나중 이 한 말을 더 첨가했다.

석호는 다시 고개를 수그린 채 한참 동안 말없이 무엇을 생각고 있었다. 그러다가

"그거 공산주의라 하지 말고 다른 이름으로 부를 수 없을까요?"

하고 최 씨를 쳐다보며 웃었다.

"왜요?"

하고 최 씨는 웃었다.

"공산주의라고 하면 모두 어쩐지 싫어들 하는 것 같으니까 말씀예요."

"그런 점도 없지 않아 있습니다. 그러나 그것은 과거에 일본 사람들이 공산주의는 위험 사상이라고 해서 마치 사갈*같이 선전을 해놓았기 때문이지요. 이것은 마치 우리가 무심코 독립 만세를 부를 때 어떤 때는 자기도 알지 못하게 겁을 집어먹게 되는 거나 마찬가지입니다."

석호는 최호가 무슨 일이 있는 양도 싶고 해

"좋은 말씀 많이 들려주시어 고맙습니다."

인사하고 그냥 일어섰다. 최호는 자주 회관 같은 데 놀러 나오라고

| * 蛇蝎. 뱀과 전갈을 아울러 이르는 말.

당부했다.

집으로 돌아오는 석호는 여러 가지 생각으로 다시 머리가 뿌듯했다. 확실히 그의 머리에는 동란이 일어났다. 지금까지 그의 머릿속에 틀이* 잡혀 있는 생각이 전체로 흔들리기 시작한 것이다. 그러나 그 진동이 그리 크지 않은 데 비해 그의 고민은 컸다.

집에 돌아와 가지고 그는 집에 있는 며칠 치 신문을 꺼내가지고 공산당 측의 성명, 중앙인민위원회 측의 주장 같은 것을 찾아 읽어보고는 다시 다른 데 것과 비교도 해보고 하다가 그냥 쓰러져 잤다.

이튿날 대한청년회 측의 김대성과 이영선이라는 친구가 조용히 얘기할 일이 있다고 석호를 찾아왔다. 둘이 다 석호와는 잘 아는 사이로 대성은 전에 군청에, 영석은 식량영단食糧營團**에 근무하고 있었다.

그들은 인제 그만하면 몸도 조리했고 원기도 났을 테니 이런 때 젊은이들이 가만히 있을 때이냐고 대한청년회에 나와 같이 일해보자고 전했다.

석호는 학교는 중학을 마쳤을 뿐이었으나 전부터 책 같은 것도 비교적 많이 들여다보고 말깨나 해 젊은 측들 중에서는 그래도 똑똑한 편으로 치는 터이었다. 그래서 그를 끌어들인다는 것은 대한청년회로서는 꾼을 하나 맞아들이는 것이나 마찬가지였으므로 같이 손잡고 일해달라고 두 사람은 권고하러 온 것이었다.

그러나 석호는 아직 몸도 덜 회복되고 해서 좀 더 쉬어보아야겠으니 그런 데 나가는 것은 차차 하기로 하자고 대답했다. 그러나 그들은

"지금이 어떤 때인가. 그렇게 편히 쉴 생각만 하고 있을 땐가."

하고 책망했다. 그리고 다음 날부터라도 회관에 나와달라고 졸라댔다.

---

* 원문에는 ☐이' 임.
** 조선식량영단. 일제 때 미곡을 포함한 주요 식량의 전면적인 국가 관리를 목적으로 행정 관청이 정한 자가소비량을 제외한 생산량 전부를 총독부에 매각하도록 하였다. 1943년 10월 13일 설치된 조선식량영단은 그 식량의 매입 및 매각을 담당하는 기관이었다.

석호는 역시 좀 더 생각도 해보아야겠고 몸도 약하고 하니까 차차 해보자고 그냥 그들을 돌려보냈다.

그 뒤 이삼일 별 뜻 없이 석호는 인민위원회로, 청년동맹으로 나가 놀다가 들어왔다. 그랬더니 며칠 후 대성과 영식은 다시 그를 찾아와 가지고 청년동맹 쪽으로 갈 마음이 있느냐고 물었다.

"글쎄, 그것은 두고 보아야겠어."

하고 석호는 모호히 대답을 했다.

"자네도 빨갱*인가? 설마 자네야 그렇지 않겠지. 그러지 말고 우리와 손잡고 일하세."

하고 그들은 또 졸라댔다. 석호는

"그보다 이 좁은 데서 청년 단체까지가 둘로 나뉘어 있을 필요가 어디 있는가. 한데 합치는 게 좋다고 생각는데 그 일들이나 생각해보지그래."

하고 합동하라는 권고를 해보았다.

그들은 청년동맹과는 주의가 근본적으로 다르기 때문에 합동하기가 어려울 게라고 대답했다.

"다르면 얼마나 달라. 공연히 조그만 것 가지고 고집들 하지 말고 큰 목표를 생각해야 할 게 아닌가."

석호는 약간 핀잔주어 말했다.

"어째 다르지 않은가? 우리는 임시정부를 지지하고, 그들은 인민공화국을 지지하지 않나. 그들이 임시정부를 지지한다면 우리는 금방이라도 합동하겠네."

"그렇게 양보들을 안 하니까 합동될 수가 있는가. 그리고 앞으로 얼

| * 원문에는 '쌀겅'임.

마 안 가 인민공화국이나 임시정부나 다 한데 통일될 테지. 언제까지 대립만 하고 있을 겐가. 그러니까 그런 점은 염두에 두지 말고 한데로들 합치면 좋지 않아?"

"글쎄 그런 것은 우리 차차 의논해보기로 하고 우리들 대답부터 먼저 해주게. 어떻게 할 터인가, 나와주겠나?"

대성은 다시 졸라댔다.

"나보고 자꾸 나오라고만 하지 말고 먼저 합동 문제를 성의들을 가지고 해결 지어보게. 두 단체가 대립되어 있기 때문에 그 영향이 여간 크지 않다는 것을 자네들은 모르는가? 공연히 미워 아니할 사람들이 서로 미워하고, 눈들을 흘기고, 서로 욕하고 비웃으니 그런 것을 볼 때마다 나는 사실 가슴이 아파. 저쪽 사람들과도 만나 얘기해보았는데 그쪽은 언제든지 합동할 생각을 가지고 있다고 하니 이 문제부터 우선 해결 지어보세."

석호는 진정으로 이렇게 권고해 그들을 돌려보냈다.

이튿날 석호는 청년동맹을 가서 그중 친한 몇 사람을 붙들고 합동 문제를 의논해보았다.

"우리는 벌써 전부터 여러 번 이 문제를 생각고 있었고 교섭도 해보았다. 그러나 그쪽에서 양보하지 않기 때문에 안 되고 말았어. 지금도 우리 쪽 생각은 전과 다름없네. 이렇게 청년 단체까지가 나뉘어 있을 필요가 없고 나뉘어 있어서는 안 된다고 생각하네. 우리의 목표는 우선 완전 자주독립을 얻기 위해 전 민족이 한데로 통일되는 데 있는 것이니까 결코 서로 대립하고 분열되어 있을 이유가 없는 것일세. 그러나 저쪽은 우리가 부르짖는 민주주의는 자기들이 부르짖는 민주주의와는 다르다 하고, 우리가 주장하는 민족통일을 자기들이 부르짖는 민족통일과는 성질이 다른 것이라고 하고, 언제나 독선적인 태도 그것도 무지와 몰이해에서 오는 독선적인 태도만을 고집하고 있으니 우리도 해보다 못해 그냥 내버려 두고 있는 것일세."

청년동맹 측의 동무들은 이렇게 말했다.

석호는 다시 청년회 측으로 가서 이번에는 간부 되는 사람들과 대성, 영식 두 사람과 한데 모여 청년동맹과의 합동 문제를 얘기해보았다. 그들은 자기들도 벌써부터 그것을 위해 노력했으나 저쪽이 너무 고집하고 양보하지 않기 때문에 실현을 못 보았다고 하며 의견만 맞으면 당장이라도 곧 합하겠다고 했다.

양쪽이 다 그런 의견이라면 이것은 될 수 있는 문제라고 생각한 석호는 용기를 얻어 중간에서 서둘러가지고 권고하고 설복시키고 해 일이 성립되는 최후 단계에까지 이르렀다.

이튿날 양쪽에서 대표를 내어 정식으로 합동을 결정하려고 하는데 돌연 청년회 측에서는 다시 처음으로 돌아가 가지고 청년동맹 측이 공산주의를 버리고 임시정부를 지지하겠다는 조건이 아니면 절대로 합동은 못 하겠다고 석호에게 말해왔다.

"그런 문제를 다 떠나 다만 목표, 공동한 목표를 가지고 한데 모이자. □ 조선의 자주독립과 민주주의 국가의 수립을 위하여 청년으로서 협력할 수 있는 데까지 협력하자는 것, 거기 우리는 공통점을 가지고 합동하자고 한 것 아닌가?" 하고 석호는 그들을 공박했다.

그러나 청년회 측은 끝까지 먼저 주장을 굽히지 못하겠다고 완강히 버티어 이 문제는 그냥 결렬이 되어버리고 말았다.

석호는 어이가 없었다. 별안간 청년회 쪽 사람들이 이렇게 태도를 표변한* 것은 무엇 때문인가? 어제까지도 모든 것을 다 이해하고 민족통일이라는 큰 목표 위에서 합동하겠다고 하던 그들이 어째 하룻밤 사이에

| * 마음, 행동 따위가 갑작스럽게 달라진. 또는 마음, 행동 따위를 갑작스럽게 바꾼.

변했을까?

석호는 지금까지의 자기가 애쓰던 일이 수포로 돌아간 데 대한 분함도 분함이지만 이 고집을 위한 고집을 낳게 하는 원인이 어디 있는가를 좀 알아보려고 했다.

결국 이것은 청년회 측의 배경이 되어 있는 사람들의 맹렬한 반대로 그렇게 된 것이라는 것을 석호는 알게 되었다. 청년회 측에 비용을 대고 그들을 후원하는 소위 읍내의 유력자층은 청년회를 한 울타리로 삼고 있었다. 그러나 합동이 되면 자기들의 울타리가 없어지고 앞으로는 그들의 손아귀에 들어갈 수가 없는 것이다. 그래서 그들은 합동을 못 하게 결렬시킨 것이었다. 과거에 있어서 결코 조선 사람에게 잘해왔다고 할 수 없는 그들, 관청이나 군부에 아첨하고 그들에게 협력해 지위를 얻고 돈도 벌고 해 비교적 편하고 걱정 없는 생활을 해오던 그들이 한번 세상이 확 뒤바뀌어지자 제일 먼저 솔선해 만든 것은 치안대였고, 그 뒤 다시 그것을 가지고 이 대한청년회를 만들어 자기들의 호위병을 삼고 있었던 것이다. 그들에게 이용당하는 젊은이들도 젊은이려니와 또 애국의 순정을 이용해 저의 보신책을 강구하는 그 무리들이야말로 얄미운 존재였다.

"좀이다 좀, 그놈들이야말로 건국의 좀이다."

석호는 분개해 마지아니했다.

"이거야말로 중앙의 축도縮圖가 아닐 수 없다. 중앙의 혼란도 결국 이런 데서 오는 것이 아닐까? 좀, 건국의 좀은 사방에 편만해* 있는 것이다."

그는 희미하게나마** 무엇이 잡히는 것 같았고 보이는 것 같았다.

"참 어려운 노릇이다. 골치 아픈 일이다. 그러나 우리는 똑바로 정신을 차려야 할 것이다."

---

* 널리 그득해.
** 원문에는 '희하게나마'임.

석호는 홀로 이렇게 부르짖었다.

—《문학비평》, 1947. 6.

그 전날 밤

공장장이 들어와 오늘 아침에 돌발한 공장 내 삐라* 첨부 사건에 대하여 보고를 하고 나간 뒤 사장 신태화는 무엇을 생각할 때나 화나는 일이 있을 때 늘 하는 버릇으로 여덟팔자수염의 뾰족한 양끝을 손으로 비비며 의자에 등을 기대고 한참 동안이나 명상하듯 무엇을 생각하고 있다가 다시 허리를 펴고 공장장이 책상 위 유리판에 펼쳐놓고 나간 삐라를 집어 처음부터 끝까지 내리읽어 보았다. 그동안 그의 얼굴은 노염과 흥분으로 상기가 되고 앞가슴은 두꺼비 배 모양으로 와이셔츠 속에서 벌룩거렸다. 그는 화나는 듯이 읽고 난 삐라를 홱 밀쳐버리고는 의자에서 벌떡 일어났다. 그의 무거운 몸을 실었던 회전의자가 덜거덕 소리를 냈다. 그는 부루퉁한 얼굴을 해가지고 그리 넓지도 않은 사장실을 큰 몸을 이끌고 왔다 갔다 했다. 얇은 판장으로 한 마룻바닥이 그가 디디고 지날 때마다 휘청했다.

"매국매족의 입후보자를 타도하자……."

<hr />

* びら. 광고·선전을 위하여 나누어 주는 쪽지. 전단.

"흥, 망할 놈들, 배은망덕을 해도 분수가 있지."

그는 혼자 이렇게 중얼거렸다. 그 삐라 속의 단독 선거 반대니 남북 연석회의 지지니 하는 이런 표어들보다도 그중 더욱 그의 노염을 산 문구는 이 "매국매족의 입후보자를 타도하자!" 하는 구절이었다. 다른 데도 아니요, 이 공장 안에 써다 붙인 삐라에 특히 이 구절을 크게 쓴 것은 그 목표가 자기에게 있는 것이요, 자기를 정면으로 공격하고 비난하고 모욕 주기 위한 것이라는 것이 분명하기 때문이다. 그는 그저께 일을 생각하고 더욱 분해하고 괘씸히 여기었다. 그저께 그는 공장 직공들을 모아놓고 한바탕 연설을 하였던 것이 자기가 당선이 되면 나라를 위하여, 민족을 위하여 한 몸을 바칠 작정이라고 그의 '애국의 지성'을 토로하고* 나서 이 공장 직공들은 물론 다 자기에게 투표하여줄 줄로 믿는다고 끝을 맺었다. 연설이 끝난 뒤에 그는 술을 내며 그들을 한턱 잘 먹였던 것이다.

그의 이런 후의**와 은혜와 그리고 요망을 배반하고 불과 사흘이 못 가서 공장 안에 이런 삐라가 나타난 것이다. 직공들은 그의 희망과 요청에 대하여 이것으로 응답한 것이다. 생각하면 생각할수록 괘씸하기 짝이 없었다.

"엥이, 의리부동***한 놈들!"

그는 욕을 해 붙이며 다시 의자로 가서 앉더니

"영숙이."

하고 문 앞에 앉아 타이프라이터를 찍고 있는 색시를 불렀다.

"예—."

* 원문에는 '토론하고'임.
** 厚意. 남에게 두터이 인정을 베푸는 마음.
*** 義理不同. 의리에 맞지 아니한 데가 있음.

하고 그가 일어서서 이쪽으로 오기 전에

"가서 공장장 좀 오라고 그래."

하고 분부하여 그를 내보낸 후 다시 밀쳐버렸던 삐라를 집어 들고 불쾌한 안색으로 끝에 쓴 표어들을 되풀이해 읽고 있었다.

　사장이 부른다는 바람에 공장장 최길룡은 보던 일을 내던지고 지체치 않고 타이피스트의 뒤를 따라 들어왔다. 그는 문에 들어서면서 윗몸을 갑신해 예를 하고, 다시 가까이 와서 또 머리를 갑신해 인사를 했다. 나이가 한 서른두서너 살 되어 보이는 그는 키가 작달막하고 어깨가 딱 바라지고 대추나무 방망이같이 살이 딴딴해 보이는 깜찍스럽고 당돌하게 생긴 사나이였다. 가무잡잡한 얼굴에는 볼 위로 주근깨가 닥지닥지 붙고 까만 눈이 사람을 쏘아볼 때는 살기를 뿜었다. 숙볕은 이마 위에는 까만 머리가 못자리같이 숱이 많았고 머리털은 산돼지 털같이 빳빳했다. 걸음을 걸을 때마다 그는 두 어깨를 으쓱으쓱했고 발뒤꿈치로 땅을 콕콕 짓찧어 디디었다. 직공들에게 대하여서는 독사와 같이 사납고 매서운 사나이, 그러나 사장에게 대하여서는 둘도 없는 충실한 종복이요, 또 심복이었다.

　신태화 사장이 그를 경성 '대한노총'* 본부에 부탁하여 이 공장으로 데려오기까지는 영등포 반동 테러단의 유력한 분자의 하나로 그의 하는 일은 전평 산하의 노동조합을 파괴하기 위하여 이 공장 저 공장으로 몰려다니며 직공들을 잡아다 두드려 패고 그들의 집을 습격하고, 민주주의 진영의 애국자들을 납치하여다가 고문하고 학살하고 하는 그런 일들이었다. 그가 사장의 초빙을 받아 이 ××읍 한일농구제작소에 온 뒤에도

---

* 대한노동조합총연합회大韓勞動組合總聯合會. 1946년 3월 10일 대한독립촉성노동총연맹으로 발족하여 1960년 4·19혁명 후 해체된 노동 단체. 총재는 이승만, 부총재는 김구, 초대 위원장은 홍윤옥이었으며, 1945년 11월에 조직된 좌익계의 조선노동조합전국평의회(약칭 전평)를 상대로 반공 투쟁을 벌였다.

그의 하는 일은 역시 그런 종류의 일이었고, 우선 공장 안의 '숙청'부터 착수하였다. 그는 이곳에 온 뒤 바로 사장에게 청하여가지고 영등포에서 자기 동류 일곱 사람을 공장으로 데려왔다. 그리하여 그들을 공장 수위에 또는 직장 내 감독 같은 지위에 두어가지고, 처음에는 매일 밤 노동조합 책임일군*들을 하나씩 잡아다 공장 안 창고의 한 모퉁이를 치우고 거기다 그들을 묶어놓고 몽둥이로 두드려 패고 불로 지지고 갖은 고문을 하여 거의 병신을 만든 뒤에 경찰지서에 연락하여 잡아 보내는 것이 첫 사업이었다. 이렇게 해서 조합 책임일군들을 모조리 쫓아낸 뒤에는 다시 직공들의 '숙청'에 착수하였다. 그는 직공들을 정치고 무어고 그저 무식한 놈들이니까 매로 무섭게 버릇을 가르쳐놓는 것이 제일이라고 주장하였다. 매로 때려서 듣지 않는 사람은 쫓아내거나 경찰에 연락하여 잡아 보내고, 항복하는 사람들은 다짐을 받아서 '대한노총'에 가입시키는 것이 그들의 방침이었다. 날마다 죄 없는 수많은 직공들이 어두컴컴한 창고 속으로 끌려 들어가 사정 가리지 않는 사매**를 맞고 전평 산하의 노동조합과 관계를 끊고 '대한노총'에 가입할 것을 맹세하고 나왔다. 싫다고 항거하는 사람은 반쯤 죽어 나왔다. 그 당시 한동안 이 한일농구제작소 뒤 창고에서는 밤마다 "에구구" "에구구" 하는 비명 소리가 그치지 아니했고, 사람들은 무슨 도수장이나 사형장을 바라보는 듯한 마음으로 공포의 빛을 띠고 이 창고를 바라보게 되었다. 처음 직공들은 결속을 해가지고 그들의 테러에 대항도 해보았으나 그럴 때마다 경찰은 몰려와서 그들 중에서 앞장을 서서 일하는 동무들을 잡아다가 이런 명목 저런 명목을 씌워가지고 감옥으로 보냈다. 이런 승강이가 한 사오 개월 계속되는 동안에 직공들 중에 감옥에 넘어간 사람이 열한 명, 병신이 되어 집에 드

---

* 일정한 부문의 책임 있는 지휘자.
** 권력이 있는 자가 사사로이 사람을 때리는 매.

러눕게 된 사람이 여섯 명, 모진 매로 말미암아 앓다가 죽은 사람이 세 명, 이 공장을 나가버린 사람이 오십 명이나 되었고, 매에 못 이겨 표면으로 '대한노총'에 들기를 맹세하고 그대로 남아 있는 직공들이 한 백 명가량 되었다. 공장 내의 소위 '숙청'은 그동안 오륙 차나 있게 되었다. 아무리 몰아내고 쫓아내고 하여도 그들이 말하는 '빨갱이'는 또 생겨나고 또 생겨나고 했다.

한바탕 그들이 포학을 다해 경을 쳐주고 나면 그들의 움직임은 잠잠한 듯이 보이다가도 조금 지나면 삐라 같은 것이 나붙게 되고 또 그들의 활동이 보이게* 되는 것이다.

"이번에는……." 하고 길룡은 독사같이 날뛰며 이를 악물고 혐의자를 잡아내어 더 모진 테러를 가하여 내쫓고 잡아 보내고 하면 한동안은 또 잠잠해진다. 그래서 그들은 인제는 뿌리가 빠졌느니라 이렇게 안심하고 있노라면, 공장 안에 또 삐라가 나타나고 파업이 일어나고 이상한 출판물이 돌아다니고, 직공들 중에는 민전 측에서 주최하는 데모 같은 데 참여하러 일부러 서울까지 갔다 오는 사람들이 생기고 하는 것이다.

사장 신태화는

"대체 그놈들은 영 멸종이 안 되는 모양인가."

이렇게 비명을 지르기까지 했다.

그러나 길룡은 역시

"뭘요, 염려 맙쇼. 제 손에 놈들이 배겨날 날 없습지요. 씨를 말리고 말 날이 있을 테니 두고 봅쇼."

하고 장담하고 손 걸고 나서서 그가 데리고 온 부하들과 이 공장 안에서 저희들의 편을 만든 사람들을 출동시켜가지고 직공들을 닦달하고 두드

| * 원문에는 '뵈여지게'임.

려 패어 못살게 굴었다. 그래도 어느 틈을 비집고 전평 계통의 조합이 활동을 하고 노동당원이 뒤를 이어 생겨나고 하는 것이다.

그러나 길룡의 계속적인 이 미치광이 같은 잔혹한 테러로 말미암아 처음과는 달리 공장 안에 있어서의 전평 산하의 노동조합은 겉으로는 부서져 그들의 표면적인 활동은 가라앉았고, 여러 차례의 '숙청'과 들볶임으로 말미암아 직공들 중에는 전평 계통이라고 지목할 사람이 표면으로는 하나도 없게 되었다.

이것만으로도 신태화 사장은 길룡의 '공로'를 크게 인정하지 아니하면 안 되었다.

그러나 길룡의 사업은 이 공장 안에만 국한되었던 것이 아니었다. 그가 있는 공장 안의 민주주의의 움직임을 폭력으로 어느 정도 눌러논 뒤에는 읍내의 다른 공장과 기타 민주진영을 들부수는 데도 그는 적지 않은 활약을 했다. 그를 중심한 이 한일농구 안의 테러단은 불이 나면 끄러 나가는 소방대와 같은 역할을 하였다. 재작년(일천구백사십육년)의 팔일 오 일 주년 기념식 후에 인민위원회 회관을 부수고 거기서 일하는 동무들을 잡아다 '독촉' 사무실에서 며칠을 두고 고문하고 구타할 때도 이 길룡의 패가 주동적 역할을 했고, 작년에 제약 공장에 파업이 일어났을 때도 그는 그의 일파를 데리고 달려가 파업 직공들을 잡아 다스리는 데 '공헌'을 했다. 그리고 작년 칠월 이 일 남산에서 열린 쏘미공동위원회* 경축, 임시정부 수립 촉진 시위대회가 있었을 때도 거기 참가하고 돌아오는 이 읍내의 노동자들과 기타 청년 학생들을 정거장에서 기다리고 있다가 차에서 내리는 족족 옷이 젖은 사람(남산 시위대회 날 비가 와서 시위 군

---

* 미소공동위원회. 1946년 1월에 미국과 소련의 대표가 서울에서 조직한 위원회. 1945년 12월의 모스크바 협정에 따라 한국의 신탁 통치와 완전 독립 문제를 토의하기 위해 열렸는데, 여러 차례 회의 끝에 1947년 10월 미국이 한국 문제를 유엔에 상정함으로써 자연적으로 해체되었다.

중은 그 비를 맞으며 시위를 하였다)을 잡아 두드려 패는 일에도 그의 부대가 큰 활동을 하였다.

이렇게 그는 공장 안에서만 아니라 이 읍내의 민주주의 운동의 탄압과 애국자들에게 테러를 하는 데도, 또 다른 공장의 노동자들의 억압에도 적지 않은 '공로'가 있었다. 그래서 밖으로는 '독촉' 같은 반동 단체와 또 경찰의 신뢰가 두터웠고, 안으로는 신태화 같은 사장의 신임이 컸다.

"거기 앉게."

사장은 옆의 응접 의자를 눈으로 가리켰다. 길룡이가 의자에 앉자 사장도 그리로 자리를 옮겨 그와 마주 앉으며

"그래 누구의 짓인지 좀 알아보았나?"

하고 궁금한 듯이 물었다.

"아직 확실히 누가 한 짓인지는 알 수 없습니다. 붙이는 것은 혼자나 둘이 했을는지 몰라도 이 일을 꾸민 놈들은 또 몇 명 있을 게니까요. 인제는 놈들도 어떻게 조심을 해서 하는지 여간해서는 알아내기 곤란합니다."

"그래도 늘 살펴보면 수상쩍은 놈들이 있겠지. 그놈을 잡아다 밥을 내란* 말이야. 그러면 나올 게 아닌가."

"하기는 몇 놈 요새 태도가 이상스러운 놈들이 있기는 있습니다. 그래서 사실은 지금 가만히 두고 보는 중입지요."

"응, 그런 놈들이 있다면 한시도 눈을 떼지 말고 잘 살펴가지고 꼭 잡아내야지."

이렇게 말하며 사장은 허리를 펴고 윗몸을 뒤로 젖혔다.** 그러고는 응접 테이블 위에 놓인 담배를 한 개 집어 들자, 길룡은 재빨리 거기에 성냥을 그어 댔다. 그리고 황송한 듯이 자기도 담배 한 개를 조심스럽게

---

* 밥을 내다. 죄인에게 심한 형벌을 가하여 저지른 죄상을 불게 하다.
** 원문에는 '제겼다'임.

꺼내 피워 한 모금 빨고 나서

　"암만해도 주물에 있는 영보가 좀 수상쩍습니다."

하고 가만히 말하였다.

　"영보?……"

　"네. 그 키 좀 크고 눈두덩 좀 나온 사내 말입니다."

　"응, 그게 처음부터 있던 자지."

　"네, 그렇습니다."

　"처음에는 그자는 아무 말썽도 피우지 않고 아주 얌전한 사람이었는데……."

　사장은 놀라는 기색이었다.

　"처음에는 그랬지요. 그러니까 내보내지도 않았습지요. 그러나 근래좀 수상쩍은 일이 여러 번 있었습니다. 요전 오월 초하룻날도 점심시간에 오늘은 메데* 날인데 어쨌고 어쨌다고 이야기하는 것을 누가 듣고 제게 와서 말해준 일이 있었습니다."

　"응, 알 수 없지. 하루하루 사람들의 마음이 달라져가는 때니까. 하여간 요새 어디 한 놈이나 안심하고 믿을 놈이 있는가."

　"그렇습니다. 그래서 저는 다 우리 적이라고 보고 있습니다. 이렇게 생각하면 틀림없습니다."

　"그래 그놈이 노동당원일까?……"

　"그것은 알 수 없습지요."

　"그럼 그놈을 속히 족쳐보게. 지금 우물우물하고 있을 때가 아닐세. 선거 날은 박두해오는데 각처에 인심들이 소란해지고 여기저기 소동들이 일어나고……. 우리 공장은 한동안 아무 일 없이 조용했지만 누가 알

────────────

　* '메이데이'의 북한어.

242

겠나. 또 무슨 일이 일어날지 방심할 수 없단 말야. 그리고 이번 선거에 비용도 많이 썼고 꼭 내가 당선이 돼야겠는데 무엇보다도 공장 직공들은 하나도 빠짐없이 내게 투표를 해주어야겠단 말야. 적지 않은 수니까. 그리고 안에서 무슨 방해가 일어나지 않도록 직공들을 잘 단속해줘야겠단 말야."

"네, 잘 알겠습니다. 그러나 저 보기에는 우리 공장 직공들은 뭐 염려 없을 것 같습니다. 더러 나쁜 놈이 있다고 해도 그것은 뭐 불과 몇 명 되지 않을 게니까요."

"그래도 방심해서는 안 돼. 단단히 단속을 해야지. 그리고 아까 그 영보라는 놈 말이야. 수상쩍거든 당장이라도 족쳐보게. 의외로 무엇이 드러날지도 모르지. 하여간 선거 전에 놈들이 장난을 못 치게 정신을 바짝 차려야 하네."

이렇게 말하고는 사장은 자리에서 일어났다. 고개를 수그리고 다소 곳이 듣고 있던 길룡은 뒤따라 일어서며 모든 것을 잘 알았다는 표시로 고개를 두서너 번 끄덕거려 보였다. 그러고는 들어올 때 모양으로 다시 윗몸을 갑신해 인사하고 사장실을 나갔다.

점심 쉬는 시간에 길룡은 수위실에 그의 그중 심복인 부하들을 불러 긴급회의를 열었다. 그는 선거를 전후하여 공장 안을 특별히 경계할 것과 직공들의 동정을 세밀히 살필 것과 출입할 때에 삐라 같은 것을 가지고 들어오지 않는가 엄중하게 신체검사를 할 것 들을 지시하였다. 그리고 영보와 그 외에 전부터 태도가 좀 이상스러워 보이는 사람에게는 감시를 붙이기로 하여 감시할 그 사람까지 지정하였다.

그들이 회의를 마치고 나왔을 때는 이미 점심시간이 지났고 점심을 먹고 마당에 나와서 쉬기도 하며 운동들도 하던 직공들은 다시 각기 자기 공장으로 모여들어 갔다. 그때 공장에는 이상스러운 광경이 벌어졌다. 직공들이 일을 하러 제자리로 갔을 때 그들 앞에는 모두 한 장씩 좁게 접은 종잇조각들이 놓여 있었다. 그들은 무엇인가 하고 펴보았다. 그것은 국문으로 인쇄된 삐라였다.

그들 중에 글을 볼 줄 아는 사람은 그것을 큰 소리로 읽기 시작했다. 글을 모르는 사람은 읽을 줄 아는 사람 보고

"뭐야, 뭐라 썼어?"

하고 읽어보라고 했다. 그래서 여기저기서 삐라 읽는 광경이 벌어졌다. 어떤 사람은 떠듬떠듬 서투르게 읽어 내려가고 어떤 사람은 이야기책 읽듯 목소리를 길게 뽑아 읽었다. 들어보라는 듯이 신이 나서 크게 읽는 사람도 있었다. 주물부의 영보라는 사나이, 그는 나무 걸상에 허리를 걸치고 앉아 삐라를 펴 들고 연설하듯 큰 소리로 읽고 있었다. 그러다가 감독이 들어서는 것을 보자 얼른 그것을 가지고 감독에게로 가서

"아, 이런 것들이 공장 안에 떨어져 있습니다. 뭔가 좀 읽어보는 중입니다."

하고 내주었다. 감독은 성난 듯한 얼굴로 영보의 얼굴을 힐긋 쳐다보며 그것을 받아 들고 들여다보더니 당황한 태도로

"모두들 이리 가져오시오."

하고 소리쳤다. 그는 직공들이 들고 섰는 것을 뺏다시피 하여 모아가지고 공장장에게로 달려갔다. 길룡은 벌써 사람들에게서 이 보고를 듣고 황급히 이 공장 저 공장으로 그 삐라를 거둬 모으러 돌아다니는 중이었다. 삐라는 제일 공장 제이 공장에 다 뿌려져 있었고, 사무실에도 사람들이 더러 앉아 있었는데도 불구하고 이 책상 저 책상에 뜸뜸이* 한 장씩 삐라가 놓여 있었다. 내용은 아침에 제일 공장에 써다 붙이었던 그것과

| * '가끔'의 방언.

같은 단독 선거를 반대하는 그런 내용이었고, 아침의 것은 써 내붙인 것이었는데 이번 것은 모두 인쇄된 것이었다.

이 때문에 온 공장이 발칵 뒤집히고, 사장은 성이 머리끝까지 치밀어 얼굴이 시뻘게가지고 펄펄 뛰었고, 수위와 각 감독들과 그 외의 길룡의 졸도*들은 고양이 눈을 해가지고 직공들을 쏘아보며 공장 안을 분주히 돌아다녔다.

"이렇게 공장 안에 많은 삐라를 가지고 들어와 뿌리도록 몰랐단 말인가! 아무도 그래 본 사람이 없단 말인가!"

하고 사장은 성이 나서 야단을 쳤으나 아무도 그것을 보았다는 사람은 나서지 아니했다.

"우리 공장에는 그래 모두 등신만 있단 말인가?"

사장이 이렇게 말해도 공장장이나, 그 외 사무 계통의 간부들은 무어라고 대답할 말이 없었다.

모두들 고개를 숙이고 묵묵히 서 있었고, 길룡은 독이 바짝 올라가지고 까만 눈만 깜박깜박하고 있었다.

"잡아내야지, 잡아내서 또 뜨끔한 꼴들을 보여줘야지. 공연히 멋도 모르고 날뛰는 놈들, 어떤 광경을 당할지 모르고—. 총살이야 총살—. 선거를 반대하는 놈들은 인제 그대로 쏴 죽이기로 돼 있는 줄 모르고……."

사무실에서 나와서 이렇게 한바탕 야단을 치고 사장은 도로 사장실로 들어가 버렸다. 길룡은 그 길로 공장으로 나와 이 사람 저 사람 붙잡아 가지고 이 삐라 사건에 대하여 조사하여보았으나 조그만 단서도 잡히지 아니하였다. 그는 눈으로 독기를 뿜으며 공연히 이 공장 저 공장을 왔다 갔다 하였다. 한편 그의 머리에는 오늘 밤 착수할 일에 대한 플랜**이

---

* 卒徒. 남의 부하 노릇이나 하는 변변하지 못한 사람.
** 원문에는 '프란'임.

짜여져 있었다.

　오후에는 경관들이 달려와 가지고 공장 안을 한 바퀴 돌고 사장실에 들어와 삐라 사건에 대하여 사장과 길룡과 무엇을 수군대다가 가버렸다. 또 몇 사람의 혐의자가 잡혀가느냐 직공들은 이렇게 생각하였으나 그들은 그냥 모아다 놓은 삐라만 가지고 갔다. 나중에 알고 보니 이날 이와 같은 삐라가 이 읍내 여러 공장에 다 산포되었고 거리에도 나붙었었다고 한다. 그 때문에 경찰지서에서는 활동을 개시하고 공장에서 또 읍내에서 여러 사람들을 잡아갔다. 그러나 이 한일농구에서는 사장과 길룡이가 먼저 범인을 잡아보다가 안 되면 경찰의 힘을 빌리겠다고 하며 그냥 돌려보낸 것이다. 길룡은 언제나 경찰의 손에 넘어가기 전에 자기들이 먼저 잡아 반죽음을 시킨 다음에 경찰로 넘겨야 한다는 주장을 가지고 있었다.

　이날 저녁 일들을 다 끝마치고 직공들이 돌아갈 때였다. 영보도 우물에 나와 손발을 씻고 나서 옷을 갈아입고 나가려고 하는데 뒤에서 그의 등을 툭 치는 사람이 있었다. 돌아다보니 그는 수위 경수라는 자였다.

　"공장장이 좀 보자고 하는데……."

　그 말에 영보는 속으로 약간 놀라는 눈치였으나 태연한 기색으로

　"공장장이? ……왜 그래?"

하고 반문하였다.

　"모르지. 가보면 알겠지."

　경수는 무뚝뚝하게 대답하였다.

　영보는 버티는 태도로 암말도 않고 그의 뒤를 따랐다. 공장장은 일 공장에 있었다.

　"이야기할 말이 있는데 거기 좀 앉아 기다리오."

　길룡이는 이렇게 말하며 그의 책상 옆에 놓인 나무 의자를 가리키었다. 영보는 암말도 않고 거기 걸터앉았다. 길룡은 경수에게 눈짓을 하고

밖으로 나가자 경수는 마치 간수나 하듯이 그곳에 물러가지 않고 지키고 있었다.

영보도 그에게 말 한마디 걸지 않았고 묵묵히 있어 마치 두 사람은 싸운 사람 같았다. 거의 사십 분쯤 지난 뒤에 길룡이가 다시 나타났다.

"저리 갑시다."

"어디요?"

"저 숙직실로 좀."

"왜요?"

"얘기할 말이 있다고 하지 않았소."

길룡은 좀 날카로운 말씨였다. 영보가 그의 뒤를 따랐다. 그들은 사무원들 숙직실로 들어갔다. 길룡은 경수를 데리고 나가 뭐라고 수군대어 그를 돌려보내고 문을 닫고 들어왔다. 방 안에 올라앉자 먼저 길룡이가 입을 떼었다.

"요새 재미 어떻소?……"

"우리 재미야 그저 그렇지요."

"재미가 대단히 좋은 모양이던데."

"무슨 재미가 좋겠소?"

"그래 삐라는 몇 장이나 갖다 뿌렸소?"

길룡은 입가에 얄미운 웃음을 띠고 돌연 이렇게 물으며 영보를 노리고 쳐다보았다.

"그게 무슨 소리요?"

영보는 딱 잡아뗐다.

"이를테면 시치미를 떼는 모양인가?"

길룡은 하하 웃었다.

"똑똑히 알고 말을 하시오."

영보는 약간 성난 목소리였다.

"왜 이래, 다 알고 묻는 것인데. 사내답게 툭 털어놓고 얘기해보지."

"흥, 무슨 소린지 나는 모르겠소."

이렇게 말하고 영보는 주머니에서 담배를 꺼내 물부리에 끼워 물고는 다시 호주머니를 뒤적뒤적하여 성냥개비와 부서진 성냥갑 조각을 찾아내어 불을 붙이어가지고 천천히 빨고 있었다. 이 모양을 보고 길룡은

"왜 이리 딴전이야. 딴전하면 될 줄 알고."

하고 화를 냈다.

"대체 어째라고 날 보고 이러는 거요. 내 뭘 했단 말이요?"

영보도 지지 않고 성을 냈다.

"이거 왜 허튼수작이야."

"누가 허튼수작인지 모르겠소."

"풍파를 한번 겪고야 토설할까?"

길룡은 위협하며 매서운 눈초리로 뚫어질 듯이 영보를 흘겨보았다. 영보도 거기 지지 않고 눈을 똑바로 뜨고 길룡을 쳐다보았다.

"이러면 정말 재미없소."

"허 참, 어쨌다고 날 가지고 트집이요."

"여러 말 말고 다 얘기하는 게 자기에게도 이익일걸……. 얼마나 가지고 들어왔지?"

"모르겠소, 나는……."

이렇게 말하고 영보는 툭툭 털고 일어섰다. 돌아가려는 뜻이었다. 길룡은 어이가 없는지 영보의 얼굴을 흘기며 쳐다보다가 벌떡 일어서

"이리 좀 오오."

하고 그의 소매를 잡아끌었다.

"가긴 어디를 가잔 말이요?"

영보는 잡은 소매를 뿌리쳤다. 길룡은 평시에 아무 말 없이 순직*만해 보이던 것과는 딴판인 영보를 여기서 발견하였다. 그는 뒤엎어놓고 우격으로 영보의 팔을 끌고 마당으로 나왔다. 날은 벌써 저물어 어두컴컴해지고 마당에는 사람들의 그림자도 다 사라져버렸다. 사무실과 정문 수위실에 벌써 전등불이 환하게 켜져 있었다.

길룡은 그냥 영보를 뒤 창고 쪽으로 잡아끌었다.

거기는 경수와 그 외 여러 사람이 벌써부터 사람을 치고 고문할 준비를 하고 기다리고 있는 것이었다. 그리로 끌려 들어가기만 하면 죽을 경을 치를 판이다. 영보는 처음 머뭇머뭇하다가 무엇을 생각했는지 순순히 길룡이가 끄는 대로 따라갔다. 길룡은 안심하고 그의 잡았던 팔을 놓고 나란히 서서 걸었다. 한 십여 발짝쯤 갔을까 말까 하였을 때 영보는 돌연 몸을 홱 돌리더니 벼락같이 주먹을 움켜쥐고 힘껏 길룡의 볼을 쥐질렀다. 불의의 모진 주먹을 얻어맞은 길룡은 "아이구." 소리를 지르고 푹 엎으러져** 두 손으로 볼을 비비었다. 그 틈을 타 영보는 냅다 사무실 뒤쪽으로 달음질을 쳤다.

"잡아라! 저놈 잡아라!"

길룡은 아픈 가운데도 이렇게 소리를 치며 영보의 뒤를 쫓았다.

창고 안에 모였던 패들이 그 소리에 놀라 우루루 뛰어나왔다. 영보는 사무실 뒤로 돌아 시멘트 담 앞으로 달려가 가지고 그냥 담으로 기어올라 담 너머로 뛰어내렸다. 이곳은 담 밑에 흙과 쓰레기가 높이 쌓여 그것을 디디면 담 위로 기어오르기가 용이했다. 영보는 전부터 이것을 잘 알고 있었던 것이다. 담을 넘어 산으로 치달리면 거기는 그냥 높은 봉우리인 것이다. 영보는 "잡아라." "도적이다……." 하고 뒤에서 고함지르는

---

* 順直. 마음이 온순하고 정직함.
** 원문에는 '엎으러져' 임. '엎으라지다' 는 '엎드러지다' 의 방언.

소리를 들으며 그냥 뒷산으로 뛰어 올라갔다. 그가 꽤 간 뒤에야 두 놈은 담을 넘고 다른 놈들은 정문으로 돌아 산으로 영보를 쫓아 올라왔다. 그러나 훅훅 날 듯이 뛰어 올라가는 영보의 자취는 한참 후에는 어디로 갔는지 보이지 않았다. 그들은 얼마쯤 쫓아 올라오다가 더 쫓아가야 소용없을 줄 알고 그대로 도로 내려갔다. 그러나 그 길로 그들은 영보의 집을 습격하였다. 불한당 떼 모양으로 그들은 대문을 박차고 뛰어 들어가 세간을 낱낱이 뒤적질하고 온 집안을 샅샅이 뒤져보았으나 삐라 한 장 나오지 아니했다. 그들은 영문을 몰라 눈이 휘둥그레가지고 떠는 영보의 아내를 공연히 위협하고 욕을 퍼붓고 울부짖는 아이들을 발길로 걷어차고는 도로 몰려나왔다. 밤 한 시쯤 되어 그들은 다시 한 번 영보의 집을 습격했으나 영보는 돌아와 있지 아니했다.

길룡과 경수와 그 외 여러 수위들이 이렇게 영보의 집을 습격하느라고 몰려나간 동안 공장을 지키는 사람은 정문에 수위 하나와 사무실에 숙직하는 사무원 하나밖에 없었다. 이 사이 열두 시가 좀 지나서 먼저 영보가 넘어 달아나던 담 밑에 두 사나이의 그림자가 나타났다. 한 사람은 엎드리고 한 사람은 그 등을 타고 담 위로 기어오르더니 그냥 공장 안으로 뛰었다. 그는 검정 보에 작은 보따리를 들고 있었다. 공장 안에 들어선 사나이는 잠깐 담 밑에 서서 주위를 살펴본 다음 가만가만 사무실 뒤로 해서 창고 앞을 빠져가지고 먼저 삼 공장으로 가서 보따리에서 무엇인가 꺼내어 깨진 유리창으로 손을 디밀어 들어뜨렸다. 그러고는 다시 제이 공장으로, 그리고 또 제일 공장으로 가서도 역시 그 모양으로 문틈이 벌어진 데와 유리창 깨진 구멍을 찾아 무엇을 들어뜨리고는 가벼이 몸을 되돌려 사무실 뒤로 돌아와 가지고 다시 담을 넘어 밖에서 기다리는 사나이와 함께 산속으로 자취를 감추어버렸다. 그들은 아무에게도 들키지 않았으며 담을 넘어온 사나이는 영보고 뒤에 서 있던 사나이는 역시 이 공장 용접공 삼만이라는 것은 더구나 아무도 알 사람이 없었다. 정문에 있는 수위나 숙직원은 이런 일이 있은 줄은 꿈에도 모르고 있었다.

이튿날 아침 출근하는 직공에 대한 몸뒤짐은 대단히 엄중하였다. 그들은 호주머니에 넣은 종잇조각 한 장까지도 일일이 꺼내서 검사를 받고야 안에 들어갈 수가 있었다. 그러나 그들이 공장 안에 들어서자 각 공장마다 삐라가 뿌려져 있는 것을 발견하였다. 그들은 다투어 이것을 주워 가지고 읽었다. 그것은 어제 뿌리었던 것과 같은 단독 선거를 반대하는 내용의 삐라였다. 벌써부터 읽지 말라고 소리 지르는 사람이 있었으나 짓궂이 큰 소리로 읽는 사람이 있었고, 여기저기서 "누가 뿌렸니?" "어떻게 가지고 들어왔을까?" 하고 수군대는 사람이 있는 반면에, 삐라를 읽고 흥분해서 단독 선거는 조선 사람이면 다 반대해야 한다고 주먹을 쥐고 부르짖는 사람이 있었다. 이 삐라로 해서 아침의 공장은 떠들썩해졌고, 길룡이와 감독과 수위들은 벌써 알고 눈들이 벌게가지고 삐라를 거둬 모으며 삐라가 뿌려져 있던 정형에 대해 이 사람 저 사람 보고 묻고 조사하고 돌아다녔다. 그들은 모두가 의심나고 모두가 범인인 듯이 눈을 부릅뜨고 사람마다 보고 딱딱거렸다. 어제 영보를 놓치고 또 이런 일을 당한 길룡은 화가 머리까지 치밀어 눈에 불이 일어나는 듯했다. 전 같으면 이런 일이 일어났을 때 단박 누구일 것이라는 것이 지목 갔으나 조금이라도 의심스러운 사람은 다 내쫓아 버린 지금에 와서 누구라고 꼭 집어내어 닦달해볼 사람이 별로 없었다. 겉으로 그들은 다 '대한노총원'인 것이다.

느지막하게 출근한 사장은 영보가 도망간 이야기와 또 삐라가 뿌려져 있었다는 보고를 듣자 성을 벌컥 내가지고 큰 몸뚱이를 끌고 뒤뚝거리며 공장 안에 들어와

"선거를 반대한 사람은 총살이야, 즉각 총살이야."

하고 떠들어댔다. 나중 그는 길룡을 불러들여 가지고

"대체 다 잡아냈는데 어서 생겨나는 거야? 어디서 움이 나는 거야?"

하고 책상을 두드리며 야단쳤다. 그리고 다시

"그래 그 영보라는 놈이 진범인인 것은 확실한가?"

하고 물었다.

"글쎄 어제 달아난 것으로 보아서는 그놈이 범인인 것 같습니다."

길룡은 이렇게 대답했다.

"그럼 오늘 아침 삐라는 또 누가 뿌렸단 말야."

"글쎄 의문입니다."

길룡은 머리를 긁었다.

"하나둘이 아니야. 공장 안에 그득해. 또 싹이 났어. 또 베어버려야
지."

"네, 또 한바탕 숙청을 해야 할까 합니다. 그런데 누구를 해야 할
지—."

이렇게 말하며 길룡은 하품이 나오는 입에 얼른 손을 갖다 대었다.
사장은 한참 길룡의 얼굴을 쳐다보다가

"자네도 인제 지친 모양일세그려……."

하고 못마땅한 듯이 의자에서 벌떡 일어났다. 의자가 또 덜커덕 요란한
소리를 냈다.

"아니올시다. 천만에 지칠 리가 있습니까."

길룡은 당황히 부정하였다.

"다라도 좋아, 모두 잡아 족치게. 모두 혼꾸멍을 내놓지. 그리고 모레
가 선거 아닌가. 전에 말한 바와 같이 이 공장 직공들의 투표를 다른 데
뺏겨서는 안 되네."

사장은 따지는 듯이 말했다.

"네, 네."

길룡은 허리를 굽실거려 두 마디 대답을 하고 사장실을 나왔다. 그는 곧 부하들을 모아 회의를 열었다. 직공들 중에서 어떻게 이번 삐라 사건의 관계자를 잡아내며, 전평 계통의 사람, 남로당원, 단독 선거 반대하는 사람들을 잡아낼 것인가, 그리고 이 공장 직공들이 어떻게 모두 신태화 사장에게 투표하도록 할 것인가 이런 문제들을 가지고 그들은 토의했다. 투표 문제는 직공들을 위협하고 선거 날 감시를 하여 만일 신태화 사장에게 투표 안 한 직공이 있다면 나중에 잡아다 경을 치기로 하자는 데 의견이 일치되었으나 삐라 사건의 범인은 직공들을 모두 잡아 족치기 전에는 알아내기 곤란하다는 것이 공통된 의견이었다. 제일 쉬운 방법은 역시 영보를 잡는 일이었다. 그를 잡아 밥을 내기만 하면 모든 것이 다 드러날 것만 같았다. 그래서 그들은 다시 영보를 잡으러 출동하자고 하였다. 그리고 한편 오늘 직공들을 일일이 불러서 신태화 사장에게 투표하라고 위협을 하기로 했다.

이날 낮에 한일농구의 테러단들은 경찰지서의 경관들과 힘을 합해가지고 영보를 찾으러 돌아다녔다. 그들은 다시 영보의 집을 습격하고 영보 처를 경찰지서로 잡아다가 영보의 간 곳을 알아내라고 매를 때리며 위협하였다. 그러나 어제 나간 후 들어오지 않는 사람을 어디다 있는지 어떻게 아느냐고 영보의 처는 모른다고 뻗댔다. 그들은 근동에 영보의 일가나 친한 동무의 집이 없느냐고 물었다. 영보 처는 영보가 잘 다니지 않는 몇 집의 일가와 친구 집을 대주었다. 그들은 트럭을 타고 곧 영보 처가 일러준 집을 찾아 돌아다녔다. 그러나 온종일 쏘다녀도 소용이 없었다. 한편 길룡은 공장에 남아서 몇 사람의 부하를 데리고 직공들을 하나씩 불러다가 사장에게 반드시 투표하여야 한다, 나중에 알아보아서 투표 안 한 사람이 있을 때는 경칠 줄 알라고 위협을 했다. 그리고 여러 가지를 묻는 가운데 태도가 좀 이상스러워 보이는 사람을 그는 가만히 치부*해두었다. 이 일은 이날 하루로 끝이 나지 않아 나머지는 내일로 미루었다.

이튿날은 선거를 앞둔 오월 구 일이었다. 새로 증원된 경관들은 총끝에 창을 꽂아가지고 닿기만 하면 찌를 듯이 매서운 눈초리로 사람들을 노려보며 왔다 갔다 하였고, 미군 헌병대는 무장을 갖추고 출동하여 만일의 경우에 대비하고 있었다. 민보단원**들은 몽둥이를 휘두르며 신바람이 나서 돌아다녔고 그 가운데 대동청년단원***들도 한몫 끼어 공연히 분주스레 어깨를 으쓱거리며 오고 가고 했다. 거리는 계엄령이나 내린 듯 어마어마하고 살기가 차 있었으며 사람들은 숨도 크게 못 쉬고 불안한 기분에 사로잡히었다. 선거사무소에는 선거위원과 기타 역원들이 내일의 선거를 위하여 준비에 바빴고 구장, 반장 들은 몇 번씩이나 집집으로 돌아다니며 내일은 아무 데도 가지 말구 일찍이 선거장으로 나가 투표해야 된다고 일렀다.

길룡은 온종일 걸려 어제 남은 직공들을 불러 사장에게 투표하라는 위협을 했다. 그러고는 역시 태도가 좀 이상스럽게 보인 사람들을 점찍어 두었다가 저녁때 그들을 따로 불러냈다. 그 수는 모두 한 스무 명쯤 되었으나 그중에서 우선 열 명만을 골라냈다. 사장의 말대로 그들에게 혼꾸멍을 내주고 삐라의 범인들도 알아낼 작정이었다.

이날 밤 이 공장 테러단들의 사형장私刑場으로 되어 있는 창고 안에서는 다시 피비린내 나는 끔찍한 광경이 벌어졌다. 길룡과 경수와 그 외 그들의 부하 여덟 명이 몽둥이와 가죽 혁띠와 철봉들을 가지고 쭉 둘러앉

---

* 置簿. 마음속으로 그러하다고 보거나 여김.
** 민보단民保團은 향리의 재산, 생명, 이익을 보호하기 위하여 지역별로 조직한 실력 단체다.
*** 대동청년단大同靑年團은 1947년에 지청천을 중심으로 결성된 청년운동단체다. 1948년 정부 수립 후 대한청년단에 통합되어 그 중추 세력이 되었다.

고 그 가운데 열 명의 직공을 묶어 앉혀놓았다. 그들은 한 사람 한 사람씩 문초를 하고 나서는 두드려 패기를 시작했다. 길룡은 먼저

"네가 삐라를 갖다 뿌렸지?" 하고 물어서 그런 일 없다고 하면

"그럼 누가 했느냐?"

하고 묻는다. 그래서 모른다고 대답하면 테러단들은 와르르 달려들어 각자 들고 있는 몽둥이와 가죽 혁띠와 철봉을 가지고 닥치는 대로 후려갈겼다. 한차례 패고 나서 길룡이가 다시 그래도 말 안 하겠는가 하고 물어서 역시 "모르겠다."고 대답하면 다시 난장 매질들을 한다. 몽둥이가 딱딱 부러져 달아나고 가죽 혁띠에서 철썩철썩 떡 치는 소리가 났다. 머리가 터지고 등이 깨지고 팔꿈치에서 피가 줄줄 흘렀다. 맞는 사람은 사람 살리라고 소리를 빽빽 질렀다. 그러면 테러단들은 달려들어 입을 막고 때렸다. 몇 사람을 이렇게 때려가도 그들의 입에서는 아무런 항복도 안 나왔고 내가 하였노라, 내가 아노라 대답하는 사람도 없었다. 정말 몰라서 그러는지 알고도 모른다고 하는 것인지 알 수가 없었다. 길룡은 노동자들의 태도가 재작년 자기가 왔을 때와는 점점 달라가는 것을 느꼈다. 처음에는 이렇게 매질을 하면 겁을 내고 애걸하는 사람도 있었으나 요새는 으레 뻗대고 반항을 하고 대들었다. 이것이 그에게는 골치였다. 테러의 효과가 없어져가기 때문이다. 노동자들뿐 아니라 공장 밖의 인민들도 인제는 건드리면 막 정면으로 달려드는 것이다.

길룡은 매만으로는 안 되겠다고 생각하였던지 화로에 불을 피워 오라고 호령했다. 두 사람이 나가서 얼마 만에 쇠 화로에 불을 시뻘겋게 피워가지고 들어왔다. 길룡은 쇠꼬챙이를 그 불 속에 꽂았다. 이것을 달구어가지고 단근질을 할 작정이었다.

"누가 지는가 오늘 밤새도록 해볼 작정이다."

길룡은 이를 악물고 직공들을 노려보며 이렇게 말하였다. 조금 후에

길룡은 시뻘겋게 단 쇠꼬챙이를 화로에서 뽑아 들었다. 그리고 그 앞에 있는 문식이라는 직공의 적삼을 벗기게 하였다.

"어디 이것으로 잔등에 환*을 좀 쳐볼까."

이렇게 말하는 길룡의 얼굴은 화롯불에 반사되어 시뻘겋게 달고 번들번들하게 윤이 나는데 마치 옛이야기에 나오는 악마들의 모양같이 흉악스러웠다. 그는 쇠꼬챙이를 들고 문식의 잔등을 지지려고 대들었다. 그때 문식은 "아―" 소리를 지르고 돌연 벌떡 일어서더니 발길로 화로를 힘껏 걷어차 버렸다. 화로가 그 자리에 엎어지고 시뻘건 불덩어리가 왝 흩어지는 바람에 여러 사람은 "와―" 하고 소리치며 뒤로 물러났다.

"망할 놈의 새끼가."

길룡은 화를 벌컥 내고 달려들어 문식을 땅바닥에 떠내놓고 구둣발길로 짓찧었다. 다른 자들도 우루루 달려들어 닥치는 대로 차고 두드려 패었다. 이렇게 한참 소동을 하고 있을 때 돌연 밖에서 "와―" 하고 여러 사람이 몰려오는 소리가 났다. 길룡은 이상히 여겨 내다보다가 놀라 그대로 움찔하였다. 수많은 사람들이 공장 마당에 빽빽하게 몰려 들어오고 있는 것이다.

"무슨 난리가 났는가?"

이런 생각이 그의 머리를 홱 스치고 지나갔다. 그가 당황히 앞으로 나가려고 할 때 사람들은 곧장 이쪽 창고로 몰려왔다. 그들은 모두 몽둥이와 장대기를 들고 있었으며 앞장을 선 사나이는 영보였다. 길룡은 가슴이 덜컥 내려앉고 겁부터 났다. 그는 정신이 얼떨떨해져 어디로 급히 뺑소니를 치려고 몇 발짝 내디디자 몰려오는 사람 가운데서 영보가

"길룡이다. 잡아라."

| * 아무렇게나 마구 그리는 그림.

하고 외치었다.* 그러자 군중들은 "와—" 그에게로 달려들었다. 영보는 얼이 빠진 듯 어리둥절하고 섰는 길룡을 잡아 메다꽂았다. 여러 사람이 "와—" 달려들어 몽둥이로 패고 발길로 차고 짓밟고 했다.

"죽여라! 그놈의 자식은 죽여야 한다."

누가 이렇게 부르짖자 흥분한 군중들은 막 대들어 짓밟고 돌을 들어 사정없이 후려갈겼다. 길룡은 찍소리도 못하고 그대로 그 자리에서 그냥 찌부러져버렸다. 다른 테러단들도 창고 안에서 뛰어나오다가 거의 이 꼴을 당했다. 잡혀 있던 문식이와 그 외의 사람들은 마음껏 테러단들에게 분풀이를 하였다. 군중은 대부분 이 공장 직공들이었으나 뒤에는 다른 사람들도 많았다. 삼만이도 군중에 끼여 있었다. 이날 밤 길룡에게 잡혀서 고생하던 열 사람은 영보와 삼만의 손을 잡고 눈물을 흘리며 죽을 것을 살아났다고 치사했다.

"자! 이제부터 해야 할 큰일이 있어. 같이 가세."

영보가 이렇게 말하자 그들은

"어떤 일이라도 하겠다."

고 맹세하였다. 그들의 뒤를 이어 사람들이 자꾸 모여들었다. 그래서 공장 마당에 가득 차고 일부는 문밖에 모여 있었다. 조금 있더니 산봉우리 위에서 요란한 함성이 나고 뻘건 불길이 보였다. 그것은 자꾸 퍼지며 불꽃은 하늘을 향하여 활활 타올랐다. 봉우리 위에 온통 불이 붙는 것 같았다.

"봉화다. 단독 선거 반대의 봉화다."

누구인지 이렇게 부르짖었다. 봉화를 보는 여러 사람은 가슴이 뛰고 기운이 하늘을 뻗치는 것 같았다. 누구인지 "단독 선거 반대!"라고 크게 소리치자 아직 소리치지 말라고 영보가 제지시켰다. 그러고는

| * 원문에는 '웨치었다'임.

"자, 인제 그만 약수터로 갑시다."

하고 앞으로 뚫고 나갔다. 여러 사람은 공장에서 산 중턱의 약수터로 자리를 옮겼다. 산 위에 봉화는 점점 맹렬히 타오르고 그들이 부르짖는 함성은 산이 떠나갈 것 같았다. 조금 있더니 탕탕 총소리가 나며 경관과 민보단원 그리고 미군들이 산 위로 기어 올라가는 것이 보였다. 그들은 연방 총을 놓으면서 산봉우리로 쫓아 올라갔다.

"자, 우리는 내려갑시다."

조금 후에 이 부르짖음에 응해 약수터에 모인 군중들은 모두 몰래 산 아래로 내려왔다. 그들의 수는 적어도 삼백은 넘는 것 같았다. 모두 몽둥이를 하나씩 들었다. 젊은 축들은 머리들을 찔끈 동여맸다. 나이 많은 사람도 있고 여자들도 끼어 있었다. 그들은 다시 공장 앞으로 해서 과수원 사이로 난 길을 지나 경인가도京仁街道로 나왔다. 그리해 곧장 읍사무소 앞으로 와가지고 그 옆에 있는 선거사무소로 몰려갔다. 선거사무소를 경비하던 경관과 민보단원들은 봉화가 일어나는 바람에 모두 그리로 몰려가고 두 사람의 민보단원과 경관 한 명과 선거위원과 일꾼들만 있었다. 처음 경관은 군중을 향해 총을 든 채 경찰서로 향하여 달아나 버리었다. 민보단원과 선거 일꾼들은 군중들에게 잡혀 흠씬 두드려 맞았다. 선거사무소 안으로 우— 몰려 들어간 군중들은 서류를 꺼내 찢고 밖으로 내다가 불을 살랐다. 군중의 일부는 나뉘어져가지고 그 길로 경찰지서를 습격했다. 영보는 거기에 있었다. 봉화가 일어나는 바람에 경찰지서에 있던 경관들도 모두 산으로 달려가고 단 한 명 남아 지키고 있다가 선거사무소에서 뛰어온 경관을 만나 둘이 함께 지서를 내버리고 몸을 피해버렸다. 군중들은 돌을 던져 경찰지서의 유리창을 산산이 부수고 몽둥이로 책상들을 다 깨뜨려버렸다. 그리고 전화선을 끊고는 불을 질러버렸다. 다음 그들은 여기서 멀지 아니한 신태화의 집을 습격했다. 영보가 앞장을 서서 안으로 뛰어 들어갔다. 신태화는 막 몸을 피하려고 밖으로 나서는 판이었다. 영보는 먹살을 잡고 그 뚱뚱한 몸을 끌어내었다.

"내일 네게 투표를 해주마."

영보는 다른 사람과 함께 신태화를 결박 지으며 이렇게 말했다.

"그놈의 돼지 놈을 강물에 띄워버리자."

누구인지 이렇게 소리치는 사람이 있었다.

그들은 돌아서서 선거사무소 쪽으로 와가지고 거기 모였던 군중들과 함께 '독촉' 사무실로 달려갔다. 여기서도 모여 있던 사람들은 다 달아나 버렸으므로 책상을 부수고 서류를 꺼내 불살라 버렸다. 그러고 나서 그들은 "남조선 단독 선거 반대!" "단독 정부 수립 반대!" "조선민주주의인민공화국 만세!"를 부르짖으며 정거장 앞거리를 돌아 우편국으로 나왔다. 영보의 부르짖는 "조선민주주의인민공화국 만세!" 소리는 그중에 더욱 거세고 우렁찼다.

그들은 다시 경인가도로 나와가지고 과수원길로 해서 다시 약수터로 올라갔다. 신태화의 뒤뚱거리고 끌려 올라가는 꼴은 대단 수고스러워 보였다. 그들이 올라간 지 얼마 후에 약수터 위 산마루에서도 봉화가 올랐다. 시뻘건 화염이 밤하늘을 향하여 활활 타오르고 그들의 부르짖는 고함 소리는 밤이 깊도록 그칠 줄을 몰랐다.

—『그 전날 밤』, 조선작가동맹출판사, 1956. 12.*

| * 출전에 따르면 집필일이 1948년 7월로 제시되어 있다.

제3부 희곡

낙랑공주

3막 6장

때

고구려 대무신왕大武神王 15년

등장인물

낙랑공주

호동왕자

대무신왕(무휼無恤)

낙랑주樂浪主(최리崔理)

낙랑주의 비妃

고구려 궁녀 7인

낙랑 궁녀 7인

낙랑공주 시녀 3인

고구려 부장副將 1인

동同 군졸 2인

낙랑 대신 1인

동 무고武庫지기 1인

동 군졸 2인

포졸 2인

제1막

제1장 낙랑 대궐 후원

때는 달이 있는 늦여름 밤 낙랑 왕궁 후원에 완월玩月*하기 위하여 지어놓은 아담한 누樓가 있고 노송이 몇 나무 서 있다. 막이 열리면 호동왕자가 하수下手로 등장, 깊은 생각에 젖어 고개를 숙인 채 소나무 사이로 왔다 갔다 한다.

왕자   (소나무에 기대서며) 암만 찾아보아도 알 수가 없으니 대체 어데다 감춰두었을까? (잠깐 그쳤다가) 벌써 내가 이 낙랑에 온 지 반 년이 가깝구나. 그러나 오늘까지 뜻하고 온 그 나팔과 북을 깨트려 없애기는커녕 어데 있는 곳도 모르니 이런 답답할 데가 있을까? 사나이 큰 뜻을 품고 와서 이루지 못하고 그대로 돌아갈 수도 없고 그렇다고 언제까지 무료히** 남의 나라 궁중에 있을 수도 없는 노릇이다. 하기는 낙랑의 임금은 내가 이 나라의 신

---

* 달을 구경하며 즐김.
** 원문에는 '무류히'임. 무료하다. 흥미 있는 일이 없어 심심하고 지루하다.

기神器─다른 나라 군사가 쳐들어오려면은 저절로 울어 먼저 그
것을 알려준다는 그 북과 나팔 깨트릴 무서운 꾀를 품고 이렇게
들어와 있는 줄은 꿈에도 모르고 나를 나라 손*으로 극진히 대
접을 하고 있는 터이니 얼마를 있든지 그런 의심은 안 받을 것
같다. 그렇다고 언제까지나 이러고 있을 수도 없는 노릇. (사이)
그런데 대체 그것을 어데다 두었을까? 벌써 몇 달을 두고 있을
듯한 곳은 샅샅이 다 뒤지어보았건만 영영 알 수가 없구나. 이
뜻을 못 이루면 도무지 내가 고국으로 돌아갈 면목이 없다. 어
떻게 하든지 그것을 찾아 깨트려버리고 우리 고구려를 위해 개
가를 부르며 돌아가자. (인기척이 들린다) 응? 누가 오는 모양이
다. (누 앞에 서 있는 소나무 뒤에 몸을 숨긴다. 낙랑공주 초롱을 든
두 시녀와 함께 하수로 등장. 누상樓上으로 올라온다)

공주　(한참 하늘을 쳐다보다가) 오늘 밤 달은 유난히도 밝구나. 저 달
　　　가운데 검은 그림자가 계수나무라지.

시侍1　네. 예부터 달 속에 계수나무 있다 이르나이다.

공주　계수나무라면 상서로운 나무일지나 나는 저 달에게도 무슨 속
　　　타는 일 있어 저 검은 그림자가 있는 것 같구나. 마치 내 가슴속
　　　같이…….

시2　그럴 리 있사오리까. 달 속에 분명히 계수나무 있다 이르나이다.

공주　너는 참 딱하기도 하구나. 계수나무가 있다고 고집한들 무엇하
　　　리. 너희들이 저 달 속에 서린 괴로움을 알아차릴 것 같으면 내
　　　가슴속도 좀 알아주련만.

시1　어찌 저희들인들 공주마마의 괴로우심을 살피지 못하오리까?

| * 다른 곳에서 찾아온 사람.

공주   (한편 기둥으로 가 무심히 하늘을 쳐다보고 있다가) 고구려 왕자께
        서는 오늘 무엇을 하셨다드냐?

시1   벌에서 여러 장수들과 활쏘기 내기를 하셨다 하옵나이다.

시2   백 걸음 밖에 버들잎을 말고 그것을 쏘아 맞히기 내기를 하셨는
        데 우리 낙랑 장수들 중에는 하나도 그것을 쏘아 맞힌 사람이
        없었으나 고구려 왕자마마께오서는 거푸 두 번을 맞히셨다고
        하옵니다.

시1   창도 잘 쓰시고 말도 잘 타시고 또 그처럼 활도 잘 쏘시는가 보
        오니 왕자마마 같으신 씩씩한 사나이는 이 세상에 드문 어른이
        라 생각하옵니다.

시2   고구려 왕자마마께오서 한번 말을 타시고 나가시오면 귀한 집
        아가씨들이 모두 다투어 그 씩씩한 모양을 바라보옵느라고 혼
        을 잃나이다.

공주   쓸데없는 소리들을 말어라. 내 언제 너희들에게 그런 말을 하라
        드냐. 나는 다만 오늘 무엇을 하시드냐고 물었을 뿐이 아니냐.
        (시녀들 황송한 듯이 허리를 굽힌다)

공주   (혼잣말로) 세상 사람들이 일러 사랑이라고 하는 것은 어떤 것이
        든고? 사나이가 계집을 그리워하고 계집아이 사나이를 그리워
        하는 이것을 가지고 사랑이라고 하는 걸까? 그렇다면 내 왕자
        를 그리워하는 이도 사랑이라 이를까? ……이름은 무엇이든 간
        에 나는 어쩐지 하루 한때도 왕자를 잊을 수가 없다. 하루만 못
        뵈와도 마음이 그리웁다. 애타는 이 가슴 이 마음 어찌하면 좋
        을까? 어버이와 자식 사이 거리낄 것은 없으나 아바마마 어마
        마마께서도 내 심중을 살피시지 못하시고 나도 이 뜻을 아뢰어
        드릴 굳센 마음이 없다. 그리고 왕자께서도 나의 이 속을 알아

차리시지 못한다. 이런 안타까울 데가 어데 있으랴. 이러다가 왕자께서는 고국으로 돌아가시고 이 나라에는 다만 왕자의 다니시던 자취만 남는다면 그때 나는 어이하리. 이 몸은 어이하리. 무엇에 마음을 붙이고 살리.

시2   공주마마 너무 노심*하시지 마옵소서. 자연 좋은 도리가 있을까 하나이다.

공주   네가 일러 좋은 도리라 함은 무엇이냐?

시2   먼 계교와 가까운 계교 두 가지로 아뢰오리다. 먼 계교로 말씀하오면 일전 내전 시봉**하옵는 궁녀의 말을 듣사오면 상감마마께오서 공주마마의 인연을 구한다면 호동왕자 외에 더 좋은 데가 없을 것이라고 우연한 말씀 끝에 하시더란 것으로 미루어 보아 오래지 아니하여 상감마마께오서 이 일을 정하실 것 같사옵고, 가까운 계교로 말씀하오면 공주마마께오서나 저희들이 이 일을 펴놓고 중전마마께 품달***하와 윤허를 맡사옴이 그중 가깝고 쉬운 길일까 하나이다.

공주   그도 그럴듯하나 기러기 한백년**** 하고 언제까지 아바마마의 마음이 그리 정해지시기를 기다리고 있노. 그렇지 않다면 또 어이 계집아이의 몸으로 스스로 나가 혼인을 청허*****할 수 있으랴? 아, 이도 저도 어렵고 어이하리.

시1   공주마마의 마음이 이미 굳게 정하신 바 있사오면 어찌 적은 부끄럼을 거리끼시와 큰일을 결단 못 하시오리까.

* 勞心. 마음으로 애를 씀.
** 모시어 받듦.
*** 稟達. 웃어른이나 상사에게 여쭘.
**** 기러기 한평생. 철새처럼 떠돌아다녀 고생이 장차 끝이 없을 생애를 비유적으로 이르는 말.
***** 聽許. 남의 제의 따위를 듣고 허락함.

공주　(고개를 끄덕거리며 한참 있다가) 내 마음은 이러하나 또 왕자의 마음이 어떠신지 몰라라. 내 홀로 왕자를 그리워한들 왕자께서 내게 마음 없으시면 모든 게 다 허사 아니랴.

시2　공주마마의 어여쁘심이 이 나라에 그 짝이 없삽고 공주마마의 어지심이 옛 성현에 지지 않삽거든 뉘 이 아름다운 인연을 거절하오리꼬. 한번 상감마마의 청혼이 계시오면 왕자마마의 두 마디 아닌 허락이 있을 게라고 소인네 등이 믿삽나이다.

공주　그러나 호동왕자는 고구려의 왕자요, 나는 낙랑에 태어난 몸. 나라와 나라가 다르고 또 나라의 사귐이 어떠한지 모르니 어찌 모든 일이 내 생각대로 되기를 바라리요. 아무리 생각하여도 내 이루지 못할 일을 생각는가 싶어라. 만일 내 이 뜻이 이루어지지 못한다면 어이하리, 어이 살리. 대궐 안에 태어난 이 몸이 도리어 귀찮아라. 차라리 민간에 태어났드면 이것저것 돌아볼 것 없이 생각는 이 가슴으로 달려가 마음껏 안기련만.

시2　공주마마 너무 노심 마옵소서. 소인네 등이 견마의 힘*을 다하와 공주마마의 뜻이 이루어지도록 힘쓰오리다.

공주　너희들의 마음만은 고마우나 서투른 일은 않느니만 못하니라. 다만 나는 이 마음, 안타까운 이 마음을 꼭꼭 싸서 내 가슴속에 묻어둘 수밖에……. 너희들 왕자마마께서 쉬 귀국하신다는 소문은 못 들었느냐.

시1　아직 그런 말씀은 못 들었나이다.

공주　어떤 때는 차라리 얼른 고구려로 돌아나 가셨으면 하다가도 쉬 가실 것을 생각하면 어쩐지 걱정이 되는구나.

* 견마지로犬馬之勞. 개나 말 정도의 하찮은 힘이라는 뜻으로, 윗사람에게 충성을 다하는 자신의 노력을 낮추어 이르는 말.

시2   아직 돌아가신다는 소문이 없는 것으로 보아 그리 쉬 가시지는
       않을 듯하오이다.

공주   아, 가신들 어떠하리 아니 가신들 어떠하리. 도시 내 생각이 모
       두 헛된 생각이어라. 그러나 생각지 말고자 하면 그럴수록 이
       마음은 더 괴로워라. (고개를 수그리고 말없이 있다. 한참 후에 내
       전 궁녀 등장, 누 아래 엎드리어)

궁녀   공주마마, 내전으로 듭시라는 중전마마의 분부이옵나이다.

공주   나를 오라시어? 무슨 일로 부르시는고?

궁녀   별일 없사옵고 말벗을 하시자 부르시는 듯하옵나이다.

공주   곧 봉명하겠습니다고 아뢰어라. (궁녀 절하고 물러간다)

공주   (시녀들에게) 어마마마 불러계옵시니 대전으로 길을 인도하라.
       (두 시녀 등불 들어 공주를 뫼시고 퇴장)

왕자   (앞으로 나오며) 아, 볼수록 그 아름다운 모양 참으로 이 세상에
       미인 있음을 알리로다. 과연 낙랑의 물색은 천하제일이로다. 그
       러나 이때까지 낙랑공주가 그처럼 나를 생각고 있는 줄은 꿈에
       도 몰랐도다. 내 그와 얼굴을 마주 대한 적이 불과 삼사 차이어
       든 그의 나를 생각함이 이에까지 이르렀을까……. 그의 용모가
       그만하고 또 내 그의 빛난 숙덕*을 들었거니 어이 그와 백 년의
       아름다운 인연 맺는 것을 사양하리요. 그러나, 그러나 내 여기
       온 뜻이 어데 있는가. 공주에게 장가들러 옴이 아니어든 내 어
       이 이런 망령된 생각을 먹는고? 사랑을 얻는 일도 또한 크나 그
       보다 나라를 어이 잊으리……. (뒷짐을 지고 왔다 갔다 하며 깊은
       생각에 젖는다)

| * 淑德, 여성의 정숙하고 단아한 덕행.

오, 그러나 한 가지 좋은 생각이 있도다. 내 공주와 장가들어 공주에게서 그 북과 나팔이 있는 곳을 알아낸다면 이 또한 좋지 않은가. 아니 이보다 더 좋은 생각이 없을 것이다. 사랑을 온전히 하고 또 나라도 위하는 일이 되지 않겠는가? 그러나 이도 또한 생각하여볼 일이로다. 내 당당한 사나이로서 어찌 여자의 순정을 이용하랴! (또 왔다 갔다 하며 생각한다) 그러나 어이하리. 공주 그처럼 나를 생각하고 내 또한 공주를 싫어하는 바 아니어든…… 암만하여도 공주의 사랑을 내 차지하고 또 뒤따라 나의 큰 뜻을 이루는 것이 상책이로다……. 밤도 깊었나 보니 고만 돌아가 자리로다. (왕자 서서히 퇴장)

제2장 전前장과 동同

초가을 밤 달이 밝다. 낙랑공주 두 시녀에게 웅위*되어 누에 올라 호동왕자를 외로이 기다리고 있다.

공주   어찌 아니 오실까? 어데 미령**하신 곳이 계신가? 무슨 일이 또 새로 생기셨나?

시녀   아직 밤이 그리 깊지 않사오니 천천히 기다리심이 좋을까 하나이다.

공주   언제나 때를 어기시지 않고 먼저 와 기다리시더니 오늘은 벌써 얼마를 기다렸는데 어찌 아니 오시는가? 길이 험해 늦으시는가, 대궐 순행*** 도는 군사에게 들키셨는가? (시녀를 보고) 너 좀

---

* 雄衛. 큰 규모로 호위함.
** 靡寧. 어른의 몸이 병으로 인하여 편하지 못함.
*** 巡行. 감독하거나 단속하기 위해 돌아다님.

가만히 마중 나가보아라.

시1   잠깐 다녀오겠나이다. (하수로 퇴장)

공주   (시2를 보고) 너도 좀 윗길로 가보고 오너라.

시2   다녀오겠나이다. (상수上手로 퇴장)

공주   하루하루가 마치 천추와 같도다. 며칠 걸려 사람의 눈을 피해 만나는 이것이나마 왜 이리 힘이 드느뇨. 한 번 뵈옵고 또 한 번 뵈올수록 이 가슴은 더욱 타건만, 왕자여 이를 어이 헤아리시지 못하시나이까? 이 마음은 왕자에게 바친 마음, 언제까지나 변함없이 이 마음 간수해주시기 나의 바람이라. (이때 왕자 가만히 등장, 귀를 기울여 듣는다) 왕자시여, 내 사랑을 바치는 호동왕자 시여, 길이길이 이 몸은 당신에게서 떠나지 아니하려 하오니 언제나 이 작은 몸을 그 사나이 씩씩한 가슴속에 고이고이 안아주소서.

왕자   공주의 아름다운 마음과 그 고운 몸을 내 이미 맡은 지 오래어든 재삼 부탁이 도리어 부질없어라.* 상전벽해의 변이 있다 한들 내 그대를 나의 품에서 놀 줄이 있으리.

공주   (놀라고 반가워) 아, 언제 오시니이꼬? (누 아래로 내려온다)

왕자   지금 막 왔나이다.

공주   윗길로 간 시녀를 만나시었나이까?

왕자   못 만났나이다.

공주   아랫길로 간 시녀를 만나시었나이까?

왕자   못 만났나이다.

공주   어찌 된 일일꼬.

| * 원문에는 '부지러워라'임.

왕자	나는 가운데로 숨어 왔나이다.
공주	어찌 이리 늦으시니이꼬?
왕자	상감마마와 바둑을 두노라고?
공주	이 몸이 기다리는 것은 잊으시고?
왕자	공주여 어찌 잊으리까? 다만 상감마마의 말씀을 거역하기 어려워서…….
공주	왕자마마! 기다리었나이다. 참으로 기다리었나이다. 눈이 나오도록 기다리었나이다.
왕자	나도 상감마마와 다섯 번 바둑을 두어 다섯 번 다 졌나이다. 눈은 바둑판 위에 있으나 내 마음이 이곳을 향하오니 어찌 그렇지 않겠나이까. (멀리서 풍악 소리 은은히 들려온다)
공주	무엇보다도 오시어서, 오시어서 이 몸은 기쁘나이다. 하루를 못뵈어도 어쩐지 이 마음은……. (가슴에 두 손을 얹는다)
왕자	이 마음도 공주의 그 마음에 견주어 그리 못지않을까 하나이다. 요새는 책을 펴놓아도 속으로 안 들어가고 활을 쏘아도 빗맞나이다. 낙랑의 아름다운 강산과 공주의 어여쁜 자태 고구려 호동의 마음을 아주 사로잡고 말았는가 합니다.
공주	(부끄러워하며) 왕자마마 어이 그런 말씀 하시나이까. (사이)
왕자	공주여, 우리의 사이를 궁 안에서 누구나 눈치챈* 이 없나이까?
공주	두 시녀 외에는 없는가 하나이다.
왕자	중전마마께오서도 모르시나이까?
공주	모르시는가 보오이다.

* 원문에는 '눈치채인'임.

왕자	그러나 언제까지 늘 이대로 지낼 수는 없는 일. 이목이 번다한 궁중에서 아름답지 못한 소문이 나기도 쉬운 일. 만일 우리의 숨어 만나는 소문이 상감마마 귀에 들어가는 날이면 호동이 어찌 그대로 이곳에 머물게 되리까. 공주여, 깊이 생각하소서.
공주	그러면 어찌하면 좋을는지 지혜를 빌리소서.
왕자	우리의 혼인을 상감마마 곧 허락하실 듯하나이까?
공주	예를 갖추어* 청혼하시면 허락 아니 하실 리 있사오리까.
왕자	중전마마께서는?
공주	어마마마 이 몸을 지극히 사랑하시오니 이 몸이 진정으로 청하오면 물리치지 아니하실 줄을 믿나이다.
왕자	그렇다면 어찌 먼저 청하시지 아니하시나이까? 이 몸은 귀국에 와 손으로 머무는 몸, 상감마마께 혼인을 청원하는 것이 외람할까 하와 차마 말하기 어렵삽나이다.
공주	그도 그러하오나 계집아이 몸으로 어찌 스스로 혼인 말을…….
왕자	어마마마께 그만 말을 못 하실까.
공주	(한참 생각하다가) 이 몸은 이미 왕자마마께 바친 몸, 다시 두 마음 없겠사오나 왕자마마 마음을…….
왕자	공주여, 어찌 그런 마음을 가지시나이까? 이 몸을 믿으심이 너무 없으신가 하나이다.
공주	어쩐지 때때로 그런 마음이 드나이다. 그러나 사랑으로 아시고 허물 마소서. 왕자마마의 마음이 이미 그러신 바에야 어찌 추호나 의심 두오리까. 부끄럼을 무릅쓰고 어마마마께 이 일을 품하겠나이다.**

* 원문에는 '가초아' 임.
** 품하다. 웃어른이나 상사에게 어떤 일의 가부나 의견 따위를 글이나 말로 묻다.

273

왕자	장하오이다. 공주의 마음 장래 고구려의 왕비의 마음이니 어찌 안 그런가, 하하.
공주	(부끄러워하며 말이 없다) (시녀1 가만히 등장하였다가 물러간다)
왕자	(공주의 어깨에 손을 얹으며) 공주가 없다면 내 도무지 이 가을을 이곳에서 보내기가 어려울 게라 생각하나이다. 가을이 되니 어버이를 사모하는 마음, 정든 땅을 그리는 맘이 더욱 더하여지나이다. 내 이곳에 와 뜻 아니한 후대를 받아가며 무료히 세월을 보낸 지 벌써 여덟 달. 까닭 없이 오래 있기도 어려우니 공주의 결심이 섰을진대 하루라도 일찍 위에 품하여 허락을 얻으소서. 꽃은 이미 핀 꽃, 그 열매 또한 서두르지 아니할 수 없소이다.
공주	잘 알았나이다. 어마마마께 여쭈어 일을 속하게 하겠나이다.
왕자	공주, 저 가을 달을 볼 때 객지에 머무는 이 마음 더욱 비창하여지나이다. 고국 그리는 회포가 오늘 더욱 심한 줄을 깨닫겠나이다.
공주	왕자마마의 심중 헤아리겠나이다. 봄에는 사람의 마음이 호방해지고 가을이 되면 쓸쓸해지는 것은 정한 이치오니 너무 상심치 마시옵기를…….
왕자	(공주를 떠나 배회하다가) 내년에는 우리가 저 달을 고구려 궁중에서 보게 될 것이오이다. 낙랑의 서울도 아름다우나 우리 고구려 서울도 그리 쓸쓸하지 않으오이다. 봄이 되면 우리 대궐 후원에는 각처에서 모아 온 가지각색 꽃들이 볼만하옵고 여름에는 기암괴석 사이로 굽이굽이 흐르는 가는 샘, 가을에는 과일과 단풍, 겨울의 설경이 또한 볼만하오이다.
공주	이 대궐에는 한漢나라에서 가져온 꽃이 그중 이채* 있삽고 연못의 연꽃, 가을에는 이 누의 완월이 이름 있나이다.

(풍악 소리 그친다**)

왕자   (잠깐 무엇을 생각하다가) 공주여, 낙랑에 천하의 보배 있다는 말을 들었사온데 무엇이 있나이까?

공주   보배가 더러 있사오나 그리 뛰어난 보배는 별로 없는가 하나이다.

왕자   듣사온즉 무슨 나팔과 북이 있다든데…….

공주   네, 네. 그런 것이 있사오이다. 다른 나라에서 우리나라를 쳐들어올 때에는 미리 울어 그것을 알리는 북과 나팔이 있사오이다. 우리 낙랑이 나라 작사오나 타국의 침범을 아니 받는 것은 이것이 있는 때문이라고 말들 하나이다.

왕자   참으로 천하의 좋은 보배이오이다. (다시 무엇을 생각고 있다)

   (시녀2 황황히 등장)

시2   중전마마의 행차 이에 이르시나이다.

공주   (놀라며) 무엇? 어마마마의 행차 이르신다고? 에그, 어찌하나.

왕자   공주여, 그러면 나는 물러가겠나이다.

공주   그럼 안녕히 돌아가시옵소서. 〔왕자 급히 하수로 퇴장. 시녀1 들어와 공주의 옆에 모신다. 조금 후에 낙랑주의 비 네 궁녀에게(앞에 두 궁녀 등불 들었다) 옹위되어 상수로 등장. 공주 두 시녀와 함께 허리를 굽혀 절한다〕

공주   어마마마 이르시나이까.

비   나온 지 오래이더냐.

공주   한참 되나이다.

   (비 네 시녀와 함께 누에 오르고, 공주도 뒤따라 두 시녀와 함께 누에 오른다)

---

* 異彩. 색다른 빛.
** 원문에는 '끝인다' 임.

비   (달을 쳐다보며) 공주야, 이 아름다운 달을 어찌 혼자 보려 하였
      더냐.

공주   뫼시고 오려고 하옵다가 그냥 나왔나이다.

비   달리 만날 사람이 있음이 아니었던고? (공주를 돌아보며 웃는다)

공주   (얼굴빛이 달라지며) 다른 누구라 이르오시니 구중궁궐 안에 다
      른 누가 있사오리까.

비   (역시 웃는 얼굴로) 대궐 안에는 없으나 대궐 밖에도 없으리오?
      나그네 나비 정을 못 이겨 궁중에 고이 피인 꽃을 꺾으러 들어
      오지나 아니하였든가.

공주   (얼굴빛이 붉어지며) 어이 그런 일이 있사오리까.

비   고만두라. 나는 요새 이상한 풍설이 있기로 너를 시험함이라.

공주   (머뭇하다가 웃으며) 저 하늘의 달과 이 소나무들 외에 누구 만날
      사람이 있사오리까.

비   (고개를 끄덕거린다)

공주   아바마마 취침하여 계시니이까?

비   오늘 밤은 고구려 왕자와 바둑을 두시더니 일찍부터 누워 계시
      니라.

공주   들사온즉 근일 아바마마 음주와 연락*으로 날을 보내신다 하오
      니 나라에 이처럼 일이 없사오니까?

비   승평**이 일구하니*** 백성의 격양가**** 소리 높고 조정에는 일이
      없느니라.

공주   조정 일 묻사옵기 황송하오나 무슨 일로 고구려 왕자 우리나라

----

* 宴樂. 잔치를 벌여 즐김.
** 昇平. 나라가 태평함.
*** 일구日久하다. 시일이 오래다.
**** 擊壤歌. 풍년이 들어 농부가 태평한 세월을 즐기는 노래.

에 와 오래 머무나이까?

비 상감마마 호동왕자를 사랑하심이 각별하사 아들을 대우하심 같으시니 돌아가려 한들 쉽게 허락하시랴. 그 외에 별다른 깊은 뜻도 있는 듯하여라. (공주의 얼굴을 쳐다보며 미소한다)

공주 ……

비 내 진즉 네게 묻는 바이니 너 호동왕자를 그리워하고 있음이 아닌가?

공주 (고개를 숙이고 얼굴이 붉어진다)

비 내 네 마음을 짐작한 지 오래어든 네 끝까지 나를 속이려 하는가?

공주 (말이 없다)

비 네 호동왕자에게 뜻을 두고 있고, 호동왕자 쉬 이 나라를 물러가려 하지 아니함이 그 뜻이 반은 네게 있는 듯도 하고, 또 우리도 벌써부터 이 생각을 하고 있었던 것이나 다만 한 가지 꺼리는 배 있으니 그것은 고구려 강성하여 주위의 땅을 병합하려 하는지라. 우리나라 고구려 이웃에 있어 고구려의 엿보는 바 되니 두 나라 사이가 좋지 않은 것이라. 그러나 또 한편으로 생각하면 두 나라 이 결친의 의를 맺어 화친하는 정을 더하는 것도 좋을 듯하니 네 뜻은 어떠하냐?

공주 (엎드린다) 진즉 아뢰올 것을 지금까지 기망한 죄 많사외다. 소녀 이미 호동왕자와 만나 백년언약을 맺었나이다.

비 내 이미 짐작은 한 배나 계집아이 궁중의 강기를 문란케 한 죄 또한 크도다.

공주 널리 통촉하옵심 엎드려 바라옵고, 아바마마께 아뢰와 윤허 얻어주시옵기 다시 복청하나이다.

277

| 비 | 이미 이리된 일 허물하여 무엇하랴. 하루라도 속히 상감마마께 아뢰어 혼인을 이루게 할 것이니 염려 말지어다.
| 공주 | 지극하옵신 은혜 뼈에 새겨* 잊지 않겠나이다. (공주 일어난다)
| 비 | 다만 아름답지 못한 풍설이 궁외에 나감을 삼가기 위해 아직 자중하고 있으라.
| 공주 | 명을 받들겠나이다.
| 비 | 밤도 깊은 듯하니 고만 들어가도록……. (비 일어서서 시녀에게 옹위되어 누에서 내리고, 공주와 두 시녀 그 뒤 따라 내린다)

—막—

제2막

제1장 공주전

곳은 호화아담하게 꾸며논 공주전, 때는 조식 후. 막이 열리면 공주 넓은 방 가운데 앉아 있고, 두 시녀 모시고 있다.

| 공주 | 고구려 왕실에 진상할 물건은 다 말께 실리었느냐.
| 시1 | 벌써 아침에 실리었나이다.
| 공주 | 무엇 빠진 것은 없을까?
| 시1 | 별로 없는 듯하오이다.

| * 원문에는 '삭여 임.

278

공주　왕자마마의 떠나실 차비는 다 되었는가?

시2　궁노*에게 들어사온즉 흰말 재갈 먹여 은 안장 지여놓았더라고 하옵나이다.

공주　그러면 들어오실 터인데…… 어째 안 들어오실까?

시2　여기저기 작별 인사를 하시느라고 늦으시는가 보옵나이다.

공주　(입을 다물고 말이 없다)

시1　혼인을 이루시온 지 불과 한 달. 왕자마마께옵서는 어이 이리 일찍 귀국하오시려는지, 좀 더 계시다 가셔도 좋지 않을까 소인네 등은 생각하나이다.

공주　어버이 슬하를 떠나신 지 오래되니 인자**의 도리에 안 가 뵈올 수 있느냐.

시1　그렇지만 아직 신정***이 미흡하시온데……. 왕자마마 귀국하오신 뒤 곧 공주마마도 모셔 가옵게 되나이까?

공주　부왕의 윤허가 계시기만 하면…….

시2　공주마마 모시옵고 저희들도 고구려 궁중에 갈 일 생각하오면 기쁘고도 겁이 나나이다.

공주　고구려 대궐이 호혈****이 아니어든 겁은 무슨 겁?

시2　(웃으며) 낯선 데 가서 낯선 사람들과 사괴올 것을 생각하오매 마음이 그리 드나이다.

공주　고구려 사람도 사람이려든 무엇 다른 바 있으리요. 내 행실이 바르고 내 말이 공손하고 내 마음이 유순하면 어데를 간들 걱정

---

* 宮奴. 궁방宮房에 딸리어 있던 사내종.
** 人子. 사람의 아들.
*** 新情. 새로 사귄 정.
**** 虎穴. 호랑이 굴.

될 리 없느니라.

시1 고구려 대궐은 더 웅장하고 찬란하다는 말을 들었삽는데 어떠하올까요?

공주 집이 큰 것이 우리에게 기쁜 일이 아니요, 사람 선* 것이 우리에게 걱정될 바 있나니라. 다만 조심하고 조심하여 낙랑 사람의 아름다운 덕을 잃지 않을 것을 명심하여라.

(사이) (시녀3 등장)

시3 (공주 앞에 엎드려) 왕자마마 드시압나이다. (공주 일어선다. 호동 왕자 등장)

공주 (왕자를 맞으며) 오시나이까.

왕자 기다리셨나이까. 작별할 데가 많아 자연 늦었나이다. (자리에 앉고 공주도 앉는다. 시 1, 2, 3 다 물러간다)

공주 왕자마마, 이 마음 섭섭한 것 헤아려주소서. 어쩐지 의지할 기둥을 잃는 것같이 외로워지나이다.

왕자 얼마 안 가서 다시 만나게 될 것이니 너무 슬퍼 마소서.

공주 가시기만 하오면 곧 이 몸을 데려가 주시겠나이까.

왕자 아까도 말한 바와 같이 나의 혼인이 어버이의 허락 없이 한 혼인인지라 부왕의 윤허를 맡아야 함이 이 나라의 예와 똑같소이다.

공주 상감마마께오서는 곧 윤허하실 듯하옵나이까.

왕자 가 아뢰어보아야 알겠나이다.

공주 만일 허락지 아니하오시면?

왕자 되도록 힘을 쓰겠사오나…….

공주 왕자마마, 어찌 그리 믿지 못하옵게 말씀하시나이까. 다짐 두시

| * 설다. 익숙하지 못하다.

기 어렵사오니까?

왕자 그런 바는 아니오나……

공주 왕자마마, 이 몸은 염려되나이다. 만일 왕자마마께오서 귀국하신 후 윤허는 안 내리고, 하루 이틀 지나는 동안 왕자마마께오서는 이 몸을 생각하시는 마음이 엷어지시면 이 몸은 어찌하오리까. (공주 눈에 눈물 어린다)

왕자 (입을 딱 다물고 무엇을 생각고 있다)

공주 왕자마마, 염려되나이다.

왕자 (공주의 손을 잡으며) 염려 마소서. 내 어찌 공주를 잊으리오. 꼭 부왕께 윤허를 얻어 쉬 한데 모이게* 하리라.

공주 (울음 섞인 말소리로) 하루를 못 뵈와도 그리워하는 이 몸이 왕자마마 한번 돌아가시면 어이 날을 보내오며 더욱이 데려갈 기약조차 묘연하오니 어이 기다리오리까. (엎드려 눈물짓는다)

왕자 (공주의 등에 손을 얹고 먼 산을 바라보며) 공주여, 공주를 두고 가는 이 몸인들 어찌 마음이 좋으며 귀국하여서라도 한때인들 공주를 잊으리까. 공주 말치 아니하여도 내 힘써 부왕께 아뢰어 공주를 쉬 맞아들이리다. (한참 무엇을 생각다가) 그런데 한 가지 부왕의 윤허를 쉽게 할 좋은 계교가 있기는 있으나 쉽지 않아라.

공주 (고개를 들며) 네? 무엇이니이꼬?

왕자 말키 어려워라.

공주 무엇이니까? 말씀하여주소서.

왕자 정말 어려운 일이어라.

공주 좋은 방법이 있다 하시면서 어이 아니 행하시려 하나이까? 왕

| * 원문에는 '모듸게' 임.

자마마의 이 몸을 대하심이 전보다 설은 듯하여이다. 우리의 사이를 온전히 하는 일이라면 이 몸은 수화' 중에 뛰어드는 일이라도 사양치 않고 행하오려든 어이 안 가르쳐주시나이까.

왕자 (고개를 흔들며) 그러나 이 일만은 어려워라. 공주의 힘으로 능히 할 수 있는 일이기는 하나 정말 행키 어려운 일이오매 차라리 발설 안 함이 좋을까 하나이다.

공주 내 힘으로 할 수 있는 일이라고요? 왕자마마 무슨 일이오니까? 어서 말씀하여주옵소서. 이 마음을 의심하시나이까?

왕자 의심치는 않으나…… 고만두사이다. 내 돌아가 기어이 부왕께 허락을 얻어 공주를 맞아들이오리니 다른 일 생각 말고 기다리소서.

공주 이 마음을 그처럼 의심하시고 말씀 아니하오시니 어찌 이 몸이 왕자마마를 믿고 바라는 본의오리까. 이 몸은 차라리 왕자마마 앞에 죽어 후일을 염두에 두지 아니함이 나을까 하나이다.

왕자 어이 그런 말씀을 하시나이까?

공주 그리하오면 어이 그 계교를 일러주시지 않나이까.

왕자 말하여도 소용없는 일, 알아도 행치 못할 일. 이것을 일러드린들 무엇하리까. 도리어 서로 마음만 괴로울 따름이오니 더 묻지 마소서.

공주 왕자마마 알았나이다, 알았나이다. 왕자마마의 본뜻을 알았나이다. 이 몸을 그처럼 알아주시지 아니하시니 이 몸은 차라리……. (벌떡 일어나 벽에 걸린 칼을 들어 자결하려 한다. 왕자 놀라 달려들어 칼을 뺏는다)

| * 受禍. 재앙이나 액화를 받음. 또는 그 재난.

왕자	이 무슨 거조*니꼬! 이 무슨 경솔한 짓이니꼬? (공주 왕자 앞에 쓰러져 운다)
	(사이)
공주	(느껴 울며) 왕자마마, 이 가슴을, 이 뜻을 못 알아주시나이까.
왕자	어째 모를 리 있사오리까.(입맛을 다시며 한참 무엇을 생각하다가) 공주여, 말하리이다.
공주	(고개를 들고 왕자를 쳐다본다)
왕자	(긴장한 표정으로 사방을 한번 휘둘러보고 말소리를 낮추어) 부왕께서 일찍 말씀하시기를 낙랑에 있는 국보 북과 나팔이 없어지기 전에는 낙랑과 우리나라 사이는 좋아지지 아니할 것이라고 하셨나이다. 공주 만일 그 북과 나팔을 깨트릴 수 있다면…… 그리하여 이것을 아바마마께 보**하게만 된다면 부왕께서 두말없이 우리의 혼인을 윤허하시고 예로써 공주를 맞아들이실 것이외다.
공주	(깜짝 놀라며) 나팔과 북을?
왕자	그러하오이다. 그것이 우리 고구려와 낙랑의 사이를 좋지 않게 만드는 장본이라고 부왕께서는 늘 말씀하시더이다.
공주	그것은 어째서 그러하오니까?
왕자	자세한 까닭은 낸들 알 수 있나이까. 무슨 깊은 연유가 있는 듯하오이다.
공주	그러하오나 그것은 우리나라의 둘도 없는 보배, 이 나라에서 하늘과 같이 위하는 보배. 그것을 어찌…….
왕자	그러기에 쉽고도 어려운 일이라고 하지 않았나이까. 하려 들면

---

* 擧措. 말이나 행동 따위를 하는 태도.
** 報. 일반 사람들에게 새로운 소식을 알림. 또는 그 소식.

하기는 쉬우나 단행하기는 어려운 일이오이다. 공연히 쓸데없는 생각은 않는 것이 좋을 듯하오이다.

공주　(가만히 생각을 하고 있다)

왕자　공주여, 그 생각은 덮어두소서.

공주　아, 어찌하면 좋겠나이까.

왕자　일은 쉬우나 공주 어찌 행할 수 있으리까. 그것만 행한다면 혼인의 윤허는 말할 것도 없고 우리 둘이 후한 상까지 받을 것. 따라 두 나라 사이도 좋아질 것이오나 그 어려운 일을 공주 어이 행하리.

공주　(고개를 수그리고 생각한다)

왕자　공주여, 너무 심려 마소서. 좋은 도리 있을 게외다. 공주 진정으로 이 몸을 생각는다면 지금 그 말은 입 밖에도 내지 마소서.

공주　(한숨을 쉰다)

왕자　갈 길이 늦사오니 그만 일어서야겠나이다.

공주　왕자마마 정말 그것만 깨트린다면 곧 윤허가 내리겠나이까?

왕자　두말 아니하겠나이다. 공주와 내가 부부 된 위에야 고구려와 낙랑은 한집안이오니 두 나라 사이를 좋지 않게 하는 것을 제하는 것은 당연한 일이 아니겠나이까. 그러나 공주여, 되지 않을 일을 생각는 것보다 어리석음은 없나이다. (왕자 일어선다)

공주　(뒤따라 일어서며) 그 일은 생각하여보겠나이다. 이 몸이 왕자마마를 모시게만 되는 일이라면 무슨 일이라도 하겠나이다.

　　　(애조哀調의 고락古樂)

왕자　부대* 안녕히 계시옵소서.

| * '부디'의 방언.

공주	안녕히 가시옵소서. 가신 뒤 자주 글월 주시옵기 바라나이다……. 왕자마마, 요망한 생각인 것 같사오나 어쩐지 이 몸은 다시 뵈옵지 못할 것 같은 생각이 드와……. (눈물을 썻는다)
왕자	어이 그럴 리 있으리요. 염려 말고 기다리소서. (공주 얼굴에 수건을 대고 운다)
왕자	(앞으로 나와 먼 산을 바라보며) 아, 나라도 위하고 사랑도 위하려는 이 마음의 괴로움이여……. 공주여, 이 몸은 떠나나이다. (왕자 마당으로 내려서고, 공주도 뒤따라 내려선다. 시 1, 2 나와 뒤따라 선다)
공주	(목멘 소리로) 왕자마마 부대 안녕히 가시옵소서. (두 시녀 엎드려 왕자에게 절한다)
왕자	공주여, 너무 슬퍼 마소서. 머지않아 만날 기약을 두고 가오니 이별은 잠시요, 같이 있을 날이 앞으로 많사오이다. (왕자의 눈에도 눈물이 고인다. 공주 눈에 수건을 대고 비읍*한다. 시녀들도 고개를 돌리고 서서 눈물을 썻는다. 왕자 차마 발길이 안 돌아서는 듯 뒤를 자꾸 돌아보며 한 발 두 발 떼어 놓으며 나간다)

제2장 전장과 동

밤, 낙랑공주 촛불을 밝히고 서안書案**에 책을 펴놓고 앉아 책장을 이리 넘겼다 저리 넘겼다 하며 이따금 고개를 들고 무엇을 깊이 생각하고 있다. 시녀 1, 2 모시고 앉아 졸다가는 눈을 뜨고 한다.

---

* 悲泣. 슬피 욺.
** 예전에, 책을 얹던 책상.

공주	(책을 덮어놓고 일어나 문 있는 데로 와 기대서며) 오늘 하루도 그럭저럭 이대로 넘어가는가?
시1	(공주를 향하여 엎드리며) 밤이 삼경이 가깝사오니 그만 취침하심이 좋을까 하나이다.
공주	안 오는 잠을 어이 자리. 밤이 깊었으니 너희들이나 어서 가 자거라.
시1	저희들은 생각 마시고 어서 취침하옵시기를…….
공주	(암말도 않고 서 있다가) 오늘 밤은 내 홀로 생각고자 하는 일이 있으니 너희들 먼저 가 자거라.
시2	그렇지만 공주마마 취침하오시기 전에 어찌…….
공주	글쎄 내 염려 말고 어서 너희들은 먼저 가 자거라.
시1,2	(엎드리어) 그러하오면 소인 등이 먼저 물러가겠삽나이다. 안녕히 주무시옵소서.

(시 1, 2 퇴장)

공주	(한숨을 쉬며) 아, 어이하면 좋으리. 왕자마마 가신 지 벌써 두 달이 넘되 이 몸은 고구려에 가지 못하고 가슴만 태우고 있도다. 요새는 사자를 보내어도 편지 답장조차 아니하시니 나를 잊으심인가? 그 일을 어서 하라고 재촉하시는 뜻일까? ……그러나 어이하면 좋으리, 어이하면 좋으리. 참으로 어렵도다, 이 일만은 어렵도다. (다시 서안으로 와 앉아 머리를 수그리고 생각한다. 한참 만에 머리를 들고) 사랑도 중하지만 이 나라의 국보를 어이 깨트리랴? 그러나 이것을 하지 못하면 나는 길이 다시 호동왕자를 대할 길이 없단 말가. 하늘이 이 몸을 내시고 어이 이 괴로움을 주신고? 아, 어이하랴. (호동왕자에게서 온 서간을 꺼내놓고 읽어본다. 눈에 눈물이 맺힌다. 편지를 다시 접어놓고 일어서서 무엇

286

을 한참 생각다가) 할 수 없는 일이로다. 이도 또한 천정*한 수이 라면……. 이왕 내 손으로 그 나팔과 북을 없이해야 할 것이라 면 하루라도 속한 것이 좋을 것이다. 아니 한때라도 속한 것이 더 좋을 것이다. 그러면 오늘 밤 안에 이것을 깨트려버리자꾸 나. (급히 안으로 들어가더니 한참 만에 조그만 쇠뭉치 하나를 들고 나온다)

공주 (쇠뭉치를 든 채) 하늘이 이 몸을 죄주시리로다.** 부왕께서도 이 몸을 죄주시리로다. 이 나라 백성이 또한 이 몸을 죄주리로다. 그러나 나는 왕자에게로 가야 하는도다. 왕자 없이 내 어찌 살 아 있으리, 하루라도 살아갈 수 있으리……. 왕자시여, 오직 당 신만이 나의 빛. 이 몸은 지금 당신의 명에 의해 오랫동안 이 나 라를 지켜어준 신기를 깨트리려 하나이다. (공주 사방을 휘둘러 보며 뜰 아래로 내려서서 퇴장. 무대 캄캄하여진다. 한참 후에 번개, 뇌성, 번개, 뇌성. 번개와 뇌성 심하여진다. 요란한 가운데 공주 쇠뭉 치를 든 채 급한 걸음으로 등장. 무대 다시 밝아진다)

공주 (방으로 올라와 서안에 엎드려 한참 고민하다가) 아, 어찌하나 어찌 하나. 그예 그예 내 손으로 깨트리고 말았구나. 그예 내가 큰일 을 저지르고 말았구나. (뇌성, 번개. 공주 얼굴이 파래가지고 전표戰 慄.*** 한참 후에 다시 고개를 들며) 하늘이 노하시도다. 검님****이 이 몸을 죄주려 하시는도다……. 오랫동안 이 나라를 지키어준 신기를 깨트린 이 몸 어떤 죄를 받는다 한들 원통하다 하리. 아, 인제 낙랑은 눈이 멀고 귀가 먹도다. 하늘이여 이 몸을 벌하시

---

* 天定. 하늘이 정함.
** 죄주다. 죄에 대하여 벌을 주다.
*** '두려워 떨다'의 의미라 추정됨.
**** 신령님.

라! 백성이여 이 몸을 죄주라! 그러나 왕자시여, 호동왕자시여, 이 몸은 행하였나이다. 당신의 분부대로 하고 말았나이다. 이 나라에는 용납지 못할 큰 죄, 그러나 왕자에게는 칭찬받을 일. 아, 이 몸은 사랑을 위해 나라까지 배반하였나이다. 왕자여, 이제는 이 몸을 어서 하루바삐 데려가 주소서. 오직 왕자의 앞으로 가고 싶은 마음, 이 마음이 이 몸으로 하여금 이런 일을 저지르게 하였나이다. 이 뜻을 알아줄 사람은 오직 왕자 한 분뿐. 이 나라에 용납 못할 큰 죄를 짓고 어이 한시인들 이 나라에 있을 수 있사오리까. 곧 데려가 주옵소서.

―고요히 막―

제3막

제1장 고구려 궁중

때는 이른 봄의 저녁때. 막이 열리면 대무신왕 중앙에 앉았고, 궁녀 6명 좌우로 모시어 섰다.

왕　　(눈을 감았다 떴다 하며 무엇을 생각하고 있다가 기침을 한번 크게 하고 나서 궁녀에게) 해가 이미 기울었느냐!

궁1　　이미 황혼이 가까웠나이다.

왕　　오늘 해도 무료히 지나갔도다. 해는 가도 짐의 뜻은 더욱 성해지는도다. 시조 동명성왕께서 이 나라를 세우신 이후 국세는 퍼지는 햇발 같아서* 패업은 이뤄질 날이 머지않도다. 짐이 어찌 안연히** 앉아 조상의 패업에 발을 발지*** 못하리요. 남으로 북으로 힘을 펴 모든 강토가 고구려 앞에 굴복하게 하리로다. 우선 짐의 욕망은 낙랑, 낙랑에 있도다. 작으나 이 나라를 고구려 강역****에 집어넣은 후 짐은 그 너머로 다시 손을 펴리로다. 오늘까지 싸워서 진 일이 없고 쳐서 뺏지 못함이 없는 짐의 군사여든 어찌 작은 낙랑을 못 이길까 근심하랴! 그러나 다만 꺼리는 바는 낙랑의 신기한 보배 북과 나팔이로다. 짐의 군사 이르기 전에 미리 알고 낙랑이 예비할까 이것을 꺼림이로다. 짐의 군사를 덜 수고롭게 하기 위해서는 꾀로 그 나팔과 북을 없이함이 짐의 소망이나 오늘까지 이 뜻을 이루어주는 자 없도다. (벌떡 일어서며) 그러나 세상없은들 짐이 이 뜻을 굽힐까 보냐. (일어나 왔다 갔다 한다. 궁녀7 등장)

궁7   (엎드리어) 왕자마마 이르시어 현알*****을 청하시옵나이다.

왕   응, 어서 들라 하여라. (왕 자리에 앉는다. 궁녀7 퇴장. 조금 후 호동왕자 등장, 왕께 절하고 엎드린다) 일어서 가까이 오라. 내 너에게 할 말이 있도다. (왕자 왕의 앞으로 가까이 가서 고개를 숙이고 선다) 오늘은 무엇을 하였는가?

왕자   말달리기와 활쏘기를 익히었나이다.

왕   (고개를 끄덕거리며) 응, 좋도다. 날마다 무예를 익히는 너야말로 진실로 나의 아들이로다. 참으로 짐의 뒤를 이을 자로다……

---

* 원문에는 '같아여' 임.
** 불안해하거나 초조하지 아니하고 차분하고 침착하게.
*** 곁에 따르지. 같이하지.
**** 疆城. 국경 안. 또는 영토의 구역.
***** 見謁. 알현謁見.

그러나 너는 짐의 큰 뜻을 아느냐?

왕자   아바마마의 크옵신 뜻을 신의 작은 마음으로 어찌 다 헤아려 알
       겠나이까. 그러나 짐작은 하나이다.

왕   짐에게는 큰 욕심이 있도다. 이 욕심을 이루려 짐은 늘 생각고
       있어…….

왕자   네, 알겠나이다.

왕   그러나 네 아는가? 그중에도 시급한 짐의 뜻을?

왕자   대강 짐작하옵나이다.

왕   말하여보라. 무엇인가 말하여보라.

왕자   아바마마의 크옵신 뜻은 우리 깃발을 더 널리 펴시려 하옴이요,
       급한 뜻은 낙랑을 합하시려는 데 있삽거든 신이 어찌 이를 모르
       오리까.

왕   오, 기특하도다, 너의 총명함이여.

왕자   황감하오이다. 그러나 아바마마.

왕   응? 무엇인고.

왕자   아바마마의 이 뜻이 이루어지게 되었사오니 기뻐하옵소서.

왕   응? 무어라고?

왕자   인제 낙랑의 북과 나팔은 다시 울지 않게 되었나이다.

왕   (벌떡 일어서며) 무어라고? 그것이 정말인가?

왕자   앉아 계시옵소서. 신이 세세히 주달*하오리다. 신이 옥저沃沮**에
       놀던 그 뜻이 낙랑에 있었사오며 낙랑에 들어가려 하옴은 그 뜻
       이 그 북과 나팔을 없이하려는 데 있었사옵더니, 뜻대로 신은
       낙랑에 들어가게 되었삽고 낙랑 임금의 두터운 대접까지 받아

---

* 奏達. 임금에게 아룀.
** 沃沮. 우리나라의 고대 국가 가운데 함경도의 함흥 일대에 있던 나라. 후에 고구려에 복속되었다.

나왔사오나 신의 먹은 뜻은 이루지 못하고 있었삽나이다. 뜻한 바는 달치* 못하옵고 얻은 바는 아내였삽나이다.

왕 (놀라며) 아내를?

왕자 그러하오이다. 낙랑의 공주와 부부의 의를 맺었삽나이다.

왕 어찌 오늘까지 그런 말을 아니하였던고.

왕자 그것은 오늘을 기다린 까닭이옵나이다. 신이 비록 용렬하오나 여색에 혹하여 사나이 큰 뜻을 잊을 못난이는 아니었삽나이다. 신과 공주 사이에 정이 깊어가올수록 신은 처음 먹고 간 뜻 이룰 것을 더욱 생각하였삽나이다. 그러하오나 낙랑의 국보로 깊이 깊이 감춘 그 북과 나팔이 있는 곳을 알기는 참으로 어려운 일이 었삽나이다. 생각다 못하와 신은 귀국하올 때 공주에게 그 신기를 깨트려야만 예로 맞아 데려오겠다고 이르고 왔삽나이다.

왕 그것을 들을 리 있을까?

왕자 공주의 신을 생각는 마음이 극하오니 어찌 안 들을 리 있사오리까. 신이 처음부터 이를 믿었나이다.

왕 그래 어찌 되었단 말인가?

왕자 공주는 그예 그것을 깨트렸나이다.

왕 (놀라며) 정말 그것을 깨트렸단 말인가?

왕자 진정이옵나이다. 오늘 사자가 낙랑공주의 서간을 가지고 왔삽나이다.

왕 아, 참으로 거룩한 일을 하였도다.

왕자 공주의 서간이 예 있삽나이다. (왕자, 회중**에서 편지를 꺼내어 드니 왕의 옆의 궁녀 받아 왕께 드린다. 왕은 그 편지를 받아 읽고 나서

* 달하다. 목적 따위를 이루다.
** 懷中. 품속.

도로 궁녀에게 준다. 궁녀 받아 왕자에게 준다)

왕   계집아이 참으로 담대한* 일을 하였도다.

왕자   낙랑에는 큰 죄를 지었고 고구려에는 큰 공을 세웠나이다.

왕   그렇도다, 그렇도다. 참으로 큰 공이로다. 오랫동안 품은 숙명을 이루게 한 그는 낮게 따지지 못할 공을 세웠도다. 너는 장차 그를 어찌하려 하느냐?

왕자   (엎드리어) 아바마마 신과 공주의 혼인을 윤허하여주옵시고 그를 이 나라로 불러주옵심을 원하나이다.

왕   그는 그리하라. 그러나 짐의 뜻은 낙랑을 쳐 고구려 강역에 넣으려는 데 있음을 너도 알 것이라. 짐이 낙랑을 쳐 멸하는 날에는 고구려와 낙랑은 원수 되지 않는가. 원수의 혐의가 있는 사이에 부부의 즐거움이 있을 수 있을까 나는 헤아리기 어렵도다.

왕자   신이 공주와 결친하옵고 이 일을 도모하옴은 한편으로는 나라를 위하옵고 한편으로는 신의 사삿일도 생각하옴이었삽나이다. 또 공주로 말씀하오면 오직 신을 생각하와 나라를 배반하는 큰 일을 저지른 바이오니 신이 죽사와도 그를 버리지 아니하옴이 의일까 하옵나이다. 그리하옵고 공주의 어진 덕은 신의 아내 되옵기 손색없을 듯하오며 고구려 왕실의 위덕을 손상시킬 바 조금도 없을 줄로 아뢰나이다.

왕   (손을 저으며) 아니라, 아니라, 짐이 이를 허락 않고자 함이 아니라 다만 두 나라이 원수의 사이 되는 날 부부 되어 혐의 없을까 이를 근심함이로라.

왕자   그것은 신에게 맡기어주시옵기 바라옵나이다.

| * 원문에는 '담내한'임.

292

왕	그러면 딴말은 없노라. 너와 낙랑공주의 큰 공은 다시 표창할 날이 있을 것이오, 우선 이 혼인은 짐이 쾌히 허락하노라.
왕자	성은을 뼈에 새겨 잊지 않겠나이다. (왕자 일어선다)
왕	그러나 너는 들으라. 공주를 맞아들이기 전에 더 급한 일이 있도다.
왕자	알겠나이다. 낙랑을 치는 일이 아니오니까.
왕	옳도다. 이미 낙랑에 그 북과 나팔이 없어진 바에야 어찌 한 시각을 지체하랴.
왕자	신도 그리 생각하옵나이다. 날이 오래어 낙랑의 임금이 북과 나팔 깨진 것을 알게 되오면 공주의 목숨은 보존키 어려울 것이오며 이 나라의 도모하옵는 일도 늦어질 것이옵나이다.
왕	네 잘 아는도다.
왕자	그러하오매 곧 군사를 발하여 낙랑을 정벌하옵소서.
왕	(고개를 끄덕거리며 무엇을 생각고 있다)
	(사이)
왕자	(다시 엎드리며) 아바마마 또 한 가지 아뢸 말씀이 있나이다.
왕	무엇인지 말하라.
왕자	아뢰옵기 황송하오나 군사를 내어 낙랑의 서울을 치는 날 낙랑의 임금과 그 비의 목숨도 신에게 주시옵소서. 그 딸을 아내로 맞이하오며 어찌 그 어버이를 죽이오리까.
왕	그 나라를 치며 그 임금을 살려둠이 화근이 되지 않을까?
왕자	낙랑 임금의 나이 반생을 넘었으니 여생이 얼마나 있사오리까. 고구려의 국세 왕성하오니 뉘 불측*의 뜻을 두오리까. 이 나라의

---

* 不測. 생각이나 행동 따위가 괘씸하고 엉큼함.

왕화王化* 널리 미치오면 낙랑의 백성이 어이 딴 뜻을 두오리까.

왕　　(이윽히 생각다가) 그도 네 뜻에 맡기노라.

왕자　융숭하신 은총 더욱 뼈에 새겨 잊지 않겠나이다.

왕　　(눈을 딱 감고 다시 무엇을 생각다가 벌떡 일어서며) 낙랑의 북과 나팔은 이미 깨졌고 한번 북 치면 나갈 짐의 날쌘 군사도 명을 기다린 지 오래도다. 때는 이미 익었으니 어이 한때를 지체하랴. 그러나 낙랑 정벌의 위수** 대장은 누를 시킬꼬?

왕자　아바마마의 군사 별같이 많사옵고 또 이를 거느릴 무서운 장사 수많이 있사오니 어찌 이를 근심하시나이까.

왕　　그러나 낙랑에는 짐의 믿는 자를 보내고자 하노라. 뉘 마땅할꼬?

왕자　(다시 엎드리어) 신의 힘이 약하옵고 재조*** 없사오나 낙랑 정벌의 소임을 신에게 맡기시오면 삼가 힘을 다하와 왕명을 욕되지 않게 하겠나이다.

왕　　(자리에 턱 앉으며) 짐의 뜻도 정히 너에게 있었더니 먼저 자청하니 다행하고 기쁘도다. 그러나 너는 짐의 사랑하는 아들, 또 장래 내 뒤를 이어 이 나라를 다스릴 몸이니 만일 한번 잘못이 있으면 후회하여도 미치지 못할 것이매 이를 걱정하노라.

왕자　신이 배운 배 적사옵고 힘이 미치지 못하오나 어찌 한낱 낙랑을 도모치 못하오리까. 이때까지 익힌 무예를 한번 시험코자 하나이다.

왕　　좋도다. 너를 보내리라. 그러나 몸을 삼가 그릇됨이 없게 하라.

왕자　삼가 가르치심을 봉행하겠나이다. (일어선다)

---

* 임금의 덕행으로 감화하게 함. 또는 그런 감화.
** 爲首. 주모자. 어떤 것을 첫자리나 으뜸으로 함.
*** 才操. '재주'의 원말.

왕	그러면 내일부터라도 곧 군사를 조련하라.
왕자	어명대로 하겠나이다.
왕	공주는 어이하려는가?
왕자	낙랑의 서울로 군사를 몰고 들어가 그 임금과 비를 사로잡고 공주를 데려오겠나이다.
왕	그것이 좋겠도다. 너의 씩씩한 개선의 모양을 짐이 기다리리로다.
왕자	황송하오이다. (조금 후에) 신은 이만 물러가겠나이다. (왕자 절하고 퇴장)
왕	낙랑도 짐의 수중에 들어올 날이 머지않도다. 북으로 남으로 고구려의 강토를 넓혀감, 이것이 짐의 큰 욕망이어니 어이 적은 땅으로 스스로 족하여하리요. 한 땅을 더하고 한 고을을 더 합하여 짐은 고구려로 천하의 큰 나라를 만들리라.

제2장 낙랑 궁중

봄, 낮 전前. 낙랑주의 비와 낙랑공주 앉아 이야기하고 있고, 궁녀 2인 모시고 서 있다.

공주	어마마마, 암만해도 그 꿈이 흉몽인 것 같나이다. 꿈을 깨고 나서는 도무지 마음이 심란해서 못 배기었나이다.
비	괴이한 꿈은 괴이한 꿈이나 꿈은 허사라 믿을 수 있는가. 흉몽대길이라는 말이 있으니 도리어 좋은 일이 있을는지도 모르지……. 그런데 요새 너의 모양이 더욱 초췌해가니* 무슨 근심

---
  * 원문에는 '초최해가니'임.

이 있느냐.

공주　별로 근심하는 데 없나이다마는 자연 심사가 좋지 못하와…….

비　그럴 것이로다. 벌써 호동왕자 귀국한 뒤 해가 바뀌었으니 너의 심중을 내 헤아릴 수 있도다.

공주　(얼굴이 붉어지며) 에그, 어마마마 어이 그런 말씀을…….

비　구태여 아니라고 할 까닭은 어데 있는가. 요새는 왕자에게서 무슨 소식이나 있는가?

공주　일전에 서간이 있었삽나이다.

비　쉬 너를 데려간다든가?

공주　아마 얼마 안 있으면 맞으러* 사자가 오리라 믿나이다마는…….

비　오죽이나 기다려지랴. 그러나 호동왕자는 무신한 사나이가 아니니 너무 애를 태우지 말고 유유히 기다리라.

공주　이만 일로 어마마마께까지 성려**를 끼치와 죄송하오이다. 신첩도 왕자가 실없는 사나이가 아니라는 것을 믿고 있사오나 여러 가지 일로 자연 요새는 마음이 좋지 않사와…….

비　봄은 슬픈 사람의 마음은 도리어 슬프게 하는 때라. 네 왕자를 너무 생각하므로 모양이 저리되니 십분 마음을 쾌히 먹고 조심하라. 병날까 겁나도다.

공주　삼가 이르심을 봉승하겠나이다. 그러하오나 지난밤의 꿈은 암만하와도 이상하와 마음이 안 놓이나이다. 이 나라 운수에 불길한 조짐이 아니오면 신첩의 신상에 무슨 좋지 않은 일이 있을 것만 같사와…….

비　어이 그런 소리를 하는고? 꿈은 꿈이요, 생시가 아니어든…….

---

* 원문에는 '맞이러' 임.
** 聖慮. 임금의 염려를 높여 이르는 말.

쓸데없는 생각으로 머리를 수고롭히지* 말라. 꿈이 영험이 있다면 도리어 좋은 일이 있을는지도 모르는도다. 오늘쯤 왕자에게서 너를 맞으러 보내는 사자가 이르면 그 아니 좋겠느냐. (궁녀 하나 등장)

공주　(엎드리어) 상감마마 듭시나이다. (비와 공주 일어서서 앞으로 나오고, 모시었던 두 궁녀 뜰 아래로 내려선다. 낙랑주 네 궁녀에게 옹위되어 등장, 위로 올라와 좌를 정하자 비는 그의 옆으로 가 앉고, 궁녀들은 좌우로 늘어서며, 공주 앞에 와 엎드려 인사한다)

공주　아바마마 이르시나이까. (비의 옆으로 앉는다)

낙랑주　(웃으며) 무슨 재미있는 일이 있는 모양이로다.

비　지금 꿈 이야기를 하고 있었나이다.

낙랑주　꿈 이야기? 누가 무슨 좋은 꿈을 꾸었는가?

비　좋은 꿈이 아니라 사실은 공주가 흉몽을 꾸고 걱정하옵기 흉몽 대길이라 도리어 좋은 일이 있을 것이라고 일렀나이다.

낙랑주　흉한 꿈? 어떤 꿈을 꾸었는고? 사실인즉 과인도 꿈자리가 이상했는데 그 꿈 이야기 좀 들어볼 수 없을까?

공주　계집아이의 요망한 꿈, 아바마마의 귀에까지 들으시게 할 바 못될까 하나이다.

낙랑주　무슨 꿈이었던고? 말해보라.

공주　(마지못해) 상서롭지 못한 꿈인가 하나이다. 신첩이 머리를 풀고 전신 피투성이가 되어 울었삽고 정전正殿 주초들이 빠져 굴러다니는 꿈이었나이다.

낙랑주　(얼굴빛이 변해지며) 흥, 과연 괴이한 꿈이로군. 과인은 하늘에서 붉은 별이 떨어지는 꿈을 꾸었어.

비   (놀라며) 별이 떨어지는 꿈이오니까?

낙랑주   (고개를 끄덕거리며) 이 나라에 무슨 좋지 않은 징조가 있으려는
        가.

비   꿈은 허망한 것이오니 그것을 어찌 믿사오리까.

낙랑주   그것은 그렇거니와 공주의 꿈도 심상치 않은 꿈이로군. 꿈 까닭
        은 아니겠지만 과인은 오늘 아침부터 어쩐지 심기가 불평하고
        이 나라에 무슨 불길한 일이 일어날 것 같은 생각이 자꾸 들
        어…….

비   상감마마께서도 공주와 같은 말씀을 하시니 오늘 어쩐 일인지
        모르겠나이다.

공주   인제 꿈 이야기는 고만 거두시옵고 다른 이야기를 하사이다.

낙랑주   (공주의 얼굴을 의시疑視*하며) 요새 너의 얼굴이 나날이 수척해가
        니 무엇을 그리 걱정하는가? 호동을 생각느라고 그런가.

비   신정이 식기 전에 남편과 이별하니 어찌 안 그렇겠나이까.

낙랑주   허, 이별이란 괴로운 일이로다. 호동에게서는 늘 소식이 있는가?

비   때때 사자의 왕래가 있나이다.

낙랑주   언제나 데려가려는고?

비   제 말 들으면 머지않아 가게 될 듯하오이다.

낙랑주   고구려 사람 될 날이 머지않도다. 고구려 왕실과 인친의 의를
        맺으면** 두 나라의 사이도 좋아질 것이라. 과인이 이날을 급히
        기다리노라. 호동은 용맹과 의를 겸한 사나이이니 우리를 잊지
        않을 것이라. 과인은 그를 사위 겸 아들로 생각하노라. (멀리 북

* 의심스러운 눈으로 봄.
** 원문에는 '맺이면' 임.

298

소리와 징소리, 아우성 소리 들린다) 아, 이 무슨 소린고? 낙랑에 지금까지 큰 환란은 없었더니 이웃 고구려 강성하여 이웃 나라를 침략하매 걱정이 적지 않은지라 다행히 호동을 사위 삼은 것은 이 하늘이 도우심인 것 같다. (먼 데서 나는 북소리, 함성) 괴이하도다. 이 무슨 소린고? 다른 사람에게도 들리는가?

공주와비 (귀를 기울이며) 요란한 소리가 들리나이다. (이때 대신 달음박질로 들어와 부복)

대신 상감마마! 큰일이옵나이다.

낙랑주 (놀라며) 무슨 일이야?

대신 성하에 고구려 군사가 이르렀나이다.

낙랑주 (벌떡 일어서며) 무엇이라고?

대신 수천의 고구려 병정이 처들어와 성을 에워싸고 있사오매 성의 함락이 경각간에 있나이다.

낙랑주 그예 왔도다. 고구려가 그예 낙랑을 쳤도다! (큰 소리로) 고구려 군사가 성하에 이르도록 몰랐단 말인가?

대신 네. 아득히 몰랐나이다.

낙랑주 무슨 소리야! 그러면 그 북과 나팔이 울지 않았더란 말인가?

대신 울지 않았나이다. 이상한 일이었사옵기 무고를 열고 살펴보온즉 그 북과 나팔이 깨어져 있었나이다.

낙랑주 (펄쩍 뛰며) 깨어졌다니 그게 정말인가?

대신 네. 정말이옵나이다.

낙랑주 그것을 누가 깨트렸단 말이냐? 빨리 무고지기를 이리 잡아들여라. 그리고 군사를 발하여 성문을 꼭꼭 지키게 하고 각 무장들에게 싸울 준비를 시켜라.

대신 어명대로 하겠나이다. (퇴장)

낙랑주 (털퍼덕 앉으며) 아, 모든 일은 글렀도다. 낙랑이 망하게 되단 말가.

비 어이하면 좋사오리까. 이 일을 어이하오리까.

낙랑주 모든 일이 천수로다. (공주, 얼굴빛이 변해 어찌할 줄 모르며, 궁녀들도 모두 황황하여 정신없이 서 있다. 포졸 두 명 무고지기를 잡아가지고 들어와 땅바닥에 꿇린다. 대신 뒤따라 들어와 뜰 앞에 부복)

대신 무고지기를 잡아 대령하였나이다. 군사들은 모두 성문을 지키게 하였삽고 무장들에게도 대명*을 시켰나이다.

낙랑주 (앞으로 나오며) 너희들은 잠을 자고 있었더냐? 북과 나팔을 깨트린 자가 누구란 말이냐.

고지기 (엎드려 떨며) 소인들의 죄는 만 번 죽어도 마땅하오며 북과 나팔은 어느 틈에 누가 들어와서 깨트렸는지 실로 알지 못하나이다.

대신 이놈아 모르는 게 무어야? 바른대로 아뢰어라.

고지기 정말 아득히 모르겠나이다.

낙랑주 언제부터 깨어졌던 것도 몰랐더냐!

고지기 오늘 열어보고 비로소 알았삽나이다.

낙랑주 이놈 죽어도 모를까!

고지기 죽사온들 누구 앞이라 감히 거짓말을 하오리까.

낙랑주 어떤 사람의 짓이란 것도 짐작 못 하겠느냐?

고지기 도무지 알 수가 없나이다.

낙랑주 온, 이런 등신이 있단 말인가. 네가 무고 수직**을 잘못한 죄로 이 나라가 망하게 되는 것을 아는가.

고직이 백 번 죽어도 한이 없삽나이다.

---

* 待命. 명령을 기다림.
** 守直. 건물이나 물건 따위를 맡아서 지킴. 또는 그런 사람.

낙랑주　이놈을 빨리 내다 베어라*! (포졸 무고지기를 끌고 나간다. 이 광경을 보고 있는 공주 얼굴빛이 토색土色이 되어가지고 떨고 있다)

낙랑주　아, 이것이 누구의 짓이란 말가. 귀신이란 말이냐! 사람이란 말이냐! (공주 낙랑주 앞으로 와 엎드려 울며)

공주　아바마마!

낙랑주　귀신의 짓이라면 하늘이 시킴이요.

공주　아바마마!

낙랑주　사람의 짓이라면…….

공주　아바마마 북과 나팔을 깨트린 죄인은 여기 있나이다.

낙랑주　(놀라며) 무어라고?

공주　그것을 제가 깨트렸나이다.

낙랑주　(놀라며) 무어라고?

공주　그것을 제가 깨트렸나이다.

낙랑주　네가?

공주　정말로 제가 깨트렸나이다.

비　(쫓아와서) 네가 미쳤느냐, 이게 웬 소리냐!

공주　호동왕자의 명을 받아 제가 밤에 무고에 들어가 깨트렸나이다. 나라를 배반한 죄인 어서 죽여주시옵소서.

낙랑주　(기막혀 공주를 한참이나 흘겨본다) 흥, 도적은 울안에 있었단 말이지.

공주　(엎드려 통곡하며) 아바마마 이 몸을 낙랑의 국적을 어서 죽여주옵소서.

낙랑주　범의 새끼를 맞아들이고 집안에 도적을 길렀으니 누구를 원망

| ＊ 원문에는 '버혀라'임.

하랴! (일어나 허리에 찬 칼을 빼어 든다) 들으라. 너는 나의 딸이나 나라를 배반한 역적, 인정은 막으나 국법은 용서치 않는다. (칼을 들어 치려 하니 비 달려와 막는다. 낙랑주 비를 떼밀고 눈을 딱 감고 칼을 들어 공주의 허리를 친다. 공주 비명을 지르고 나둥그러진다. 궁녀 처매*를 갖다 공주의 몸 위에 덮는다. 비 달려들어 통곡하고, 공주의 시녀 1, 2 상수로 등장, 공주 시체에 엎드려 운다)

낙랑주   (칼을 내던지고 자리에 힘없이 앉으며) 너는 나를 원망하리로다. (비읍한다) (군졸 2명 급히 등장)

군졸   아뢰나이다. 고구려 군사가 성문을 깨트리고 물밀듯 쳐들어오나이다. (군졸 둘 다 퇴장)

낙랑주   (한숨을 쉬며) 낙랑은 망하도다. 오랜 종사가 과인에게 이르러 끝나단 말가. (일어나서) 비여, 가사이다. 들어가 우리도 깨끗이 죽어 낙랑과 목숨을 같이하사이다. (비를 잡아 일으킨다. 비 울며 공주의 몸에서 안 떨어지려 한다)

대신   상감마마 어서 몸을 피하소서.

낙랑주   피한들 어데까지 가리. 산들 그 욕이 오죽하랴! (대신에게) 그대는 좋은 임금을 찾아가 섬기라. (궁녀들에게) 그동안 너희는 우리를 잘 섬기어왔도다. 국운이 쇠하여 낙랑이 망하니 우리는 나라와 목숨을 같이하려니와 너희들은 각각 새 주인을 찾아가 잘 살라. (낙랑주 비를 끌고 뒤로 나간다)

궁녀들   (울며) 소인들도 상감마마와 같이 가오리다. (궁녀들 다 뒤를 따라 나가고, 공주의 시녀 1, 2만 그대로 엎드려 울고 있다. 밖에서는 북소리와 요란한 함성. 대신 달음박질로 피해 나간다. 한참 동안 밖에서

| * '치마'의 방언.

들리는 아우성 소리와 시녀의 울음소리가 날 뿐 무대는 고요하다. 조금 후에 밖에서 요란한 말발굽 소리와 발자국* 소리 나며 호동왕자 무장하고, 부장과 군졸 두 명을 데리고 등장)

호동　공주는 어데 있느냐! 공주를 찾아라!

시1　(얼굴을 들어 호동왕자를 보더니 반가워하며) 왕자마마 오시나이까.

호동　(올라오며) 오, 잘 있었더냐. 공주는 어데 계시나! (시1 울며 말을 못 하고, 시2가 공주의 시체를 가리킨다. 호동 덮은 것을 들추어보더니 깜짝 놀란다)

호동　이게 어찌 된 일이냐?

시1　북과 나팔을 깨트린 죄로…….

　　　(애조의 고락)

호동　(공주의 시체를 덥석 안으며) 공주! 공주! 호동이 예 왔소. 기다리던 호동이 예 왔거늘 이 모양이 웬 모양이오……. 공주! 그 눈을 떠 나를 다시 보아주오. 호동이 왔거늘 왜 한마디 말도 못 하오. 얼마나 나를 원망하였으며 미워하였겠소. (엎드려 운다) 오직 나를 위하여 이 지경을 당한 그대, 나는 무엇으로 목숨까지 바친 그대의 큰 사랑을 보답해야겠소. 어떤 일을 해야 그대의 영이 조금이라도 위로를 받겠소. 영혼이 있거든 말을 해주소. 어떤 일이라도 호동이 사양치 않으리다. (일어나서) 내 죄로다. 모든 것이 내 죄로다. 장차 어이 기쁘리. 천하를 얻었으면 그것이 무엇이냐……. 어떠한 즐거움과 온갖 기쁨이 다 와도 이 슬픔은 메우지 못하리라. (허리에 찬 칼을 끌러 내던지고 손에 들었던 창도 내던진다) 이것이 다 무엇이냐! 승전의 기쁨은 갖다 주었으나 그보다 더 큰 비애를 내게 선물하도다.

부장 왕자마마 고만 진정하옵소서. 수천의 장졸이 명을 기다리고 있나이다.

호동 나는 이겼으나 진 자이로다. 그대가 나를 대신하여 모든 일을 수습하여주소. (시녀와 군졸에게) 너희들 공주의 시체를 공주전으로 모시어라. (시녀와 군졸 대들어 공주의 시체를 마주 들고 내려선다. 호동 그 뒤를 따른다)

부장 왕자마마 어찌하시려나이까.

호동 모든 일은 그대에게 맡기노라. 나는 졌으나 고구려는 이겼도다. 천하에 무정한 사나이, 무신한 사나이, 그는 나이로다! 내 무슨 낯을 들고 삼군을 호령하며 세상에 서리요. 뒷일은 그대에게 부탁하노라. (왕자 공주 시체를 따라 나간다. 부장 침통한 얼굴로 왕자의 나가는 뒤를 바라보고 섰다)

—고요히 막—

—『낙랑공주』, 명문당, 1936. 6.

두루쇠

1막

때

학도지원병령이 내렸을 때(어느 일요일).

곳

서울

등장인물

태식(모 전문교생生) ···································22세
태숙(그의 누이 여학생) ···························18세
김 씨(그들의 어머니) ·····························55세
옥녀(그들 집의 식모*) ····························16세
만춘(정 총대의 아들**) ····························23세

---

* 원문에는 '그의 딸'이라고 되어 있으나 이후의 내용으로 볼 때 '그들 집의 식모'임.
** 원문에는 '그의 아들'이라고 되어 있으나 역시 이후의 내용에서는 '정 총대의 아들'임.

정町* 총대總代** ······························· 50세
두루쇠 ······························· 25~26세
동네 색시 ······························· 20세

무대

태식의 집. 마루 좌편 구석에 테이블과 책장이 놓여 있다. 우편에 안방과 부엌이 있고 상수 쪽에 대문이 반쯤 보인다. 오전 열한 시경.

막이 열리면 태식이 테이블에 앉아서 책을 보고 있고, 태숙은 그 옆에 서서 들여다보고 있다. 옥녀는 마루 걸레질을 친다.

태숙   오빠, 책 덮어두고 어디로 산보 나가요, 응?

태식   산보가 다 무어냐, 이런 시절에.

태숙   이런 시절이니까 나는 실컷 놀고 싶어. 실컷 놀다가나 죽지.

태식   (책을 탁 덮으며) 남 책 좀 보려니까 옆에 와서 쌩이질***이로구나.

태숙   이런 시절에 오빠는 공부할 생각이 나우?

태식   이런 시절일수록 공부를 해야 한다. 그래야 마음이 안정되는 법이다.

태숙   그러지 말고 오빠, 어서 어디로 갑시다. 조금만 있으면 또 그 정총대가 올는지 몰라요.

태식   오면 고만이지.

태숙   귀찮지 않아요. 또 그 연설을 늘어놓고 졸라대면 어떻게 해요. "우리 학도에도 광영의 출진의 길이 열렸습니다. 한시라도 지

---

* 시가市街를 소구분한 지역명. '동'에 해당함.
** 전체를 대표하는 사람. 예전에 마을의 우두머리를 이르던 말.
*** 한창 바쁠 때에 쓸데없는 일로 남을 귀찮게 구는 짓.

306

체하지 말고 우리는 다 지원해 명예의 총대를 맵시다." …… 호
호호.

태식　　　하하하.

밖에서 "이리 오너라." 소리 들린다.

태숙　　　(얼굴빛이 변해지며) 오빠, 왔나 봐요, 그 작자가 또……. (옥녀에
　　　　　게) 얘, 나가 봐. 오빠 구두 감추고……. 오빠 들어가 숨읍시다.
태식　　　숨긴 왜 숨어.
태숙　　　응, 귀찮아요. 이리 오세요.

태숙이 태식을 끌고 안방으로 들어간다. 옥녀 태식의 구두를 마루 밑
에 감추고 밖으로 나간다. 김 씨 안방에서 담뱃대를 들고 마루로 나와 앉
는다.

김씨　　　암만 와봐라, 내가 승낙을 하나. 지원이라는 건 제 맘대로 하는
　　　　　겐데 왜 날마다 와서 귀찮게 굴어.
　　　　　(담배를 피워 빤다)

옥녀와 찾아온 사람은 객석에서 보이지 않는다. 조금 후에 옥녀 들어
온다.

김씨　　　누구냐 또 정 총대가 왔데?
옥녀　　　아녜요, 반장이 왔에요.
김씨　　　왜?

옥녀	이따 네 시부터 방공 연습이 있대요. 인제부터는 애들이나 식모 내보내지 말고 주인아씨나 마님들이 손수 꼭 나오셔야 한다고요.
김씨	뭐? 날더러 나오란 말이야? 그래 늙은 사람더러 그 몸뻬*지 몸 둥인지를 주워** 입고 달음박질을 하란 말야? 난 죽어도 그것은 못 하겠다.
옥녀	그렇고말구요. 마님께서 그것을 어떻게 하세요. 편찮으시다고 안 나가시면 고만이지요, 뭐. (다시 마루 걸레질을 친다)

태식 방에서 나오고, 태숙도 뒤따라 나온다.

태식	반장이야? 총대인 줄 알았드니.
태숙	난 또 그놈의 총대가 왔다고. 그러게 오빠 어디로 나가요.
김씨	만나면 더 성가시어. 차라리 만나지 않는 게 낫다. 어디 놀러 나 갔다 오려무나.
태식	그러지 말고 어머니, 지원을 할까?
김씨	뭐? (눈을 흘긴다)
태식	이렇게 안 하고 부대낌을 받느니보다 차라리 지원해버리는 게 낫지 않아요?
김씨	내가 너 하나를 길러 오직 네게다 맘을 붙이고 사는데 너를 전쟁에 내보내고 어떻게 살란 말이야. 네가 전쟁에서 죽기 전에 내가 먼저 죽게?
태식	전쟁에 나가면 뭐 꼭 다 죽나요.
김씨	그래도 죽기가 십상팔구지.

---

* もんペ. 여자들이 일할 때 입는 바지의 하나. 일본에서 들어온 옷으로 통이 넓고 발목을 묶게 되어 있다.
** 원문에는 '주어'임.

태숙   괜히 그래요, 오빠가⋯⋯. 오빠가 뭐 일본 병정이 돼 나갈 사람
        예요? 정 심하면 도망이라도 가지.

        옥녀, 걸레질을 다 치고 부엌으로 들어간다.

김씨   제일 성가시어 못 배기겠는데 어저께는 또 경찰서장이 와서 조
        르고 갔지. 서장은 일본 놈이니까 그렇다지만 이 총대라는 작자
        는 왜 그렇게 와서 지긋지긋이 귀찮게 구는지 몰라. 그렇게 충
        신 노릇을 하면 나중에 총독이나 되는지.
태식   그래야 벼슬이 올라가거든요.
태숙   오빠, 우리 놀러 나갑시다.
태식   글쎄, 그럼 어디 나가볼까?

        태식이 모자를 찾아 쓴다. 정 총대 상수로 등장.

총대   (대문 밖에서) 이리 오너라.
태숙   (귀를 기울여 듣다가) 총대야, 총대.
김씨   또 왔군. 애, 옥녀야, 나가 보아라.
옥녀   네. (대문으로 간다. 찾아온 사람과 그는 역시 보이지 않는다)
태숙   오빠, 들어가 숨읍시다.
태식   내 온, 이런⋯⋯.
태숙   어서 오빠. (손을 잡아끈다)
태식   엥이! (모자를 책상 위에 팽개치고 안방으로 들어가다가 되돌아서 다
        시 모자를 집어가지고 들어간다)
옥녀   (들어오며) 총대 양반이 오셨어요.

김씨   들어오시라고 그러려무나.

옥녀 다시 나가 총대와 같이 들어온다.

총대   어제는 대단 실례했습니다.

김씨   (옥녀 방석을 갖다 놓자 그것을 내밀며) 앉으십시오.

총대   네, 고맙습니다. (방석에 앉는다) 자제는 어디 갔습니까?

김씨   네, 잠깐 나갔습니다.

총대   날마다 와도 볼 수 없군요. 오늘은 공일이라 집에 있는 줄 알고
         왔더니.

김씨   공교로이 없는 때만 오시니까 그렇지요.

총대   어떻게 더 권고 좀 해보셨습니까? 결심이 서셨는지요?

김씨   글쎄요. 뭐 더 생각해보겠다고 하니까요.

총대   뭐 더 생각해볼 것도 없지 않습니까?

김씨   그래도 저로서는 퍽 깊이 생각하는 모양입니다.

총대   그야 그렇겠지요. 그러나 뭐 젊은 양반이 그렇게 용기가 없을까
         요. 다른 학생들은 척척 지원들을 하는데요.

김씨   그래도 얘는 좀 사정이 다르니까요. 무엇보다도 저는 이 집의
         삼대독자인 데다가 저의 아버지도 일찍 돌아가고 나 혼자만 두
         고 가자니 차마 결심이 안 서는 모양입니다.

총대   허허, 그러니까 어머니께서 튼튼해야 합니다. 어머니 마음이 굳
         세어야 아드님도 굳세지요. 왜 내 생각은 조금도 말고 너는 사
         내답게 전쟁에 나가라고 격려해주시지 못하십니까? 저 내지*의

| * 内地. 외국이나 식민지에서 본국을 이르는 말.

310

여성들을 보십시오. 아들과 남편을 전쟁에 보내면서 눈물 한 점 안 흘리고 야스구니진쟈(靖國神社)*에서 만나자고 하지 않습니까. 어머니께서 주저하시니까 아드님도 주저하는 게 아닙니까. 이번의 이 학도특별지원병이야말로 조선 학도로서 무상의 광영입니다. 아드님이 영광의 길로 나가는 것을 왜 막으십니까?

김씨 　어디 내가 막나요.

총대 　그럼 왜 아드님이 결심을 못 하십니까?

옥녀, 부엌으로 들어간다.

김씨 　…….

총대 　조선 사람들은 전쟁에 나가면 다 죽는 줄 안단 말씀예요. 참 딱하지요. 그리고 또 혹시 죽는다고 하드라도 남아로서 이보다 더 떳떳한 죽음이 어디 있겠습니까?

김씨 　댁에도 아드님이 계시지요?

총대 　네, 있습지요. 그러나 바로 작년에 전문학교를 졸업했습니다. 나는 그놈이 그저 학생으로 있다면 단박 지원을 시켰을 것입니다.

김씨 　우리 애는 몸이 약해서…….

총대 　그러면 더욱 좋습지요. 군대라는 데는 사람을 다시 만드는 곳입니다. 한번 갔다 오기만 하면 몸도 튼튼해지고 사람도 씩씩해지고……. 그래 자제는 지원할 생각은 있는 모양입지요.

김씨 　글쎄요. 뭐 저도 그런 생각이 없는 것은 아니겠지요마는 몸도 약한데 또 집안 사정도 그렇고 하니까…….

---

* 야스쿠니 신사. 일본 도쿄 지요다 구에 있는 신사神社. 메이지 이후의 전쟁 따위로 죽은 250여 만의 혼을 모아 제사 지내는 곳으로, 제2차 세계대전이 끝날 때까지 황실의 보호를 받았다.

총대 그야 누구나 다 사정은 있습지요. 그러나 그것을 일일이 돌아볼 수가 있습니까? 그리고 첫째, 집안에 계신 분이 뒷걱정 없게 격려를 해주셔야 합니다. 첫째, 어머니 되시는 분부터.

김씨 그러나저러나 뭐 이건 지원병이니까 자기 맘대로 할 수 있는 게 아니겠습니까?

총대 그야 그렇습지요. 그러나 이런 일에 조선 사람의 성의가 나타나는 것이니까요. 다 황국신민*이 된다고 떠들면서 이런 일에 모두 지원들을 안 해보십시요. 조선 사람은 다 거짓말을 한다고 할 게 아닙니까? 그러니까 저는 전 학도가 지원하기를 바랍니다. 우리 정에서도 거의 다 지원하고 인제는 한 열 집 남는 셈이지요.

김씨 그만하면 성적이 좋구먼요.

총대 그러나 우리 정의 방침은 전부를 다 지원시킬 작정입니다. 저는 서장에게도 자신 있게 약속을 했습니다. 제 힘으로 다 지원을 시키고 말 것이라고……

김씨 이것 큰일 났습니다그려. 우리 애는 암만해도…….

총대 그러시지 말고 결심을 하게 하십시요. 남들 다 나가는데 빠지는 것도 못난 일이 아닙니까. 그리고 끝까지 지원을 안 하면 나중에 징용을 보낸단 말도 있으니까요.

김씨 징용을요?

총대 네, 징용을 보낸데요.

김씨 ……. (담배만 빤다)

총대 이따 또 들르겠습니다. 대관절 자제를 좀 보기나 해야겠는데 늘

| * 皇國臣民. 일제 강점기에 천황이 다스리는 나라의 신하 된 백성이라 하여 일본이 자국민을 이르던 말.

312

와도 없으시니까……. (일어선다)

김씨 가시겠습니까?

총대 네, 이따 또 들르겠습니다. 이번에는 기쁜 대답을 들려주십시요. (나간다)

김씨 글쎄요, 온……. (그를 대문까지 전송한다)

총대 안녕히 계십시요.

김씨 안녕히 가십시요.

총대 퇴장. 김 씨 걱정스러운 얼굴을 해가지고 도로 마루에 와 앉는다.

옥녀 (부엌에서 나오며) 갔습지요? 아이, 똑 찰거머리 같에요. (안방을 향해) 갔에요. 인제들 나오세요.

태식과 태숙 안방에서 나온다.

태숙 아이, 왜 그렇게 졸라대.

태식 그놈이 나를 내보내면 훈장이나 하나 갖게 되는가 왜 그리 야단이야.

김씨 이거 암만해도 안 가고는 못 배길까 보다. 큰일 났는데. 저렇게 날마다 몇 번씩 와서 사람을 볶아대니 어디 견디겠니.

태숙 지원이라고 하면서 이건 강제나 마찬가지지 뭐야.

태식 흥, 말이 지원이지. 그러게* 강제지원병이란 말이 있지 않으냐.

태숙 인제 조선 사람 다 나가고 말 게야. 지원병, 학도지원병, 징병,

| * 원문 '그렇게'임.

그리고 징용, 보국단, 뭣이니 뭣이니 해가지고.

김 씨 대단히 걱정스러운 얼굴로 무엇을 깊이 생각하고 있다. 옥녀 안방으로 들어간다. 태식이 결상으로 가 앉고, 태숙은 김 씨 옆에 앉는다.

태식   어머니 너무 걱정 마세요. 정 못 견디어 나가게 되면 나갔다 오는 게지요. 그리고 끝까지 안 나가도 뭐 목을 끌어가려구요.
김씨   지원을 안 하는 학생은 징용을 보낸다고 하지 않든……. 요놈들이 이렇게 꼼짝달싹을 못 하게 만들어놓는구나.
태식   징용? 나가라면 나가지 뭐.
김씨   징용은 또 어디로 보낼는지 아니? 저 북해도 탄광 같은 데로 보내봐라. 이건 병정 나가는 것보다 더하지.
태숙   오빠, 그러지 말고 어디로 도망가요.
태식   어머니 되는 대로 하지요. 뭐 그렇게 염려하지 마세요. (태숙에게) 애, 놀러나 나가자.
태숙   글쎄…….
태식   글쎄라니. 왜 또 금방 맘이 변했니?
태숙   기분이 안 나는데요.
태식   기분은 또 별안간 무슨 기분이야. 자, 가자.

태식이 결상에서 일어나고, 태숙도 일어선다.

김씨   애, 태숙아.
태숙   네.
김씨   너 참 저기 좀 가봐라.

태숙	어디예요?

김씨 저 광화문통. 내가 명함을 받아두었는데……. (일어나 안방으로 들어가더니 명함 하나를 찾아가지고 나온다. 그동안 태식은 도로 걸상에 앉는다)

김씨 (명함을 태숙에게 보이며) 여기 좀 가보아라.

태숙 (명함을 받아 들고 보며) 대용품 연구소……. 여기는 왜요?

김씨 거기 가서 소장을 찾아보고 이 일을 좀 의논해보고 오너라.

태숙 아이, 어머니는. 대용품 연구소란 대용될 물건을 연구하는 데 아녜요.

김씨 그래도 가서 네 오빠 일을 좀 의논해봐, 좋은 수가 있을 테니.

태숙 호호호, 어머니도. 아니, 사람 대용품을 구하려고 그러세요?

태식 (일어나 다가오며) 어머니, 그게 뭐예요? (태숙이 가진 명함을 들여다보며) 뭐, 대용품 연구소?

김씨 넌 가만있어. (태숙에게) 어서 좀 가보아라. 일전에 내 소장을 만났어. 물건만 아니라 사람 대용품도 마련해준다더라.

태식 하하하.

태숙 호호호……. 별소릴 다 듣겠네.

옥녀 방에서 나온다.

김씨 (참된 태도로) 앤 알지도 못하고 그래. 내 얘기 들었어. 일전에 보국단 가는 사람도 대신 구해 보내준 일이 있단다.

태숙 그렇지만 어머니, 병정 대용품이야…….

김씨 잔말 말고 어서 좀 갔다 와. 옥녀, 너도 같이 갔다 오너라.

태숙 (웃으며 머뭇거린다)

김씨	어서!
태숙	아니, 정말예요?
김씨	그럼, 정말이 아니고…….

태숙이 그 오빠를 돌아보고 웃으며 할 수 없이 마루 아래로 내려서 신을 신는다. 옥녀도 따라 내려선다.

김씨	가서 잘 좀 의논해보고 오너라.
태숙	될까?
김씨	갔다 와, 어서!
태숙	네, 그럼 다녀오겠어요.
옥녀	마님, 다녀오겠습니다.

태숙과 옥녀 대문으로 나간다. 태식 김 씨 옆에 앉는다.

태식	(웃으며) 어머니, 정말 사람 대용품이 있습니까?
김씨	얘는 내가 헛소리하는 줄 알어?
태식	암만해도 저는 어머니께서 너무 걱정을 하셔서 정신이 좀 이상 해지신 것 같에요.
김씨	그럼 내가 미쳤단 말야?
태식	(웃으며) 뭐 거기까지는 안 가셨어도…….
김씨	에이, 망한 녀석.
태식	그렇지 않고서야 온, 어머니…….
김씨	이따 보려무나 다 되는 수가 있을 테니.
태식	그렇기로서니 어머니, 대용품을 내보내는 수야. 장난의 말씀이

시지.

김씨   그럼 어떻게 해? 나가 죽느니보다는* 낫지.

태식   그렇지만 누가 속아 넘어가요?

김씨   넌 가만있어. 다 내 좋도록 일을 만들어놀 테니. 나도 다 들은
       말이 있어서 그러는 게야. 그 집에서 그런 일을 다 묘하게 꾸며
       준다더라.

태식   온, 나중에는 별소리를 다 듣겠에요.

김씨   내 다 좋게 해줄 테니 넌 염려 말고 가만있어. 그동안 어디 시골
       같은 데나 가 있다 오면 되지 않니.

태식   난 모르겠에요. 어머니 맘대로 해보시지요.

태식 의자로 가 앉는다. 김 씨 안방으로 들어간다. 태식 의자에서 일
어나 마루로 왔다 갔다 하며 깊은 생각에 젖는다. 동네 색시 '센닌바리
(千人針)'**를 가지고 안으로 들어온다.

동네색시   실례합니다.

태식   무슨 일이신지요?

동네색시   저 부인네 안 계십니까? 이것을 좀. ('센닌바리' 헝겊***을 보인다)

태식   네네, '센닌바리'입니까. (안방을 향해) 어머니!

김씨   (소리만) 왜?

태식   이리 좀 나오세요.

김씨   (나오며) 왜 그래?

* 원문에는 '죽는이보다는'임.
** せんにんばり. 출정 군인의 무운武運을 빌기 위해 1,000명의 여자가 한 장의 천에 붉은 실로 한 땀씩 매듭
   을 뜬 것.
*** 원문에는 '흔겁'임.

동네색시   미안합니다. ('센닌바리'를 내준다)

김씨   네. (그것을 받아 들고 한 바늘 꿰매주고 나서) 이것을 가지고 나가
        면 탄알을 안 맞는다지요.

동네색시   (받아 들며) 글쎄요, 누가 압니까? 그렇게들 말하니까요. 고맙습
        니다.

김씨   댁에서는 누가 나갑니까?

동네색시   저의 남편입니다.

김씨   아이, 딱해라. 혼인하신 지도 얼마 안 되신 것같이 보이는데.

동네색시   (슬픈 얼굴을 지으며) 네. 한 두어 달 전에 결혼했어요.

김씨   에이, 가엾어라. 주인 양반께서 학생이시우?

동네색시   네, 경성전문에 댕겨요.

김씨   에이, 딱한 일도 많지. 저런 색시를 두고 어떻게 나간담. 그놈들
        때문에 모두…….

태식   어머니, 그런 말씀 마세요.

김씨   하면 어떠냐? 조선 사람이 다 좋아서 나가는 사람이 어디 있겠
        니. 억지루 끌려 나가는 게지.

동네색시   그렇습지요.* 고맙습니다.

김씨   평안히 가시유.

    동네 색시 퇴장.

태식   어머니, 그렇게 아무나 보고 말씀 함부로 하지 마세요.

김씨   어떠냐? 그랬다고 설마 고해바칠라구.

| * 원문에는 '그렸습지요'임.

태식	그래두 말조심하세요. 말 함부로 하다가 잡혀가는 사람이 어떻게 많은데요.
김씨	그놈들은 모두 잡아가는 것밖에 모른다더냐.
태식	요새 버썩 더해졌대요. 광우리* 장사 중에도 형사 놈들의 밀정이 있다는데요, 뭐.
김씨	하기는 전차 안에서 세상도 변했지 했다고 잡혀간 사람도 있다더라…… .

태숙과 옥녀, 두루쇠를 데리고 등장. 두루쇠를 문밖에 객석에서 보이는 편에 세우고 태숙과 옥녀 먼저 들어온다.

김씨	다녀왔니**? 그래 어떻게 됐니?
태숙	(웃으며) 저기 하나 데리고 왔어요. (대문 쪽을 가리킨다)
김씨	누구를?
태숙	사람을 하나 소개해주며 데리고 가라고 하는구먼요.
김씨	어떤 사람이야?
옥녀	아주 우스운*** 사람예요.
김씨	그래 어서 데리고 들어오지그래.
태숙	(옥녀에게) 가 데리고 들어와.

옥녀 문밖으로 나가 두루쇠에게 들어오라 손짓한다. 태숙 마루 위로 올라온다.

---

* 광주리.
** 원문에는 '단녀왔니'임.
*** 원문에는 '웃은'임.

태식   무슨 사람을 데리고 왔니, 대용품?

태숙   (고개를 끄덕거리며 웃는다)

태식   하하하, 나중에 별일을 다 보겠구나. (의자에 앉는다)

김씨   어디 만나보자. 무슨 좋은 수가 있을 게다.

    태숙이 김 씨 옆에 앉고, 옥녀 두루쇠를 데리고 들어온다.

두루쇠   (굽실하며) 안녕하십니까?

김씨   어서 오시요. 자, 이리 앉으시유.

    두루쇠 마루 끝에 앉는다. 옥녀는 부엌문 앞에 기대선다.

김씨   대용품 연구소에서 일을 보시는가요?

두루쇠   네, 거기서 근무합지요.

김씨   그래 무슨 일을 보시는가요?

두루쇠   네, 대용품 노릇을 합니다.

김씨   그 참 아주 훌륭한 직업이십니다.

두루쇠   뭐 별로 심심치 않은 노릇이지요.

김씨   그래 성함은 뉘신지요.

두루쇠   사람들이 두루쇠라고 불러줍니다.

    태숙과 옥녀는 웃음이 나오는 것을 참는다.

김씨   두루쇠? 그것 참 좋은 이름입니다그려.

두루쇠   네, 그저 무어든지 두루두루 다 한다고 그래서 두루쇠지요.

김씨	그래 대체 어떤 일을 전문으로 하십니까?
두루쇠	하는 일이야 많지요. 그러나 요새는 주로 이런 노릇을 합지요. 즉 말하자면 저…… 왜 요새 배급 타는 데나 전차 타는 데나 기차표 사는 데나 모두 일렬로 죽 늘어서지 않습니까?
김씨	그렇지요.
두루쇠	그런 데 가서 대신 서주고 돈 같은 것을 받습지요.
김씨	그것 참 좋은 일이군요.
두루쇠	또 발판 노릇 같은 것도 합지요.
김씨	발판이라니요?
두루쇠	도적놈들 담 넘어가는 데 발판 노릇 같은 것을 해줍지요.
김씨	네, 그런 발판 노릇예요. 그리고 또……?

다른 사람 모두 웃는다.

두루쇠	그 외에 돈만 주면 하는 일이 많습니다. 부잣집 아이들 말 노릇도 해주고, 농촌에 나가 허수아비 노릇도 해주고, 매 맞을 사람 매도 대신 맞아주고, 유한마담의 산보 동무도 해주지요. 서양말로 하면 스택* 뿐이지요. 때에 따라서는 구류나 징역도 대신 사는걸요.
김씨	아, 그런 일까지도…….
두루쇠	하고말고요. 바로 몇 달 전에도 경제범으로 두 달 징역 살게 된 것을 대신 살고 나왔지요. 지난달에는 한 달 근로보국대를 대신 갔다 왔습네다.

| * 원문에는 '스택'임. stack. 많음, 다량.

김씨   그 참 두루두루 다 하십니다그려.

두루쇠   그러게 두루쇠지요.

　　모두 웃는다. 이때 정 총대 등장, 대문 앞에 객석에서 보이는 쪽으로
와 사람을 부르려다가 안에서 웃음소리가 나니까 기웃기웃하며 귀를 기
울이고 서서 듣는다.

김씨   사실은 우리 집에서도 좀 부탁할 일이 있어서 오시라고 했는데요.

두루쇠   네, 무슨 일인지 말씀만 하십시요.

김씨   이 일은 좀 어려운 일인데 해주실는지요?

두루쇠   네, 그저 돈만 많이 주시면 무어든지 하지요. 그러나 온통 죽는
　　　　　일은 못 합니다. 목숨이 도망가면 돈 벌어도 소용없으니까요.
　　　　　그저 반만 죽는 일이라면 하지요.

김씨   저, 다른 게 아니고요. 병정을 좀 대신 나가주실 수 있을까요?

두루쇠   병정 대용품입니다그려.

김씨   네. 저 우리 애더러 병정을 지원하라고 하는데 그런 데 대신 나
　　　　　갈 수도 있는지요?

두루쇠   네, 학도지원병을 대신 나가달라시는 말씀입니다그려.

김씨   네, 그렇지요.

두루쇠   이런 것은 처음 해보는 노릇인데요. 그리고 또 나도 그놈의 전
　　　　　쟁판은 좀 재미가 적어요. 더군다나 일본 병정은 살아 돌아오라
　　　　　고 하지 않고 이것은 밤낮 죽어라, 나라를 위해 죽어라 죽어라
　　　　　하고 죽기만 장려하는 통에……. (입맛을 다신다)

김씨   어렵겠습니까?

두루쇠   글쎄요……. (결심을 하고) 뭐, 해보지요. 나가서 혹 죽게 되면

이 장사를 염라국으로 옮길 셈 치고…….

김씨   그러시다면 고맙겠습니다. 좀 해주십시요.

두루쇠 어디 해보지요.

김씨   그런데 이런 일에는 대체 얼마나 드리면 됩니까?

두루쇠 글쎄올시다. 이런 일은 전례가 없는 데다 또 목숨을 내걸고 하
     는 일이 되어서……. (한참 생각해보고 손가락을 꼽아보다가) 상당
     히 내셔야겠는데요.

김씨   얼마나?

두루쇠 글쎄 오만 원은 주셔야겠는데요.

김씨   뭐? 오만 원! (놀란다)

두루쇠 뭐 비싸지 않습니다. 아주 싸게 말씀드린 겁니다.

김씨   그게 공정 가격입니까?

두루쇠 아니올시다. 시세가 그렇습니다.

김씨   너무 비싸군요, 오만 원은……. 좀 훨씬 싸게 안 될까요?

두루쇠 어려운데요. 뭐, 목숨을 내걸고 하는 일이니까요.

김씨   그래도 에누리가 좀 있겠지요?

두루쇠 에누리 없습니다.

김씨   이렇게 빡빡해서야 어디 흥정이 되겠소?

두루쇠 (한참 생각하다가) 그럼 정 그렇게 말씀하시니 조금 감해드리지요.

김씨   암 그렇지요, 흥정이란 그래야 되지요. 그래 얼마나 깎아주시려
     우?

두루쇠 (손가락 하나를 들며) 이것 하나 깎아드리지요.

김씨   얼마, 만 원?

두루쇠 에이, 천만에.

김씨   그럼 천 원?

두루쇠   조금만 낮추십시요.

김씨   그럼 백 원?

두루쇠   한 번만 더 내립시요.

김씨   그럼 십 원?

두루쇠   맞았습니다. (고개를 끄덕거린다)

김씨   예이, 여보. 원 사람 대접을 하드라도 오만 원 흥정에 십 원을 깎다니.

두루쇠   그것도 대접으로 깎아드리는 겝니다.

김씨   그게 어디 대접이요?

두루쇠   원체 에누리는 없습니다.

김씨   그럼 더 깎지 못하겠단 말씀요?

두루쇠   네. 사만 구천구백구십 원 이하는 일 전 한 푼이라도 더 못 깎습니다.

김씨   그러지 말고 다시 생각해 좀 훨씬 깎아주시요.

두루쇠   더는 안 됩니다.

김씨   온, 이건 너무하는구려.

태식   (의자에서 벌떡 일어서며) 어머니, 고만두십시요. 온, 이게 장난입니까, 무업니까?

김씨   얘가 장난이 뭐냐? 넌 글쎄 가만있어.

두루쇠   장난이 아닙니다.

태식   당신도 고만 돌아가시요.

두루쇠   그야 가라면 갑지요. 그러나 병정은 좀 고됩니다.* 목숨이 달아나는 판이니까요.

| * 원문에는 '고딥니다'임.

태식   그런 걱정 말고 돌아가시요.

이때 정 총대 기침을 하며 문 안으로 썩 들어선다. 김 씨 얼굴빛이 변해진다.

총대   실례합니다.
김씨   (당황히) 어서 오십시요.

다른 사람들도 다 인사를 한다.

두루쇠   (일어나 인사를 하며) 안녕하십니까.
총대   자네 웬일인가?
두루쇠   네, 장사를 하러 좀 왔습지요.
총대   장사? 인제는 병정 대용품 노릇도 하나?
두루쇠   그런 것도 합지요. 그런 것은 왜 해서 안 됩니까?
총대   조금 있으면 목숨도 팔러 다니겠네그려.
두루쇠   그것은 숨이 넘어갈 임시에 팔고 갈 작정입니다.
김씨   이리 와 앉으십시요.

태숙이 방석을 내다 놓는다.

총대   (방석에 앉으며 태식을 보고) 학생, 참 만나기 어렵소그려.
태식   공교로이 제가 없는 때 늘 오시어서.
총대   그래 요새 공부 잘 하오?
태식   어디 공부가 됩니까?

총대	그렇겠지. 요새 어디 학생들이 공부할 때인가? 피 있는 젊은이 라면 다 책보를 내던지고 나라를 위해 몸을 바치려 하는 때이니 까…… .
두루쇠	(김 씨에게) 저는 다시 오지요.
총대	(두루쇠에게) 아니, 내 할 말이 좀 있어. 잠깐 게 있게.
두루쇠	네. (한쪽으로 선다)
총대	(태식에게) 내 여러 번 와서 자당 뵙고 말씀드렸으니까 잘 알겠 소마는. 그래 어떻게 결심이 섰소?
태식	…… . (주저하며 대답을 안 한다)
총대	거 어째 젊은이들이 그리 용기가 없소? 온 조선 청년들이 이렇 게 비겁할 줄야 몰랐어. 모두 이러다간 큰일인데.
태식	…… .
총대	지금도 내 서장을 보고 오는 길인데 다른 관내는 성적이 좋은데 이 관내가 그중 성적이 나쁘다는구면. 이렇게 몇 사람이 끝까지 결심을 못 하는 것은 결국은 사상이 나쁜 탓이라고 이렇게 말을 한단 말야. 이렇게 돌려버리니 이거 딱한 노릇 아니요. 그 사람 들 눈에 그렇게 보이면 나중에 문제란 말야.
태식	…… .
김씨	뭐 사상이 나빠서들 그런 게 아니겠지요. 무엇보다두 집안 사정 때문에 다 그러는 것이 아니겠습니까?
총대	국가의 흥망을 걸고 싸우는 이 판에 국민이 어찌 일일이 집안 사정을 돌아볼 수 있겠습니까?
김씨	그야 그렇습지요마는.
총대	(태식을 보고) 일일이 다 딱한 사정이 있는 것은 나도 잘 아오. 그러나 이 기회야말로 조선 사람들이 다 황국에 대한 충성을 보

일 때이요. 그러니 다 용단성 있게 결심들을 하오.

태식 (입맛만 다시고 섰다)

총대 어떻소? 학생, 알아듣겠소?

태식 (약간 흥분해가지고) 네, 다 잘 알겠습니다. 그러나 이번의 학도
병은 지원에 의하는 것이 아니겠습니까?* 지원이라는 개인 의
사 여하에 달리지 않았에요?

총대 그렇지.

태식 그렇다면 일일이 돌아다니시며 권유를 아니하셔도 좋지 않습니
까?

총대 그야 지원하고 아니하는 것은 본인 의사에 달렸지. 그러나 이것
이 우리 조선 민족 전체에 영향이 있다는 것을 생각할 때 어떻
게 조선 사람의 하나로서 가만히 앉아 있을 수야 있소?

태식 (흥분해가지고) 권유도 좋습니다. 그러나 너무 강권**들은 마시
는 게 좋을 것 같습니다.

총대 강권? 내 언제 강권을 했소?

태식 강권이 아니고 무엇입니까? 더군다나 아까 서장의 말씀 같은 것
을 하시는 것은 삼가주시는 게 좋겠습니다. 그것은 일종의 위협
입니다. 저는 모욕을 당한 것 같습니다. 우리 조선의 젊은이들이
꾹 참고 암말도 않고 있어도 가슴속에는 다 흐려지지 아니한 새
빨간 조선 사람의 피가 흐르고 있습니다. 이것을 모르고 황국신
민이니 국가를 위하느니 무엇이니 하고 다니신다는 것은 너무나
인식 부족입니다. 아니 너무나 대담하고 또 부끄러운 일입니다.

김씨 아니, 너 왜 이러니. 그게 무슨 소리냐?

---

* 원문에는 '아닙겠읍니까' 임.
** 强勸. 내키지 아니한 것을 억지로 권함.

총대   (성을 내며) 허, 이 사람 큰일 날 소리 하는군.

태식   무엇이 큰일 날 소리입니까?

김씨   아서라, 너. 총대 어른께서도 다 조선 사람을 위해서 저렇게 애
        쓰고 다니시는 게 아니냐.

태식   흥, 조선을 위해서……

총대   엥히, 온, 학생이 그게 무슨 말이야?

태식   왜 제가 틀린 말을 했습니까? 이렇게 꾹 참고 있어도 뱃속들은
        다 있습니다. 총대 어른께서도 일본 사람이라면 모르지만 조선
        사람으로서의 양심이 계시다면 차마 이러고 다니실 수가 있습
        니까? 고만두십시오. 저도 참다못해 충고해드리는 말씀입니다.
        (돌아서 버린다)

총대   온, 그 사람이 백주에* 큰일 날 소리를 하니. 지금이 어떤 때라
        고 말을 그렇게 함부로 하는가?

태식   그래도 못 알아들으시겠습니까?

김씨   애, 너 글쎄 왜 이러니? 미쳤니?

태식   차라리 미치기나 했으면 좋겠습니다.

총대   (화가 나 담배를 꺼내 피우고 뻑뻑 빨고 있다)

김씨   용서하십시오. 뭐 미거한 자식의 말 조금도 가리고 타내지** 마
        십시오.

총대 암말도 않고 담배만 피우고 있다.

두루쇠   총대 어른 장사도 잘 안 되는군요.

---

* 원문에는 '백쥐'임. 드러내 놓고 터무니없게 억지로.
** 남의 잘못이나 결함을 드러내어 탓하지.

총대   뭐야! (눈을 흘긴다)

두루쇠 (움찔하며*) 아니올시다. 저…… 저는 그만 가야겠습니다. 안 가시겠습니까?

총대   나도 가야겠네. (일어선다)

김씨   가시겠습니까? 미거한 자식 때문에 실례가 많습니다.

그때 만춘이 등장, 대문 안을 기웃기웃하다가 들어선다.

만춘   아버지 여기 계시구먼요. (김 씨를 보고) 실례합니다.

총대   너 웬일이냐?

만춘   저 큰일 났에요.

총대   뭐야, 또?

만춘   회사에서 근로보국대를 보내는데 제가 뽑혔에요.

총대   뭐?

만춘   비행장 닦는 데 근로대로 가게 됐에요.

총대   아—니, 회사에서도 근로보국대를 보낸단 말이냐?

만춘   네. 저의 회사 사장은 현재 중추원** 참의***로 있는 분인데 아주 총독부에도 신임이 두터운 분이지요. 이번에도 솔선해서 애국심을 발원해야 한다고 사원 중에서 돌려가면서 열 명씩 뽑아 한 달 동안씩 근로보국대를 보낸대요.

총대   그래 거기 네가 뽑혔단 말야?

만춘   네.

---

* 원문에는 '움쩍하며'임.
** 中樞院. 일제 강점기에 조선총독부의 자문기관.
*** 參議. 일제 강점기에 중추원에 속한 벼슬.

총대	그것 큰일 났구나. 왜 이담에 간다고 그러지 못했어?
민춘	제비를 뽑은걸요.
총대	에이, 못난 자식. 왜 하필 거기 뽑힌단 말이냐.
민춘	어디 마음대로 할 수 있는 노릇인가요.
총대	에이, 빙충맞은* 자식! (입맛을 다신다) 너 같은 게 거기를 갔다 가는 오도 못 하고 죽을 텐데 이를 어떻게 한단 말이냐.
민춘	그래서 큰일 났에요.
총대	그놈의 사장 놈은 또 왜 한술 더 떠?
두루쇠	총대 어른 같은 분인가 보구먼요.
총대	뭐? (눈을 흘긴다. 두루쇠 또 움찔하고 물러선다)
총대	그래 이걸 또 어떻게 하면 좋아. 사장을 좀 만나보고 내가 운동을 해볼까? 그 사장 술 잘 먹니?
민춘	웬걸요. 한 모금도 못해요. 그리고 운동해도 안 돼요. 아주 마음이 쇠꼬챙이같이 곧은 사람인데요.
총대	그럼 어떻게 한단 말이냐. 큰일 나지 않았니. 그대로 갈 수도 없고…… 아—이, 옳지, 됐군. 마침 잘 됐어. (두루쇠를 향해) 자네 이리 오게. 나하고 같이 좀 가세.
두루쇠	같이요? 저에게 또 신세를 지시게요? 그러나 아직 여기와 흥정이 끝이 안 난걸요.
총대	괜찮어, 괜찮어. 내 돈 더 많이 줄게.
두루쇠	그렇지만 이쪽은 액수가 큽니다.
총대	온, 자네가 그럴 터인가? 내 일을 좀 보아줘야지. 자, 그러지 말고 같이 가세.

| * 원문에는 '빙충마진' 임. 똘똘하지 못하고 어리석으며 수줍음을 타는 데가 있는.

두루쇠 글쎄 이쪽 일을 어떻게 하고요?

총대 온, 이 사람이. 글쎄 여러 말 말고 이리 와. (김 씨를 보고) 이것
실례합니다. 자, 가세, 가. (두루쇠의 등을 밀고 나간다. 두루쇠 빙
글빙글 웃으며 밀려 나간다. 만춘*도 그 뒤를 따라 나간다. 모두 그 나
가는 꼴을 바라보고 서 있다)

태식 (응시하고 서 있다가 그들이 문밖을 나서자 폭소) 아 하하, 아 하하!

　　　다른 사람들도 서로 쳐다보고 웃는 가운데 막이 내린다.

—《신문예》, 1946. 7.

새벽의 노래

3막

때

1945년 11월경

곳

서울

등장인물

김경수

김병철　　　김경수의 아들, 학병

김혜영　　　김병철의 누이동생

김수영　　　김혜영의 동생

최 부인　　　김경수의 아내

복순　　　　김경수네 하녀

최영한　　　김병철의 중학 동창, 김경수의 심복

| 박광훈 | 한민당* 총무의 비서 |
| 기타 | 학병 1, 2, 의사, 간호부 |

제1막

무대

새로 이사 온 김경수네 응접실. 전에 일본인이 살던 집, 양실이다. 후면은 유리 너머로 정원의 나무들이 위만 보이고 왼편에는 밖으로 난 문, 오른편에는 내실로 통하는 문이 있다. 가운데 응접 테이블이 놓여 있고 둘레에 몇 개의 의자와 뒤쪽으로 소파가 놓여 있다. 안으로 통하는 문 위쪽에 탁자와 그 위에 꽃병, 벽에는 전기 시계. 막이 열리면 김혜영이는 복순이와 후면 유리창 위에 양화를 틀에 끼워 걸고 있다. 김수영이는 응접 테이블 앞에 앉아 심란한 얼굴로 먼 산을 바라보고 있다. 김혜영이가 그림을 다 걸 때쯤 해서 최 부인 새로 쓴 문패를 가지고 안에서 나온다.

최부인	(김혜영을 보고) 거기 걸렸던 그림은 어쨌니?
혜영	안에 있지 않아요?
최부인	그것은 이층에 걸까?
혜영	못써요. 그까짓 일본 그림.
수영	흥, 집은 일본 사람 집에 들고서 일본 그림은 싫다?
최부인	넌 왜 또 고개를 외로 꼬고 앉았니?
수영	심란해서요.

---

* 한국민주당韓國民主黨. 1945년 8 · 15 광복 후 자유민주주의를 지향하는 민족주의 보수 세력이 집결하여 창당한 정당. 지주 계층, 자산가 및 지성인들이 주축이 된 정당으로서 우익 민족진영의 대표적인 정치 세력으로 자리 잡았다. 미군정에 적극 참여하여 실질적으로 미군정의 여당적 지위를 차지하였고, 그 후 이승만의 단정 추진을 적극 지지함으로써 대한민국 정부 수립을 위해 크게 활약하였다.

최부인   심란해?

수영   네, 마음이 심란해요.

최부인   그건 또 왜. 집이 맘에 안 드니?

수영   아니. (고개를 가로 흔든다)

혜영   (그림을 다 걸고 쳐다보며) 비뚤어지지 않았나?

복순   괜찮아요. 반듯해요.

최부인   (김수영에게 문패를 주며) 옜다.* 이거나 갖다 걸고 오너라.

수영   (문패를 받아 들여다보며) 김광金光. 흥, 아버지는 이름만 갈면 다 되는 줄 아시나.

최부인   너 그게 무슨 소리냐. (눈을 흘긴다)

수영   (그 말에는 대답 않고) 못하고 장도리가 있어야지.

최부인   못은 거기 있어. 그냥 갖다 걸기만 하면 돼.

    김수영 안으로 들어간다.

최부인   쟤가 요새 왜 저렇게 비틀어져갈까?

혜영   글쎄요. 요새 너무 생각을 하는 것 같애요.

최부인   생각은 무슨 생각야.

혜영   아직 나이가 어리고 하니까 아버지 일, 집안일 같은 것을 너무 지나치게 걱정하는 모양예요.

최부인   걱정? 인제 걱정할 것도 없지 않으냐. 집도 이렇게 옮겨놓았고 설마 여기까지 쫓아와 야단들을 치려고. 그리고 아버지께서는 이름도 저렇게 갈으셨으니까 누가 알아보고 찾아올 리도 없

---

* 원문에는 '엿다'임.

고……

최 부인 안으로 들어가고 복순이도 그 뒤를 따라 들어간다. 김혜영 소파와 탁자의 위치를 바르게 고쳐놓는다. 김수영이 들어온다.

혜영   달았니?

수영   응. (소파에 가 앉는다)

혜영   얘, 너 어머니 보시는 데 너무 그러지 말아. 걱정하시지 않니.

수영   언닌 아주 이런 집에 옮겨 살게 되니까 좋아 죽겠수?

혜영   좋고 싫고가 어디 있니. 우리야 어른들 하시는 대로 할 뿐이지.

수영   난 우리가 이렇게 이름까지 갈아가며 숨어 살게 되는 것을 생각할 때 정말 원통하고 분해요.

혜영   (의자에 앉으며) 지금 와서 그런 소리 하면 소용 있는 일이냐.

수영   다른 사람들은 다 해방이 되었다고 좋아서 야단인데, 우리 아버지만은 버젓이 얼굴도 못 들고 다니실 뿐 아니라 남에게 욕을 먹고 비난받으시니 좀 화나우.

혜영   인제야 무슨 상관 있니. 거길 떠나왔는데……

수영   그래도 양심이 있지 않수, 양심이……

혜영   그러니까 인제부터 아버지께서도 건국을 위해 재출발을 하실 게 아니냐.

수영   그러면서 이런 집은 왜 또 사 드는* 거요. 언닌 알우? 이 집이 뉘 집인지? 바로 그 지방과장 살던 집이야. 지금 일본 사람의 집을 사지 말라고 야단들인데 아버지께서는 뒷구멍으로 돈을 그 녀석에게 주어가며 이 집을 사시지 않았수. 그전 잘못을 청산하시

_____
* 들다. 방이나 집 따위에 있거나 거처를 정해 머무르게 되다.

려고 하시기는커녕 점점 더하시니 이를 어떻게 하우?

혜영 그렇지만 너도 알다시피 집은 없고, 갈 데는 없고 어떻게 하니. 급하니까 아무 집이나 사신 거지. 그동안 우리가 그 시골에서 쫓겨 와가지고 고모님 댁 좁은 방에서 거의 한 달 동안이나 좀 고생했니. 그래도 나는 그 징용 갔다 온 패들이 그렇게까지 심하게 굴 줄은 몰랐다.

수영 징용 갔다 온 사람들뿐이우? 전 면이 다 아버지를 미워했는데. 그것도 그럴밖에. 나는 그 사람들 나무랄 수 없어. 사실 아버지가 좀 심하게 하셨수? 그렇기 때문에 공출도 성적이 그 군에서 제일 좋았고 징용 나간 성적도 제일이 아니었수.

혜영 면장 노릇을 해먹자니까 자연 그럴 수밖에 있니. 아버지만 나무랄 것도 아니야. 위에서 시키니까 그런 게지.

수영 그래도 우리 아버진 너무 심하게 했어요. 좀 심하게 했어? 지난 겨울에도 공출 벼 더 내노라고 그 추운데 농군들을 잡아다 면사무소 마룻바닥에 밤새도록 꿇려놓고 밥을 굶기고 찬물을 끼얹고…….

혜영 쉬―. (벌떡 일어서며) 애가 어쩌자고 그런 소리를 함부로…….

수영 뭘, 하면 어때. 뻔히 다 아는 일을 뭐…….

혜영 애가 미쳤나?

수영 난 그러기에 아버지께서 서울 잘 계시다가 면장 해 내려가신 게 잘못이라고 보아.

혜영 뭐, 하시고 싶어 하신 게냐. 소위 거물 면장이라고 해서 그전에 군수 다니던 사람을 총독부에서 일부러 찾다가 면장으로 내보내는 통에 아버지도 끌려 나가셨지.

수영 그게 틀렸거든……. 더 심하게 조선 사람을 빨아올리라고 그 정책을 쓰는 것을 왜 거절 못 하고 가신단 말유. 이걸 좀 봐요. 참 기막히지. (핸드백을 열고 종잇조각을 펴 든다)

혜영 뭐냐, 그게?

수영 접때 내려갔을 때 장터거리에 이게 붙었기에 내가 뜯어 넣어두 었던 거야. 내 읽을게 좀 들어봐요. 몸서리가 쳐지지.

친애하는 면민 제군!

삼십육 년 동안 우리를 총칼로 위협하고 마음껏 착취하던 잔악 한 일본 제국주의는 조선에서 물러갔다. 그러나 그들의 앞잡이 가 되어 우리를 못살게 굴고 팔아먹던 간악하고 얄미운 일본 제 국주의의 충견 민족의 반역자들은 각처 각 기관에 그대로 잠복 해서 암약하고 있다. 제군은 기억하리라. 공출 면장으로 이름이 났던 본 면의 면장 김경수를! 추운 겨울에 늙은이를 눈 위에 무 릎 꿇리고 공출을 강요하고 구타하던 김경수, 징용 기피자의 가 족 부녀자를 주재소에 불러다 하루 종일 걸상을 들려 괴롭히던 김 면장! 그는 삼 년 동안 면장 노릇에 오십만 원의 재산을 모았 고 팔일오 후 혼란한 틈을 타서 면 금고의 징용원호금 팔만 원 을 횡령해가지고 종적을 감추었다…….

혜영 얘, 고만둬. 듣기 싫어, 고만둬! (손짓을 해 말리고, 김수영은 그 종잇조각을 팽개치고 두 손에 얼굴을 파묻고 운다. 김혜영은 그 종이 를 집어 박박 찢어버린다)

최 부인 안에서 나온다.

최부인 (김수영을 물끄러미 쳐다보다가 김혜영을 보고) 아니, 왜들 그러니?

혜영 아녜요.* (종이를 쪽쪽 찢어 손에다 움켜쥔다)

최부인 (김수영을 보고) 아—니, 넌 왜 울어?

수영 ……. (대답 없이 그대로 운다)

최부인 무슨 일들야?

혜영 아녜요, 쟤가 공연히…….

최부인 또 쌈들을 했나 보구나, 커다란 것들이 밤낮 쌈들은 무슨 쌈이
야……. (응접 테이블 의자에 앉으며) 그러나저러나 네 오래비는
살아 있는지 죽었는지. 남들은 다 돌아오는데 네 오래비만은 소
식이 없구나. (슬픈 얼굴을 짓는다)

혜영 더 기다려보아야지 지금 알 수 있어요? 교통이 막혀 못 오는 사
람이 얼마든지 있는데 차차 돌아오겠지요. 그리고 또 북지로 간
사람들은 저쪽으로 도망간 사람들이 많다니까 그리로 넘어갔으
면 좀 더딜 게예요. 그러니 천천히 기다려보아야지요.

최부인 하기는 일본이 항복하기 한 달 전에도 소식이 있었으니까 죽지
는 아니했을 상싶다마는…….

혜영 오빠는 확실히 살아 있어요. 그쪽에는 아무 전투도 없었고 했으
니까.

수영 (그동안 눈물을 닦고 있다가) 인젠 오빠가 돌아와도 찾아오지를
못하겠네.

최부인 참, 그렇구나. 그전 살던 데로 갈 테니 거기 가서 찾는댔자 알
수 없을 게고……. 그리고 보면 그동안 돌아왔는지도 모르겠구
나. 돌아와 있으면서 집을 못 찾아 못 오는지도 모르지.

| * 원문에는 '안예요'임.

혜영   그래도 조선에 돌아오기만 했으면 어떻게 하든지 알게 되겠지
      요. 신문에도 날 게고 우리 집을 찾다 못 찾으면 고모님 댁으로
      라도 갈 게 아녜요?

수영   그 집도 이사 온 집 아녜요? 오빠는 그 집도 몰라요.

최부인   애, 참 그렇구나.

혜영   그래도 와 있기만 하면 알게 돼요. 학병들이 돌아오면 신문 같
      은 데 더러 나는데 뭐.

수영   그것도 뭐 날 만한 일이 있어야 나지, 나나?

최부인   그동안 돌아와서 시골로 갔다가 그곳 사람들한테 봉변이나 안
        당했는지 모르겠다.

혜영   오빠야 무슨 죄 있어요? 봉변을 당하게.

최부인   그래도 알 수 있니. 그 무지막지한 사람들한테 너희* 아버지 계
        신 데를 찾아놓으라고** 야단을 만날지도.

혜영   학병으로 나갔다 오는 사람보고 누가 그러겠어요.

수영   오빠는 필연코 도망갔을 게야. 그때 나갈 때도 날 보고 그랬어.
      내가 뭐 때문에 일본 놈을 위해 싸우니. 아버지만 아니면 지원
      을 안 하고 도망을 가버릴 텐데. 나는 아버지 체면에 희생이 되
      는 사람이다. 남들은 나가라고 권고를 해놓고 제 자식은 안 나
      간다고 비난받을까 봐 아버지는 날 보고 지원하라고 하셨지만
      나가긴 나가도 나도 생각이 있다. 이렇게 말했는데 뭘.

최부인   도망가기가 쉬운 노릇이냐. 잘못하면 붙잡혀 죽기가 쉽다는
        데. 그리고 얼마 전까지도 그 부대에 있었으니까 도망은 안 갔
        을 게고. 내 생각 같아서는 길이 막혀 못 나왔거나 그렇지 않으

---

* 원문에는 '너의'임.
** 원문에는 '놓라고'임.

면 나와가지고 있거나 그런 상싶다.

혜영   글쎄요. 둘 중에 하나지요.

수영   오빠가 있기만 하면 아버지께서 자꾸 저런 길로 가시게 그냥 가만있지 않을 텐데.

최부인   너는 요새 밤낮 하는 소리가 무어냐? 말속에 말을 품어가지고 아버지 하시는 일을 공연히 비웃고 탓만 하니. 계집애가 어른이 하시는 일을 무얼 안다고 참견을 하고 주둥이를 놀리는 거냐.

수영   하시는 일이 옳지 않으니까 그렇지요.

최부인   네가 뭘 알아? 그러면 왜 아버지께 옳지 않습니다 하고 정정당당히 여쭈어드리지 못하니.

수영   그랬다가 벼락이 내리게.

최부인   그렇거든 가만히나 있어.

복순 안에서 나온다.

복순   진지 차려놨에요.

혜영   벌써 점심야?

최부인   들어가 밥 먹자.

최 부인 앞서서 들어가고, 김혜영과 김수영 뒤따라 들어간다. 복순도 들어간다. 무대 잠깐 빈다. 밖으로 난 문에 노크 소리. 이쪽에서 응답이 없으니까 최영한이가 그대로 들어온다. 방에 아무도 없으므로 안문을 다시 똑똑 뚜드린다. 복순이 나온다.

복순   어서 오십시오.

영한	영감마님 계시냐?
복순	아까 출입하셨에요.
영한	다른 분들은?
복순	다들 안에 계서요. 점심 잡수세요. 작은아씨를 나오시라고 할까요?
영한	나오시라고 할 것 없어. 내 여기 기다리고 있지. (소파에 가 앉는다)

　　복순 허리 굽혀 인사하고 안으로 들어간다. 최영한이 주머니에서 신문을 꺼내가지고 읽는다. 조금 후에 혜영이 나온다.

혜영	오셨에요.
영한	점심 다 잡숫고 나오시지요.
혜영	아녜요. 다 먹었에요.
영한	집이 어때요? 살기 괜찮지요.
혜영	네, 아주 정결하고 좋아요. 전에 총독부 지방과장이 살던 집이라지요?
영한	네. 관사를 마다하고 예서 살았다니까요. 아마 제가 지었다나 보지요.
혜영	봄에는 저 정원이 좋을 것 같애요.
영한	(일어나 정원을 내다보며) 참 잘 꾸며놓았구먼요. 화초와 나무도 상당히 여러 가지를 심어놓았는데요.
혜영	꽤 잘살았던가 보지요?
영한	돈푼이나 모았던 모양입니다. 일본 놈들 과장쯤 되면 수단 있는 놈은 다 몇십만 원 잡아 쥐니까요. (도로 와 앉으면서) 그런데 아버지께서는 어디 나가셨습니까?

혜영	네, 어디 좀 다녀오신다고 나가셨어요.
영한	문패를 변명한 문패로 붙였군요.
혜영	네. (의자에 앉는다)
영한	하하, 뭐 그렇게까지 아니하셔도 괜찮을 텐데.
혜영	그래도 알 수 있어요? 그놈들이 여기까지 쫓아와 야료를 하면 어떻게 해요.
영한	뭐 서울까지야 오겠어요. 시골서는 참 야단들이더구먼. 웬만한 면장 구장은 거의 다 혼들이 난 모양이고 면 서기들도 많이 야단을 만나는 모양이더구먼요.
혜영	네. 우리 살던 이웃 면장도 집들이 죄 부서지고* 매를 많이 맞았다나 보아요. 그때는 자기가 하고 싶어서 했다느니보다 총독부 놈들이 시키니까 하고는 지금 와서 큰 욕들을 보는구먼요.
영한	그렇지요. 조선 사람 관리야 누가 본맘으로 그런 사람이 있겠에요. 다 그놈들에게 목숨이 매였으니까 할 수 없이 마음에 없으면서도 하라는 대로 한 죄밖에 없지요.
혜영	그런데 참, 아까도 얘기했습니다마는 우리 오빠는 어찌 됐을까요? 통 소식이 없으니.
영한	자꾸들 돌아오는 중이니까 좀 있으면 돌아오겠지요.
혜영	북쪽에서들도 많이들 돌아오지요?
영한	네, 그쪽에서 돌아오는 학병들도 많이 있습니다.
혜영	오빠도 혹 돌아오지나 않았는가 생각돼요.
영한	돌아왔으면 집으로 올 게 아닙니까?
혜영	그렇지만 저희는 시골서 떠나와 가지고 그동안 고모님 댁에 가

---

* 원문에는 '집들을 죄 부시우고'임.

	있다가 이리로 왔으니까 오빠는 집을 모르지요.
영한	그래도 시골로 갔다가 없으면 고모님 댁으로라도 찾아가겠지요.
혜영	그 집도 오빠는 모르지요. 역시 전에 살던 집이 아니니까.
영한	그런가요? 그러면 돌아와도 못 찾아오겠네.
혜영	돌아오는 사람 이름이 더러 신문 같은 데 난다는데 좀 주의해 보아주세요.
영한	글쎄 주의는 해보지요마는 어디 그런 게 다 나나요. 병철 군 돌아왔으면 우리 회에 같이 손잡고 일했으면 참 좋으련만.
혜영	우리 회라니 무슨 회예요?
영한	이번에 청년들을 모아가지고 독립청년회라는 것을 만들었습니다. 모두들 목숨을 내놓고 우리와 함께 일하겠다고 맹세하였습니다.
혜영	회원들은 많이 모였습니까?
영한	지금은 아직 한 사십여 명밖에는 안 됩니다마는 장차는 회원을 대확장할 작정입니다. 그리고 김 선생께서 적극적으로 후원해주시기로 되었고 또 한민당에서 뒤를 보아주기로 되었습니다. 그쪽과의 연락은 다 김 선생께서 취해주시기로 되어 있습니다.
혜영	네, 아버지께서도 관련을 하시는구먼요.
영한	바로 말하면 김 선생의 지도 아래 이 회가 탄생된 것이나 마찬가지지요. 비용 같은 것도 다 대어주셨으니까요.
혜영	그래요? 그것 때문에 늘 아버지하고 만나 의논하셨구먼요.
영한	그렇습니다. 이번 병철 군이 있으면 같이 손잡고 일했으면 좀 좋겠습니까?
혜영	오빠가 계시면 그런 일에는 참 발 벗고 나서서 하실 텐데요.
영한	그동안에 돌아오겠지요. 돌아오면 다 같이 일하게 되겠지요. 병

철 군이 와보고 내가 이렇게 김 선생의 심복이 되어 일하는 것을 보면 깜짝 놀랄걸요.

혜영 　그렇지요. 전에 서울 살 때는 자주 드나드셨지만 시골로 간 뒤로는 별로 뵙지 못하였었으니까요.

영한 　전에야 자주 놀러 다녔지요. 그때 혜영 씨는 여학생이었지요. 내가 가면 부끄러워서 잘 얘기도 아니하셨지요.

혜영 　(웃으며) 여학교 다닐 때는 참 부끄럼 많이 탔어요. 오빠 친구 어른이 오시면 반갑기는 하면서도 말씀도 잘 못 여쭈었으니까요. 그때 비하면 지금은 아주 말괄량이가 된 셈이지요. 호호호…….

영한 　하하하…….

김수영이 나온다.

수영 　(영한에게) 오셨어요?

영한 　안녕하십니까?

수영 　무슨 얘기들을 그렇게 재미있게 하세요.

영한 　네, 혜영 씨 여학생 때 얘기를 하고 웃었습니다.

수영 　네―. (김혜영의 옆의 의자에 앉는다)

영한 　그때나 이때나 수영 씨는 깔끔하고 쌀쌀하신 편이었지요.

수영 　제가 그렇게 쌀쌀해 보여요?

영한 　네, 찬바람이 일지요. 그러나 퍽 다정하고 싹싹하신 편이지요.

수영 　저도 제 생각을 하면 너무 쌀쌀하게 사람을 대하는 것 같애 좀 부드럽게 굴어보려 하면서도 자연 사람을 대하면 그렇게 돼버려요. 제 성격을 어쩔 수 없는가 보아요.

영한 　괜찮습니다. 여자들은 다소 그런 편이 좋아요.

수영 　인젠 또 비행기를 태시네.

영한 　하하…….

혜영 　우린 형제지만 참 성격이 달라요.

영한 　병철 군은 아마 두 분의 중간이 될걸요.

수영 　오빠도 성나면 무서워요.

혜영 　그럴* 땐 똑 저 수영이 성낼 때와 같지요.

영한 　그럼 두 분이 병철 군의 성격을 갈라 타고나신 모양이로구면요.

김수영, 김혜영 일시에 웃는다.

영한 　어떻습니까, 수영 씨. 집이 좋지요? 마음에 드십니까?

수영 　구석구석이 일본 놈 냄새가 나요.

영한 　하하하…….

혜영 　참, 아닌 게 아니라 일본 사람 냄새가 나요.

영한 　조선 사람 집에서는 김치 냄새가 나는 거나 마찬가지지요.

김경수 밖에서 들어온다. 모두 일어난다. 혜영 모자를 받아 건다.

영한 　어디 다녀오십니까?

경수 　참, 최 군 잘 왔네. 그러지 아니해도 좀 얘기할 말이 있어서 사
　　　람을 보내려 했더니……. (소파에 앉는다)

혜영 　점심 진지 차릴까요?

| * 원문에는 '그럴' 임.

경수   고만둬, 밖에서 먹었다. (최영한에게) 이리 와 앉게.

영한   네. (응접 테이블 왼쪽 의자에 앉는다)

경수   (두 딸에게) 우리 조용히 얘기할 말이 있으니 너희들은 좀 들어
        가 있어라.

김혜영과 김수영이 대답하고 안으로 들어간다.

경수   (응접 테이블 의자로 와 앉으며) 그래 회원은 많이 모였나?

영한   한 사십 명쯤 됩니다.

경수   사십 명? 이때까지 사십 명밖에 안 돼?

영한   지금 자꾸 끌어모으는 중이지요.

경수   안 되네, 안 돼. 그래가지고는. 그래도 오륙백 명 내지 천여 명
        돼야지. 돈이 좀 들더라도 수를 많이 늘려야 돼. 자네도 보다시
        피 지금 청년 단체란 거의 다 좌익 계통인데 그 수가 좀 많은가.
        이래가지고야 어디 그쪽 세력에 대항할 수 있는가?

영한   차차 보지요. 어디 하루 이틀에 됩니까.

경수   그렇게 미적지근한 활동으로 되나? 좀 적극적으로 해야지. 그
        리고 좀 체격이든지 뭐든지 든든한 사람들을 모으게. 자네도 알
        다시피 이건 보통 청년 단체로 생각해서는 안 되네. 이쪽의 전
        투 부대로 활약을 해주어야 할 것이니까. 알겠나?

영한   네.

경수   이건 우리끼리 얘기지만 이 좌익 놈들이 득세하면 우리는 고만
        이야. 그러니까 어떻게 하든지 이 기회에 그 세력을 꺾어놓아야
        할 터인데……. 이런 것을 가지고 생각하드래도 독립청년회의
        책임이 참 중대하다는 것을 잊어서는 안 되네.

복순이 차를 따라가지고 나와 두 사람 앞에 찻잔을 놓고는 머뭇거리고 서 있다.

경수 (복순에게) 어서 들어가! (복순이 찔끔해 얼른 안으로 들어간다) 내 지금 한민당 총무 양반과도 얘기하고 왔네. 거기와도 밀약이 다 되었네. 적극적으로 후원하기로 되었으니까. 그리고 비용의 일부도 부담하기로 되었으니까. 돈 같은 것은 일체 문제로 하지 말고 활동들만 잘해주게. 그러나 이런 얘기는 극비밀이니까 통 입 밖에 내지 말게.

영한 네, 잘 알겠습니다. 일전에 말씀하시던 그 경찰부장 건은 어찌 됐습니까? 김 선생께서는 우선 무엇보다도 그것을 적극적으로 운동하셔야 할 것입니다.

경수 지금 맹렬히 운동 중인데 그렇게 쉽지는 않은 모양이야. 하여간 조만간 내가 추천을 받게 될는지도 모르니까 천천히 그것은 기다리기로 하고, 우선 그 회를 확장시키는 문제가 당면의 급한 문젤세.

영한 김 선생께서 경찰권만 잡게 되시는 날이면 일은 다 되는 건데요.

경수 그야 이를 말인가. 그러나 될 걸세. 한민당 쪽에서도 나를 적임자로 생각하고 지금 상당히 운동을 하는 모양이니까. (바깥문 쪽에서 부스럭 소리가 나자 대단히 긴장해지며) 누구야! (소리를 지른다)

영한 (일어나 문을 열고 밖을 내다보고 도로 와 앉으며) 아무도 없어요. 쥐가 부스럭거렸나 봅니다.

경수 (다시 안도한 안색으로) 참, 엊그저께 얘기하던 것은 어떻게 만나 얘기해보았나?

영한   네, 그것도 거의 다 얘기가 되었습니다. 우리 회 쪽으로 가담해
       일해주기로 되었습니다.

경수   모두 몇 명이나 되지?

영한   한 이십여 명 됩니다.

경수   그 사람들도 순전한 쌈패들이지?

영한   네, 모두 쌈패지요. 유명한 팹니다. 그래도 전에 종로 뒷골목의
       철록이 패라면 다들 이름만 들어도 떨었습니다.

경수   됐네. 그 패들을 잡아야 해, 그 패들을.

영한   그런데 순전히 그 사람들은 돈에 매수되는 사람들이니까. 돈이
       많이 드는 것이 걱정예요.

경수   아따, 이 사람 돈 드는 것이야 글쎄 걱정 말라니까. 그래 돈 안
       들이고 어떻게 일할 수 있는가.

영한   (시계를 내보며) 오늘도 두 시에 그 두목과 만나기로 했는데요.

경수   두 시? 그럼 이 사람아 시간 다 됐네. 가보게. 놓치면 안 돼. 아
       무쪼록 잘해 붙게.

영한   얘긴 다 됐어요. 그럼 전 그리로 가보겠습니다. (일어선다)

경수   그럼 어서 가보게. 잘 얘기해 아주 꼭 붙들어 놓게.

영한   염려 마세요. 그럼 나중 뵙겠어요.

경수   응, 다녀오게. (최영한이가 문 앞까지 갔을 때) 아 참, 여보게, 잊
       었군.

영한   네. (돌아선다)

경수   (안주머니에서 지폐 뭉텅이를 꺼내 최영한에게 주며) 이것 갖다 비
       용 쓰게. 돈 같은 것은 아낄 것 없어.

영한   네, 네. (돈을 받아 넣고 나간다)

제2막

1막에서 일 개월가량 뒤. 무대 전 막과 같음. 소파 앞에 난로가 놓여 있다. 아침 열 시경 김수영은 소파에서, 김혜영은 응접 테이블 옆 왼편 의자에서 각각 신문을 보고 있다.

수영 (신문을 보다 놓으며) 어제도 또 테러 사건이 일어났구먼. 그런데 날마다 이런 일이 생기니 조선 사람은 이렇게 서로 때려 부수기만 일삼는 모양인가? 큰일 났어. 참 맨* 강도, 폭력단만 횡행하고…….

혜영 요새는 그 신탁 통치 문제인지 뭣 때문에 단체끼리 의견이 달라서 서로 충돌하는 게 아니냐?

수영 의견이 다르면 서로 의견으로 다를 일이지, 왜 부수고 때려 뉘고 야단이야. 바른 주장이 없는 편에서 언제든지 먼저 주먹을 내미는 법이야.

혜영 좌익 단체에서 늘 부수기를 잘하는 모양이야.

수영 흥, 언니는 날마다 신문을 보면서도 그러우. 테러는 우익이 아닙니까?

혜영 그렇지만 애, 좌익들도 걸핏하면 때려 부수기를 잘하더라.

수영 누가 그렇게 일러줍디까요?

혜영 일러주긴 누가 일러줘. 내가 보니까 그렇단 말이지.

수영 그렇다면 잘못 보셨습니다.

혜영 너는 요새 왼쪽으로 기울어져서 그래. 이상스럽게도.

| * 다른 것은 섞이지 아니하고 온통.

수영　뭐이 이상스러워? 사상은 누구나 자기가 옳다고 생각하는 대로 기울어지는 게* 정한 이치지.

혜영　그래 그게 옳은 사상이야?

수영　옳은지 그른지는 알고 난 뒤에 판단할 일이지.

혜영　흥, 너도 그 놀러 오는 계집애들하고 쑥덕이더니 그예 유혹을 당하고 말았구나.

수영　유혹? 이것은 언니의 교양 문제인데…….

혜영　흥.

수영　유혹이라니, 그래 내가 한두 살 먹은 어린애란 말이유?

혜영　불덤벙물덤벙하니까** 말이다.

수영　점점.

혜영　아버지께서 아셔봐라. 야단이 나지.

수영　우리 집 사람은 다 비뚤어진 길로만 나가란 법 있어?

혜영　네가 비뚤어진 길을 나가니까 걱정이지.

수영　흥, 어쩌면 아버지와 똑같애.

혜영　왜, 아버지께서 그른 말씀 하시데?

수영　다 옳은 말씀만 하십디다.

혜영　그야 물론이지. 그리고 더구나 요새는 얼마나 건국을 위해 애쓰시는데 그래.

수영　애는 대단히 쓰십디다. 그러나 미안하지만 발버둥질 치시는 데 지나지 못해.

혜영　뭐야, 버릇없이. 고약한 것 같으니.

수영　언니, 대체 요새 테러 사건의 대부분이 어디서 나오는 건지 알

---

* 원문에는 '기울어지게' 임.
** '물덤벙술덤벙하다'의 의미라 추정됨. 아무 일에나 대중없이 날뛰다.

기나 하시우? 뒤에 누가 있는데 그래. 언니, 독립청년회가 뭔지 알기나 하우?

혜영　애가 점점. 그래 독립청년회가 테러 단체란 말이냐?

수영　모르지, 나두.

혜영　너, 그런 소리를 아버지께서 들으시면 생벼락이 내린다.

수영　사실이 사실인걸 뭐. 누가 모르는 줄 아남. 사회단체에서는 벌써 다 알고 있는걸.

혜영　애가…… 다물지 못해. (눈을 흘긴다)

수영　왜 다물어, 약 오르지? (놀리는 모양을 한다)

혜영　요 매친 것이. (일어나 김수영의 머리를 쥐박는다)

수영　아야! (소리를 버럭 지른다)

경수　(안에서 나오며) 왜들 이러니? (모자를 쓰고 단장을 짚고 나가며) 내 곧 다녀 들어올게. 영한이 들리거든 기다리라고 그래라.

혜영　네.

김경수 밖으로 나간다.

수영　오늘 또 신탁 반대 시위 행렬을 한다면서 아버지는 참가 안 하시나.

혜영　한 시부터라는데 뭘.

수영　무에 무언지 알지도 못하고 덮어놓고 반대 운동들만 하면 제일 인가.

혜영　조선 사람이면 다 반대해야지.

수영　누가 조선을 신탁 통치하고 다 집어먹는데? 모스크바 삼상회의*의 결정이 어떤 성격의 것인지 잘 알고 나서나 덤벙대야지.

혜영 흥, 애가 아주 좌익이 다 돼버렸군. 말투가 벌써 틀렸는데. 오빠가 오셔서 이 꼴을 보시면 좋다고 잘한다고 하시겠다.

수영 오빠가 계시면 우리 집이 바로잡히지. 오빠는 바보는 아니니까. 아버지와는 다를 거야. 적어도 이 시기의 조선 청년이 과연 누구나 다 이 혼란한 가운데 바른길을 찾으려 고민하고 애쓸 게고 그리고 나면 어느 것이 옳은지 분간쯤은 하게 될 게니까.

혜영 너 요새 아주 구변**이 늘었구나. 말하는 소리가 제법인데. 그러나 글렀어.

수영 그른 것은 언니요.

혜영 망할 것!

수영 왜, 약 오르지? (안으로 뛰어 들어가 버린다)

혜영 아이, 아이도……. (도로 신문을 들고 보고 있다. 밖의 문에서 노크하는 소리 난다. 일어나 문을 연다. 최영한이 들어온다) 어서 오세요. 난 누구시라고.

영한 김 선생 나가셨습니까?

혜영 네, 잠깐 다녀오신다고 나가셨어요. 곧 들어오신다고 기다리고 계시라고 하셨어요.

영한 (시계를 내보며) 어디 가셨나? 시간이 없는데.

혜영 앉으세요. 곧 들어오실 테니……. (최영한 모자와 외투를 벗고 소파에 가 앉고, 김혜영 먼저 앉았던 자리에 앉는다) 오늘 데모가 있지요?

영한 네, 그 때문에 가는 길입니다.

---

* 1945년 12월에 모스크바에서 열린 미국·영국·소련 삼국의 외상 회의. 제2차 세계대전 종전 후 여러 문제의 처리가 안건이었으며, 한국에 대한 신탁통치안 따위를 포함한 모스크바 협정이 체결되었다.
** 口辯. 말을 잘하는 재주나 솜씨.

혜영	많이들 나올까요?
영한	많이 나오겠지요. 그러나 좌익 계통에서는 안 나올 겝니다.
혜영	이렇게들 이런 일에도 자꾸 갈리기만 하면 어떻게 하나요?
영한	그러니까 걱정이지요. 놈들은 신탁을 지지한다나요? 그저 때려 부숴야지요.
혜영	그렇지만 같은 조선 사람끼리야……. 전 그런 소리 들으면 무서워요.
영한	혜영 씨는 여자니까 그러시겠지만 우리들 남자들은 그렇지 않아요. 그저 미운 놈은 주먹이 제일이지요. (주먹을 쥐고 휘두른다)
혜영	아이, 전 싫어요.
영한	하하하……. 이런 시기엔 마음이 그렇게 약해선 안 됩니다. (신문을 들고 보다가) 저, 혜영 씨.
혜영	네.
영한	벌써부터 전 꼭 한 가지 혜영 씨에게 물어보고 싶은 것이 있는데 입이 안 열려져 말을 못 했어요.
혜영	무슨 말씀인데요?
영한	그게 대단히 말하기 어려워요.
혜영	아이, 무슨 말씀이신데 그래요.
영한	만일 내놓았다가 혜영 씨 입에서 좋은 대답이 안 나오면 어떻게 하나 그것을 생각하면 겁이 나서…….
혜영	무슨 말씀이세요? 해보세요.
영한	그럼 먼저 약속을 하세요.
혜영	뭐라고요?
영한	들어주시겠다고 약속을 하세요.
혜영	그건 들어보아야지요.

영한   그럼 말하지요. (용기를 내어) 저 같은 사나이도 혜영 씨의 마음
      에 들 수가 있을까요?······

혜영   (얼굴이 단박 붉어지며 고개를 수그리고 말이 없다)

영한   (일어나 김혜영의 앞으로 다가서며) 벌써부터 저는 이 말 할 기회
      를 늘 엿보고 있었습니다. 그러나 도무지 용기를 얻지 못했습니
      다. 오늘 이제부터 저는 상당히 용기가 필요한 일을 하러 나갑
      니다. 혜영 씨의 대답 한마디가 우리가 오늘 하려는 일에 지대
      한 관계가 있다고 저는 말하고 싶습니다. 저에게 용기를 가지고
      나가게 해주십시오.

혜영   ······. (역시 고개를 수그린 채 어찌할 줄을 모른다)

영한   꼭 한 마디만 말씀해주십시오. 말로 어려우면 고개만 끄덕거려
      주십시오.

    무거운 침묵. 최영한 안타까이 기다리고 서 있다. 김혜영 가만히 고
개를 두어 번 끄덕이더니 그냥 일어서 안으로 뛰어 들어가 버린다. 최영
한 김혜영의 들어가는 뒤를 마치 얼빠진 사람 모양으로 바라보다가 미소
하며 몸을 홱 돌리더니 뺑 한 번 돈다. 그때 경수 밖에서 들어온다.

경수   아, 미안하이. 오래 기다렸나?

영한   네, 온 지 얼마 안 됩니다.

경수   (모자와 외투를 벗고 소파에 앉아 난롯불을 쬐며) 앉게. (최영한 의자
      에 가 앉는다) 그래 오늘 준비는 다 됐나?

영한   네, 다 됐습니다.

경수   어젯밤 애기한 일도 다 계획대로 됐겠지?

영한   네.

경수   어제도 당부했지만 아주 신중히 해야 하네. 실패하면 그야말로
        큰일일세.

영한   염려 마십시오. 다 튼튼히 짜놓았습니다.

경수   자네도 행렬에 참가하겠지?

영한   네, 그리고 계획한 일도 제가 직접 지휘할 작정입니다.

경수   응, 그게 좋아. 그런 용기가 있어야 하네. 그러나 밤도 아니고
        낮이고 하니까 여간 용단성 있게 그리고 신중히 하지 아니하면
        안 되네. 이 기회에 그놈의 싹을 잘라버려야지. 그것이 또한 민
        족을 위하고 국가를 위하는 것이 되는 거요. 이번 일이 성과를
        거두면 다 그 공로에 대한 보상이 있을 것일세. 말하자면 자네
        의 출세가 여기 달렸네.

영한   네, 잘 알겠습니다. 다들 돈도 풍족히 주었고 모두 목숨을 내걸
        고 하겠다고 했습니다.

경수   그럼 시간도 다 됐고 하니 어서 가보게. 나는 집에서 소식을 기
        다리겠네. 끝나는 대로 곧 이리 와주게.

영한   네, 그럼 다녀오겠습니다. (외투 입고 모자 쓰고 나선다)

경수   (일어서며) 정세를 살펴가지고 조심해서 잘하게. 잘못하면 일을
        실패할 뿐 아니라 형세가 역전될지도 모르네.

영한   네, 염려 마세요.

    최영한 퇴장. 김경수 도로 소파에 앉아서 눈을 감고 한참 무엇을 생
각다가 신문을 집어 들고 본다. 그러다가 신문을 놓고 또 무엇을 생각다
가 다시 신문을 들고 본다. 또 신문을 내던지고 뒷짐을 지고 왔다 갔다
한다. 김혜영이 가만히 문을 열고 얼굴만 내밀고 내다본다.

경수 누구야?

혜영 저예요. (나온다)

경수 응.

혜영 영한 씨 갔에요?

경수 갔다. 왜 그래?

혜영 (당황한 태도로) 아네요. 저 점심 진지 차릴까요?

경수 아직 뭐, 생각 없다.

김혜영 도로 들어간다. 경수 다시 소파에 가 앉아 이번에는 마음 붙여 신문을 본다. 한참 보다가 신문을 팽개치며

경수 이놈들은 밤낮 친일파, 민족반역자 타도 소리만 하니. 친일파 민족반역자는 그래 조선 사람이 아니란 말인가. 그저 내게 경찰권만 맡겨주었으면 그냥 모주리 잡아 가두고 탄압해버렸으면 머리들을 들고 일어 못 나련만……. 그저 일본 놈들이 잘했지. 그때는 꼼짝들을 못했으니까……. 온, 이건 자유니 해방이니 해 가지고 모두 제가 대장이라고 날뛰니……. 엥이. (담배를 피워 문다―사이―바깥문에 노크 소리)

경수 누굴까? (큰 소리로) 들어오시오.

박광훈 문을 열고 들어선다.

광훈 안녕하십니까?

경수 어서 오십시오. 난 누구시라고. (달려가 악수를 교환한다) 자, 이리 와 앉으십시오.

박광훈 모자와 외투를 벗고 의자에 앉고 김경수도 그와 대좌*한다.

광훈 어디 나가셨는가 했더니 댁에 계시군요.

경수 오늘은 종일 집에 있기로 했습니다. 지금 큰일을 계획해놓고 나
가 돌아다닐 수 있습니까?

광훈 그러시겠지요. 사실은 그 일이 어떻게 됐나 궁금해서 왔습니다.

경수 계획대로 다 짜가지고 행렬에 참가했습니다.

광훈 그렇습니까? 조금 있으면 야단이 나겠구먼요.

경수 그렇지요. 곧 행렬이 시작될 게니까.

광훈 그러나 청년회 사람들 단속을 잘 시키셨습니까? 조금만 잘못해
이것이 계획적으로 한 것이라든지, 또 뒤에 우리 당 같은 것이
관련되어 있다든지 하는 게 알려지는 날이면 사회의 여론도 있
고 큰일입니다.

경수 그 점이야 물론 절대 착오가 없도록 단속해놓았으니까 염려 없
습니다.

광훈 하여간 민중들의 자연발생적인 흥분을 잘 이용해가지고 교묘히
해야 할 것입니다.

경수 성과가 얼마나 있을까 그것이 문제이지 실패는 없을 것 같습니다.

광훈 (주위를 한번 둘러보고) 이것들도 가지고 나갔습니까? (피스톨 방
아쇠 잡아당기는 흉내를 낸다)

경수 네, 다 벌써. (문 쪽을 돌아본다)

광훈 그렇습니까? (고개를 끄덕거린다)

경수 하여간 이 기회에 아주 순들을 질러**놀 작정입니다.

---

* 對坐. 마주 대하여 앉음.
** 지르다. 식물의 겉순 따위를 자르다.

광훈	그러나 사회의 비난을 안 받도록 여간 신중히 하지 않아서는 안 될 것입니다.
경수	염려 없어요. 밑져야 본전이니까.
광훈	그래도 잘못해서 테러의 배후에 우리 당이 관계하고 있다는 말이 나면 큰일이니까요.
경수	어떤 일이 일어나더라도 절대로 그것은 알려지지 아니할 테니까 염려 마십시오.
광훈	그렇다면 안심입니다마는…… .
경수	그렇게 일을 서투르게 해가지고야 되겠습니까.
광훈	아, 어련히 잘 아시고 계획 세우셨겠습니까. 그러나 일이 일인 만치 매우 우리는 걱정이 돼서. 그리고 총무께서도 걱정을 하고 계시고…… .
경수	조금도 그 점은 염려 마시라고 그러십시오. (일어나 안문을 열고 들어가 차를 가져오라고 이르고 와 다시 앉는다)
광훈	그 영한 군은 진실한 청년입니까?
경수	아주 열성 있는 청년입니다. 그리고 이 일을 위해서는 아주 목숨을 내걸고 나섰습니다. 독립청년회 안에는 그런 청년이 아직도 사오 명 있지요. 그리고 이 영한 군은 내 자식 놈의 친구로 전부터 늘 우리 집에 드나드는 사람입니다. 말하자면 나의 둘도 없는 심복입니다.
광훈	네, 그렇습니까.

복순이 쟁반에 차와 과자를 가지고 나와 테이블 위에 놓고 들어간다.

경수	자, 드십시오.

광훈	네. (둘이 차를 마시고 과자를 집어 먹는다)
경수	참, 그 일전에 말씀한 것은 그 뒤 총무께서 무슨 말씀이 없으시 던가요?
광훈	네, 그 경찰부장 얘기 말씀이지요?
경수	네.
광훈	일전에 총무께서 군정장관과 경무국장을 만나 얘기하시고 추천 을 하신 모양입니다. 요새 여러 사건이 많이 일어나고 또 강도 가 많아 치안이 날로 어지러워져가는데 조선 사람 중에서 수완 있는 사람을 경찰부장으로 시켜가지고 경찰을 강화하면 좋을 것이라고 말씀하시고 김 선생을 추천하셨답니다. 그랬더니 생 각해보겠다고 하였다니까 쉬 무슨 결정이 날 게라고 하십디다.
경수	그렇습니까. 어떻든 앞으로 우리 일을 위해 그 자리가 절대로 필요합니다.
광훈	그렇구말고요.
경수	총무께서는 오늘 시위 행렬 식장에 안 나가셨습니까?
광훈	안 나가셨습니다. 지금 본부에 계십니다. 일이 어떻게 됐는지 궁금도 하고 걱정도 되어서 좀 가보고 오라고 하셔서 내가 왔습 니다.
경수	인제 조금만 있으면 다 알려질 것입니다.
광훈	(시계를 꺼내 보며) 아, 벌써 두 시가 지났군요.
경수	벌써 행렬은 시작되었을 것입니다.
광훈	고만 가보아야겠군.
경수	왜 더 계시다가 소식을 좀 알고 가시지.
광훈	본부로 가보아야겠습니다. (일어나 외투를 입고 모자를 쓴다)
경수	그럼 거기 가 계시겠습니까?

광훈	네, 본부에 가 있겠습니다.
경수	가 계십시오. 나중에 소식을 그리 전해드리겠습니다.
광훈	그럼 나중 뵙겠습니다.
경수	안녕히 가십시오.*

   박광훈 나간다. 김경수 그를 전송하고 안으로 들어간다. 조금 후에 복순이 석탄을 갖다 난로에 넣고 찻잔을 가지고 들어간다. 김수영이 나오고, 뒤이어 김혜영이 나온다.

수영	언니, 아까 왔다 간 이가 누군지 아우?
혜영	알아. 한민당에 계신 분야.
수영	총무의 비서 박광훈이야.
혜영	그래, 나두 알아.
수영	언니는 숭배하는 인물이고, 나는 경멸하는 인물이고. (의자에 앉는다)
혜영	(소파에 앉으며) 또 너는 내게 쌈을 걸 작정이냐.
수영	요새는 가정에서나 사회에서나 농촌에서나 도회에서나 다 이런 싸움뿐인걸 뭐.
혜영	우리 집에서는 너 하나만이 이단자야.
수영	내가 있기 때문에 우리 집은 썩은 나무에 새싹이 피어나는 격이요.
혜영	흥, 너 같은 반동분자가 우리 집에 있기 때문에 우리 집 체면이 얼마나 깎이는지 아니?

| * 원문에는 '계십시오'임.

수영   홍, 반동이라는 게 어떤 건지 알기나 하우? 앞으로 나가는 것을
       뒤로 잡아당기는 게 반동이야.

혜영   그래 네가 그렇단 말이야.

수영   호호호, 이러다가는 언니는 상투 짜는 것이 진보하는 것이라고
       하겠네. 아, 우습다. 참 우습다.

    경수 안에서 나오고, 최 부인도 뒤따라 나온다.

경수   (의자에 앉으며) 무엇이 그렇게 우스우냐?

수영   아녜요.

최부인   애들은 요새 만나기만 하면 싸움이래요.

경수   싸움은 무슨 싸움?

최부인   그것들도 당파 싸움이래요.

경수   당파 싸움? 집안에서 당파 싸움이 무슨 당파 싸움이야.

최부인   세상이 이렇게 되니까 한집안 안에서도 모두 좌익이니 우익이
       니 하고 당파가 갈려 야단입니다그려. (의자에 앉는다)

경수   하하하, 너희들까지도……. 그것 참 우스운 노릇이로구나. 그
       러지 말고 참, 수영이는 그 애국여성회나 나가 일을 좀 하렴. 집
       에서 빈들빈들 놀지 말고. 여자들도 다들 나가 활동들을 하지
       않니.

혜영   걔가 애국여성회를 왜 나가요? 거기 모인 사람들을 밤낮 욕을
       하는데.

경수   아니, 애국여성회를 왜 욕해? 거기 모인 여자들이 모두 진정한
       애국자들인데…….

혜영   수영이는 부녀동맹예요.

경수 뭐, 부녀동맹? 아, 그 좌익 패 계집들 모인 데 말이지.

수영 아이, 아버지는 어째 그렇게 말씀을 하세요. 우리 여자들은 조선 사람의 입장으로 전 조선 사람이 다 같이 행복할 길을 취할 뿐이지요. 그리고 여성의 입장으로서 여성의 지위가 향상되고 발전할 길을 찾을 뿐이지요. 부녀동맹은 이러한 목표를 위해 싸우는 모임이기 때문에 저는 그리로 모이는 거예요.

경수 애국여성회는 그렇지 않다드냐?

수영 그 사람들은 고목을 타고 앉은 사람들이지요.

경수 고목? 아하하, 고목에도 새싹이 난단다.

수영 그 새싹은 우리지요.

경수 아하하, 저희만 옳다고 하는군.

수영 여성까지도 완전히 해방되는 사회가 와야 비로소 전 인류가 해방을 얻는 날입니다. 그러기 위해 우선 우리 여성도 발언권을 가질 수 있는 그런 국가가 서야 할 것입니다. 여성이나 누구나 다 발언권을 가질 수 있는 국가는 민주주의 국가입니다. 그렇기 때문에 부녀동맹은 참된 민주주의 노선을 지지하고 이것을 위해 싸우는 거예요. 저는 새 시대 사람예요. 그러니까 진보적 입장에 서는 게 옳지 않아요.

경수 흥, 너 요새 아주 구변이 늘었구나. 그러나 부녀동맹이고 어디고 좌익 편에서 말하는 민주주의는 다 가짜 민주주의야.

수영 그럼 여러 민중을 젖혀놓고 몇몇 사람들이 모여 앉아 우물쭈물 의논하고 정해버리는 게 정말 민주주의로구먼요.

경수 뭐라고? 허, 이것 우리 집안에도 극렬분자가 하나 생겼구나. 그러지 말고 너 애국여성회로 나가 일해보아라. 나도 거기는 후원하는데.

수영	거기와는 사상이 다른걸요.
경수	사상은 네까짓 것들이 무슨 사상야. 누가 이러면 이리 쏠리고 저러면 저리 쏠리는 것들이.
최부인	그래, 아버지 말씀대로 거기 나가 일해보려무나.
수영	싫어요. 한두 살 먹은 어린애예요?
경수	그럼 거기 안 나가는 것은 좋다. 그러나 부녀동맹도 끊어라.
수영	싫어요. 저는 제가 옳다고 생각는 대로 할 뿐예요.
경수	저 혼자 옳다고만 하면 제일인가? 그것은 독선이지.
수영	아버지께서야말로 독선이에요.
경수	뭐야! (눈을 흘긴다)
최부인	얘야, 너 왜 폭폭 말대답을 하고 야단이냐.
경수	계집애들이 요새 주제넘게 해방이니 뭐니 하는 바람에 모두 엇먹어서* 제멋대로 날뛰고 덤벙대어 큰 탈이야. (혀를 찬다)
수영	그래서 난 아버지하고 얘기 안 해요. 덮어놓고 제 의견은 존중해주지 않고 아버지 의견에 안 맞으시면 걱정이나 하시고 그냥 눌러버리려고 하시니까…….
혜영	또 골났군.
수영	싫어, 언니도!

최영한이 문을 노크하고 헐레벌떡거리며 뛰어 들어온다.

| 경수 | (일어서며) 아, 자네 벌써 오나. |
| 영한 | 큰일 났습니다, 큰일! 아, 숨차. 어떻게 뛰어왔는지. |

| * 엇먹다. 사리에 맞지 않는 말과 행동으로 비꼬다.

경수   (놀라) 왜, 무슨 일이 생겼나?

영한   병철이가…… 병철이가…….

모두 놀라 일어서며 긴장한 얼굴로 최영한을 바라본다.

최부인   아―니, 병철이라니요?

경수   이 사람아, 이리 와 좀 찬찬히 얘기를 하게. (다른 사람들에게) 좀
      들 안으로 들어가 있어.

모두들 놀란 얼굴을 해가지고 머뭇거리고 서 있다.

경수   들어가 있으라니까! (악을 쓴다)

최부인   이리들 오너라. (김혜영과 김수영을 데리고 안으로 들어간다)

경수   아―니, 어떻게 된 셈인가? 이리 와 찬찬히 얘기를 좀 하게.

영한   네. 저, 시위 행렬은 운동장을 떠나 동대문 앞을 돌아 순조로이
      나왔습니다. 그래 탑골공원 앞에 당도했을 때 저는 귀환병*동맹
      본부 이층에 '모스크바 삼상회의 결정 지지'라고 써 붙인 것을
      가리키며 "저것을 보아라. 저 신탁 통치를 지지하는 놈들이야말
      로 매국노다." 하고 소리를 쳤습지요. 그랬더니 회원들은 "때려
      부수자! 저놈들을 때려죽이자!" 부르짖으며 그 소리에 응해
      와― 고함을 지르고 그리로 몰려갔습니다. 그리해 그 회관을 습
      격했습니다. 막 돌을 던지고 때려 부수고 야단이 났었지요.

경수   (신이 나가지고) 그래, 그래서?

| * 원문에는 '귀한병'임.

영한	그 사이에 우리 대열에 끼였던 우리 테러단들은 물론 앞장을 서서 돌격을 했습니다. 그런데 저쪽에서들도 걸상, 석탄덩이 같은 것을 던지며 대항을 했기 때문에 대난투가 일어났었습니다. 그 소동 가운데 또 탕! 탕! 총소리가 나더구먼요.
경수	응. 그 총이야 물론 우리 쪽에서 쏜 게겠지.
영한	(좌우를 돌아보며) 그야 물론입지요. 다 계획대로 실행이 되었습지요.
경수	에, 그놈들 잘해주었다.
영한	그런데 한 가지 놀랄 만한 일이 생겼습니다.
경수	뭐? 참, 아까 들어오면서 병철이가 어쨌다고 그랬지?
영한	병철이가 거기 있었습니다. 그 귀환병동맹에 그 사람이 있을 줄 누가 알았겠습니까.
경수	아니, 병철이가 거기 있었다니!
영한	네, 이 눈으로 똑똑히 보았습니다.
경수	그래 어떻게 됐단 말인가?
영한	병철이가 걸상을 둘러메고 나서자 탕 하고 피스톨 소리가 나며 그냥 쓰러지는 것을 보았습니다. 분명히 그는 맞았습니다.
경수	뭐라고? 그럼 병철이를 쏘았단 말야?
영한	네, 병철이가 맞았습니다.
경수	아니, 이게 어찌 된 셈이야. 그래 그게 정말이란 말인가?
영한	네. 저는 어찌나* 놀랐는지 알려드리려고 그냥 이리로 달려온 것입니다.
경수	온, 이런 일 봤나. 아, 그놈이 왜 거기 가 있었어?

| * 원문에는 '어찌도'임.

영한	글쎄 저도 모르겠습니다.
경수	온, 이게 어찌 된 셈이야. 내가 이것 꿈을 꾸고 있단 말인가. (안 문을 열고) 여보!

최 부인 나오고, 뒤따라 김혜영 김수영 다 나온다.

경수	여보, 이것 큰일 났소. 병철이가 총에 맞았다는구려.
최부인	병철이가 총에 맞다니요?
경수	아, 그놈이 귀환병동맹에 있었는데 오늘 시위 행렬하는 군들이 귀환병동맹을 습격했다는구려. 그때 누가 총을 쏘는 바람에 병철이가 맞아 넘어갔다는구려.
혜영,수영	(일시에) 에구머니나!
최부인	에그, 이를 어째. (그냥 펄쩍 주저앉는다)
수영	어머니, 왜 이러시우. (최 부인을 안아 일으킨다)
경수	어디 가만있어, 내 가보지. 온, 정말 같지 않아. (최영한에게) 자네 같이 좀 가보세.
영한	네.
경수	내 가서 알아보고 올 테니 공연히 소동들 말고 가만히 있어. (외투를 주워 입고 모자를 쓰고 나간다. 최영한이 그 뒤를 따라 급히 나간다. 최 부인 그 뒤를 바라보고 있다가 소파에 가 털퍼덕 주저앉는다)

제3막

무대

병원. 우편이 병실, 좌편은 복도로 되어 있는데 병실과 복도 사이에 벽과 문이 있다. 복도는 병실 뒤로 꼬부라져* 의사실로 통한다. 막이 열리면 병실 침대 위에는 김병철이가 누워 있고 의사는 간호부와 함께 그에게 주사를 놓고 있다. 복도에는 귀환병동맹원인 학병** 1, 2가 근심하는 얼굴을 해가지고 서 있다. 2막***에서 세 시간쯤 지난 오후 다섯 시경이다. 의사는 주사를 놓고 병자를 들여다보며 증세를 살피고 간호부에게 몇 마디 뭐라고 하고 나온다.

학병1   어떻겠습니까? 생명만은 건지겠습니까?

의사   글쎄, 아직 뭐라고 말할 수 없으나 어렵겠는데요.

학병2   어떻게 살려낼 수가 없겠습니까?

의사   하복부 관통 총상인 데다가 출혈이 많았고…….

학병1   지금 놓은 주사는 무슨 주사입니까?

의사   진통제입니다. 아직 면회는 일체 못 합니다. 병실에 아무도 들어가지 못하게 하십시오.

학병2   네.

의사   그리고 환자의 가족들은 없습니까?

학병1   환자가 학병인데 돌아와 가지고 자기 집엘 가보니까 그동안 모두 이사를 가버리고 없더래요. 어디로 이사 갔는지 새로 이사 간

---

* 원문에는 '꼬부러져'임.
** 원문에는 '학명'임.
*** 원문에는 '一막에서'임.

데도 모르고 그래서 그동안 서울 동무 집에 있다가 이 지경을 당했습니다. 그러니 가족이 어디 있는지 알 수가 있어야지요.

의사   어느 가까운 일가도 없나요? 누가 있으면 곧 오도록 하는 게 좋겠습니다. 혹 무슨 일이 있더래도…….

학병1   글쎄요. 일갓집이 어디 있는지 알 수가 있어야지요.

의사   그것 안됐군요. (뒤로 퇴장)

학병1   어떻게 하니. 참 안됐다.

학병2   희망이 없는 모양이지?

학병1   의사가 저렇게 말하는 것을 보니까 목숨만도 건지기 어려운 모양이야.

학병2   어떻게 하나. 그냥 죽인단 말인가. 참 고약한 놈들이다. 이제는 피스톨까지 가지고 쏜단 말야.

학병1   그놈들이 무슨 분간 있나. 저희들의 목적을 위해서는 수단을 안 가리는 놈들인데.

학병2   오늘은 순전히 계획적이야. 미리 테러단을 짜가지고 여러 군데를 다 습격했어.

학병1   (괴로운 얼굴을 해가지고 병실 문을 응시하다가 돌연 흥분해가지고) 에잇, 분해. 원통하다! 무지하고 무도한 놈들 때문에 귀한 동무의 생명을 잃다니! 사선을 몇 번이나 넘어온 우리기 때문에 목숨은 이미 내놓았으나, 그러나 우리는 목숨을 이렇게 값없이 희생하려고는 아니 했다. 아깝다. 정말 아까워. (엎드려 얼굴을 두 손에 파묻고 운다)

간호부   (문을 열고 내다보며) 너무 떠들지 마세요.

학병2   잠깐 좀. (손짓을 해 부른다)

간호부   (나오며) 왜 그러세요?

학병2	좀 어떻습니까?
간호부	거의 혼수상태에 있에요.
학병2	다시 살아날 것 같습니까?
간호부	글쎄요. 저는 모르겠에요.
학병2	아까 선생님은 뭐라고 그러십디까?
간호부	별로 암 말씀도 안 하셨으니까요……. 그러나 저 보기엔 좀 어려울 것 같아요.
학병2	참, 큰일 났군. 살아나야 할 텐데.
간호부	학병 나갔다 오신 분이라지요?
학병2	그렇답니다.
간호부	가엾어라. 왜 그런 분을 쏘았을까요? 왜들 그랬에요?
학병2	얘기하면 기막히지요.
간호부	당파 싸움인가요?
학병2	홍, 글쎄요. 뭐라고 할까요.
간호부	그렇지만 우리 조선 사람끼리 왜 쏘아 죽일까요. 왜 조선 사람끼리 싸워요?
학병2	일찍이 동족을 배반하고 팔아먹던 무리가 죄진 목숨을 연장하려고 이 짓을 하지요. 그리고 일본 놈에게 조선 사람을 팔아먹듯이 또 우리 민족을 팔아먹으려는 무리들이 세력을 잡기 위해서 우리나라 새 일꾼들을 이렇게 폭력으로 때려죽이고 총으로 쏘아 죽이는 것이랍니다.
간호부	에이, 왜들 그럴까요. 참 고약하군요. 그런 놈들이 어디 있에요.
학병2	어디 있는가 잘 알아보십시오. 잘 보시면 누구의 눈에든지 잘 뜨일 것입니다.
학병1	(벌떡 일어서며) 아, 분하다! 분해 죽겠다! 이 길로라도 곧 뛰어

가 그놈들을 그냥 박살을 해버리고 싶다.

학병2 그러나 아직은 참자! 지금은 참아야 한다.

학병1 참자, 참고 지내자. 얼마나 비겁한 소리냐, 못난 소리냐. 참자 참자 하고 우리는 그동안 얼마나 참아왔더란 말이냐. 그리고서도 부족해서 이제 와서도 또 참아야 한단 말이냐?

학병2 지금이야말로 참을 때가 아닌가.

학병1 아니다. 길 앞에 얼찐거리는 무리들. 정신은 부패하고, 양심은 마비되고, 그렇지 아니하면 뼛속에 도적놈의 맘만 가득 찬 욕심꾸레기 놈들을, 이따위 놈들을 모조리 소제해버리면 앞길은 탄탄한 대로가 아닐 것이냐.

학병2 그렇게 하기 위해서 우리는 참는 것이다.

학병1 에이! 너도 나도 모두가 비겁하고 비굴한 것만 같다. 참아라 참아라 하고 언제까지나 놈들의 공격만 받고 있으니, 이래서야 어떻게 일을 성공할 수가 있나.

학병2 아니다. 전쟁에 전략이 있는 것과 같이 우리는 덮어놓고 돌격만을 하지는 않았다.

학병1 그러나 적이 공격해 올 때는 어찌하였던가.

학병2 방어하는 일도 있고 형편에 따라 퇴각도 한다.

학병1 아니다. 그것은 이쪽의 힘이 약할 때뿐이다. 지금 우리의 힘은 약하지 않다. 적에 비해 절대로 약하지 않다. 그런데 우리는 왜 수세*를 취하라는가. 우리 위원장은 비겁한 것 같다. 나는 이따래도 보고 항의할 작정이다.

학병2 이 사람, 너무 흥분하지 말고 참아.

| * 守勢. 적의 공격을 맞아 지키는 형세나 그 세력.

학병1   또 참아? 난 그 소리가 참 듣기 싫다.

간호부   (손짓을 하며) 저, 너무 떠들지들 마세요. (가만가만 다시 병실로 들어간다)

학병1   생각할수록 난 분해 못 견디겠어. 그렇게 열렬하고 열성 있는 동무를 이렇게 죽이다니……

학병2   좀 더 기다려보자. 아직 그런 소리 하기는 이르지 않은가.

학병1   아니야. 나는 의사의 태도로 짐작할 수가 있어……. 놈들은 우리 동무를 죽였다. 아니다, 조선을 짊어지고 나갈 일꾼을 죽였다. 놈들의 죄를 어떻게 따져야 할 것인가.

김경수와 최영한 뒤쪽으로 나오며 병실 번호를 살펴본다.

경수   오호실이랬지? 이 방인가 보구먼.

영한   네, 이 방인 모양입니다.

학병2   누구를 찾으십니까?

경수   이 방이 김병철의 병실이 아닙니까?

학병2   그렇습니다. 어디서 오셨습니까? 당신은 대체 누구십니까?

영한   병철 군의 아버지 되시는 분입니다.

학병2   (경수에게) 아, 그러십니까. 참 잘 오셨습니다. 얼마나 놀라셨습니까. 저희는 병철 군의 동무입니다.

경수   그렇습니까. 그래 어떤 모양입니까?

학병1   (앞으로 오며) 병철 군의 아버지시라고요?

경수   네, 그렇습니다. 내가 병철의 애비올시다. 어떻게 됐습니까? 병철이가 총에 맞았다는 소식을 듣고 지금 달려온 길입니다.

학병1   놀라셨겠습니다. 지금 이 방에 있습니다.

김경수 문을 열려고 한다.

학병2   좀 기다리십시오. 지금은 아무도 들어가 보지 못하게 합니다.

경수   대단한 모양입니까? 죽지는 않았습니까?

학병1   (주저하다가) 네. 아직 자세한 것은 알 수 없습니다. 좀 기다려보
        아야 아실 겝니다. 그런데 어떻게 아시고 찾아오셨습니까? 병
        철 군은 자기 집도 모르고 있었는데…….

경수   몰랐지요……. 그러나 이 사람이 틀림없는 그 김병철입니까?
        학병을 나갔다 돌아온…….

학병1   네, 틀림없는 김병철이올시다.

경수   암만해도 믿어지지가 않아……. 온, 내가 좀 봐야겠는데, 정말
        그 앤지…….

영한   틀림이 없는 모양입니다.

경수   좀 들어가 볼 수 없을까? 그 앤가 아닌가 얼굴이라도 좀 보았으
        면 좋겠는데 암만해도 내 곧이들려지지를 않는구먼.

학병2   의사가 아직 아무도 절대로 들이지 말라고 하니까요. 그래서 우
        리도 들어가지 못하고 여기 있습니다. 좀 기다려보십시오.

학병1   학병으로 나갔던 김병철이라면 틀림이 없습니다. 대성전문을
        다녔지요.

경수   그렇소.

학병1   그럼 틀림이 없습니다. 병철 군이 늘 아버지께서는 전에 군수를
        다니다가 나중에는 면장을 다니셨다고 하던데.

경수   그럼 맞았군, 맞았어. (최영한을 보고) 아니 이게 대체 어찌 된
        셈이란 말인가. 내가 천벌을 맞았단 말인가. 대체 이게 생신가
        꿈인가.

영한	저도 지금 정신이 얼떨떨해 잘 분간을 못 하겠습니다. 생시인 것만은 분명합니다.
경수	(기가 막힌 듯이 병실 문을 노려보다가) 좌우간 들어가 좀 보기나 합시다.
학병2	(막으며) 안 됩니다. 좀 기다리십시오.
경수	대체 어디를 맞았다는가요?
학병1	(아랫배를 가리키며) 여기를.
경수	(맥이 풀려가지고) 죽었군, 죽었어. (영한을 보고) 아니 누가 자네더러 내 아들을…….
영한	(말을 가로채 가지고) 아, 이것 왜 이러십니까.
경수	온, 이런 기막힐 노릇이 있는가.
학병1	아니 그런데 그동안 그렇게 서로 아시지를 못했던가요?
경수	이사를 갔었으니까요. 그 애가 오기 전에 우리가 시골서 떠나왔거든요.
학병1	그렇기로서니 그렇게 찾지를 못했을까요?
경수	새집을 모르니까 올 수가 없지요. (영한을 보고) 자네는 이 길로 곧 집으로 가서 집사람들에게 좀 알려주고 오게. 지금 궁금해 야단들일 것일세.
영한	네, 그럼 전 다녀오겠습니다.
경수	될 수 있는 대로 속히 좀 다녀오게.

영한 왼편으로 퇴장.

경수	그래 의사의 말이 뭐라고 그래요?
학병1	글쎄, 아직 모르겠어요.

경수　대단한 모양이지요?

학병2　관통 총상이라니까 경하지는 않습니다.

경수　허, 그렇다면 어려운걸, 어려워……. 아, 이걸 어떻게 해. 좀 보
　　　았으면 좋겠는데……. (또 문을 열려고 한다)

학병2　글쎄 안 됩니다. 좀 기다려보십시오.

경수　그래 왜 못 보게 한답니까? 다 죽어가는 놈을……. 이러다가는
　　　살아서는 못 보고 말지 않아요.

학병2　조금 있으면 의사가 올 겝니다. 오거든 말씀해보십시오.

경수　(물러서서 한숨을 크게 쉬고 나서 혼잣말로) 생각하면 참 기막힌
　　　노릇이다. 내 손으로 내 자식을 죽이다니…….

학병1　병철 군을 죽인 놈은 독립청년회와 그 배후에 있는 악당들입니
　　　다. 놈들은 폭력단을 사들여 가지고 우리들의 진영을 폭력으로
　　　부숴버리려고 하는 것입니다. 어저께 테러 사건도, 그저께 일어
　　　난 테러 사건도 모두가 그놈들의 짓입니다. 발악입니다, 이것이
　　　야말로 놈들의 발악입니다.

경수　아, 마치 꿈과 같다.

학병1　병철 군은 놈들의 독수에 넘어간 것입니다. 참으로 무도한 놈들
　　　입니다. 동족의 가슴에 총대들을 들이대다니……. 놈들은 진리
　　　를 총으로 무찌르고 정의를 폭력으로 눌러버리려고 하는 것입
　　　니다.

경수　여보, 대체 병철이는 언제 돌아왔던가요?

학병1　지금으로부터 한 두어 달 전입니다.

학병2　두 달이 조금 못 되지.

학병1　그렇던가. 하여간 거의 두 달가량 됩니다.

경수　두 달 전? 그러면 우리가 시골서 올라온 지 얼마 안 되어서군.

그래 그동안 어디 있었던가요?

학병1   삼청동 동무의 집에 묵고 있었습니다. 같이 전쟁에 나갔던 동무의 집입니다. 동무의 집에 묵고 있으면서 우리들, 일본 놈에게 끌리어 전쟁에 나갔다가 억울한 죽음을 할 뻔한* 동무들이 모여 건국에 이바지하려고 만든 귀환병동맹에서 같이 일들을 하고 있었습니다. 참으로 씩씩하고 열렬한 동무였습니다. 우리가 다 같이 건국에 목숨을 바치기로 맹세했던 거와 마찬가지로 그도 목숨을 내걸고 일했습니다. 그는 늘 이렇게 말했습니다. 우리 아버지는 면장이었다. 그러기 때문에 일본 제국주의에 협력해 조선 사람에게 많은 죄를 지었다. 그러니까 나는 내 몸을 우리 민족과 국가에 바쳐 속죄하련다. 참말 믿음직한 사람이었지요.

경수   에이, 하필 그놈이 왜 거기 있었더란 말이야. 왜 그런 데 들어가 일을 했더란 말이야.

학병1   아니, 그게 무슨 말씀입니까? 병철 군이 그런 말을 들으면 참으로 노할 것입니다. 그는 정의의 투사입니다.

경   그놈이 거기만 있지 않았드면 저렇게 총알을 안 맞았을 게 아니요.

학병1   그야 그렇습지요. 그러나 자제를 원망하실 게 아니라 자제를 쏜 놈들, 그놈들을 원망하고 미워하십시오. 우리의 참된 일꾼에게 총을 들이댄 놈, 이놈들이야말로 전 조선 사람의 저주를 받아 마땅합니다.

경수   그렇지만 개천은 나무래 무얼 하겠소. 제 눈이 어두워 빠진 것을⋯⋯.

학병2   (분연히) 그런 비유는 여기 맞지 않습니다. 자제를 쏜 놈이 여기

| * 원문에는 '변한' 임.

나타나도 그를 옹호하고 자제를 책망하시겠습니까?

경수　아니요. 내 말은 위태한 지경에 안 나갔더라면 이런 일이 없었을 것을 하고, 이것을 말하는 것입니다.

학병1　어찌 그런 말씀을 하십니까. 선생께서는 그러면 우리들의 행동을 일체 무의미한 것이라고 보십니까?

경수　아니, 그런 게 아니고 이런 시대에는 날뛰지 말고 조심을 하고 자중하는 게 좋지 않을까 이 말이요.

학병1　네, 알겠습니다. 그러나 이 시기의 젊은이들에게 그런 말씀은 당치도 않습니다. 문제는 거기 있는 게 아니올시다. 진리와 정의를 주먹으로 부숴보려는 놈들 때문입니다. 어둡고 컴컴한 우리 역사의 방향과 세계정세에 눈이 어두운 무리들이 민족의 범죄인들과 결탁해가지고 우리 민족이 나갈 옳은 길을 방해하고 혼란시키려고 하기 때문입니다.

경수　(그 말에는 귀를 기울이지 않고) 그러나 이것 언제까지나 이러고 있어야만 하나…….

의사 이쪽으로 온다.

경수　(달려가 붙들고) 선생님이십니까? 저는 김병철의 아버지 되는 사람이올시다. 어떻겠습니까, 죽지는 않겠습니까?

의사　글쎄요, 아직 알 수 없습니다. 좀 더 보아야겠습니다.

경수　좀 들어가 보아도 좋겠습니까?

의사　들어오십시오. 그러나 조용히 서 계십시오. 원래 아무도 들여서는 안 되는 것입니다마는……. (병실로 들어간다. 김경수 따라 들어간다. 의사 환자의 맥을 짚어보더니 자꾸 고개를 갸웃거린다. 경수

심각한 표정으로 아들의 얼굴을 들여다보고 서 있다. 의사 도로 밖으로 나가자, 경수 그의 뒤를 따라 나온다)

경수 어떻겠습니까?

의사 암만해도 어렵겠습니다.

경수 네? 그럼 살지 못하겠단 말씀입니까?

의사 아마 오늘 넘기기가 어려울 것 같습니다.

경수 어떻게 도리가 없을까요?

의사 글쎄요. 별도리가 없는데요, 병자의 어머니나 형제는 없습니까?

경수 있습니다.

의사 곧 오시도록 하시는 게 좋겠습니다.

경수 부르러 보냈습니다.

의사 그럼 좋습니다. 모두 마지막으로 대면들이나 하게 하십시오. (뒤쪽으로 들어간다)

경수 낙망해 멍하니 선 채 말이 없다.

학병2 일은 다 글렀구나.

학병1 나도 좀 들어가 보구 나와야겠다. (병실로 가만가만히 들어가 병철의 얼굴을 들여다보며 눈물짓는다)

병철 (깨어 신음 소리 내며) 어머니…… 어머니…… 물…… 물…… 물 좀…….

간호부 컵*에 물을 따라 먹인다. 최영한이 최 부인, 김혜영, 김수영과

| * 원문에는 '꼽'임.

함께 좌편으로 황황히 등장.

최부인   (남편에게) 정말 병철이라지요. 그래 어때요? 대단치는 않아요?

경수   ……. (괴로운 표정을 해가지고 말이 없다)

최부인   아니, 어때요?

경수   들어가 보오.

혜영   들어가도 괜찮아요?

경수   찬찬히 들어가 보아.

　　최 부인 먼저 서고, 김혜영이와 김수영 뒤를 따라 들어간다. 그들이 들어오자 학병1 물러선다. 최 부인 침대 뒤로 다가가 병철의 얼굴을 들여다본다. 김혜영이와 김수영이도 다가선다.

병철   (눈을 뜨고) 아, 어머니!

최부인   오냐, 나다. (눈에 눈물이 솟아나 말을 못 한다)

병철   (김혜영이와 김수영이를 쳐다보며) 오, 혜영이, 수영이.

혜영   오빠!

수영   오빠!

병철   어머니! (다시 손을 잡는다)

최부인   응, 병철아.

　　김경수와 최영한이도 안으로 들어오고, 학병2도 들어와 서 있다. 의사 주사기를 가지고 병실로 들어와 주사를 놓는다. 병철 다시 눈을 떠 여러 사람을 휘둘러본다. 입가에는 미소가 떠 있다.

병철	어머니, 혜영이, 수영이, 다 모였구나. 동무들, 동무들은 어디 있나?
학병1,2	(다가서며) 여기 있네. 원기를 차리게, 병철 군.
영한	(앞으로 와서) 알아보겠니? 나 영한일세.
병철	아, 영한이. 참 오래간만일세. 어떻게 알고 왔는가?
영한	응, 어쩌다 이렇게…….
병철	흥, 괜찮아. 여럿이 다 모였군. 어머니!
최부인	응.
병철	저는 죽지 않고 살아 돌아왔습니다. 그러나 야속하고 원통합니다. 반동분자 놈들은 나를 총으로 쏘았습니다. 흉악한 놈들은 내게 총질을 했습니다. 저는 일본 놈의 병정이 되어 나갔었습니다. 그러나 돌아와서는 조선을 위해 몸을 바치려 했으며 적으나마 힘써 일했습니다……. 그러나 전에 민족을 배반하고 이제 또 나라를 팔아먹으려는 놈들이 저에게 총질을 했습니다.

김수영 참다못해 그냥 두 손으로 낯을 가리고 느껴 운다.

| 병철 | 수영아, 왜 우니. 응, 우지 말아. 난 이렇게 모두 만나 반갑고 좋은데 왜들 그래……. 어머니, 아버지가 왜 저러시우? 난 모르겠네……. (눈을 감는다. 조금 후에 다시 눈을 뜨고 괴로워하다) 천하에 고약한 놈들 같으니, 어쩌자고 마구 총질을 한단 말이냐……. 어머니, 그동안 걱정도 많이 끼쳤습니다……. 용서하십시오. 제가 나온 뒤 동무들에게 폐*도 많이 끼치고 신세도 많 |

---

* 원문에는 '페'임.

이 겼습니다. 다 좋은 동무들입니다. 새 조선의 일꾼들입니다. 아버지 그들의 힘을 도와주십시오.

경수 ……. (고개를 수그리고 묵묵히 말이 없다)

병철 어머니, 혜영이 혼인 정했수?

최부인 응. (얼버무려 대답한다)

병철 혜영아, 수영아, 너희들도 일해다오. 나라를 위해서……. 오빠는 그동안 짧은 동안이나마 조선의 젊은이로서 부끄럽지 않게 일해왔다고 생각한다. 나는 조금도 부끄러운 일을 하지 않았다. 너희들은 알겠지…….

수영 네, 오빠 알겠어요.

병철 동무들아, 이리 와 가까이 서다오. 손을 잡자!

학병 1, 2 다가와 김병철의 손을 잡는다.

병철 고맙다…… 많이들 일해주게. 좀 더 동무들과 일하였드면 좋았을 것을……. 남조선이 바로잡히는 것을 보았드면……. 그러나 나는 믿는다. 진리는 이기리라는 것을……. 많이들 일해주게……. 나에게 그 노래, 우리가 늘 부르던 〈새벽의 노래〉를 불러주게.

학병 1, 2 〈새벽의 노래〉를 부른다.

지리한 밤 다 새고 동이 터온다
장막을 걷어라 잠을 깨어라
오 태양이 솟는다 붉은 태양이

이 땅을 밝히려 광명이 온다

어둠은 사라지고 날은 새었다
오 새벽이 온다 밝은 새벽이
가슴을 헤치고 팔을 벌리고
저 빛을 안아라 밝은 새 빛을

　김병철 고요히 노랫소리를 들으며 눈을 감는다. 뒤에서 슬픈 곡조의 음악 소리 계속 들려온다.

의사　　(김병철을 들여다보고 가슴에 손을 넣어보더니) 운명했습니다.
최부인　병철아! 병철아! (엎어져 운다)

　학병 1, 2 "병철이!" 하고 부르며 달려들고 김혜영과 김수영이도 "오빠! 오빠!" 하고 부르며 통곡.

수영　　(김경수에게) 아버지는 오빠의 원수*예요. 우리 민족의 원수에
　　　　요. (다시 푹 엎드러져 운다)
학병2　(경수에게) 원수. 반역자, 민족의 반역자. 애국자의 목숨을 뺏는
　　　　너희들을 우리는 저주한다.
학병1　(무대 앞으로 나서며) 갔다. 그래, 가고 말았다. 여기 또 하나 초
　　　　석이 놓여졌다. 새집이 서기까지 또 몇 개의 희생이 필요하
　　　　냐……. 그러나 우리는 싸우리라. 최후까지 싸우리라. 간 동무

|　* 원문에는 '원쑤'임.

들의 뒤를 이어 우리는 굴하지 않고 싸우리라.

—막—

—『그 전날 밤』, 조선작가동맹출판사, 1956. 12.*

---

* 출전에 따르면 집필일이 1948년 3월로 제시되어 있다.

제4부 평론 · 기타

'카프'의 새로운 전환과 최근의 문제

—주로 박영희朴英熙* 씨 문제에 관하여

1

지금까지의 조선프로문학운동의 방침이 오류에 찬 것이었든 결함에 찬 것이었든 과거의 사업의 역사는 금일의 제 조건을 금일에 이르러서 새로운 발전을 예기豫期**할 모든 조건을 양출釀出해낸 모태였으며, 따라 과거의 방침의 과오를 발견하고 비판할 수 있는 데까지 그 운동은 발전한 것이다. 그러므로 새로운 비약을 예기할 이런 전기轉期에 이를 때마다 우리는 모든 주저躊躇를 버리고 겁나怯懦***를 버리고, 용기에 찬 과단과 무자비한 자기비판에 의하여 과거 일절의 오류를 지양시키고, 새로운 단계로 운동을 전진시키지 아니하면 안 된다.

지금까지 조선프로예술운동은 모든 고난 가운데, 형극荊棘**** 가운데 그 보무를 옮겨놓으면서***** 금일의 상태에까지 그 발길을 디디어놓았다.

---

* 시인 · 소설가(1901~?). 호는 회월懷月 · 송은松隱. 《장미촌》, 《백조》 등의 동인으로 활동하였으며, 탐미적 · 낭만주의적 시인으로 출발하여, 한때 카프의 대변자로 활약하다가 1934년에 순수 예술로 전향. 6 · 25 전쟁 때에 납북되었다. 시 · 소설 · 평론의 모든 분야에 걸쳐 활동하였고 작품에 시 「유령의 나라」, 소설 「사냥개」, 「전투」 등이 있다.
** 앞으로 닥쳐올 일에 대하여 미리 생각하고 기다림.
*** 겁이 많고 마음이 약함.
**** 나무의 온갖 가시. '고난'을 비유적으로 이르는 말.
***** 원문에는 '노면서'임.

그래서 그 금일의 상태라는 것이 말할 것도 없이 다 같이 느끼고 있는 혼란과 침체에 헤매는 것이고, 이 현상現狀으로는 이 이상 더 발전할 수 있는 그 길이 차단되어 있는 것 같은 상태인 것이다. 그래서 최근에 이르러서는 겨우 과거의 지도 방침과 또는 창작 방법에 있어서의 과오가 있는 것을 인식하게 되고 자기비판의 맹아가 싹 돋기 시작한 것이다.

'카프'의 창설자의 일인이요, 과거에 있어서의 이론적 지도자의 한 사람이었던 박영희 씨 등의 탈퇴, 그 이유로써의 《동아일보》 신년호 지상에 게재된 「최근 문예 이론의 신전개와 그 경향」이라는 글 등은 카프의 그런 일면을 대표하는 것이며, 이것은 물론 작년 이래 소련 방邦에 있어서의 '라프'*의 해체와 전 연방적 작가 단체의 재조직, 창작 방법의 신전환 등 사실에 그 영향을 받은 것이며, 그것을 계기로 지금까지 가득 차 있던 불만이 일시에 폭발된 것이라는 것은 말할 것도 없다.

모든 의미로 보아서 박영희 씨는 '카프'로부터의 탈퇴가 아니고 집요한 잔류에 의해서 새로운 전개를 시작하고 과거의 지도 방침에 대한 준열峻烈한 비판을 개시하여야 할 것이었음에도 불구하고, 자기가 지금까지의 지도부의 한 사람이었었다는 사실을 망각하고 조직으로부터 탈퇴해서 그 지도부에 대하여 반격을 가하는 것과 같은 행동은 씨氏**로 보아서 결코 정당하다고 볼 수 없으며, 그것은 참으로 조선의 프로예술운동을 위하는, 예술의 정당한 발전을 위하는 그런 태도라고 할 수 없다. 그리고 씨의 상게上揭***한 논문에 있어서 사회사와 문예사의 분리(씨는 분리라고 하지 않으면서도 사실에 있어서는 분리해서 말한 것이 되었다)라든지 기타 지엽적

---

* 원문에는 '랍프'임. 라프(RAPP). 정식 이름은 Rossiyskaya Assotsiatsiya Proletarskikh Pisateley이며, 러시아 프롤레타리아 작가 동맹의 약칭이다.
** '그 사람'을 높여 이르는 3인칭 대명사. 주로 글에서 쓰는데, 앞에서 성명을 이미 밝힌 경우에 쓸 수 있다. 여기서는 박영희를 가리킨다.
*** 위에 게재하거나 게시함.

부분적 문제에 들어가서는 많은 오류가 있으며, 팔봉八峯*의 박론駁論**에 대한 「문제 상이점의 재음미」라는 글 가운데 《집단》지 같은 것을 '카프' 의 기관지였다고 말한 것 등 그것은 사소한 일이라고 할지라도 씨의 잘못 이 아니면 안 된다.

이와 같이 사세些細한 부분에 씨의 오류가 있다고 하여도 그 논거의 근본적 의의에 있어서는 방금 '카프' 내에서 문제가 되고 자기비판에 의 하여 청산하려고 하는 문제와 공통되는 점이 있는 것을 발견하기에 어렵 지 않은 것이다.

씨의 근본적 태도는 과거에 있어서 '카프'가 정치주의적 편향에 빠져 있었기 때문에 예술적 사업의 발전을 오게 하지 못한 것이며, 까닭에 '카 프'는 예술적 단체가 아니고 정치적 집단인 감이 있었다고 하는 것이다.

그러므로 우리는 박영희 씨 등의 문제를 정당히 취급해서 토의하고 비판하는 데 의하여 카프 과거 지도 방침에 있어서의 과오를 청산하고 새로운 발전을 기하지 아니하면 안 될 것이다.

2

상게한 논문에 의하면, 박영희 씨의 논지는 위에 말한 바와 같이 그 지 엽적 사소한 오류를 제해***놓는다면, '카프'의 지금까지의 활동은 정당한 예술적 논의를 떠나서 정치적 부문의 일을 대행하였으며 그 때문에 일개

---

* '김기진金基鎭'의 호. 소설가 · 평론가(1903~1985). 호는 여덟뫼 · 팔봉산인八峰山人 · 동초東初 · 구준 의具準儀. 《백조》 동인으로 활동하였으며, 토월회를 조직하였고, 1923년 《개벽》에 처음으로 프롤레타리아 문학 이론을 소개하였다. 이후 카프 발기인으로 프롤레타리아 문학 운동에 참여하였다. 작품에 「붉은 쥐」, 「청년 김옥균」, 「통일천하」 등이 있다.
** 글이나 말의 잘못된 점을 따져 비평함. 또는 그런 이론.
*** 원문에는 '제除처'임.

의 불만족한 사회운동단체를 형성한 감이 있었고 그리하여 카프의 작가들은 정치적 과제의 수행에만 급급하였으며 자기들의 일에 봉사하는 것이라는 선전 삐라도 좋다, 보고서도 좋다는 데까지 이르렀다는 것이다.

이것은 말할 것도 없이 과거 '카프'의 지도 방침이 정치주의적 편향에 빠져 있었다는 점을 지적하는 것인데 거기 우리는 그 지적의 정당함을 간과치 아니하려는 자이다. 아니 그보다도 그 정당성을 인정하는 데 의해서만 금후의 문제를 정당히 해결할 수 있는 것이다.

과거에 있어서 '카프' 지도부 내에 편만하여 있던 정치주의적 편향(이것은 비단 '카프'만이 범한 오류가 아니라 전 세계의 같은 분야 내에서 다 같이 범한 것은 잘못이며 방금 다 같이 비판되면서 있는 현상이다)은 조직 내의 작가에게 대하여 과거 사회의 모든 예술적 유산의 정당한 계승의 전업專業을 위하여의 모든 예술적 교양, 기술적 교육, 예술에 있어서의 특수한 개별적 연구를 위한 방침과 지도를 주어야 할 것이었음에도 불구하고 정치적 과제의 수행, 정치 부문 내의 일의 보조를* 위하여 그들을 동원시켰다. 여기에는 적은 과장이 있을는지는 모른다. 그러나 적어도 '카프'가 그런 경향에 빠져 있었다는 것은 부정치 못할 사실이다. 그 때문에 예술적 사업의 구체적 발전을 가져오지 못하였으며 작금의 질곡에까지 자신을 끌어다 놓았다. 그리고 일껏 사회적 현실의 본질적 방향을 그리며 새로운 계급적 등장자登場者를 위한 예술을 지으려고 하여 접근하려는 진보적 작가에게 먼저 백 퍼센트의 마르크스주의**적 세계관을 요구하고 그들을 '카프'의 영향 아래로 이끌어가지고 예술적 일을 통해서 가장 이 사

---

* 원문에는 '補助로'임.
** 원문에는 '맑스주의'임. 마르크스와 엥겔스가 확립한 혁명적 사회주의 이론. 또는 그에 바탕을 둔 사회운동. 변증법적 유물론과 사적 유물론, 정치 경제학의 세 부분으로 이루어져 있으며, 자본주의 사회에 내재된 생산력과 생산관계의 모순을 극복하기 위해서는 프롤레타리아 혁명을 통하여 사회주의 사회로 이행해야 한다고 주장하였다.

회의 현실적 방향을 진실히 그려내는 데 의하여 유물변증법*적 세계관에 도달케 하는 그런 일의 촉진을 위하여 '카프'의 주력을 주입하지 못하였다. 그리하여 또 이것이 결국 '카프'로 하여금 섹트**적 조직이 되게 한 원인의 일부를 형성하는 것이다.

3

이런 지도 방침하의 '카프'는 1932~33년에 이르러서 '창작 방법에 있어서 유물변증법을 위한 ××'이라는 슬로건***을 내걸었다.

이 일은 더욱 조직 내의 작가들을 협애狹隘하게 결속하여 그들의 예술적 창조에 있어서의 자유로운 발전을 방해하고, 그들의 창조에 있어서의 행위를 재단하는 법전이 되게 하였다.

창작 방법에 있어서 유물변증법적 방법 제창의 오류는 유물변증법 그것에 오류가 있는 것이 아니라 그것을 창작 방법으로 한 데 잘못이 있는 것이며, 작가에게 현실에서 출발할 것을 지시하지 않고 유물변증법적 세계관에서부터 출발할 것을 명령하였기 때문에 창조적 실천에 있어서 작가들은 그 방법에 반발을 느끼게 되고, 그 때문에 비판의 방향은 작가 자신의 기술적 문제에서 창작 방법의 슬로건을 향하여졌으며, 드디어 거기에 중대한 오류가 있는 것을 찾아내게 한 것이다. 이 일은 엥겔스****의

---

* 자연과 사회의 전체를 물질적 존재의 변증법적 발전으로 설명한 이론. 헤겔의 관념론적 변증법을 유물론에 입각하여 전개한 이론으로, 마르크스의 유물 사관을 일반화하여 엥겔스, 레닌, 스탈린 등에 의하여 시작되었다.

** sect. 섹트주의. 조직체 내부의 한 분파가 자기들의 주장만을 내세우고 남을 배척하는 독선적인 태도.

*** 원문에는 '슬로—간'임. slogan. 어떤 단체의 주의, 주장 따위를 간결하게 나타낸 짧은 어구.

**** 원문에는 '엥겔스'임. 독일의 경제학자·철학자·정치가(1820~1895). 마르크스의 정신적·물질적 후원자였으며 마르크스와 협력하여 과학적 사회주의, 사적 유물론을 창시하였다. 저서에 『독일 이데올로기』, 『경제학 비판 대강』, 『가족·사유 재산 및 국가의 기원』 등이 있다.

발자크 비판, 레닌*의 톨스토이 비판 등의 단편적 논문에 의해서 더욱 그 것을 가능케 하여 주었다.

　그러나 유물변증법적 창작 방법의 제창 그것을 한 발전 단계로 인식하고, 그것의 비판에 의해서 지양에 의해서 새로운 '사회주의 리얼리즘'**의 방법이 제출된 것이라는 것을 잊어서는 안 된다.

　　4

　이상以上에 있어서 '카프'의 과오만을 지적해온 것 같으나 그렇다고 해서 그 전체적 업적을 부정하는 것은 아니다. 그런 지도 방침하에 있어서도 우수한 작가는 ×의 과제의 구체화에만 급급하지 않았고 기다幾多의 우수한 예술적 작품을 생산하였으며, 유물변증법적 창작 방법 제창하에 있어서도 작년에 이기영李箕永*** 씨의 『서화鼠火』 같은 것은 그것이 한 서편序篇에 지나지 못한다고 하여도 농촌의 현실적 방향을 가장 리얼리스틱하게 묘사해낸 우수한 작품인 것이다.

　그것은 그렇고 과거에 있어서의 '카프'의 지도 방침에는 위에서 극히 추상적이지마는 논하였고 방금 '카프' 내에 있어서는 그런 방침의 과오

---

* 소련의 혁명가 · 정치가(1870~1924). 마르크스주의 이론의 혁명적 실천자로서 소련 공산당을 창시하였으며, 러시아 혁명을 지도하고, 1917년에 케렌스키 정권을 타도하여 프롤레타리아 독재하의 소비에트 사회주의 공화국을 건설하였다. 마르크스주의를 제국주의와 프롤레타리아 혁명에 관한 이론으로 발전시켜 국제적 혁명운동에 깊은 영향을 주었다. 저서에 『국가와 혁명』, 『제국주의론』, 『유물론과 경험 비판론』 등이 있다.

** 원문에는 '소시알리스틱 · 리아리슴'임. 사회 현실을 혁명적 발전의 움직임으로 인식하고 그것을 구체적으로 표현하고자 하는 문학방법론. 1934년 제1회 소비에트 작가대회에서 공식적인 문학 이론으로 채택되었다.

*** 소설가(1895~1984). 호는 민촌民村. 1924년 《개벽》지 현상 문예에 「옵바의 비밀 편지」가 당선되어 문단에 데뷔하였다. 카프 동맹원으로 활동하였으며, 광복 이후 조선 프롤레타리아 예술가 동맹을 조직하고, 곧 월북하였다. 작품에 『서화』, 『고향』, 『두만강』 등이 있다.

가 인정되고 창작 방법에 있어서도 유물변증법적 방법의 오류가 지적되어 그런 문제가 카프의 앞에 토의거리로 상정되었다. 그것은 미구에 카프의 활발한 토의와 비판에 의해서 청산될 것이며 새로운 방침과 창작 방법이 카프의 앞에 전개될 것이다.

이 일은 박영희 씨등과 카프를 접근시킬 것이라고 나는 확신하는 바이며, 금후에 있어서 '카프'의 정치주의적 편향과 섹트적 경향이 청산되고 창작 방법에 있어서 '사회주의 리얼리즘'이 카프의 창작상의 슬로건이 되는 날 카프는 퍽 자유롭게 활발하게 카프의 예술적 사업의 완성을 위하여 활동할 수 있을 것이다. 그리고 그의 정치적 견해가 카프와 다소 상위相違되는 점이 있다고 하더라도 그가 사회적 현실의 본질적 방면을 그리려고 하고, 그리는 진보적 예술가이면 카프의 조직 내에 이끌어 들일 것이다.

이것은 예술과 정치는 전연 무관계한 것이라고 분리하는 것과 같은 사상과 아무런 공통점도 없는 것이며, 예술지상주의藝術至上主義*로 환원을 의미하는 것도 아니라는 것을 말하여둔다.

그리고 반反카프 사건의 희생자, 지금까지의 카프의 지도부에 대하여 다소 반감을 가지고 있으면서 조직 내에 들어오지 아니하고 있는 그런 예술가 등을 오후午後에 있어서 카프는 모두 포용할 것이다.

"예술가가 자기의 작품 가운데 현실의 본질적인 방면 그 발전의 투견透見,** 경향, 목적을 보다 심각하게 보다 정확하게 구체화하면 할수록 더욱 그 작품 가운데는 변증법과 유물론의 요소가 많게 될 것이다."

이런 키르포친***의 정당한 명제를 구체적으로 인식하는 것의 필요한

---

* 예술 자체를 최고의 목적으로 여기는 사상이나 태도. 19세기 유럽 문학에서 나타난 사상으로, 정치·종교·과학 따위를 예술과 분리하고 오직 예술의 미적 창조만을 최고의 목적으로 한다.
** 겉으로 드러나지 아니하는 참모습을 꿰뚫어 봄.
*** 원문에는 '킬―포친'임. Kirportin, V. Y.

것을 카프의 일에 관심을 갖는 이들에게 말하며, 다음 기회에 고稿를 고쳐 재론하여보기로 하고 이번에는 이것으로 끝을 맺는다.

—《동아일보》, 1934. 4. 6~8.

이광수론 李光洙論

1

이광수*론을 쓰라는 부탁을 받았을 때 나는 다음과 같은 이유로 당연 이것을 사절하여야** 하였을 것이다.

첫째, 나는 인물론을 쓸 적재適才가 아니다.

둘째, 나는 인물론을 쓰는 데 아무런 흥미를 느끼지 않는다. 더욱이 이광수론을 쓰고 싶지 않다.

그런데도 불구하고 나는 이 붓을 든다. 이것은 어느 정도까지의 무리의 강행이 아닐 수 없으나 거기 조그만 이유를 찾는다면 원고지의 지정 매수가 적은 만큼 이광수에 대한 짧은*** 감상을 담는 데 그칠 수 있는 것이라고 사단思斷하기 때문이다.

---

* 소설가(1892~?). 호는 춘원春園. 1917년에 장편소설 『무정』을 《매일신보》에 연재하여 근대 문학의 개척자가 되었다. 1919년에 중국 상하이로 가서 임시정부에서 활동하였으나, 일제 강점기 말기에 친일 행위를 하여 많은 사람의 지탄을 받기도 하였으며 6 · 25 전쟁 때 납북되었다. 작품에 『개척자』, 『흙』, 『유정』, 『사랑』 등이 있다.
** 원문에는 '사절하야' 임.
*** 원문에는 '짜른' 임.

2

좋든 그르든 조선에 있어서 이광수가 문단적으로 커다란 존재이라는 것은 누구나 긍허肯許하는 사실이다. 우리는 그가 조선의 새로운 문학 개척의 공로자이요, 차대次代의 제너레이션*이 섭취할 문학적 유산의 소유자이라는 의미에서 그의 문단적 공로를 감사하는 바이며, 새로운 시대의 진전에 맹목이고, 구르는 차륜을 부주腐柱에 의지하여 막아보려는 일종의 □□이라는 의미에서 그를 딱하게 여긴다.

이광수가 그의 발을 이 땅 위에 디디게 되고 그의 몸을 담게 된 역사적 계단은 봉건주의 사회가 새로운 사회 형태로 교체되고 자본주의적 개인주의 의식과 민주적 자유주의 사상이 팽배한 형세로 이 땅 위에 밀려들어오던 새로운 시대의 등단기였다. 이런 역사적 과정에 그의 몸을 처하게 된 이광수는 선진 자본주의국에 유학하여 새로운 시대사조에 목욕하고 자연주의적 문예사상에 동화되었다.

그리하여 그는 일시一時 중국 등지로 돌아다니다가 다시 조선에 돌아와 가지고 새로이 맹아 되는 조선의 신문학 운동에 그의 문필을 휘두르며 참가하였다. 그의 이 참가는 이인직李人稙** 등의 『귀의 성』에서 그 맹아를 보여준 조선 신문학 운동에 커다란 박차가 되어 좋은 투장鬪將을 만난 것 같이 새로운 문학운동에 첨예한 개척과 굳센 건설이 있었던 것이다.

당시의 이광수는 역사의 진보적 계단에 서서 봉건주의의 잔재와 싸우고 이 땅에 새로운 씨를 뿌리는 화형花形의 역자役者***이었다. 이광수가

---

* 원문에는 '제네레슌' 임. generation. 세대.
** 소설가(1862~1916). 호는 국초菊初. 1906년 《만세보》에 우리나라 최초의 신소설 『혈의 누』를 발표하고, 한때 원각사를 중심으로 한 신극 운동에 참가하는 등 신문학 운동을 개척하였다. 작품에 『귀의 성』, 『치악산』 등이 있다.
*** '배역配役'의 북한어.

높게 평가되어야 할 시기는 오직 이때뿐이었던 것이다.

당시 노력의 결정은 『무정』이라는 창작으로 나타났다. 그는 『무정』에서 당시 조선의 현실상을 그리고, 시대의 새로운 방향을 표시하였다. 『무정』의 주인공은 당 시대 핵심의 인물이었고 새로운 이데올로기*의 대표적인 표상이었다.

그리고 문학사적으로 볼 때 『귀의 성』으로부터 『무정』 이전까지는 신문학 운동의 서곡이었고 『무정』으로부터 조선의 신문학은 그 보무를 정제하여가지고 나간 것이라고 보아 『무정』은 조선 근대 문학사 중에 한 모멘트**를 짓는 매듭이 되는 것이라고 할 수 있는 것이다.

3

『무정』을 낳은 이후 이광수는 『재생』, 『개척지』 등에서 그가 포회抱懷***하고 있는 사상을 구체화하였고, 그가 처해 있는 현실을 형상화하였으며, 『무정』에서 정제된 신문학을 성열成熱시켜나갔다. 그리하여 이광수의 문단적 지보地步****는 그 확고성을 보여주었으며, 젊은 문학자들은 이광수가 뿌린 씨의 성장을 보육하고 그가 개간한 땅을 소작하였다.

그러나 역사의 행정行程은 지체되지 아니하였고 그 각도는 필연적인 방향을 따라 회전되어갔다. 이광수가 그 포회하고 있는 이데올로기의 개화난만開花爛漫을 찬양하고 있는 동안 그의 몸이***** 의지하고 발 디디고

---

* 원문에는 '이데오로기-'임.
** moment, 어떤 일이 일어나거나 결정되는 근거.
*** 마음속에 생각이나 정情을 품음.
**** 자기가 처하여 있는 지위, 입장, 위치 따위를 통틀어 이르는 말.
***** 원문에는 '동안의 그의 몸은'임.

있는 사회의 바탕은 급각도로 회전되어갔다. 도는 하층 구조의 움직임에 따라 모든 상층 건축도 동요되었으며 관념 형태의 일 분야—문학도 새로운 움이 터 나오기 시작하였을 때, 당황하는 이광수의 불쌍한 자태를 우리는 볼 수 있었던 것이다.

그는 『이순신』을 짓고 『단종애사』를 짓고 『흙』을 지었다. 그가 『이순신』, 『단종애사』와 같은 역사물에 붓을 대는 데는 두 가지 이유가 있다. 하나는 고대의 민족적 영웅을 끌어내고 충군애국의 열사들을 내세워 민족주의 사상을 고취하여 민족 부르주아지의 좋은 대변자 됨에 게으르지 않기 위함이요, 또 하나는 이 시대 가운데서 그가 급취汲取할 내용을 상실하고 있기 때문에 그의 붓끝은 먼 시대의 골동품을 뒤지지 아니하면 안 되었던 것이다. 『이순신』, 『단종애사』를 낸 뒤의 이광수의 붓끝은 훨씬 더 무디어갔다. 그의 현실의 절박을 교묘히 회피하기에 고민하는 모양도 역력히 나타난다. 『흙』에 있어서는 긴박한 이 역사 과정의 사회적 현실에 아름다운 베일이 처지고, '살여울'이라 이광수적 몽상경夢想境이 과장해 말하면 신기루같이 솟아오르는 것이다.

『무정』을 쓰는 당시의 이광수의 정열과 첨예한 붓끝과 전대前代를 투시하는 연안煙眼과 진보적 기개는 식고 무지러지고 흐려지고 죽어진 지 이미 오래이다.

그에게 로망 로랑*의 지각이 없고 앙드레 지드**의 연안 없는 이상 바람 고요한 곳에 사찰을 짓고 백팔염주 목에 걸고 염불하는 수면상睡眠相의 아무도 괴이의 눈을 뜨지 아니할 것이다.

---

* 프랑스의 소설가, 극작가.
** 프랑스의 소설가·비평가. 갈등을 겪는 영혼의 불안을 대담한 기법으로 세밀하게 묘사하여 심리소설을 개척하였고, 《엔에르에프NRF》지를 창간하여 젊은 지성을 길렀으며, 1947년에 노벨 문학상을 받았다. 작품에 『좁은 문』, 『지상의 양식』, 『배덕자』 등이 있다.

4

　이광수는 그의 소속한 계급과 함께 늙고 그의 포회한 사상과 함께 쇠하였다. 그리고 그의 생물학적 인간과 똑같이 노쇠하여가는 것이다.
　우리들 젊은 제너레이션의 문학자들은 벌써 이광수의 사해死骸* 위에 선 지 오래다. 우리들은 그의 잔해를 뒤에 돌아다보며 앞으로 나가는 것이다.

—《풍림》, 1937. 3.

---

* 죽은 뒤의 육신.

작가가 본 평가平家

—임화林和[*]

심부름을 잘하면 또 시킨다는 말이 있다.

지난번에 이광수론을 강제한 편집자는 다시 평가平家로서의 임화를 말하여달라고 한다. 전의 심부름을 잘하지 못하였지만 또 시키는 셈이다. 하고 싶지 아니한 일을 시작하는 것보다 더 불쾌한 일이 없는데도 불구하고 귀찮은 졸림에 못 견디어 이 붓을 들기 때문에 쓸데없는 변명을 늘어놓아야 하고 글이 반불성半不成에 권태를 느끼지 아니하면 안 된다.

×

임화에 대한 이야기는 윤곤강尹崑崗[**] 군이 이미 전호에 써서 나에게도 동감을 환기시켰으므로 더 나의 말할 영분領分[***]은 없는 것 같으나 생각나는 대로 두어 마디 적어보려 한다. 내가 임화를 처음 알기는 인간적으로가 아니고 그의 시 「옵바와 화로火爐」를 통하여서이다. 그 시를 읽고 울기

---

[*] 시인 · 평론가(1908~1953). 본명은 인식仁植. 카프를 주도하였고 1947년에 월북하였다. 저서에 시집 『현해탄』, 『찬가』, 평론집 『문학과 논리』 등이 있다.
[**] 시인(1911~1950). 본명은 봉원朋遠. 경향파 시인으로 출발하여 고전에 관심을 가졌다. 동인지 《시학》을 주재하였으며, 시집으로 『대지』, 『만가輓歌』, 『피리』, 『살어리』 등이 있다.
[***] 세력의 범위. 또는 맡은 일의 한계.

까지 하였다는 모 평가의 평에 추종하여 나도 재독 삼독하고, 해시該詩 안에 흐르고 있는 감상성에 나의 정서를 같이 울리고, 그 이데올로기에 나의 사상을 공감시켰다. 말이 없이 담배만 피우고 앉아 있던 주인공 오빠의 모양, 거북 무늬 화로의 환상은 그 시를 읽은 지 오래인 오늘까지도 우리의 뇌리를 방황한다. 그 후 계속하여 다작이 아닌 그의 시가 두세 편 발표되었는데 어느 것이나 그의 시인으로서의 천분을 충분히 인용認容*할 수 있는 가작佳作이었다. 더욱이 프로** 시가 '선전 삐라'니 '슬로건'이니 하는 비난을 받고 있던 그 당시에도 그의 시만은 모든 이런 조소를 퇴각시킬 수 있는 무언의 반박을 내포하고 있었다.

그 뒤에 임화는 시작詩作으로부터 잠깐 떠나 평론으로 그의 붓끝을 돌리었다. 나의 추측으로는 당시의 카프의 정세는 그의 실천적인 활동과 이 활동에 필요한 평론을 요구하게 되고 시작에 잠심潛心할 한가閑暇를 주지 못하였던 까닭이라고 생각한다. 그래서 그때 그의 논문은 당시 당시 필요에 응하여 쓴 당면 문제뿐이었다.

×

평가로서의 임화를 말할 때 우리는 그에게 그리 친함을 느끼지 못하였었다는 것을 솔직하게 고백하지 아니하면 안 된다.

「낭만적 정신의 현실적 구조」 이전의 그의 글은 거의 완전히 회득會得*** 한 것이 없을 만큼 그의 문장은 난삽한 것이었고 거북한 것이었다. 의미를 해득하지 못하면서도 끝까지 읽어 내려가고 죄를 자신의 천식淺識****에 돌린 일이 많았던 것을 지금도 회상하고 고소苦笑를 금치 못한다.

처음 모 신문에 임화의 창작평이 나타났을 때 그것은 창작평이라느

---

* 인정하여 용납함.
** 프롤레타리아 문학.
*** 마음속으로 깨달아서 알아차림.
**** 얕은 지식이나 좁은 식견.

니보다 철학서의 스크랩 같았고, 박식의 자랑같이 느껴졌다.

그리하여 임화의 글은 난해한 것이고 요령부득의 것이라는 것이 일반의 통칭이 되다시피 되었고, 누구는 임화는 문장을 모르는 사람이라고까지 심하게 말하였으며, 우리는 직접 임화를 대하여 몇 번이나 충고하였고 임화 자신도 웃으며 그것을 승인한 일이 있었다.

그 후에 나타난 임화의 논문에 그런 폐가 많이 제거된 것은 그 자신도 문장에 대하여 많은 고심을 한 결과이라고 하겠다.

새로운 창작 방법이 논의되고 프로 문학이 모든 질곡에서 벗어나 참으로 문학다운 문학의 새 발전 단계를 걸어나가려고 하는 기운이 이 땅에 들 임시, 「낭만적 정신의 현실적 구조」라는 임화의 일문─文은 확실히 문단에 커다란 암시와 많은 지도를 주었다. 그 뒤의 그의 평가적 활동에 대해서는 내가 잠깐 이 사바의 모든 일에 대하여 맹목되어야 할 운명에 있었기 때문에 더 무어라고 쓰지 못하지만, 하여간 오늘날 조선 문단에 있어서 임화의 평가로서의 지위도 손가락을 꼽을 만큼 뚜렷한 존재인 것은 부인 못할 사실이다.

더군다나 안회남安懷南*이 창작평을 유희遊戱하고, 최재서崔載瑞** 망량魍魎***을 연의演義하고, 군소의 부유蜉蝣**** 비평가들이 제가끔 저능아의 헛소리를 한마디씩 토해보아 그 혼란 위험 형언할 수 없는 이 현상 가운데 진실히 공부하고 핸들을 바른 방향으로 돌리려는 평가의 하나로서 임화의

---

* 소설가(1909. 11. 15~?). 본명은 필승必承. 신소설 『금수회의록』을 쓴 안국선安國善의 외아들로 태어났다. 「소년과 기생」 등의 작품들을 남겨 1930년대 신변소설의 대표적 작가로 꼽는다. 일제 징용 경험 이후에 작품 경향이 현실 지향으로 변화하였고, 1948년 월북한 뒤 《민주조선》의 문화부장을 지냈으며, 1960년대 중반에 숙청당한 것으로 알려졌다.

** 문학평론가 · 영문학자(1908~1964). 호는 석경우石耕牛. 필명은 학수리鶴首里 · 상수시尙壽施. 주지주의적인 비평을 시도하였고, 셰익스피어 연구에 공이 크다. 저서에 『문학 원론』, 『셰익스피어 예술론』 등이 있고 『아메리카의 비극』, 『포 단편집』 등을 우리말로 번역하였다.

*** 도깨비.

**** 하루살이.

존재에 대하여 그의 재승덕박才勝德薄*한 데 인간적으로 그리 호감을 가지고 있지 않은 나로서도 든든함과 경의를 아끼지 않는 바이다.

그러나 일체의 단언은 중지하자! 임화는 아직 젊다. 시인으로서나 평가로서나 임화의 보무는 지금부터이다. 누가 미래를 말할 수 있을 것이냐! 기대와 촉망은 그의 앞날에 둘 뿐이고 바른 임화의 론은 그의 사후에 누가 쓸 사람이 있을 것이므로 이 나로서의 망동妄動은 이만 중지하기로 한다.

—《풍림》, 1937. 5.

| * 재주는 뛰어나지만 덕이 적음.

문단확청론文壇廓淸論[*]

　'문단확청론'—이런 제題로다 좀 더 자유스럽게 나의 소감을 술述하여 보기로 한다.

　내가 여기 문단 확청을 부르짖을 때 이것이 여러 사람의 주의를 환기시키지 못하고 그대로 묵살되어버린다고 하여도 그것은 결코 사실 그것까지가 말살되는 것이 아니기 때문에 금후 계속하여 이런 류의 글이 속출하기를 망望하여 마지않는다.

　확청. 그것은 비단 문단만에 향하여 부르짖어질 것이 아닌 것은 물론이나 최근 조선 문단은 부패하기 짝 없는 현상이 만성적인 계단을 과정過程하고 있어 뜻있는 자 한탄하지 않고는 못 배기게 되어 있다.

　문단이라는 분야의 구성 분자가 인간이라는 생물학적인 동물이고 정情과 욕慾을 구비한 똑같은 사람인 까닭에 다른 부문에 종사하는 인간과 그 류를 달리하고 있는 것이 아니며 희로애락, 느끼는 바, 행하는 바 다 보통 인간과 똑같다는 것은 말할 필요가 없다. 더욱이 문단은 종교적 집

---

　* 확청廓淸. 지저분하고 더러운 물건이나 폐단 따위를 없애서 깨끗하게 함.

단이 아닌 까닭에 청교도적 수양을 요구하는 것은 우스운 일이다. 그러나 우리는 이런 사실을 망각해서는 안 된다. 즉 그들은 누구보다도 열렬한 인생의 연구자이며 진리의 탐구자이라는 것과 항상 현실의 진보적 계단에 선 인류의 문화적 교사이라는 것을…… 까닭에 예술가적 존엄을 해하지 않는 정도 안에서 그들은 얌전한 인간이어야 할 것이고 참다운 인간이어야 할 것이다. 문학자는 수도승이 될 필요는 없으나 항상 그의 참다움을 잊어서는 안 될 것이다.

"정치가는 거짓말을 하나 예술가는 거짓말을 못 한다." 이런 말은 잘 듣는 소리다. 솔직과 소박함과 양심적인 것은 때로는 예술가의 대표적 천성같이 여겨지기도 하는 사실을 볼 때 우리들은 일층 예술가들의 인간적 수양 문제를 통절히 느끼게 된다.

×

조선 문단이라면 이 문단을 구성하는 조선 사람 작가란* 손꼽아 셀 만치 그 수가 얼마 안 된다. 이 소수의 인간으로 성립된 작은 부면部面 안에서 갖은 추태가 연출되고 사악이 양조釀造**되고 나쁜 의미로의 야심이 난무되고 음험한 공기가 암류하는 현상을 노출시키고 있으며, 나아가서는 이것이 진정한 문학의 발전을 질곡에 이르게 하고 자기 자신의 신선한 새싹까지도 무질러버리고*** 마는 현상을 볼 때 누가 일언 아니하려는 사람이 있을 것이냐. 조선 문단의 부패한 현상이 거의 만성적이라는 것은 누구나 인정하는 사실로 되어 있으나 이 타개에 심로心勞하는 사람이 적은 것, 누구나가 말을 시켜보면 자기 딴은 통탄하면서 그 반면에 있어서는 그 스스로가 그런 죄과를 범하고 있다는 사실은 무엇보다도 한심하

---

* 원문에는 '작가라는'임.
** 술이나 간장, 식초 따위를 담가 만드는 일. 여기서는 비유적 의미로 쓰였다.
*** 무지르다. 한 부분을 잘라버리다.

기 짝이 없는 일이다.

×

많은 양심적인 문학청년이 소위 기성 문단에 환멸을 느끼고, 그들의 인간적 열악劣惡에 비애를 품고 물러서며, 참으로 문학적 정열에 불타는 많은 유위의 숨은 작가들이 악종의 편집자들의 의식적인 보이콧* 때문에 그들의 정열을 여지없이 억압당하고 비운을 탄하고 있는 덮지 못할 이 사실들은 저들이 생각는 것 같은 비소鼻笑에 부칠 하나의 작은 일이 아니라는 것을 잊어서는 안 될 것이다.

입으로는 신인 환영을 규호叫號**하면서도 그들은 실증을 보여준 일이 없다. 문학 작품을 게재하는 몇 개의 잡지 편집자들은 한 개의 권위로써 군림하고 있어 많은 작가들의 굴복을 요구하고, 아유阿諛***를 요구하고, 때로는 증회贈賄****까지를 공연公然히***** 바라고 있는 것이 변명의 여지를 남겨두고 있지 아니한 사실이라고 할 때 새로이 이 비열의 진흙투성이가 된 상태를 의시하고 통탄하지 아니하면 안 되는 것이다. 그들이 순수한 저널리스트 이하면 차라리 좋다. 그들이 이윤만을 탐망貪望하는 상인이라면 더욱 좋다. 그러나 그들은 참된 저널리스트도 못 되면서 이 모양인데 우리들의 비통이 더 크다. 그들이 왜 독자와 작가의 좋은 중개자조차 되지 못하고 일종의 사심邪心과 음모의 소유자로 전락하면서 있는지를 알 수 없다. 아직 조선의 저널리즘은 반드시 시장 가치가 있는 이름의 나열만을 아니하고도 민중의 교도敎導적 입장에 서서 질의 좋은 것만을 가지고 강제한대도 어느 정도까지 그 무리無理가 통과될 수가 있는 것이다.

---

* 원문에는 '샌이콧드'임. boycott. 어떤 일을 공동으로 받아들이지 않고 물리치는 일.
** 큰 목소리로 부르짖음.
*** 아첨.
**** 뇌물을 줌.
***** 세상에서 다 알 만큼 뚜렷하고 떳떳하게.

널리 문호를 개방하고 질적으로 우수한 작품을 받아들여 조선 문학의 발전을 도모하고 기성 작가에게도 반성의 자극을 주도록 하는 것이 그들 문화기관 종사자들의 의무이기도 하고 실무이기도 하다는 사실을 망각하고, 그들은 일종의 야심과 정실情實*과 그 외 모든 개인적 갖은 작은 이유에 포열抱泥되어 조선 문단의 참된 발전의 길을 저해하고 스스로 문화적 죄인 되는 것을 반성 못 하며 '반달'**(문화 파괴자)이 되면서 있는 것이다. 덕택으로 조선 문단은 때로는 한 희화戱畵***적 현상을 나타내고 때로는 망량의 난무장을 연출한다. 문학이라는 것을 만담으로 오해하고, 잡담으로 착각하는 류의 잡문, 트리비얼리즘****의 소설, 흥미 있는 신변 잡기 등의 수필 이런 것들이 조선 문단 득업사得業士*****의 인印을 가지고 있기 때문에 비싼 지면에 갖은 오문汚紋을 치고 횡행하고 있는 것이다.

×

이 땅의 비평가들이 좀 더 현명할 것 같으면 조선 문학의 레벨을 더 이끌어 올릴 수도 있고 숨어 있는 작가를 끌어낼 수도 있고 문단의 부패 분위기를 어느 정도 숙청시킬 수도 있는 것이나 그들도 또한 거의 악질 인간들의 모임으로 비평다운 비평 하나 하지 못하고 일인一人이 한 작품을 칭찬하면 거기 부화뇌동하여 일제 찬성을 드는 우열愚劣******을 연연演하고 있다. 자기가 호감 가진 자의 작품만을 호평하며 게재된 잡지에 따라 차별을 하며 또 대가大家와 무명無名에 따라 평문評文의 장단을 달리한다.

---

* 사사로운 정이나 관계에 이끌리는 일.
** 원문에는 '봔달'임. vandal. 공공 기물 파손자.
*** 익살맞고 우스꽝스러운 모양을 비유적으로 이르는 말.
**** 원문에는 '트라벨이슴'임. trivialism. 사물이나 현상의 본질은 탐구하지 아니하고 사소한 문제를 상세하게 서술하려는 태도를 부정적으로 이르는 말.
***** 일제 강점기에 의과 대학을 마치고 면허장을 얻은 사람을 이르던 말. 여기서는 비유적 의미로 쓰였다.
****** 어리석고 못남.

소위 정실비평*이라는 것이다. 이런 일은 우리가 신뢰하고 있는 몇몇의 평론가들 사이에도 기탄없이 감행되고 있어 많은 문학 애호자들의 정신을 미혹시키고 나아가서는 순직한 독자 대중을 함부로 농락하고 있다. 당연히 높이 평가되어야 할 작품이 논의되지 못하고 우작愚作 태작駄作**이 작자의 좋은 조건, 유리한 환경 때문에 우상과 같이 솟아올라 독자의 머리를 미혹시키고 있는 실례가 이 문단에 얼마든지 있다. 거기 콘탁터***가 되어 춤추는 우열 평가들의 추악한 모양은 실로 타기唾棄****하여주고도 남음이 있다. 모 신문사의 전집, 모 사의 전집 등에 광고문을 매월 쓰고도 얼굴 하나 붉힐 줄 모를 만치 그들의 안면 피부는 두껍고, 내용은 선반 위에 얹어두고 한 사교적社交的인 심리 때문에 극구 찬사를 술할 만큼 그들의 심장은 강하다. 그러나 그들의 개인 악이 그대로 개인적 문제에 그치고 마는 일이라면 더 말할 것도 없겠지만 그들의 악질 유희에 무고한 독자들이 영향받는 데 우리들의 분개가 큰 것이다.

이런 우열 비평가들의 맹목추숭盲目推崇에 의하여 한 사람의 중견이 되고 대가가 된 그들이 또한 자신을 돌이켜 생각하고 노력하여준다면 이 또한 고마운 일이겠으나 현재 조선에서 소위 중견이니 대가이니 하는 레터르*****가 붙은 작가들이 생산하고 있는 작품은 정말 한 개라도 습작의 레벨을 넘을 만한 것을 발견하기가 어려울 만치 태작의 속산續産이다. 무명이라는 것 때문에 좋은 작품을 밀쳐놓고****** 이런 것을 싣는 편집자는 작자와 함께 대중을 멸시한 큰 죄를 짓고 있는 것을 자각해야 할 것이다.

---

* 객관적 입장에 서지 못하고 사사로운 감정에 이끌려 그릇되게 하는 비평.
** 졸작.
*** 원문에는 '콘탁터'임. 콘택트contact하는 사람이라는 비유적 의미라 추정됨.
**** 침을 뱉듯이 버린다는 뜻으로, 업신여기거나 아주 더럽게 생각하여 돌아보지 않고 버림을 이르는 말.
***** 원문에는 '렛텔'임. (네) letter. 라벨label. 어떤 인물이나 사물에 대하여 불명예스럽게 붙은 이름.
****** 원문에는 '밀처트리고'임.

일전에도 나는 모 지 편집자에게서 유명 무명을 돌아보지 않고 작품의 질을 본위로 게재하겠다는 말을 듣고 적이 기뻐하였으나 나중에 그가 거짓말을 한 것이 사실로 나타났을 때 나는 분개보다도 울고 싶었다.

×

그리고 대가이니 중견이니 하여 문단에 한 지위를 차지하고 있게 되면 그들에게 후진 후배를 지도하고 격려하고 이끌어 올릴 그런 의무도 지워져 있는 것이다. 그러나 조선의 이 우상偶像들은 그런 심리에 움직여지고 있는 사람이 거의 없다고 하여도 과언이 아닐 것이다. 때로는 시기 때문에, 때로는 그들의 방만심放漫心 때문에, 때로는 자기의 지위 명맥 보존 때문에 후배의 진출을 저지하려고까지 한다. 맹우盲愚 비평가의 무리에게 모래탑같이 쌓여진 그 지위가 쉬 무너질 것을 겁낼 것은 용혹무괴*의 일이다. 그들은 거개가 자기 지위의 상부相副할 실력을 가지고 있지 못하나 이 가여운 이유 때문에 조선의 신인, 또는 문단적 지위가 얕은 사람은 대가 중견의 덕을 입으려야 입을 수 없다. 그들은 자기의 모래성을** 지키기에 급급하고 신문 잡지 등 문화기관을 붙들고 있는 사람들에게 추파를 보내기에 바쁘다. 그러니 하가何暇***에 신진을 생각할 것이냐. 이런 말을 직접 대해 말하면 그들은 코웃음치고 세정世情에 어두운 것을 책망한다. 세정에 어둡다는 것은 상인적 처세술을 모른다는 것을 의미하는 것일 게다. 아아, 이 저주할 '세정에 밝음'이여! 많은 불우의 작가가 이 때문에 정면의 무대에 나설 기회가 봉쇄되고 언제까지든지 엑스트라로 나온 지는 오래되어도 늘 신진이라는 명예로우면서도 불리한 말석 지위에 서서 탄탄歎嘆의 세월을 보내지 아니하면 안 되고 혹은 아까운 정열을

---

* 혹시 그런 일이 있더라도 괴이할 것이 없음.
** 원문에는 '모래울'임.
*** 어느 겨를.

억누르고 문학의 길을 단념하지 아니하면 안 되는 것이다.

×

일찍이 난만한 개화도 보지 못하고 뛰어난 걸작도 가져보지 못한 조선의 문단은 다른 곳의 나쁜 점만을 취하여 악폐만을 낳고 있다. 북돋아주고* 채찍질하여주어도 성화盛華가 어려운 숙명에 있는 조선 문학이 이런 악질의 류들에게 번롱翻弄**되어 진정한 발전이 조해阻害***되는 것은 참으로 통한한 일이다. 우리는 잡지, 신문 등의 그늘에 숨어 있는 이런 해충들의 도약에 정말 상을 찡그리게 되고 그들의 장명長命을 저주하게 되는 것이다. 양심이 마비된 그들에게 반성은 기대키가 어렵고 남는 것은 비관론뿐이나 대중은 속고만 있지 않는다. 양심 있는 작가, 평가의 궐기와 노력에 의하여 이들 악폐 청소의 매진이 긴급한 일일 것이며 좋은 지도적 문학지가 출현하여야 할 것이다. 그리하여 참된 문학적 정열을 가진 작가의 노력과 고심에 의하여 조선 문학은 새로운 비약을 해야 할 것이라고 한다.

이 수리修理**** 없고 조잡한 글이 또한 저들의 조소의 재료 될 것을 생각할 제 이마가 찌푸러지나 양심적인 몇 사람의 지대支待*****가 있을 것을 생각하고 스스로 위안된다.

—《비판》. 1938. 8.

---

* 원문에는 '북도다두고'임.
** 이리저리 마음대로 놀림을 받음.
*** '저해沮害'의 잘못.
**** 고장이 나거나 허름한 데를 손보아 고침. 여기서는 비유적 의미로 쓰였다.
***** 공적인 일로 지방에 나간 고관의 먹을 것과 쓸 물품을 그 지방 관아에서 바라지하던 일. 여기서는 비유적 의미로 쓰였다.

속문단확청론

　썩고 곰팡 슬고 갖은 불순물이 잡혼된 건축재로 쌓아* 지었다고 하여 보아도 일분의 후회조차 아니 날 조선 문단—. 이 권위 있는 문단에 조그만 지위도 가지고 있지 못한 나의 이런 '확청론'이 열 개 백 개 나온다고 하여도 그야말로 일거신—車薪의 불에 대한 일배수—盃水의 힘에 불과할 것이나 달리는** 수레를 막아낼 수 없는 줄을 당랑螳螂이 뻔히 알면서도*** 그의 항거의 천성은 두 팔을 들어보는 것이다. 울분은 풀어보는 데 더한 것이 없고 더러운 것을 보았을 때는 더럽다고 한마디 해 붙여보고 싶은 것이 인간의 천성이라고 할진대 내 또한 그들의 금벽金璧의 철성에 대해 작은 쇠방망이를 두드리는 것이 광부狂夫의 짓이라고만 편벽偏僻****되이 말할 사람이 없을 것이다.

×

　인간성의 고결함보다 존경할 일이 없고 인간성의 참다움보다 더 숭

---

* 원문에는 '싸혀' 임.
** 원문에는 '달는' 임.
*** 당랑(사마귀)이 수레를 버티는 셈. 제 분수도 모르고 덤벼드는 무모한 짓을 비유적으로 이르는 말.
**** 한쪽으로 치우쳐 공평하지 못함.

앙할 일이 없으나 인류는 이때까지 백 퍼센트 완성의 인격자를 가져보지*
못하였다. 그것은커녕 어데로 보든지 빈틈없는 인격자라고 하는 단안斷案
을 내리기에는 누구나 수긍을 주저할 것이나 그래도** 우리 인류가 그의
도덕이 관천貫天했다고 하여 부자夫子***라고 부르는 공자나 석가나 야소耶
蘇**** 같은 인물조차 우리는 수십 수백의 수도 가지고 있지 못하다. 누구
인가 "톨스토이의 '광명'보다는 오 촉의 전등이 사람을 인도하고, 예수의
교훈에 의해서보다는 신문의 시세란市勢欄에 의하여 사람은 행동을 개시
한다."고 한 말은 이 시대 사람의 심리를 너무나 잘 표현한 말이라고 하
겠다. 백 폭의 착한 길보다는 한 폭의 악한 길이 가기에 마음 편하고, 백
만의 충언은 귀 아프면서도 한 마디의 영언佞言에 귀가 솔깃해지는 것이
범인凡人의, 더욱이 근대 사람의 심리라고 할 것 같으면 심하다고 책망할
사람이 있을는지 모르나 죄는 개개인에게 있든지 사회적 조건에 있든지
하여간에 그런 경향이 있다는 것만은 부정 못 할 사실이라 하겠다. 소위
천단인天壇人이라는 것도 이런 규정 이런 범위 밖에 서 있는 것이 아닌 까
닭에 그들도 똑같이 거짓말도 하고 도적질도 하고 그 외 시대시대에 따라
선이라고 불리는 일의 반대되는 일을 하는 사람과 같이 할 것인 것이 사
실일 것이겠으나, 소위 예술가라는 인간은 그 외의 사람들이 그들을*****
어떻게 인식하고 있다는 그것은 제쳐놓고라도 자신부터 자부하고 있기
를 교활하지 않고 비열하지 않고 허위가 없는 것같이 또 그래야 하는 것
같이 알고 있다. 이것은 객관적으로 볼 때도 당연히 그래야 할 것이고 또
그래주었으면 좋겠는****** 일이다.

* 원문에는 '가처보지'임.
** 원문에는 '고래도'임.
*** 존경하는 사람을 높여 이르는 말.
**** '예수'의 음역어.
***** 원문에는 '그들'임.
****** 원문에는 '조겟는'임.

진실하다는 것은 반드시 점잖고 엄격하고 얌전한 것을 의미하는 것이 아니라 벌거벗고 흙장난을 해도 거기 진실이 있을 수 있고, 거리로 춤을 추고 다녀도 거기 진실이 있을 수 있는 것이다. 물론 이 진실한 데다 얌전하고 점잖은 것을 겸한다면 그보다 더 좋은 일이 없을 것이다. 아무도 문학자가 야소 같아서는 안 되고 공맹 같아서는 못쓴다고 말할 사람은 없을 것이다. 보다 인성이 도야되어 있고 보다 인격이 수양되어 있으면 그보다 훌륭한 일이 없겠으나 어떻게 모든 사람이 다 이렇게 되기를 바랄 수 있으며 더욱이 이 땅의 문단에 모인 다수의 열질劣質의 인간들에게 이런 요구나 제출해볼 수 있을 것이냐.

×

전론에서도 추상적이나마 조선 문단의 부패한 현상을 들추어 말하였거니와 썩은 물건을 가지고 흔들면 흔들수록 추악한 냄새만 나는 것이다.

이곳 문단에 한 가지 기묘하게 사용되고 있는 술어가 있으니 그것은 '신진' 또는 '신인'이라는 말이다. 이 말은 글자 그대로 해석해보면 새로 나온 사람 또는 새 사람이라는 의미일 것이요 사전을 들여다보고 아무리 잘 풀어보아도 이것은 이 어의의 범위를 넘지 못할 것이겠으나, 이곳에서 이런 명칭 아래 불리는 사람들은 참말로 이 영예로운 이름을 정당히 향유할 수 있는 정말 신인들 외에 얼토당토않은 문단에 데뷔한* 지는 오래되어도 그의 사교술이 부족하고 문화기관 종업자의 눈에 예쁘게** 보이지 못한 관계와 기외其外*** 갖은 복잡하고 미묘한 관계 때문에 푸대접받는 일군의 불우의 작가, 문단적 지위가 얕은 작가에게 향해 불리고 있다. 전자에 한해서는 정당히 쓰이는**** 것이겠으나 후자에 대해 이 말이

---

* 원문에는 '데뷰한'임.
** 원문에는 '입부게'임.
*** 그 밖의 나머지.
**** 원문에는 '씨워지는'임.

칭용된다는 것은 기이한 현상이 아닐 수 없다. 그들은 언필칭言必稱* 이들을 신진들이라고 한다.** 그들은 어느 때나 돼야 이 신진이라는 영예 있으면서도 사실은 불행한 명칭에서 벗어날 수 있는 것인지. 이 신진이라고 불리는 것보다 반갑고 생생하고 발랄***한 말이 없겠으나 이것이 정당히 사용되지 않고 비곡調曲 야유되어 사용되는 데 그 불쾌함이 있고 듣는 사람도 스스로 모욕받는 것 같은 감을 느끼게 되는 것이다. 소위 기성 중견이라는 사람들과 연대를 대조해보아도 뒤지지 않고, 역량을 비교해보아도 떨어지지 않으면서도 악의의 보이콧과 의식적인 묵살 때문에 전면의 진출을 여지없이 차단당하고, 문단의 저층에서 푸대접을 받으면서**** 불우의 세월을 보내고 있는 일군의 작가에게 대하여 이 부당의 명칭이 사용되고 있는 것이 기괴하지 않고 어떻다고 할까? 찾아보면 그들 가운데 참된 문학적 정열이 서리어 있고 그들 가운데 참된 문학적 정신이 숨기어져 있는 경우가 많은 것이다. 이 문단의 유태인적 존재들은 때때로 저널리즘에 끌려나와 신진 작가라고 소리를 한번 들어보고는 또 그대로 밀리어 들어가고, 몇 해 만에 또 끌려나와 또 신진 소리를 들어보고는 잊힌다. 참으로 요절腰折***** 포복抱腹******할 기괴한 장난이다. 그들에게 부족한 것은 단 한 가지 처세술*******과 아유뿐. 이 때문에 그들이 불우한 운명을 걷고 있는 것이나 또 그들의 대개가 이것 가지는 것을 결코 좋게 생각하고 있지 않기 때문에 이 문단에 집현전을 창설한 옛 국왕의 기개가 어느 한구석에서라도 나타나지 않는 한 그들은 영원히 불우할 것이요, 앞

---

* 말을 할 때마다 이르기를.
** 원문에는 '신진들이라고' 임.
*** 원문에는 '發剌' 라고 되어 있으나 '潑剌' 의 오식이라 추정됨.
**** 원문에는 '받으면' 임.
***** 허리가 부러진다는 뜻으로, 몹시 우스워 허리가 아플 정도로 웃는 것을 이르는 말.
****** 포복절도抱腹絶倒, 배를 그러안고 넘어질 정도로 몹시 웃음.
******* 원문에는 '處女術' 이라 되어 있으나 '處世術' 의 오식이라 추정됨.

으로도 이 문단이 정화되지 않는 한 이런 유위 무망無望의 많은 작가들이 이 불우의 지옥으로 얼마든지 밀리어 떨어질* 것이다.

×

소위 문학자 또는 이에 가까운 사람들이 출판기관을 고령古領하고 있는 것은 참으로 고마운 일이라 할 것이다. 그것은 그들이 순전한 저널리스트에 비하여 더 문학을 이해할 것이고 더 문단을 위할 것이고 더 작가를 알아줄 것이니까. 그러나 이 고맙고 하고 싶은 일이 조선에 있어서는 실현되어 있다느니보다 처음부터 거개가 그런 사람들만이 문화기관에 자리를 차지하고 있었고, 지금도 역시 그러하니 조선 내의 명잡지의 편집자 또는 신문의 학예란 담당자들을 지금 세어보아도 다 알 수 있는 것이다. 이럼에도 불구하고 고마워야 할 이 현상이 역결과를 낳고 있다. 이것은 결코 문학자가 그 기관에 있기 때문에 그런 것이 아니고 그 인간들의 우열의 문제인 것이다. 그들은 그 기관을 공변되이 써야 할 것임에도 불구하고 사리私利, 사감私感, 사욕私慾, 사견私見을 위해 사용하고 있다. 조선 문단 부패의 죄를 삼분의 이나 져야 할 그들의 사악하고 비열하고 교활하고 음험함은 붓을 들어** 일일이 쓸 수 없을 만큼 추악의 축적이다. 갖은 음모와 궤계詭計***와 간악이 미묘하게 얼크러져 표면은 안온한 것 같으나 이면에서 복잡히 암약되고 있는 것은 이 분위기 안에 있는 사람에게 용이히 간취看取****되는 바이다. 그들은 거의가 그 작은 위치를 이용하여 실력 없는 자기를 축성해 올리고, 한편 한 개의 권력을 스스로 만들어가지고 우열한***** 작가, 평가를 교묘히 동원시키고 춤을 추이고 있다.

---

* 원문에는 '리러질' 임.
** 원문에는 '들러' 임.
*** 간사하게 남을 속이는 꾀.
**** 보아서 내용을 알아차림.
***** 원문에는 '愚劣란' 임.

그들의 안중이나 두뇌 속에 언제 대중이나 독자나 참된 문학의 장래가 있어본 적이 없고 항상 그들의 소심小心, 사심邪心이 지면 위에 춤을 추고 있는 것이다. 그들의 일노一怒에 수많은 작가 평가가 외축畏縮*하고 그들의 일소一笑에 여러 작가 평가들이 희열하는 불쌍한 현상은 참말 멀쩡한 정신을 가지고 정시할 수 없는 일인 것이다. 그들을 □□시키는 일은 크게 불행한 일이고 그들의 뜻을 안 맞추는 것은 크게 불리한 일인 까닭에 우극愚極한 이 땅의 기성, 유명의 작가, 평가들은 순순히 복종하고 나팔 부는 대로 춤을 추며 이들의 혼혈 저널리스트들과 함께 문단의 물을 흐려놀 대로 놓는 것이다.

×

들추어 말하면 한이 없고 들어 욕하자면 어찌 이 작은 붓 몇 마디 말로 다 할 수 있는 것이며, 둔감 강심强心의 그들이 조금이나 움찔할 것이 아니매 거의가 도로徒勞**에 돌아가고 말 것이나 오직 양심적인 몇 사람을 바라고 이런 류의 규환이 집요히 행해져야 할 것이라고 한다. 나의 이 결론은 더 필요 없는 것이나 여론은 일으키기 위하여 무력無力의 한 가닥 실에 더 한 가닥***을 겹치자는 의도에서 나온 것이다.

다른 곳의 문단이 이곳보다 몇 배나 부패하고 몇 갑절 타락되어 있는 그 상태라고 하더라도 조선 문단이 거기 추수追隨****할 아무 이유도 없는 것이거든 하물며 이 땅의 부패 타락이 극에 달하고 참된 발전이 조해받고 있는 이 사실을 볼 때 확청, 정화가 목이 터지도록 규호되어야 할 것이고 저들의 무딘***** 두뇌 속에 잠자고 있는 반성을 잡아 깨워야****** 할 것

* 두려워서 몸을 움츠림.
** 헛되이 수고함.
*** 원문에는 '가각' 임.
**** 뒤쫓아 따름.
***** 원문에는 '무진' 임.
****** 원문에는 '깨여' 임.

은 말할 것도 없다. 그러나 그들에게 반성은 거의 절망이라고 생각는 것이 좋겠다는 것은 그들도 역시 '신문의 시세표에 의해 행동하는 류들'에 지나지 못하는 까닭이다. 다만 바랄 것은 그들의 단명이요, □□의 □□ □□□□ 집요 과감한 싸움이 전개되어야 할 것이다.

—《비판》, 1938. 9.

늙어가는 조선 문단

어느 일에나 이 정열이 필요하지만 더욱이 이 문학에 있어서는 정열이 그 발전의 박차인 것은 말할 것도 없다. 오늘날 조선 문단에는 펄펄 끓는 정열이 식은 것같이 보인다.

지난날의 발열한 그 모양도 발견할 수 없고 한때의 생생하던 그 기분도 느껴지지 않는다. 무기력과 침체, 이것이 오늘날 이곳 문단의 형상이다. 틀려도 좋다고 돌진하고, 잘못돼도 괜찮다고 나가보던 생기 발열하던 그 시대가 다시 그리워진다. 논쟁하고, 쓰고, 문학 때문에 밥맛을 잃고, 그것 이외에 아무것도 눈에 보이지 않고 머리에 생각나지 않던 그때의 그 정열을 이 문단에 다시 가져와 보고 싶다.

늙어가는 것 같은 조선 문단! 꽃은 피어보지도 못하고 봉오리 시드는 것 같은 조선 문단! 새로운 탄생을 위하여 고민하고 있는 것이라면 금일의 저조를 환영이나 하려니와 그런 암시도 보이지 않고 다만 권태와 노쇠의 징후만이 편만하여 있는 것같이 느껴지는 조선 문단! 새로운 호흡은 어느 곳에 가 찾을까.

—《사해공론》, 1938. 10.

문단확청론 여운

×

진선眞善 순미純美한 상태가 어데나 있을 것같이 생각되지 않는다. 그렇다고 그런 것을 바라는 것을 완전히 공상이라고 단언할 수도 없는 것이다. 악은 선과 함께 언제나 있을 것이나 인간은 늘 악을 구축驅逐*하기 위하여 투쟁해야 할 것이다. 우리 문단도 좋은 방향으로의 발전을 위하여 항상 협동적인 노력이 필요하다는 것은 두말할 것도 없으며 보다 부패하고 비열한 정신의 소유자들이 이 땅 문화 부문의 요충에 서서 문화의 정상적인 발전을 조해하고 있다는 것을 볼 때 일병一柄의 창槍도 좋고 백만의 창 더욱 좋다. 양심적인 누구나가 이 사악의 십분 감感만을 위해서라도 대들어야 할 것이라고 한다.

×

어느 외국인이 조선 사람을 평하여 말하되 "조선 사람은 일과 감정을 혼동한다."고 하였다는 것을 누구에게 들은 일이 있다. 반드시 조선 사람이라고 다 그러며 다른 나라 사람은 조금도 그렇지 않다고 말할 수는 없

| * 어떤 세력 따위를 몰아서 쫓아냄.

으나 어떤 경우에 보면 이런 경향이 세게 나타나는 것을 알 수 있다. 공정한 입장에서 보면 그 사람을 당연히 제외해서는 안 될 것임에도 불구하고 사감私感 때문에 그를 문화적인 일에 동원시키는 것을 꺼리고 또는 보이콧하는 것이 거의 상투가 되다시피 한 이 땅의 일부의 문화인들은 그 좋은 실증일 것이다. 여기 문화인의 인격 수양 문제가 결코 경輕치 않은 문제로 제규提叫되어야 할 소이가 있는 것이며, 일을 위하여 사감을 돌아보지 아니할 그만한 공심公心조차 가지지 못하고 '인류의 교사'로서 자처할 면목이 어데 있는가 말이다. 공기公器* 운전 기구의 한 모퉁이를 담당하게 되면 그는 일절의 사견邪見, 사정私情에서 떠나야 할 것임에도 불구하고 누구 하나가 그만한 공변됨조차 소유하고 있지 않은 것이 오늘날 이곳의 현상이니 옛 사람의 말로 탄식, 통한할 일이 이것이다. 그렇다고 그들의 주위에는 겁내어 바르게 말해주는 사람도 없다. 어느 때 어데서라고 충언이 그리 용납된 일이 적지만 이렇게도 '문선언이배聞善言而拜'** 할 사람이 없을까 한심한 노릇이다.

그들은 확실히 권위다. 한 개의 권위! 아아 가긍한 이 오소리티***여!

×

이 땅에 또 한 가지 기괴한 일이 있으니 그것은 갑의 신문사에 있는 사람은 을의 신문에 글을 못 쓰는 괴상한 제도(?)이다. 이것은 은연 한 개의 철칙같이 되어 시행되고 있었고 아마 오늘까지라도 그럴 것이라고 생각된다. 모방만을 일삼는 이 땅의 백성들이 이것은 어데서 배워 온 것인지 모르겠다. 과문寡聞**** 한 탓인지 나는 아직 다른 어느 곳에서도 이런 야만적인 일이 행해지고 있다는 것을 들어보지 못하였다. 그러면 이것은

---

* 공공성을 띤 기관이나 관직을, 사회의 개개인에게 영향을 미칠 수 있다는 측면에서 이르는 말.
** '교훈이 될 만한 좋은 말을 들으면 절을 한다'는 의미라 추정됨.
*** 원문에는 '오-도리티'임. authority. 권한.
**** 보고 들은 것이 적음.

이 땅의 창안인 모양인데 어떤 탁월한 두뇌가 이런 일을 생각해냈는지 한번 보자고* 하고 싶다. 만사 거의 이 모양이라면 누가 내일을 걱정 안 할 사람이 있을 것이냐!

×

고목이 옆에 무덕무덕 자라나는 새싹에 대해 시기하고 무서워할 것은 물론이나 여기는 고목도 못 되면서 늙어가지고 자기의 앞길을 열고 닦을 생각은 아니하고 새로 나오는 싹에 공포와 협위를 느껴 그 억압에 심히 당황하는 무리의 모양을 볼 수 있다. 그들에게 새로 나오는 싹을 북돋우고 보육하라고 말하는 것은 무리라고 하는 것이 옳을까?

짓밟을 대로 짓밟아보라! 그 싹들이 다 마르지는 않을 것이요, 다시 피어나 저들의 시체를 밟고 넘어갈 때가 있을 것이다.

×

이 문단에 한 가지 심한 증세로 건망증을 들 수 있다. 이 문단은 작가를 잊기를 잘 한다.

이제까지 유망의 레터르가 붙어 활동을 하던 작가가 오늘에 보면 벌써 잊히고** 있다. 그 자취가 감추어져*** 있다. 저널리즘은 한때 그들을 이용할 대로 하고는 툭 차버린다. 그리고 다시 활약할 기회를 봉쇄해버린다.

오늘날 여기선 저널리즘의 총애를 받고 있는 소위 당선 작가, 그는 반드시 내일에도 그들의 활약의 영분이 수여되어 있는 것이 아니다. 그들은 거개가 내일은 새로운 마네킹에게 자리를 내주고 물러가야 할 숙명의 존재인 것이다. 문학의 실천은 작품의 제작 발표에 있다. 발표할 지면

---

* 원문에는 '보아지라고' 임.
** 원문에는 '잊혀지고' 임.
*** 원문에는 '감초여저' 임.

을 봉쇄할 때 그들의 작품 활동은 위축되고 마는 것이다.

× 　

조선 문단 등용에는 쉽고 어려운 두 가지 길이 있다. 실력에 의하는 것은 어렵고 먼 길이요, 사교에 의하는* 것은 쉽고 가까운 길이다. 형편이 이리돼놓으면 먼 길을 취하는 사람일수록 바보인 까닭에 영리한 이 땅의 프티부르주아**적 문청文青***들은 사교의 근도近道를 취하려고 애쓴다. 이 문단에는 가증한 이런 수단과 또는 천강天降의 호조건에 의하여 오늘날의 소위 문단적 지위를 얻어가지고 허위를 부리고 다니는 문학 득업사들이 대부분이다. 덕택으로 문학은 사도邪道로 접어들어 참된 문학 정신은 뒷골목을 배회하게 되어 있는 것이다. 유위의 많은 문학 지망의 젊은 청년들이 이 문단에 환멸을 느끼고 발길을 돌려놓는 것이 결코 우연한 일이 아닐 것이다.

그들 사이에 싸여**** 문학의 이름을 더럽히는 것보다 고리대금업을 하는 것이 더 사는 보람이 있고 청신미淸新味가 있을 것이다.

× 　

일전에 모 군이 모 신문사로 원고를 보내었다가 물론 게재치 않을 것이라고 나중에 생각하고 그 원고를 도로 찾으러 갔더니 원고를 잃어버렸다고 간단히 대답을 하더라고 분개하는 것을 보았다. 참으로 무책임한 말이다. 그리고 교묘한 회피의 방법이다. 잃어버렸다고 하면 만사 이것으로 해결이다. 과실로 잃어버렸다는 것을 이쪽에서야 어찌할 수 없는 일이니까……。

상인이거든 팔러 간 상품을 안 사면 도로 주어야 할 것이고 '문화의

---

* 원문에는 '이依하는'임.
** 원문에는 '푸티·브르'임. petit bourgeois. 소시민.
*** 문학청년.
**** 원문에는 '싸혀'임.

교사'이거든 좀 더 친절히 대하고 지도도 해 보내야 옳을 일이 아니었던가.

✕

이름이 없으면 글의 내용은 여하간 몰서沒書* 아니면 보이콧이요, 면절面折** 우쟁迂爭하면 노염을 사 다음에는 다시 글을 실어볼 길이 막히어 버리고, 증회는 가난한 사람으로 어려운 일이요, 아유는 마음 비굴치 않은 사람의 차마 할 수 없는 노릇이니 이런 사람들의 갈 곳은 오직 불우의 구렁이 있을 뿐이란 말가.

✕

이런 글을 써서 미움받지 말고 다茶 값이나 준비***하는 것이 좋지 않겠느냐고 어느 동무가 내게 말한다. 아마 그런 편이 나았을는지도 모르겠다. 그러나 무엇을 그리 애태울 일이 있을 건가? 문학을 아니한대도 정말이지 조그만 통양痛痒****도 느끼지 않는 것이 지금의 나의 심경이거든*****……. 다만 창랑滄浪******의 물이 흐리거든 내 발이나 씻을 것이요, 창랑의 물이 밝거든 갓끈을 씻으려고 할 뿐이다.

—《비판》, 1938. 10.

---

* 기고한 글을 싣지 않고 버림.
** 대면하여 몹시 꾸짖음.
*** 원문에는 '備準'임. '準備'의 오식이라 추정됨.
**** 가려움과 아픔을 아울러 이르는 말. 자신에게 직접 미치는 이해관계를 비유적으로 이름.
***** 원문에는 '心境에거든'임.
****** 넓고 큰 바다의 맑고 푸른 물결.

무기염無氣焰의 변辯

차 탄 사람이 차가 가는 동안은 딴생각하고 있다가 차가 정차를 하면 퍼뜩 지나온 길, 앞 향방에 대해 새로운 정신을 차리듯 나도 세월이란 궤도를 무심코 나가다가 신년 같은 어떤 포인트에 닥들이게* 되면 지나간 해의 일을 회상하여보기도 하고 앞일의 플랜을 세워보기도 한다. 이런 의미로 보아 신년이란 좋은 시간적 구획이기도 하고 심기心機** 경신更新***의 적절한 모멘트이기도 하다.

벌써 일 년을 또 보내고 새해를 맞게 된다 생각하니 언제나 마찬가지로 과거에 대한 불만이 내 마음을 섭섭하게 하고 '앞으로는 이래서는 안 되겠다' 이런 생각이 떠오르기도 한다. 그러나 역시 내 태도는 그리 적극적으로 돼지지도 않고 지금까지의 무기력을 극복하려는 분발심도 나지 않는다.

돌아다보면 이 이삼 년 동안 나는 참으로 무료히 세월을 보냈고, 무

* 원문 '닥드러게'임.
** 마음의 움직임. 또는 그런 틀.
*** 이미 있던 것을 고쳐 새롭게 함.

위의 생활을 하였다 하는 생각이 더욱 간절하다. 조금도 나는 노력에 살아온 흔적이 없고 무기력, 침체의 그것이었다. 그것은 한 타성적인 삶에 불과하였던 것이다. 언제나 먹고살기에 분주한 나이지만 그래도 좀 더 몇 해 뒤 페이지*를 살펴보면 이토록 힘없게 지내지는 않은 것 같다. 물론 거기는 여러 가지 원인이 있었지만 내 태도는 퍽 소극적이었다.

지난 일 년도 역시 그랬다. 나는 그저 끌려 나가 산 것에 불과하다. 그리고 지금의 내 마음도 역시 그렇다. 작년은 다시 계속되지나 않는가 한다. 물론 새해를 당해 '이해에는 좀……' 하는 생각이 없지 않아 있으나 나는 역시 활발해지지 않고 분발해지지 않는다. 지향 못 잡는 마음이 공연히 헤매 다닐** 뿐이고 '쓰면 뭘 하나?' 하는 소극적인 생각이 나를 휩싸고 돌 뿐이다. 물론 이런 데는 여러 가지 원인, 사정이 있으나 내 마음은 공연히 울분하고 열이 나지지도 않는다. 나는 이대로 당분간 지낼까 할 뿐이다.

그러나 내일은 알 수 없는 것이다.

조금 후라도 다시 옛 정열을 회복해 새로운 문학 생활이 전개될는지도 모르는 것이다.

다만 지금은 이대로 기복 없이 그냥 나갈까 하는 그저 그런 태도일 뿐이다.

—《조광》, 1940. 1.

* 원문에는 '페—지'임.
** 원문에는 '헤매 단닐'임.

보도연습報道演習 유감

    일주일에 지나지 못하는 짧은 기간의 적은 경험을 가지고 우리가 군인 정신에 대해 말한다든지 군대 생활에 대해 운운한다는 것은 허장虛張*의 감이 없지 않으나, 지금까지 규율의 세계와는 그 거리가 멀었던 것이 사실이며 더욱이 군대나 군사와는 관련이 없었던 조선에는 우리들로서는 짧은 동안의 체험이지만 그 반응이 훨씬 깊고 컸었다고 말할 수 있는 것이다.

    처음으로 군복을 입어본 감상이라든지, 총을 메고 행군을 해본 경험이라든지, 영문營門**을 드나들며 병영에 자보고, 창사廠舍***에 누워 고향의 꿈을 꾸어보고, 실탄을 사격해 명중탄을 내어보고, 군인과 함께 진지 공격의 훈련을 받아보고 한 이 모든 일들은 우리들에게 있어서 확실히 한 경이였음에 틀림없으며 후일에 충분히 한 이야깃거리가 될 만한 일임에 틀림없는 것이다.

    그동안 우리는 교련敎鍊****의 수월치 않음도 알았고, 행군 노고도 맛보

* '허장성세虛張聲勢'의 준말.
** 병영의 문.
*** 헛간.
**** 전투에 적응하도록 필요한 지식이나 기술 따위를 가르치는 훈련.

았고, 군기의 엄숙함도 겪어보았다.

기상 취침 식사부터 나고 들고 서고 앉고 하는 일에 이르기까지 모두가 명령과 규율에 의해 행해지는 엄격한 생활, 항상 긴장하고 참고 지켜야 하는 까다로운 생활, 그러나 이것이 머리에 젖고 몸에 익음에 따라 일종의 유쾌함이 있고 독특한 맛이 있다는 것을 우리는 느꼈다.

그리고 단순 직절直截*한 군인의 정신이라든지 그 생활에는 우리가 많이 본뜨고 배워야 할 좋은 점이 있다는 것을 통감했다.

'쪽 곧다' 한마디 말로도 표현할 수 있는 이 군대의 정신이라든지 생활, 거기는 이 왜곡되고 혼탁하고 분잡紛雜**한 밖의 사회생활과는 근본적으로 다른 곧고 바르고 밝은 생활의 요소가 있는 것이다.

거기는 약고 묘하게 세상을 건너고 헤엄치려는 교활함이 없고 언제나 쪽 곧은 길에 의한 바른 걸음이 있을 뿐인 것이다.

그러므로 그들에게는 꾸밈이 없고 구차한 변명이 없고 술책의 농간이 없고 간교한 회피가 없는 것이다.

그들에게는 속이기 위한 수고로움이 없고, 모면하기 위한 음모가 필요치 않다.

그들은 혀끝이나 손끝으로 무슨 일을 해결하려 하지 않고 언제나 몸을 가지고 당함으로써 결말을 짓는 것이다.

소위 정정당당히 그들은 행동하고 생활하는 것이다.

그들에게는 그늘이 없으며 속임수가 없으며 약게 쉽게 빠져나가려는 묘방이 없는 것이다.

우리가 초년병 교육 견학에서 몇 번이고 몇 번이고 같은 동작을 반복하고 되풀이해 집요히 열련熱練시키는 것을 보고 군대 교육의 요要는 교

---

* 거추장스럽지 아니하고 간략함.
** 많은 사람이 북적거려 시끄럽고 어수선함.

묘히 함에 있지 않고 열련시킴에 있다고 하는 설명을 들었을 때 거기 커다란 교훈이 포함되어 있음을 깨달았다.

약은 재주와 약은 꾀로 교묘히 이 세상을 유영해나가려는 무리들에게 이 말은 얼마나 좋은 교훈이 될 것인가.

소박하고 단순하고 직절하고 그리고 거짓이 없는 이 군인의 생활, 이것은 우리가 이상理想하는 인격이기도 하며 동경하는 생활이기도 한 것이다.

곧고 바르고 꾸밈이 없는 그 생활이나 그 사회야말로 밝고 바를 죄악이 없는 사회일 것이기 때문이다.

이외에도 짧은 동안에 우리가 적은 체험을 통해 맛보고 생각하고 느낀 군인 정신의 좋음이라든지 군대 생활의 본받을 점은 얼마든지 들 수가 있다.

가령 인내의 정신이라든지 감투敢鬪*의 정신, 불굴의 기백, 염결廉潔,** 질소質素,*** 실행, 책임감 등의 모든 미덕 외에 사리의 맑음, 예의의 바름, 그 엄격하고 준열한 가운데도 따뜻한 우의友誼****가 잠겨 있고 아름다운 인정의 온상이 있음은 얼마나 아름다운 일인가.

이런 깨끗하고 곧고 바른 생활이 군인의 사회, 군대의 생활 가운데 실천되어 있고 실행되어 있다고 생각할 때 우리는 생활의 표본을 먼 데 구하지 말고 이 가까운 곳에 배울 것이라고 생각했다.

참으로 군대 안에야말로 언제나 부패하고 타락한 정신이 없이 항상 젊고 발랄한 기운이 넘쳐흐르고 있는 것이다.

우리는 이것을 본뜨고 넓힘에 의해 소질의 향상을 기대할 수 있고 생

---

* 과감히 싸움.
** 청렴하고 결백함.
*** 꾸밈이 없고 수수함.
**** 친구 사이의 정의情誼.

활의 개선과 정화를 도모할 수 있지 않은가 한다.

　짧으나마 이것은 내가 이번 보도연습에 참가해 처음으로 군대라든지 군기라든지에 접촉해보고 깊이 느낀 것의 일단一端인 것이다.

—《신시대》, 1943. 7.

여성과 문화

이 사회의 문화가 남성 중심의 문화이고 오늘날 우리가 가진 문화재의 거의가 남성의 창조한 것이라는 것은 말할 것도 없는 사실이다. 그렇다고 해서 여성이 인류의 문화 창조에 전혀 참여하지 못하였으며 아무런 공헌을 하지 못하였다는 것은 아니겠으나 여성은 언제나 종속적인 지위에 있어가지고 남자들의 창조 사업에 오직 노예적인 역할을 해왔을 따름이라고 하는 것이 마땅한 것이다.

고대에 있어서 수렵이나 목축이 남자의 일이었고 전투가 또한 남자의 임무로 되어 있어 전투에서 얻은 노예가 남자의 소유로 돌아가고 그 노예가 목축에 종사하는 데서 수익收益되는 것이 또한 남자의 소유로 돌아가면서부터 남자가 차차 경제권을 잡게 되고 또 모계제가 부계제로 옮겨지자 여기 남녀 간의 지위가 전복되었다. 이제까지 어려서는 어머니라는 여성 밑에서 자라고 성장해서는 여권女權하의 아내에게* 머리를 들지 못하던 남성이 그 세력과 지위가 높아지자 여기 여성의 예속隸屬**이 시작

---

* 원문에는 '아내의에' 임.
** 남의 지배나 지휘 아래 매임.

되는 것이다.

여성의 예속은 실로 남성이 경제권을 잡게 된 데 기인한 것으로 이뒤 경제적으로 해방을 얻지 못한 모든 여성은 오늘까지 긴 굴종의 생활을 계속해오고 있으며 그들은 이른바 '가정 노예'로서 언제나 횡포橫暴*한 남성의 억압 속에서 묵묵히 인종해나가지 아니하면 안 되는 것이다. 그들은 오직 가정 안에 틀어박혀 남성의 비위를 맞추어가며 일생을 남자에 대한 시종으로 마칠 뿐이었다. 물론 모든 기회에 대해 그들의 발언권은 봉쇄되어 있고 그들의 참여할 수 있는 것은 겨우 가정 내의 일을 넘을 수 없던 것이다. 봉건제도 사회에 있어서 그들의 노예적인 억압은 가장 심했고 자본주의 사회 초기에 있어서 개인주의와 자유주의적 사상의 대두로 페미니즘**의 부인婦人운동이 일어나 남녀평등이 절규되었으나 경제적 해방이 없이 여성의 완전 해방은 기대할 수 없는 것이기 때문에 오늘날 가장 민주주의적인 국가에 있어서도 남녀는 완전히 평등일 수 없고 동권同權일 수 없는 것이다. 어느 국가나 다 여자의 권리는 남자와 비교해 차별적인 것이 사실이다.

이런 관계 밑에서 억압된 생활을 해온 여성은 그들의 능력을 충분히 발휘할 기회가 거의 봉쇄되고 지능智能은 계발되지 못하였다. 그렇기 때문에 여자의 두뇌는 남자에게 미치지*** 못한다는 것이 상식이 되다시피 하였고 사실에 있어서 남성에게 비해 열등한 현상을 보이고 있는 것이다. 그리고 여성 자신으로서도 언제나 위축된 생각 아래 자기들의 능력이 모든 부면에 있어서 남성에게 미치지 못하고 뒤떨어진다는 것을 자인하고 있는 것이다.

* 제멋대로 굴며 몹시 난폭함.
** 원문에는 '페미니슴' 임. feminism. 사회·정치·법률 면에서 여성에 대한 권리의 확장을 주장하는 주의.
*** 원문에는 '믿지' 임.

이렇기 때문에 여성은 스스로 그 자신의 문화를 창조해내지 못했으며 그들의 창조한 문화는 양에 있어서나 질에 있어서나 극히 적은 퍼센티지*에 불과하는 것이었다. 그리고 또 여성이 창조해내는 문화는 언제나 그가 여성이라는 핸디캡** 밑에 평가되는 것이다.

이것은 마치 계급 사회에 있어서 피지배 계급이 지능에 있어서 일반적으로 지배 계급을 따르지 못했고 그들은 또 자신의 문화를 창조해가지 못하는 것이나 마찬가지인 것이다.

동양에 있어서도 중국의 유교 사상 같은 것은 역시 철저한 여성 억압과 구속의 표본으로 '삼종지도三從之道',*** '칠거지악七去之惡'****의 두 계율은 여성 계박繫縛*****의 무서운 철쇄였다. 이천여 년 동안 중국이나 조선의 여성은 이 두 계율에 얽매어 헤어나지를 못하였던 것이 사실이다.

그들은 항상 아녀자兒女子의 비칭卑稱으로 아동과 같은 인정을 받으며, 여자는 '거내이불언외居內而不言外'******라고 해서 문밖 일을 참례 못 하였고, 가정 내의 사소한 일에 대해서도 자유로운 처단권이 부여되어 있지 않기 때문에 그들은 다만 내방內房*******에 칩복蟄伏********해 다만 봉제사奉祭祀,********* 접빈객接賓客,********** 효봉구고孝奉舅姑,*********** 승순군자承順君子***********의 노

* 원문에는 '퍼―센테지'임.
** 원문에는 '핸듸캡'임.
*** 여자가 따라야 할 세 가지 도리를 이르던 말. 어려서는 아버지를, 결혼해서는 남편을, 남편이 죽은 후에는 자식을 따라야 하였다.
**** 아내를 내쫓을 수 있는 이유가 되었던 일곱 가지 허물. 시부모에게 불손함, 자식이 없음, 행실이 음탕함, 투기함, 몹쓸 병을 지님, 말이 지나치게 많음, 도둑질을 함 따위다.
***** 결박.
****** '안에 있어 밖의 일을 말하지 않는다'는 뜻.
******* 안방.
******** 자기 처소에 들어박혀 몸을 숨김.
********* 조상의 제사를 받들어 모심.
********** 손님을 접대함.
*********** 시부모를 받들어 효도함.
************ 군자(남편)의 명령을 순순히 좋음.

예적 생활에 만족하지 아니하면 안 되었던 것이다.

이 유교적인 사상과 도덕을 그대로 수입해 들여온 조선의 사회가 여성에게 대해서만 특례를 가질 수 없던 것이다. 조선의 여성들도 유교가 규정하는 억압적인 테두리 안에서 생활해왔던 것이다.

그들은 학문의 길조차 막혔었고 이름조차 버젓이 갖지를 못했던 것이다. '성명도 없다' 하는 것은 참으로 모욕적인 언사임에도 불구하고 조선의 여성들은 많이 이름조차 못 가졌으며 도저히 남자와 같이 학문을 닦아볼 수는 없었던 것이다. 이런 정신이 끼친 해독은 상당히 깊이 침투되어 있어 오늘날까지도 "여자가 공부는 해서 무엇해." 하는 말은 항용 들을 수 있는 말이고 새로운 사상을 가진 사람들 머리에도 이런 생각은 깊이 젖어 있는 것이다.

이조李朝의 모든 학자들은 여성이 글깨나 하는 것을 대견히 여기지 않았고 거의는 다 그것을 막았다.

우리가 비교적 진보적이라면 진보적이라고 볼 수 있는 아정雅亭 이덕무李德懋* 같은 이도

"부인이 당當 약독略讀 서사書史, 논어論語, 모시毛詩, 소학서小學書, 여사서女四書하여 통기의通其義하고, 식識 백가성百家性과 선세계보先世系譜와 역대국호歷代國號와 성현명자이기聖賢名字而己요, 불가랑작시사不可浪作詩詞하여 전파외문傳播外間이니라."**

* 조선 후기의 학자(1741~1793). 자는 무관懋官. 호는 형암炯庵·아정雅亭·청장관青莊館. 박학다식하였으며 개성이 뚜렷한 문장으로 이름을 떨쳤으나, 서출이라 크게 등용되지 못하였다. 청나라에 건너가 학문을 닦고 돌아와 북학 발전의 기초를 마련하였다. 박제가·이서구·유득공과 함께 사가四家라 이른다. 저서에 『청장관전서』가 있다.

** "부인은 마땅히 서사(경서經書와 사기史記를 아울러 이르는 말), 논어, 모시(시경詩經을 달리 이르는 말), 소학서(중국 송나라의 유자징劉子澄이 주회의 가르침으로 지은 초학자들의 수양서), 여사서(청나라 초기에 왕상王相이 주를 단 부녀자 교훈서)를 약독하여 그 뜻에 통하고, 백가성[백가(여러 가지 학설이나 주장을 내세우는 많은 학자 또는 작자)의 성질, 선세(조상의 세대) 계보, 역대 국호(나라의 이름), 성현 명자(널리 알려진 이름)를 알아야 하되, 함부로 시사를 짓거나 밖에서 들은 바를 전하지 말지어다."(이순형, 『한국의 명문 종가』, 서울대학교출판부, 2000, 341쪽 참조.)

하여 여자들이 시 같은 것을 지어 외간에 전하고 퍼트리는 것을 금했을 뿐 아니라,

"언번전기諺翻傳奇를 불가탐간不可貪看."*

이라고 해서 언문諺文**으로 번역된 소설 같은 것을 읽는 것도 좋지 않다고 했고, 또

"언번가곡諺翻歌曲을 불가구습不可口習."***

이라고 해서 조선말로 번역된 노래 같은 것도 익히는 것을 불가라고 하였을 뿐 아니라 백낙천白樂天****의 〈장한가長恨歌〉**** 같은 것조차

"염려류탕艶麗流盪하니 기녀지소송妓女之所誦."******

이라고 해서 배우지 말라고 했다.

그래도 그는 비교적 여자의 학문을 널리 허용한 셈으로 성호星湖 이익 李瀷******* 같은 이는

"부인은 근勤과 검儉과 남녀유별의 삼계三戒를 알면 족하니라. 독서와 강의講義는 장부의 일이니 부인이 이를 힘쓰면 폐해 무궁하니라."

라고까지 말해 여성의 학문을 일절 금하다시피 했으니 이 이조 사회의 여성에 대한 억압이 어떠했다는 일단을 규시窺視********할 수가 있는 것이다.

어진 여성은 오직 언문을 깨쳐 편지글을 쓰면 족했고 나머지는 오직 시부모를 효양하고 남편을 잘 섬기며 침선針線 방적紡績에 일생을 바치라

* '한글로 쓰인 소설을 탐독해서는 안 된다'는 뜻.
** 상말을 적는 문자라는 뜻으로, '한글'을 속되게 이르던 말.
*** '한글로 된 노래를 익혀서는 안 된다'는 뜻.
**** 중국 당나라의 시인 백거이(772~846)의 성姓과 자字를 함께 이르는 이름.
***** 중국 당나라 때 백거이가 지은 서사시. 당나라 현종이 양귀비를 잃은 한을 노래한 것으로, 모두 7언 120구로 되어 있다.
****** '아름다움이 흘러넘쳐 기녀가 부를 노래'라는 뜻.
******* 조선 영조 때의 학자(1681~1763). 자는 자신自新. 호는 성호星湖. 유형원의 학풍을 이어받아 실학의 대가가 되었으며 특히 천문, 지리, 의학, 율산律算, 경사經史에 업적을 남겼다. 관계官界에 나가지 않고 저술과 후진 양성에 전력하였다. 저서에 『성호사설』, 『성호문집』이 있다.
******** 몰래 훔쳐봄.

는 것이었다.

그리해 그들은 농중조籠中鳥*로서 규방閨房** 안에 틀어박혀 일생을 보내야 하는 것이었다.

이 억압에 살던 여성, 그들이 어느 틈에 문화를 창조하며 문화의 창조에 관여나 할 수 있었을 것인가. 그래도 이 틈바구니를 비집고*** 나와 많은 예술적 작품들을 낳기는 했으나 그야말로 조족鳥足의 혈에 지나지 못하는 것이었고 지난 사회의 여성은 거의가 다 무지와 무식 가운데 그 일생을 보냈던 것이다.

정도의 차이는 있으나 여성에 대한 이러한 억압, 학문의 자유조차 허용하지 않았던 것은 동서양을 통해 공통된 현상이다.

근대의 여성이 자유주의 사상의 발흥과 민주주의적 국가의 출현으로 다소 자유를 회복해 어느 정도의 학문의 자유가 허여許與****되고 그들의 사회적 활동도 개시되었으나 봉건적 억압에서 벗어난 그들은 다시금 부인 노동자로서 프롤레타리아 계급과 함께 착취당하는 환경에 빠지게 되어 부인은 이중적 억압에 신음하고 있는 것이다.

여성의 해방, 완전한 해방은 실로 근로 계급의 경제적 해방에 의해서만 비로소 얻을 수 있는 것이고, 여성이 이 질곡으로부터 벗어나는 때에 한해 남자와 평등한 자격으로 인류 문화 창조에 공동적인 역할을 할 수 있는 것이요, 인류의 문화는 여성이 자유로운 입장에 서서 그 지능의 수준을 남성의 수준에 이끌어 올리고 똑같은 지위에 서서 협동할 때 비로소 절름발이 아닌 문화를 창조해나갈 수 있는 것이다.

—《여성공론》, 1946. 1.

* 새장 안의 새. 얽매여 자유가 없는 몸을 비유적으로 이르는 말.
** 부녀자가 거처하는 방.
*** 원문에는 '부집고'임.
**** 어떤 권한, 자격, 칭호 따위가 허락함.

문학운동의 신방향
—옳은 노선을 위하여

　오랜 질식 상태에서 소생되어 이제야 우리는 자유로이 우리 손으로 우리 문화를 창조할 수 있게 되었다.

　그러나 새로이 창조될 조선의 문화가 어떤 성질의 것이며 어떠한 방향을 걸고 어떻게 창조되어야만 조선 문화는 참된 발전을 할 수 있을 것인가. 다시 말하면 현 단계에 있어서 문화 혁명의 성질은 어떤 것인가.

　여기 대해서는 이미 어느 정도 논의되고 제시되어 그 노선이 밝히어졌다고 할 수 있다.

　현 단계의 문화의 과제는 말할 것도 없이 정치의 과제와 병행되는 것이며 그것은 정치적 과제의 문화적 수행이라고 할 수 있는 것이다.

　조선의 현 혁명 계단이 부르주아 민주주의 혁명의 계단이라는 것은 이미 누구나 다 아는 바이며 부르주아 자신이 수행 못 한 그들의 혁명을 프롤레타리아트가 수행한다는* 특징을 가진 이 정치 노선은 문화의 기본적 노선인 것이다.

| * 원문에는 '수행隨行한다' 임.

일본 제국주의적 문화의 영향과 봉건주의적 잔재의 소탕이란 위에 말한 기본적인 노선의 문화 면에 있어서의 구체적인 제시로 이것이 조선의 문화 해방의 당면 과제로 되어 있는 것은 여기 중언重言*이 필요치 않다.

그러나 이 과제는 누가 수행해야 할 것인가? 그것은 어떤 계급의 영도領導**하에 수행되어야만 옳게 그 임무를 다할 수 있을 것인가?

여기 대한 대답은 명백한*** 일이다. 그것은 오늘의 이 땅의 유일한 혁명적 계급은 오직 프롤레타리아트뿐이기 때문에 프롤레타리아트가 주체가 되어 모든 중간층과 진보적 부르주아 문화인을 이끌고 이것을 담당하고 수행해나가야 할 것인 것이다. 잔존 봉건적 문화인이나 반동적 부르주아 문화인은 조선 혁명의 본질을 정당히 파악치 못할 뿐 아니라 그 역량이나 자격을 상실하고 있기 때문에 그들에게 조선 신문화 건설의 임무가 맡겨진다든지**** 영도권이 쥐어지는 날 조선의 문화도 몰락되고 말 것은 빤한 일이다.

그리고 또 중간층이나 진보적 시민에게 이 임무가 맡겨진다고 하더라도 그들의 혁명□ □□이 확고치 못하기 때문에 그들은 이 문화 혁명을 강력히 추진시키지***** 못할 뿐 아니라 잘못하면 차질되기 쉬운 위험성이 있는 것이다.

그러기 때문에 조선의 문화 건설은 오직 오늘의 혁명적 계급인 프롤레타리아 문화인이 그 영도권을 잡는 데 의해서만 정당히 당면의 과제를 수행해나갈 수 있다는 것은 절대적인 명제인 것이다.

* 거듭 말함. 또는 그런 말.
** 앞장서서 이끌고 지도함.
*** 원문에는 '白明'이라 되어 있으나 '明白'의 오식이라 추정됨.
**** 원문에는 '마터진다든지'임.
***** 원문에는 '□進□키지'임.

이 명제의 구체적인 실천을 위해서는 문화운동의 각 부면에 프롤레타리아 문화인이 헤게모니를 잡아야 할 것이며 이것은 문학이나 예술의 부면에도 마찬가지일 것으로 새로이 통□적인 조직으로 각 부면이 합동 재조직되어나가는 현실 면에 구체적으로 이것이 나타나야 할 것이다.

그렇지 못하다면 현 단계의 문화적 과제의 수행은 커다란 지장이 있을 것을 각오하지 아니하면 안 될 것이다.

그러나 먼저 합동 통일을 보여준 문학동맹文學同盟*에서부터 이 기대가 어그러지고 지금 가장 활발한 운동이 전개되어야 할 문학동맹이 초항初航**의 첫출발에서부터 어느 고장을 가져와 좌초에 가까운 상태를 보여주게 된 것은 그 원인을 깊이 구명究明하지 아니하면 안 될 것이다. 문학동맹은 작가나 문학인이 □□이나 작가 개인의 경제적 이익 같은 것을 옹호하기 위한 조직이 아니라 문학운동을 한 운동으로서 전개하기 위한 조직인 것이다. 이 때문에 처음부터 문학가동맹文學家同盟이나 문학동맹이냐 하는 단체의 성질을 규정하는 명칭의 문제가 있었던 것이고, 아직까지도 문학동맹의 주요한 부문에 있는 사람들 중에 이 조직을 '문학가동맹'으로서 이해하려 하고 그렇게 하는 것이 옳은 줄로 생각하고 있는 사람이 많은 것이다.

오늘의 문학예술운동은 주관적으로는 □□□ 과제를 수행하기 위해 강력한 비판적인 문화를 □□ 건설하는 동시, 대외적으로는 일련의 계몽운동으로써 전개되어야 할 것이다. 그리해 새로운 혁명적 □□에서 제작된 문학예술을 □범한 대중층에 깊고 넓게*** 침투시켜 그 가진 바 교육

---

* 조선문학가동맹朝鮮文學家同盟. 해방 후 상대적으로 온건한 '조선문학건설본부'와 강경파가 중심이 된 '조선프롤레타리아문학동맹'으로 양분되었던 좌익 계열 문학 단체들이 1945년 12월 6일 통합 성명을 내면서 출범하게 된 문학 단체. 가칭 '조선문학동맹'으로 결성되었다가 1946년 2월 8일부터 이틀 동안 개최된 조선문학자대회를 통해서 조선문학동맹 대신 '조선문학가동맹'이라는 명칭을 사용하기로 확정하였다.
** '첫 항해'라는 뜻.
*** 원문에는 '깊히 넓히'임.

적, 계몽적 임무를 달성해야 할 것이다.

그와 동시에 대중층에서 끓어오르는 문학예술에 대한 애호□을 바르게 조직하고 지도하는 데 의하여 문화의 부흥을 꾀해야 할 것이다. 이러기 위해서는 문학동맹은 농촌이나 각 직장이나 소시민층의 문학, 예술 애호자들로 써클을 조직케 하고 이것을 중앙 조직에 연결시키어 바르게 지도하고 육성을 꾀해야 할 것이다.

이러한 일들은 말할 것도 없이 문학, 예술의 중앙 조직에 전투적인 부분이 헤게모니를 잡고 활발히 운동을 전개시켜야 할 것이며, 그래야만 문학예술의 운동을 바르게 추진시킬 수 있는 것이다.

그러나 불행히도 위원장의 추천에서부터 과오를 범한 문맹文盟은 그 추요樞要* 부문에 참으로 이 운동을 바르게 또 강력하게 추진시킬 부분이 배제를 당하고, 혁명적 의식에 빈약하고 옛 문단주의文壇主義**적 관념에서 탈각脫殼 못 한 소부르주아***적 문인과 영합주의迎合主義****적인 층이 헤게모니를 잡게 되어 활발히 전개되어야 할 문학운동은 마치 반신불수에 가까운 딜레마*****에 빠졌다고 해도 과언이 아닐 것이다. 문학자가 편안히 앉아 개인적인 창작 활동에만 주력하려면 조직을 갖지 아니해도 충분히 창작하고 작품 활동을 할 수 있기 때문이다. 그러나 조직을 갖게 되는 데는 작가조합이나 구락부俱樂部******가 아닌 담에야 그것은 한 정치성을 띠

---

* 없어서는 안 될 정도로 가장 긴요하고 중요함.
** 문예 창작을 신비한 것으로 보면서, 이름 있는 몇몇 작가의 작품만을 내세워 사회의 문예 활동을 독점하려는 경향을 부정적으로 이르는 말.
*** 원문에는 '小쌘르적'임.
**** 자기의 주장이나 견해가 없이 다른 사람의 뜻에만 맞추어나가려는 태도나 경향.
***** 원문에는 '듸덴마'임. dilemma. 선택해야 할 길은 두 가지 중 하나로 정해져 있는데, 그 어느 쪽을 선택해도 바람직하지 못한 결과가 나오게 되는 곤란한 상황.
****** '클럽'의 일본식 음역어.

는 것이라는 것을 잊어서는 안 된다.

조선의 문화를 후진의 현상에서 발전시켜 세계적 수준에까지 끌어올리기 위한 노력도 또한 이런 조직적 운동을 통해서 가능한 것이다.

그렇다고 해서 위에 말한 것은 작가 개개인의 자기 성장과 발전을 위한 주관적 노력과 좋은 작품을 많이 생산해 읽히는 것이 작가의 큰 행동이요 실천이라는 것을 부정한다든지 과소평가하는 말은 아닌 것이다. 물론 그것이 무엇보다도 중요한 것이라는 것도 강조하고 싶다. 그러나 이것도 진보적인 작가의 공동적인 노력과 투쟁에 의해서 쉽게 획득할 수 있는 것이라는 것을 잊어서는 안 된다.

하여간 조선의 문학운동이 신선하고 발랄한 보무를 떼어놓자면* 근본적인 대□□을 □행치 않고는 어려울 것이다. 전혀 옛 관념, 그릇된 관념에 사로잡힌 층이 혁명적 정수精髓 부면의 영도 아래서 협동하는 데 의해서만 정당한 발전을 예기할 수 있을 것이라고 생각한다.

—《조선일보》, 1946. 1. 14~19.

* 원문에는 '쯰어놋차면'임.

혁명기의 새 문학

—문학자여, 인민 속으로!

말할 것도 없이 문학 작품은 그것을 창조하는 작가의 개인적 두뇌의 소산이나 문학을 쓰는 그 인간은 사회적 인간이다. 즉 그는 자기가 의식하든 못 하든 그가 처해 있는 그 시대, 그 사회의 어느 집단에 속해 있는 구체적인 인간일 것이다. 발을 땅에 디디고 있는 인간인 한에 있어서는 이 규정에서 벗어날 수 없는 것이다.

그러므로 그의 사색이나 두뇌나 경험이나 모든 것은 필연적으로 그의 환경의 제약을 받는 것이며, 그것으로부터 벗어나고 떠나서 독립할 수는 없을 것이다. 따라 개인적인 괴로운 사색의 소산이요, 가장 개성적인 작품이라 할지라도 그것은 시대적 산물이요, 사회적 소산인 것이다. 작가 개인의 가장 독창적이요, 주관적인 창조이면서도 그것은 그 시대 그 현실의 그가 속하고 있는 집단의 요청이 그를 통해 나타난 것임에 불과한 것이요, 결코 환경과는 아무런 관계도 인연도 없는 초연超然 독립의 물건은 아닌 것이다. 그것은 개인적인 사유임에 틀림없으나 그가 속하고 있는 생활 집단의 공동적인 고민이요, 사색이요, 탐구인 것이다. 그 작가가 속하고 있는 계급의 민족의 집단의, 말하자면 생활공동체의 의욕과 사상이 작가의 개인적인 두뇌를 빌려 대변되고 집약되어 표현된 것에 불과한 것이다. 그러므로 한 작가의 한 작품은 그가 소속한 집단의 이념의 사회적인 표현인 것이다. 이것은 위대한 작가의 위대한 작품일수록 더욱더 그러한 것이다.

우리는 도스토옙스키*가 처해 있던 그 당시 러시아 사회 현실을 떠나 그의 작품을 말할 수 없으며, 이것은 다른 위대한 작가 괴테**나 셰익스피어나 발자크나 그 외 누구에게 대해서도 다 마찬가지일 것이다.

그러므로 어떤 위대한 예술가이든 그는 그가 처해 있는 환경에서 절대로 독립하고 초연할 수 없으며, 도리어 그들은 그 현실 가운데 깊이 뛰어들어 민중과 같이 고민하고 같이 사색하고 같이 호흡하는 데 의해 그들의 머리를 풍부히 하고 예술적 창조의 양식을 얻을 수 있는 것이요, 따라 그들의 작품이 비로소 땅 위에 뿌리를 박은 산 예술이 될 수 있었고 또 민중의 사랑을 받으며 인류 사회의 발전에 공헌을 할 수 있었던 것이다. 시대를 초월한 큰 예술가도 없었고, 현실을 떠난 위대한 문학가도 있을 수 없다. 문학은 대담하게 현실 속으로 뛰어들어 그와 교섭하고 씨름하는 데 의해서만 생명을 불어넣을 수 있는 것이다.

그러나 한 시대 한 사회가 그 혁명적이요, 진보적인 임무를 다하고 몰락의 과정을 밟게 될 때 문학은 현실에서 눈을 돌리려 하고, 현실을 도피하려고 한다. 이때는 이미 표현할 신선한 내용을 상실하고, 초현실적 경향, 쇄말주의瑣末主義***적 경향으로 문학은 그 퇴폐의 특징을 나타낸다. 그

---

* 원문에는 '도스트예프스키'임. 제정 러시아의 소설가(1821~1881). 19세기 러시아 리얼리즘 문학의 대표자로, 잡지 《시대》와 《세기》를 간행하면서 문단에 확고한 터전을 잡았다. 인간 심리의 내면에 깃들인 병적이고 모순된 세계를 밀도 있게 해부하여 현대 소설에 막대한 영향을 끼쳤다. 작품에 『가난한 사람들』, 『죄와 벌』, 『카라마조프의 형제들』 등이 있다.
** 원문에는 '괴-테'임. 독일의 시인·소설가·극작가(1749~1832). 독일 고전주의의 대표자로, 자기 체험을 바탕으로 한 고백과 참회의 작품을 썼다. 작품에 희곡 『파우스트』, 소설 『젊은 베르테르의 슬픔』, 자서전 『시와 진실』 등이 있다.
*** 트리비얼리즘.

리해 문학자들은 병적인 인간 심리의 탐구나 그렇지 아니하면 신변잡사身邊雜事나 그려내는 것을 능사로 알고 기교 형식의 미美만을 추구하는 것으로써 일을 삼는다. 그들은 퇴폐 속에 미를 찾으려 하고 병적인 것을 노래함으로써 어떤 자위를 얻으려 고민하는 것이다. 십구 세기 말, 이십 세기 초의 구미歐米 자본주의의 농숙濃熟*은 문화 위에 이런 경향을 나타냈고, 여기 영향받은 이 땅의 일부 문학자들 가운데는 이런 부패의 정신을 문학의 참된 정신으로 알고 문학에는 어떤 데카당스**의 정신이 들어 있어야만 비로소 문학적인 것으로 여기는 미망迷妄***에 빠져 있는 것이다.

그들은 현실에 교섭하는 것을 속된 것으로 치고, 정치와 관련되는 것을 문학성의 상실로 안다. 부정적인 면을 노래라고 그리는 데 익고 습관이 된 그들은 긍정적인 면을 담는 것을 두려워하고 시대의 새 조류에 영합하는 것을 문학과 거리가 멀어지는 것으로 안다. 이런 거친 격동기에 상아탑의 무풍지대 속에서 풍월을 노래하는 것으로 고고孤高****를 자랑하려 하는 것이 그들의 태도다.

말할 것도 없이 오늘과 같은 혁명기에 있어 문학은 꿋꿋하고***** 건전하고 생기에 찬 것이어야 할 것이다. 그것은 민중을 고무하고 즐겁게 하고****** 힘 돋워주고 또 가르쳐야 할 것이다. 불건전하고 병적이고 퇴영退嬰*******적이고 퇴폐적인 경향에서 벗어나 신선하고 명랑해져야 할 것이다. 이렇게 하자면 우선 그들은 역사의 새로운 발걸음에 주목해야 할 것

* 정세나 기운 따위가 충분히 성숙됨.
** 원문에는 '데카당'임. (프) décadence. 19세기 프랑스와 영국에서 유행한 문예 경향. 병적인 감수성, 탐미적 경향, 전통의 부정, 비도덕성 따위를 특징으로 한다. 대표적 인물로는 프랑스의 보들레르 · 베를렌 · 랭보, 영국의 와일드 등이 있다.
*** 사리에 어두워 갈피를 잡지 못하고 헤맴. 또는 그런 상태.
**** 세상일에 초연하여 홀로 고상함.
***** 원문에는 '꼳꼳하고'임.
****** 원문에는 '즐겁히고'임.
******* 뒤로 물러나서 가만히 틀어박히려는 성질이 있는. 또는 그런 것.

이고, 새 사태 가운데 몸을 담고 고행을 겪어야 할 것이다.

나는 오늘의 조선의 문학자는 인민의 고수鼓手*여야 할 것이라고 한다.

그들은 민중의 앞잡이**로서 그들의 감정을, 그들의 흥분을, 그들의 감격을 자기 가슴속에 느끼고 그들과 더불어 나가고 같이 노래 불러야 할 것이다.

오늘 이 시기의 문학자는 안일해서는 안 되며 고고해서도 안 된다. 새 건설에 새 창조에 몸으로써 참여하고 기획해야 할 것이다.

민중과 뚝 떨어진 높은 곳에서 혼자 노래 부르고 혼자 중얼거려서는 안 될 것이다.

그러므로 나는 조선의 문학자들에게 대담하게 현실로, 인민 속으로 뛰어들라고 부르짖고 싶다. 그들과 같이 생활하고, 같이 호흡해 참된 그들의 벗으로, 고수로, 또 좋은 인도자로 나가야 할 것이라고 말하고 싶다.

위에도 말한 바와 같이 문학은 개인적 두뇌의 소산이다. 그러기 때문에 문학자는 홀로 있어가지고도 충분히 그 임무를 수행할 수 있는 것이나, 문학자가 한 조직을 갖고 문학이 한 운동으로 전개될 때는 조직적으로 동원해야 할 필요가 있는 때문이며 어떤 일치된 공동한 목표가 있기 때문이다.

말할 것도 없이 이 위대한 변혁기 건설기 창조기에 처해 우리들은 민족문학의 수립이란 커다란 공통한 목표를 세우고 나아가는 것이며, 새로운 민족문학은 우리의 발전을 조해하는 구舊문학적 잔재를 청소하고, 진보적이요 혁신적인 신문화의 범주에 속하는 것이다.

그러기 위해서 우리는 현실의 흐름 가운데, 인민의 움직임 가운데 몸을 던져 새 시대의 태동을 몸으로 느끼고, 새 역사의 방향을 참되게 파악

---

* 북이나 장구 따위를 치는 사람. 여기서는 '우두머리'를 의미한다고 추정됨.
** 원문에는 '앞재비'임. 앞에서 인도하는 사람.

해야 할 것이라고 한다.

—《민성》, 1946. 3.

.

이동규의 생애와 작품 세계

_강혜숙

Ⅰ. 이동규의 생애

철아鐵兒 이동규李東珪(1911~1952)는 1930년대 초반 카프(KAPF)의 일원으로 활동했으며, 해방 후 월북하여 6·25 때 지리산 빨치산으로 생을 마친 작가이다. 그는 소설가이자 극작가, 아동문학가, 그리고 평론가로서 다방면에 걸쳐 활발한 활동을 펼치면서 수많은 작품을 남겼다. 그러나 그의 삶을 재구성하는 데는 다소 어려움이 따른다. 가족 관계나 학력, 월북 후 활동, 사망 직전 남한에서의 궤적 등 그의 생애에서 명백히 밝혀지지 않은 부분들이 존재하기 때문이다. 부족하나마 이제까지 알려진 바에 따라 이동규의 전기를 정리해본다.*

이동규는 1911년 9월 8일 서울 인왕산 기슭인 경성부京城府 행촌동杏村洞 210의 5번지에서 태어났다. 앞서 거론한 바대로, 그의 가족 관계에 대한 기록은 전해지지 않는다. 학력도 서울에서 보통학교를 졸업하고 자유노동을 하면서 문학수업을 하였다**는 단편적인 언급이 있을 뿐, 구체적

---

* 이동규의 전기를 재구성하는 데에는 정영진의 「반골의 행동작가 이동규」(정영진, 『통한의 실종문인』, 문이당, 1989)와 김명석의 「이동규 소설 연구」(《우리문학연구》, 우리문학회, 2008. 2)를 주로 참조하였다.
** 과학백과사전종합출판사 문학예술부 편, 『문학예술사전 (상)』, 과학백과사전종합출판사, 1988, 622쪽.

으로 밝혀진 기록은 찾아볼 수 없다. 다만 다양한 장르에 걸친 능력과 월북 후 평양사범대학 교수로 재직한 경력 등으로 미루어볼 때, 상당한 교육을 받았으리라 추측해볼 수 있다.

이동규의 이름을 최초로 지면에 등장시킨 작품은 1930년 2월 14일 《중외일보》 독자시단에 투고된 「포도를 거르면서」이다. 이어서 1930년 5월부터 8월까지 《대조》에 「빈자의 봄」, 「규환」, 「동정」 세 편의 시가 연달아 독자시단에 실린다.*

작가가 여러 분야에서 활발한 활동을 벌였으나 양적, 질적인 면에서 그중 주력한 장르를 소설로 꼽을 수 있다는 점과 시 작품들이 독자시단에 투고된 일종의 습작 수준의 것들이라는 점을 감안할 때, 이동규의 등단작은 1931년 12월 《아등》에 실린 벽소설 「벙어리」라고 할 수 있다.** 벽소설이란 글자 그대로 벽에 붙이고 읽는, 선동적이고 호소적인 내용을 담은 짧은 소설을 말한다. 이후 임화가 주관하던 카프 기관지인 《집단》에 역시 벽소설인 「게시판과 벽소설」이 게재된다.

이것이 인연이 되어서인지, 이동규는 1932년 7월 자신이 근무하던 잡지사 《신소년》 사무소에서 신고송의 권유로 카프에 가담한다. 그 후 같은 해 12월에는 임화 · 윤기정 · 박팔양 등과 함께 《문학건설》 창간에 관여하며, 송영 · 박세영 등과 아동문학지 《소년문학》 창간 멤버로도 활동한다. 또한 홍구 등과 '우리들 극장'이라는 극단을 조직하기도 한다.*** 그리고 이때부터 「우박」, 「자유노동자」, 「B 촌 삽화」를 발표하는 등 본격적인 창작 활동을 펼친다. 소설 외에 「소년문단의 회고와 전망」을 필두

---

* 작품들에 대한 자세한 서지 사항은 작품 목록 참조.
** 이동규의 등단작을 《집단》에 발표된 「게시판과 벽소설」로 보는 논의가 일반화되어 있던 와중에 김명석이 「이동규 소설 연구」에서 그보다 두 달 앞서 발표된 「벙어리」를 발굴해 논의함으로써 이동규의 등단 작품과 등단 시기를 수정하였다. (김명석, 앞의 글, 194쪽 참조.)
*** 이우용, 『해방 직후 한국 소설의 양상』, 고려원, 1993, 69쪽.

로「'카프'의 새로운 전환과 최근의 문제」,「창작 방법의 새 슬로ー간에
대하야」등 평론도 발표한다.

그러던 중 1934년 10월 카프 전주 사건, 이른바 신건설사 사건이 일
어나고, 치안유지법 제1조 2항에 의거해 기소된 총 23명 중에 박영희, 백
철, 이기영, 한설야 등과 함께 당시 25세의 이동규도 이름을 올린다. 카
프가 불법 목적을 가진 것을 알면서도 가입했으며, 1934년 2월부터 문학
부의 부원으로 활동했다는 것이 이동규에 대한 구속 사유였다. 전주형무
소에 수감된 이동규는 1935년 12월 집행유예로 풀려나지만, 이후 카프
는 해산되고 그 관련자들은 요시찰 대상에 올라 감시를 받게 된다.

그 감시에서 벗어나기 위해서였는지, 이동규는 출옥 후《월간야담》에
근무하면서 소설 창작에서 한발 물러나 1936년 6월 명문당 서점에서 역
사를 다룬 희곡집『낙랑공주』를 출간한다. 이 희곡집에 실린 작품 중 하
나인「낙랑공주」가 여러 차례 무대에서 상연되었고, 일반 대중들에게 이
동규를 알리는 계기가 되었다고 한다. 소설 창작은 그해 연말부터 시작
되었다. 1936년 10월《비판》에 실린 콩트「여름」부터 해방 직전인 1944
년 3월 출간된 장편소설『대각간 김유신』에 이르기까지 10여 편의 작품
들이 발표된다. 뿐만 아니라 이광수와 임화에 대한 작가론, 당시 문단의
실정을 비판적으로 토로하고 있는「문단확청론」등 평론들도 꾸준히 선
보인다.

1940년 이후 일제의 식민 통치가 극에 달했을 즈음 이동규는 일제의
정책에 협력하는 듯한 일련의 저작물들을 게재한다. 1940년부터 해방 전
까지《동양지광》,《국민문학》등에 일문日文으로 실린 서너 편의 글들이
바로 그 대표적인 예라 할 수 있다. 이에 반해 이 시기 발표된 소설이나
평론은 한두 편에 그치고 있다는 점에 주목할 필요가 있다. 왕성한 창작
욕을 보이던 작가가 1940년을 기점으로 이전과는 달리 확연히 적은 수의

작품을 선보이고 있다는 것으로부터 이때 작가에게 어떤 변화가 일어난 것은 아닌지 유추해보는 일이 가능하기 때문이다. 그 변화의 원인은 명확하지 않다. 다만 당시 대부분의 문인들이 그러했듯이 이동규에게도 일제의 가중된 폭압적인 통치가 이전과 같은 수준의 집필을 불가능하게끔 저지하는 걸림돌이 되지 않았을까 추측해볼 수 있을 따름이다. 1940년 1월 《조광》에 '신년의 새 기염'이라는 주제 아래 실린 「무기염의 변」을 통해 당시 이동규의 심정을 짐작해볼 수 있다.

> 지난 일 년도 역시 그랬다. 나는 그저 끌려 나가 산 것에 불과하다. 그리고 지금의 내 마음도 역시 그렇다. 작년은 다시 계속되지나 않는가 한다. 물론 새해를 당해 '이해에는 좀……' 하는 생각이 없지 않아 있으나 나는 역시 활발해지지 않고 분발해지지 않는다. 지향 못 잡는 마음이 공연히 헤매 다닐 뿐이고 '쓰면 뭘 하나?' 하는 소극적인 생각이 나를 휩싸고 돌 뿐이다. 물론 이런 데는 여러 가지 원인, 사정이 있으나 내 마음은 공연히 울분하고 열이 나지지도 않는다. 나는 이대로 당분간 지낼까 할 뿐이다.
>
> 그러나 내일은 알 수 없는 것이다.
>
> 조금 후라도 다시 옛 정열을 회복해 새로운 문학 생활이 전개될는지도 모르는 것이다.
>
> 다만 지금은 이대로 기복 없이 그냥 나갈까 하는 그저 그런 태도일 뿐이다.[*]

해방이 되자 이동규는 이기영·한효·송영·윤기정 그리고 박세영·

| * 이동규, 「무기염의 변」, 《조광》, 1940. 1, 165쪽.

홍구 등과 1945년 9월 17일 조선프롤레타리아문학동맹(약칭 동맹)을 결성한다. 좌익 문단이 이동규가 속한 '동맹'과 임화 · 김남천이 중심이 되어 결성된 조선문학건설본부(약칭 문건)로 분열되자 남로당이 통합 공작에 나섰고, 그 통합 방침에 따라 1946년 2월 8일에서 9일까지 이틀간에 걸친 조선문학자대회를 통해 조선문학가동맹이 결성된다. 이동규도 이 대회에 출석해 조선문학가동맹 중앙집행위원으로 선출되지만, 명칭 설정과 간부 인선에서 드러난 '문건'이 주가 되는 상황에 불만을 품고 통합 이후에도 '문건'을 비판하는 태도를 유지한다. 「문학운동의 신방향—옳은 노선을 위하여」라는 평론이 바로 그 예이다. 그러나 이동규를 포함한 '동맹' 측의 비판은 묵살되었고, 결국 그 반발로 '동맹'에 속한 인물들이 대거 월북하게 되었다고 볼 수 있다.

해방 후 소설, 희곡, 평론을 발표하며 다양한 활동을 벌이던 이동규도 '동맹' 측에 섞여 월북하여 북조선문학예술총동맹(약칭 문예총)의 중앙상임위원이 된다. 이동규의 월북 시기는 대략 1946년 3월 말에서 4월 중순 사이로 추정된다. 1946년 5월호《민성》에 윤규섭, 한효, 박세영, 신고송 등과 함께 이동규 역시 월북했다고 기록되어 있는 까닭이다. 이동규가 해방 1주년 기념 제1차 방소문화사절단(1946. 8. 8~10. 17)의 일원으로 소련을 방문했다는 것은 그가 월북 후 북한에서 상당한 인정을 받았음을 알려준다. 1946년《민주조선》의 편집국장으로 활동했다는 점, 1948년 평양사범대학 교수로 취임해 조선어문학과장이라는 보직을 맡았다는 점, '문예총'의 서기장까지 역임했다는 점, 다수의 작품들을 발표했다는 점 등도 이동규가 북한 문단의 중심에서 활약했음을 보여주는 증거들이다.

6 · 25가 발발하자 '문예총'은 종군작가단을 소집하여 곧바로 전선에 투입한다. 이동규 역시 김사량, 김조규, 박세영 등과 함께 1차로 선발되

어 남으로 내려와야 했다. 이동규의 종군작가 활동은 「해방된 서울」 이외는 눈에 띄는 것이 없다. 이동규는 1950년 여름 경남 지방에 문화 공작 요원으로 파견되었다가, 인민군 후퇴 때 월북길이 막혀 경남도당 소속 지리산 빨치산에 섞여 있던 중 이현상의 휘하에 있던 남부군의 문화지도원으로 차출되었으며, 그 후 빨치산 활동을 하다가 최후를 맞는다. 함께 남부군으로 활동한 이태의 증언에 의하면, 화가 양수아가 이동규에게 〈이 선생의 빨치산 모습〉이란 연필 스케치를 선물하였는데, 1952년 2월 거림골 환자트에서 동상으로 발이 거의 썩어 없어진 사살된 시체의 배낭 속에서 그 스케치가 발견되었다는 소식을 같은 해 5월 N 수용소에서 205 경찰연대 정보과장으로부터 전해 들었다고 한다.* 이것이 당시 42세였던 이동규의 최후 모습으로 추정된다.

II. 이동규의 작품 세계

이동규의 작품 세계는 해방 이전과 해방 이후로 나누어 살펴볼 수 있다. 해방을 기점으로 그의 작품 세계가 판이하게 다른 주제를 선보이기 때문이다. 해방 이전 작품들을 고통스럽고 소외된 삶이라는 주제로 묶을 수 있다면, 해방 이후의 작품들은 이상적인 사회와 국가 건설이라는 주제로 통합해볼 수 있다.

1. 해방 이전 작품 세계
이동규의 문학적 출발점은 이후 소설 작품에 주력한 그의 작품 세계

---

* 이태, 『남부군 (하)』, 두레출판사, 1988, 100~102쪽.

를 돌아봤을 때 특이하게도 시 작품이다. 이동규라는 이름이 최초로 지면에 등장한 「포도를 거르면서」와 이후 연달아 선보인 세 편의 시 작품들이 바로 그것이다. 「포도를 거르면서」는 "세멘트의 포도를 거르며" "밥 굶고 옷 업서 울부짖는" 이들의 "짜고 짠 그 기름으로 도시를 발너 포장하다니"라고 생각한다 말하고 있고, 「빈자의 봄」은 봄이건만 땅 파고 기계 돌리는 사람들에게는 꽃구경이나 봄노래가 있을 수 없으니 가증한 봄이라는 내용을 담고 있다. 그리고 「규환」은 무쇠와 같은 굳센 팔뚝과 새빨간 뜨거운 피로 승리의 깃발을 바라고 나가는 품팔이꾼을 노래하고, 「동정」은 논 가운데로 공장 속으로 날마다 있는 힘을 다해 마소처럼 일하러 가는 이들을 이야기한다. 이렇게 보았을 때, 이들 작품들에서 찾아낼 수 있는 공통점은 노동자와 농민의 모습을 형상화하고 있다는 점이다. 그리고 이것은 문학적 출발점에 서 있던 이동규의 주된 관심의 대상이 식민지 현실에서 고통받거나 소외될 수밖에 없는 처지에 놓여 있는 이들, 그중에서도 노동자와 농민이었음을 알려준다.

시 작품들에서부터 두드러진 노동자와 농민에 대한 이동규의 관심은 벽소설 「벙어리」와 「게시판과 벽소설」에까지 이어진다. 벽소설이란 글자 그대로 벽에 붙이고 읽는 소설로 공장, 직장, 조합사무소 등 집합소 벽에 붙여 그것을 읽는 사람들에게 즉석에서 효과를 나타내게 하는 짧은 소설을 말한다.* 그렇다면, 벽소설은 노동자와 농민을 예상 독자로 상정한다는 점이 무엇보다 중요한 문학 형식이다. 노동자와 농민에 대한 고려가 형식이나 내용 면에 지대한 영향을 끼쳐 벽소설이라는 특이한 문학 형식이 만들어진다고 볼 수 있기 때문이다. 노동자와 농민이 쉽게 접하여 읽을 수 있도록 벽에 붙일 수 있을 정도의 짧은 형식을 취하고, 그것을 읽

| * 이서찬, 「벽소설에 대하야 (1)」, 《조선일보》, 1933. 6. 13.

는 노동자와 농민을 아지프로하는* 내용, 즉 선동을 목적으로 선전하는 내용을 담아내는 것이 곧 벽소설의 특징이다. 그러므로 이처럼 노동자나 농민과 불가분의 관계인 벽소설을 집필했다는 사실 자체가 이동규의 노동자와 농민에 대한 각별한 관심을 입증한다고 보아도 무방할 것이다. 특히 「게시판과 벽소설」은 공장 게시판에 벽소설을 붙여 읽으면서 노동자들이 스스로를 깨우쳐나가는 내용인 만큼 벽소설이라는 문학 형식이 갖는 특징을 작품의 내외적인 측면에서 더욱 잘 드러낸 작품이라 할 수 있다.

이렇게 볼 때, 이동규가 이후 본격적인 창작 활동에서 노동자와 농민이 주가 된 작품들을 써내려 가리라는 것은 충분히 예측 가능한 일이다. 이에 속하는 작품으로 「자유노동자」와 「B 촌 삽화」를 들 수 있다.**

「자유노동자」에는 가진 것이라고는 지게 하나와 작대기, 몸뚱이밖에 없는 막벌이꾼, 이른바 자유노동자인 주인공이 등장한다. 일하고 싶을 때 일을 하지 못한다는 점에서 자유노동자가 아니라 부자유노동자라고 말하며, 단지 오늘 하루만을 생각하는 좌절에 빠져 살아가던 주인공을 포함한 노동자들이 젊은 양복쟁이 청년을 통해 의식을 각성해나가는 것이 그 중심 내용이다. 「B 촌 삽화」는 가난 때문에 지주와 아내 사이의 부적절한 관계를 못내 감내해야 하는 무능한 소작농의 이야기이다. 지주와 아내의 관계가 마을 안에서 소문으로 퍼지고, 나쁜 풍속을 없앤다는 목적을 가진 마을 진흥회 내에서 거론되지만 진흥회의 수장이자 유학자인 마을 어른도 지주의 눈치를 보느라 이에 이의를 제기하지 못한다는 내용을 담고 있다.

---

* 현인, 「문단시평─두 가지의 이약이」, 《비판》, 1932. 3, 96쪽.
** 이 선집에 실리지 않은 작품들 중에서는 단편소설 「우박」과 중편소설 「귀향」을 이 작품군에 속하는 것으로 분류할 수 있다.

「자유노동자」에서 노동자들의 각성이 그들의 성격이나 상황을 고려하지 않은 채 몇 번의 대화나 좌익 잡지책을 빌려줌으로써 쉽게 이뤄지는 것처럼 형상화되고 있다*는 점이, 「B 촌 삽화」에서는 부정적인 현실을 겪으면서도 그에 대한 어떤 저항의 움직임도 나타내지 않는다**는 점이 각각의 단점으로 지적되기도 하지만, 이들 작품이 그 내용에서 알 수 있듯이 노동자와 농민이 처한 현실과 그들의 삶을 나타내고 있다는 데는 이견의 여지가 없을 것이다.

1934년 카프 전주 사건으로 인해 수감되었다가 집행유예로 풀려난 뒤 이동규의 창작 방향은 다소 수정되는 것처럼 보인다. 이전 시기 작품들과 달리 여성 주인공의 이야기를 다룬 작품들, 그리고 지식인 주인공의 이야기를 엮어가는 작품들이 주된 작품군으로 등장하기 때문이다. 전자에 속하는 작품으로 「전차 타는 여인」, 「불사춘」, 「그 여자의 운명」을, 후자에 속하는 작품으로 「어느 노인의 죽음」, 「신경쇠약」, 「들에 서서」를 들 수 있다.***

여성이 주인공으로 등장하는 작품들이 노동자와 농민, 지식인에 대한 이야기를 다룬 작품들보다 양적으로 우세하며, "소녀 세계를 그리는 데는 손꼽을 작가"****라는 인물평까지 이끌어냈다는 점에 비추어볼 때, 이동규가 여성들의 삶에 각별한 관심을 가지고 있었으며, 그것을 형상화한 작품들이 당대 다른 작가와는 변별되는 이동규만의 특징을 보여준다고 말할 수 있을 것이다. 그렇다면 이동규가 노동자와 농민에 대한 이야기에서 눈을 돌려 여성들의 삶을 다룬 이야기에 주목한 이유는 무엇일

* 조현일, 『한국문학의 근대성과 리얼리즘』, 월인, 2004, 214~215쪽.
** 김명석, 앞의 글, 198쪽.
*** 이 선집에 수록되지 않은 작품들 중에서는 「여름」, 「울분의 밤」, 「어느 소녀사」, 「변절화」를 전자에 속하는 것으로, 「가난의 초상화」를 후자에 속하는 것으로 볼 수 있다.
**** 최상암, 「문단인물론」, 《신세기》, 1939. 9, 44쪽.

까? 이에 대한 해답은 이동규의 평론 중 하나인 「여성과 문화」에서 찾을 수 있다.

여성의 예속은 실로 남성이 경제권을 잡게 된 데 기인한 것으로 이 뒤 경제적으로 해방을 얻지 못한 모든 여성은 오늘까지 긴 굴종의 생활을 계속해오고 있으며 그들은 이른바 '가정 노예'로서 언제나 횡포한 남성의 억압 속에서 묵묵히 인종해나가지 아니하면 안 되는 것이다. 그들은 오직 가정 안에 틀어박혀 남성의 비위를 맞추어가며 일생을 남자에 대한 시종으로 마칠 뿐이었다. 물론 모든 기회에 대해 그들의 발언권은 봉쇄되어 있고 그들의 참여할 수 있는 것은 겨우 가정 내의 일을 넘을 수 없던 것이다. 봉건제도 사회에 있어서 그들의 노예적인 억압은 가장 심했고 자본주의 사회 초기에 있어서 개인주의와 자유주의적 사상의 대두로 페미니즘의 부인운동이 일어나 남녀평등이 절규되었으나 경제적 해방이 없이 여성의 완전 해방은 기대할 수 없는 것이기 때문에 오늘날 가장 민주주의적인 국가에 있어서도 남녀는 완전히 평등일 수 없고 동권일 수 없는 것이다. 어느 국가나 다 여자의 권리는 남자와 비교해 차별적인 것이 사실이다.*

위 인용문에서 볼 수 있듯이, 「여성과 문화」에서 이동규는 여성이 "가정 노예"로서 "남자에 대한 시종"으로 굴종의 생활을 계속해오고 있는 것을 문제 삼는다. 그리고 그 이유를 여성의 경제권 박탈 때문이라고 지적하고 있다. 여성이 경제권을 빼앗기면서 남성에게 순종하는 예속적인 삶을 살아갈 수밖에 없었고, 따라서 경제적 해방 없이는 남녀평등을 부르짖는다 해도 여성의 완전한 해방을 기대할 수 없다는 것이다. 그리

| * 이동규, 「여성과 문화」, 《여성공론》, 1946. 1, 36~37쪽.

하여 이동규는 "여성의 해방, 완전한 해방은 실로 근로 계급의 경제적 해방에 의해서만 비로소 얻을 수 있는 것"이며, "여성이 이 질곡으로부터 벗어나는 때에 한해 남자와 평등한 자격"으로 그 역할을 수행할 것이라는 결론에 이른다.

이동규가 노동자와 농민에서 여성들로 그 관심 대상을 바꾼 이유는 이로부터 설명될 수 있다. 근로 계급과 여성은 경제권을 빼앗긴 삶을 살아가고 있으며, 잃어버린 경제권을 다시 되찾는 것이 그들 모두에게 가장 시급한 해결 과제라 말하고 있기 때문이다. 다시 말해서, 경제권을 박탈당한 고통스럽고 소외된 삶을 살아가고 있다는 점, 경제권 획득이라는 과제를 수행함으로써 해방시킬 수 있다는 점에서 근로 계급과 여성을 동일한 층위에 위치시키고 있는 것이다. 그렇다면 이동규에게 근로 계급, 즉 노동자·농민의 삶과 여성들의 삶은 각각 독립된 범주를 갖는 것이 아니라 경제권을 획득하지 못한 고통스럽고 소외된 삶이라는 동일한 범주에 속하는 것이라 할 수 있다. 즉 동일한 삶의 모습이 노동자와 농민, 그리고 여성으로 그 대상만을 달리하여 나타난다고 본 이동규의 생각을 읽어낼 수 있는 것이다. 이렇게 볼 때 이전 시기의 작품들이 고통스럽고 소외된 삶이라는 식민지 현실의 전체 사회상에서 노동자와 농민에 특히 주목했다면, 이후 시기에는 그 전체 사회상을 이루고 있는 또 다른 계층인 여성들에게로 눈을 돌린 것이라 그 작품 세계의 변화를 이해해볼 수 있다.

앞서 거론했듯이, 이동규는 여성들이 남성들의 횡포를 묵묵히 인종하며 굴종의 삶을 지속해나가고 있다는 점을 문제 삼는다. 여성들이 주인공으로 등장하는 작품들에 이동규의 이와 같은 시각이 반영되는데, 이동규는 여성들이 순종과 인내만을 반복하는 모습이 특히 문제적이라 파악한 듯싶다. 작품 내의 여성들이 남성의 횡포나 그것을 포함한 현실적인 억압에 답답하다 여겨질 만큼 속수무책으로 휘둘리기 때문이다. 전차 내에서 출산을 하면 전기회사에서 아이가 장성할 때까지 돌봐준다는 소문을 듣고 가난에 쪼들리는 생활에서 전 재산을 털어 하루 종일 전차를 갈아타는 행위를 반복하는 여인의 이야기인 「전차 타는 여인」, 어린 나이에 시집을 와 동경 유학생인 남편과 떨어져 갖은 시집살이를 하지만 남편에게 다른 여자가 생기자 뒷방마누라가 되기를 자청하는 아내의 이야기를 담은 「불사춘」, 그리고 다른 여자와 남편의 결혼식 날 자살을 결심하고 잠시 잠이 든 사이에 어린 딸이 양잿물을 대신 마시고 병원에 실려가는 내용인 「그 여자의 운명」 등 여성 주인공들은 억압과 횡포에 대해 순종과 인내를 맹목적으로 거듭하는 막막한 삶을 살아갈 뿐이다. 물론 여성들의 고난과 고통을 강조하고 그들 삶의 비극성을 부각시키기 위한 의도였겠으나 여성 주인공이 등장하는 작품들이 이처럼 무조건적인 순종과 인내를 형상화하고 있다는 점은 변절, 불륜 등이 그 중심 사건이라는 점과 함께 이들 작품을 흥미 위주의 통속적 대중물로 보이게끔 만들기도 한다.

이와 같은 시기 이동규의 작품 세계에 또 다른 축을 이루고 있는 지식인의 이야기들은 예술가 혹은 이른바 주의자가 그 주인공으로 등장한다는 점에서, 그 내용이 지식인의 어떻게 살아가야 하는가라는 고민을 주로 담아내고 있다는 점에서, 출소 후 이동규 자신의 이야기를 형상화하고 있다고 해도 무방할 것이다.

이를 반영하듯, 「신경쇠약」의 주인공은 과거에 사회주의 사상을 표방하다가 수감되었었고, 감옥에서 나온 후 실의에 빠진 나날을 보내는 인물로 설정되어 있다. 주인공 경수가 스스로에게 끊임없이 던지는 '어데로 갈까?'라는 질문은 당시 사회주의 사상을 가진 지식인들이 처한 상황과 심경을 여실히 드러내는 말이다. 여러 차례에 걸친 검거와 수감, 그리고 단체 해체라는 상황에서 나아가야 할 방향을 잃어버린 그들을 대표하여 내뱉는 말이라 이해할 수 있는 까닭이다. "신경쇠약, 신경쇠약, 내 병은 신경쇠약이다. 그러나 나뿐이 아니겠지. 이 세상이 모두 신경쇠약에 걸렸다. 중태의 신경쇠약에……"라는 경수의 중얼거림 역시 그와 같은 측면에서 미래에 대한 전망을 상실한 지식인들의 내면을 나타내는 자기 고백적 서술로 볼 수 있다. 예술적 충동에 따라 자유분방한 삶을 살아가는 예술가들의 생활과 돈을 모으는 데만 삶을 소비한 구두쇠 노인의 죽음을 대조시키면서 삶의 의미를 묻고 있는 「어느 노인의 죽음」도 어떤 삶을 살아가야 할 것인가라는 의문을 던지고 있다고 해석할 수 있으므로 「신경쇠약」과 같은 맥락의 작품이다.

「들에 서서」는 힘들고 고된 문단 생활을 버리고 귀농한 김 군을 찾아간 서술자가 명실공히 농사꾼이 된 그의 모습에서 살아 있는 예술을 목격한다는 내용이다. 김 군은 자신이 물질적으로 그리고 정신적으로 막다른 골목에 닥쳐 가지고 있던 모든 것들을 버리고 평범한 인간이 되고자 결심하여 귀농을 행한 것이며, 밭 갈고 씨 뿌리고 수확하는 것에서 문학의 창조와 동일한 창조의 기쁨을 느낄 수 있으므로 농사는 산 문학이라 말한다. 삶의 막다른 골목에 마주 선 지식인 주인공이 어떻게 살아야 할 것인가를 고민한 끝에 귀농을 결심한다는 점에서 이 작품 역시 지식인 주인공의 삶에 대한 고뇌를 담아낸 작품군에 속한다. 그리고 농사로부터 문학의 창조와 동일한 기쁨을 느낀다는 그 말로부터 사회주의 사상 혹은 문학 이외의 다른 삶의 길을 찾아 헤매면서도 여전히 문학에의 끈을 놓지 못하는 이동규의 망설임을 엿볼 수 있다. 농사꾼이라는 문학가와는 동떨어진 삶의 길을 제시하면서도 그것에 살아 있는 문학이라는 의미를 부여함으로써 문학과의 연결점을 애써 찾아내려 한다고 조심스럽게 추측해볼 수 있는 까닭이다.

이와 같은 지식인들의 이야기도 앞서 살핀 노동자와 농민의 이야기나 여성들의 이야기처럼 식민지 현실에서 고통스럽고 소외된 삶을 헤쳐나가야 했던 당시 각계각층의 모습 중 지식인 계층에 주목한 것들이라고 볼 수 있다. 그리고 이런 맥락에 따라 이동규의 평론을 살펴보면 「문단확청론」을 필두로 「속문단확청론」, 「문단확청론 여운」으로 이어지는 이른바 문단 확청이라는 주장이 예사롭지 않은 것으로 다가온다. 이동규는 이들 평론들에서 일부 작가들의 명예욕과 독점욕, 잡지 업계 종사자들의 사리사욕으로 인해 작품의 질에 대한 고려 대신 사사로운 감정에 이끌리는 정실비평이 횡행하고, 실력 있는 작가들이 영원한 신인으로 취급당하는 등의 문제점이 나타나고 있으므로 이를 청산해 조선 문단을 말 그대로 확청, 즉 깨끗하게 만들어야 한다고 주장한다. 다소 비약일지 몰라도, 이동규의 이런 주장을 당대 지식인 계층이 겪어야 했던 또 다른 층위의 고통스럽고 소외된 현실을 문제 삼고 있는 것으로 볼 수 있지 않을까 생각한다. 확청이 필요한 당시 문단의 풍토도 이동규 스스로를 포함한 일부 지식인 계층이 뚫고 지나가야 했던 현실의 한 부분이라 말할 수 있기 때문이다. 여하튼 간에 이동규가 당시 문단을 개선이 필요한 문제적 상황에 침윤되어 있다고 파악하고 있었다는 점은 확실하다. 조선 문단이 무기력과 침체에 빠져 권태와 노쇠의 징후만이 편만하여 있다는 점에서 "늙어가는 조선 문단"이라 평가하는 또 다른 글에서도 당시 문단에 대한 비판적인 시각을 읽어낼 수 있는 까닭이다.

작가의 생애를 서술하면서 잠시 언급했듯이, 1940년 이후 이동규의 작품 세계는 일종의 소강상태에 빠진다. 앞서 거론한바, 그 이유는 명확하지 않다. 일제의 폭압적인 식민 통치가 가중되었다는 당시 시대 상황에 위에서 살핀 여러 문제점들이 노출되어 있던 당대 문단의 현실이 더해진 것이 그 이유가 아닐지 짐작해볼 따름이다. 그러나 이와 같은 시기에 장편소설 『대각간 김유신』이 출간되었다는 점은 주목을 요한다. 「무기염의 변」에서 드러나듯, 어떤 이유에서든 작가가 "쓰면 뭘 하나?"라는 "그저 그런 태도"로 무기염을 호소하며 한두 편의 작품만을 집필하던 와중에 등장한 작품이며, 게다가 식민지 현실에서 고통스럽고 소외된 삶을 살아나가는 각계각층에 주목하는 해방 이전 작품 세계에 포함되지 않는 역사물이기 때문이다. 그리고 이와 같은 측면에서 희곡 「낙랑공주」도 『대각간 김유신』과 함께 거론해볼 필요가 있다. 두 작품이 출간 시기 면에서 다소 동떨어져 있고, 장르상의 차이점이 있음에도 불구하고 이동규의 주된 창작 경향에서 멀찍이 벗어난 역사물이라는 명확한 공통점을 가지고 있는 까닭이다.

「낙랑공주」는 고구려 왕자 호동에 대한 사랑 때문에 조국 낙랑국의 보배인 나팔과 북을 없애는 낙랑공주의 이야기를 비극적으로 그려내고 있으며, 『대각간 김유신』은 전해지는 이야기들에 근거해 출생에서부터 삼국 통일을 이루고 난 후의 죽음까지 김유신의 일대기를 형상화하고 있다. 그리고 「낙랑공주」는 역사적 야담을 소재로 차용하고, 조국애와 사랑의 갈등, 사랑의 희생을 그려내는 과정에서 인물들의 심리 묘사에 비중을 두고 있다는 평가[*]를, 『대각간 김유신』은 야사 중심의 소설로서 종래의 야담류에서 크게 벗어난 것은 아니며, 작가의 역사의식이 거의 반영되지 않았다는 점에 아쉬움을 느낀다는 평가[**]를 받는다. 역사적 야담을 형상화하되 인물들의 심리 묘사 등이 비중을 차지하는 반면 작가의 역사의식은 그다지 반영되지 못했다는 것을 이들 논의의 핵심 의견으로 추출해낼 수 있다면, 두 작품이 역사물이면서도 역사적 시각의 결여라는

---

[*] 김명화, 「해방 전(1940~1945) 공연희곡의 몇 가지 경향」, 『해방 전(1940~1945) 공연희곡집 4』, 평민사, 2004, 319쪽.

[**] 김우종, 「다시 찾은 작가와 작품－최인준, 홍구, 이동규의 작품 세계」, 『한국해금문학전집 11』, 삼성출판사, 1988, 408~412쪽.

결점을 갖고 있다는 평가 역시 가능할 것이다.

이처럼 이들 역사를 다룬 작품들이 이동규 나름의 역사적 시각을 보여주지 못하고 있다는 것은 결정적인 단점이다. 때문에 일제의 가혹한 지배 아래 우리나라 고유의 역사적인 인물들의 모습을 그려냈다는 찬사와 동시에, 일제의 식민 통치가 극에 달한 상황에서 역사물로 도피했다는 혐의 역시 받게 된다.* 이와 더불어 1940년대 초반 이른바 보도연습이라 하여 군인 정신과 군영 생활 체험을 "우리는 이것을 본뜨고 넓힘에 의해 소질의 향상을 기대할 수 있고 생활의 개선과 정화를 도모할 수 있지 않은가 한다."고 극찬한 「보도연습 유감」, 이와 관련된 「보도연습행」, 「야영」 등 일문으로 게재된 글들이 일제의 정책에 동조하는 입장을 나타낸다는 점도 그 혐의를 더욱 짙게 만든다고 할 수 있다.

이에 대해 정치적인 위장술 혹은 작가 정신의 타락 등의 판단을 내리는 것은 유보하고, 이동규가 집필한 작가론 중 하나인 「이광수론」을 살펴보려 한다. 이동규가 이광수에 대한 평가를 내리면서 논의한 내용이 역설적으로 이동규 스스로에게도 적용되어 주된 작품 세계와 거리가 있는 역사물 창작에 대한 설명을 가능케 해준다고 생각되기 때문이다.

> 그가 『이순신』, 『단종애사』 같은 역사물에 붓을 대는 데는 두 가지 이유가 있다. 하나는 고대의 민족적 영웅을 끌어내고 충군애국의 열사들을 내세워 민족주의 사상을 고취하여 민족 부르주아지의 좋은 대변자 됨에 게으르지 않기 위함이요, 또 하나는 이 시대 가운데서 그가 급취할 내용

---

* 일제의 정책이 억누르던 시대에 어떻게 김유신과 같은 민족의 영웅을 소재로 한 역사소설이 가능했을까라는 의문이 들지만, 역사의식 없이 한 인물을 영웅화시키면서 작가의 상상력과 문장력만 보여준 통속적 수준에 머물러 역사물로의 도피라는 비판을 면하기 힘들다고 본 김명석의 글이 이에 속한다고 볼 수 있다. (김명석, 앞의 글, 206~207쪽.)

을 상실하고 있기 때문에 그의 붓끝은 먼 시대의 골동품을 뒤지지 아니하면 안 되었던 것이다.*

"조선의 새로운 문학 개척의 공로자이요, 차대의 제너레이션이 청취할 문학적 유산의 소유자"라는 의미에서 이광수의 문단적 공로를 인정하면서도 지금은 새로운 시대, 젊은 층의 시대라고 하며 이광수의 역사물 집필의 이유를 비판적으로 말하고 있는 부분이 바로 위의 인용문이다. 이동규가 거론한 이유들은 이동규 스스로에게도 적용된다. 이동규의 역사물들에도 민족적 영웅이 등장하며, 당시 시대와 결부되지 않은 먼 과거 시대의 이야기를 다루고 있기 때문이다. 여기에서 좀 더 면밀히 읽어보아야 할 부분은 이광수가 "이 시대 가운데서 그가 급취할 내용을 상실하고 있기 때문에 그의 붓끝은 먼 시대의 골동품을" 뒤져야만 했다는 두 번째 이유이고, 이것이 역사물 창작에 대한 설명을 가능케 해준다. 시대 상황이나 문단 현실이라는 외적인 요인 때문이든 출옥 후 겪게 된 위축된 자기 검열이라는 내적인 요인 때문이든 간에, 결과적으로 이 시기의 이동규도 이광수처럼 취해야 할 내용, 즉 형상화해야 하는 내용을 상실해 창작이 불가능한 상태에 처했던 것이라 짐작해볼 수 있는 까닭이다. 그래서 "쓰면 뭘 하나?"라는 무기염에 빠지지만, 그러면서도 집필을 전면적으로 포기할 수는 없었던 탓에 잃어버린 내용의 자리에 익히 잘 알려진 과거 시대의 이야기를 채워 넣어 창작을 이어갈 수밖에 없었던 것이다. 이렇게 본다면, 주된 작품 세계의 흐름에 포함되지 않는 역사물 창작에서 당대를 어떻게든 헤쳐나가고자 했던 이동규의 고뇌의 흔적을 엿볼 수 있다.

| * 이동규, 「이광수론」, 《풍림》, 1937. 3, 11쪽.

2. 해방 이후 작품 세계

해방 후 이동규가 발표한 평론들을 훑어보면, 그가 유별나게 구시대 타파를 호소하고 있다는 점이 눈에 띈다. 새 술은 새 부대에 담아야 하듯이, 오랜 식민지 상태에서 벗어나 새로운 상황을 맞이했다는 점을 감안할 때, 이동규의 이런 주장은 당연한 일이었을지도 모른다. 그렇다면 이동규가 염두에 둔 타파해야 할 이전 시대의 산물들이란 어떤 것이었을까? 「문학운동의 신방향─옳은 노선을 위하여」라는 평론에서 그 해답을 찾아볼 수 있다.

> 일본 제국주의적 문화의 영향과 봉건주의적 잔재의 소탕이란 위에 말한 기본적인 노선의 문화 면에 있어서의 구체적인 제시로 이것이 조선의 문화 해방의 당면 과제로 되어 있는 것은 여기 중언이 필요치 않다.[*]

인용문은 "새로이 창조될 조선의 문화가 어떤 성질의 것이며 어떠한 방향을 걸고 어떻게 창조되어야만 조선 문화는 참된 발전을 할 수 있을 것인가."라는 물음에 대한 대답을 하고 있는 부분이다. 이동규는 "조선의 문화 해방의 당면 과제"가 "일본 제국주의적 문화의 영향과 봉건주의적 잔재의 소탕"이라는 것은 중언이 필요치 않을 만큼 명백한 일이라 말한다. 이를 통해, 타파해야 할 이전 시대의 산물, 더 나아가 문학이 나아가야 할 방향에 대한 이동규의 견해가 윤곽을 드러낸다. 일본 제국주의적 문화의 영향과 봉건주의적 잔재 청산이 문학 영역에서도 시급한 과제라 주장하고 있는 것과 다름없기 때문이다.

이를 반영하듯, 해방 이후 이동규의 작품들 중 한 맥락을 이루는 것

---

[*] 이동규, 「문학운동의 신방향─옳은 노선을 위하여」, 《조선일보》, 1946. 1. 14.

이 바로 구시대의 산물들, 그중에서도 일본 제국주의의 잔재들을 문제 삼고 있는 작품군이다. 평론에서 주장하는 일본 제국주의적 문화의 영향과 봉건주의적 잔재 청산이 소설과 희곡에서 한 단계 구체화되어 일제 잔재 소탕으로 형상화된다고 볼 수 있다. 여기에 속하는 작품으로 소설 중에서는 「돌에 품은 울분」, 「눈」, 「김 첨지」를, 희곡 중에서는 「두루쇠」를 들 수 있다.

「돌에 품은 울분」*은 주인집 딸과 결혼하여 젊은 주인이 되기를 바라던 머슴이 뜻을 이루지 못하고 쫓겨 도망치는 내용이다. 주인공 용칠이 도망치게 되는 이유는 주인집 딸에게 마음을 품고 있는 구장 집 아들 수영 때문이다. 주인집 영감이 딸 순례와 용칠의 결혼을 서두르자 수영이 읍사무소 사람들을 매수하여 용칠을 강제 징용 대상자로 만들어버린 것이다. 징용 대상에서 항상 제외되어 있는 수영과 징용을 피해 도망가야 하는 자신의 처지를 비교하면서, 결국은 보잘것없는 사람이나 만만한 사람만 징용을 나간다고 토로하는 용칠의 말에서 일제 시대에 강제 징용이 어떤 식으로 이루어졌는지를 읽어낼 수 있다.

「두루쇠」는 일제 시대 학도병 지원제의 허구성과 그것을 지지하는 사람들의 양면성을 희극적으로 폭로하는 작품이다. 주인공 태식과 그 가족들은 학도병 지원을 반강제로 강요하는 정 총대의 끈질긴 회유와 협박 때문에 무엇이든 대용품 노릇을 해준다는 두루쇠를 불러와 그를 대신 학도병에 내보내려 한다. 그런데 정 총대의 아들이 등장하여 회사 방침에 따라 갑작스레 근로보국대로 나가게 되었다고 말한다. 그러자 학도병이야말로 조선 학도의 무상의 광영이라며 지원을 권하던 정 총대가 오히려

* 이 작품은 1956년 출간된 소설집 『그 전날 밤』에 '투석'이라는 제목으로 수록되어 있는데, 원작과 비교해 보았을 때 세부적인 말투의 차이는 논외로 한다고 하더라도 결말에 "그는 바위에게 분풀이를 하려는 듯 정신없이 돌을 집어서는 바위를 후려갈기고 있었다……."라는 한 행이 더 첨가되어 있어 개작의 가능성을 짐작해볼 수 있다. 이런 점을 고려해 이 선집에는 「돌에 품은 울분」 대신 「투석」을 실었다.

아들의 대용품이 되어달라고 두루쇠에게 부탁하며 막이 내린다.

「돌에 풀은 울분」과 「두루쇠」는 일제 시대를 배경으로 당시 고단한 삶을 살아가야 했던 민족의 모습을 나타내고 있다는 공통점이 있다. 이로 인해 해방 이후보다는 해방 이전 작품 세계에 더 가까운 작품들로 보이기도 한다. 해방 이전 작품 세계의 주제인 식민지 현실에서의 고통스럽고 소외된 삶을 형상화하고 있다고 판단할 수도 있기 때문이다. 그러나 이 작품들의 발표 시기가 해방 직후라는 점과 강제 징용이나 학도병 지원 같은 일제의 정책을 정면에서 비판적으로 다루는 일이 해방 이전에는 쉽지 않았으리라는 점 등을 고려하면, 이 작품들을 해방 이전 작품 세계에 속한다고 단언하기도 어렵다. 그리고 이 밖의 해방 이후 작품들이 해방 이전 작품들의 경향과는 한참 동떨어져 있다는 사실을 또한 감안한다면, 「돌에 풀은 울분」과 「두루쇠」에 대한 해석을 조금 달리해볼 수 있을 것이다. 단적으로 말해서, 두 작품은 일제의 잔재 소탕을 말하기 위해 필요한, 이를테면 전초 단계의 작품들이다. 일본 제국주의의 잔재를 청산하려면 일제가 어떠했으며, 그 잔재는 어떤 것인지부터 확인해야 하는 법이다. 이들 두 작품은 바로 그 확인 과정으로 과거 일제 시대의 상황을 형상화함으로써, 해방이 되었음에도 그 이전과 별반 차이가 없는 해방 이후의 상황을 부각시켜 일본 제국주의 잔재 타파의 필요성을 역설하기 위한 작가의 의도 아래 창작된 작품들로 이해할 수 있는 것이다.

이에 비해, 「눈」과 「김 첨지」는 해방 이후에도 해방 이전의 상태가 여전히 지속되고 있음을 극명하게 나타내는 다음 단계에 속한 작품들이다. 「눈」은 세상의 변화에 따라 달라지는 눈빛에 초점을 맞추고 있다. 주인공은 일제 시대 경찰서 고문실에서 자신이 고문으로는 조선서 엄지손가락을 꼽는다고 장담하는, 독기를 내뿜는 눈을 가진 유 부장을 만난다. 그리고 3년 후 사회에 나와서도 담당 형사라는 이유 때문에 살기를 더해가는 그 눈을 자주 접하게 된다. 해방이 되자, 다시 만난 그 눈은 예전과 달리 1초를 마주 보지 못하는 마치 죽어 넘어진 말의 눈처럼 되었다. 그러나 얼마 후 경찰서 정보계 주임 책상 앞에서 예전만큼의 독기와 살기, 광채를 내뿜는 그 눈과 재회한다. 해방 이후 일제 시대 고등계가 간판만 바뀐 정보계가 되었으며, 이전 고등계 형사가 정보계 주임으로 다시 자리를 잡은 것이다.

「김 첨지」 역시 해방 이전이나 해방 이후나 여전한 일제 시대와 동일한 상황들을 형상화하고 있다. 사상 문제로 끌려온 아들을 면회하기 위해 경찰서를 찾은 김 첨지는 경찰서와 경찰들의 모습에서 일본 경찰 시대와 다를 바 없다는, 아니 그보다 몇 배 더 무서워지고 까다로워졌다는 느낌을 받는다. 그럴 만도 한 것이 김 첨지가 만난 경찰이 별다른 이유 없이 일어로 욕을 하며 김 첨지를 마구잡이로 폭행하고, 자신이 일본 경찰이었을 때 김 첨지의 아들과 같은 이들을 괴롭혔다는 사실을 자랑스레 말하기 때문이다. 김 첨지는 그런 경찰은 관리가 아닌 일종의 미치광이, 폭한이며, 이런 사람들을 모아다가 백성을 다스리고 정치를 한다고 하는 세상이 기막히고 우습다고 말한다.

> 그러나 처음 생각과는 달리 형세는 날이 갈수록 달라져가고, 해방은 말뿐이었으며, 처음 도망갔던 순사들은 도로 돌아와서 총을 메고 전보다 더 밉상을 부리었고, 공출은 안 해도 좋다고 하던 것이 나중에는 일정 시대보다 더 심하게 내놓으라고 야단일 뿐 아니라 이 여름에는 보리 공출을 어떻게 심하게 시켰던지 농민들은 새로운 난리를 만나 야단이었다. 전에 일본 경찰은 심하게 구는데도 오히려 정도가 있었다고 할 만큼 지금의 경찰은 더 무지하고 무법하기 짝이 없었다. 의례히 반말, 의례히 욕이었고 불한당 떼 모양으로 아무 집이나 막 달려들어 뒤지다가 곡식이 없으면 곳

과 노소남녀를 불구하고 그 자리에서 함부로 두드려 패고 총대로 짓찧고, 그래도 부족해서 총을 탕탕 놓고 위협하며, 트럭으로 오십 명 육십 명씩 잡아 싣고 주재소로 경찰서로 끌고 가서 죽어라고 패주고 가두고 하였다.*

위 인용문은 김 첨지의 입을 통해 말뿐인 해방이 어떤 상황이었는지를 설명해주는 부분이다. 일제 때 순사가 도로 돌아와서 경찰이 되었으며 일본 경찰보다 더 무지하고 무법한 불한당 떼 모양이라는 것, 일제 때보다 더 심하게 공출을 해간다는 것 등이 해방 이후의 실정이었던 것이다. "조선은 해방을 당한 셈인가, 어찌 된 셈인가."라는 작품 말미 부분의 김 첨지의 물음은 이동규가 당대 상황에 대해 품었던 의문이라고도 볼 수 있다.

이처럼 이동규는 해방 이전과 별반 다를 바 없는, 어쩌면 더 심할 수도 있는 해방 이후의 상태를 형상화하고 있으며, 그 형상화의 중심축은 일제 때 순사가 해방 후 말만 바뀐 경찰이 되었다는 점, 일제 시대의 정책이 온전히 이어지고 있다는 점에 대한 강조이다. 따라서 이들 작품들은 일본 제국주의 잔재가 청산되지 못해 해방 이전과 차이가 없는 상황을 문제 삼아 그 잔재 소탕의 필요성을 말하고 있다고 할 수 있다.

이동규가 이와 같이 일본 제국주의 잔재 척결을 부르짖은 이유는 아마도 당대 대부분의 사람들이 그러했듯이, 해방을 맞아 필연적이고도 당위적으로 제기된 가장 시급한 해결 과제인 새로운 사회와 국가 건설에 대한 열망 때문이라 짐작해볼 수 있다. 오랜 식민 상태에서 벗어나 우리 민족의 손으로 스스로가 영위해나갈 사회와 국가를 만들기 위해 첫 발걸음을 내딛는 시기에 일본 제국주의의 잔재는 반드시 척결되어야 하는 구

| * 이동규, 「김 첨지」, 『그 전날 밤』, 조선작가동맹출판사, 1956. 12, 105~106쪽.

시대의 산물 중 하나라고 이동규는 생각했던 것이다. 이렇듯 일제 잔재 청산이 이동규가 추구하는 사회와 국가 건설에서 가장 기초적인 작업이었음이 분명하다면, 이것을 이동규가 꿈꾸던 유토피아, 즉 이상적인 사회와 국가의 모습 반영이라 추론해보는 일이 가능하다. 따라서 앞서 살핀 일본 제국주의 잔재 척결을 역설하는 작품들은 이상적인 사회와 국가 건설이라는 주제 아래로 포섭된다고 할 수 있다. 그리고 바로 이와 같은 주제가 해방 이후 이동규의 작품 세계를 아우르는 큰 틀이 된다.

새로운 사회와 국가 건설이라는 당면 과제 앞에서 좌우익의 분열이 정도를 더해갔으며, 전 국토가 혼란과 혼돈의 상태에 빠졌다는 것은 익히 알려진 바이다. 이상적인 사회와 국가의 실현을 바라던 이동규에게 이러한 당시 상황이 그가 원하는 바에서 멀어지는 역방향의 행로를 걷고 있는 것으로 파악되었으리라는 점은 예측 가능한 일이다. 그래서 이동규는 사회와 국가 건설이라는 과제 앞에서 좌우익이 분열되어 대립과 반목을 일삼고, 혼란과 혼돈이 가중되는 상황을 비판하는 일련의 작품들을 내놓는다. 해방 이후 이동규의 작품 세계에서 또 다른 맥락을 이루고 있는 「오빠와 애인」, 「좀」이 여기에 포함된다.*

「오빠와 애인」은 공장 직공이자 오빠인 재덕과 공장 사무원이자 애인인 병찬 사이에서 갈등하는 재순의 이야기이다. 재덕과 병찬은 해방이되자 가난한 사람들의 나라, 좋은 국가를 만들자는 데 뜻을 모은다. 그런데 미군정의 정책에 따라 닥터 김이 새로운 사장으로 취임하고, 그로 인해 둘 사이에 분열이 일어난다. 병찬으로 대표되는 사무실 사람들과 재덕으로 대표되는 직공들 사이에 대립과 반목이 시작되었기 때문이다. 뇌물과 직공들에 대한 우월감으로 인해 새로운 사장을 지지하는 사무원들

---

* 이 선집에 실리지 않은 작품들 중에서는 「소춘」이 이 작품군에 속한다.

이 공장 관리를 몸소 행하려는 직공들과 맞서게 된 것이다. 재순이 오빠와 애인 사이에서 갈팡질팡하다가, 병찬이 직공들에게 뭇매를 맞아 입원한 후 자신의 과오를 인정하고, 재순 역시 그에 대한 신뢰를 회복하는 것으로 작품은 마무리된다. 해방 직후 노동자들의 공장자주관리 운동을 이야기하고, 노동자와 일본 자본가, 노동자와 미군정의 대립으로 그 투쟁 과정을 나타내고 있다는 점에서 노동운동을 형상화한 소설이라 논의*되기도 하지만, 이 작품은 이상적인 사회와 국가 건설이라는 주제 아래 포함시킬 수 있다. 비록 한 공장 안으로 축소되어 형상화되고 있을지라도 당시 전 국토의 상황이라 할 수 있는, 좋은 일터를 만들어보자는 취지 아래 빚어지는 이해관계의 엇갈림, 대립과 반목, 그 결과물인 혼란과 혼돈 상태를 나타내고 있는 것도 틀림없는 사실이기 때문이다.

좌우익의 분열, 그로 인한 혼란과 혼돈의 상황을 확연히 보여주는 작품은 「좀」이다. 징용에서 돌아오면서 새 나라 건설을 위한 길에 몸 바치겠다는 결심을 한 주인공 석호는 당시의 정세를 파악한 후 머리가 산란해지고 여러 가지 걱정과 탄식과 안타까움에 휩싸인다. 그 이유는 길은 오직 한길만이 있을 뿐인데 분열과 대립이라는 이해할 수 없는 상황이 나타나고 있는 까닭이다.

　　길은 한길, 오직 자주독립을 얻기 위해 한데로 모이는 한길이 있을 뿐인데 이렇게 혼란할 수가 있을까. 당은 무슨 당이 그리 많으며, 단체는 무슨 단체가 그리 많은가. 웬 주장이 그리 많고, 웬 지도자가 그리 많은가. 모두 다 그럴듯한 강령을 내걸고, 그럴듯한 주장을 주장한다. 그러나 누가 참된 지도자인지 어느 당의 주장이 정말 옳은 주장인지 갈피를 잡을

---

* 「오빠와 애인」을 노동운동을 형상화한 소설로 분석해낸 논의로는 신형기의 글(신형기, 『해방기 소설 연구』, 태학사, 1992, 47~48쪽)과 이우용의 글(이우용, 앞의 책, 69~73쪽)을 대표적으로 꼽을 수 있다.

수 없고 정신을 차릴 수가 없다. 민중은 한 서너 달 사이의 이 시달림에 거의 권태를 느끼고 있는 것 같았다.

석호는 며칠을 두고 우선 읍내의 사정을 살피기에 힘썼다.

읍내에는 구월 초순에 인민위원회가 생기고 뒤이어 농민조합과 각 공장에 노동조합이 생겼고, 또 청년 단체로는 청년동맹과 대한청년회라는 것이 생겨 있었다.

어떤 사람은 인민위원회를 욕하고 청년동맹을 욕하고, 어떤 사람은 대한청년회를 욕했다. 인민공화국을 지지하는 사람도 있고, 이승만 씨와 대한임시정부를 지지하는 사람도 있다.

어떤 사람은 절대 중립을 표방하면서 말로는 대한임시정부를 두둔해 말했고, 어떤 사람은 아무 편견 없이 말한다고 하면서 인민공화국을 선전했다.*

각기 다른 당과 단체, 지도자가 서너 달 사이에 우후죽순처럼 생겨나고 그들의 강령과 주장도 모두 그럴듯하여 어떤 것이 옳은지 판단이 불가능한 상태이며, 그로부터 민중이 권태를 느끼고 있는 것 같다는 석호의 생각은 이동규가 바라본 당시의 혼란과 혼돈, 그리고 그에 대한 심정을 그대로 옮겨놓은 것이리라. 인용문에서 나타나듯이, 그 혼란과 혼돈의 중심에는 한쪽에는 인민위원회와 청년동맹, 인민공화국이 또 다른 쪽에는 대한청년회와 대한임시정부가 각각 양립하여 갈라서 있는 상황이 존재한다. "그들은 사상적으로 서로 대립해 있을 뿐 아니라 감정적으로도 대립해 있었다." "서로 반동분자라고 욕하고 있었다."라는 석호의 말은 좌우익의 대립과 반목을 단적으로 나타내준다.

| * 이동규, 「좀」,《문학비평》, 1947. 6.

석호는 좌익과 우익 모두의 의견을 들어보고 난 뒤, 둘 다 민주주의 국가 건설이라는 목표는 같으므로 대립을 해소하고 통합해야 한다고 생각한다. 석호의 설득에 의해 좌익과 우익이 합쳐지려는 찰나 갑작스러운 우익의 입장 고수로 통합이 와해되는데, 석호는 그 이유가 일제 시대 친일파였던 우익의 배후 인사들이 젊은이들을 조종하고 있기 때문이라면서 그들을 건국의 좀이라 말한다. 온 국민이 새 나라 건설을 위해 하나로 뭉쳐야 한다는 당위성을 말하면서 분열의 책임을 우익 탓으로만 떠넘기고 있다는 한계*가 보이기도 하지만, "이거야말로 중앙의 축도가 아닐 수 없다. 중앙의 혼란도 결국 이런 데서 오는 것이 아닐까? 좀, 건국의 좀은 사방에 편만해 있는 것이다."라는 석호의 마지막 말에서 알 수 있듯이, 이 작품은 사회와 국가 건설에 직면해 대립과 반목을 일삼는 좌우익의 분열, 그로 인한 혼란과 혼돈을 중앙 정치권의 축소판이라 할 수 있는 읍내 청년회를 통해 보여주고 있다.

이처럼 자신이 꿈꾸는 사회와 국가의 모습을 반영한 일본 제국주의 잔재 청산의 필요성을 호소하는 이야기, 그 모습으로부터 멀어지는 상황을 부정적으로 본 좌우익의 분열과 그로 인한 혼란과 혼돈을 비판하는 이야기를 집필하던 이동규는 1946년 초반 월북을 감행한다. 그리고 해방 이후 이동규의 작품 세계에서 또 다른 줄기를 이루는 이야기들은 주로 월북 후 집필된 작품들에 집중되어 있다. 월북 후 집필한 이동규의 작품들 중 대부분이 북한의 현실을 긍정적으로 나타내는 작품들과 남한의 현실을 부정적으로 형상화하는 작품들로 뚜렷하게 구분되며, 이를 통해 북한과 남한을 대비시키는, 이전과 다른 경향을 확연히 드러내는 까닭이다.

북한의 당시 상황을 긍정적으로 바라보는 작품은 「그의 승리」이다.**

* 김명석, 앞의 글, 216쪽.
** 이 선집에 수록되지 않은 작품들 중에서는 「복귀」와 「씨 뿌리는 사람」을 이에 속하는 것으로 꼽아볼 수 있다.

「그의 승리」는 38선 이북이 고향인 주인공이 학병으로 나갔다가 고향에 돌아온 뒤 사상 문제, 시국 문제로 갈등을 겪는 내용이다. 주인공의 갈등은 그가 지주 계급 출신이고 그에 따라 우익적 성향을 가졌기 때문이다. 그래서 그는 당시 북한 사회의 변화, 그리고 그것을 열렬히 지지하는 애인과 친구를 쉽게 용납할 수 없었던 것이다. 주인공의 갈등은 북한에서 시행된 정책에 따라 제방이 건설된 공사 현장에서 해소된다. 제방 공사는 인민들의 큰 장한 힘과 새 정신이 한데 엉켜 이루어진 건설이며, 인민의 힘을 인민에게 돌려줄 줄 아는 선구자들의 실천 정신을 나타내는 증거품이라는 감동과 깨달음을 얻었기 때문이다.

이와 같은 내용에서 알 수 있듯이, 이 작품은 북한의 정책과 변화를 극찬함으로써 북한의 현실을 긍정적으로 그려내려는 의도를 숨기지 않고 드러낸다. 그 의도가 지나치다고 느껴지기도 하는데, 주인공을 비롯하여 작품상의 인물들이 모두 살아 있지 못하며, 제방 공사를 통한 주인공의 감동과 깨달음도 궁여지책에 불과하다*는 이 작품에 대한 평가도 그 점을 지적한다고 할 수 있다. 북한을 긍정적으로 형상화하려는 의도가 과한 결과, 북한의 정책과 변화를 예찬하는 데 비중을 둔 반면, 작품 내의 인물들이 실감나게 그려지지 않았고 사건의 개연성도 부족해졌다고 해석해볼 수 있는 까닭이다.

반면에 거의 같은 시기에 발표된 희곡 「새벽의 노래」와 소설 「그 전날 밤」은 부정적인 남한의 현실을 형상화하는 데 주력한 작품들이다. 「새벽의 노래」에는 일제 시대에 면장을 하며 사람들을 강제 공출, 강제 징용에 동원하는 데 앞장섰던 김경수라는 인물이 등장한다. 해방이 되자 서울로 몸을 피한 그는 우익 측 유력 인사와의 인맥을 이용해 경찰부장

| * 안함광, 「북조선 창작계의 동향」, 《문화전선》, 1947. 2.

이 되려고 애쓰는 한편, 좌익 측에 테러를 가하기 위한 우익 단체를 만들어 배후에서 조종한다. 그러나 그가 지시한 테러에서 아들 병철이 스스로의 신념에 의해 좌익 측에 섞여 있다가 사살되고 마는 비극적인 결말에 이르게 된다.

「그 전날 밤」에도 일제 시대에 매국과 매족을 일삼던 인물이 등장한다. 공장 사장 신태화가 바로 그 인물이다. 김경수와 마찬가지로 신태화도 더 큰 권력을 갖기 위해 선거에 출마한다. 신태화가 공장장 길룡과 그 패거리를 동원해 폭력과 협박으로 억압하여 공장 노동자들이 모두 자신에게 표를 던지게 만들려고 하면서 남한 단독 선거와 단독 정부 수립을 반대하는 공장 노동자들과 대립하지만, 이에 맞서는 공장 노동자들의 투쟁과 군중 봉기로 상황이 역전되어 신태화가 사로잡히고 선거사무소도 불에 타버리는 것으로 작품은 마무리된다.

단적으로 말해서, 두 작품의 공통점은 일제 잔재가 청산되지 못해 야기되는 부정적인 사건들이 일어나는 곳으로 남한을 형상화하고 있다는 점이다. 「새벽의 노래」에서 일제 때 면장 직책에 있었던 김경수가 권력층과 돈독한 관계이며, 그것을 이용해 경찰서장이 되고자 하는 인물이라는 것은 해방 이전의 권력층이 해방 이후에도 여전한 힘을 지니고 있다는 사실을 지적한다. 그리고 이에 더해 그 인물을 좌익 측에 테러를 가하는 우익 단체의 배후 세력으로 설정한 점으로 미루어볼 때, 이 작품은 일제의 잔재가 척결되지 못한 탓에 살생, 파괴와 같은 백색 테러가 횡행하는 등 부정적인 사건들이 야기되는 곳으로 남한을 형상화하고 있다고 할 수 있다. 마찬가지로 「그 전날 밤」도 공장 사장 신태화라는 인물이 해방 이전이나 이후나 세력을 유지하는 권력층을 나타낸다는 점에서, 그를 포함한 공장의 간부들이 폭력과 협박을 일삼는다는 점에서 동일한 형상으로 남한을 그려내고 있다. 이로부터 이동규가 비판하고자 한 남한의 현실이 어떤 모습들이었는지를 간추려보는 일이 가능하다. 일본 제국주의 잔재가 청산되지 못했다는 점, 그로 인해 백색 테러, 폭력과 협박 등이 야기되고 있다는 점에서 이동규는 남한의 상황을 비판적 시선으로 바라보고 있는 것이다.

이동규가 월북 전에 일제 잔재 척결의 필요성을 호소했으며, 그것이 그가 꿈꾸는 이상적인 사회와 국가의 모습이었다는 점은 이미 앞에서 밝힌 바이다. 이렇게 볼 때, 이동규가 월북 후에 남한의 현실을 부정적으로 형상화한 것은 어쩌면 필연적인 귀결이었는지도 모른다. 일제의 잔재가 척결되지 못해 온갖 부정적인 사건들이 벌어지는 남한의 상황이 이동규에게 결코 그가 추구하는 사회와 국가의 형상으로 파악되지 못했으리라는 점이 명확하기 때문이다. 그리고 이들 작품들은 이동규가 자신이 희구하는 모습에서 벗어나고 있는 남한의 현실을 부정적으로 형상화해낸 것이므로 이상적인 사회와 국가 건설이라는 주제 아래 포섭된다. 이에 덧붙여 「그 전날 밤」에서 남한 단독 선거와 단독 정부 수립을 문제 삼는 것도 이상적인 사회와 국가 건설이라는 주제와 관련된다고 할 수 있다. 전 국토가 함께하지 못하는 남한만의 선거와 정부 수립이 이동규가 생각해온 사회와 국가를 실현하는 길이었을 가능성은 희박하기 때문이다.

그렇다면, 북한의 현실을 긍정적으로 형상화하는 작품들의 창작 이유도 짐작해볼 수 있다. 다소 비약일지 몰라도, 「그 전날 밤」의 말미 부분에서 공장 노동자들을 포함한 군중이 "남조선 단독 선거 반대!"와 함께 "조선민주주의인민공화국 만세!"를 외치듯이, 남한과 첨예하게 대조되게 북한의 현실을 그려냄으로써 남한의 현실에 대한 비판의 강도를 더하고자 했다고 그 이유를 추측해보는 일이 가능하기 때문이다. 이와 같은 맥락에서 본다면, 「그의 승리」에서 북한의 정책과 변화에 대한 예찬이 작품의 형상화 측면에 악영향을 끼칠 정도로 과해진 이유도 대략 짐작된다. 그 진위 여부를 떠나서, 북한의 현실이 긍정적으로 형상화되어야 하는 뚜렷한 이유가 있었기에 그에 비중이 실린 반면, 인물이나 사건의 형상화는 빈약해질 수밖에 없었다는 해석이 가능한 까닭이다. 그러므로 북한의 현실을 긍정적으로 형상화하는 작품들도 이상적인 사회와 국가 건설이라는 주제 아래 속한다. 이들 작품들이 북한과 남한을 대비시켜 남한의 부정적인 현실을 강조하는 데 그 초점이 맞춰져 있으며, 그것이 궁극적으로 향하는 바는 이상적인 사회와 국가의 모습에서 멀어지는 남한의 상황을 비판하는 지점이라 말할 수 있기 때문이다.

이렇듯 해방 이후 이상적인 사회와 국가의 건설을 꿈꾸던 이동규의 작품 세계는 그의 죽음과 함께 마감된다. 일제 잔재 청산 외에 그가 희구하던 사회와 국가의 구체적인 전체 모습을 알기는 어렵다. 그러나 그 모습이 어떻든 간에 이동규는 자신이 바라는 사회와 국가의 건설을 계속해서 역설했으리라 짐작해볼 수 있다. 6·25 전쟁을 겪으면서 그의 창작 방향에 변화가 있었을지도 모르지만 전쟁 직전까지 작품 세계의 경향을 고려해볼 때, 아마도 이동규는 철아鐵兒라는 그의 호처럼 그것이 실현되는 날까지 자신이 꿈꾸는 이상적인 사회와 국가를 형상화하는 데 매진했으리라 예측되는 까닭이다.

|작가 연보|

1911년   9월 8일 경성부京城府 행촌동杏村洞 210의 5번지 출생. 가족 관계와 학력 사항은 미상. 호는 철아鐵兒.

1932년   7월 《신소년》에 근무하던 중 카프(KAPF, 조선프롤레타리아예술동맹)에 가입. 12월 초 《소년문학》, 《문학건설》 창간에 관여. '우리들 극장'이라는 극단 조직.

1934년   10월 제2차 카프 사건(신건설사 사건)으로 전주형무소에 수감됨.

1935년   12월 집행유예로 석방. 이후 《월간야담》 기자로 재직.

1945년   9월 17일 조선프롤레타리아작가동맹(약칭 동맹)에 가입.

1946년   2월 8일 '문건'과 '동맹'의 통합체인 조선문학가동맹에 가입, 중앙집행위원으로 선출됨.

1946년   3월 말~4월 중순 월북.
북조선문학예술총동맹(문예총)의 중앙상임위원, 《민주조선》의 편집국장으로 활동.
8~10월 제1차 방소문화사절단의 일원으로 소련 방문.

1948년   평양사범대학 교수로 취임, 조선어문학과장 보직 맡음.
'문예총' 서기장으로 재임.

1950년   6월 25일 종군작가단의 일원이 되어 남하.
9월 말~1951년 여름 문화 공작 요원으로 경남 지방에 파견됨. 인민군 후퇴 중 월북길이 막혀 지리산에 입산. 노동당 경남도당에 소속됨.

1951년   9월 이현상李鉉相 휘하의 남부군에 문화지도원으로 편입.

1952년   봄 지리산 거림골 환자트에서 사살됨.

■ 시

1930년 　「포도鋪道를 거르면서」, 《중외일보》, 2월 14일

　　　　「빈자貧者의 봄」, 《대조》, 5월

　　　　「규환叫喚」, 《대조》, 6~7월

　　　　「동정同情」, 《대조》, 8월

1945년 　「우리의 노래」, 《예술운동》, 12월

■ 소설

1931년 　「벙어리」, 《아등》, 12월

1932년 　「게시판과 벽소설」, 《집단》, 2월

　　　　「우박」, 《문학건설》, 10월

　　　　「자유노동자」, 《제일선》, 12월

1934년 　「B 촌 삽화」, 《문학창조》, 6월

1936년 　「귀향」, 『낙랑공주』, 명문당, 6월

　　　　「여름」, 《비판》, 10월

　　　　「어느 노인의 죽음」, 《조선문학》, 11월

　　　　「전차 타는 여인」, 《풍림》, 12월

1937년 　「신경쇠약」, 《풍림》, 4월

　　　　「죄의 낙인」, 《비판》, 9월

1938년 　「울분의 밤」, 《광업조선》, 6월

1939년 　「어느 소녀사少女事」, 《비판》, 1월

　　　　「불사춘不似春」, 《신세기》, 4월

　　　　「그 여자의 운명」, 《광업조선》, 8월

　　　　「가난의 초상화」, 《비판》, 9월

　　　　「변절화變節花」, 《실화》, 9월

1943년 　「들에 서서」, 《춘추》, 10월

1944년 　『대각간大角干 김유신』, 명문당, 3월

1945년	「돌에 풀은 울분」,《인민》, 12월
	「오빠와 애인」,《신건설》, 12월
1946년	「소춘小春」,《우리문학》, 2월
	*「복귀」,『그 전날 밤』, 조선작가동맹출판사, 7월
	*「그의 승리」,『그 전날 밤』, 조선작가동맹출판사, 7월
	「눈」,《신문학》, 8월
	「머리」,《조쏘문화》, 9월
	*「김 첨지」,『그 전날 밤』, 조선작가동맹출판사, 10월
	*「씨 뿌리는 사람」,『그 전날 밤』, 조선작가동맹출판사, 12월
1947년	「좀」,《문학비평》, 6월
1948년	*「그 전날 밤」,『그 전날 밤』, 조선작가동맹출판사, 7월

■ 희곡

1936년	「낙랑공주」,『낙랑공주』, 명문당, 6월
	「낙화도落花圖」,『낙랑공주』, 명문당, 6월
	「온달」,『낙랑공주』, 명문당, 6월
	「운림지雲林池」,『낙랑공주』, 명문당, 6월
	「화병花甁」,『낙랑공주』, 명문당, 6월
1946년	「두루쇠」,《신문예》, 7월
1948년	*「새벽의 노래」,『그 전날 밤』, 조선작가동맹출판사, 3월

■ 평론

1932년	「소년문단의 회고와 전망」,《조선중앙일보》, 1월 11일
1934년	「'카프'의 새로운 전환과 최근의 문제―주로 박영희朴英熙 씨 문제에 관하여」,《동아일보》, 4월 6~8일
	「창작 방법의 새 슬로―간에 대하여」,《조선중앙일보》, 6월 10~13일
1937년	「이광수론」,《풍림》, 3월
	「작가가 본 평기評家―임화林和」,《풍림》, 5월
1938년	「문단확청론文壇廓淸論」,《비판》, 8월
	「속문단확청론」,《비판》, 9월

「늙어가는 조선 문단」,《사해공론》, 10월

「문단확청론 여운」,《비판》, 10월

1945년 「프로 예술과 창작 기술의 문제」,《예술운동》, 12월

「새 시대의 문학」,《서울주보》, 12월

1946년 「여성과 문화」,《여성공론》, 1월

「예술의 순수성」,《인민》, 1월

「문학운동의 신방향―옳은 노선을 위하여」,《조선일보》, 1월 14~19일

「농촌 계몽과 문학인의 임무」,《인민》, 3월

「문학 창조의 현 계단」,《우리문학》, 3월

「혁명기의 새 문학―문학자여, 인민 속으로!」,《민성》, 3월

「여성법령과 여성해방」,《조쏘문화》, 9월

■ 동화

1931년 *「나무군」, 류희정 편, 『1930년대 아동문학작품집 (1)』

1934년 「작난군 용남이」,《조선일보》, 7월 11일

1938년 *「팔뚝시계」, 『조선아동문학집』

■ 동시

1930년 *「조선 아기의 노래」, 류희정 편, 『1930년대 아동문학작품집 (2)』

1931년 *「노래를 부르자」,《별나라》, 9월

1932년 *「벼를 심어」,《별나라》, 1월

*「일터의 노래」, 류희정 편, 『1930년대 아동문학작품집 (2)』, 4월

1933년 *「행렬」, 류희정 편, 『1930년대 아동문학작품집 (2)』, 6월

■ 기타

1939년 「'우리들 극장' 시대의 회고」,《실화》, 3월

1940년 「무기염無氣焰의 변변」,《조광》, 1월

1942년 「西洋人考」,《동양지광》, 5월

「제주도민의 안남安南 표류기」,《춘추》, 5월

「花郞の尙武精神」,《동양지광》, 7월

「李朝の女流詩瞥見」,《동양지광》, 10월
1943년 「보도연습 유감」,《신시대》, 7월
「報道演習行」,《동양지광》, 7월
「野營」,《국민문학》, 7월
1946년 「어른의 손에서 매를 뺏어버리자」,《자유신문》, 5월 5일
「나의 소련 기행」,《조쏘문화》, 10월
1950년 「해방된 서울」,《로동신문》, 7월

■ 작품집
1936년 희곡집『낙랑공주』, 명문당, 6월
1944년 장편소설『대각간 김유신』, 명문당, 3월
1956년 소설집『그 전날 밤』, 조선작가동맹출판사, 12월

*최초 발표지 미상인 경우 작품이 수록된 단행본이나 단행본에 제시된 발표지, 집필
일로 표기함.

|연구 목록|

김명석, 「이동규 소설 연구」,《우리문학연구》, 우리문학회, 2008. 2.

김명화, 「해방 전(1940~1945) 공연희곡의 몇 가지 경향」, 『해방 전(1940~1945) 공연희곡집 4』, 평민사, 2004.

김우종, 「다시 찾은 작가와 작품—최인준, 홍구, 이동규의 작품 세계」, 『한국해금문학전집 11』, 삼성출판사, 1988.

신형기, 『해방기 소설 연구』, 태학사, 1992.

안함광, 「북조선 창작계의 동향」,《문화전선》, 1947. 2.

이우용, 『해방 직후 한국 소설의 양상』, 고려원, 1993.

정영진, 「반골의 행동작가 이동규」, 『통한의 실종문인』, 문이당, 1989.

_____, 「작가 리동규와 그의 창작 활동」,《조선문학》, 문학예술종합출판사, 2008. 11.

한국문학의 재발견-작고문인선집

이동규 선집

지은이 | 이동규
엮은이 | 강혜숙
기 획 | 한국문화예술위원회
펴낸이 | 양숙진

초판 1쇄 펴낸 날 | 2010년 12월 31일

펴낸곳 | ㈜현대문학
등록번호 | 제1-452호
주소 | 137-905 서울시 서초구 잠원동 41-10
전화 | 516-3770
팩스 | 516-5433
홈페이지 www.hdmh.co.kr

ISBN 978-89-7275-542-5 04810
ISBN 978-89-7275-513-5 (세트)